Z H E J I A N G S A N W E N

J I N G X U A N

2021

浙江散文精选

陆春祥
主编

天津出版传媒集团
百花文艺出版社

图书在版编目（CIP）数据

2021浙江散文精选 / 陆春祥主编. -- 天津：百花文艺出版社，2022.10
ISBN 978-7-5306-8322-4

Ⅰ. ①2… Ⅱ. ①陆… Ⅲ. ①散文集-中国-当代
Ⅳ. ①I267

中国版本图书馆CIP数据核字（2022）第189033号

2021浙江散文精选
2021 ZHEJIANG SANWEN JINGXUAN
陆春祥主编

出 版 人： 薛印胜
选题策划： 胡晓童 **责任编辑：** 刘佩莲
装帧设计： 书香力扬
出版发行： 百花文艺出版社
地址： 天津市和平区西唐路35号 **邮编：** 300051
电话传真： +86-22-23332651（发行部）
+86-22-23332656（总编室）
+86-22-23332478（邮购部）
网址： http://www.baihuawenyi.com
印刷： 成都兴怡包装装潢有限公司
开本： 710毫米×1000毫米 1/16
字数： 620千字
印张： 31.75
版次： 2022年10月第1版
印次： 2022年10月第1次印刷
定价： 78.00元

如有印装质量问题，请与成都兴怡包装装潢有限公司联系调换
地址：成都市金牛区西华街道付家碾村6组152号
电话：（028）86965207 邮编：610037

序言

格式化是一种灾难

陆春祥

今年端午，人们互相问候皆用“安康”，往年那种不分场合的“快乐”不见了，有专家却指出，端午完全可用“快乐”，纪念屈子，龙舟竞渡，艾香祛病，激情与美好应该并存。“安康”自然好，但当“安康”成为一种格式化，中国端午传统文化的多样性及创造活力就出现了严重的缺失。

格式显现规范与规律，格式化却是一种从众的按部就班的惰性思维灾难。

诗歌、小说、散文、戏剧，自然有其基本格式，然而，写作者深知，最难突破的就是自己的格式化写作，尽管，一再敲打自己警觉，但笔下敲出的文字，依然是熟门熟路的格式化。

单说散文。

大量乡土描写的雷同，地分大江南北，人亦各居东西，落到笔下，却少见鲜活，是我们的生活缺乏色彩吗？肯定不是，缺少的只是眼光，大多数时候，我们只关注表面，甚至津津乐道于所谓的美词使用，而忽视了对独特的文化背景及人性的挖掘。海量的山水游记，游览如痴如醉，描述栩栩如生，也搬进了不少历史文化，但依然沉浸在自己的小视角中，浮光掠影，见识浅陋，此处与彼处，真的如此相像吗？肯定不会。常见的体验式非虚构写作，场景如影如形，叙述如泣如诉，丑陋与真实，悲伤与撕裂，令人极度窒息，世界仿佛就要毁灭，沮丧与仇恨迅速升腾，善良与阳光似乎难得一见，但此类描写就一定真实可信吗？这是社会的主流吗？其实不见得。一切缘于格式化，格式化的文字，格式化的眼光，极易生就狭隘的眼界。

格式化成为写作灾难，或许正是绝大部分写作者自我感觉极其良好之时，因为他们的作品正源源不断出版，且常常卖得好价钱，即便有眼尖的批评家严厉指出他们在过度消费自己的信誉，严重格式自我，他们偶尔亦会作痛苦不堪状，不过，几杯酒下肚，大量银子进账，也就释然了。

嘉定元年（1208）秋，陆游看着常陪伴在身边的小儿子子遹，想着自己还有那么多不满意的作品，于是写下了著名的《示子遹》诗，其中有两句经典告诫："汝果欲学诗，工夫在诗外。"

这是一个老人写给儿子的经验之谈，也是一个老师写给学生的谆谆教诲。写诗实在是一种综合的工夫的显现，来不得半点小聪明。你真的想学诗，一切工夫都在诗外。工夫在诗外，是陆游写了海量诗歌后得出的生命体验，也是破除格式化写作的秘器之一，至少可从三个层面理解。

其一，建立起具有鲜明个性的阅读坐标。就陆游个人的阅读史看，不同的时期，他都有不同的喜欢对象，陶渊明、李白、杜甫、王维，每一个都深深地影响着他，然而，不仅仅是诗歌，陆游还沉浸在大量经史子籍及道学佛学典籍的阅读中，也就是说，他的文化积淀是圆融相通的，既深入研究，又能互相结合。

其二，到火热而真实的生活中去。阅读依然还是停留在纸上，而"绝知此事"，却一定要"躬行"，诗文都讲究作者的亲身体验，到不到现场感受，结局完全不一样，生活实践中，有诸多料想不到的生动细节，那些细节常常让虚构缺乏想象，可以这样说，大海有多宽，生活就有多宽。

其三，生命经验的积累与打通。夔州是陆游诗风发生改变的重要地点，年轻时喜欢杜甫，然而，只有到了夔州，他才真正进入了杜甫内心丰富而驳杂的世界，而杜甫在夔州的那种困苦和煎熬，与陆游自身的艰难处境，互相对照，如果不是为了生计，这个鸡肋似的通判，不当也罢。更痛苦的是，他的政治理想，一直得不到有效实现。而在南郑前线短短的八个月，则让他澎湃的诗情一直奔涌不息。

话说回来，工夫在诗外，其实，依然在诗内。三方面有机融合，如茧一样缠绕的格式化，才有可能被突破，文学史上的不朽才有可能诞生。

儿子都已经生了两个的子遹，听了“工夫在诗外”，似乎懂了，虽然数年后，他跟随老爹的足迹到严州做知府，但他的文学成就，却远不及老爹，他没有老爹那种阔大而激情的天地情怀及曲折悲伤的人生体验。

消除写作格式化灾难，没有神仙皇帝，只有写作者自己救自己。

洞庭湖边，湘君初见湘夫人，异常之美，心头突如数百只小鹿乱撞，于是，非格式赞美如旭日朝阳，从心底喷薄而出。

（《浙江散文》2021年第3期卷首语）

目 录

2021 | 浙江散文精选

骑马田

阿基米花

骑马田是村里的一丘田，但骑马田上从没跑过马。

骑马田位于村子中央的小溪边，就在我爷爷家门口的小溪对岸。从爷爷家出门往东十多米，再过一座石板桥，走一小段斜坡就到。上坡时，从头发开始一寸一寸往上长，当脚背从骑马田上长出来时，人就到了田埂上；走下坡时，则恰好相反，从脚背开始一寸一寸往下沉，当头发也沉入田埂时，人就到了石板桥上。

如果来到爷爷家楼上，推开木板窗户，骑马田上的庄稼正好和窗口齐平，这时，田里的景色就会夹杂着哗哗的溪水依窗可掬。

骑马田是全村所有人的公共田——包括老人和小孩。由于骑马田就在村子的正中间，它既土地肥沃、雨水充足，又集中方便、空旷明亮，一年四季都是我们村最繁忙热闹的广场。

每年过了正月初七，一些长辈们就在骑马田上搭起棚子，糊高大四方、精致玲珑的花灯灯头，有的扎架子，有的剪纸，有的裱糊，还有的画人物脸谱和各路神仙。

到了正月十五，元宵灯会的舞龙、舞狮、迎花灯都在骑马田上举行。龙灯和舞狮是外村请来的，花灯是我们村自己的板凳花灯。

骑马田是村里唯一可以进行盘花灯的场所。我们小孩子就提溜着纸糊的小毛兔灯、西瓜灯跟着花灯到处讨要元宵吃，耍到凌晨也不亦乐乎。

一年之计在于春，闹完元宵，村民们就陆续开始春耕。骑马田是全村的秧苗田，每年春耕的第一犁都在这里掀开。村里的四头大黄牛并驾齐驱齐上阵，大黄牛们拉着犁铧，听着爷爷伯伯们的吆喝声，一天一天把踩踏得结结实实的泥土翻松。泥土翻松之后，再养上水。水是从小溪上游用几十根大毛竹做的竹笕引来的。翻松的泥土在水里浸泡一个星期左右就彻底浸透软熟了，接着要用方耙子耙田。方耙子是长方形木框架结构，底面有三排木齿，用来搅拌田里的软泥。耙田时，牛在前面拉，人要站在方耙子上压着，这样才能耙得深、耙得透。

跟大人在骑马田里耙田是件极其有趣的事。我们一群小孩子会你争我抢在田埂上排起队，轮流站到方耙子上享受一次“牛拉泥橇”。耙田时，牛轻松地拉着方耙子走得又快又稳。站在方耙子上，前面是牛，扑面而来的是暖暖的春风，扑鼻而来的是春泥的气息，耳畔回响的是悠长的指挥牛的喊声，头顶是蓝天、白云；脚底是方耙子，方耙子下面映着的也是蓝天、白云。我站在方耙子上快速移动着，感觉就像乘着筋斗云，要是一不小心从方耙子上掉下来摔进泥田里，那索性就放出衣袖和裤脚在泥浆里打起滚，好不痛快。

耙好田，养好水，又沉淀五六天，村民们便纷纷卷起裤管，一手挎着种子篮，一手有节奏地在空中划出一道道优美的弧线——播撒水稻种子。我们全村的水稻秧苗都在骑马田育苗，这里施肥方便，水源充足，而且有利于观察长势。

在冒出秧苗之前，骑马田上一片水光潋滟，时而飘过洁白的云朵，时而掠过低飞而来衔泥的燕子。燕子们把骑马田软软的春泥一口一口衔到各家各户屋檐下筑巢。接着，水田、田沟里的青蛙卵开始孵化了，成群结队的小蝌蚪摇着尾巴在骑马田东游西逛地找妈妈。再接着，绿色的浮萍也撑开了小伞漂浮在水田的水面。最后，嫩绿嫩绿密密柔柔的秧苗就像骑马田的绒毛一样钻出了水面。

到了谷雨前后，骑马田里的秧苗就会被全部拔出来，一捆一捆系好，分发给村民，由各自种到自家分散在村子各处的水田里。

到插秧的时候，骑马田的水已经养了将近两个月，田里的青蛙啊、蛤蟆啊、泥鳅啊、水蛭啊、金线虫啊、螺蛳啊、金龟子啊都在此生长定居了。大概我七岁那年，大人们考虑到我的腿已经够长水不会淹没屁股了，就让我下水去帮爷爷插秧。在水里时间久了，我小腿肚子上叮着一条又细又扁又长的暗红色水蛭，痒痒的。叔叔连忙把我抱回家洗干净，涂上菜油使劲地拍我的小腿肚子才把水蛭赶出来。

水稻结穗后，田里的水也放干了。一到夜晚，骑马田蛙声一片，就像开起了青蛙演唱会。我们又跟着大人来到骑马田赶田鼠。我们学猫叫、学狗跳、敲盆盆罐罐，可不能让田鼠把我们的粮食偷吃了。

到了收割季节，小孩子更是巴望不得，因为割了水稻我们又可以在田里玩耍了。当然，收割水稻，我们一个个都很卖力。

收割完水稻，骑马田上只留下了整整齐齐的水稻茬儿和一捆捆竖立着的稻草秆儿。而空旷的地方就成了晒谷场，家家户户会搬出一卷一卷竹簟摊开，晒上刚收割的新稻谷——我们一年的粮食都在骑马田上晒着。

傍晚时分，竹簟、稻谷都收回家了，骑马田只剩下稻草和一些压竹簟的石头。终于，骑马田又是我们小孩子的天堂了。刚收割完水稻的稻田泥土半软半硬，踩着不会陷下去，摔下去哪儿都不疼，就像撞到一团面粉团上。我们在骑马田的稻草堆里玩捉迷藏、蹦极、装睡觉，在空地上翻跟斗、拿大顶、摔跤、跳远、画方格、下棋、写字……直到满身粘上和天一样黑的泥巴才想起各自散了回家吃晚饭。

到了夏天，骑马田又种上了马铃薯、番薯、玉米、南瓜、丝瓜、茄子、萝卜、西红柿、辣椒、西瓜、甜瓜等。一眼望去骑马田上红得像火、绿得发油、黄得耀眼。我们偶尔神神秘秘猫腰躲进田埂，窸窸窣窣地挖块番薯、摘个西红柿吃，就算大人们看见了也不会责怪的。

夏秋之间，村民们会给庄稼施肥，撒上厚厚的炉灶灰，铺上来自猪圈、羊圈、牛栏的有机绿肥。毕竟生长了一茬秧苗一茬水稻之后泥土里的养分已被吸收了不少。骑马田哺育着我们村，村民们也每年为它添土添肥，只有骑马田肥沃了，我们村才能衣食无忧。

秋收完之后，骑马田又被整平成晾晒场。我们晒腊肉、晒各种干菜、晒棉花、晒被子。在骑马田上帮妈妈扯被单缝制一床新棉被是我那时候最乐意做的事。我把骑马田当成一张硕大的床，在清亮的太阳底下灵活地帮妈妈在竹簟上铺好被单，折好被角，然后一屁股一屁股地跟着妈妈挪动，妈妈一长针一长针地把厚厚的棉被缝好，最后我在上面打个滚、倒个立就宣告棉被缝好了。

种完三茬农作物，追了一次肥，骑马田该休息了，村民们也该休息了，于是就有了秋天丰收之后的秋祭——十月焦——我们村的大型传统祭祀活动。

十月焦活动的场地还是选在骑马田上，由踩高跷、赏高脚大纸马、舞龙虎大旗、炼火四部分组成，而最精彩最神秘的要数炼火。秋高气爽的夜晚，每家每户拿出两大箩筐筛得干净又大块的木炭，摊铺到骑马田中央，然后把木炭生红，全村的男女老少来到骑马田围成一圈。伴随着敲锣打鼓声和耍弄刀叉棍戟的吆喝声，年富力强的村民就会脱掉鞋袜挽起裤腿磨刀霍霍，他们准备冲过直径大约12米的通红火炭堆。火炭堆里火光冲天、火星四溅，把喜悦的人们照得浑身通红。

如今，炼火已成为浙江省非物质文化遗产项目。

冬天下雪后，骑马田又是我们打雪战、印雪脸、堆雪人、玩板凳雪橇的天然游乐场。玩热了，就抓一把干净的积雪一口一口咬着吃，解解渴也解解馋；玩累了，就一屁股坐在沙沙作响的雪地里休息；觉得冷了，就跑到孵着日头的老爷爷老奶奶那里讨个火炉子烘烘手、烘烘屁股，然后继续去玩，直到发现棉袄被雪水沾湿了，汗衫也被汗水湿透了才回家。

这就是我们村骑马田广场的一年四季，它终于可以安静下来了，等待着开春，等待着下一年的播种和收获。

现在，我全世界跑，见过更多的广场，北京天安门广场、香港紫荆花广场、莫斯科红场、巴黎卢浮宫广场、柏林波茨坦广场、威尼斯圣马可广场、纽约时报广场、伊斯坦布尔苏丹阿赫迈特广场、胡志明市胡志明广场、雅加达莫迪卡广场，但都没有我们村的骑马田广场好，这些地方的鸽子没有骑马田的燕子、田鼠亲切可爱，更不能种出水稻、瓜果和蔬菜。

即便是现在，只要一站到它的田埂上，我就像骑上了一匹奔腾的骏马。

骑马田！

我童年的广场！

我永远的港湾！

（原载《少年文艺》2021 年第 3 期）

阿基米花，原名叶建强，浙江磐安人，浙江省作家协会会员，作品散见于《十月少年文学》《少年文艺》《山海经》《中国校园文学》《散文选刊》等刊物。出版绘本 3 册，《江南药镇》《辫子青蛙》连载中。

乡村电影

艾 璞

乡村电影，其实就是露天电影，它是一个时代的缩影，它浓缩了我的许多童年和青少年的美好及青涩回忆，也是当年一种仅次于过春节的快乐。

在乡场上，找个空旷的地方，竖起两根大木杆，有的也有固定的木杆，挂上银幕，大家就知道了，晚上等着看电影了。有时也在学校的校园里，竖起两根木杆。关于电影的名称和开始时间，有几种传播的路径，直接从经办人口中得到消息，此人的话就很权威，在村里以毋庸置疑的神色发布；从旁人处得到的消息，则是期期艾艾、闪烁其词。

大家生怕错过时间，基本上都是早早地到了现场，孩子们围住那些小摊小贩买小吃，给他们生意兴隆的机会。未放映前，现场已经就是一场大戏，那是小孩的天堂，他们拿着家里最好玩的东西炫耀，各种嬉闹玩耍层出不穷，乐此不疲。

空穴来风，看不到电影被人骗了，我们那里被戏称为“电光影”，现在想起来该是“光光”的意思，就是啥也没有。那时也有好事者放出谣言，说晚上哪里哪里有电影放映，听者有心，可没有办法核实，为了避免吃空心汤团，我们应付的办法是，如果是晚上七点半开始，我们就7点15左右到，如果真的没有电影看，那前面先去看的人就会前队变后队唉声叹气地回来，我们也就能及时转身，省得走冤枉路。在那个通讯基本靠吼的年代，这不失为一个小妙招儿。

我读小学的时候，家乡附近驻有一个连队，常有电影放映，基本上每半个月有一次电影，一般在周五到周日，比较有规律。那时能免费看电影的地方主要就是这里，走个20分钟就到了。这里的驻军训练常要借用我们村的后山，特别是手榴弹实弹投掷训练，与我们村里关系比较密切，连队有电影放映一般都会通知大队的文书，再传达到村里。

那时我们家里烧柴点火主要用爆炸过的手榴弹炸开的一块块木柄，很容易点着火，我们等后山刺激的爆炸声结束，就蜂拥上山去捡手榴弹炸过的木柄，如果能找到几块弹片，也能卖个废品换几个钱。有几次遇到爆炸过的半截手榴弹，想起电影里红军战士扔到“狗腿子”身上的手榴弹爆炸场面，自己能把自己吓得半死，仿佛那半截手榴弹还要爆炸，只有胆大的人先试探着用松树枝碰几下，见没有意外反应，才敢捡起来，这也叫吃上了螃蟹。

有时因为电影拷贝要跑片，所以就要提前放映，一般是从城里回来的人路过部队驻地，马上告诉村里的人，村里路边黄金地段是个理发室，那里真是个消息灵通的情报站，在那里一般都能得到你想要的消息，不过流言蜚语也是满天飞。

有时看电影的人实在太多了，去迟了，挤不上，就绕到银幕后面。这时我如发现新大陆一般，才知道到银幕后面也能看电影，只不过人变成了左撇子，有点怪怪的。

乡村电影带给我的惊喜和憧憬，胜于学习。每当有放电影的消息传来，夜幕降临，我已早早地把鸡鸭饲好。在附近看电影，可以自己带小凳子去。而在自己村里放电影，就把家里的长凳子搬去抢占几个好位置并守护好，同时，想方设法通知亲朋好友，他们来了可以坐上凳子看电影，省去疲劳，我们家人也有面子，那么下次到亲朋好友村里看电影，也能得到类似的待遇。

2011 年，我在北京鲁迅文学院半个月学习期间，偷得片刻闲，和马儿兄弟一起到中国电影博物馆参观，当看到那些小时候的电影海报，很是开心和亲切，真有时光倒流的感觉，仿佛回到电影里那战火纷飞的年代，顿时激动万分，把数码照相机的电都拍没了。

那年在武夷山玩漂流的一个多小时里，看着电影里熟悉的一些场景（电影《闪闪的红星》曾在这里取景拍摄），我唱起了电影的主题歌《红星照我去战斗》，声音高亢嘹亮，撑竹排的师傅是个年轻人，他还问我这个是啥电影插曲，并向我学了一番。我还在竹排上回味童年的快乐时光，期待一只雄鹰展翅飞翔，掠过我的眼眸。上小学时，我排练过简单的合唱节目，也曾领唱过《红星照我去战斗》。我记忆中这部电影应该看过不止 5 次。

我的音乐细胞估计也是从小看电影培养起来的，电影《少林寺》我看了不下 6 次，至少有 3 次是乡下简陋的露天电影。《少林寺》的歌曲《少林，少林》里面的长短句，成为我学习写作的典范。而我后来考上警校，打拳、练鹰爪功，还有这方面的考虑——强身健体。我老家莆田，也是武术之乡。记得当时首次看《少林寺》，票价是 1 角 2 分钱，作曲家王立平的名字也深深地刻在我脑子里。有一年我在北京作家班学习，偶然和王立平见了一面，虽恍如隔世，还是找到追星的感觉。

让我记忆犹深的是离我家步行要 50 分钟的飞机坡部队团部的大操场，估计这里级别比较高，一般这里放电影会先于电影院放，想要先睹为快，还得去这里。一次，我和堂哥赶巧，半路上遇到打道回府的人说电影不放，我们想着反正第二天不上课，就在操场上玩了两个多小时的捉迷藏，却鬼使神差地碰了个巧。原来电影拷贝在几个地方跑片，不料路上汽车熄火了，修好车才赶到，已是预定时间的两个小时后，有耐心的人收获了一次喜悦。那天放映的是战斗片《侦察兵》，《侦察兵》里面的台词“麻痹，麻痹，太麻痹了”成了流行词，也成了我们开玩笑的台词。这句台词更是成为我人生中小心翼翼、兢兢业业的潜台词，用现在的话讲太“给力”了。是啊，现在许多事情毁就毁在太麻痹上，责任心太重要了。我想那些人没有看到电影，也是“麻痹，麻痹，太麻痹了”，和另一部经典电影里的一句台词“不是国军无能，而是共军太厉害”相吻合。

最狼狈的还数电影看了一半，下起大雨，无处躲避，个个成了落汤鸡，有个别聪明的人则不慌不忙拿起已准备好的雨具，而电影依旧在放，只是非常可惜，错过许多镜头。电影放映期间也有好玩的事发生，如有的长发姑娘发现长发被人剪断拿去卖钱；有的口袋被小偷划破了，钱倒没少，回家的钥匙被缺德的小偷偷了；有的脚踩着粪便“中大奖”了，那是家教欠缺的小孩造的孽。

记忆里母亲很少陪我看电影，一般在自己村里或者附近村里放映她才去的。我印象最深的一次好像是看越剧电影，电影名字忘记了，剧情悲痛的时候，她动情地揉揉眼，陪着落泪，银幕下仿佛就是她一人的精神世界。母亲渴望电影，其实是渴望电影中美好的结局，她也渴望生活的美好，向往给困苦的生活加一点味精。

那时的物质生活虽贫乏，但阻挡不了我们对精神生活的追求。我潜意识里的文化修养，可能就是从看电影起步的。如今，有时城市的小区也放露天电影，我只要有空，都去捧场，虽然观影人以外来人员为主，但我从他们满足的脸上，依稀找到了童年时的我，看到一旁嬉戏的小孩，我更是从内心感到一阵欣慰，手摸摸口袋，咽下口水，也有了吃零食的冲动和欲望。

乡村电影，从记忆中的梦想走出，从梦想中直达现实，其实也就是那点距离。

（原载《联谊报》2021 年 5 月 8 日）

艾璞，鲁迅文学院第二期公安作家班结业。全国公安文联签约作家、浙江省作家协会会员、浙江省散文学会理事、浙江省公安作协主席。著作有散文集《月光走过心灵》、诗集《珠穆朗玛的爱》、报告文学《护航 G20》等。

如匏随水

半　文

匏有苦叶，济有深涉。深则厉，浅则揭。

有弥济盈，有鷕雉鸣。济盈不濡轨，雉鸣求其牡。

雝雝鸣雁，旭日始旦。士如归妻，迨冰未泮。

招招舟子，人涉卬否。人涉卬否，卬须我友。

——《诗经·邶风·匏有苦叶》

姆妈在时，去架上摘葫芦，用剪刀剪，用手掐怕把藤掐碎。说藤碎了，葫芦会变苦。《本草纲目》说："瓠壶有原种是甘，忽变为苦者。俗谓以鸡粪壅之，或牛马踏践，则变为苦。"以本草之说，葫芦变苦原因有两个：一是鸡粪壅之，一是牛马踏践。"鸡粪壅之"是生长环境太脏，牛马踏践则是外力改变。姆妈说把藤掐碎了会变苦，与牛马踏践相似，或有道理。所以不用手掐，用剪刀剪。即便如此，在食用前，姆妈仍会小心翼翼把葫芦柄拗下，以舌尖轻舔柄端，然后闭嘴细细咂摸。没有苦味。好！可放心食用。或切丝清炒，或切块煮汤，极鲜美。若带苦味，这葫芦便不堪食了。姆妈这并不长的一生，是吃过很多苦的，也不怕吃苦，但有些苦是不能吃的，像这葫芦之苦。苦瓜的苦，可清热解毒。葫芦若苦，则会中毒。伊虽未曾上过学，但在生活这所学校里，亦学习了很多的智慧。譬如：不能射燕子，眼睛会瞎。譬如：不要掉饭粒，大雷公公会打。譬如：不能吃苦葫芦。姆妈这些生动的智慧，现在想起时，仍感觉有点滴的温暖和小小的光芒。

我原不知道，这些智慧是三千年前便有的。“匏（páo）有苦叶，济有深涉。”诗开篇，说匏有苦叶。匏是葫芦，又不是葫芦。在《诗经》中，葫芦有多种。一是匏，二是瓠，三是壶，都是葫芦，又有不同。《本草纲目》说道：“后世以长如越瓜，首尾如一者为瓠；瓠之一头有腹长柄者为悬瓠；无柄而圆大形扁者为匏；匏之有短柄大腹者为壶；壶之细腰者为蒲芦。各分名色，迥异于古。”简言之，匏是圆形的葫芦，瓠是长条形葫芦，壶是上小下大细腰两个球的葫芦。

越瓜以地命名，是长在越地的瓜，首尾大小一致，也属葫芦科，瓜白，叶青，花黄，可生食，可腌制，亦称菜瓜。我所在的沙地，在钱塘江畔，属越地。姆妈在时，种过不少。多了，便拿很大的陶钵来腌。不过，菜瓜生食不如甜瓜，做菜不如葫芦，久已不种。“首尾如一者为瓠”，即上下大小差不多，状如圆柱，称“瓠”。在沙地，叫“瓠子”，外形与菜瓜相似，但叶青，花白，鲜嫩时皮肤、绒毛皆与葫芦一致，比菜瓜更像是葫芦科的种。

《诗经》中《小雅·瓠叶》首句“幡幡瓠叶，采之亨之。”写的是吃。

句中瓠叶很多，一叶叶，一片片。“幡幡”，是每一叶都如一经幡，随风摇动，翩然而舞。这么多瓠叶，可以采来炒菜煮汤。“亨”是“烹”。葫芦叶较柔软，嫩叶披毛，是柔软的白毛。焯水之后，几乎不见。南瓜叶亦带毛，毛如细针，扎手。在沙地，南瓜藤亦可食，清炒，或凉拌，皆可。采了嫩瓜藤，须先去外皮，小心剥除毛刺。以沸水焯，起锅抓干水分，加盐，蒜末，少许香油，装盘。挑一蓝花白瓷盘，青是青，白是白，很清爽。口味也清爽。“陆疏”云：

“匏叶少时可为羹，又可腌煮，极美……故曰苦叶。”“陆疏”是三国陆玑写的《毛诗草木鸟兽虫鱼疏》，对《诗经》中草木鸟兽虫鱼有很好的阐释。清人江藩曾说：“训诂声音，以《尔雅》为主；草木虫鱼，以陆疏为则。”“则”是法则。“陆疏”中对匏叶的吃法，是一法则。我虽未曾尝试，也约略可想：葫芦叶比南瓜叶柔和，嫩时采摘，做羹，不必剥皮去刺，其味与莼菜羹似，嫩滑，清爽。陆说是“极美”，是言匏叶羹之味极美。想象“极美”一词，舌底有涎水回响。

沙地种葫芦，只吃葫芦，不食叶。葫芦烹后，味亦极美。夏日，我喜欢将葫芦切丝，与鳝鱼丝同炒，加姜、黄酒、葱段、老大昌酱油。味极美。

《瓠叶》一诗，开篇说葫芦叶好吃。讲的是西周一户普通人家招待客人。客人来了，赶紧采瓠叶来烧汤。然后，“有兔斯首，炮之燔之。君子有酒，酌言献之。”要烧兔子肉，要上美酒。有酒有肉有汤，很丰盛，很热情。《匏有苦叶》一诗，开篇也说葫芦叶，但不说吃，说葫芦有苦叶。按“陆疏”的说法，苦叶是老叶，或说枯叶，“坚强不可食”。到八月，葫芦成熟，也是“坚强不可食”。若浮于字面，苦叶即含苦味之叶，亦不可食。按姆妈的说法，若苦，葫芦不可食，葫芦叶自然不可食。“匏有苦叶，济有深涉。”匏是圆的葫芦，叶子苦，不能吃。济是济水，源自河南济源王屋山，王屋山是愚公移的那座山。山够高，够大。山上下来这水，够深。因太深，不堪涉。怎么办？

“深则厉，浅则揭。”诗人的意思是深的水不堪过，也要过。“浅则揭”，很简单，浅水，就把裙子提起，袅袅婷婷过去。若深，就不提裙子，直接涉水而过，反正提也没用。涉不过，就游过去。游不过，也是硬要过。因为河的对面有伊深爱的人。这种爱深过济水。所以，济水的深，挡不住伊的裙子伊的脚步伊想要过河的心。涉不过，硬要过，会溺水。刹那三千年，到今天，在济水中溺水的人估计不少，在爱河中溺水的人则更多。但还是有人前仆后继。

又想要过，又不想溺水，可以用到匏。《诗经》中，匏除去吃，另有三用：一是作瓢。八月，葫芦老去，变得坚强，可剖成两瓣，作瓢。在沙地，一户一土灶，灶边置水缸，瓢飘在水面，不会沉没。拿来舀水，做饭烧水，很是方便。亦可装酒，作酒杯。《诗经》中《大雅·公刘》有句“执豕于牢，酌之用匏。”诗中公刘是个好家长，带领家族开疆拓土，粮食丰收，带领族人过上了幸福生活。所以，要庆贺。要去猪圈抓猪做佳肴，要用匏做的瓢酌美酒。匏剖的瓢，古称匏爵。爵是饮酒的器皿。《诗经》中有一种古老的传统民俗，称“合卺（jǐn）”。此俗据传始于上古，把匏一剖为二，又将两器之柄相连，以之盛酒，新婚夫妇共饮，表示从此合为一体。后改用杯盏，称“交杯酒”。我不清楚姆妈在与父亲结合之前，有没有举行过合卺之礼。不过，就“交杯酒”一说，太过现代，太过西方。姆妈此生，滴酒不沾，喝过交杯酒的可能，很小。现社交场合，有人喜欢起哄，唆使男人女人喝交杯酒，我不喜欢。交杯酒是一种庄严的仪式，新婚夫妇入洞房之前奏，实在不能随便喝。装上酒，男女相对，两半匏爵，是这一半找到了另一半，阴找到了阳，俯找到了仰，黑找到了白，从此，人生圆满了。

《豳风·东山》有“有敦瓜苦，烝在栗薪。自我不见，于今三年。”一句，说到新婚夫妇合卺过后，就把剖成两半的合卺之瓢，扔在柴堆上独自荒芜。男人自此出征，慆慆不归。任由女子在家中，也是独自荒芜。很漫长的荒芜，也是很漫长等待。人生长河，有时，也需要泅渡。水太深，可用匏作舟。匏作爵，是大杯，想象中，这杯子实在太大，合卺之际，估计只倒杯底之酒，聊表心意，若真倒满，饮下这半葫芦酒，在我，直接躺倒，入不了洞房了。用作舟，又感觉太小。古时，是把成熟之匏，挖空，渡水时系在腰上。如此，水再深，只凭这一葫芦空气，再不会下沉。既然不会下沉，只慢慢划水，总能泅渡彼岸，因此，称其为“腰舟”。腰舟是好东西，有此舟相伴，可渡河，可闯江湖。江湖虽则邈远，实亦在近处。人说凡有人的地方，就有江湖。如此，生而在世，实在是每个人都该备一腰舟，以防溺水。

打坐，冥想，得“浮生如匏随水寄，江湖余生自作舟”一联。以狼毫徽墨宣纸隶字书之，悬于墙，如腰悬一匏，自娱。

匏之三用，是作器，称“匏器”。可素面刻画，亦可范制。在其幼时，以勒脖、夹板、打结等法，让其长成形态各异的葫芦。再进一步，可套上模具，让其长成方的，让其长成扁的，还可让其长出花纹，长出文字。想让它怎么长，就怎么长。清康乾盛时，匏器入宫。康熙曾在瀛台丰泽园内种植葫芦，并设专人看管。所产匏器，有杯、盘、碗、壶、盒、瓶、笔筒、鼻烟壶、蝈蝈笼和乐器等，品式繁多，愈加精致。至今日，仍让人叹为观止。拿去拍卖，价在几十万上百万。若拿此匏器去菜市场，可换鲜葫芦上万个。请原谅我的俗气。

再说壶。壶是葫芦，正经的葫芦。比之匏、瓠长得更像现在的葫芦。《豳风·七月》描绘的是西周时热火朝天的劳动场景，有诗句：“七月食瓜，八月断壶，九月叔苴（jū），采荼薪樗（chū），食我农夫。”是说，七月可吃瓜，八月摘葫芦。九月拾麻子，摘苦菜砍柴薪，可把自己养活。《诗经》中，每个月都是丰收月，充满了劳动的诗意和喜悦。读《诗经》，敲下这些文字，我再次想起姆妈。

姆妈剪下的那个葫芦，姆妈舌尖的那个葫芦，应是三千年前便播下的种。如今，叶青、花白，藤蔓横逸，累累硕果。自姆妈离开之后，它悬于天空，更像是系于身上那一个腰舟。不知姆妈，是否渡过了那条，去往天堂的河。

（原载《散文》2021 年第 1 期）

钱金利，笔名半文，杭州人，曾在《散文》《散文海外版》《山花》《星火》《浙江散文》等发表习作，有作品被《散文选刊》《读者》等转载，有作品被收入《中国散文年选》。

听胡仔谈宋诗

蔡圣昌

胡仔谈宋诗，娓娓道来，我听得不亦乐乎。

854 年前，胡仔在苕溪河畔完成了《苕溪渔隐丛话》。从此，我们祖国的文学史上又多了一部文学专著，这部宋代诗歌评论集，博采众长，论述精辟，让许多喜欢唐诗宋词的文学爱好者受益匪浅，它就像一位优秀的语文教师，给我们详尽地介绍大家名作的无穷魅力。

许多文学爱好者都喜欢唐诗宋词，本人读唐诗宋词也有几十年。至于宋诗，我认为它的成就不在宋词之下。因此，我常常抱有很大兴趣朗读宋诗和研究宋诗。每一次，当我翻开《苕溪渔隐丛话》，边上早就备好一杯香茶、一支钢笔和一个本子，老师的讲课开始了，从《国风》到“汉魏六朝”，再到李白、杜甫。我和胡仔老师虽然相距八百多年，但是凭借《苕溪渔隐丛话》，我们已经穿越时空的隧道，在书中多次相遇。

老师最喜欢谈黄庭坚，他告诉我说，一次，他来到湖南祁阳游览浯溪，发现崖壁上有颜真卿的摩崖石刻《中兴颂》，又发现碑刻一旁还有黄庭坚的手书《欸乃曲》，他当即花费“百金”买下黄庭坚碑本回来研究。他说，黄庭坚在孩提时即能作诗，“骑牛远远过前村，短笛风吹隔陇闻，多少长安名利客，机关用尽不如君。”这一首《牧童诗》是黄庭坚七岁时候作的。《送人赴举》诗云：“青衫乌帽芦花鞭，送君归去明主前。若问旧时黄庭坚，谪在人间今八年。”这是他八岁时创作的。

许多诗人都喜欢吟唱风花雪月，老师教导我，“‘作咏物诗，不待分明说尽，只仿佛形容，便见妙处。’这话是黄庭坚说的。”老师举例说：“苏东坡《杜沂游武昌以酴醾花菩萨泉见饷》云：‘凄凉吴宫阙，红粉埋故苑。至今微月夜，笙箫来翠巘。余妍入此花，千载尚清婉。’黄庭坚《王充道送水仙花五十枝，欣然会心，为之作咏》云：‘凌波仙子生尘袜，水面轻盈步微月，是谁招此断肠魂，种作寒花寄愁绝。’这两首诗，一首吟‘酴醾’，一首吟‘水仙’，妙就妙在，只是‘仿佛形容，便见妙处’。”

老师告诫我：“写诗，那就是人的性情抒发，它不同于朝廷上的据理力争，也不同于邻里之间的争吵，或者路上遇到不平事的怼骂。”

老师教导说，判定一首诗的高低，不是语言如何奇峻，恰恰相反，语言平淡圆润才是好诗。好诗圆美流转如弹丸。就如东坡在《次韵答王巩》中所云：“新诗如弹丸。”

我对胡仔老师的见解非常佩服，我希望老师也能拿出几首诗词让我见识一下。果然，老师出手不凡。他拿出一幅《苕溪渔隐图》来，是一位叫了宗的僧人替他作的画像，老师非常喜欢，在画上题了几首诗，其一：“溪边短短长长柳，波上来来去去船，鸥鸟近人浑不畏，一双飞下镜中天。”其二：“秋云漠漠烟苍苍，芦花初白莲叶黄，钓船尽日来往处，南村北村秫稻香。”其三：“卷起纶竿撇棹归，短篷斜掩宿渔矶，日高春睡无人唤，撩乱扬花绕梦飞。”又有《满江红》词一阕："泛宅浮家，何处好、苕溪清境。占云山万叠，烟波千顷。茶灶笔床浑不用，雪蓑月笛偏相称。争不教、二纪赋归来，甘幽屏。红尘事，谁能省。青霞志，方高引。任家风舴艋，生涯笭箵。三尺鲈鱼真好脍，一瓢春酒宜闲饮。问此时、怀抱向谁论，唯箕颍。"我不禁佩服老师的水平，从这几首诗词看，遣词造句都已达到平淡自然、圆润如弹丸的境界。

胡仔是安徽绩溪人，父亲胡舜陟是进士，曾经做过监察御史、庐州知府、广西经略使。胡仔于1127年随家人逃难至湖州。1131年，胡仔以父荫补授"迪功郎""两浙转运司干办公事""知常州晋陵县"。其父胡舜陟仗义执言，因为抗金名将岳飞辩诬，得罪奸臣秦桧。胡舜陟后来竟被下了大牢，最后死在监狱里。

1143年，胡仔将父亲的灵柩运回湖州安葬。湖州距离绩溪很近，山水清远，从此他就喜欢上湖州，他在湖州时，一边为父亲守孝，一边编撰《苕溪渔隐丛话》。历经二十余年，胡仔完成了《苕溪渔隐丛话》60卷。

我读《苕溪渔隐丛话》，常被书中众多的书名和诗人折服，胡仔花了多少时间阅读这许多著作？这一百多位诗人，他们是祖国文化的传承人，是祖国文学的先驱。今天我们需要他们，我们是在他们的基础上做大做强文学事业，人民需要文学，人民需要诗歌，一首诗，就是一道阳光，一道美食，它能够滋润生命，能够拯救灵魂。

1162年，胡仔重新得到起用，这时候，胡仔已经在湖州待了近二十年，垂垂老矣。他这次复任福建转运用司干办公事，福建是个出产贡茶的地方，胡仔来到北苑观造贡茶，春茶"水芽"，细如针，再用御泉水研造，胡仔有幸在"社前"即能品尝到。老师感叹道："我出生以来还没有尝过这么好的茶，也没这么早就开始品茶的。"接触到贡茶，接触到茶农，为胡仔的茶文化研究奠定基础。三年任满后，他又归隐于湖州，续写《苕溪渔隐丛话》后40卷。在这后40

卷内，他研究茶文化、研究历代茶诗，有苏轼茶诗，有《蔡宽夫诗话》《遁斋闲览》《高斋诗话》等。

我听老师谈宋诗，谈得最多的是苏轼，可见老师对苏轼的崇拜。苏轼，他谈了十四个章节，几乎包括苏轼的一生。他介绍苏轼《戏书吴江三贤画像三首》之一写陆龟蒙的，苏轼诗云："千首文章二顷田，囊中未有一钱看，却因养得能言鸭，惊破王孙金弹丸。"老师给我讲了一个典故："陆龟蒙住松江，有一个太监乘船从长安过来，经过陆龟蒙处，看见一只鸭子，太监立马取弹弓弹鸭子，结果将鸭子射死了。陆龟蒙见了，立马大喊道：'啊呀！我这只鸭子不是普通的鸭子，它会说人话呀！'太监因为自小在宫内生活，孤陋寡闻，对此话深信不疑，当即就赔给陆龟蒙银子，又好奇地问道：'鸭子它会说什么话？'陆龟蒙说：'它能叫自己的名字'。太监笑了。陆龟蒙又说，我是跟你开玩笑的，又将银子还了太监。"老师讲这段时很是幽默风趣。

老师还谈到王安石和苏轼的关系，他说，人称苏轼为王安石所薄，但是我读《老苏墓表》，却发现苏轼也看不起王安石，王安石母亲死了，士大夫全部过去吊唁，苏轼就没有去。

苕溪月下，三间水阁，昔日秀才贾耘老苦心营造的三间茅屋，如今成为胡仔读书写作的好去处。老师仕途不畅，奋斗四十年，才做到一个县级官吏。他给我朗诵一首诗，感叹自己坎坷的仕途生涯："执戟老人双鬓斑，陆沉三世不迁官。穷如老鼠穿牛角，拙似鲇鱼上竹竿。岂有葡萄博名郡，空余苜蓿上朝盘。荣华气象无丝许，正坐平生骨相寒。"当我聆听这首诗的时候，不禁为老师的清贫而唏嘘！可是我看见老师慈祥的双眸，飘然的须发，双手抄在袖筒里，身着普通的棉布衣衫。我立马又觉得，老师虽然生活清贫，可是他的情操却高洁无比，他自嘲道："三间小阁贾耘老，一首佳词沈会宗，无限当时好风月，如今总属绩溪翁。"生活上的简单，挡不住他追求高尚艺术的思想境界，他给我们留下的是一份不可多得的文化遗产。

合上《苕溪渔隐丛话》，我跟老师说再见。老师，希望您能再来湖州。

（原载《联谊报》2021年9月28日）

蔡圣昌，1955年生，定居湖州。浙江省作家协会会员，浙江省散文学会会员，中国散文学会会员，有散文发表在《散文选刊》《书屋》《联谊报》《解放日报》等报刊。

永远保持一颗童心

——回忆赵瑞蕻先生

曹凌云

记得一个秋日的午后，年逾古稀的温州籍作家赵瑞蕻先生（1915—1999）来我就读的温州市第十五中学开讲座，因为慕名来听讲座的人太多，学校把原定的阶梯教室改到大操场。讲座后，赵先生与几个写作尖子座谈，当时我读高三，因喜好文学，有幸与他进行了对话。记得那时的他，身材挺拔，声音洪亮，思路敏捷，那么庄重、宽厚和慈祥。

近年来，温州市文联为庆祝中国共产党成立一百周年，计划出版《温州作家记忆》一书，由我负责组稿与编辑，对一百年来的温州文学事业和温州籍作家进行回顾和梳理。赵瑞蕻先生虽然已去世二十多年，但他的形象仍时时浮现在我的眼前。我还记得他那次讲座是在1989年10月13日，他在大操场上迎着阵阵秋风说："人的一生，中学阶段起着决定性作用，所以，同学们心中要藏着一颗童心，去追问生命的意义。为了这个'追问'，老师认真教导，同学勤奋学习，从课堂到图书馆，到一切课外活动，去了解社会、深入生活、不断实践……"他还说，祖国需要多少人才、多少知识分子、多少有着崇高奋斗目标的后代子孙，就可以看出文化教育、特别是中学生教育的任务有多艰巨了。

讲座后，赵先生在行政楼的一间小会议室里与几位文学尖子座谈，他说：“我今年 74 岁了，但自信还有一颗年轻的心。遵照我的老师沈从文先生所教导的：‘要永远保持一颗童心’，所以我一直在追求知识，追求真理——永远在学习，永远在前进，永远会有一个‘我们知道些什么？’摆在前面。”

赵瑞蕻先生的老师是沈从文。“沈从文”这个名字我在书上多次读过，听老师经常讲起，我还读过他的小说《边城》，带着湘西泥土的芬芳，那么单纯那么传神。我忍不住插嘴问了一句：“沈从文是个大文豪，是您大学时的老师吗？”不料，这句问话引起了赵先生的另一个话题，他说：“是的，我是 1937 年 10 月从温州去往长沙的，考进了北大、清华、南开三所大学联合组成的长沙临时大学（简称长沙临大），但是日寇南侵，长沙并不平静，兵荒马乱。1938 年元旦后，长沙临大奉命西迁昆明并组建国立西南联合大学（简称西南联大）。1939 年秋季，我是西南联大外文系三年级学生，选读了沈从文教授的中国现代文学课程。沈先生他上课穿着长衫，拿着几本书，几根粉笔，说话轻轻的、慢慢的，分析课文有独到的见解。”说起往事，赵先生的思绪飞越到半个世纪前的昆明。

赵先生回南京后，我们还通过信，他为我主编的校刊《龙腾》寄来题词。而我，此后细读了赵先生的许多作品，对他的人生经历也特别关注。

赵瑞蕻出生在温州老城区的一个商人家庭，从小受到良好的新式教育。1932 年夏天，17 岁的赵瑞蕻考入浙江省立第十中学（温州中学前身）高中部，这里的许多老师开明爱国，具有强烈的反帝反封建精神。那段时间，他激情满怀地写下了《雷雨》和《爝火献辞》，是他现存最早的两首诗歌，还与校内外几位同学创办了宣扬革命的杂志《前路》，但出版了两期就引起了国民党县党部的不满，被迫停刊，他的父母趁着夜色把未发行的四百本杂志烧毁在镬灶间。那年秋天，赵瑞蕻被推选为学生自治会学术股长，主编综合性校刊《明天》，他翻译了英国作家狄更斯的短篇小说《星的梦》，这是他最早的翻译作品。

赵瑞蕻高中毕业是在1935年，两年后他在西南联合大学求学时，有幸得到许多教授的教诲和关心。除沈从文先生外，他还遇到记忆力惊人的吴宓先生——一位负有盛名的诗人和国学大师，他讲欧洲文学史，讲柏拉图，生动有趣，吸引着赵瑞蕻；遇到言行稳当利落的朱自清先生，朱先生在浙江省立第十中学教过书，得知赵瑞蕻是温州人时，询问了许多关于温州的情况，后来多次谈到籀园和温州仙岩梅雨潭；遇到性格慷慨激昂的闻一多先生，大谈田间、艾青的作品，赞扬高尔基、马雅可夫斯基所走的文学之路，让赵瑞蕻听得如痴如醉；遇到总喜欢穿一袭蓝布大褂的冯友兰先生，冯先生个子较高，一把短胡子，慢悠悠地讲课，是一种处世哲学，更是一种人生境界。赵瑞蕻的老师还有博学多才的钱锺书先生、精力充沛的钱穆先生、朴实沉静的冯至先生、善于以史观今的陈寅恪先生、英国诗人燕卜荪先生。这些教授的治学精神和做人品德深深影响着赵瑞蕻，也培养了他永远保持一颗童心，不断追问、不断探索。

1940年盛夏，赵瑞蕻从西南联大毕业，在昆明南菁中学高中部教英语，开始了长达半个世纪的教学生涯。1942年冬，他告别昆明，前往位于重庆的中央大学柏溪分校任教，在外语系教英文。柏溪这个清寂的村庄给赵瑞蕻带来不少创作灵感，除教学外，他写出了不少现代诗，如《阿虹的诗》《金色的橙子》等，他用散文的笔调翻译了法国作家司汤达的《红与黑》，这是第一部中译本，1944年作为世界古典文学丛书之一，由作家书屋出版，赢得了中国读者的喜爱，在我国新文学翻译史中有着重要地位。他还翻译了法国作家梅里美的小说《卡门》（又名《嘉尔曼》）、法国诗人兰波的名篇《醉舟》和英美作家的一些作品。

1945 年 9 月，抗战胜利，重庆举城欢庆。第二年，赵瑞蕻随中央大学迁至南京，从此定居南京。赵瑞蕻在柏溪的 4 年里，生活异常清苦，常用红薯充饥，房屋墙壁用灰泥涂抹，冬季采用烤炭取暖，但他的心情始终愉悦，童心不泯，与当地的村民和柏溪分校的师生建立了深厚的友谊。赵瑞蕻到南京后，依然兢兢业业地教学和写作，又翻译了司汤达的短篇小说集《爱的毁灭》，由正风出版社出版。但时局依然动荡，人心惶惶，1946 年 7 月 15 日，爱国主义诗人闻一多被国民党暗杀。赵瑞蕻听到消息后，含泪写下诗歌《遥祭》。

中华人民共和国成立后，中央大学改名南京大学，赵瑞蕻任教于中文系，摆在他面前的任务更加艰巨，目标更加远大。他以炽热的爱国之心写了《土地上的光》，为抗美援朝写了《三个美国兵》，用文字来赞颂新的时代，歌唱新的生活。他翻译、出版了苏联诗人马雅可夫斯基的经典长诗《列宁》，翻译、出版了《马雅可夫斯基研究》。在 1953 年这个明媚的春天，赵瑞蕻开始致力于新兴的比较文学研究，在南京大学中文系创建了比较文学与世界文学专业，培养出了一批批比较文学领域的研究人员。

二十世纪八九十年代，进入花甲之年的赵瑞蕻依然孜孜不怠，在全力推动比较文学学科发展的同时，深入“鲁迅与外国文学关系”“巴金与外国文学关系”等课题的研究，发表了数十篇有影响的论文。1982 年，他的专著《鲁迅〈摩罗诗力说〉注释・今译・解说》在天津人民出版社出版，注释有 500 多条，将原著深奥的文言文译成现代汉语，还提出了“1907 年是中国比较文学真正起步的一年”“鲁迅是我国最早最杰出的比较文学家”等观点，该书获得全国比较文学图书奖“荣誉奖”。赵瑞蕻还以丰富的情感和奔流的意象，创作了大量的诗歌、散文，诗集《梅雨潭的新绿》《诗的随想录——八行新诗习作150首》和散文集《离乱弦歌忆旧游》等相继出版。在他80岁高龄那年，童心依然，天真依然，还创作了长诗《八十放歌》。

赵瑞蕻毕生保持一颗童心，钟情于诗歌创作，致力于翻译事业，在比较文学领域有着精深的造诣。我始终认为，在论及文学翻译和诗歌创作时，他是不能被遗漏的。

（原载《文艺报》2021年9月13日）

曹凌云，中国作家协会会员，浙江省文联、浙江省作家协会全委会委员，温州市文联党组成员、秘书长，在国内报刊发表散文、报告文学三百余万字，作品多次在各类比赛中获奖。出版有个人散文集《纸上心情》《心灵说话》《乡尘》和长篇纪实散文《舅舅的半世纪》《走读瓯江》等。

竹林生活研究

草　白

此地以竹林为名，手机上的指南针显示：北纬 30 度，东经 120 度，位于浙江北部，一个叫新丰的镇子的西南面。历史上，竹林之名本也多矣，有“竹林七贤”，有“苍苍竹林寺，杳杳钟声晚”——某种意义上，它们无关地名，与是否存在茂林修竹也无关，它们指向一种罕见的、不同流俗的精神生活，有人，有栖息地，更有两者之间的隐秘联系。

在这里，我无意讨论历史上的竹林生活，它们已成过往云烟，成为中国文化史的遗存。眼前的竹林是浙北平原上典型的村落，白墙黛瓦，绿树环绕，草坪如茵。往昔记忆中乡村之混乱无序，不复存在。显然，此地的一切经过设计、改良，甚至拆建，早已焕然一新。它实在太新了，新到还没来得及留下清风、大雨和青苔的痕迹，所幸，这里的河流、古树、稻田、草垛仍是照旧，盛夏的蝉声与蛙鸣仍给人二十世纪八十年代的喧嚣感，当然最重要的是此地生活的人。屋檐下，房舍里，稻田之上，人归属其中。土生土长的人，经历过艰难生活的人，如今终于获得片刻喘息。安静、富足、多闲暇，有足够的时间在自家领地中悠然来往，研究药草，烹煮食物，与老友闲话家常，侃侃而谈，不知日之将暮；或者，去阡陌之上，拿脚底亲触田园的肤表，接触草叶、泥地和露水，吹一吹四野的风，饥食倦眠，兴尽而返，何其妙哉。

在此之前，我总觉得眼下的中国乡村很难拥有真正的田园生活，归乡的美梦也从来不敢认真去做，只在纸页间翻翻看看，看到兴头上，也是他人的幻梦，他人的歌谣。直至来到竹林村，看到漂亮的白房子，小时候的篱笆墙，蜷缩在树荫下的小河，整饬洁净的路面，闻到某种由河底软泥、三叶草、石头上的热烘气所氤氲而成的气息，脑海里瞬时闪过一些久违的念头。此地生活的人们实在应该拥有另一种生活，一种更完整、更丰富的生活，有更多的闲暇时间，看木槿花在篱笆上开，看天上成群结队、飘来飘去的云，看雨下在池塘里，看墙上青苔，墙下乱草，花开一次就看一次。当一个人不再将自己时时落进严酷的生存事态中，便能听到风穿竹林的声响，听树叶将自己从这个地方搬到另一个地方。眼前这一片全新的风景，难道不是教人停下脚步，坐进舒适的安乐椅里，蜷缩在绿荫底下，以消此永昼吗？

此刻，我想起很久以前人们所经历的生活。十八世纪时，一个叫吉尔伯特·怀特的英国人，求学于牛津大学，最后回到出生的英格兰乡间塞耳彭村居住了大半生。他的本职工作是牧师，却兴致勃勃地给身居伦敦的律师和动物学家朋友们写信，留鸟和候鸟是书信中的主角，而人的宗教生活无一涉及。他还研究塞耳彭的动植物、物产、风俗，记录气候现象——因为，自然就是他的宗教。后来，这些书信结辑成《塞耳彭自然史》出版。

继吉尔伯特·怀特的塞耳彭生活之后，梭罗在瓦尔登湖边度过了两年光阴，而约翰·巴勒斯终其一生都居住在河畔小屋、山间石屋，相继写下《醒来的森林》《自然之门》《鸟的故事》等书，还有美国人亨利·贝斯顿在科德角海滩一座孤零零的“水手舱”里与大海相伴了一年。

但我最喜欢的还是，诗人陈冠学在台湾南部山区度过的每一天。他以日记体的形式，一笔一画写下《田园之秋》。很长一段时间里，那是我的枕边书。我喜欢看作者写云如何飘来飘去，写人在闲极无聊时在荒草丛中、废弃山路上无目的地走来走去，甚至写收割、舂米、喂养鸡雏的文字，都比人群中发生的故事要好看无数倍。大概还是因为文字中浸润的静气，以及由静而生的闲适、喜悦、随遇而安，打动了我。除了阅读，人大概只有在自然中才能充分体验这种静谧感。

或许，现在的竹林可以提供一份这样的生活，为什么不呢？那里的一切看上去都很新，蕴藏着无限可能性。那些古镇也很新，但它们只是景区，是游客与猎奇者的天堂。在那里，只有买卖与吆喝，只有生意和数据。生活的痕迹完全被抹去。没有人在里面煮饭、待客、劳作、繁衍生息。没有孩童在里面游戏，没有老人在里面咳嗽和老去，也没有年轻人在那里走向神圣的婚姻殿堂。但村庄不一样。从城、镇、村，一级级下来，人口密度和居住容积率降低的同时，带来了细致生活的痕迹，草木虫鱼活跃的痕迹，以及扑面而来的四时变化。人们重新体验春的神圣，夏的热烈，秋的壮观，冬的肃杀。这些久违的感觉，就像湛蓝天际上的云朵，强烈而单纯。

已经不是萨福、陶渊明和王维的时代，农耕文明也渐行渐远，没有了炊烟和牧笛，但我们依然与久远时代的人处于同一空间，因我们赖以生存的地球是唯一的。况且，大自然的戏剧正一日日毫不衰歇地上演，从没有终止过。昆虫冬眠，鸟儿迁徙，冰雪消融，万物复苏。树影随着太阳移动或长或短。垂直的雨砸出一朵朵好看的水花来。——久居钢筋水泥丛林的都市人，已经好久没有亲眼看到这些了。

未来日子里，肯定会有越来越多的人来到竹林或去往类似“竹林”这样的地方生活。那里不是隐居所和避世地，而是人们重新学习生活的地方。人类发展到今天，物质文明高度发达，但对于生活本身，或许还需要重新学习。重新爱上没有霓虹的夜晚，星月交辉，一片岑寂；重新习惯空气中存在着各种独特强烈的气味和沁人心脾的芳香；在草虫所奏的夜的序曲中入眠，于群鸟的啁啾中睁开眼。天上星光璀璨，人间遍地虫鸣。自然的世界，充斥着微小之物，不可言说之色彩、气味、声音，处处无解，处处生机无限。

我希望竹林变得更为暗旧一些，白墙布满雨痕，落叶在林间小径堆积，青苔附着在水池、屋瓦、颓墙、湿地上，树枝婆娑起舞……在那里，时间慢慢融化，显得年深日久。那必将是新一轮的照见和洗礼。

我想象着未来抵达竹林的人，他们中有热情的自然观察员，有郁郁寡欢的互联网从业者，有鸟类学家、星空爱好者、艺术家、背包客、诗人。竹林不再只属于世代栖息于此的留鸟与人，还有不断到来的客人。他们不是将此地当作单纯的观光胜地，而是某个可以烛照自身的地方。因为这里有更丰厚、充足的自然，处于不断更迭之中，成长与衰变同时进行，肌理日渐细腻、丰富。这是一个没有被割裂的整体，时间恢复了它的秩序。古桥、街巷是它的骨架，河道是血脉。既有供汽车通行的街衢，也有属于漫游者的荒僻小径。在竹林，夜晚恢复了它的神圣与美丽。河流重新成为鱼虾、螺蛳以及水草共聚的乐园，负责提供神秘与难以言表的东西。

重要的还是土地之上居住的人，一个个伟大而独特的灵魂，他们的存在缔造着一种别样的生活。我想起很多年前，那个手拎灰色手杖，穿着齐膝短裤，在塞耳彭的山谷和森林中出没的人——一个名叫吉尔伯特·怀特的牧师、观鸟人、博物学家、自然主义文学大师。因为怀特的书写，塞耳彭的生活流传至今。艺术家马塞尔·杜尚曾说，我最好的作品就是我的生活。认真生活，它本身就是一种艺术啊。

蜕变已经发生，竹林将以自然主义者的乐观，以生活家的机智与耐心，等待它的来访者。而竹林的土著们——那些生于斯长于斯，终于获得部分闲暇时间的农人，大概从来没有像今天那样对眼前生活充满如此强烈的好奇心，这不是更好或更坏的生活，而是一种全新的生活。农人正在重新建立与脚下土地的联系，这一次，不仅仅是施予或劳作的关系，还可能是一种新型的审美关系，它更为缓慢、持久，也更加艰难。我知道在很多地方已经开始这样的实践，这无异于一个婴孩学习爬行和站立，但与婴孩处于天然的空白状态不同，它几乎是对过往做法的纠偏或拨正。

农人的劳作应该成为美学序列中的重要一环，与莳花、垂钓一样，这需要充足的闲暇时间，需要身心舒悦。从容不迫的生活，必将带来天高地厚的性情，这既是我对未来竹林生活的期待，也是自我期许。

（原载《嘉兴日报》2021 年 10 月 6 日）

草白，1981 年生，浙江三门人。在《人民文学》《十月》《作家》等杂志发表作品若干。出版作品集《童年不会消失》《少女与永生》等。曾获第二十五届联合文学小说新人奖短篇小说首奖、第十二届《上海文学》奖等奖项。

群山之间

柴　薪

一

在江山保安箬山的群山之间，朝远处望去，仙霞山脉，群山连绵，草木葱茏，而近处，漫山遍野的油菜花似乎在一夜之间突然变黄了，变得如秋天般静美。油菜花之上，似乎有一层薄薄的、丝绸般的金灿灿的薄雾在浮动，十分耀眼。金灿灿的金黄色，抹平群山之间遍体鳞伤的大地，铺天盖地的金黄色似乎也让我一时迷失了方向，让我一时恍惚不知身处何处。

春天里看见树木，一簇簇嫩黄的新叶长出来了，是迎风长出来的，在短短的几天时间里就仿佛完全替代了老叶的位置。而树木的这种替代似乎并不显得突兀，似乎生命的这种更迭是温柔而恰当的，自然而然的。

嫩芽从各个位置长出来，整棵树焕然一新。那新鲜的颜色总是让人心生爱怜，嫩得让人几乎不忍心去触碰它。叶鞘纷纷坠地，地上散落着许多异样的花瓣。新芽芳香迷人，那种绿是最为完美的绿。

看过去，我的眼睛就迷失了。粲然的新叶芽完全是生命中的一个感叹号，而迎风而解的芽鞘，是花的另一种方式。生命总是在我们惊诧惊奇和毫不知觉的时候突然爆发的，生命也总是在我们惊诧惊奇和毫无防备的时候突然沉寂的。一些嫩芽钻出老树那长满刺疙瘩的厚厚的树皮，我惊叹于它的力量，新生命的力量是匪夷所思的。

古道边那片被行人踩得坚实的野草，渐渐地泛起了一层淡淡的绿，嫩芽也纷纷钻出地表。古道边岩石堆砌的砌墙崩裂处，一棵树的根部萌生出一枝嫩芽来。那些淹没在油菜花海中陈旧的老房子，仿佛也萌生出许多嫩芽来，像枯若槁木的树桩盆景上长出点点鲜绿的芽。老房子幽暗的天井里，青石板和青砖黑瓦的缝隙里也纷纷探出嫩草的芽尖，甚至连老房子袅袅上升的炊烟似乎也长着嫩芽。

年轻的美丽的女子，在油菜花丛中进进出出，脸上泛出一丝红润的颜色，那就是春天的颜色。残破的断墙上、瓦垄间……连倒塌的残垣废墟上也长出许多突兀的青草。天空中坠落而下的云气，化为雾霾，远山笼罩着一种淡淡的雾，水滋润着树上的嫩芽，也滋润着每一处角落，我想，在春天，每一个植物可能都会长出嫩芽的。

古道边草木茂盛的山涧中山溪淙淙，除了那些草木中跳跃的清澈明亮的溪水外，还有那些融于溪水内的无处不在的绿意，那就是春天，春天是无处不在的。山涧中幽幽的青苔，探出细微的芽苞，粉红色的、牙黄色的……涧底一定还有柔柔的藻荇，也正悄悄地发芽。

山崖处，一株映山红，只有一株，恍如隔世，红红的，迎风独立，鲜艳夺目。一定是夏的驿使，春天尚未过去，就迫不及待地捎来夏的音信。

去年冬天被大雪压断的竹子，白色的身子七零八落地倒向草木深处。成片成片的翠竹，新竹已萌动，老竹枝梢越来越拥挤了，风一吹，竹涛阵阵，蔚为壮观。站在竹林旁，我似乎也是一棵新长的毛竹，正在悄悄地拔节生长。

远处，群山之上，薄雾和淡淡的春意在聚集，在绵延，向远方而去。不经意间，脚底下的草变厚了，因为越来越多的嫩芽钻了出来，头顶的树变绿了，柳梢柔曼地拂向远处，仿佛是一只招摇的手。在这群山之上，天地一新，闭上眼睛，也能听到各种草木萌动的声音，细微而执着，喧哗而骚动，它们汇成一片，盖过眼前金灿灿的油菜花海……

二

从箬山下来，大巴车沿京台高速（江山境内黄衢南段）自北向南，越小竿岭隧道、二十八都三江口，经五显岭隧道，穿越仙霞山脉，进入闽北浦城县九牧镇时，阳光探出了云层，原先阴霾的天空忽然变得绚烂，山峦清晰，草木欣然，有豁然开朗之感。

据说，唐代此地出过九个州牧，被誉为“九牧流芳”，九牧因之而得名。仙霞古道由浙入闽后第一关梨岭关就在九牧梨岭上。据说，此山岭因盛产梨，故称梨岭。唐贞元初，林藻与其弟林蕴联袂进京（长安）赶考，过梨岭，在岭头题下姓名，后兄弟俩登第归来，在岭上题《折桂诗》一首。有句云：“弟兄各折一枝桂，还向岭头联影飞。”于是，梨岭也叫折桂岭；又因岭上有五显庙，俗称五显岭。为闽、浙、赣界关之一，是仙霞古道中最为险峻的关隘之一，也是北上中原的必经之路，历来是兵家必争之地。唐总章二年（699），陈政率兵入闽，唐贞元二十年（804），日本空海法师来华求法，以及后代官宦、商贾往返京城都经此出入。明洪武元年（1368），浦城知县张鹏举于岭畔树华表，匾书“梨关”。明正德七年（1512），重立关门。清顾祖禹《读史方舆》载：“五显岭高峰连云，前横大壑，傍岩飞阁又类仙霞。其危崖仄径，真是令人一夫当关，千人自废。”清嘉庆十五年（1810），重建关楼，南面书“全闽锁钥”，北面书“越闽砥柱”。清顺治十四年（1657），大将军和硕康亲王由此入福建，关前马失前蹄，鞭驱不前，往五显庙告祝封刀入闽，命其部下兵不血刃长驱浦城，因此有“白马千军跪五显”之说。

1933年，建造江（山）浦（城）公路（国道G205前身）时古道被毁一半，而关楼早已荒废。1994年五显岭隧道开通，之后古道、雄关渐渐荒芜。

在九牧，木质结构的老房子已差不多拆完了，剩下的几幢老房子也已破败不堪，零乱，倾斜，飘摇，抵挡不住岁月的侵蚀。一切已是物是人非，一切皆已烟消云散，一切似乎埋进了岁月的长河里，无声无息，无影无踪。

行走在九牧的街头，一切仿佛都静悄悄的，新旧交替，杂乱无章。我只能想象，想象当年九牧商铺、酒肆、饭店、客栈林立，酒旗飘香，车马辐辏，南来北往，商客云集，熙熙攘攘，热闹而喧嚣的场景。

在九牧的溪边，我看见一株长相奇特的柚子树，树身长满树瘤，树枝虬曲变形向同一个方向伸展，倾斜。柚子树下的溪滩上，我看见两只鸭子，把嘴巴埋进翅膀中，闭着眼睛在冬日懒洋洋的阳光下睡觉。似乎什么也不见，似乎什么也不想。身旁的溪水，浅浅的，水波不兴，就像这九牧镇，就像这大山中的岁月一样静静地流淌。

三

浦城有一条江山街。

定居于此的几乎全是江山人，是把他乡当故乡的江山人。

据清乾隆八年（1743）版《重修浦城县志》记载，当时南浦镇西南角的迎远门外增添了两条街道，一曰前街，一曰后街。光绪版《续修浦城县志》中，迎远门外的街道增加到四条——磡头、前街、后街和发夫街。磡头、前街和后街这三条街道，就是民国时期的码头街，现为和平路一段。发夫街，也叫江山街，是拥有大量江山移民、专门为江山挑夫提供食宿服务的一条街道。

民国时期的码头街长1000余米，江山街长600余米。这两条街道，一条指向南面的南浦溪，一条指向北面的仙霞古道。它们正好说明南浦镇是南浦溪水路和仙霞古道旱路的结合点。

作为一个江山人，当我站在浦城的江山街上时，那一瞬我还真不能说出心中真实的感觉。是亲切？是无奈？是空旷？是寂寞？是风中怀乡？是迎风落泪？是漂泊无定？是浪迹天涯？那一瞬，我甚至不知道该用哪些文字才能表达我心中的感受。那一瞬，我曾暗暗希望能“遇见”父亲年轻时的影子。我知道，我的这种想法是不切实际的也是不可能的。父亲生前曾跟我讲起过他年轻时短暂挑“浦城担”的经历，在浦城的江山街上歇过脚（住宿过）。但起点和终点以及沿途穿越仙霞古道的艰辛和苦难，父亲的讲述只字未提，大多省略了。只说过挑一趟“浦城担”，来回能赚一块大洋，那喜悦的神情，我至今无法忘怀。

如果时光可以倒流，我倒是愿意做一回挑夫，挑一趟“浦城担”，沿着父亲年轻时走过的路走上一回。

江山街的街头有一口井，街尾也有一口井，两口井都叫“江山井”。我忽然有了这样的想象，长长的江山街像不像一条“扁担”？两头的两口水井，像不像两个箩筐？像不像一副巨大的“浦城担”？是不是最早定居这里的江山人有意为之？是乡愁？是怀念？是苦涩？是艰辛？是喜悦？是幸福？是不是想告诉我们这些后来的人一些什么？答案或许只有风知道。或许只有江山街上的一块砖，一片瓦，一个檐角，一扇窗，一盏灯，一条扁担，一副箩筐，一块大地，一片天空知道。

江山街，现已改名为建设路。

消失和存在似乎是瞬间的事情。

消失的已经消失，存在的仍将存在。

无论是江山街，还是建设路，对于我对于一个江山人来说，更多的时候，“江山街”三个字早已凝固在心中。无论世事如何变迁，无论何时，当我出现在浦城江山街，我都希望能遇见一个熟悉的江山人，听见一句熟悉的江山口音。

哪怕是在梦中，那熟悉的乡音，一定会波涛汹涌地从我头顶上呼啸飞过，那熟悉的气味，一定会在江山街的上空萦绕弥漫，让人不能自已。

（原载《河南文学》2021 年第 5 期）

柴薪，2000 年鲁迅文学院作家研修班结业，中国作家协会会员。著有长篇小说《恍惚的风景》，散文集《行旅书》《草木笺》《江南雨，天山情》，诗集《美的生长》（合集），自选诗集《月亮的背面》等。曾获三毛散文奖。

一池春水

陈　野

应余杭方志馆之邀，赴塘栖镇参加一个水乡题材的书画作品展。到了塘栖，但见水北街西端广济桥边，两幢白墙黛瓦的百年徽派古宅南向面河而立。走进细看，知其既为余杭地情展示中心，又是余杭地方文献研究中心，合在一起，便是余杭方志馆。

馆内案几洁净，书册盈箧，有古琴清泠如天籁，画幅之中山水清远。三三两两的观众或流连欣赏，或驻足静观；二楼是办展画家的讲座，为听众娓娓细说艺事心声。窗外细雨绵绵，运河里时有舟楫行过。虽非春日，然于此书卷、画册、烟云、舟声中，也颇能感受唐代诗人韦庄“人人尽说江南好，游人只合江南老。春水碧于天，画船听雨眠”的江南水乡唯美意境。

一

翻阅书橱上《栖溪风土记》《栖里景物略》和《唐栖志》等旧时文献，塘栖在志书的字里行间，在周边的参差高树、斑驳墙影里，渐渐显现出了它古镇旧影中的江南特质。

塘栖因“负塘而栖”得名，历史悠久，元代是其历史发展之关键节点。清光绪《唐栖志》记载：“迨元以后，河开矣，桥筑矣，市聚矣。唐栖官道所由，风帆梭织，其自杭而往者，至此少休；自嘉秀而来者，亦至此而泊宿，水陆辐辏，商家鳞集，临河两岸，市肆萃焉。”自张士诚新开运河，京杭大运河杭州段穿越塘栖镇区，联结南北，通江入海，塘栖由此成为杭州门户、江南巨镇，被徽杭大贾视为利之渊薮。明代乡贤胡敬元在《栖溪风土志》中极写塘栖繁华：“开典、囤米、贸丝、开车者，骈臻辐辏，望之莫不称财富之地，即上官亦以名镇目之。闹市所在，店铺林立，百货充盈；就地商市，以枇杷、甘蔗、荸荠、鲜鱼为大宗。”一时成为“江南十大名镇”之首。

明代苏州籍文学家、书法家王穉登多次往来江浙，旅居塘栖，有感于其鲜活热闹的市井生活，作《夜泊塘西》诗：“十年频客越，四度宿塘西。渔父衣红袖，居人饮绿溪。月中争获稻，桑上屡驱鸡。卖酒重廊夜，家家市火齐。”以一个江南士人的细致敏锐，捕捉提炼出红袖、绿溪、灯火夜市的鲜明意象，留给我们一个江南水乡小镇至今可感的多彩场景。

如同众多江南小镇一样，物产富庶引来高门大户在此云集聚居，涵育出塘栖的文采风流，蔚成“文章科第炳耀一乡，别墅园亭甲于两邑”之人文气象。清代王同在其主编的《唐栖志》中例举“其时若陈氏、若卓氏、若沈氏、吕氏，皆以寓居而蔚为巨族”，他们重科举，尚读书，渐起藏书之风，卓氏水一方、传经堂，吕氏樾馆，劳氏丹铅精舍，朱氏结一庐等众多藏书楼声名远播，由此厚植文脉，文风日盛，科甲连绵，人才辈出。据清光绪年间的《唐栖志》记载：塘栖在明代时共中进士 15 人、举人 40 人、五贡 14 人。在清代时，共中进士 23 人、举人 64 人、五贡 43 人。

明清两代，塘栖镇上私家园林遍布，《唐栖志》为此专设“园亭别墅”一节，邑人杭世骏在《唐栖志略》序中称其地“百步之内有芳草，十室之邑有忠信。栖虽壤地偏小，高贤栖托，风雅聿兴。卓、吕、丁、吴诸大姓，矫尾厉角，峥嵘于胜国之季。声妓园林，号称极盛。”据史料记载，仅清代造园大师张熊，即在塘栖建园林十余座。张大千、吴昌硕、庞元济、周庆云、姚虞琴等众多南北名士于此闲处优游，读经论道，诗词唱和，泼墨挥毫，于融天地精华、人工巧思的一方精致佳构中，仰察俯观，飞扬意兴，抒发才情，为塘栖写就笺纸、绢素、金石上的历史辉煌。

二

斗移星转，时过境迁，塘栖由盛而衰。“数传而后，樾馆之书、竹里之著述，皆已荡为烟云。水山之墅、景薇之堂，拆而为薪，夷而为菜圃。寒蛩怪鸟，叫啸于荒烟乔木之上下。扁舟来往，凭吊无由，缅遗事而悲凉，续琴樽而阒寂，感慨系之矣。”（杭世骏《唐栖志略》序）古典时代的塘栖在方志等文献古籍里明媚而生动，却与我们今天的现实生活渐行渐远。曾经鲜活的生命、已然过往的生活、陶炼积淀的业绩，纷繁的思绪、驳杂的心境、丰富的情感，均随时间的流逝，翻落进文明的深处，绚烂之极，归于平淡，在远离我们当下人生的时间彼岸，兀自静默，俱成往昔。

然而，历史潮流虽然浩荡前行，其起伏回旋的内在涌动，却始终未曾脱离传统的本底。此正如诗人所言：“如同河流，在最深的夜里也知道明天的去向。”（余秀华《月光落在左手上》）历经时间陶炼的江南人文特质，犹如江南林泉，万古清澄，是江南日常生活、观念世界和文化精神里基因般的存在。而所谓的时势之“变”，不过是每个时代的江南，都有它自己的印迹要呈现。昔日繁华并非只是仅能追忆的空幻旧梦，当下之景也非永恒所在。在在如是者，皆不过浩渺历史时空的种种片段印迹，经由历史的磐石之磨，精研而成文明元素，涵化整合于传统的建构传延之中，是以江南永存。

塘栖莫不能外，它因悠久历史、繁华往昔、诗书传统、慧心巧思陶冶而成的地域特质，密实而又坚韧地深自沉潜于传统之中，“野火烧不尽，春风吹又生。”此番塘栖之行所见所知余杭方志馆的种种活动，正是传统江南的文化基因和文明元素在当今江南人群和生活中的欣然复苏和自觉生发。

三

余杭方志馆自 2013 年 9 月于塘栖建成起，即对自身居于江南人文荟萃之地的人文环境认知清晰。2016 年 3 月，馆里开设人人讲坛，旨在将“市镇的源起和兴衰、山水之间的雅趣、淹没在历史风尘里的逸闻，都化为我们血脉里关于家乡的温情”，“汇集知识和感悟，做那一方聚积春水的池塘”。数年间，志馆邀请区内外专家学者，先后举办了“漫谈《闲情偶寄》的生活美学”“西湖：她的魅力与艺术”“让水墨为那一片乡愁留下记忆”“诗趣春日——丰子恺、宋雪君漫画展”“情系塘栖黑白摄影原作展”“翰墨昆仲——陈经、陈纬余杭书画作品展”“民国运河旧影——江南水乡主体收藏展”等以江南文化为主题的讲座、分享会和艺术展览，为来自塘栖、余杭以至杭州的社会大众解读江南历史背后秘闻真相，切实从容地将江南传统化为了流淌于当今塘栖小镇中的一池春水，滋养大众的生活与心灵；又以这春水池塘的志馆定位，泽润了塘栖江南名镇的时代画卷。

艺文活动之外，江南生活的印迹在余杭方志馆内亦是随处可见。志馆创建伊始，承担具体修建工作的余杭党史研究室（方志办公室）主任吴莹岗和他的团队便有清晰的传承江南文脉的定位和思路。他们凭借深厚的文史功底、浸润着江南水乡灵气的修养趣味、以己心己力再现塘栖古镇韵味的意愿和能力，打造出了一座全国知名的独具江南神意的当代方志馆。

触目所及的，先是物中的雅趣。两宅均是典型的江南民居形制，上下两层原木结构，古朴的浮雕、砖雕元素，精致的木雕花格门窗，融汇百年风霜，为老宅增添了静穆的威仪。馆内橱柜桌椅等一应陈设，虽是新装，却都以深色实木为主。古典式样的书架陈列着布面线装的旧志古籍，透出来自历史深处的沉稳雅意。庭院内外，青石铺地，门廊折转，虽非庭院深深，却亦兀自漫溢着别具江南意趣的玲珑秀逸。

细观之下，便感受到了主人的灵慧。志馆工作人员以女士为主，她们大多毕业于高校文史专业，是地方史志、乡邦文献编纂整理的专才；她们又是妙龄的江南女子，容颜清纯，身姿曼妙，妆饰素淡，气质温婉。她们以爱美天性承江南草木传统，于场馆内外遍栽花卉绿植，花木扶疏，处处缀饰，老藤嫩枝绣黛瓦，绯红青碧映粉墙，将古意森然的老宅，装点出俏丽丰莹的盎然生机。

四

当代江南文化建设，需要大投入、大平台、大项目，但更离不开发自内心的渴望以及源于日常生活的需求和创造。塘栖的自然人文情致，曾引得丰子恺先生为她写了专文《塘栖》，认为“江南佳丽地，塘栖水乡是代表之一。”文中说他之所以常常放弃快捷的火车，花两三天时间坐客船、走运河，在塘栖过夜而到杭州，就是为了从中品味“闲梦江南梅熟日，夜船吹笛雨潇潇”的诗趣，“古人赞美江南，不是信口乱道，却是亲身体会才说出来的”。正是这种江南情致的切身浸润，涵育了他领悟“生活的艺术”、崇尚“艺术的生活”之理念，其要义便在于将文化的创造与传承融于日常生活中。

江南曾经的辉煌，是前人生活里的印记；江南不朽的灵性，亦在生活中绵延穿行。余杭方志馆的环境、建筑、艺文和人事，传承了江南生活中其来有自的审美要素和文化品质，体现的是对一种具有艺术境界的生活方式的追求，呈现的是文化自然天成的生长形态和生机勃勃的繁盛景象。历史、文化、艺术由此融入日常生活之中，江南文化的传承，便也由此落在了实处。

（原载《浙江日报》2021 年 8 月 14 日）

陈野，女，浙江省社会科学院副院长、二级研究员。长期从事艺术史、文化史研究。出版有《缘缘堂主丰子恺传》《缘在红尘：丰子恺的艺术世界》《浮世绘影：南宋四家传》《西湖绘画》《江色绘影》等传记、随笔集。

当徐渭遇上《天堂电影院》

陈成益

徐渭与《天堂电影院》，两者风马牛不相及，徐渭的时代没有电影，连电都没有，意大利小镇上的托托也不认识明朝人徐渭。但当徐渭诞辰五百周年大展遇上《天堂电影院》在国内上映，想想还真是件有意思的事情，他们竟有不少相通处。

不用说，徐渭和托托都是天才式的人物，小托托对电影的一切，无师自通，从小热爱电影的他拿起来摄像机，成了名导演。徐渭呢，八岁就“稍解经义”，被山阴县令刘昺赏识，在读了徐渭的文章之后，批曰：“小子能识文义……期于大成。”果然，他成了一个诗、书、画全才式的人物。绍兴新开徐渭艺术馆络绎不绝的人流，就说明即使五百年后，他的书画作品还感动着人们，甚至有人说，南北画家都来到了展厅。更有意思的是，他还写有剧本《四声猿》，“意气豪达”，被袁宏道“疑为元人作”。

而在生活道路和感情经历上，徐渭和托托又如此相似，古今中外并没有多么大的区隔。徐渭和托托都是失父者。徐渭百日时，父亲徐鏓就去世了。他是继室苗室的丫鬟庶出，他的生母不要说名字，甚至连姓氏都没有。在那时，这种孩子，除非有父亲宠爱，名分上地位极低，甚至被骂“野种”都有可能。他的两位哥哥都大他二十几岁，这样的家庭情况，让徐渭自小在这个家里不好过，敏感，紧张。幸好嫡母苗氏对他还不错，他曾自述“渭百其身而莫报也”。但他十岁时，苗氏遣散了（卖了?）徐渭生母，在徐渭晚年所作《畸谱》中，用了“夺我生母者”的字眼，这是相当严厉的指责。这是少年徐渭身心的又一道创伤。他变得多疑，没有安全感，最终遇到坎坷，心理出现问题，自杀未成，继而杀妻。这些都可能是对一个天才的历练。

托托的父亲上了战场就再也没有回来，从小聪慧的托托，很早在电影里知道了这个事实（电影其实是这个小镇通往外面世界的唯一出口）。但母亲不肯承认，当托托说“爸爸不会回来了”，还给了他一个伤心的耳光。幸好托托有电影院，电影带给他欢乐与无限可能。当然还有不是父亲胜似父亲的电影放映员阿尔弗雷多，他俩如父如子，也如师如友，一样热爱电影，电影机械的操作，托托看看就会了，这一点连阿尔弗雷多都觉得不可思议，又无比欣慰。当托托不顾一切救下火场中险些丧命的阿尔弗雷多的时候，他们的生命似乎融为一体，完成了一次交接，以后的人生故事就要靠托托自己去书写了。阿尔弗雷多告诉托托：“不要回头，不要回来，我不要你来看我，我要听别人谈论你！”有这样的人生导师，托托是幸福的。

徐渭一生历经坎坷，但他也有短暂的幸福时刻，二十岁“进山阴学诸生，得应乡科，归聘潘女”，真是春风得意。

“掩映双鬟绣扇新，当时相见各青春。傍人细语亲听得，道是神仙会里人。”

徐渭这样回忆他与十三岁潘女的开始，这种温柔缠绵，简直比后世同为绍兴人的胡兰成还要胡兰成。因为此时兄长的不善经营，导致家道败落，拿不出足够聘礼，徐渭只好入赘潘家。岳父潘克敬相当看重徐渭，把他带在身边，要知道他自己是有儿子的。当徐渭因兄长去世，家产被夺，岳父为他营治，居然白了头发。在潘家六七年，“翁之敬爱某者如一日”。

妻子潘似，她本没有名字，“以其介似渭也，名似，字介君”，她跟徐渭情投意合，很多地方都跟徐渭一样，所以徐渭给她取名似。相识第二年他们便成婚了，之后不久便在广东阳江收到长兄徐潞的讣告，徐渭只得回乡奔丧。新婚小别，徐渭当然非常想念，有一首《南海曲》这样写道：

“一尺高鬟十五人，爱侬云鬓怯侬胜，近来海舶久不到，欲寄玳瑁簪未曾。”

相似的性情，无尽的柔情，给青年徐渭以最大的慰藉。潘似还特别体贴徐渭，“与渭正言，必择而后发。恐渭猜，蹈所讳”，与徐渭这样心性敏感的人相处，她处理得恰到好处。可是好景不长，幸福总是很容易被摧毁，在生儿子徐枚前，潘似已经得病，产后又加剧了，一年就死了，此时她仅仅十九岁。显然徐渭并不能接受这个现实，《送内兄潘五北上》表达了这种痛苦：

“去年八月吾入科，二妹开帷送五哥。今日五哥复北上，房空镜暗余轻罗。二月梨花几树云，九曲黄河千尺波。忽然念此杳如梦，落日当舡烟雾多。”

一年时间，就已天人两隔，真是人生如梦。即使在十年后，徐渭还是无限思念。有诗《内子亡十年，其家以甥在，稍还母所服，潞州红衫，颈汗尚泚，余为泣数行下，时夜天大雨雪》：

“黄金小纽茜衫温，袖摺犹存举案痕。开匣不知双泪下，满庭积雪一灯昏。”

抄了那么多诗，我们不难看出徐渭的一往情深，虽然二人在一起仅有六年，但是对于重情重义的徐渭来说，潘似在他内心留下了深深的烙印，他的一辈子好像就谈了这一次恋爱。往后虽还有数度成与未成的姻缘，但都不欢而散，甚至在受到精神刺激后，误杀张氏，也给他带来七年的牢狱之灾。他的人生从此跌到谷底。往后只有疾病与穷困如梦魇般跟随他，他卖貂、卖磬、卖画、卖书，但还是入不敷出，以至于连家都没有，只能跟随也是入赘的小儿子徐枳到王家生活，陶望龄写他“至藉藁寝”，也就是睡稻草的田地。天才的晚景，实在令人唏嘘。

徐渭所作的《畸谱》是一场人生的回访，而《天堂电影院》又何尝不是。

电影一开始，是年迈的妈妈打电话给儿子托托。她告诉女儿，每一次接电话的都是不同的女人。三十年了，托托听从阿尔弗雷多的劝告，再也没有回过小镇。但是托托的感情生活一如徐渭。除了爱而不得的初恋，他可能再也没有真正爱上过别人。少年托托在火灾后接下了天堂电影院阿尔弗雷多的工作，他很快就长大了，拿起了摄影机，对着小镇上的一切拍拍拍，比如宰牛、生崽，用镜头表达，对他来说一切都是新奇的。他的人生也开始在镜头中展开，美丽的艾莲娜无意中走进了他的镜头，这些美妙、不确定的镜头成了他最初的作品，可能也是他一生中最看重的作品。艾莲娜走进了他的生活，托托对她展开追求，希望得到艾莲娜的回应，但是却没有，他心灰意冷地走在满是烟花的街头。没有想到的是，艾莲娜主动找到了他，他们恋爱了。而后阴差阳错，托托去服兵役，艾莲娜上大学，他们又错过。在国内公映版里面没有交代，而在近三小时的导演剪辑版中，却是艾莲娜来电影院找过托托，留下了字条，而阿尔弗雷多没有告诉托托，他为托托未来的生活提供了方向，去外面的世界，做想做的事，而不要在小镇上过完平庸的一生。

公映版删了很多感情戏，差不多被净化为一部小镇青年成长录。小细节、小道具、小托托，各种愉快温馨的回忆，各种小巧、小心思，又不无历史感、幽默感。恐怕这就是那么多人热爱这部电影的原因所在，但这却不是导演的最终目的。所以才有了初映十年后产生的导演剪辑版，我想这才应该是导演的初衷：爱而不得的惆怅，满是忧伤，遗憾。而这种缺憾又是以少年托托沉浸电影世界中的欢乐作底的，导演的发力却是公映版被删得一干二净的后半部。功成名就的托托回到故乡，偶遇一女孩，他凭直觉认为那就是初恋女友的女儿，于是跟踪，站在屋外拨通电话，一如少年时代站在女孩的窗口。女人告诉他那是以前的事情了回去吧。最后却又在海边找到托托，做了他们少年时代没有做的事，仿佛落入俗套（既然是套路，当然一直被模仿，《一一》中南俊在日本约会初恋，结果初恋落荒而逃了；《颐和园》中周伟找到余虹，来到一个小旅馆，结果双方都无比僵硬尴尬）。托托问以后怎么办，她回答以后还是老样子。于是托托回到了罗马，观看阿尔弗雷多留给他的最后的礼物：少年时代没有看到的各种接吻镜头，仿佛人生一场梦，戏梦人生的交织！

恰恰徐渭也有《述梦两首》，他述梦境：

“伯劳打始开，燕子留不住。今夕梦中来，何似当初不飞去。怜羁雄，嗤恶侣，两意茫茫坠晓烟，门外乌啼泪如雨。”

“跣而濯，宛如昨，罗鞋四钩闲不着。棠梨花下踏黄泥，行踪不到栖鸳阁。”

大学时，我的毕业论文是论述徐渭，很不成样子，这是我与徐渭结缘的开始。第一堂电影鉴赏课，胡辛老太太（二十年前我们就叫她老太太，现在应该更老了）就选了这部电影，在一个很老的阶梯教室，差不多屏息两小时看完。从此开始找各种电影看，相信这也是很多同学的经验。同样面对贫乏无趣，那时的我们，难道不就是对世界还一无所知的小托托吗！

（原载《文汇报》副刊《笔会》2021 年 6 月 28 日）

陈成益，1981 年生，浙江慈溪人，复旦大学首届创意写作硕士，现供职于慈溪市文化馆，有作品发表于《人民文学》《创意写作》等刊。

盛夏的木莲冻

陈　峰

从窗缝漏进一道光线，斜照在母亲身上，正是午后时分。

母亲在忙什么？只见她双手浸在瓦甑里，就着一挂纱布袋反反复复使劲地揉搓。我问：“姆妈，你在干什么？”

“你哥发烧了，做木莲冻。”母亲瓮声瓮气，听得出来，她把力气花在揉搓上了。

啊？木莲冻，就是阿婆在樟树下叫唤的木莲冻吗？就是母亲舍不得花钱买的木莲冻吗？有没有听错？

是的，是的。原来母亲会做，真是太好了。

我急着过去，看看有什么可以帮忙。每当这时，我就想讨好母亲，让她觉得我是三个小孩中最乖的一个。漏进来的一道光线在母亲身上盘旋，像追光灯跟着，这让母亲褪去了平时的严厉，变得温婉可亲。

“你去打桶井水来。”母亲瓮声瓮气吩咐。

要是平时，我可不愿意干这重活。可这会儿，小哥躺在床上“装死”，哼哧哼哧，大哥不知死哪里快活去了（这是母亲经常数落大哥的原话）。所以现在，这事只能轮到我了。

打井水是个技术活，打的次数多，手就有了“范”，这难不倒我。井潭边虽然浇了水泥，常年潮湿的地盘还是青苔遍布，得小心避让，经常有小孩子滑倒，来个猪啃泥，让人看到，能指指点点地笑话半天。

回到家后，母亲又支使我，去门口掐几片薄荷叶，捣成汁。汁液滴进水瓶中，成了清清凉凉的薄荷水。我好奇地看着，透明的胶状液从布袋中缓缓淅出，慢慢凝合。桶里的井水，阴森森的冷，瓦甑放进桶中，盖了顶草帽。当然，不能让井水漫进瓦甑。

母亲规定了时间，两小时后才能拿出来。“嘀嗒——嘀嗒——嘀嗒”，桌上的闹钟，那只小鸡在啄米，一分钟两分钟……五分钟才走一个数字，真是慢得让人昏昏欲睡。有人叫我去玩，不去。时间过去了许久，小哥好像算准了时间，一骨碌起来。见此情形，他是准备去掀草帽。这时，天边突然滚过几声响雷，小哥停顿了一下，我上去阻止：“哥，还有五分钟呢。”小哥白了我一眼：“真是死脑筋。”

小哥掀开草帽，捧出，瓦甑里面是一块晶莹剔透的冰，我用指肚轻轻一压，有弹性。母亲闻声过来，道：“慌什么慌，一边去。”

这时，天光暗淡下来，要下雷雨了。母亲脸上暗沉沉的，那道光线早已断了，碎在地上。母亲又恢复了平时的严苛，用勺子把一片一片的木莲冻舀进碗中，淋一勺糖水，滋几滴薄荷。

我和小哥坐在廊檐下，晶晶亮的木莲冻躺在白壳碗中，用调羹轻轻一碰，木莲冻颤颤巍巍，晃了晃，暗淡的天光霎时亮堂了许多。

母亲第一次做木莲冻，疑似失了手，因为木莲冻一舀就碎，化成冰水，但我们谁都没说，囫囵吞下，直夸好吃。小哥因为发烧连喝了两碗，据他自己说，喝完就浑身舒坦，热度是真的下去了。

后来，母亲在家里再没做过木莲冻。村里的阿婆每年夏天会做木莲冻，在香樟树下设摊，她请她家刚上学的孙女在黑木板上写三个歪着腰的粉笔字：冰木莲。一旁置着铝铅桶，用来洗碗，还有盖着纱布的搪瓷脸盆，里面荡漾着木莲冻。每次经过，我总要舀上一碗，加糖，扎洞的塑料瓶“滋”地喷出几柱薄荷水，这味道过喉难忘。等我上高中，听到一首凤飞飞的歌《凉啊凉》：“我又来到大海边，看着海浪和蓝天……清凉的海风吹啊吹，我爱夏的滋味……凉啊凉啊凉啊凉，阵阵凉风吹得我哦……”霎时，心里涌上木莲冻透心凉的味道，夏的味道不就是木莲冻的味道么，那一股子的薄荷味就是夏天的味道。

木莲冻是江浙一带夏天的饮品，也不知道在江浙民间流传了多久。后来我知道了四川凉糕、福建石花冻、梧州龟苓膏，想来应该师出同门吧，如果可以靠点边，那木莲冻的历史大约也有千年了。

不过有一点弄清楚了，那时候民间做的木莲冻，原料采自薜荔，老屋的石墙爬满了它枝枝蔓蔓的身影。那时候，阿婆剖开薜荔，取出木莲籽，搓出一碗碗木莲冻，沿街叫卖，“木莲冻——吃嘞——木莲冻。”悠长的叫声勾着我们的魂，我们吃下去的，岂止是清凉，还有流光，是盛夏的流光。

想念木莲冻，那一股子薄荷味的木莲冻。

（原载《散文百家》2021年第8期）

陈峰，奉化人，中国作家协会会员，作品见于《清明》《海燕》《文学港》《当代人》《山东文学》《散文百家》等。作品多次被《散文选刊》《散文海外版》转载。有作品入选《2019中国年度精短散文》《2019年中国微型小说年选》。

“烟花”天里读老舍

陈富强

浙江是台风多发地，每年夏季，总会有几个力量特别强大的台风过境或登陆，台风过去，大地便一片狼藉。与往年的台风不同，“烟花”移动的速度十分缓慢，且史无前例地两次登陆浙江沿海。我从小就习惯了台风来袭时的狂风暴雨，记得小时候，镇上小河水上涨，漫溢到岸上，鱼也会成群结队在岸上游来游去。风过后在岸上摸鱼，成为我童年最深刻的记忆之一。

一张据说从空间站拍摄的“烟花”照片，可看到，庞大的台风眼周围，厚重的云层在缓缓旋转，其半径可达数百公里。其实，从网上公开的气象云图也可以看到“烟花”形状，与空间站拍摄的角度不同，视觉冲击力也不是那么强，但台风眼却可以看得很清晰。通常，台风眼是登陆点，往往影响不大，台风眼的外围则风雨大作。所以，当台风在舟山普陀登陆时，舟山的朋友说，几乎风平浪静，而在台风眼250公里之外的杭州，却下起倾盆大雨，伴随鬼叫似的风声，多少给人一些恐怖感。

我在这个台风天，读陈徒手的《人有病，天知否》。其中写老舍的一篇叫《老舍：花开花落有几回》，读完心情颇有些怅然，仿佛窗外这天气，下着雨，刮着风，实在让人有些透不过气来。

此文反映老舍的创作生涯时间，主要是在人艺。从老舍 1949 年 12 月 12 日从美国返回北京，一直写到老舍沉尸太平湖。用大量笔墨写了《茶馆》《龙须沟》，有很多当年人艺人的回忆。曾担任人艺党委秘书的周瑞祥曾经撰文，称："《龙须沟》的成功，使人艺建院之初期四巨头曹禺、焦菊隐、赵起扬、欧阳山尊倍加兴奋。"当时，曹禺、欧阳山尊刚从苏联回来，张口闭口就是莫斯科艺术剧院怎么怎么的。四个人海阔天空聊了一天，主题就是要把北京人艺办成像莫斯科艺术剧院那样的剧院。他们立志要为实现这个理想，"摽在一起干一辈子"。老舍是否知晓他们的宏大志向，我不得而知，不过，在英若诚的回忆中，上演《龙须沟》时老舍异常兴奋，说话都带着特殊的幽默。看到最后一幕程疯子穿着新衣服上场，他笑眯眯地说道："颜色别扭，像王八皮一样。"

只是没过多久，《龙须沟》就受到了批评。受到同样遭遇的还有老舍名作《茶馆》。1958 年，《茶馆》停演前后，各种非议已经接踵而来，有的则已提到路线、原则的高度，比如有人认为，《茶馆》流露的是"今不如昔""怀旧"的情绪，全剧是在"影射公私合营""反对社会主义"。人艺老演员郑榕在接受陈徒手采访时说，剧中秦二爷有这么一句词："我的工厂封了。"就有领导说那不是指工商业改造，不是与党对着干吗？作为剧院领导，欧阳山尊听到的外界批评意见则更多，其中，有说戏全部结束时三个老头撒纸钱是为新社会唱葬歌，又有人说戏中秦仲义有句词"这支笔原是签合同的，现在没用了"，是影射公私合营，污蔑新社会一天不如一天，等等。

1966 年 8 月 24 日，老舍沉湖。次日，剧院的人获悉老舍死讯，虽然慌乱，但谁也不敢说什么。那天，剧院正要开批判大会，主要是让《茶馆》的演员们揭发焦菊隐在创作上的问题。我发现，老舍沉湖的前一天，北京人艺已改名，改为"北京人民文工团"。

欧阳山尊回忆，老舍的死使他联想到一次夏天出游。那天郭沫若、老舍等与人艺的领导、演员们一起坐船逛颐和园，演员狄辛下水了，曹禺也下去了。欧阳山尊在一旁劝老舍也下水，老舍说：“我扎猛子下去，半天都上不来，上来后又白又胖。”欧阳山尊后来在接受陈徒手的采访时，伤感地说：“这句幽默的话是无心说的，说时很高兴，没想到成了谶语，他真的后来扎进太平湖。我想，他万万没想到灾难会忽然降临，没有精神准备，一下子接受不了。最大的苦闷，就是文革一来他被揪出挨揍。”

事实上，在老舍沉湖的前一年，即 1965 年，他已经感觉到寒风刺骨。当时，北京人艺的压力愈来愈大，使用老舍搞创作也逐渐变成敏感的斗争问题。在那段政治高压加大的日子里，人艺与老舍的关系演变到躲避不及。很显然，老舍终于成了剧院急于甩掉的包袱。以往人艺每年元旦、除夕活动，都会特邀老舍参加，而此时，在邀请名单里，早已见不到老舍的名字。

曾经出演过《龙须沟》《茶馆》《骆驼祥子》等戏的人艺终于淡漠了剧作家，老舍的名字只是在批判发言中屡屡使用。他的剧作全部被视为大毒草，有关演员多少受到牵连，剧组的人们很自然也随着运动的深入而分化、而相互斗争。比如蓝天野曾被开除党籍、英若诚以“里通外国”罪被捕入狱、黄宗洛受到“五一六”清查，等等。唯一值得庆幸的是，蓝天野在 2021 年，以 94 岁高龄，被授予“七一勋章”。

老舍到过杭州，但住的时间不长，也无缘领略南方的台风。在《住的梦》一文里，老舍写下他对杭州的好感：“春天，我将要住在杭州。二十年前，我到过杭州，只住了两天。那是旧历的二月初，在西湖上我看见了嫩柳与菜花，碧浪与翠竹。山上的光景如何？没有看到。三四月的莺花山水如何，也无从晓得。但是，由我看到的那点春光，已经可以断定杭州的春天必定会教人整天生活在诗与图画中的。所以，春天我的家应当是在杭州。”

老舍笔下的杭州，与我此刻经历的，格格不入。“烟花”过后，我去西湖看荷花，一些荷叶已经被大风吹裂，也有一些被暴雨折了茎秆。但湖面上，依然有接天莲叶的浩渺。这让我想到济南的大明湖。几年前的一个夏天，我去济南讲课之余，特意去了距离大明湖不远的南新街 58 号，这是老舍在济南期间居住的地方。在院子里，我见到一只水缸，植荷，半缸水中，露出一根荷叶的茎。正是初夏，再过半月，可以想象，水缸里，长满了荷叶，覆盖住水面，溢出缸沿，给小院带来勃勃生机。在屋子里的陈列中，读到老舍写济南的秋天和冬天，在《济南的秋天》里，老舍写道："上帝把夏天的艺术赐给瑞士，把春天的赐给西湖，秋和冬的全赐给了济南。"他又写了《济南的冬天》："请闭上眼睛想：一个老城，有山有水，全在天底下晒着阳光，暖和安适地睡着，只等春风来把它们唤醒，这是不是个理想的境界？"

我又在《住的梦》里，找到老舍最喜欢的夏天："夏天，我想青城山应当算作最理想的地方。在那里，我虽然只住过十天，可是它的幽静已拴住了我的心灵。在我所看见过的山水中，只有这里没有使我失望。它并没有什么奇峰或巨瀑，也没有多少古寺与胜迹，可是，它的那一片绿色已足使我感到这是仙人所应住的地方了。到处都是绿，而且都是像嫩柳那么淡，竹叶那么亮，蕉叶那么润，目之所及，那片淡而光润的绿色都在轻轻地颤动，仿佛要流入空中与心中去似的。这个绿色会像音乐似的，涤清了心中的万虑，山中有水，有茶，还有酒。早晚，即使在暑天，也须穿起毛衣。我想，在这里住一夏天，必能写出一部十万到二十万的小说。"

如此，老舍喜欢的四季都有了。

夏天那么美，但南方的夏天终究是有飓风的，起个"烟花"的名，也会横扫大地万物。而北方的夏天，最后留给老舍的，是太平湖冰凉的水。瑞典学者伍尔德·喜仁龙在二十世纪二十年代游历北京时，也来到这里，他在《北京的城墙与城门》一书中，描述了这一北京城内的湿地胜景，他把这个湖称之为"大水塘"，他写道：

“一群鸭子在其间嬉戏；湖边的古柳，婀娜多姿，绿荫蔽岸。这一带远离城市，无人居住，气氛悲凉且孤寂，像是在缅怀昔日的胜景。”

就这么一个大水塘，沉没一个人时，却又那么深。

（原载《文学自由谈》2021年第5期）

陈富强，中国作家协会会员，中国电力作家协会副主席，在国内外报刊发表并出版文学作品500余万字。四次获浙江省优秀文学作品奖。《能源工业革命》入选人民日报“2019年度值得一读的30本好书”。

油纸花伞

陈汉莉

一

二十世纪九十年代末，当我来到她身边时，岁月的风霜漂洗了她昔日的容颜，但眉梢眼角依然有历经时间沉淀下来的贞静，和到了祖母这个年纪特有的慈蔼。

一年后，她的辈分由祖母上升一级，成为太奶奶。我想她是欢喜的。

她的慈蔼与欢喜就更付诸行动：她常常要穿过一条川流不息的大街，带着兜满围裙的小零食来看她的曾孙女——我的女儿，或是转过街角到一所幼儿园的窗口去张望那个小人儿。小曾孙女慢慢长大了，上了小学，后来又上了初中、高中，慢慢地就远离她的视线。

后来的后来，她开始常常走失，忘了时间，忘了亲人，忘了来时去时的路，一次次迷失在离家不远的街头。然而，因为她的年纪，因为她那张历经风霜的脸，曾为她烙下的那些风雨印记，好心人一次次将她送回了家。

她的子女为减轻因她的健忘而给家人带来的困扰，就在她的胸前挂了一个小小的胸牌，上书："我母亲，蔡氏，九十一岁，家住某某小区，请好心人联系某某某（后面是一个手机号码）。"据说，怕她弄丢，还做了好几个同样的胸牌。那时，我才知道她娘家的姓氏。

她的忘性日益加重，忘记了所有的世故纷争，与所有的往事纠葛。但她却未能忘记，和他一起在临街的小巷口摆摊补雨伞、数十载风里雨里相濡以沫的日子，亦未能忘记，那年八十三岁的他，于一个夜晚长眠不醒。

他走后，她没有悲伤。却时常一个人念叨："要是两个人在一起说说话，该有多好啊！"

后来我才发现，那些年，她一次次的出走，竟都是为寻找当年她和他一起摆摊的那个巷口。虽然那离她的住处仅仅两百米，因为城镇的变迁，而始终困扰着她晚年被禁锢的记忆。但她依然执着于预演一个人对尘世的最后告别——她安静地以自己的方式来与昔日的街坊邻居相见，再一一告别。

最后的离别终于到来——九十三岁那年，她无疾而终。她走的时候极为安详，无牵无挂。她的心愿已达到：她终于可以和他在一起了，终于可以和他说说话了。

二

清明之后第一周的周末，来自平阳、苍南、龙港三地的作家应平阳作协陈主席的邀请参加一次采风活动。三十多人一下涌入青街的石板路，这座浙南山区小镇的春天便热闹了起来。

我们逛了青街的睦源桥，听了五十丈石板路的传说，也吃到了闻名一方的青街笋。有好笋必有好竹。一路走来，山路之间，房前屋后，太阳底下竹影婆娑，不禁让我与同行的雯子开始联想《聊斋》里月黑风高之夜有白狐从竹林悠过，幻化成美艳动人的娇娘，而那些年轻俊朗的书生往往就会中招……

青街石板路也有故事，故事里也有书生，却不是竹林里的艳遇：宋代有一个周姓书生，不思上进。家有长嫂亲抚如子，看在眼里急在心里，遂用了激将法——对小叔子说，如果有朝一日，能青袍加身，便用青石铺路五十丈来迎他荣归故里。小叔子年轻气盛，果然中招。于是奋发图强，金榜题名。信守诺言的嫂子先是用靛青布铺路迎接，后来又用青石筑路，便是这“青街”的来历。

这浪子回头的桥段，依然鲜活如这淙淙溪水，吸引着南来北往的游客。

如今，这段石板路全程用一把把色彩斑斓的油纸伞倒挂下来做了装饰。阳光洒上去，无声无息。雨滴落下来，发出轻柔清脆、时疏时密的声响，熨帖着人们的心绪。一行人走在这一段石板路上，正午的阳光将头顶的油纸伞投影在青石路面。

那一日，当我一脚踏上石板路上的伞影，却如同触动一个个开关，打开的竟是这样一幕：二十世纪五十年代初，凄风苦雨中，年轻的女人一脸忧戚，徘徊在油纸伞下，苦苦等候一个人——这当然不是一场电影里的风花雪月，也没有那结着丁香般愁怨的浪漫，更等不来浪子回头的惊喜。这是生活中的一个真实片段。

这油纸伞下的女人是我丈夫的奶奶，我婆家的祖母。

三

关于她的故事，关于这些往事，是我在加入这个家庭后的二十多年的时光里，作为她的长孙媳妇，从她的子女——亲戚长辈的感叹以及家人无意间流露的只言片语中，一点点慢慢梳理联结起来的。

她的娘家在一个叫蔡家厝的地方，一个蔡姓聚居的小村落。她年轻的时候肤色白皙，面容清秀，性情温和。她的男人，虽脾气倔强，却为人刚正、硬气。他出身贫寒，他的父亲在他十岁的时候就去世，母亲带着幼小的弟弟改嫁，扔下他一个人独自生活，孤苦无依。他十二三岁就开始当学徒，给师傅洗衣、扫地、倒痰盂，甚至带孩子，下地干活，风里来雨里去，还常常要挨师傅师娘的责骂。

慢慢地他也熬到了当年师傅的那个年纪，生活也总算慢慢地开始好转了起来。他们养育了四个子女，带了几个徒弟，收留了几个亲戚一起做油纸伞讨生活。他制作的油纸伞牢固美观，畅销浙闽交界，在业内也算小有名气。

他用一把油纸伞撑起了一个家，希望能帮她的娘家也撑起一把。她娘家的小弟在十五六岁的年纪被送到姐姐姐夫身边来学制伞。

制作一把油纸伞需要72道工序，工艺极其烦琐复杂，而每道工序的用料和用力都极其讲究。这些，做姐夫的都一一手把手地教会了他。

小弟不仅学会了穿边线、贴边纸、糊伞面、修伞边，也学会了涂桐油、做伞帽。他了解了整个制伞业的行情，如伞骨、斗柄选自瑞安塍洋底的基地，棉纸来自遂昌县老字号王元纪纸号，桐漆则购于文成珊溪。他还知道，有了这些优质原料，还要有精湛的加工工艺，如伞顶选铜质材料，糊伞面的纱线，穿伞斗的头发丝都有很多的讲究。他懂得了老平阳俚语所说的“锯板两头夺，油漆不用学，做伞最顶门”。

那时节，平阳油纸伞名扬天下，油纸花伞常作为馈赠亲友的礼物。在货款两清之后，往往还有一道工序：代客刻字。应客户的要求，一般自用的要在伞柄上刻上顾客的姓名或年月，送人的则要刻上祝福语，如“伞荫平安”“流水生财”“风雨共伞”之类。蔡小弟年轻有文化，心思也缜密，于是这道工序就从姐夫手里转由他来代劳，记得那时他镌刻最多的祝福是“风雨共伞”。

四

晴遮炎日阴遮雨，好送行云伴客装。一把小小油纸伞，曾给那时老平阳多少家庭带来生活的希望，但它的兴衰起落也给多少家庭带了阴郁与烦忧。

那是一个人性被扭曲了的时代，人心慢慢开始不平静，甚至开始变得疯狂。蔡小弟以工人阶级的“大义灭亲”，用那些所谓的“揭发”和“控诉”，使姐夫一夜之间就被打成了“苦大仇深”的“资本家”，成了人人喊打的“过街老鼠”。姐夫辛劳了一辈子所建立的小作坊也被解散，作坊的资产被合并到了县里的生产合作社。

命运的庇荫，有时难免让人产生幻觉，觉得自己在很多事上拥有豁免权。年轻的蔡小弟意气风发，犹如受到了命运的眷顾：他当上了合作社的头头，专门负责生产油纸伞，成了风光无限的“公家人”。

但是，事实证明，人的贪欲越强，幸运之星降临的机会却往往适得其反。仅仅一年后，风头正劲的蔡小弟突发恶疾，不久便不治身亡。而时年二十二岁的他，尚未成家。

就在他缠绵病榻之际，姐姐一次次来看护被病魔缠身的他。而那鼻咽间的疾患，让他痛苦不堪，生不如死。面对至亲的姐姐，当她亲手喂他以汤药，他只死死咬紧牙关，直至一口咬断了为他喂食的调羹。他那痉挛颤抖的唇舌间隐藏着再也吐不出一个字眼的痛。

五

当油纸伞上的雨滴一一甩落，时间就过去了四十多年，就有了文章开篇时的情景——有我见证的那段时光，两位老人都已年过古稀，守在一个小小的摊位前，把曾经熟稔的制伞工艺分解到这琐碎的修修补补之中。

他们依然生活在伞下，生活简单而充实：老祖父从一个精制油纸伞的工匠转身成为一位修补雨具的老师傅，依然把毛竹做伞骨的标格，挺住了风雨中的老骨头。老祖母则从繁杂的家务中腾出手来接过了针线活，一针一针地密密织补着生活的缝隙。经了她那一双青筋暴露的手，风，吹不进，雨，漏不过。

那日，走在青街的石板路上，阳光悄无声息，一把把色彩斑斓的油纸伞在青石板上投以斑驳的伞影，一脚踏上去，我看到了一场时间与风雨的较量……

（原载《温州日报》2021年7月29日文笔版，原题《风风雨雨油纸伞》）

陈汉莉，女，温州市作家协会会员、苍南县作家协会主席团成员。作品散见《散文选刊》《文化交流》《江南游报》《钱江晚报》《浙江散文》等报刊，著有文集《蒲城历史人物》。

归汤之堰

陈家麦

一

相比世界文化遗产四川都江堰，浙江仙居县境内的汤归堰是名不见经传的，它被记载在一本县志上，仅有寥寥数笔，在小地方略有名气。然而，这项工程最初是纯私人行为的，由两家姻亲联手襄举全家之力，经过三年余才得以完工。完工之日，三千亩地（约二百公顷）及家财业已耗尽，最后两家人不得不离乡外迁，甚至连新落脚点都不为世人所知，目前只知在本县官路镇大筻村至今还聚居着羊氏后裔七百余人。

台州版图分两大块：东部，濒东海；西部，靠山。仙居县居偏西一隅，虽有神仙居之美称，实则为多山之地，位于县城东面下各镇平原的杨砩头村一带，修起汤归堰长约 15 华里（1 华里等于 1 市里，等于 0.5 公里），宽 3 米多，羊、汲两家是姻亲，耗时三年余才得以完成这项水利工程。如果说两位“恩公”当时的出发点是一致的，为的是泽被后世，因而产生这么巨大的动力源泉，当中经历纷繁的曲折及结局应当是主人公有所预知的，却又为何义无反顾呢？

二

2021 年 4 月 7 日，仙居县境内油菜花开。

入杨硃头村，远远见到一株挺拔的樟树，张开巨大的枝丫。羊汲二公庙设在村庄杨氏宗祠内，是近年人为所增的，看得出羊汲二公已渐被今人重视。全村人口以杨氏人居多，羊与汲皆是古老的姓氏，同源于姬姓，羊、杨两姓同音，似乎跟此村杨姓有着某种神秘的关联。

杨硃头村在汤归堰水渠末端，这里有一口水塘，上窄下宽，中间架有九曲桥及长廊。堰是指在水流的上方建造挡水构筑物，其作用是提高上游水位，便于向下游排灌又不至于造成上游水流堵塞。后来，我行走到位于硃头村西南方向五公里之外的堰头，见到两三百米宽的溪河，流水哗哗作响，水势恢宏。那道拦河泄水的低矮堰坝，由无数小石矴有规则的连接排列，正是这个工程抬高水位向下游渠沟沿途排放，分流进入各田地，最终到达杨硃头村内，排灌作用显而易见。这条延绵数公里宽窄不一的水渠，现在还留有诸多埠头遗址，农人在此洗刷，渠水兼具他用。

追根溯源，东晋永和三年（347）仙居建县，首位县令叫羊忻。古时北方官员赴任南方一地，之后往往相中当地好风水，见山清水秀，物产丰饶，于是举家迁徙，也有亲友结伴而来。羊忻之胞弟羊愔也迁来了，他在下各道教圣地括苍洞修道，羊忻离任后定居下各。到了其十一世孙羊溥，一家人居住在下各镇怀仁路南村（宋代属归仁乡）东边自封为“羊家园”，他与毗邻的汲渊结为姻亲，汲渊先祖于五代时避乱于此。两家拥有合计三千亩的土地，时为南宋嘉定癸未年（1223），距今已近千年，羊溥萌发建堰之念，与亲家汲公一拍即合。这种说法于今天来说是轻描淡写，实则这种契合经过一番曲折的思虑，总归达成一致，包括得到家人的肯定，然而故事的结局令人唏嘘。

当时的境况，担任过仙居县机关干部的杨总灯先生晚年在《仙居史上首项水利工程：汤归堰》一文中写道：“怀仁周围有农田‘数十百顷’，即有上万亩良田，时因水利条件极差，‘亢阳五六日，即成焦土’。”按今天的说法，“亢阳”是烈日照射五六天，田地就成为旱地。因此，这一带的农田只能种一些高粱、小米、粟谷之类的耐旱低产作物，不能下种水稻等水田作物，是谓“宜黍不宜稌”，再加上官府赋税繁重，乡民们忍气吞声，唉声叹气。

为了让乡人从地里种出好庄稼，唯有引水入田。

羊溥向亲家汲渊提议，认为“天道之不足，人力之可补”，也就是人可胜天，于是议定：开堰渠引水灌溉农田。水是滋润田地之源，加以施肥，庄稼才会长“力气”，有营养。但建堰并非集中在弹丸之地，而是要覆盖面广，沃野平原，堰道所经之处要尽可能平直，就像造路一样，为了少走弯路，得从诸多良田中挖掘挺进，这是绕不开的。

羊溥提出的解决方法是：“能用我之财，不费人之财，则筑坝、疏凿成；用我之田，易人之田，则沟洫成。”羊溥的倡议得到了汲渊的全力支持。

杨总灯还在文中描述道：“开堰引水，光主堰渠需宽一丈多（约三四米），长10多华里（五六公里），工程浩大，耗田、耗资巨大，怎么办？”

也就是说，此举非但耗尽精力，还得搭上两家财力，从富翁变成穷光蛋，这么做为了什么？值得吗？

三

我沿着山下的小路行走，从下堰走到上堰，水渠贴着山麓蜿蜒向北，清亮的泉水在宽窄不一的渠沟中汩汩流淌，渠沟在良田中穿行，可想而知，只要开出一条沟渠，水就流入田中，或者让农人到渠中取水用来浇灌田地，十分方便。可想而知，在汤归堰未造之前，农人浇灌田地是多么的费尽周折，每每远水解不了近渴。

1223年，羊、汲二人决心已定，组织家人到数公里远的朱溪港畔大战乡的下末村头“相地形、审水势、察高下、度远近曲直”，经过几个月的实地勘察，界定堰坝、堰渠位置，然后择取吉日，开工筑坝凿堰……

从当年冬季开工，到1226年春季竣工。历经三年余，15余华里长的灌溉堰渠开凿成功，乡人无不拍手称快，民众称羊公为“博施”，称汲公为“济众”，怀仁进士顾拙轩引“彼桑林之祷，人颂汤不衰，是雨自天，而功归汤”之典故，取名为汤归堰。在我看来，又寓意“汤”即水也，引申为“大水急流的样子”，如“河水汤汤”一词，“归”即“归之于”“归功于”，当归功于造堰者也。总之“汤归堰”一词多义，意蕴丰沛。

这项工程于机械化作业的今天来说，算是小菜一碟，可是在古代，全凭原始人工，一镐一锄地开挖，一石一泥的肩挑堆砌，风餐露宿，民工食物供给，一应后勤保障，天气恶劣之时应急赶工，马不停蹄……羊汲二公带领的民工团队是多么的辛劳，以愚公移山般的精神，夜以继日，光是开渠遇到绕不过的别人家田地，用两家三千亩土地，逐一以田易田，甚至用良田换“不毛之地”，从中要与属地者谈判，完成每一笔土地变更契约就已耗费巨大心力，继而变卖家财，筹集用于筑坝开堰的诸多费用，更是辛劳异常。

经过一千多个苦役般的日子，累并快活着，大功终于告成，下各怀仁一带八千多亩土地有水灌溉了，犹如2012年继往开来的南水北调大工程，不同的是汤归堰是地方版的、缩小版的，两者虽不可同日而语，却又殊途同归。

四

话说当年，汤归堰落成让乡人沉浸在欢乐之中，因水滋泽田地，而羊汲二家倾其所有，不知去向，潦倒落魄已是必然，怀仁路南村东边羊、汲二公的住地羊家园也沦为荒园，杂草丛生，两家人后来的生活如何，当地人虽不免牵挂，但始终杳无音讯，随着岁月的流逝，渐被淡忘，唯有通过建祠庙缅怀其德，感恩祷拜，汤归堰之名虽颇具深意，但斯人已去。

我来到官路镇大箦自然村，这里聚居着羊姓后裔计七百多人，人丁兴旺，安居乐业，足以告慰羊汲二公，当地为羊汲二公两处建祠挂像记文，人们还在纪念。

五

放眼世界，彪炳史册的人物固然历历可数，往往陈列于“庙堂”之上，而民间造福一方的人物，通常归入“野史”或成口头传说。芸芸众生，一方之地出人杰，有如历史长河中跳跃出来的几滴水珠，折射出太阳的片片光辉，又倏忽隐没于汪洋之中，水花复归于水流之中。

现在留存于世的是羊溥写的《汤归堰记》，其中写道：“慈之缕而记者，非所以传示不朽，不过叙厥所自云尔……”意思是并非是想传世，不过是略微说一说建堰此事罢了，如此的豁达，令人百感交集。《光绪仙居县志》中记录了56条古堰名，每堰只是简单记述，且绝大多数已无从考证，即便是仙居史上的第一项水利工程汤归堰也一样，更不要说造堰背后的动人故事，一切早已随落花流水而去也。

羊汲二公造堰之举必定是无怨无悔的，注定向世人只管付出，绝不索求什么，这种只赔不赚的“买卖”，是何等的悲悯。小人物做大事，毕其功于一役，终生完成一次生命的壮举，汇水成川。

归汤之堰，流水不逝。

（原载《岁月》2021 年第 9 期，有删节）

陈家麦，供职于《台州晚报》，中国作家协会会员。小说发于《十月》《人民文学》《山花》《朔方》《作品》等。中篇小说《妈妈，我爱你》入选《后王小波时代——中国非主流小说精选》，有小说入漓江版年选。散文刊发于《解放军文艺》《延河》《江南》等。

寂寞青藤

陈利生

青藤书屋距三味书屋很近，走路只需十来分钟便到了。与热闹的三味书屋相比，青藤书屋显得冷清孤寂多了。然而，这短短的十来分钟的距离，却能让游人一下子跨越四百多年的光阴。

青藤书屋，静卧在现代城市的深巷中。

从绍兴繁华的鲁迅路走进逼仄的前观巷大乘弄，小巷很深很窄，青瓦白墙，浓浓的江南味道。行不多时，拐进一户墙门，迎面见一横匾，上书“青藤书屋”四个字。

两扇油漆斑驳的大门，向我们敞开着四百多年前的青藤书屋！我尽量把脚步放轻、放慢，生怕惊扰了沉睡的徐青藤。

好宁静的院落！屋顶的黑瓦片、黑檩檐，眼前的灰板壁，霎时便让人意会了岁月的久远和厚重。鹅卵石铺成的小径，静寂得只有绿苔在窃窃私语。

静静的院中只有我和友人两个访客。这是一个充满禅机的所在，这里曾住着一位超越尘缘俗世的先贤。也许，书房毕竟是书房，可能也没什么特别之处。但因了青藤，进来的人都满怀敬意。再寻常的物事，也就有了不寻常的意味。我不敢相信，这个方寸之地，会孕育出那种气势豪纵的大写意。

1521年，书屋的主人——徐渭，便在此呱呱坠地。徐渭，字文长，号青藤、天池。徐渭一生很不得意，尤其是晚年，贫困交加，生活十分悲惨，曾经九次自杀，七次下狱。徐渭默默地活了73岁。

徐渭一生穷苦潦倒，但艺术成就非常高，书法、绘画、诗文、戏曲，无不精通。徐渭自称“吾书第一，诗二，文三，画四”，但后人说他的诗“欲出李白、李贺之间”；说他的文章豪气豁达，才情过人，说他与“东坡之文风相近”；说他的书画超脱陈规、淋漓恣肆。在民间，徐文长是妇孺皆知的人物，以其诙谐多智的言行和富有传奇色彩的故事，为江南一带老百姓广为传诵。

走进这个冷清的小园，但见三四株梅树与芭蕉，数丛修竹在微风中摇曳，散发出一股郁勃的清气。一个青色的石墩，一堵灰色的照壁，把这个小院点缀得更加宁静。鹅卵石小路通向照壁左侧的月洞门，洞门上有徐渭手书“天汉分源”四字。它与偏门北用几块奇石垒起的小山岩和那堵素墙上徐渭亲题的“自在岩”小石刻，让人感受到了主人的不俗，虽身在咫尺小院，然胸中有丘壑，腕底起云烟……

入门后，便见“天池”一方，书屋三间。水池内，碧波倒影，金鱼戏嬉，别有一番逸趣与生机。有着典型明代建筑风格的书屋，前室正中悬挂着明末大画家陈老莲题写的“青藤书屋”匾额和徐渭画像，南隅是一排方格长窗，南窗上方有徐渭手书“一尘不到”匾。

最富奇趣且动人心魄的，当是天井一角那一棵郁郁葱葱、盘旋而上的青藤了。枝干盘曲、大如虬松的青藤，是徐渭的最爱。不然，他怎么会以青藤作为自己的名号呢，可见徐渭对青藤情有独钟。青藤那朴实而又奋发向上的韧劲，让老迈潦倒的徐渭多少有些心灵上的抚慰。

红尘的利禄，世俗的欲望，仿佛都被这天池与青藤过滤掉了。面对青藤，我凝思良久——徐渭那坎坷曲折的命运，不就是一根青藤的命运么！徐渭的悲剧，就在于他是一株藤，而不是一棵树，这不是他一个人的悲剧，而是一个时代的悲剧，一个文人群体的悲剧。

眼前这枝风骨飘逸的青藤，不正彰显了徐渭那铮铮的傲骨与不俗的做派？

徐渭是一位出色的艺术家，艺术家都有鲜明的个性和不可重复的独特性。也正因为徐渭那张扬、自由的个性，注定了一个文人命运的悲怆和窘迫。“几间东倒西歪屋，一个南腔北调人”，徐渭曾在画上这样题咏。这是他生活的写照，更是对自己的调侃，透着几分风趣、几许辛酸。

他可以斜躺在“自在岩”旁，连裤管都不挽起就在池中洗脚。他随心所欲惯了，连科举考试这等大事也漫不经心。有一回见试题无话可说，便以三五句打发了事，既然卷面尚有许多空白，一不做二不休，干脆用来作画。又有一次洋洋洒洒写了一大篇，卷面不够写，言犹未尽，就从纸上写到桌，再接椅背，直至将一张椅子写满。

有人说，中国历史上的文人，恐怕没有比徐渭的人生命运更凄惨的了。他的生母是父亲继室的一个婢女。他生下来刚刚满月，正德皇帝驾崩，父亲扔下了母亲，死了。百日酒的席面自然没有摆成，他在襁褓里就被人指责为无君无父。十岁时，亲生母亲被卖出家门。孤儿徐渭，寄养兄嫂篱下，在侮辱与欺凌中成年。徐渭娶亲时，兄长病故，“月老无常共举觞，一门吊客贺新郎”，人生的难堪又一次落到了他的身上。花了 20 年工夫，在乡里应试 8 次，都因不拘礼法而失败，8 次落第，他便以教书、卖字画、诗文为生。虽自负才略，梦想以天下为己任，却连乡第之门都出不得，这打击是足以让人发疯的。徐渭的婚姻生活也是灾难不断。第一个夫人和他相伴 7 年，患肺病而死。他独居 12 年之后，于 39 岁找了老婆，不到一年就分道扬镳。随着两兄相继死去，祖屋早已被外人占去，他只得寄居岳家。徐渭终于落入无母无兄无妻无屋的境地。

就连徐渭一生最得意也最短暂的那段时光，也充满了戏剧性。

作为出入于东南七省的督帅胡宗宪，十分赏识徐渭这位葛衣乌巾的落拓不羁的才子，在抗倭战事中听他谈兵，听他温酒赋诗。不料胡宗宪因受牵连锒铛入狱，徐渭一生中唯一的慰藉与依靠没了，惊惧惶恐的徐渭痛哭流涕，疯狂自残……

考场失意，怀才不遇，清名受辱，落魄江湖。也许是坎坷多难的命运，造就了旷世奇才。徐渭，在走出囚笼之后，将自己交付给了艺术，把书画作为生命的唯一寄托。

由徐渭，我不禁想到400年后作为绍兴同乡的鲁迅，想到被毛泽东誉为“学界泰斗、人世楷模”的蔡元培，想到光复会领袖陶成章，想到刺杀恩铭的徐锡麟，想到鉴湖女侠秋瑾……我想，宁绍地区的越人，大概都有这样一种地域气质：聪慧、好学、性直、狂傲、异俗，并且带有一股韧性。

徐渭刚正不阿，不喜结交权贵，因此频遭坎坷，一生落寞。这位青藤画派的创始人，善用色彩的大画家，在他自己的人生中竟没有一笔暖色。但他绝不向世俗低头。即使在贫困中，也不给达官贵人写字作画。面对当地县令的造访，徐渭却以“恐因车马乱青苔”为由，急急地去关柴门。徐渭的异举，不为世俗之人所容，也不为庙堂权贵所容。

然而，徐渭作为一位可遇而不可求的里程碑式的大师，历代都不乏知音。明末清初杰出的画家陈洪绶曾慕名来此，一住就是数年，并书题斋号，可见大师的心是灵犀相通的。文学家袁宏道无意中读到了他的遗作，惊呼“夜半光芒惊鬼神”，称徐渭的诗文“一扫近代芜秽之习”，将其列为明代第一。他的画恣肆放纵，泽被后世，历代著名画家如朱耷、石涛、郑板桥、吴昌硕、齐白石等，都师法于他。郑板桥对其推崇备至，曾刻一印章，自称为“青藤门下走狗”。画家齐白石曾提及徐渭：“恨不生三百年前，为君磨墨理纸，君不纳，余门外饿而不去，亦快事也。”毫不夸张地说，对徐渭是崇拜到底了。

“半生落魄已成翁，独立书斋啸晚风。笔底明珠无处卖，闲抛闲掷野藤中。”这是徐渭书屋里挂着的那幅《墨葡萄图》上的题画诗，也是他为自己的一生做了个悲苦无奈的总结。寥寥数语，寓意深远，耐人寻味。

我在这徐渭狂啸过、痛哭过的青藤书屋里久久地徘徊。

是徐渭，给了我太多的感动。

在故居的陈列室里，突然被一幅幅灵动的泼墨图卷深深吸引。尤其喜欢那幅《泼墨杂花图卷》，不经意的笔墨，丝毫不加修饰的线条。细细欣赏徐渭的《石榴图》《黄甲图》《驴背吟诗图》……便能品读到那苍劲豪爽的笔墨，狂放激越的气势，奇崛变形的构图，深邃抒情的诗意！看他的花卉画，用笔放纵，水墨淋漓，具有诗一般的韵律感。

“高书不入俗眼，入俗眼者非高书”，现实中的窘迫并没有拘束住徐渭那支纵横恣意的笔，他从随意中入手，率性而为，以水墨浇胸中块垒，开创出意象空阔的奔放大写意。读徐渭的草书，恢宏磅礴，纵横挥洒，满纸烟岚，震撼人心。

是呵，艺术可以永恒，笔墨可以传世。

这株在人们心目中存活了四百多年的青藤啊！读他的书画，便能直通他情感的深处。

徐渭永远是徐渭，他永远不会重复自己。徐渭用水墨泼洒，用真情挥写。所以，他的作品，充满了真灵性，真悲欢，真学养，真见识。他的作品，是一个天才艺术家内心深度焦虑的疯狂宣泄。

历史已将徐渭推向遥远的角落。但他那气韵生动的写意国画、潇洒的书法、瑰丽的诗文、灵动的杂剧，已永远融入了博大精深、源远流长的中国传统文化。

寂寞的青藤书屋，一如徐渭生前的寂寞。这不，狭长幽深的弄堂深处，那个青衫飘忽的身影，一定又是徐青藤在寂寞行吟吧！园内那方终年不涸的天池，不正暗寓着徐渭永不枯竭的才情？

风雨里，青藤依然。大乘弄的那株青藤，将永远葱郁在我的心头。

（原载《鉴湖》2021年第2期）

陈利生，浙江临安人，1974年生，浙江省作家协会会员，杭州市临安区作家协会主席。作品散见于《人民日报》《大公报》《读者》《散文选刊》《散文百家》等。业余喜好读书与藏书，曾获浙江省“书香人家”和杭州市十大“书迷”称号。

美甲店的姑娘问了我一个问题

陈曼冬

陪伴

美丽的公主被恶龙困于深山，勇士乔治只身战胜恶龙解救了公主。公主回赠给乔治的礼物是一本书。从此书成为胆识和力量的象征。联合国教科文组织选择4月23日成为世界读书日的灵感来源于这个美丽的传说。

成年后我常常感叹自己是个幸运的人，在书籍的陪伴中长大。读小学时语文老师布置我们一周写一篇读书笔记。我至今还记得写读书笔记的本子是老师自己用蜡纸刻，油印的。每一页上都有一张表格，包括书名、作者、出版社、出版日期、字数等。然后才是写读书笔记正文的地方。现在回想起来，那张表格上需要填写的基本上就是一本书版权页的内容。当我还是一个懵懂的孩子的时候，老师通过写读书笔记这样的训练，默默地告诉我读书的正确方式。

12岁那年，外婆送给我一本叫作《地球的红飘带》的书。我清晰地记得这本书的封面是白色的，书名是黑色的。白底上有三个红色的箭头从封底指向封面。白色的封面上用金色的字印着毛泽东主席的《七律·长征》。书的作者是魏巍。

外婆是退休的语文老师，她对我说，你该学会看看这些关于革命的书。我于是开始看我国第一部描写红军两万五千里长征的长篇小说。少年的我除了迷恋那些惊心动魄的故事，更多的是被书中巨大的诗意深深地吸引。我甚至写了长长的读书笔记，说《地球的红飘带》更像一首气势磅礴、诗情浓郁的长诗。外婆说，你读懂了。

我是第一代独生子女，父母工作忙，陪伴我的常常是书。在那些一个人的日子里，看书，把书中打动我的文字抄录下来以及用文字记录关于阅读的所思所想，成为我童年时代的一种表达方式，并一直延续到了现在。阅读是一件很美妙的事情，将阅读时的感受随时记录下来，那就更美好了。从少年时代开始，家里就有厚厚的几大本硬皮笔记本，那都是我关于阅读和文字的记录。后来我开始做一点点的文学评论。大约是从小习惯做读书笔记的缘故，我的文学评论总是有意无意地离“理论”远一点，更多地注重感受。我一直觉得喜欢一篇作品，主要是一种心灵的相契，是隔空的知音。比如说，当你读一首诗，里面有几个句子特别打动你，或者整个诗的美好氛围，或者一种趣味打动你，你就可能喜欢上它。

书店

因为阅读，所以喜欢书店。

二十世纪九十年代在北京读大学的时候最爱去的书店是位于车公庄的席殊书屋。这座漂亮的书店是国际著名设计师张永和设计的，乳白色的磨砂玻璃地面中间装了日光灯，书店便成了一个半通透的玻璃盒子。最喜欢在北京的冬日里坐在玻璃地面上看书，能够感受到淡淡的暖意。这座书屋 1996 年开张，2000 年闭店。闭店的前夜，透明的玻璃房子彻夜灯火通明，里面挤满了爱书的人。那晚我也在。

离开的时候我数次转身看它，它在我视线中越来越远，它在这座城的夜色里闪着骄傲而苍白的光。这大约是记忆中第一座关闭的书店。

我家楼下有一家名为“尤利西斯”的小书店。店里的书都很小众，格调很高。书店只卖一本书——《尤利西斯》，其他的书只借不卖。所谓借阅，也只限于在店内阅读。店内没有免费 Wi-Fi（无线网络），也不主张在店里“上自习”。《尤利西斯》这部爱尔兰作家詹姆斯·乔伊斯创作的长篇小说，是意识流小说的代表作，是一本不太好读的书。于是我就问老板你开这店是为啥。他说：“我就是想开一家书店，让真正热爱阅读的人有看书的地方。”

问题

春日里的某天我去了商场一楼的美甲店。给我修指甲的小妹妹有点害羞地开口问我：“姐姐我有点看书的问题想问你可以吗？”“好啊！”我说。

“我其实挺喜欢看书的。你知道我们店楼上开了一家书店吗？”

“是的，我知道。叫西西弗。”

“对啊姐姐。我在这家书店办了卡了，可以借阅。可是我总觉得没有时间看书，每天也看得很少，这个怎么办啊，怎么样能多看点书呢？”

一家小小的美甲店，一位向往着看书的姑娘。

“多好啊，你爱看书。”我说道，“你知道西西弗的意思么？”

“不知道呀。”

“嗯。西西弗斯是希腊神话中的人物。他触犯了众神，诸神为了惩罚西西弗斯，便要求他把一块巨石推上山顶，那巨石太重了，每每未上山顶就又滚下山去，前功尽弃，于是他就不断重复、永无止境地做这件事。有一种说法，西西弗斯的命运可以解释我们一生中所遭遇的许多事情，西西弗斯的努力也可以是我们努力工作生活的写照。”我同那位姑娘说，“所以，你每天就算只看几页书也没问题，第二天继续看呀。这样积少成多，到某一天你会发现其实看了不少呢。”

讲完这些我发现不知不觉间美甲店的姑娘们都把椅子拉了过来，在听我讲述那个推石头上山的西西弗斯。

我想所谓阅读的意义，应该就是这样的吧。

（原载《杭州日报》副刊《西湖》2021年4月23日）

陈曼冬，女，文学硕士。中国作家协会会员，杭州市作家协会主席团委员兼秘书长，杭州市网络作家协会副主席兼秘书长。杭州市高层次人才、浙江省新荷人才、杭州市青年文艺人才。曾任教中国传媒大学。出版书籍、论文、文艺评论、散文等若干。

扁豆扁

陈荣力

“碧水迢迢漾浅沙，几丛修竹野人家。最怜秋满疏篱外，带雨斜开扁豆花。”秋日下乡，路过村口一农家，小楼庭院，乌瓦粉墙，一棚茂密葳蕤的扁豆，半棚开出围墙外。那蛮蛮的藤，团团的叶，攀舞的枝蔓和一嘟噜一嘟噜红红白白的花，将一个宁静的农家小院，喧闹得生机盎然，诗意荡漾。此状此景，使人情不自禁想起清人查学礼咏扁豆的诗，也让我忍不住有了写写扁豆的冲动。

其实说冲动，或许并不确切，细想起来，扁豆于我似乎一直都有一种特别的情愫和交集。

二十世纪八十年代初，我在浙东杭州湾畔的一个乡村供销站工作，从镇上的家往返供销站，途中须骑过一段古老的浙东海塘。那时还未分田到户，大田的土地依然是种粮食的主战场，宅旁河沿、田角堤边的零星杂地，才是种植果蔬、杂粮的。尤其是毗连那段浙东海塘的坡地，依堤临河，光照好，水分足，搭棚又方便，成为村民们种植扁豆的黄金地带。

每当夏深秋嫩，扁豆开花结果的季节，一骑上那段海塘，扑鼻而来的是一阵压过一阵的扁豆花香。那花香时而浓郁，芬芳中渗沁泥土的甜腥；时而恬淡，清悠里散逸阳光的暖烘。无风的时候，那花香拱拢香气的穹顶，驱引你唯钻花香而动，浮花香而行，再无选择；起风的当口，那花香洇漾香气的河流，推涌你感知什么是花香的波，什么是花香的浪，什么是花香的涟漪和细沫。被这样的花香裹挟，在这样的花香中骑行，你的头发、眼睛和皮肤，你的衣服、身体和呼吸，都是花香的荷载和浸润，都是花香的生发和挥逸。好几次，我骑出那段海塘许久了，自行车后面分明还追着几只蝴蝶。

伴着扁豆花香的嗅觉大餐，同样让人惊视叹观的，自然还有那叶堤花溪的视觉盛宴。

扁豆本来就是生命力特别旺盛的果蔬，加上依堤临河的坡地，光照和水分的优势，那绵亘千米的扁豆，藤茎茁壮遒劲，枝蔓纷繁跂扈，叶片嚣张浓密，远看似一道浓重厚实的叶堤，近观如团团层叠堆积的绿云。也有那特别不安稳的藤蔓，张牙舞爪的触须甚至爬上塘顶、舞在半空，纠缠你的车轮，掸拂你的脸颊和手臂。当然更让人目不暇接、弹眼落睛的是无数奋力伸向天空的扁豆花。那一串串、千百串、数万串红的、白的、粉的扁豆花，伸出叶堤之中，擎举绿云之上，婀娜、妩媚，璀璨、热烈，像点燃的彩炬，似凝固的焰火。而无数彩炬、焰火的缤纷和汇聚，分明就是天高云淡的秋空下，一条烂漫流淌的花溪，连向天际。为这样的花溪所陶醉，为这样的烂漫所痴迷，好几次我险些骑到扁豆棚上去……

2000 年秋天的一个下午，一位陌生的农妇敲开我的办公室。面对我疑虑的目光，那农妇嗫嚅着说明来意。我这才想起，她原是我当年乡村供销站一位运输工同事的妻子。在那个乡村供销站工作期间，这位家在当地的运输工对不满二十岁的我多有照拂，扁豆上市的季节，隔三岔五送我和其他同事一些他家种的扁豆，在他看来是一种满足和欢喜。不料我离开供销站不久，这位运输工竟英年早逝。而在农妇造访前，我正好写了篇怀念这位运输工的文章，发在当地的报纸上。农妇感激地说，我们看到了报纸，这么多年过去了，谢谢你还记得他。接着她递过满满一马甲袋的扁豆，说我们也没好东西，这扁豆是自己种的，你别嫌弃，尝个鲜。

望着农妇留下的那满满一马甲袋的扁豆，我一时间情不能禁。那些青葱懵懂的岁月在乡村供销站度过的日子，那些夏深秋嫩的清晨和黄昏在古老的浙东海塘上骑行的情景，那些如穹顶样拱拢似河流般泅漾的扁豆花香，那些葳蕤浓密烂漫流淌连向天际的叶堤花溪……一切又都似扁豆熟稔的清香出现在眼前。

万物皆有生。当年那段古老浙东海塘上与扁豆的交集，在我的记忆里更多的是嗅觉大餐和视觉盛宴，而在过去了近二十年后，重新打量这一交集，我想我更有了嗅觉和视觉之外的另一种情愫和感觉——悟觉。这样的悟觉，是万物一种的扁豆，其生命的华彩和瑰丽；是根植这种华彩、瑰丽的浙东土地的浪漫和旖旎；亦是对植物对土地的再审美，滋衍的对生命本质、情感本质的归望和探视……当然作为当年与扁豆交集的形而下的收获，几十年来喜食扁豆，成为我爱屋及乌的一个嗜好。也因了这样的嗜好，搬入新居后，我屋顶菜园每年必种且种植面积最大的果蔬就是扁豆。

比起其他的果蔬来，这浙东地域常见的扁豆真的是十分“贱活”。清明时节栽下秧苗后，在抽藤吐蔓之际及时搭一个结实高大的棚架，此后的大半年，除了经常浇浇水，偶尔施点肥，几乎不用再作什么打理。扁豆的这种“贱活”，更体现在结果的丰硕和特长的产果周期上。夏去秋来，青瓜、蒲子、南瓜、葫芦等日渐从棚架上消瘦了、退隐了，此时正是扁豆浓墨重彩、大显身手之际。起先是壮蛮的藤茎上争先恐后的枝蔓、触须向着四面八方攀爬延伸，接着是浓团的绿叶中发丛一样的花茎、花串争分夺秒奋力伸向天空。也就一夜、二夜的功夫，花茎、花串自下而上爆出簇簇圈圈或红或白或粉的花，蝴蝶和蜜蜂们不知从哪儿听到了集合令，嘤嘤嗡嗡地周旋和采撷，让花香化为颜色，让颜色成了花香。似乎就在蝴蝶和蜜蜂们离开的片刻，刚才还如迷你粉拳样的花骨朵里，已探出肉眼刚能看清的小镰刀、小月牙一般的豆荚。小镰刀、小月牙们见风就长，着雨便肥，差不多半月、二十来天的光景，第一批毛茸肥嫩、白润红艳、散发着甜滋清香的扁豆就可入锅上桌了。

当然这第一批只是前哨、只是尖兵，大量的友邻部队、后续兵团，众多的骨干方阵、正规主力正驮着秋阳、乘着秋风、沐着秋雨源源不断地赶来。那发丛一样奋力伸向天空的花茎、花串上，下面的豆荚刚可采摘，中间的镰刀和月牙已憨态可掬；中间的镰刀和月牙轮廓方具，上面乃至直到顶端的花骨朵里，又一梯队小镰刀、小月牙正出蕊亮相。如此地先后传递、接力赓续，往往一柱花茎、花串就可结出二十多个豆荚。而在花茎、花串的四周、上下，在四周的四周、上下的上下，无数新的花茎、花串，无数新的发束、发丛，又如彩色的焰火，向着天空争先恐后升钻、挺绽。这样的活力蓬勃，这样的生生不息，可绵延至霜降、立冬。

“庭下秋风草欲平，年饥种豆绿阴成。白花青蔓高于屋，夜夜寒虫金石声。”如果说，当年在杭州湾畔那段古老的浙东海塘上，我与绵亘千米、叶堤花溪的扁豆的交集，仿如观一轴写意的长卷，可用“心有猛虎”来形容；那么这些年来屋顶菜园的种植扁豆、与扁豆的零距离接触，则似品一幅工笔的丹青，说是“细嗅蔷薇”怕正合适。然而无论是“心有猛虎”，还是“细嗅蔷薇”，扁豆在我的认知、记忆乃至情感、生命里的烙印，永远不会有古人“年饥种豆”的无奈和凄凉。时代不同，境遇、命运以及审美自然不同，人是如此，植物、果蔬同样如此。

扁豆花开，那是秋天美丽的馈赠和放飞。

（原载《文汇报》2021 年 9 月 12 日，原题《我的扁豆情结》）

陈荣力，中国作家协会会员，浙江省作家协会全委会委员，绍兴市作家协会副主席。在《散文》《散文选刊》《散文海外版》《青年文学》《江南》《人民日报》《光明日报》《文汇报》《解放日报》等发表散文作品一百五十余万字。

村景七月半

陈少林

农历七月十五，万祖回归、万宗尚飨的节日。是冥节，也是人的一种节。

在皖西南，我立在长江同马大堤上。江的对岸，一座形似大象的石山苍翠欲滴，不知什么时候，它的肩膀上就扛起了月亮，那月亮怕山的肩膀承受不住压力，轻轻地跳离了，像一只风筝往天上升。是一轮圆圆的被雨水洗刷过好几遍的大月，它跳离山顶约两丈高时，正同长江上的一艘轮船打了个照面，使船上刚才看上去还十分亮丽的那一排排灯火显得黯然失色。这些三界皆能看见，各自感叹。

西边的天幕布满了尚未完全隐去的彩霞，下面的两座高炉的烟囱突突地冒着两柱黑烟，像是地下主持节日大典的人正在抽烟，而某作家先生却说，大烟囱冒烟酷似一个个的皮球向外滚。村庄就隐在树丛里，气息深沉而浓郁。再次抬头仰望，整个的天空，看上去还是深蓝、高雅的；天是丈夫的天，正如地是母性的地。此是过节的良辰美景。

世界开始震颤在一阵阵短促而激烈的鞭炮声中，香纸在它营造的青烟里升起黑乎乎的灰屑，在周围旋转、徘徊、飘逸。地上放着几个蓝边碗，里面盛着些许白色的米饭、大块的红烧肉、烧酒。还有一束束的香烛和一沓沓大面额的冥钞也燃起来了。独特、奇异而又有些诡秘的气息、氛围中，此岸的世界和彼岸的世界相互感应和纠结着。

这个活动是从傍晚五点半左右就开始的。每户人家都有人出现在各家门口、路侧、菜园以及其他稍远些的比较适合的地点。没有人组织和号令，完全出自于每户人家每个人的心心念念。一直到深夜，整个村庄都笼罩、弥漫在烟气和烛香之中。

我沐浴在这样的氛围中，在村子内外随意溜达，并打捞、拼接着胡乱搁置在脑中的一些信息。我国传统冥节有三个，按时间顺序依次是清明、中元、寒衣。三个冥节的活动情况大同小异，大同在于都是与逝者沟通，小异则是细节或者侧重点有所不同。清明主要是培土添坟，顺便踏青，不辜负好时节。因此清明时的祭奠是要到亲人安息的地方现场进行的，是将节日的饭场设在安息地，是将思念和物品送上门，类似于现场慰问。寒衣节（农历十月初一），顾名思义就是冬天将到，该给逝者添置并送去衣物了。也要上坟祭奠，但重点却是制纸扎成的冥衣，然后包起来晚上在门前烧。至于中元节（农历七月十五），因农历七月是一年中宇宙的阴阳磁场互相交换，产生作用的月份，为了让阴阳协调，民间就设了中元节。具体到实际操作，一般以迎祭逝去的先人为主。其实三大冥节中最重要最隆重的本该是这个中元节，后来传丢了不少活动细节。传统上的中元节还会设道场、放馒头、点荷灯等。

民俗专家认为，中元节属于非物质文化遗产，是一种文化，是追怀先人既古老又现代的一种传统。这一传统体现了古人“慎终追远”的思想，也体现了今人对祖先，对一切逝者赤诚追思的情怀。每个人都有祖先和父母，基于这种思想和对先人的感情与责任，中元节势必也会不断得到延续和传承。

一年复一年的七月十五，一年又一年生者与逝者好似心有灵犀一点通的相会，鞭炮就是招呼：先人啊，回来过节吧，你们看，家门口已经摆好了筵席哩！

在门前选择一个亲人老远就能看得见、找得到的地方进行，路口应该是显敞的，路侧应该有空地。立着或跪着的人，默念和祈求着。垂手伫立的年长者在心里表达着一种清晰而又难言的追思，跪在地上的孩子，虽然对于自己的祖先大多没有印象，但却有了一种完整的意念，因之他们涌上了一种油然而生的敬意，在心中勾画着那些遥远的亲人的容貌和事迹，想象着那个时代的风云变幻，他们似感觉到祖先已来到了身边。

我父亲做事有时不同寻常。通常隔壁邻居家炮已放过，纸已烧完，香都快燃尽了，他才领着我们出来，还不准我们发声。这时候都快九点了。父亲说，九点天黑得尽，又是黄金时段，祖先最喜欢这个时间。他还说，以后你们要记得，一定要天黑透才去烧，天是亮的，哪个祖先敢出来取钱？父亲说着把我们往同马大堤上领，他认为堤上高敞，离家也就四百米远，最方便祖先来认领钱物。几百米路，他跑前跑后监督，生怕我们几个踩到路边别人家烧过的纸灰，包括鞭炮的纸屑都不行。有时候一个路口排满了纸灰堆，想绕都绕不开，他就一个个牵着我们小心翼翼地穿插过去，对我们中最小的，他就干脆抱过去。有时候需要大跨步过人家烧过后剩下的纸灰堆，过去之前父亲总要说一句，对不起了，对不起了，借个路过下！

小时候有一年，刚出门，我看到我们这种神神秘秘的样子，觉得好玩，就信口说了一句，我们是不是去搞迷信活动啊，父亲一个巴掌扇过来，把我脸都打肿了。父亲让我滚回屋，所以这一年我被父亲临时取消了参加活动的资格。现在我作为一个中年人已完全理解了父亲——开展和参加这样的活动，是对逝者的深切追怀，不可把它当成一种封建迷信来看待，而且要始终表情严肃，不得嬉笑打闹，必须恭敬诚恳，否则就是大不敬。

眼下这一年我是专门回乡参加中元节活动的。活动结束后已经快十点了。我走下同马大堤，独自继续在村子里随意溜达。我总想获得些新发现，但所看到的一切，又新又旧，或者说新旧难辨，不禁有些感慨。夏末之夜完全暗下去，深沉无边。天空已变成淡青色，圆月璀璨，大地安详而明静。轻风中鞭炮、香烛、纸钱留下的气息在夜空中浮动了很久。一棵有些年头的大树罩着一幢房子，月光从叶隙间筛下来，落在场院上一群看电视的村人的肩背上。

这个冥节之夜，青蛙高唱、蟋蟀弹叫。寂静、深远、博大的田园之夜万物隐伏而又生机勃勃。明媚、徐缓、清爽的月光和天籁，让我一无所思却又思绪纷涌。地上远处森暗的树林和高处浩渺的星河使我感到了怅惘；远古以来的已变得漫漶的人间往事使我感到了日月无常、光阴无拘。许多事物都消失了，但今天似乎仍见到了它们中的一些。死和生都是必然的，这种必然使人间永远保持着生生不息的向上状态，保持着对已逝先人模糊而又清晰的忆念。

我觉得一部分祖先就隐身在我的周围，目送着我走入家门。祖先总是值得我们怀念和敬畏的。富有诗情画意的月光、房子、油灯以及树影，伴着祖先们的生活，一如今天伴着我们的生活一样。从某种意义上说，我们如同生活在过去，而他们也仿佛生活在今天。照见他们的那些星光无疑也正在照见我们，只是这些星光离我们的距离是近了些还是远了些呢？

一只蝙蝠从窗口扑棱棱闪过，狗的叫声次第搅和着夜晚的空气。我把灯火揿灭，月光如潮般灌入窗口。满室馨香，夏末的植物在这个冥节之夜似乎更加葳蕤和鲜活。

子夜时分，我在电脑上写下如下一段札记：

“心中没有神灵，没有敬畏的情感，是个大缺陷。如果说我们还保持着一些敬畏的东西的话，那么对已逝的祖先的祭祀就是其中最重要的一个。这不是怕鬼和敬鬼的事，而是我们必须敬畏那气氛、那渗透进我们心灵的怀念和我们也必将抵达的那个终点。七月半的中元节，无疑它就是一个本质的存在，它对照、引进、修饰着我们的生存……”

（原载《延安文学》2021 年第 1 期，有删节）

陈少林，安徽望江人，2010 年至今居杭州拱墅区。安徽省作家协会会员，作品见于《散文》《清明》《草原》《书屋》《中国青年报》等报刊，出版散文集《月亮是盏不灭的灯》《向上的泥土》。曾获安徽省报纸副刊好作品奖、第四届安庆市文学艺术奖一等奖等。

古茶树的春天

陈新森

这是一批远道而来的古茶树，经千里颠簸，几经波折，玉山古茶场对面的许逊山成了它们最终的归宿。

春天里，土地潮润，万物复苏，它们被热烈的玉山大鼓和鲜艳的红绸彩带簇拥着，小心翼翼地抬上山岗。挖坑、填土、培泥、浇水，一番抢救性的保护，古茶树重新有尊严地挺立在大地上，向天空伸出臂膀。梁国超穿梭在古茶树公园的工地上，不停地吩咐工人：轻些，小心点，支撑牢。

古茶树的枝头已被剪断，伤口处扎了薄膜，根须只留下圆圆的一球，被重重的草绳裹挟，它们曾骄傲地矗立在某座山林或者茶园，繁茂的枝叶遮天荫地，无数条根系像钢钉般刺入地下，狂风暴雨也撼动不了。然而，命运多舛，要么被毁，要么迁移，除此别无选择，为了重生，它们必须付出足够惨痛的代价。

有幸，这些古茶树落到梁国超手里，他总是生怕怠慢它们，生怕气着它们，一天不看到，心里就不踏实。迁回的古茶树有养不活的，他也不忍心挖掉当柴烧。

顽石还是美玉，只有懂的人才知道。一棵棵古茶树，活了几百年，野蛮的挖掘机、机械的筑路工，看到的只是挡道的树，心里急的只是尽快凿平眼前的道路，完成施工的项目。谁在乎茶不茶的？在乎了也无济于事啊。多少古茶树被遗弃在荒郊野岭，泪干了，枯死了，也无人知道。

那一年，一直做园林生意的梁国超夫妇出差到广东梅州，听闻当地一个风力发电项目碰到一片古茶林，无处迁栽，古茶树面临悉数砍伐的危险。起初他并不在意，茶树毕竟不在他的经营范围，转念一想，老家新昌是茶乡，地径 20 多厘米的茶树能迁回去也是宝啊。他找到当地村民和项目业主，愿意花钱买下这批古茶树，20 多棵 20 多万，从巍巍高山顶上长途跋涉，一路向北，运到磐安，临时移栽在一个鲜为人知的山坳里。

喝茶会醉，买古茶树也会醉。此后，夫妻俩利用出差或业余时间，跑到全国 10 多个省的产茶地，到处打听哪里有古茶树收购。公路、高速、高铁道路施工现场，房产、水库、风力发电项目碰到的茶园，抢下一棵算一棵，能救一棵算一棵。只要一有古茶树讯息，两人当即前往，最远的一次自驾到广东茂名，有 12 棵百年以上的古茶树因造房需出售，来回 3600 多公里，几天几夜，竟如获至宝。还有一次，梁国超为运送茶树从吊车上摔下，至今大腿还留下长长疤痕。十多年风霜雨雪，殚精竭虑，40 多个品种 16000 多棵古茶树重获新生，梁国超夫妇“为茶消得人憔悴，衣带渐宽终不悔”，苦乐自知，沉醉其中。

新昌与磐安毗邻，梁国超自称是半个磐安人——缘于夫人陈雨芬是磐安人。在这批古茶树落脚点的问题上，梁夫人定了调：我老家海拔高，茶山多，环境优，就放磐安。她通过娘家的亲戚，租下了尚湖镇蒋高坞、青龙头、长北坑、倪董、五家山等近 160 多亩（1 亩约 667 平方米）山地，凤凰单枞、水仙、碧螺春、岩茶、紫罗兰……各色各样的各地名茶，相聚在大山深处的缘分天空下。

梁国超领着我，去看他的心血之作。从曲曲弯弯的山道开车到尚湖镇五家山村后的山坡地，眼前密密匝匝、一眼望不到边的古茶园勾住了我的心魄。

裹扎着绿膜的茶枝伸向苍天，齐高身段、抖擞精神，像是训练有素、整装待发的劲旅尖兵，这是在向春天进发，是在向命运昭告——

给点阳光，给点雨露，我就发芽，我就茁壮，我就让每一叶呈现芬芳，就让生命芳华重新起航。

坐在香气氤氲的茶室里，古琴悠扬，香茗提神，望窗外绿意盎然、生机勃勃，论古茶上下纵横、津津乐道。

泥炉、木炭、茶壶、茶碗，汲山泉水，煮古树茶，任全部心神随着清亮淡黄的茶汤游走周身，直喝它个“三碗搜枯肠，四碗发轻汗”。梁国超迷恋这份香醇的滋味，得闲，便邀各路高手，品茗论道，细商古茶树保护开发和利用。他决计放弃其他所有业务，专注收购那些险遭遗弃的“绿色古董”，在磐安打造一座集古茶树种植、科研、旅游、养生、休闲观光于一体的古茶树文化公园，供茶人研修体验，让千年茶道在这里积淀、升华、延续。

当年，东晋道士许逊历玉山，见茶树遍布山野，且品质上佳，便与茶农一道研制“婺州东白”，救黎民于困苦之中。唐时，“婺州东白”被列为贡品，并收录于茶圣陆羽所著的《茶经》。宋时，玉山茶农为纪念许逊功绩，建设茶场庙，塑像朝拜，并设置茶场，纪念一代茶宗。如今玉山古茶场成为国内仅存的古代茶叶交易场所，2006 年入选第六批全国重点文物保护单位。

时光悄然而过，古茶场门楼、天井、厢房、木质结构屋楼，呈现出无尽的岁月沧桑。喧闹的交易声、婉约的戏曲声、官府的吆喝声，还有此起彼伏的斗茶声，仿佛从未散去。“春社”和“秋社”集会时，那车水马龙、人声鼎沸的场景，依然在诉说着古茶场旧时的繁华和今人的追念。

古茶场犹在，那个年代的古茶树呢？在磐安的深山老林里，间或也有古茶树发现，但很少有成群连片的。无论是历史上的“婺州东白”，还是当今的“磐安云峰”，均取嫩芽制茶，茶农每年修枝剪伐，加上几年以后品种更新，土地金贵，只得连根撅起，种上新品，因此鲜见粗壮老茶。从晋代到现代，从茶马古道、茶亭到古茶场、茶场庙，磐安茶史源远流长，古老的制茶技艺代代传承，茶人的匠心精神生生不息。玉山古茶场成为中国茶叶发展史上的一块“活化石”，具有独特的历史、科学、艺术研究价值，参观访问者络绎不绝，人们总有一种遗憾：古茶场岂能看不到古茶树。

有一次，梁国超从古茶场出来，正苦苦寻思着自己那批宝贝的落脚地。一抬头，离古茶场一路之隔的那片低丘缓坡，吸引了他。“我那些用命换来的古茶树，归宿就在这里。”他是自己做主，也是替树做主。“这山就叫许逊山，安家这里，相当于回到这座千年古茶场老祖宗的怀抱，同时让古茶场文化小镇更增丰厚内涵。”古茶树配古茶场，那是茶宗许逊的遗愿，那是玉山山神的召唤。

梁国超的主意得到了当地政府的认可，古茶树公园建设成了这个春天最迷人的画卷和最动听的音符。

项目签约、土地流转、规划编制，一步步进行得稳稳当当又紧锣密鼓。当硬邦邦的泥土变得蓬松，暖洋洋的微风拂过山野，那一棵棵粗壮结实、历经磨难的古茶树终于可以安下心来，忘却伤口的疼痛，长长地舒口气，深情地与古茶场凝望交流——前世今生或往后余生。

春风泼绿，古茶回家。有多少双惊羡的眼睛仰视着，有多少赞美的话语品评着，而古茶树泰然挺立，默默无语。枝叶，吸纳渺渺云雾的灵气；根须，汲取汩汩流淌的养分，甚至还把种茶人艰辛的汗水以及爱茶人翻腾的血水，一一融进自己的身体。

不屈的古茶树，低调的古茶树，奉献的古茶树，没有悲欢的姿势，没有豪迈的誓言，没有张扬的炫耀，纵使有千百次的磨难，依然坚守初心，扎根大地，借助阳光和雨露，一年年，抽出鲜嫩的绿芽，回报种植过、付出过、深爱过它们的人。古茶的品性，古茶的滋味，随茶汤通透了心灵，滋养了筋骨。于困顿中重生，在平静中升华，一棵古茶树，让梁国超读懂了人生的全部。

晨光微露，梁国超提着铁锨、锄头，步入茶园，培土除草，心有欢喜。他早已习惯了与古茶树为伍，习惯了在茶林间穿行，每一棵古茶树都是他的心肝宝贝，他所做的一切不过是让一棵棵古茶树慢慢变老，成为爱茶人的骄傲，成为茶乡磐安的骄傲。他喜欢一个人和古茶树对话——

当你遭遗弃，我倾其所有带你回家
当我老了，你枝叶茂盛，美丽茁壮
就是我一生无悔的心愿
如今你与古茶场毗邻而居，晨昏相伴
我也把家安在这里
任四季流转，风云变幻
一山古茶，一叶香茗，一壶在手
此生心安

（原载《浙江日报》副刊《钱塘江》2021 年 4 月 18 日）

陈新森，浙江省作家协会会员，先后主编《磐安历史文化丛书》《心磐安》系列丛书，作品散见于《人民日报》《文学报》《浙江日报》《浙江散文》等报刊。

蓝印花布的流年

陈于晓

一

一叶乌篷，从小桥的那一边欸乃而来，摇橹或者划桨的船娘，着了一袭蓝印花布，风吹动着那曼妙的身姿。是的，是一“袭”，总觉得这个“袭”字，有着一种缥缈的意境。船娘的身影，在水汽氤氲的流水之上，晃动着，一会儿隐，一会儿现，尽显了蓝印花布的韵味。蓝印花布小袄，又宽又大的裤子，算不算旧年江南女子的经典打扮，这我说不上来，但至少，如此一打扮，仿佛一整个古镇，又旧了许多。

不必说，一匹蓝印花布，它所积淀下的时光，已经很老了。无来由地抑或是有来由地感觉到，循着一匹蓝印花布，就可以抵达岁月深处的江南了。我产生走近一匹蓝印花布的想法，是在某一年的岁末，去桐乡乌镇时萌生的。乌镇上的一座染房，依然在时空中高挑着，一匹匹长长的蓝印花布，晾晒在无遮无拦通透的阳光里。这一幕，在我的“记忆”中很熟悉，细细一想，应该是在影视中常常看到的。于是又想着，倘若可以取下一匹，裁剪成一件衣裳，让她穿上，她也许就可以在乌镇的旧光阴中出没了。

当然，最好再给她递上一把油纸伞，蓝印花布和油纸伞，可能就是旧时水乡女子的标配。这样一来，即使那些已经被刷新过数遍的街巷，也会缓缓地再次褪色成水墨。而隐藏在那蓝白花纹中的一朵，也会化作一枝丁香，从某一首朦胧诗中走出，摇曳成丁香般的女子，在雨巷中亭亭地穿行，但或者，这一身的蓝印，也可轻盈成丁香般的愁怨。此刻，因着蓝印花布的缘故，这“愁怨”，竟是靛蓝的。

蓝底白花或者白底蓝花，仔细端详，都是清晰的，但被江南的烟雨一笼一罩，就像水色一样，空蒙了起来。那白墙，那灰瓦，或许也是从蓝印花布上抖落的，至于那弯着腰，或者卧躺着的石拱桥，是否也与蓝印花布有关，我没有找到答案。但我知道，拱桥之下，那荡漾着的碧水，沾染着蓝印花布的韵味。

江南的底色，以柔软的居多，比如流水，比如丝绸，比如蓝印花布。只有青石板是个例外，青石板铺着排着，使一处一处的江南人家，有了铮铮的骨骼。虽然青石板，也经常磕疼人家的日子，但青石板，终究是静默的，经风历霜，走过了一年又一年。柔软如蓝印花布，总也会在某些不经意的时间里，被青石板的沧桑浸润，也因此，只要你学会品鉴，你会发现蓝印花布也是带着些许沧桑的。压在箱子底的那一匹，或许还有采自石板上的青苔，在若隐若现，只是那青苔，已经被日子滤干了水分。

蓝印花布的蓝，或者蓝印花布本身，就是一曲光阴的味道。

二

岁月总是充满了神奇，比如蓝印花布，就源自于一场蓝与白的邂逅。这样的邂逅，是偶然的还是必然的，又有谁说得清呢？或者只要能自圆其说就可。

蓝印花布是传统的工艺印染品，镂空版白浆防染印花，距今已有一千三百多年的历史，最初以蓝草为染料印染而成。据《光绪通州志》记载："种蓝成畦，五月刈曰头蓝，七月刈曰二蓝，甓一池水，汲水浸入石灰，搅千下，戽去水，即成靛，用以染布，曰小缸青。"蓝印花布的蓝，来自于一种蓝草。我查到的相关资料上说，染布的"蓝草"，一种是适宜在南方种植的板蓝，一种是适宜在北方生长的菘蓝，还有一种叫蓼蓝，也是天然蓝色植物染料的原材料之一。这三种"蓝草"，彼此之间没有任何"亲缘"关系，但它们有一个共同点，这就是都可以向人类贡献出"蓝"。总之，蓝印花布的"蓝"，是天然的。"蓝草"，是经历过雨雪风霜的，是汲取了日月灵气的。你一旦走入一匹蓝印花布的时空，你就走进了花香鸟语的大自然。

特别喜欢蓝印花布的两个俗称，药斑布和浇花布。这蓝印的图案，也许就是被蓝浸渍过的斑斑药迹，而这"蓝"，是一味中药，能够沁入心脾，在日常生活中或许是可以疗治身心的。而浇花布，一个"浇"字，格外生动，或者给了人酣畅淋漓的感觉。像这花朵，是先栽在这白布上，然后浇水灌溉慢慢生出来的，长得"栩栩如生"。实际上，对于这些"花朵"的培植，染工是付出了许多的。蓝印花布，终究必须是属于手工的。染的工序，烦琐而精细，需要花费足够的精力与耐心，而手工的魅力，就在于手工的作品里，蕴含着手艺人的体温。这样的体温，也许在你触及蓝印花布的一刹那间，就可以体悟出来了。

而一匹白布，之所以选择了"蓝"，我无端地觉得，这并不是随意的。蓝是一种平静的色彩，或者也是天地之间的主色调。当蓝，与白相遇，蓝其实并没有填补白的空白，蓝只是融入了白的空白。白是一种清纯，而蓝是一种清澈，当白与蓝相融成一色，就成了一种境界，一种清新高远又带着一些空灵的境界。

如此，蓝印花布的蓝，或者你手中的蓝印花布，就是一种境界了。

三

据《古今图书集成》中记载：“药斑布——以布抹灰药而染青，候干，去灰药，则青白相间，有人物、花鸟、诗词各色，充衾幔之用。”这药斑布就是蓝印花布的俗称，在我看来，这蓝印花布，又何尝不是一个俗称呢？由蓝印花布制成的生活用品，比如蚊帐、被面、包袱、头巾、门帘等等，有哪一样不是日常之物呢？每一样物品中，都裹着或浓或淡的烟火味。

蓝印花布，发源于秦朝，盛行于宋朝。后来南宋迁都到了今天的杭州，蓝印花布的发展与兴盛，就汇集于江南一带了。旧年的江南人家，衣服之外，也会有着蓝印花布做的许多物品。比如，一个被面，记忆中的“蓝白”，是让卧室生了辉的，只是如今再想起，满室都是悠久的古色古香了。还记得我的祖母，特别喜欢蓝印花布做的一个包袱，每次出门，随身的行李，常常用包袱一裹，带上就走了。读初中时我离家住校去，包被子的，就是祖母那个蓝印花布的包袱，也是祖母替我包的，她还在包袱中，给我放了一些我特别爱吃的零食。那一份亲情，至今记起来，心上还是暖暖的。晚年的祖母，常穿的也就是一身的蓝印花布，那身蓝印花布里，透着的全是和蔼与慈祥。记忆中还有着这样的场景，在水墨的老街，三三两两蓝印花布的头巾，一路说笑着。仿佛听得，那花布里的蓝喜鹊在叫，梅花正斜逸出来，还有那些蓝色的小花朵，在我的恍惚间，掉在了路上，野野地绽放着。

不过，关于蓝印花布的许多印象，都沉淀在记忆中了。唤醒我记忆的，还是因为岁末来到了桐乡，无意间闯入了蓝印花布的往事。据相关记载，在宋元之际，桐乡蓝印花布织染业极为繁盛，当时织机遍地，染坊连街，河上布船如织。其中，石门（旧称玉溪）的“丰同裕”“泰森”等染坊店，一时成为行业中的翘楚，所制的“瑞鹤鸣祥”“岁寒三友”“梅开五富”“榴开百子”等久负盛名。后来的后来，蓝印花布是哪一年开始从我们的日子中渐渐淡出的，估计是没有人能说得清了。仿佛蓝印花布就是自然而然地淡出了我们的生活，时间的脚步不会停留，而生活，也总在变化着。

依然记得我的祖母，在蓝印花布之间徘徊着的情景。她抚摩着蓝印花布，有时，也会为那些简洁的图案出神。那龙和凤、鹿和鹤、蝙蝠和鲤鱼，以及梅、兰、竹、菊等，用谐音、用隐喻，这样的种种方式，寄寓着老百姓对日子的种种期盼。说起来，这些愿望，都泥土一般的淳朴。由此，我也会觉得蓝印花布，有着一种泥土一样憨厚的品质。还有浸润在花布骨子里的那一种从容的蓝，很像老光影中的呼吸，特别均匀的呼吸，让人的心灵一下子平静了下来。只是蓝印花布，还会渐渐地回到我们的生活中吗？

（原载《美文·青春写作》2021 年第 3 期，本文有删节）

陈于晓，作品散见于《诗刊》《星星》《诗歌月刊》《散文诗》《长江文艺》《散文百家》《文学报》《光明日报》等，多篇作品入选年度选本，著有《路过》《水云间》《听夜或者听佛》等。

下姜遐想

范　敏

最初听说下姜，是因为喜欢小学生方从真创作的一首童谣：“夏日下姜玩儿，山村瓜果香儿。切个大西瓜儿，像艘小红船儿。红船开到哪儿，爸妈心里边儿。”

下姜村位于淳安西南部，隶属枫树岭镇，离县城约莫41公里，始建于北宋靖康年间，距今已有800余年的历史，古称“雅墅峡涧”，被古人赋予了青山绿水的美好期许。但过去的下姜村因“贫困”而知名，村里曾流传这样一句民谣：“土墙房，半年粮，有女不嫁下姜郎。”而今天的下姜村，天蓝、路宽、水清、楼新，景色如同一幅美丽的山水画，倘若再要用一句童谣来描绘它，那就是：“白楼房，绿荫藏，玉女不离下姜郎。”下姜村已经是一个神话般的小山村了。

下姜村由于地理位置独特，风景尤其迷人，雨后的下姜村，看上去楚楚动人，用诗句“清水出芙蓉，天然去雕饰”来形容，丝毫没有违和感。

云雾散去后的山峰，草木葳蕤，水汽氤氲，正如吴承恩诗中所写到的那样：“日映岚光轻锁翠，雨收黛色冷含青。”雅水河中的水流，清澈如玉，绿得晶莹，绿得闪亮，在游人的眸子里静静流淌；河岸边的白色小楼，一排排、一幢幢掩映在绿色树丛中，赏心悦目，让人心醉神迷。

宋末元初的时候，夏氏、杨氏祖先为了躲避战乱，携家眷逃来这里定居，住了一段时间，发现这地方不仅能避战乱，气候也十分宜人，有“世外桃源”般的舒适与宁静，便决定在这里永久居住。明洪武初年，姜氏祖先也从富石坞迁入这里。

“如果想逃避战乱，安静地享度此生，这地方确实是个隐居的好地方！”我们一边闲聊，一边欣赏周边的风景，不知不觉，已经来到了电影《我和我的家乡——最后一课》的取景地。

还未走进取景地，无边的竹林已经热情地将我们拥抱，清新无尘的微风，轻绕在腰间、脸庞，为我们送来一缕缕淡淡的清香；水田里的荷花尽管还未打起朵儿，田田的叶子，已经像亭亭舞女的裙了。

《我和我的家乡——最后一课》这部电影，之前尽管没有看过，但电影内容我已经猜到了八九分。我知道一个贫穷山村的孩子，对知识的渴望，也知道一个贫穷山村，为了实现孩子们的梦想，老师要经历多少坎坷，付出多少艰辛，才能为孩子们开启一扇窗，让他们看到外面的世界。

我的母亲就是一位乡村教师，因此望溪村半山腰那所用黄泥建造的小学，我有着比其他孩子更多的遐想——那里不仅仅是下姜村孩子梦开始的地方。

下姜古村落，面积不大，一条用青石板铺就的小巷，在我的眼前蜿蜒伸展。行走在幽静的小巷里，传统文化扑面而来，小巷两旁的民房，灰墙黛瓦，一间毗邻一间，有姜氏宗祠、砖瓦碑、打铁铺、狮城酒坊……

说到打铁铺，这里面还有一段故事。随着科技的发展，许多打铁铺都已经被机器替代，有人劝江师傅改行，可 17 岁就开始学打铁的江师傅，宁可少赚钱，也不愿把自己学了几十年的手艺丢弃，因此今天的下姜村，才有了“江氏菜刀”这一骄傲的品牌。

站在小巷十字路口，抬眼四望，心不免会震颤一下，这么多新新旧旧的民居大门上，几乎都贴有祈祷幸福的对联，门前的花圃里还盛开着五颜六色的花朵，由此可见，下姜老百姓对中国传统文化的重视和对美好生活的向往。

穿过悠长的古巷，雅水河畔的大街上，坐落着一家石头画坊，画坊的橱窗内，摆放着画有各色图案的漂亮石头，这些石画都是店主陈苏兰的作品。

陈苏兰原是一个商人，之前并无绘画基础，2017 年县里举办了一次“美丽庭院”的比赛活动，她在装扮自家庭院的时候，就在石头上画起了画。村书记得知她有这方面的天赋，便邀请她来村里开办工作室。陈苏兰回到家乡，施展自己的才华，努力练习绘画，把下姜村普通的石头，变成了精致的旅游产品。

雅水河干净、安宁，河面上架有三座不同意义的大桥，一座是具有现代特色的富民桥，一座是木架结构的连心桥，还有一座是古韵悠悠的凤栖石桥。

二十世纪八十年代初，改革的春风吹遍了大江南北，贫穷的下姜村民，也开始寻找起致富之路，他们本着“靠山吃山，靠水吃水”的经营理念，在村里伐薪烧炭。

那时的下姜村，有一百五十多个露天厕所，家家户户还散养生猪，整个村子臭气弥漫、污水横流，苍蝇、蚊子更是满天飞舞。山上的木炭窑有四十多座，每天有三四万斤的柴火要被烧掉，面对山林资源的迅速减少，村民们才意识到绿色发展的重要性。

人与自然如何和谐相处，成了下姜村干部亟待解决的重大问题。2001 年下姜村成为省委书记联系点，有人提出沼气开发，苦于没有资金来源，村干部心有余而力不足。2003 年 4 月，时任省委书记的习近平同志来到下姜村调研，看到村里的情况，不但为下姜村的沼气开发送来了补助资金，还为村民配套改造好厨房、卫生间、猪圈，使80%以上的村民都用上了太阳能。

这样一来，下姜村山林资源就得到了很好的保护，特别是十八大以来，村干部在习总书记“绿水青山就是金山银山”重要思想的指导下，带领村民大力发展种植业，他们在种茶叶、竹子，养桑蚕的基础上，又种起了枇杷、葡萄、草莓等水果，让村民真正过上幸福、富裕的小康生活。下姜村民也自发地把这座总书记走过的木桥，命名为连心桥。

漫步在古老的凤栖桥上，我的思绪跟着石桥回到了那个久远的年代：

村里有一位聪明而勇敢的少年，爱上了对岸那位优雅而美丽的姑娘，他们约好每天傍晚见面，可河上没有桥梁，他们就站在河岸上相互对望。下雨的日子，雅水河的水汽上升，他们看不清对方的脸庞，只能在失望中哀叹。

我要去山上砍大树，要在雅水河上建一座木桥，这样我就能天天看到你的笑容了，少年说。雅水河太宽，水流又太急，木桥会被大水冲走的，姑娘劝住了他。那我去外面闯荡，用赚来的钱，在雅水河上建一座石桥，这样我们就可以天天在一起了。嗯，我在老家等你的好消息！原来那姑娘是山中的凤凰，她见少年勤劳勇敢，便化成一位美丽的姑娘，居住在雅水河对岸……

河面上停泊着许多白色的小游艇，山风吹来，小游艇前后晃荡，犹如一只只白色的鸥鸟。

（原载《湖南文学》2021年第11期）

范敏，女，浙江桐庐人，浙江省散文学会会员，杭州市作家协会会员，曾在《湖南文学》《浙江散文》《钱江晚报》等报刊上发表散文随笔数十万字，有作品被《散文海外版》等转载。

袁可嘉与卞之琳

方向明

没想到我会写卞之琳。对我说来，卞之琳是书里的，是遥远的星辰，是铜像。一次在南京吴为山雕塑馆，见到一尊铜像，写着卞先生的名字，立刻联想到一些看不懂的外国字。那时只知道，他是能将外国字翻成中国字的翻译家，很了不起。

对卞之琳的亲近，自然是因为袁可嘉。读可嘉先生的文章，晓得了卞先生、沈从文、冯至，还有闻一多、朱自清、杨振声等先生，都是袁可嘉在西南联大时的老师。袁可嘉说过，“西南联大对我的影响是重要的，可以说基本上决定了我后来要走的路。我有幸在这里遇见了许多好老师”，他特别点出沈从文、冯至、卞之琳的名字，说“他们都对我有过许多帮助”。在编袁可嘉纪念集的一年多时间里，还读到可嘉先生很多文字，给我的直觉是，袁可嘉与卞之琳先生可能是最亲近的。

在昆明西南联大新校舍的茅屋里，21 岁的袁可嘉捧读用土纸印刷的卞之琳的《十年诗草》，很受震动，惊喜地发现“诗是可以有另外不同的写法的”。袁可嘉自述，“曾受业于之琳两年（一年学翻译，一年学现代小说艺术），1949 年后又长期和他共事并在他指导下工作，对他的诗品人品都很敬重。”正是在卞之琳等先生的影响下，西南联大的青年学生袁可嘉走上了中国式现代主义的新诗之路。研究者发现，袁可嘉的一些作品与卞之琳的作品有着“血缘”联系。香港大学张曼仪教授早在1984年出版的《新编中国文选》里提到《沉钟》时写道：“这首诗在构句和命意上受卞之琳的影响，另一首《空》简直是卞诗《白螺壳》的缩影，而两首都归结于对生命的沉思。”

卞之琳之于袁可嘉，是新诗创作和研究的引路人。但他们之间，又远不止于此。处着处着，多了一层超出师生的感情，这是很宝贵的。卞先生与学生袁可嘉之间，就有这么一层关系。有一件事，印象很深，就是袁可嘉换工作的事。袁可嘉的第一份工作是北大西语系助教，担任大一英语课的教学。1950年夏至1953年底，袁可嘉离开北大，被调到中宣部毛选英译室，和老师钱锺书做了几年的同事。毛选译校工作结束后，袁可嘉调入外文出版社英文部任翻译，主要是为英文版《中国文学》译现代诗和短篇小说。由于大家都知道的原因，那时国内作家写的东西在审美上是不大经得起“翻译”的。袁可嘉在1992年写的《自传》里说：“1957年我觉得外文出版社的工作不适合我的志趣，主动申请调离，经卞之琳老师引荐，进入中国科学院哲学社会科学部文学研究所西方文学组担任助理研究员，正式开始搞英美文学的专业研究和翻译工作。”短短几行字，令人产生很多联想。我不晓得不善言辞的袁可嘉，是怎么和卞先生商量的；同样不善交际的卞先生，又是找谁说了，动用了怎样的“关系”，反正，凭我的直觉，兹事体大，袁可嘉寥寥数语，背后的过程已经难以再现了。不过，彼此知己般的情谊，显然已经超出了一般意义的师生关系。

我总觉得这一对师生很像。先说卞先生。童道明先生曾忆起外国文学研究所几位前辈，写过冯至、李健吾后，说到卞之琳。他说，三位都是人好学问也好的老前辈，但那时年轻人对他们的称呼是不一样的。我们不管当所长的冯至叫冯所长，而是叫他冯至同志；李健吾是党外人士，我们叫他李先生，或健吾先生；卞之琳呢，干脆叫他老卞，他是老前辈中最能和青年人打成一片的。哈哈。

同事中流传着卞先生的一桩逸事。卞是诗人，也写散文，二十世纪六十年代时写过一篇《漏室铭》投给《北京晚报》，记述他遭遇的居室漏雨之苦，行文诙谐，怨而不怒。《北京晚报》当时发行量极大，卞先生一时间也因此在北京老百姓中获得了知名度。一次到医院看病，医生见到病历上的名字，就问："您就是写《漏室铭》的吧？"让卞先生哭笑不得。

卞老先生性情温和、诙谐、谦和，与我所知道的袁可嘉先生很相近。袁先生个子不高，谦逊、平和、低调。《文汇读书周报》的郑海瑶写过一个专访稿，题为《古典的现代主义者——袁可嘉》。这一提法，同是"九叶"诗人的郑敏在香港"中国与现代主义研讨会"上也说过。不过，在袁可嘉看来，两人所言意思有所不同。郑敏说的是袁可嘉早年诗作受了中国古典诗词影响；而郑海瑶则是说，袁先生气度平和，衣着朴素，主张现代与传统融合。

大概就是性情、气质和秉性的相近相通，袁可嘉和卞之琳的情谊历久弥笃。卞先生作古多年后，在袁可嘉先生逝世一周年的追思会上，说话率直的翻译家江枫称，袁可嘉的诗歌译作，三百年后人们还将记得，他说："袁可嘉是有着至善至美品质的真实的人，我能够感同身受的，是他的尊师爱友。"他对卞之琳先生，执弟子礼堪称楷模。在江枫看来，弟子对师长最大的恭敬莫过于发扬光大其学术成就。1989 年卞先生诗创作六十周年之际，袁可嘉撰文《略论卞之琳对新诗艺术的贡献》。1990 年 8 月 4 日，"卞之琳学术讨论会"在京举行，会上分发了由袁可嘉一手组织出版的论文集《卞之琳与诗艺术》。从可嘉先生的尊师重道，足见他对传承的认真不苟。

外文所同事童道明说，卞先生去世前好几年就不出家门了。热心的年轻人张晓强倒不时去看望看望他，回来还告诉我们一个他的发现："卞先生喜欢吃油炸马铃薯片。""为什么？""他喜欢听马铃薯片咬碎时发出的响声。"童道明听出了卞先生晚年的寂寞，我则听出了卞先生的有趣。也许童先生说的是对的。

2000 年 11 月 24 日，另一位年轻人从上海到北京专程探访卞先生。客人进门时，卞老正在看女足比赛的电视转播。老人喜欢看足球比赛，对英超联赛各队的情况如数家珍。他平时还喜欢听昆曲和江南丝竹。客人问起老人的身体，女儿青乔说："爸的胃不太好。吃得很少，有时只喝点酸奶。"问到 12 月 7 日要举行的卞老文集首发式和作品研讨会，不知卞老是否参加时，青乔说："这次生病，爸特着急，他很想去会会各位朋友。"休息几天，7 日应该没问题吧。三卷本《卞之琳译文集》刚出版，大家都在为筹备文集首发和研讨活动，为庆贺先生 90 周岁寿辰而忙碌着，谁都没想到，12 月 2 日上午 9 点 15 分，卞之琳先生溘然长逝。这时，离他 90 周岁生日仅差六天。

这时，在大洋彼岸的美国，袁可嘉兴致勃勃地算着时间，为参加恩师 90 周岁寿辰及研讨会，他不顾家人的反对，执意要回北京一趟。他甚至说："就我一个人，我也要去！"寒冷的冬天，袁可嘉在大女儿晓敏陪同下，拖着病体，从纽约飞到北京。可是，到了北京，却传来恩师去世的噩耗。文集首发式和作品研讨会还是举行了，只是，庆生变成了追思。12 月 8 日（正是卞老 90 周岁生日），卞之琳先生的遗体由家人护送到北京八宝山公墓。这位 90 周岁的老人，身着西装，安眠于鲜花丛中，面容依然清癯安详。女儿青乔精心包裹好刚刚出版的译文集，把它和老花镜等物件放进棺木，还特地备了一本笔记本、两支笔，"怕他一支不够用"。在即将合上棺木的最后一刻，卞之琳先生的老学生，79 岁的袁可嘉，在离开后又奔了回来，伏在卞先生的身边，喃喃低语。卞先生生前最喜欢白玫瑰，袁可嘉将两朵白玫瑰轻轻地放在了卞之琳老师的胸前。

8 年后，87 岁的袁可嘉追随老师而去：2008 年 11 月 8 日，袁可嘉在美国的女儿家中安详离世。

袁可嘉有一首与卞先生名作《断章》同名的诗，诗中写道：

我是哭着来的，
我将笑着归去。

我是糊里糊涂地来的，
我将明明白白地归去。

（原载《十月》2021 年第 5 期，总题《斯人可嘉：袁可嘉交游及家世》）

方向明，慈溪人，中国作家协会会员，宁波市作家协会副主席，作品散见《人民文学》《十月》等，著有散文集《故乡书》等。

八十年代影评组

富晓春

二十世纪八十年代中期，我在老家浙南文成上班。有两位先生经常约我看电影。一位是县文化馆创作干事王嘉棣老师，还有一位是我在卫校读书时的老师、中医理论家王贵淼先生。两位当时四五十岁年纪，装束整齐划一都是蓝卡其中山装，上衣兜别一支亮闪闪的钢笔，显得老成持重。每次见面，两位先生必言："你有空不？陪我看场电影。"

他俩都是当地影评组的成员，手头有票。免费看电影，我正求之不得呢。"二王"看电影，风格迥然不同。王贵淼老师像个"喇叭筒"滔滔不绝，双手捧着一只玻璃茶缸（可能是药房中盛什么药的罐），每当看到精彩之处，就高高托举起茶缸仰头咕噜咕噜喝茶。王嘉棣老师是个"闷葫芦"，自始至终一言不发，老是抽烟，一支接一支，立锥之地，烟雾缭绕，熏得我及邻座眼泪汪汪直翻白眼。

"二王"带我看电影，不是白看的，观后要谈观感。一句话也行，一个字也可。初生牛犊不怕虎，在两位前辈面前，我也不客气，心里想什么就说什么。那时，我虽然不是影评员，但我的一些观感，经常会以"观众某某某认为"的方式出现在"二王"的影评中。

“二王”逢人必调侃，戏谑中带着赞赏，称我为编外的“超级影评员”。我欣欣然。

那时的电影文化十分活跃，上至省市乃至全国，下至各县区几乎都有影评组。文成影评组成立于二十世纪八十年代初。没有场地，没有经费，只是隶属于县电影公司的一个松散组织。由县电影院周建光、刘开忠具体负责，不定期印发油印刊物《影评选辑》。影评组最初只有六七个人，大都来自文化部门，也有个别是其他单位的。我与他们都有接触，闲聊时经常谈论电影，喜欢臧否电影人物。

一九八六年四月，影评组人员调整，我终于有机会“转正”了。记得与我一起进入影评组的还有青年文学爱好者苏哲。苏哲比我小几岁，是个五大三粗的小伙子，戴一副文绉绉的金丝眼镜。人前人后我管他叫“苏小妹”。当影评员最实惠的待遇，就是可以免费看电影。每逢新片到了，电影院提前给每位影评员赠送两张影票，装在信封里由专人送到案头。

送票的是一位我喊他“电影公司”的大叔，玉壶那旮旯人，说话轻声慢语。其实我小时候见过他，那时他还是小伙子，经常送电影下乡，我们一群小屁孩欢呼雀跃，大老远就冲他喊：“电影公司来了，有电影看啦!”他与我的童年玩伴阿勇沾亲带故，喜欢到阿勇家小坐喝茶或与阿勇的妈妈聊天。阿勇攀上“电影公司”这门亲，令我等小屁孩羡慕不已陡添几分嫉妒。后来，我到县文化部门上班，与他的这位亲戚算是一个系统的人，彼此经常见面，我还改不了口一直管他叫“电影公司”，他也不以为忤，足足喊了十几年，以致我至今仍不知他的真名实姓。

从少年开始，我就是个超级电影发烧友。长期订阅《大众电影》杂志，半年装订一册，宝贝似的收藏于书柜最底层。不大的陋室，不太宽敞的墙面、天花板贴满电影海报：王心刚、刘晓庆、达式常、斯琴高娃等俊男靓女照在房间里摇晃。影院里放的电影几乎看个遍，不忍落下半个场次。我还有一个绝门功夫，就是喜欢的片子可以重复看，连续看好几遍也不过瘾，可谓百看不厌。

位于建设路中段的电影院，是当年这个三等小县城最繁华之处。每当夜晚降临，这里霓虹灯闪烁，人山人海。电影广场——其实算不上广场，也就是一片空地而已，两旁竖立着电影宣传画，其中有一块就是影评专栏。影评栏每期发两三篇影评，都是针对时下放映的新片的。那时打字还是稀罕物，影评都是某位老先生用毛笔正楷抄写的。我是影评栏前的常客，过去专看别人的影评；后来成了影评人，也看自己的影评。影评栏前经常聚满人，有人还高声念出声来。

在影评栏上发表影评，于当时是一件非常有面子的事。那个时候，我正在谈恋爱。有个夜晚与女朋友逛街，我连哄带骗将她“拐”到电影院影评栏跟前，相当于设计一个场景，让她无意间看到我写的影评。见有那么多的观众驻足观看，女朋友两眼发光，妩媚爱恋的眼神中骤然多了些许钦慕与崇拜……

现在想来，十分好笑；妄图虚荣，莫过于此也。

写影评的妙处，就在于自由，没有固定的框框或模式。可以写人物，可以写场景，可以写音乐，也可以写最打动人心的地方。我打小喜欢惊险侦破片，记得写的第一篇影评，就是《神秘的大佛》观后感。写这个影评时，我还在高中读书。所以，对于写影评，我是属于一个“有前科的人”。

到了影评组，我痴心不改，仍然倾向于惊险侦破片。《梅山奇案》《508 疑案》等影片上映，我都写过影评。当年山城放映《林中迷案》，现在想来，这个电影其实拍得一般，但案件错综复杂，吊足我的胃口。记得当晚无眠，蛰伏斗室奋笔疾书，洋洋洒洒千言，一挥而就。这个影评，后来被推荐到市里，供全市影评员交流之用。

影评组很少组织活动，大都处于一种各自为战的静观状态。印象中开了一次非正式的茶话会，正是电影《少年犯》风靡全国的时候，我们去影院观影之后，专门到县文化馆喝茶，专题讨论这部电影的艺术特色及社会意义。这次茶话会完全是自发的，参加的人不多，总共五六个人。

那是一个纯真年代，只一杯清茶，大家便海阔天空，无所不谈，真可谓高山流水遇知音。大家以文艺心态，轮流谈观感。“苏小妹”苏哲摘下金丝眼镜，拍着胸膛，发表了“作为年轻人，我们该怎么办?”的主题发言；王嘉棣老师往那一站，酷似鲁迅，昂头挺胸，当场吟诗一首：“告别昨天，快扬起信念的风帆……”；我也不服输，随手抓起一笔筒权作话筒，作跪拜状，大谈《少年犯》电影插曲之得失。

大家影评写成后，文成电影院专门出了一期专刊，将有关《少年犯》的影评汇集成册。我写的《少年犯的心声——评〈少年犯〉插曲》，被市电影发行放映公司编印的《影评选辑》录用。据内部可靠消息，《少年犯》的影评活动，后来还受到省电影发行公司一位领导的赞赏。

到了二十世纪九十年代以后，随着电影业普遍不景气，影评组也逐渐退出历史舞台，以致销声匿迹了。二十世纪八十年代影评组，相当于现在的“电影沙龙”，虽然短暂如昙花，却让人终生难忘。在地方史志上，不可能留下什么痕迹，但它作为那个年代的一种文化现象，很值得描上一笔。它不仅是我一个人的文化印记，更是那个年代那个火热奔放时代赋予人们共同的文化记忆！

（原载《新民晚报》副刊《夜光杯》2021 年 10 月 4 日）

富晓春，1963 年生，浙江文成人。现为赵超构研究会会长、浙江省作家协会会员、中国传记文学学会会员。著有作品选集《留守大山亦风流》，人物传记随笔《报人赵超构》《赵超构书信往事》等。《赵超构书信往事》被文汇出版社推选为年度十大好书。

写作是另一场孕育

干亚群

下班铃声响过后，几辆自行车浑身震颤着跑出了医院。

我在诊室独自坐了一会儿，双手抱着后脑，目光从天花板移到窗外，黑黑的屋脊分割出半块玻璃，屋脊上面站着的是天空，看起来仅仅是一角。这一段时光静得有些空荡。医生下了班，病人除非是急诊，多出来的空间配合着时间，而我的时间始终填充不了空间，下了班，我还是在医院，只不过下班的是白大褂。想深深吸口气，结果，出来的是叹气。脱了白大褂，关门，上楼。

窗玻璃上糊着报纸，在我来之前已默默泛出一块块的黄色，接引着字的漫漶，在时光深处悄悄埋藏那些字，那些事。我想过换上新的，因一时疏懒，竟然忘记了此事，时间长了后，我倒习惯了那两张旧报纸。对镇上新鲜的东西，我还没能够明白，既然不明白，就需要有一个过程，包括接受镇上最年轻的妇产科医生这个身份一样。

年轻在医生这个岗位上是一件难以启齿的事。

尤其叮嘱病人术后要避免性生活时，我就会结巴。房事、做爱、夫妻生活这些词让病人一头雾水，童医生用“走拢”直截了当，可我把“走拢”说得遮遮掩掩，声音细细的，窘迫与尴尬似乎撕扯着声带。有个别病人还很无辜地问我，多长时间可以“走拢”。这样的问话有时让我很愤怒，但愤怒无效，嘴里不得不重复“走拢”。

当然，病人还不能完全信任我，还不是特别严重的事，只要我会熬，熬成童医生和牛医生的年龄，我也会被病人叫成姐，那时“走拢”一词，肯定与童医生一样波澜不惊。

然而，一眼望到底的生活，并非是我的彼岸。

我对起承转合的生活充满迷恋。

我在心里堆砌着种种念想，它们越来越让我不安心于眼下的一切。只是，我分不清是抱负还是欲望，似乎一半被鸟带到云端，另一半，落到了水中。

我能看到的鸟，无非是麻雀。

麻雀，一生的半径或许不过几个村子，飞行时身子佝偻，一耸一耸，似乎驮着一袋心事。即使收起羽毛，它们也是不住地拧着脖子。它们灰色、短浅，还带着惊慌，常常淹没于村庄的烟灰色里。

墙外有溪水，潺潺的声音四平八稳，似乎带着某种隐忍，也像是看空一切，在暮色渐渐围拢过来的时候，水流声越来越清晰，几乎爬上我的书桌。

桌子是旧的，两只抽屉一只拉出关不上，一只关上拉不出，像是老木匠的眼睛，一睁一闭。左边的桌脚底下还塞了一块木板，为找这块板，我费了很多劲。太厚，桌子往窗边斜；太薄，便朝我身边靠。

桌上堆放着零乱的稿纸。已经写了好几天了。有时被第一段困扰，写来写去，总是不满意。我完全可以选择另起一行，或干脆先搁着，可我太偏执于文章的开头，就像给人做手术，之前必须做好基本的检查，问病史，测体温。这个程序深深影响到我的写作，把文章的“起”当成了一种敬畏，像是在纸上完成仪式。

可想而知，我的笔会时时卡在纸上，被某个意思，或某段话拦截，涂涂改改，删删减减，仍无法让文章“起”来。时间一长，我的胃会隐隐作痛，仿佛那些断词病句跑进了胃里。那只拉出关不上的抽屉里有一些治胃病的常用药，不舒服的时候我会去摸一瓶。偶尔，药没摸到，却抽出一本字帖。我便在草稿纸上练字，用一种字修复另一种字。

没有人知道我在写东西。我只在晚上写，像一只躲躲闪闪的麻雀，在纸上低飞，或带着紧张的蹦跳，东一段，西一截。我并不十分清楚怎么写，只是努力把心里不想顺从于现实的感觉写到纸上。然而，我无法把握住那些情绪，它们有时明明就在我眼前，也真实地徘徊在我的心底，可我一碰，它们又消失得无影无踪。我找不出排遣这种糟糕心情的方法，只好压指关节，一节节过去，咔嚓，咔嚓。我自虐似的，把十个指关节压了一遍，咔嚓声在灯下响起，而文章仍没有“起”成。

我最接近的是孕育那些事。没有了孕育，乡村是失魂落魄的。

写作于我是另一场孕育。

虫子开始在墙根吱溜吱溜，清清爽爽地喜欢着夜里的每一寸光阴，似乎它们从一个很遥远的地方，寻着一条说不清楚的边际，然后准备溜到另一个更遥远的地方。

嗯，遥远让夜晚变得轻盈起来，它接引着我的文字。

有时，我会听到一些杂声，很奇怪，有一只鸟总在暗夜里鸣叫，叫得还不是很好听，粗粗的，“啊哈啊哈哈哈”，类似这样的节奏，似乎嘲笑着什么。我自然把自己归属于“什么”，感觉它在嘲弄我。但也无可奈何。偶尔还能闻到香味，应该是樟树。樟树的花很小，如米粒，可结的果却不小，黑色的，趁不备时，“啪”，掉进脖子里。人与植物都是相通的，希望开花结果，希望向上。

稿纸上的字，起初很认真，可后来越来越草，比处方上的字还要差。处方上的字东倒西歪是故意的，你不写成天书，就无法获得病人的信任，潦草成了资历。而稿纸上的字是被我喂养出来的。只是，我辜负了那些念想，成了文字的后母，把它们写得枯瘦、干瘪。

我写掉了许多稿纸，还是写不出令自己舒服的文字。我试图寻找一些有意思的辞藻，去修补记号里的文字。我的笔在纸上匍匐，我的手跟着在匍匐，几乎，指头向纸跪拜，也向文字跪拜。一起跪拜的还有那些故事，和故事里的人和事。昨天那个老头又来了，手里拎着一只大公鸡，让我给他取鸡血，然后给他打针，说是从上海得来的偏方。我不肯。谁也不肯。他只好回去，大公鸡一路高亢鸣叫。今天，老头又来，大公鸡没来。他一瘸一瘸的，屁股上满是瘀血。他跟我要药棉。我肯了，给他装了一小瓶。我同他说过几句话，可我表达时怎么也说不全他的细节。

我在昏黄的灯光下盯着自己的双手，恨不得用目光淬炼它们，像铁匠一样锻造出一把锐利的镰刀。曾有人惊叹我的手，白皙，小巧，且光洁。当得知我是助产士时，那人不无感慨地说，这才是接引生命的手。

可是，我无法助产文字。

我写坏掉了很多稿纸，但从不乱弃那些草稿，上面有许多的记号，或圈，上面拧着一根尾巴，或一条粗壮的直线，从文字中间横穿而过，也有几个三角形。它们整整齐齐地放在抽屉里，与药挤在一起，你靠着我，我靠着你，仿佛等待某种提醒。

一个雨夜，我站在宿舍门口的走廊里，屋檐下滴滴答答，一声接着一声，跟抽泣似的。还掺和着别的声音，迷糊，听不太真切，像是一团光阴煮着心事。路灯在雨帘中照出一小块惨淡的昏黄。四周很寂静，医院的大门也合上了。我突然一阵伤感，觉得自己一无是处，在小镇的皱褶里打转，不知道属于自己的那块泥土在哪里。我仿佛走散在岁月的荒野里。

我找出所有的草稿纸，用一张报纸裹住，下楼走到了食堂。菊婶婶把最后一壶开水烧开后准备封炉了，我说借用一下。菊婶婶没问我干什么用，只是问我要不要再添一只煤球。我说不用了。菊婶婶猫进她的小屋后，我把火炉放在灶膛边，纸迅速舔起一朵朵火苗，然后塞进灶膛里。我知道有一缕缕烟在雪夜中升起，又慢慢散去。火光映红了我的脸，我第一次感觉到了文字的温暖，也似乎是文字向我告别的仪式。

我到底还是没有放弃对文字的孕育。虽然，我不知道怎么样才能准确地捕捉感觉，但，我发现自己找到了路径，在别人的文章里寻找熟悉的情绪，并临摹下来。这是我的一个秘密，我也为这个秘密欣喜若狂，仿佛我找到了治疗不孕不育的偏方。

后来，我读到“爬格子”这个词，才意识到自己原来用错了稿纸。我自然把石沉大海的缘由归结于此。我原谅了自己，这种快乐虽然短暂，不过，仍让我觉得一切都值得重新开始。

我精心挑选了三首诗，模仿别人用了外三首作题目。其实我心里并不清楚这外一外二是啥意思。看到别人在用，自己随手也用了。我跑到邮电所，把信小心地投放到邮筒里。离开前又反复往里看，担心我的信跟别人的信粘连在一起，邮递员分发信件时扯坏了信封。有时又瞎猜它们被投寄时弄丢了。总之，诗是寄出去了，但心思却越来越重。

我哀叹那些寄出去的文字，它们如同我门诊手术中的胚胎。至此，我不得不感慨植物，它们的果荚太神奇了，只有孕育成熟的时候才会弹出身体里所有的果子，完成它们的分娩。我太急于求成了，根本来不及打磨，便草率地往外投，就像把还没有孕育成熟的孩子暴露在外。

遇到同事打牌的邀请，我总婉言谢绝。我不敢说自己在写作，只是说反正也没事，看看书消磨时光，还特意把消磨时光的声调加重，拖长，用镇上的方言去说这个词。我不知道别人听到这句话是什么感觉，我自己觉得那四个字像是一根草绳掉落地上突然散开了结似的。

上班，我用手检查病人、接生、做手术，接管着一桩桩的孕事。

下班，我用手握笔，邀约那些文字在格子住下来，或坐坐。我也慢慢习惯了与文字相处的不容易，就像我碰到过的那些不孕不育，以及难产。

我知道泥沙俱下的一切可能，也晓得平庸在岁月里轻摇慢晃，可我没有放弃用文字孕育夜晚的宁静。

每当我放下笔时，四周一片寂然，仿佛是从乾坤处滴漏下来，我甚至听到虫子擦着草尖飞翔，恍惚之间，有什么珍贵的东西与我迎面相逢了。

（原载《天涯》2021 年第 5 期）

干亚群，女，1972 年 9 月出生，中国作家协会会员，宁波作家协会副主席。出版散文集《给燕子留个门》《梯子的眼睛》等五种。散文常见于《散文》《上海文学》《天涯》等。曾获浙江省优秀文学作品奖、首届三毛散文奖、第七届冰心散文奖、储吉旺文学优秀奖等奖项。

在康奈尔想起胡适的情恋

顾　艳

二十世纪九十年代时，我买过两套丛书。一套鲁迅全集，一套胡适全集。比之鲁迅的文章，我还是喜欢胡适的多一些。2010 年初夏，我来到康奈尔大学进修，这是胡适曾经留学的地方。他本来读农科，学了一年后发现自己对农科兴趣不大，转学到文理学院改读文科了。这一转学，改变了胡适的整个命运。让他后来的人生，如日中天。

康奈尔大学所在的小镇，英文名叫：Ithaca。胡适大笔一挥，把这小镇翻译成“绮色佳”，一个多么富有诗意的名字。这之后，来康奈尔大学学习和生活过的有：梁思成、林徽因、冰心、徐志摩等，让小镇增添了浓厚的中国人文色彩。

康奈尔校园，风景如画。标致性的建筑——麦格劳塔钟楼，高五六十米，从地面至顶层共有 161 级台阶。它在 1891 年建于尤里斯图书馆之上，保留着中世纪欧式建筑风貌。塔内有康奈尔编钟，共 21 个。每天都有学生在麦格劳塔钟楼里演奏，乐曲种类丰富多样。有天黄昏，我正好从图书馆出来，夕阳下的钟楼里响起了一曲《春江花月夜》。琴键通过铁索拉动顶楼的大钟，发出丝丝缕缕的乐曲，响彻在康奈尔大学校园里，一种回肠荡气的感觉，令我十分喜悦。

无论走到校园哪个角落，我的眼前总会晃荡着胡适的影子。胡适当年在古生物教授家与教授女儿韦莲司邂逅，成为莫逆之交。韦莲司的祖父是康奈尔大学创建者的受托人，父亲则是耶鲁和康奈尔著名的地质学家和古生物学家。韦莲司长胡适 6 岁，虽未进过正式学校，却由于显赫的家庭背景，对自然、社会都有与众不同的见解。

韦莲司喜欢画画，是美国早期抽象画的先锋画家之一。至今，费城美术博物馆仍展示着韦莲司的一幅题为《两种韵律》的大幅油画。

韦莲司当年在纽约学画，回绮色佳探望父母时与胡适一见钟情。胡适欣赏韦莲司的特立独行，他说："余所见女子多矣，其真具思想、识力、魄力、热诚于一身者，唯一人耳。"两个年轻人，在康奈尔大学的校园里开始了热恋。那情、那景、那热烈的拥抱和亲吻，都让胡适暂时忘却了自己已经订婚。母亲给他找的媳妇已经搬到婆家，服侍婆婆了。

热恋中的胡适，不顾学业繁忙经常去韦莲司在纽约的寓所。后来，胡适申请到纽约哥伦比亚大学读博士，索性就与韦莲司同居在一起。然而在如胶似漆的热恋中，胡适却有本事能冷静下来脱身而去。

以我的理解并非胡适完全没有勇气拒绝母亲给他的婚姻安排，而是他高瞻远瞩的心里装着大事业，不想为情恋所绊。这是胡适情恋中的第一次脱身，脱身自然是痛苦的。因此，1916 年，在他准备回国前，给韦莲司写了一首新诗《两个黄蝴蝶》："两个黄蝴蝶，双双天上飞。不知为什么，一个忽飞还。剩下那一个，孤单怪可怜。也无心上天，天上太孤单。"韦莲司读到心上人这样的一首诗，可以想象她的痛苦有多深。仿佛从热恋的高潮中跌落，她要接受胡适离开她的事实，做好心理准备。好在韦莲司对爱有比较高的境界：只给予，不图回报，即使胡适离开他，他们的精神还是连在一起，这就够了。

由于遇上了胡适这样的恋人，韦莲司再想突破很难，最后她只能终身未嫁。

1917 年，原本因母亲之催回国完婚的胡适，由于北大校长蔡元培聘请他到北大开设中国哲学史等课程，思索再三，他最后办了退学申请。为了回国干一番大事业，胡适宁愿放弃在哥伦比亚大学攻读博士学位的课程，回到了母亲身边。

胡适是个聪明人，先顺从母亲的心意，与订婚多年的江冬秀办了喜事。把家里摆平后，才能北上干事业的道理，他十分明白。谁知婚礼上，竟让他遇到了自己的远房表妹曹诚英。这个楚楚动人的 15 岁小女孩儿，做了江冬秀的伴娘。胡适的目光本来就不愿停留在新娘身上，这时正好给曹诚英目送秋波，表达满满的爱意。

表妹曹诚英是个敏感的女孩儿，她自然懂得这份情谊。只是她未出生时，父母已给她指腹为婚，未婚夫是邻村的胡冠英。1918 年，曹诚英按照婚约嫁给了胡冠英。这时胡适对她的爱慕，只能暂时搁置了，但彼此仍有书信往来。也许曹诚英的心都系在胡适身上，婚后夫妻俩感情淡薄，一直未孕。1921 年，胡冠英听从母亲的劝告娶了二房。这时的曹诚英已经受新文化运动的影响，不可能接受一夫二妻的生活。几经周折，与胡冠英离了婚。离婚后的曹诚英，与青梅竹马的汪静之先后来到杭州第一师范读书；但曹诚英并不喜欢汪静之，两个人的关系是家族里的姑侄关系。

离婚后的曹诚英，与胡适的鸿雁传书多了起来，感情与日俱增。1923 年，胡适在北京终于因为劳累过度病倒了。朋友劝他带家属出去旅游、散心、休息，但他后来把夫人江冬秀和孩子留在北京，自己与侄儿南下杭州养病。当然来杭州的原因，与他心中思念的曹诚英分不开。

胡适在杭州烟霞洞附近租了三间小木屋，不少学生、朋友闻讯而来。汪静之来了，曹诚英来了。当然曹诚英来了就与胡适一起住下，负责胡适和他侄儿的饮食起居。闲时一起游山玩水，眉目传情，诗文唱和，过着浪漫的情侣生活。这样的生活被到杭州看望胡适的徐志摩一眼看穿。徐志摩问：“尚有匿而不宣者？”胡适老实答道：“有，只是有所顾忌。”

三个月的浪漫生活很快结束了。胡适回北京前，写了《西湖》一文：“前天，伊也未免太绚烂了！我们只好在船篷阴处偷窥着，不敢正眼看伊了。……这回来了，只觉得伊更可爱，因此不舍得匆匆就离别了。”胡适回北京后，在北京西山秘魔崖养病时，又写了一首《秋魔崖月夜》的诗，其中有两句是这样的：“翠微山上的一阵松涛/警破了空山的寂静/山风吹乱了窗纸的松痕/吹不散我心头的人影。”我想，倘若韦莲司是他初恋的情人，那么曹诚英就是进入他内心深处的爱人了。

其实，胡适的确是想娶曹诚英为妻的。只因江冬秀太强悍，一把菜刀保住了自己太太的地位；而知书达理的曹诚英只能堕胎，远走高飞。后来经胡适找韦莲司帮助，曹诚英来到了康奈尔大学学习农学。

这就是胡适情恋中的第二次脱身。

那时韦莲司依然爱着胡适，只要是胡适开口，韦莲司照顾曹诚英就在所不辞。我徜徉在康奈尔大学校园里，从湖光山色浑然天成的毕比湖，到观望一座古朴石拱桥下飞流直下的瀑布时，我都在想象这两个心里同样住着胡适的女人相遇在一起，她们都交谈了些什么呢？不过，无论怎么说，一代大才子胡适，因为拥有了这两个爱他的绝色女人，而变得浪漫、富有色彩。

（原载《今晚报》2021 年 10 月 28 日）

顾艳，女，杭州人，现旅居美国华盛顿。文学创作一级，博士。1993 年加入中国作家协会。已出版著作二十八部，代表作有长篇小说《夜上海》《辛亥风云》，传记《译界奇人——林纾传》，诗集《火的雕像》《顾艳短诗选》，散文集《岁月繁花》等。

江南清妍地

郭　梅

我住苕溪头，君住苕溪尾。喜欢德清，是因为杭、湖二州，自古共饮苕溪水。

倪瓒说：“余不溪水涵绿苹，微风吹波蹙龙鳞。看山荡桨不知远，花间白鹿来迎人。”

这是画家眼里的自然宁谧，天人合一。

姜夔说：“溪上佳人看客舟，舟中行客思悠悠。烟波渐远桥东去，犹见阑干一点愁。”

这是一代词宗笔下的羁旅行役，闺怨客愁。

我在山之南，君在山之北。喜欢德清，是因为干将、莫邪的剑气森森，是因为修篁万竿的匝地清凉。

沈定一说：“谁云利器肯埋藏，不受磨砻那有芒。飞瀑至今含怒意，十年辛苦怨吴王。”

这是前贤的即景述怀，借古追今。

苏步青说：“不去匡庐上莫干，修篁似海绿荫闲。”还说过：“瀑声千级迂回路，篁影万竿高下丛。”

这是数学巨匠的重访莫干，以诗抒怀。

“未老莫还乡，还乡须断肠。”喜欢德清，是因为德清客子的词情曲意，深情款款。

毛滂流连下渚湖，他说：

“春渚连天阔，春风夹岸香，飞花渡水急，生柳向人长。

远岫分苍紫，垂波映渺茫，此身萍梗耳，泊处即吾乡。”

这是词人的工笔摹景，人生咏叹。

乔吉喜欢长桥卧虹，他说：

“青天白日见楼台，赤蜃浮光海市开，崖崩岸坼长虹在。弃繻生感壮怀，卧苍龙鳞甲生苔……”

这是曲家的豪泼潇洒遇到了江南的婉约清刚，百炼钢化作绕指柔。

郁达夫钟情莫干山，他说：

“田庄来做客，本意为逃名。山静溪声急，风斜鸟步轻。

路从岩背转，人在树梢行。坐卧幽篁里，怡然动远情。”

这是名士风流，兜兜转转，终难放下那剑池飞瀑和竹浪声声、松涛阵阵。

而戏剧大家洪昇更是将这里看作了第二故乡，寓居前溪之畔，题咏颇众。

他曾感慨前溪的今昔巨变：

“六代繁华地，凋残近若何？村巫纷屡舞，渔父子成歌。

花落江漂水，莎长绿映波。当年风月夜，丝竹画楼多。”

他亦难舍下渚湖的清幽宁寂：

“地裂防风国，天开下渚湖。三山浮水树，千巷划菰芦。

埏埴居人业，鱼樵隐士图。烟波横小艇，一片月明孤。”

而当时的文坛巨擘王士祯听朋友谈起武康山水，不禁心驰神往：

“吴兴清远水晶宫，转入前溪路不穷。最爱放船人日好，野梅修竹古防风。”

他收到洪昇馈赠的竹笋，更是兴奋地立即以诗回赠：“赢得武康斑竹笋，从今莫笑庾郎贫。”

“江南好，风景旧曾谙。”喜欢德清，更是因为那里人文荟萃，弦歌不辍。

“残云北寺暮钟远，新雨前溪春水肥。一路野梅都白尽，万株官柳已青归。”

这是驿人王子中所吟哦的家乡风光，本色白描，意境绵渺，回味悠长。

德清女婿赵孟頫曾携夫人管道昇隐居岳家，“困即枕书饥则饭，谋生自笑一何疏”，闲适、清雅。在他宦居异乡的那些年里，最让他魂牵梦萦的，终究便是德清别业：

“一夜松涛枕上鸣，五华山馆梦频惊。何当归去芝亭上，坐听髯翁韵玉笙。”

更令人瞩目的是，德清俞家才人辈出，代代英贤。他们虽常常客居苏杭或京华，但心心念念，故乡总在魂梦之间——国学大师俞樾有一年清明回乡扫墓，诗云：

“乌巾山下旧柴荆，喜有承平一片声。父老醵钱迎绿社，儿童散学过红明。连朝榆柳分新火，几处松楸认故茔。只惜焚黄犹未得，虚传两度拜恩荣。”

山乡的素朴，乡情的温暖，跃然纸上。

而红学大师俞平伯更是为故乡大唱赞歌，他曾说：

“日行田畈少尘沙，桑竹流泉处处佳。久阔故乡同逆旅，还依北斗望京华。”

他又曾说：“江南好，长忆在吾乡。鱼浪乌篷春拨网，蟹田红稻夜鸣榔，人语闹宵航。”

这，是深情游子的梦，是又一阕永远的《游子吟》。

…………

自古江南多韶秀，德清让人最难抛舍的，是莫干山的翠竹萧萧，还是下渚湖的芦苇瑟瑟？是嫩菱？是鲜笋？抑或是野芝麻青豆茶的甘芬清鲜，还是新市茶糕的清香腴润？……在前辈的诗句里，我找到了最恰切的答案：“清妍。”宋人杨万里当年舟过德清，道：

“人家两岸柳荫边，出得门来便入船。不是全无最佳处，何窗何户不清妍。”

而雍正进士戚振鹭则言：

“山水吾乡好，清妍两字题。”

端的是，江南清妍地，人间处士家，德山清水处处嘉。

（原载《德清文学百年卷 1921—2020（下）》，花城出版社 2021 年 6 月出版）

郭梅，杭州师范大学文学院教授，硕士生导师。出版作品《杭州戏曲史》等数十种。曾获第二届孟郊散文奖、第七届冰心散文奖、浙江省第十七届和第十九届哲学社会科学优秀成果奖、第三届浙江文艺评论奖等。

米勒的钟声

黑雨滴

翻画册，目光又是流连于米勒的《晚钟》。米勒说："你听到钟声了？你听到钟声了？"这是一百多年前的声音，似乎还可以听到画家那种抑制不住地从内心涌上来的惊喜，他把橙红、淡蓝、黄褐等色彩调和成萧瑟、静谧、平和、肃穆、苍茫，画家先于任何人爱上自己的作品，他知道每一抹色彩后面所涌动的情感，也深知每一笔线条是怎样传递了自己的心声又超越了自己的期待。他多么欣喜地把这幅画给亲友们看，喂，你听到钟声了吗？你可以听到钟声的。

但是不知道为什么，当代的人，有幸第一时间第二时间目睹这些杰作的人，总是听不到。不仅仅米勒遭遇如此。梵高、莎士比亚、塞万提斯、屈原、孔子等等，古今中外这样的名单可以开出很长，大概正是有了太多这样的实例证据，余秋雨在《中国文化课》中断定："杰出的文化创造者大多身处卑污的环境，受尽诽谤和磨难，就像绘画中的玄黑色背景，让光亮更加光亮，一生平顺的文化人，历来无足轻重。"或许，真的如此？

画作中的夕阳照在衣衫粗陋的农民身上，也把现实中画家潦倒的身影拉得更加落魄，当年这幅画作只换回颜料的钱，但无法换到画家六个嗷嗷待哺的孩子的口粮。若干年后，在竞拍现场人们喊着“法兰西万岁”，用天价把它买回，放在了卢浮宫博物馆，此时，距离米勒寂寞地告别这个人世已经十四年了。

但故事只是增加这画作魅力的外在光晕，不是画作本身。那我到底喜欢《晚钟》什么呢？因为钟声。钟声从画面一角的那个教堂传出，穿过黄昏暮色，响遍每个角落。画中劳作的农民夫妇听到了，我也听到了，它从很远的时空里，远远而来，久久回荡。好像是只为你而来，即使是没有信仰的人，这钟声也为你而响。这圣洁、平和的一刻，抚平了人世间的不安、动荡、苦难，包融一切，又忘掉一切。忘掉自己。忘掉一切的不平。忘掉人世。艺术中总有那么一些隐秘又狂喜的时刻，庄严又温暖的时刻。

相比钟声的无形，画面的主体背景是大地。这苍茫的原野，那么丰收，又那么荒芜。棕黄色的草，在余晖中泛着凝霜的微光。装满土豆的袋子，插进泥土的铁叉，独轮车，竹篮，这些构成的并不是丰收的喜悦，而是荒凉，是艰辛，是萧瑟，这些和农民夫妇的平静、安然、虔诚构成一种内在的对抗力，但又归于不动声色的坚忍。这是一种很难描述的生命力。借用温克尔曼用来评述古希腊雕塑的名句——“高贵的单纯，静穆的伟大”，但其实这里是消解了伟大和渺小、高贵和贫贱，一切都回到始初的宁静，对命运的认同和依恋。

一边是虔诚和皈依，一边是劳作的艰辛和忍耐，两者汇聚成了生命的暗流涌动，厚重深远。

劳作本身也有着艺术魅力。想起杜拉斯的小说《平静的生活》，也是把劳作表现得非常动人。这本薄薄的小说，我连着看了三次。劳作的力量表现在女主人公弗朗索的身上。她作为家里的长女，因为父母面对人生变故后的无作为，弟弟的不谙事，还有个住在家里的不靠谱的舅舅，她被埋在艰辛的劳作和繁重的家务中，青春在艰辛和贫困中日渐老去。但是她身上散发出的迷人的魅力，轻松地打败了以美丽著称的富家女孩。弗朗索日复一日地遵循四季的循环，劳作不止，她也有着不动声色的坚忍，在坚忍后面她的心灵蓄势待发，她的眼光像是看穿了生活的团团迷雾，让自己以不变的姿态应付生活的各种无常。有时候，我甚至想，在大地和农作物面前直起的腰身，更容易看见天堂。

米勒的钟声继续回荡。

或许，我们每个人其实都是农夫，即使没有苍茫的大地供给你耕耘，心灵也是一片永远开垦不完的园地。当傍晚六点时，我们就停下来，听听钟声吧。

（原载《散文》2021年11期）

黑雨滴，原名叶晓燕，浙江省作家协会会员，浙江瑞安人，著有散文集《对自己忠贞不渝》，一个享受着职业快乐的教育者，一个以文字为后花园的安静书写者。

圆响乐

胡明刚

圆响，也叫钢舌鼓。

我与诸多义工，同聚在桐柏山栖真苑里，听老师讲圆响课，并学习圆响的演奏。我起初认为在一般乐器中，能成为圆响的，有很多，比如，钟鼓、箫笛、铙钹、喇叭、唢呐，等等。老师拿出圆响，圆形如鼓，名钢舌鼓。用小槌轻敲对应的钢舌，“哆来咪发”就出来了。钢舌鼓是中空的，一槌子敲下去，嗡嗡嗡嗡的，余音回响不绝。

老师姓吕，专门从事钢舌鼓演奏和制作。他老家在天台隔壁的新昌，与我们隔着华顶山和石梁瀑。他喜欢坐在水边，也坐在山头，甚至在人家的屋檐下演奏，他的双手灵活地敲打钢舌鼓，很有仙风道骨之感。

山居深藏在幽谷里，一片宁静。义工围坐一起，分享吕老师独特的演奏。

初听钢舌鼓的声音很空灵，也很浑厚，具有很强的穿透力。这圆响与古代的方响不同，方响最早出现在梁代，《旧唐书 · 音乐志》中说：“梁有铜磬，盖今方响之类。方响以铁为之，修八寸，广二寸，圆上方下。”唐代有歌云：“长短参差十六片，敲击宫商无不遍。”方响用木槌子敲打，一般用于宫廷燕乐，属于礼乐的范畴。

这方响，忽然让我想起奥运会开幕式人们击打的方形乐器，它似乎叫作缶的，相传庄子鼓盆作歌敲打的就是这个，有方的，也有圆的，本是盛水或酒的器皿。尽管是泥土做的，是最便宜不过的乐器，属于八音中的土声。而铁制的方响则是金声，吕老师用钢铁制成圆响，也该是金声的。金声玉振，礼乐所然也。与锣、磬、方响不同，缶和钟鼓与圆响有个相同点，就是它的内部是空的，但这不是绝对的空，它充满着气，随着小槌的轻叩，自有空空的声音在回荡，旋转着一片空灵，圆响音乐，旋转着余韵袅袅，如花朵一般散落飘飞，在空谷中，萦绕不散。

吕老师全身心投入演奏着圆响，全神贯注，神色沉凝，整个人好像在空中沉浸浮荡着，我们亦如是。钢舌音乐，如檀香烟云一起，起伏升腾。

吕老师是用心演奏的，鼓槌徐缓复急骤，落在钢舌上，叩出和谐的和弦。圆响的声音是浑厚的，也是轻畅的。音乐如一双温柔的手，抚慰着我们的心胸，把我们的躁动喧嚣的情绪安静平伏下来。在圆响的声音里，我微闭着眼睛，心中却有烛光摇晃，空气如丝，微微地颤动。这圆响无论是在什么地方，都是可以尽情演奏的，竹林、树林、石上、水边，茶室书房尤佳。

它与茶一样可以清心也。空寂，静寂。它使我的身心宁静清澈起来。我沉浸在音乐中，眼前跳出两个字——侘寂——它是来自日本的词语，指的是“朴素又安静的事物”，用在这圆响音乐中，是最合适不过的。

我说，若在寺观殿宇，把钢舌鼓轻轻放下，屏住气息，用鼓槌敲击在某个要点上，美妙的音乐中，你与心中的神灵相会了。

什么才是音乐的要点呢？那就是唯一的，仁爱。有人说，忧伤是歌曲的灵魂，忧伤之中蕴藏着深深的爱，这个爱在我心里与哀等同起来。为万物而哀伤，为生命而怜悯，和光同尘，托体同悲。由“侘寂”两字，我想到日本文学中“物哀”之说，哀生活之艰难，同样也是爱万物苍生之性命。这圆响的旋律中，充盈着一种真情流露，哀是善，如同大悲大慈境界，音乐大爱不是真空，有爱才有乐，就同智者乐水、仁者乐山一样。

在这里，我明白“乐”字的意义，就是爱就是真心地喜欢。智者动，仁者静，动静皆爱，是名智者乐，仁者寿。圆响之中，蕴藏的就是我们的一颗充满爱的心灵。

我放开思路再想，这文学艺术的要点就在这里。

身边的各位义工同伴，学习演奏圆响态度是认真的，出自内心的喜爱，内心是清净纯善的，充满慈悲与虔诚，自然会很快掌握演奏的方法技巧。圆响充满着仁智的音乐，有独特的音调、音阶、音程和音色。它富有情致，如诗歌一般有韵律，如水波一般荡漾，如山风一般清灵，如泉水一般明洁。了解圆响音高的分布，掌握小槌的用法，大家很快能上手，学了两天，很快地能熟练敲出《心中莲花开》，还有《送别》。即使到了深夜，大家还是兴致盎然，意犹未尽，继续练习，几乎废寝忘食。经过摸索，我也会敲出《友谊地久天长》和《念故乡》《往事只能回味》等曲子来了。这圆响不复杂，几个音都在固定的位置。看似简单，不过，敲出乐曲的和弦韵味精神，难度却非常大。但用心就好，我们演奏出来的是内心寄托的情怀。

我们的心不就是这震颤的圆响吗？在用心演奏的时候，我们也得到了许多内心的和鸣。义工们有个计划，将要为大众尤其老人们演奏圆响，给他们以内心的喜悦，这倒是一种功德。圆响在善心善行中功德圆满。

我终于明白了，圆响的意义在这里。

（原载《台州日报》副刊《华顶》2021 年 1 月 31 日）

胡明刚，天台华顶山东麓外湖村农民，在北京从事图书杂志出版创编工作，同时在天台山成立文化名家工作室和山上书院。浙江省作家协会会员。著有散文随笔《蛤蟆居随笔》《徒步寒山》《石梁纪》，编有《皇家珍宝》《艺术课堂》等多种文化普及读物。

修　心

胡曙霞

友人喜去寺庙做义工。能在寺庙做义工，结善缘，净心性，我以为是好事。

旁人却说，来往寺庙之人也杂，各色人等，品性不一，未必就能求得真清净。友人淡淡地说，与各色人等接触，仍以微笑待之，是另一种修行。

那晚相聚，独独对这句话思量许久。或许真正的修行不是避世，而是于喧嚣中，于混杂处，于红尘中，向暖，向善，向光，不怨不憎，不急不躁，不卑不亢，以宽容，以柔软，以原谅，与世间形色交集。

这一日日的交集，如腕上的手串，捻动搓揉后形成一层包浆，它滑熟可喜，幽光沉静。它告诉人们，除却千百次的摩挲，更有指尖的温度、主人的脉动与心性。

这足以照见人影的光鉴，是经年累月的修行。一天天，一月月，一年年，浮气、躁气、戾气，慢慢褪去，终以无棱无角的圆通替之。

忆起自己，年轻时好美衣，好名利，好赞美，喜欢鲜花着锦，喜欢争强好胜，如绷紧的弦，受制于得失计较。

若不是母亲的一场大病，不知自己还要虚浮几时。

二十六岁那年，母亲与死神擦肩而过，眼睁睁地看着，心上似油煎刀剐，那种无能为力，几乎让人万念俱灰。

母亲康复后，幡然醒悟，往日追逐之东西，皆虚幻，而眼前至亲的安危才是世间最珍贵的守护。

一夜之间，看穿世事，卸下所有。至此，喜内敛，喜低调，喜平和，喜朴素，喜寻常。

所谓寻常，便是有屋住，有衣穿，有饭食，灯火可亲，家人围坐。

所谓朴素，便是居陋室，食蔬野，穿棉麻，一箪一瓢，安心知足。

朋友越发少了，可心之人，唯二三，高山流水，无须常联络。彼此知道，在呢，都在呢，足矣。

还会在意别人的评价吗？不了，除却少有的几个人能影响你的情绪，大多时候，波澜不惊。

日子因为简单而丰盈，时光因为安静而醇美。且收敛，静心写作，专心阅读，十年如一日，攒出一二朵意外的花。也曾飘，喜滋滋，意洋洋，以为美。偶尔妄我，偶尔急躁，偶尔还会忍不住人前论是非。待得夜深人静之时，审问自己，一颗心，是否晶莹？

俗世名利，使人迷失，尝其甜头，越发想“得到”。每每此时，总会下意识地抚抚腕上的手串，它经日月，历风尘，得摩挲。它用一颗颗的圆润告诉我，平心，静气，勤勉，通透。

也就悟了。有人在平淡之日守得初心，有人在得意之时忘了自己。引以为戒，莫失莫忘，保持天真，保持安静，保持淡泊。

玉不琢不成器，心不修染尘埃。

勤拂拭，常反思，勿流于庸俗。

常思，常诫。有空的时候去大井巷的“静思书轩”坐一坐。那是台湾证严法师开的一家义吧，供奉佛家典籍，义卖绿色素食、环保物品。择一角落，临窗而坐，竹影葱茏，乐曲淙淙。店里的女员工，一律和蔼，脸带慈悲，如果你愿意，她们会与你细说，说慈善，说佛缘，说证严法师传奇的一生。

点一杯咖啡或茶，静静地聆听，走近“一日不作一日不食”，走近“慈悲济世”，走近“因果轮回”……

也就净化了，一颗心，洗涤过一般，通透无瑕。

通透无瑕的还有一辈子积德行善的母亲。近段时日，婆母因眼疾住在我杭州的小家。母亲怕我有分别心，每每致电于我，第一句便是：“囡啊，一定一定要善待婆母，她正病着呢。”我总恭敬地回答：“知道了，妈妈，一定善待。”如此这般，母亲才放下电话。

想起自己年轻之时，因为争强好胜，常遇挫折，常与母亲吐苦水。母亲呢，微微一笑，教我“吃亏是福”，教我“以和为贵”，教我“良善宽宥”。我那疾风骤雨般的委屈，到了母亲那，三言两语抚平了。如今忆起，母亲才是生活的智者，她以其行，其言，谆谆教化我。母亲的修心在日常，她以一个农村妇女的淳朴引领我，向暖而行，向善而生。

有一段时日，身体欠佳，工作琐碎，只觉与人相处，是世上最大的“难题”。常常地，因为一句话，一件事，心情起伏，言辞激烈，当懊恼、不平、愤懑溢满我的神色之时，我知道自己又陷入大动干戈的悲喜之间了。

走进大自然吧，看蝶飞，看叶落，草木若诤友，流云如良师，松烟是箴言。

庆山说，最究竟的老师，是自己的心。

修行者，修心也。至此，再遇不平事、不堪人，微笑待之。不怨不憎，不急不躁，不卑不亢，以宽容，以柔软，以原谅，与世间形色交集。

做那红尘中的散淡之人，不在世俗标榜之列，不在功名利禄之间，不在俗世相争中。读书、教书、写字，与天真的孩童一起，与四季草木一起，与日月星辰一起。光阴如绣，蔓草生香。

（原载《教师博览》2021 年 11 期）

胡曙霞，笔名依然月牙，小学教师，中国作家协会会员，入选浙江省作家协会新荷人才，著有散文集《悬在窗口的幸福》等七本，获浙江省优秀文学奖、冰心散文奖、叶圣陶教师文学奖等。

越冬小札

简　儿

一

炖了一锅排骨汤，放了荠菜肉圆、唯新贡丸、龙虾球、粉丝、白菜。

一口日式土锅，盖子上勾了莲。素淡的几笔，勾勒出春天的藤蔓。

好时光是用来虚度的。一个下午，只是读一本书，泡一壶茶。苏州诚品楼顶有个露台，搭了一个棚子，开一家小茶馆，名字叫匠煮茶。夏日去书展，在那家小店歇息，喝了半天茶。那家店的玻璃茶盏好看，陶瓷托盘好看。雪媚娘好吃。酸酸甜甜的花茶、果茶也好喝。

店里的女孩子加了我微信，说下次有时令的花茶、果茶，她发我信息。

这不，冬天来了。桂子暖姜红茶上市，我买了两罐。她跑去楼下顺丰快递寄我。隔日就到了。还赠送了一个金光灿灿的铜质茶漏。

取一撮茶放在茶漏里，用开水冲泡，琥珀色的茶汤。

喝一口，噫，真香。

招呼幽然一起来喝。

幽然买了甘蔗、柚子、瓜子。大包小包来我家。

柚子剥好，一瓣瓣摆在白瓷盘子里。瓜子是小区门口杂货店刚炒的，还热烘烘的。

幽然说，那家杂货店还有糖炒栗子。门口经常排着队。去晚了就买不到了。今天她去得晚，就没买着。

一条街都闻得到糖炒栗子的香气。

一个小铺，亦有这样的热闹和情意在，真好啊。

甘蔗甜极了。我的龋齿补过了，咬不动，幽然拿一柄刀一段段劈开。齐齐码在盘子里。

一壶茶，两个人喝到寡淡。

和幽然说起昨日在园子里给花草修枝，手指给三角梅扎了的事。幽然去小木屋拿了镰刀，气势汹汹去找那株三角梅：叫你扎人，看我不砍了你。当然并不舍得砍。放下镰刀，蹲在草坪上拔起草来。

我说别拔啦，就让它长着好啦。

她说，没事，活动活动筋骨也是好的呢。

幽然是顶勤快的一个人。一刻也闲不下来。

她外表柔弱，其实性子倔，凡事自己扛。一个人买房，还贷款。一个人去医院检查，手术。一个人跑去湖边散步、静坐。

沿着秀湖走一圈，大约六公里。花上一个小时。这一个小时，是属于她的放空时间，自由自在，无忧无虑，犹如鸟在天空，鱼翔湖底。

那一刻，连灵魂也是自由喜悦的。

幽然说，简，我喜欢冬天的湖。湖水那么安静，天地亦那么安静。我的心也变得很安静。在那一刻，忘记了人世的烦恼，忧愁和痛苦。心中唯有感激和欢喜。

平日难免为工作、生活羁绊。可是只要有一段属于自己的时间，就不会灰心绝望。

时令已到大雪了呢。

早上友人发我微信：愿有暖枝可依，飞鸟相伴。且等梅花吹雪，静待春来。

一颗心暖烘烘的，犹如饮了一壶热茶。

这暖意从茫茫人海里升起来。

山寒了水瘦了，天地孤寂了，光阴凉薄了。在凉薄的光阴里，愿盛开成一朵莲。自在，飘逸，悠远。

素心清净，放慢脚步，一日日虚度人间好光阴。

二

晚上腌萝卜。把萝卜切成薄片，撒了盐、白糖、酱油、南湖香醋。

腌了一夜。萝卜酸酸甜甜，滋味都浸在了里面。过白米粥，真是好吃极了。

冬天，我在冰箱的零度保鲜格里储存了几十个萝卜（我爸从乡下背来的）。萝卜不容易坏，又放在冰箱里，估计可以一直吃到明年春天。

萝卜丝，萝卜烧肉，腌萝卜，我只会做这几种关于萝卜的菜。

小时候在乡下，隔壁婶婶做咖喱萝卜。把萝卜切成长条，晒干，撒上白糖、咖喱粉。那个萝卜，吃起来有点像蜜饯。

婶婶把咖喱萝卜晒在竹匾里，我们经过时，偷偷抓一把。

一个冬天过去了，婶婶的咖喱萝卜也快要被我们这些小贼偷光了。可是婶婶笑嘻嘻并不生气。仿佛她做这些咖喱萝卜就是为了让我们这些小贼光顾的。

我妈大大咧咧，像个女汉子。不会做这些个好吃的，乡下的节气、习俗，她也都记不牢。

从前过年过节都是奶奶一手操办的。奶奶过世以后，到了年节，可把我妈给愁的。

有一回她买了锡箔想要折元宝，可是折半天元宝大多散掉了。我妈便央求我帮她折元宝。

已经很多年没有折过锡箔了。我怎么还会折？

我妈说，怎么不会，小时候你奶奶总夸你元宝折得好。

我拿起锡箔一折，果然就有模有样地折了一个元宝。

原来，人的身体最诚实了。小时候吃过的东西，做过的事，见过的人，以为早就忘记了。其实并没有。

我念念不忘的仍旧是小时候的冬天。屋檐下挂着长长的冰凌，似一柄剑。

家家户户有“兵器”。可是却又极相亲。谁家做一屉青菜汤圆，煮一锅红薯，也要捧个碗送到别人家里。

一个白底蓝花碗，冒着蒙蒙热气。由一个拖着鼻涕的小孩端着，去敲别人家的门。

那家的婶婶姨娘接过碗，把吃食倒进自己碗里。把碗洗净了，放一个鸡蛋，递给那个鼻涕虫。这是乡下的规矩，不作兴回空碗的。

这规矩直到现在我仍遵循着。有邻居端个碗来我家，我把碗接了，把吃食倒出。在里面放几颗巧克力，一个橙子或苹果作回礼。

邻居家的老人夸我有规矩。

倒不是真有规矩，这是小时候的耳濡目染，一辈子都不会忘记。

小时候的岁末，村子里的杀猪佬开始杀年猪。凌晨听到猪嗷嗷叫，我们就晓得那个杀猪佬开始动刀子了。

白刀子进，红刀子出。母亲用脸盆接了猪血，等凝固了，用刀划成一块一块，煮一锅猪血豆腐汤。

猪肝炒雪菜。猪肺，洗净了切碎，煮一锅粉丝汤。

煤球炉扑哧扑哧冒着热气。

记忆里那一锅粉丝汤，鲜得掉眉毛。

有一年冬天，一拨朋友去新塍吃羊肉宴。喝到一锅羊杂汤，亦极美味。简直可以和记忆中的粉丝汤媲美。

我在新书《今天也要吃好一点》里写道："烟火俗世，故土旧物，是这样可亲，也令人迷恋陶醉。"

真是这个样子的呢。食物予人的慰藉是最深的。

冬天，围炉夜话，吃火锅，皆是乐事。

有一年春节去重庆，朋友驱车带我们去一座山上吃火锅。山上有个大院，一间屋子正中央有个八仙桌，桌上一个鸳鸯锅。一个清汤，一个麻辣，重庆的麻辣锅又麻又辣，叫人眼泪都掉下来。那一个冬夜，吃了平生最辣的火锅，可是真好吃。回来一直念念不忘那个味道。再去火锅店吃火锅，就点麻辣锅。

去了一趟重庆，从此爱上了辣椒。吃了辣椒，性子也变得大大咧咧起来。

人间有味是清欢。清欢是疏淡而有远意。

人到中年，不再忸怩了。淡泊，随性，自然，落落大方，这样最好。

喜欢的人，隔山岔五聚在一起仍有说不完的话，不喜欢的人，不见也罢。

和有趣的人、有趣的灵魂在一起，才是不虚度时光。

人生苦短，不必委屈自己，凡事遵从、顺应内心，做真心喜欢的事，说真心想说的话。

纵使有时候说的话有些煽情、夸张，可是发自肺腑呀，煽情一点，夸张一点那又何妨？

四十不惑，从前想不明白、想不通透的，现在想明白了，想通透了。

人世走一遭，可不开开心心最要紧？生活可不得要有趣味儿才好？

冬天，腌一罐萝卜，煮一壶老白茶，吃一顿火锅，日子就有了隆重和趣味儿。

这样的日子真好。我也真喜欢。

（原载《散文》2021 年第 4 期）

简儿，中国作家协会会员。出版散文集《日常》《鲜艳与天真》《绿荫寂寂樱桃下》《玫瑰记》《枕水而居：不如自在过生活》《今天也要吃好一点》等多部。获第九届冰心散文奖。

嵊泗三岛

来　其

枸杞岛

枸杞岛在嵊泗，不像桃花岛“名不副实”，确实产枸杞，野生的，但如今已少见。

现在枸杞岛最多的是紫衣贻贝，俗称淡菜。它一年养一茬，一亩海域能养二百串，每串纯收入十元左右。一般养殖户养殖二十多亩，收入四五万元。至于贻贝的营养，一句话概括：它是海水产里的鸡蛋。

哪怕现在枸杞岛上还产野生枸杞，估计也没人会去采摘了，收入不如养殖紫衣贻贝。

消失了总有消失的理由，不一定只有遗憾。

枸杞岛周围的海，不同于别处大海的蓝，是一种深邃的蓝。若是坐在枸杞岛海边发呆，你仿佛会被海水吸入一个深幽的世界。

舟山的蓝海区，主要为马鞍列岛区域，包括嵊山岛、枸杞岛、壁下岛、花鸟岛等。如果没有大风影响，海水能常年保持蓝色，其中以七八月份海水质量最好，和马尔代夫的海水颜色差不多，蓝得晶莹剔透。

枸杞岛有三怪：

第一怪，汽车和船路上碰。路边甚至山冈上，都搁着大大小小的渔船，尽管车子是甲壳虫似的小车，但路上开过一不小心依然要与船头相碰。

第二怪，跳舞要带两双鞋。为何？岛上渔村，路崎岖不平，泥泞沾鞋，能穿一双沾土的鞋在舞厅跳舞吗？不行，得另带一双高跟鞋！

第三怪，卡拉 OK 厅里剥毛娘！毛娘，紫衣贻贝也。岛上家家户户都养殖贻贝，连到卡拉 OK 厅里唱歌都要剥毛娘了。

枸杞海蜓，人称海上虫草，在舟山，只有枸杞岛、嵊山岛、壁下岛才产海蜓，以枸杞海蜓品质最优。

海蜓是一种小型鱼。它晶亮如银，半寸身躯，一双黑眼，生命虽转瞬即逝，却灿如夏花。

捕海蜓的网需要特制，像纱布一样。捕海蜓的渔民大多是捕鱼高手，因为海蜓生性灵敏，如不熟悉它的习性，就掌握不了它的行动规律。海蜓是在家门口捕的，即使到再外面一点，也不会超过岛上目力所及范围。十来条小机船，两条一起拖着一顶海蜓网，在清澈见底的海面慢悠悠地行进着，海蜓就捕上来了。

晒干后的海蜓十分鲜美，而且是越微小的海蜓越鲜美。“眯眼”海蜓最珍贵，是海蜓中的极品。“眯眼”就是海蜓被捕获时还没有睁开眼睛的意思。

枸杞岛的第一家民宿是阡陌客栈，民宿主人与房东签下十五年合约，起始租金不到两万元一年，便宜呀。

两年后，江苏无锡人苏苏，在枸杞岛找到了她准备开“三不客栈”的地方。苏苏与六十多岁的房东老太，从租期五年、八年、十年，磨到十三年，平均年租金仍要十万元左右。

在阡陌客栈开张后的这两年，枸杞岛房租价格像火箭一般往上升，原因是小岛游热了，枸杞岛，还有嵊山岛、花鸟岛，是离苏浙沪最近的蓝色海岛。

花鸟岛

从空中俯视花鸟岛，它极像一只飞翔在东海上的鸟，飞行的姿态很悠闲。

花鸟灯塔是东海最大的指路牌，所有进出长江、杭州湾，沿东海南下北上的船只，都离不开花鸟灯塔。

中央电视台《走遍中国》栏目，到花鸟岛拍摄过灯塔工叶中央的故事。叶中央一家四代人都是守塔工。

叶中央爷爷，清光绪年间（1875—1908）做守塔工。父亲叶阿岳也是守塔工，在叶中央五岁那年，被海浪卷走。叶中央二十岁时接过守塔接力棒。有一年春节，妻子和四岁女儿在上岛看望他的途中遇难了。叶中央一直到退休都没离开灯塔。退休前，又将守塔职业传给了独子叶静虎。

清末时有一位身材瘦小的北爱尔兰人乘船登上花鸟岛，他的名字叫赫德。

同治九年（1870），赫德赴沿海各地勘定灯塔位置。花鸟灯塔有一石碑，上面刻着“同治九年清政府海关海务科建造”。

我们应该记住赫德，只要看一下赫德的任职期限（1863—1908），再对照舟山群岛16座百年灯塔的建造年代，就能恍然大悟——舟山群岛主要灯塔大多建于赫德任职期间。

花鸟岛大部分房子都是白墙蓝窗，蓝白相间的主色调营造出了地中海风情。到了花鸟岛，就像到了希腊圣托里尼。

花鸟岛的小道由青砖和鹅卵石铺就，家家户户的窗台上种着鲜花，篱笆都是错落有致的。啤酒瓶、旧船板、鹅卵石、酒缸，在墙体上组成一幅文艺范十足的壁画。有一家叫“五码”的民宿，房间大多以舒婷和徐志摩的诗命名，房内没有电视机，却有枕边书。一楼有个很大的公共空间，可以玩时髦的“桌游”。

格调很国际，体验很“花鸟”。

花鸟岛的定制旅游在全国独一无二。

所谓定制，其实就是把整个岛当作一个大会所，每天限制游客三百人，名额满了就说“恕不接待，欢迎下次光临”。这三百位客人，可以享受专属的游船和专属的车辆、管家、民宿，三餐配送，还可以提出个性化服务。专职管家照料游客岛上的生活，她们都是岛上的中年妇女，统一着装，烧得一手好菜。

换句话说，上了花鸟岛，除了玩和发呆，什么都不用你操心。

嵊山岛

初次去嵊山岛，听嵊山人把游泳叫作“游河”。可岛上没有一条河呀，原来“游河”就是在家门口的海里游泳。在嵊山人眼前，家门口的海算不了海，充其量只是“河”，那么他们认为的“海”在哪里呢？

青浜岛上，渔民也将家门口的海叫得很小，叫作河浜，去海边游泳说是去河浜游泳。多了一个“浜”字，是因为他们的祖先，大多来自江南河浜水乡。

嵊山在嵊泗县，青浜在普陀区，两岛相距很远，把海叫作河的风俗却相同。看来只有经历过大风大浪的人，才会理解“近海远洋”，才能发现“近海”的亲近。

嵊山岛民是清一色的渔民，男人出海捕鱼，女人和孩子去弄汰横。嵊山人把海边的礁石叫作汰横。汰横上有佛手、蛎黄、洋出、海菜等等。只有舟山人才知道，这些生长在潮间带和潮下带浅水区礁石上的小海鲜，比从大海里捕来的大海鲜更好吃。

弄汰横的专用工具是触榔头，铁铸，一头为榔头，另一头为铲子。弄汰横时，人站到浸润在海水里的汰横上，用触榔头将小海鲜采撷至盛有海水的小铅桶里。

弄汰横有风险，特别是在晚上，弄着弄着潮水涨上来了，你只能游回岸来。如果浪大潮急，那就有生命之忧。

这些担心都是城里人看到后的担心，嵊山人是不在意的，反而会安慰你：哪有这么差的运道?

礁生小海鲜，现在最难吃到的是佛手。它已属濒危资源，采捕要凭许可证，舟山也只有在嵊山岛还能经常吃到。

佛手的学名叫龟足，龟足看起来很像佛手，于是舟山人就叫它佛手了。外地人首次听到佛手，常要问“佛”字怎样写，一听“佛”是佛，就会吓一跳：舟山人连佛手也敢吃了。

佛手用清水焯一焯就可以吃。吃的时候，先放在嘴里轻轻一吮。待鲜美汁水涌入口腔，再咬上一口，肉的鲜嫩在唇齿间回荡不绝。舟山吃货们有句话：“不知道佛手，还敢说自己是海鲜达人?”

有次去嵊山，酒桌上有人叫大家猜个谜语，打一物：“礁上礁下，左邻右舍；滑里滑塌，动动就射；花里胡哨，凹里凹搞；红烧作羹，味道蛮好。”我自然猜不出。

原来是石奶，学名叫海葵。它长得像植物，实际上却是食肉动物，是一种无脊椎动物。

石奶生长在礁石下面，就像一把撑开的小阳伞。但餐桌上的石奶，其丑可与毛毛虫相抗衡，许多人因此是战战兢兢下筷，不过一入嘴，肯定是“哇！味道好极了”，然后风卷残云般把那盆丑八怪装进肚里。

书本上认为海葵有毒，但在舟山，有一种石奶却是美味佳肴。嵊山人都知道，采捕石奶，一定要认准色泽褐黄或青黄的，色彩斑斓、形体奇异的不要，这有点像采野蘑菇。

一桌海鲜宴，自然少不了汤。特别是喝酒喝到上头时，若有一碗鲜美的汤解渴解酒，那就太有滋味了。舟山海鲜汤中，除了最大众的紫菜虾皮汤之外，还有胭脂汤，堪称绝品。

我在嵊山吃过胭脂汤。清汤一盆，汤色青绿，沉有数粒黑壳。拿勺在盆中一搅，嫩嫩的“胭脂玉”便浮了上来。我惊奇于这么一把如豌豆大的“胭脂”，没加任何作料，烧这么一大盆汤，居然也能这么鲜美。

“胭脂”是一种看上去像半边蛤蜊一样的贝类。它像鲍鱼一样背着壳，碰到危险时，会用吸盘紧紧吸附在礁石上，所以采挖时一定要轻手轻脚，然后以迅雷不及掩耳的速度抓住它。

嵊山岛古代叫尽山，中国海岛之尽处也。从嵊山岛往东，乘两小时快艇，在那个地图上标注为“童岛”又标注为“海礁”的地方，可以看到中华人民共和国的界碑。

嵊山岛上，广场叫“尽山”，有一家店铺叫“尽海”，尽山尽海，天涯海角到了。

这么一个偏僻之处，当年带鱼汛期却有十万渔民，岛上号称嵊山第一大街的兴隆街，两三米宽，像一条又细又长的海鳗，数以万计的外地人拥来挤去。

（原载《新民晚报》2021年1月20日、2月20日、5月13日，有删节）

来其，中国作家协会会员。浙江省作家协会主席团成员、散文委员会副主任，浙江省散文学会副会长，舟山市作家协会专家委员会主任。出版有《美丽的坠落》《一个人的岛屿》《解读舟山》《中国舟山》《舟山有意思》和《西方人眼里的舟山》（与人合作）等著作。

西子湖光

李仙正

一

“欲把西湖比西子，淡妆浓抹总相宜。”这是北宋著名诗人苏东坡留下的美妙诗句，把杭州西湖比作西施。从此，西湖便有了美如西施（西子）的美名——西子湖。

九百多年前，宋神宗熙宁六年（1073）一二月间的一天，苏东坡任杭州通判时，畅游西湖，从早到晚，一边欣赏美丽的湖光山色，一边饮酒构思，意笃八极，神游万仞。

当描写晴天水光时，阳光照耀，西湖水波荡漾，波光闪闪，十分美丽；当描写雨天山色时，雨幕笼罩，西湖周围的群山，迷迷茫茫，若有若无，非常奇妙。诗人把西湖比作西施，无论是山是水，或晴或雨，晴方好，雨也奇，淡妆也好，浓抹也罢，一切都是美好奇妙的。于是就有了开头的诗句。

西湖，古时亦称钱塘湖，别称西子湖，地处杭州市区的西边，汇水面积49平方千米，湖面面积6.38平方千米。那是一颗镶嵌在江南大地上的璀璨明珠，晴光雨色，风光旖旎，如诗如画，秀色可餐。既是江南情的浓缩，又是醉江南的元素。并把灯火、霞光、湖水勾画出一幅风物图，把鸟语、花香、街景演奏成交响乐。

邂逅西子湖，边走边看，一切变得慢节奏，让生活慢下来，再慢下来。就像回忆起窗外的阳光，慢慢地洒满了小屋一样；就像晒在太阳底下的衣服，慢慢地被阳光蒸发水分晒干一样；就像老母亲坐在家门口做针线活，慢慢地体会着一针一线的细微动作一样……

二

茅家埠是西湖的核心景区。早上，小憩湖边，湖面上充满湿度的雾气氤氲弥漫，紧紧地粘在浅滩的水草尖上。晨曦初照，湖水推动，水草尖上一个个细微的水分子，揉成团，变成一滴滴晶莹的小水珠，小水珠从水草尖上滑落下来，落到水里发出“叮咚、叮咚”的响声，水草就会蹦跳起来，伴随圆圆的水波纹，在湖面上慢慢地延伸开来。

雾霭散尽，湖水灵动，透过丽日阳光的折射，西湖风情万种，满湖碎金，湖光水色，美如画卷。而那些闪烁着的蓝的、白的、黄的、绿的色彩，五光十色，交相辉映，瑰丽无比，描绘出多彩的世界。

一群觅食的白鹭，落在湖边的湿地上，突然“哗”的一声，展翅拍打湖水，从湖面翱翔，渐渐飞高飞远。白色精灵的奇特表演，既有大家闺秀的沉稳风范，又有小家碧玉的精致气质。于是，静静的湖水受到惊扰，微波伴随着小撮浪花，与风光映衬，与游人同行，本身充满诗意的浪漫。

傍晚，漫步湖滨，夕阳的余晖徐徐播撒，把霞光、街景、鸟语、花香、湖水组合在一起。看过的风景、问过的话题、听过的故事也好，闻到的芳香、想到的未来、悟到的哲理也罢，都不要错过。行走湖岸，如入画中。

暮霭笼罩、夜色朦胧的西湖，像雪白明月照在大地。这时，星星点灯，天上有个月亮，水中也有个月亮，月亮走我也走。嫦娥奔月的仙境，仿佛成了现实，天文、地理、人文、湖韵，皆所谓“天地人湖”，相互融合，相得益彰，充满和谐的美好。

在我看来，西子湖是一个立体感强烈的湖，是一幅集春夏秋冬于一湖的风物图。那种多风格、多元素、多结构的风景，历史感、人文感、生命感的光芒，独立性、互动性、包容性的契合，一一写进了湖光的深处。

三

西子湖光，绚丽景色。从面子到里子，风光无限。透着四季的气息，留下光阴的故事，充满生命的呼吸，彰显文化的情怀。

道一声春姑娘来了，西湖像三月里的江南女子款款走来，透着勃勃的生机。那是大地回暖，草木萌生，迎来新的生命。西湖因春天孕育崭新生命而获得了新的活力，赋予新的希望，绽放出生态绿色的生命颜色，与游人共享同乐。湖岸上，一株杨柳一株桃，桃红柳绿，满眼春色。

捎一阵夏热的微风，西湖像六月荷花展示着热情奔放的个性风采，让芳华绽放在游人的眼前。西湖因夏日荷花而绿色再次浓密，湖上绿荷翠盖。宋时杨万里的诗句，更让西湖荷花锦上添花：“毕竟西湖六月中，风光不与四时同。接天莲叶无穷碧，映日荷花别样红。”

赏一路秋天的世界，天高云淡，气爽风凉，秋韵如歌，西湖像八月桂花遍地开，空气中弥漫着桂香的芬芳，凝聚着秋光、秋色、秋香、秋声的韵味。于是，西湖因秋韵景致而点缀了湖光水色的灵气，感怀大地的丰收，收获时节的好风光，让游人沉浸在金黄色的风景里不能自拔。在芦苇荡里，伴着瑟瑟响声，芦风苇影摇曳；在湖岸树间，迎来阵阵凉风，蝉儿渐渐开溜。

等一场冬日的白雪，雪落无声，融雪无语，银装素裹，洁白如银。西湖因冬日白雪而装扮得凄美深情，无论民间传说也好，眼见为实也罢，但断桥不断，残雪无缺，内涵丰富，风物为证，这是游人所接受的事实。而“断桥残雪”的碑亭存在，无声地佐证了眼见为实。倘若没有碑亭，白娘子与许仙断桥相会的传说，就会大打折扣。

其实，位于白堤东端的断桥，是杭州西湖北里湖和外西湖的分水点，一端跨着北山路，另一端接通白堤。相传，在中国民间爱情故事《白蛇传》中，白娘子与许仙就在断桥上相会，不仅给断桥景物增添了浪漫色彩，而且富于真实景象，揭开了“断桥不断”的神秘面纱。

每逢下雪的日子，少不了热恋情侣相依相偎，牵手赏景，甜蜜时光，再续浪漫情缘。站在宝石山上，向南望去，西湖上覆盖着银色，白堤横亘雪柳霜桃。破桥的石桥拱门畅通无阻，冰雪融化在阳光下，露出斑驳的桥梁，桥的两端被雪覆盖。依稀可辨的石桥身似隐似现，而涵洞中的白雪奕奕生光，桥面灰褐形成反差，阴面仍有残雪似银，但从高处眺望，桥似断非断。

四

“水光潋滟晴方好，山色空蒙雨亦奇。”有人说，西湖风景是烟雨江南的代表。细雨落在湖水里，仿佛一缕缕白色朦胧的烟雾，又似数不清的银丝线，连接着天空和湖面，渲染出绚丽的色彩。并发出了沙沙的声音，宛如谁在欢唱伴舞，暗合了“水天一色”的多种元素，正是“山外青山楼外楼，西湖歌舞几时休?”

生态立湖，此乃西子湖治水的唯一感召。报章显示，西湖的北里湖曾引进多种水草，打造湿地景观。从相关数据指标可以看出，治水10多年来，水体透明度从起初50多厘米发展到现在的82.5厘米，湖水变得清澈，小鱼、螺蛳等生物也多了起来。

可是，湖是水做的，水是生命的精华。有人说，湖是静的，静静地把飘荡蓝天的白云，编织在一幅画卷上；湖是动的，丽日阳光，夜晚月光，被一针一针地缝在这片湖面上；湖是软的，微风习习，波光万道，像一块迎风舞蹈的绸缎；湖是硬的，似一璧绿生生的翡翠，闪烁着光泽；湖是活的，层层鳞浪随风而起，伴着跳跃闪耀的阳光，伴着我的心。

小瀛洲岛是西湖最具江南湖光的景点。当心灵洒满阳光，特别是秋天，漫游的心情在秋色中舞动，潜意识中的西湖，又多了收获的厚望。假如有心登岛环游，依托动态环境下的各种动态物质，那么，小瀛洲岛就成了动态的风光，聚焦个性化景致，月有阴阳圆缺，感受移步换景，体悟四季风格。

沉甸甸的江南情，晃悠悠的醉江南，荡漾着多少欢声笑语，陶醉了多少游人的心。这时，看着太阳在湖水中折射出的闪闪金光，飘荡云层在湖水中升起的变幻，任凭游船旋转舞蹈，水天相连渲染出的绚丽色彩，不正是将生态湖光升华为湖韵情怀吗？

（原载《国家湿地》2021年第4期）

李仙正，浙江省作家协会会员。作品散见于《人民日报》《中国文化报》《延河》《青春》《海外文摘》《文苑》《金田》《当代散文》《军嫂》《东方剑》《人民公安》《中国散文家》《浙江日报》《今日浙江》等百余家报刊。

泥　涂

厉　敏

泥涂的分界，很难说得清。因为它介于海与岸之间，涨潮的时候，海水将泥涂淹没，这里俨然成为一片海域；退潮的时候，这里便露出一片湿漉漉的滩涂，虽然有些坑洼的地方，还残留着海水，但上面是可以让人行走、活动的，像一片种植稻谷的水田。

正因如此，泥涂犹如大海和陆地的必争之地，抑或是双方的秘密联络点。海水每天来来去去，似乎想放手又舍不得，坚持着长期的拉锯战。而那些生活在海边、需要海泥来隐藏自己的贝类和小鱼小蟹，靠着海水定期送达的饵料和容易挖掘的四通八达的坑道，在这里逍遥自在。泥涂也成了海边的人们不必耕种、一年四季都可获取的野生田园。这里有着钻入泥浆里，需用手探摸才能找得到的蛏子、泥螺、海瓜子、蛤蜊等海生贝类，还有会跳跃的弹涂鱼、善于打洞的旁元蟹、挥舞鲜红大螯的招潮蟹等小鱼小蟹，有时甚至还能捡到因为贪玩而来不及撤退、滞留泥涂的玉秃鱼、鳗鱼等海味。

海泥的土质因所处位置和形成时间的差异，也有硬有软。因泥沙沉积，滩涂不断生长出来，渐渐远离海岸的滩涂就变硬了，而每天仍会被涨潮的海水淹没的滩涂则是软的。走上软的滩涂，就像跨入烂泥塘，几个来回，就把海泥踩得稀烂，而下一波的海潮，又会把泥涂的“发辫”梳理得整整齐齐。令人奇怪的是，这里天天浸没海水，但泥涂表面几十厘米的湿泥下，却都是可以立脚的硬实土层，人行其上，不会如沼泽般陷进去。

地球上的早期生命，都是从海里孕育，然后爬过泥涂，登上陆地；后来有些动物又从陆地经过泥涂，重新返回海洋。泥涂是两栖生物进出海洋的最自然过渡带，是陆地和海洋的共同边沿。泥巴与海水的搅和，模糊了海与陆的界限，模糊了人与鱼所扮演的各自角色，让天地万物重回混沌的境界。

泥土是人类生存不可或缺的东西。几千年来，人类一直匍匐于泥土之上，终生与泥土为伍，视泥土为衣食父母。但是，随着城市化的进程不断加快，人们的皮肤与泥土的距离越来越远。这种地球上最原始也是最丰富的物质，看起来非常卑微，但人类无时无刻不在利用着它，拥抱着它。

凡陆上的土地，大都用来开垦种植，但泥涂里的海泥，因为带着盐分，不适合农作物的生长。但泥涂自有其特殊的作用。它就像一方天然的田园，海边的人们不用耕种，不要照料，只要有空往泥涂里摸一摸，搜一搜，就能获取美味的海味；人们还利用海泥来晒盐。海泥因长期的海水浸泡，盐分大量潴积，于是人们刮泥淋卤，煮海制盐，后来又有人发明了板晒。一担担灰黑的海泥，经人们淋卤过滤后，在盐板上变身为一粒粒白花花的盐粒。

过去的孩子，大都玩过尿泥。但这种原始的嬉戏，早已远离人们的生活，而玩海泥正好满足人们体验昔日孩童时代的天真与野性。抹上一层泥，在泥里打滚、摔跤，推着滑泥小船，一脚撑地飞快滑行，一本正经的人们终于在海边疯狂了一会，即使矜持的美女，也忍不住跳入泥海，毫无顾忌地让美丽的肌肤亲吻海泥，并自豪地宣称“我是泥人”“我为泥狂”。

人们还在海泥中发现了它的药用价值。据说，海泥中含有多种有益于人体健康的矿物质和微量元素。海边的泥涂，成为人们休闲、养生、娱乐的独特资源。有些地方利用独特的自然条件，开发了泥疗保健和海泥养生项目，吸引人们回归自然。假如你有机会来到海边，在身上抹上一层海泥，晾晒在海涂边，或者在滩涂滑泥、拾贝或者打泥仗，都能收获一份特殊的快乐。

泥涂中的海泥，主要由大量的泥沙组成。这些泥沙是陆地的河流裹挟而来，然后从出海口冲入大海。泥沙的沉积，使岛屿的边缘不断扩大，泥沙为海岛开疆拓土，建立了不朽功勋。

在海边，因为长年风浪的缘故，发生在它周边的事，大都已荡然无存，只有泥涂中还会保存着一些历史的信息，特别是一些有关航海的信息。一些渔夫出海打鱼，推着船，从这里下海；捕鱼归来，他们趁着潮水，把船抛在泥涂。一些行驶多年，已经破烂不堪的小船，驶上泥涂后，也许就永久停在这里，直到小船解体，船板渐渐没入泥层。一些渔船，遇到了风暴，在顽强的搏斗之后，船被撕裂成了碎片，也会被奔流的海潮推上泥涂。因此，在层层的淤泥中，你会发现一块腐烂的船板，一只生锈的铁锚，一段断裂的缆绳……泥涂里，隐藏着一个个鲜为人知的航海故事。

海泥细腻、爽滑，非常黏稠。它朴实、温婉、包容，接纳一切，并愿意与你融为一体。海泥上身，我们很快就感受到什么叫“我中有你，你中有我”。在海涂，那些海边的生物们首先找到了栖身之所，然后才是人类的加入。鱼蟹的足迹和人的足迹纠缠在一起。一个在寻找，一个也在寻找，两者之间的共同需求，描绘出一幅幅自然生动的生活场景。退潮以后，海涂又会恢复原先的画面。这些海泥上的痕迹，未必是人与生物想把他们的人生经历留给自然或者后辈看的，而是为了各自的生存在奔波途中，遗落在海泥中的喧嚣与躁动的结果。

大海背景的衬托和视觉焦距的改变，让我读出了海泥中满目疮痍与海晏河清的交替轮回的历史真相，读出了海泥仁厚豁达的内心独白。海泥的本质是潮湿、弯曲和中庸的，海泥里蓄满了海洋沉浮的生存哲理。它以柔软、包容的胸怀，消解一切刚性的碰撞；让一切射线都失去光芒，让一切线条都思考弯曲的可能。每一处泥涂都似一个开放的容器，它等待岁月的沉淀发酵。

泥涂不断向大海延伸，岛屿的面积也随之扩大。前面的泥涂逐渐被更外层的海涂包围、替代，接着，又有新的泥涂从海的口中吞吐出来。旧的泥涂，按自然的年轮，决定着它们被陆地接纳的进程。失去了海的照应，泥涂的泥，逐渐硬化，失去盐分，变成可以种植的田地；一些海生的动物，也逐渐转移阵地，它们的家园，必须建造在海的边缘，这是它们的生存法则。退化的泥涂上，有一些陆生的植物逐渐生长出来，野花在田野里开始摇曳。看来，从“沧海”变为“桑田”的过程，并非人们想象得那么遥远。

（原载《散文诗世界》2021 年第 12 期）。

厉敏，笔名岸岛，中国散文学会会员，浙江省作家协会会员，曾任舟山市散文创委会主任。著有《飘荡的情怀》《时间的身影》等散文集及若干本诗集。

下淤蜂景

连中福

要感谢华诚先生的顺风车，使我提前一个多小时赶到下淤。

从出发前收到的下淤村简介中获知，近年来，下淤以治水造景为抓手，接连打造了钱江源未来农业园、艺宿家基地、中蜂体验馆、汉唐香府等多个农旅文相结合的观光景点和重大项目。因对蜜蜂生态文学的爱好和写作需要，我几年前就对开化发展蜂产业扶贫有所关注，此次走进联盟花园，自然对下淤村的中蜂体验馆产生了特别兴趣，出发前一天想提前做点功课，便与企业位于开化的浙江美蜂景生态农业有限公司老总宋有忠通了电话，可他说已很长时间未去下淤，对中蜂体验馆近况不甚了解，只好作罢。当第二天早上提前到了下淤后，不忍心浪费这一个多小时，便抱着试探的心理拨通了开化养蜂协会夏晨的电话，这次有了让我兴奋的回音：夏晨说他已一个多月未回过体验馆，今天一大早放下手头一堆其他事，赶回馆里处理一些急事，此时已在体验馆忙着。我有些为难地把自己的行程和想去体验馆拜访的想法向夏晨做了说明，想不到他却带着几分兴奋口气说："这是我们冥冥之中有约。"并相告，中蜂体验馆离下淤村委不到一公里，他马上开车过来接我。

一会儿，我便上了夏晨的车。他边开车边介绍起近年来开化蜂产业的发展和下淤中华蜜蜂体验馆的不断改造提升过程。原来，下淤村的中蜂体验馆就是夏晨出资创建的。

他介绍，在全县层面上，县里紧紧抓住钱江源生态环境优势，认真做好绿水青山转化工作，在发展空中产业打好养蜂扶贫攻坚战中，强化“欲养蜂，先种树”理念，实施“千村万树”蜜源树绿化工程，进一步培育改造适合蜂产业发展和蜜蜂生存的生态环境，如今，村村都培栽起万棵以上的蜜源树……说着，夏晨脸上露出信心十足的表情。行车路上，道两侧不断掠过车窗外的无患子、黄山栾、杜英、冬青等行道蜜源树，也为夏晨的介绍提供佐证。

说起下淤中蜂体验馆，夏晨一脸豪情，按他自己的说法那是他创建的一片自留地和实验田。内行人都明白，蜂农虽然专往大山里钻，但他们干的却是一门细心的技术活，里面的小道道多着哩！作为县里的重大扶贫工程的中华蜜蜂养殖业，夏晨自然不敢有丝毫马虎，要让没有养过蜂的低收入农户在养蜂上增加收入，除了政府政策上的扶持，更重要的是向他们传授知识，让他们掌握起养蜂技术，因此全县迫切需要一个传播蜜蜂知识、体验掌握蜜蜂养殖技术的平台和场所，下淤中蜂体验馆由此应运而生，2017 年，夏晨倾其毕生积蓄，加上贷款等多方筹措资金 800 余万元，建起了这座集中蜂养殖、良种繁育、蜂文化传播、养蜂技术培训、蜂产品展销、科普科研实践和住宿饮食等功能于一体的中蜂产业休闲观光体验馆。体验馆建成第二年，便承担起 2018 年“5・20 世界蜜蜂日浙江主会场暨中蜂产业发展大会”的承办任务，全省蜜蜂产业精英汇聚下淤，共同领略位于钱江源的中国十大美丽乡村之一的美丽“蜂”景线。2018 年，体验馆还入选浙江省现代农业发展专项资金项目，被评为浙江省十佳美丽休闲牧场，体验馆生产的钱江源牌土蜂蜜入选浙江省土蜂蜜十大名品。之后几年，体验馆不断扩大完善，养蜂规模从原来几十群，发展到几百群，到现在的四千多群，并为全县蜂农繁育提供种蜂七千余群。

边听着夏晨绘声绘色的介绍，边随着脚步来到他的蜜蜂故事馆，馆内，几位装修师傅正干得汗流浃背，看着有些零乱的现场，夏晨带着几分歉意说："按计划今年投资20余万元对馆内设施进行改造，要求赶在建党节前完成，这不，还剩一周时间，师傅们不得不日夜加班干。"在初步完成装修的故事馆内，我"品尝"到蜜蜂起源、蜜蜂产业、蜜蜂产品、蜜蜂授粉、蜜蜂效益等蜜蜂文化有机组合的丰厚大餐。从故事馆出来，夏晨解释，尽管有师傅在馆里装修，他却没时间陪着他们，因为县里有个更重要的项目需要他去抓落实。夏晨介绍，为解决全县蜂农在蜂产业发展中脱贫致富后出现的大量蜂产品的销售问题，县里通过招商，引进资金2000余万元，筹建一座蜂产品加工厂，对成熟蜜和其他蜂产品进行加工包装后，由浙江金控集团负责收购，预计今年投入资金5000万元，这是全县蜂产业跨上新台阶的重要节点，也是开化养蜂人向建党100周年献上的贺礼。作为全县蜂产业的领头人，他不得不舍弃小家，而将更多的时间精力投入到全县蜂产业的发展中。

此时，我才真正感受到今天与夏晨的会面是多么幸运和巧合，原来前几个月他一直将自己的体验馆交托给他人打理，自己一心一意扑在县里蜂产品加工的重点项目上。

夏晨领着我向馆后侧一棵大苦槠走去，这棵有着600年树龄的苦槠树，在初夏里依然显得生机勃发，郁郁葱葱，宽阔树冠和茂盛枝叶，都为夏日在树下放置蜜蜂提供了阴凉和避风遮雨的条件。夏晨自然早已看中此块宝地，在树下用石头垒砌起多个小方台子，无论是圆蜂桶还是方蜂箱放在上面都是一道不可多得的风景。沿着800米休闲步道，来到放置蜂箱的大钢棚下，瞧瞧棚内，里面只放置着几只零落蜂箱，我心生纳闷：4000多群蜜蜂去了哪儿？没等我开口，夏晨抖出谜底：一个月前拉去了弋阳。看着蜂棚四周一排排正绽放着小米粒般花朵的高大无患子树，我心里更迷惑：这蜂场四周的蜜源树正开花流蜜，为何舍近求远将蜂转场？夏晨的回答出乎我的意料：“村里有几十户村民都养着蜜蜂，多者二三十群，少的三五群，他们没有条件转移场地而只能定点在村里饲养，我的蜜蜂如果放在本地采集，就会消耗大量蜜源，使村民的蜜蜂采不到更多的花粉和蜜液，而我的蜂转移至一百七十多公里外的新蜂场，就可以把本地蜜源让给村民的蜜蜂采集，能大大增加他们的养蜂收成。”

哦，原来如此！

这让我想起一位老蜂人的话：“养蜂人要有蜜蜂为群体强大而牺牲的奉献精神，无论何时何地甘愿为后人种下更多的蜜源树，别计较谁的蜂能去采集。”

后来，我了解到，夏晨这次转移蜂场共装卸十三大卡车，耗资三万余元。

“我相信，新蜂场的野乌桕蜜和本地蜂农多采的无患子蜜一定能补回这点损失！”夏晨如此说。

（原载《边际》杂志 2021 年第 1 期）

连中福，男，汉族，浙江常山人，中国作家协会会员，中国民间文艺家协会会员，衢州市作家协会副主席。著有散文集《蜜蜂有灵》《和蜂絮语：养蜂人手记》等。

蒿 屑

梁翰晴

一

山风在清冽的泉水里洗净，慢悠悠晃进村子，东家进，西家出，很快把各家廊檐下腊肉特有的气味弥散开来。村庙里，几缕香烟在飘逸，几点黄豆粒儿大的烛焰在摇曳。山风中又添入了沁人心脾的香烛味。

村里的老人们驼着背，团着手，穿着洗了又洗补了又补的袄子，慢悠悠去老梓树下“摘日头”。

他们或歪坐在老梓树旁的道地上，或斜倚在那棵连太叔公都讲不清年龄的老梓树的树洞旁，天南地北地瞎扯。扯着扯着，约定好似的安静下来，像是耗完了一天的精力，一个个困得东倒西歪。

暖暖的阳光透过老梓树稀疏的枝叶，投下斑驳的影子。一块块光斑在老人身上闪烁，他们额头的皱纹紧致而生动。时间静流，一辈子的苦难就在这样惬意的阳光里脱壳而去。

每到傍晚，我便蹑手蹑脚地绕过这群老人，进入村庙，喊我的太叔公回家。太叔公把老花镜摘下来，搁置在书页里，合起那本大部头经书。他身上有那种带着檀香的老人味，让我肃然起敬。

“笃，笃，笃笃笃，笃笃笃……”

有时，村口会传来敲打木鱼的声音，突兀地让人不知源起。初时微弱，转瞬间就化成了连绵的音浪，在群山环伺的小村里旋荡。我家的狗暴跳起来，眼睛中蓄满了风暴与闪电，身上的毛钢针般立得笔直，鼻子里发出一种我很少听到过的“呜呜”声。

“蒿屑来了！蒿屑来了！”有小孩在高喊。

老人们回了魂，脸上现出惊惧而无奈的神情，然后黑着脸，悻悻地，深一脚浅一脚地各回各家。太叔公推开庙门，只见香烛在他身后摇曳，散出的袅袅轻烟一直上升到门楣，上面“盘龙殿”三个鎏金大字若隐若现。

梓树洞迎来了真正的“主人”。

“咕呀！咕呀！”

天色晦暗下来，老梓树上，苦雕吊嗓子似的叫了几声，显得中气十足。

二

蒿屑，是远近闻名的讨饭人。

那时，讨饭人是一个庞大的群体，他们是一群飘零者，有着极敏锐的嗅觉，即使是隐在山岙里的小村，他们也能循着炊烟的味道找来。挑着你家升灶的当儿，冲门里张望一阵，掏掏兜子，几枚铜板或是几根竹签就抛了进来。听得那响声，我便飞也似的跑过去看。他们见了我，总是露出一个讪讪的笑容。

蒿屑是不会唱“道情”的讨饭人。逢人嫁娶、乔迁、出丧他都来，一来好些天。梓树下的那个大洞蓄了更多的阳光，成了他的专座。他独来独往，疯疯癫癫，满口胡话，逢人就讨。

那是一个多雨的季节，屋子里的物件也仿佛在水里浸过似的，盘龙殿里的经书泛起黄晕，微微卷起一个弧度。老梓树已经抽出嫩黄色的新芽，老叶子在雨雾中离开枝头，被雨点打得在空中转了几个旋儿，最终陷在泥泞的脚印里。

我从那幢破败的老屋出来，见一个讨饭人站在檐下，穿一件看不清颜色的旧袄，腰间系着一根稻草绳，一手提着竹棍，一手拿个掉了漆的木鱼。

他应该在雨中走了很久，乱蓬蓬的花白头发顶着一层雾气。水珠不时滚落，在他脸上划成一道道水渍。他的脸，蜡黄如同胶皮拼贴成的，眼窝深得触目惊心，一只眼球是浑浊的黄色，就像檐上燕子新衔回来的泞土，虚虚地眯着，似乎很不习惯这透过细雨的蒙蒙天光。

他终于向我走来了，眼睛依旧半闭着，从腰间掏出一个缺了两个口子的瓷碗，递到我面前，带着浓重的喉音说："舍点吧。"

几滴雨水顺着破漏的屋檐溜进碗里，我盯着那微微泛着光泽的碗壁，手上的半把炒豆也颤抖着漏到了那碗里。碗还没有缩回去，我抿着嘴怔了怔神，终于如梦初醒般松开手掌，剩下的半把炒豆蹦跳着、叮叮咚咚撞击在碗壁上，不少溅到地上，陷进泥里。两只觅食的母鸡眼尖，噌噌噌地过来抢食。蒿屑连忙把碗口捂在胸前，蹲到地上去捡那炒豆。于是母鸡只好退后几步，侧着头盯了好一会儿，咯咯咯的叫声里带着失望。

三

庙会到了，绵密的诵经声隐在烛火后面，夹杂着雨点般密集的木鱼声。我静静听了半晌，回头看了看那个树洞，里面除却一堆干草和一只缺了口的瓷碗，却没看见那个掉了漆的破木鱼。

临近正午，家家户户都端来素斋，道地上摆了满满八大桌。做道场的道士到了，还有写黄裱纸的先生，早已备下了满满一碟子鲜红的朱砂。回村过春节和庙会的男人们吞云吐雾，一簇一簇地扎堆，海阔天空地闲聊。妇女们端来一甑又一甑豆腐粥，热气腾腾的，熏得树上的苦雕都差点直摔到地上。道地上的人越聚越多，大磬一响，道士们摇头晃脑地唱起五风十雨、人寿年丰、天下太平。

法事后，一碗碗温热的豆腐粥被送到人们手里。蒿屑终于回到了树洞里。他依旧穿着那件破袄，依旧系着那根稻草绳，一只眼球依旧浑黄，依旧虚眯着。那只缺了口的破碗里也盛上了热粥。他不会像同行们一样讲些漂亮话，也“道”不来“情”，但他分明激动着，用手拍着梓树干，一遍又一遍地喊着：“好啊！好啊！”

人们依旧谈笑，依旧稀里哗啦地喝粥，曾经在这里负暄的老人们都到了，往地上磕巴烟斗，青石板上抖落一地烟灰。这个拍打着树干的男人只引起了我的注意。哪里就好了？好在哪里了？我疑惑着，喝了一口没有半星油水的豆腐粥。

蒿屑手中的碗已经见底了，我鬼使神差走到梓树洞边，晃了晃碗，问：“还吃吗？”

像之前的炒豆一样，我把粥倒进他那只缺角的瓷碗里，脑里不由自主地回想起他和母鸡抢食的场景。

粥已经凉透了，他随手捡了两根梓树枝当筷子，稀里呼噜地喝着。透过花白的头发，我清晰地看见他脖子上的烂疮随着他的咀嚼吞咽而扭曲，狰狞可怖。我的心出奇的平静，因为他的身上有一种饱浸了梓树根的老人味，同样让我安详而宁静。

见他毫不犹豫地把梓树枝塞进嘴里，腮帮子一动一动，我暗自咽了一口唾沫，忽然有些后悔。我想如果刚刚我也折两根嫩枝吃粥的话，一定也能尝到梓树的味道了。

四

我喜欢看着祖父燃起干草，看着火苗将整个草堆镀成暗红，看着那层覆盖在草堆上的黄土逐渐染上黑色，这黑黝黝的泥土蕴含着喷薄的生命力。

这么一个干草堆往往能燃上许久，我将手指伸进那层黑土里，触及的满是细腻温柔，有淡淡的余温萦绕，隐隐能感觉到手指之前的黑暗中藏着炸裂的能量。忽然，一只梓树根般黑瘦的大手狠狠掼进灰堆里，根根筋络绽起。爷爷垒的黑色圆锥就坍陷了一大块，黑土粒儿簌簌往下滑落，像一场小型的滑坡。我的心在滴血，瘪瘪嘴，想哭。但紧接着，一丝炭火中的甜香堵住了我的嘴——那双黑瘦的大手刨出了两坨圆溜溜、煤球样的东西，让它们在地上咕噜噜地追逐，留下两条交错的黑色轨迹。

这双手的主人就是蒿屑，他似乎是把整棵梓树揉进了身体里，随着他的出现，梓树的味道又放肆地在我身边盘踞。蒿屑很珍惜地捡起那两个煤球，抱在怀里，像是揣着两个宝贝。

“你太叔公舍我的，太公舍我的。”他咧着一口黄牙，那只虚眯的浑浊黄眼里有了一丝生气，把一坨黑乎乎的东西塞给我：“吃！好吃！”

我下意识伸手，被烫得一激灵，于是到手的东西又在地上滴溜溜滚了一圈。蒿屑呼呼往手里那团东西吹了几口，递给我。

那一瞬，我似乎看见了他真正的模样。无数道人影在我眼前闪烁，就像掉在地上的梓树果重新在枝头聚成原初的形状。这些幻影走着跑着，融化到了这个老去但依旧天真的背影里。

那是我第一次吃到用这种方式煨出来的番薯，草木灰的味道将它整个儿染透，像一首古老的“道情”。我到很后来才明白，各种食物应当是平等的，无有贵贱。因为即使是这个染着灰与土的黑黢黢的东西，在舌尖上绽开的浪漫也是元气淋漓的。

五

当我再一次站在老梓树下时，道地上没有了那些老人，村庙里也没有了袅袅香烟。

“咕呀！咕呀！”苦雕还在叫唤。

一棵饱满的梓树果坠到地上，滚进了树洞里。这个洞里满是荒芜与衰朽的味道。这棵原本习惯了群居的果子一不留神，像当年的蒿屑一样，独居了，流浪了。时间久了，它是否还记得自己从何处来，又要往何处去？我想，不管它知不知道答案，或许它都并不孤独。当树苗隐秘的根须深入土层，在大地的深处，它和它的母体、它的同类依旧维系在一起。

（原载《延河》下半月刊 2021 年第 8 期）

梁翰晴，浙江省台州中学教师。在《延河》《浙江作家》《浙江散文》《北方作家》等报刊发表作品二十余万字。出版随笔集《只为遇见》。

草堂秋色

廖　毅

一

在从杭州前往成都的飞机上，我快速读完了一本《杜甫传》。

诗圣杜甫一生颠沛流离，不少地方都留下过他的足迹，成都于他是一座重要的城市。

杜甫到成都，大约在冬季，满眼是一派绿意盎然、繁华喧闹的景象。他先是住在成都郊外的浣花溪寺，寺里的僧人复空是这里临时的主人。他在寺里没住多久，便在城西七里浣花溪畔找到一块荒地，先开辟了一亩大的地方，在一棵相传有二百年树龄的大树下建起一座并不十分坚固的茅屋。杜甫是流亡而来，身无积蓄，一切都要靠友人帮忙。他一边营建草堂，一边写诗向各处寻求树苗、果蔬秧、瓷碗等。担任司马的表弟王十五给他送来建筑所需费用，可谓雪中送炭，他感动地说："在他乡多亏表弟帮忙，来往不辞劳苦。"

历经两三个月辛苦，他的草堂在第二年暮春时节落成。终得一安身处所，杜甫喜不自禁。他在这里以耕种为生，不时有佳作问世。

"黄四娘家花满溪，千朵万朵压枝低。留连戏蝶时时舞，自在娇莺恰恰啼"等诗句，活画了杜甫相对闲适的心境。

但草堂并非坚不可摧，杜甫也不会因暂时的安逸忘了苍生黎民。那年八月，秋风怒号，把草堂顶上厚厚的茅草卷走，有的挂在树梢上，有的沉入水塘里；黄昏时风定了，墨云又聚集起来，大雨不住地下了一夜，屋里漏得没有一块干净的地方。于是，他在无眠的长夜中吟出了那首脍炙人口的《茅屋为秋风所破歌》。

自然，成都也非长治久安之地。

在杜甫好友严武治下，成都尚可偏安一时，严武离开后，成都少尹兼侍御史徐知道叛乱，地方军阀们你杀我打，生灵涂炭。兵荒马乱中，在这里居住了五年的杜甫再次流亡。

成都，成为杜甫一生中难忘的一段记忆。

杜甫，则成为成都最重要的文化符号之一。

二

我到成都，是出席在这里召开的一次全国性会议。会议安排得很紧凑，只能偷闲一刻到杜甫草堂一游。

时值初秋，惠风和煦。草堂花团锦簇，绿草如茵。我在草堂的茅屋里仔细端详，在千诗碑前驻足观赏，再漫过浅浅的池塘，将一路秋色尽收眼底。这个季节应该不是旅游旺季，但游人如织。有组团前往的，有三五人结伴而来的，也有来自国外的"背包客"。来往的人都很守规矩，要么静静地观赏，要么有秩序地拍照，相互交流轻声细语，没有在其他景区看到的大声喧哗、乱扔垃圾等现象。

草堂也有不少经营特色产品的摊点，也都比较文明，没有吵吵嚷嚷的叫卖声，更无"拦路抢劫"似的强买强卖。这与杜甫草堂作为成都文化地标的定位非常合拍。

走得累了的时候，我在一个露天茶舍坐了下来。叫了一杯茶，一边品着，一边看垂柳依依，人来人往。睹物思人，不禁感慨唏嘘。

回顾杜甫的一生，充满奔忙与悲苦。早年立志“致君尧舜上，再使风俗淳”，刻苦学习，一心通过科举考试走上仕途之路。当他的理想遭遇奸臣阻挠，在洛阳报考进士“名落孙山”后，他仍不罢休，在京城长安一待十几年，投“诗”问路，结交权贵，希望得到他们的赏识和推荐，一展自己的政治抱负。但他在“工部员外郎”“左拾遗”等职位上短暂的官场经历，让他感觉处处掣肘，无法实现自己的人生理想，以致愤而辞职。因无其他谋生技能，每到一地，都要靠亲戚朋友接济，多数时间穷愁潦倒，生活捉襟见肘，小儿子也因饥饿而夭折。用现在的眼光来看，杜甫是个成功的诗人，却是个失败的男人。

杜甫一生在路上，前半生可叫“游历”，是主动而为。走遍千山万水，识得诸多才俊。李白、高适、岑参、王维等诗人，都是他在此间认识的，其中许多人成了他的莫逆之交，给他的诗歌创作带来了许多助益；后半生纯粹是“流亡”，是被迫迁徙。书剑飘零，亡命天涯，耳闻目睹的现实让他有种切肤之痛，写出了“三吏”“三别”等传世名篇，成就“诗圣”英名。

人生中有许多无奈。有时，恰恰是这种无奈，造就了一个人的另一番风采。

杜甫即是。

三

九月入蜀，总有许多思绪在心头。那首叫《成都》的歌中唱道：“分别总是在九月，回忆是思念的愁。”

很多人说，成都真是个让人来了就不想离开的地方。

我有同感。闲适的环境，从容的节奏，和谐的生活，似乎还有远离喧嚣的一份宁静，都让人流连忘返。来来去去寻常事，而此刻，未离别，已生“思念的愁”。

这个九月，且把草堂的秋色，长留……

（原载《企业家日报》2021年11月3日第8版）

廖毅，中国散文学会会员，中国报告文学学会会员，原籍贵州罗甸，现居浙江杭州，供职于正泰集团股份有限公司。出版散文随笔、报告文学、财经观察等作品十六部，策划、主编各类图书十二部。

街头又闻爆米花

林海蓓

腊月的一个下午，阳光正好。

走在古老的东禅巷，阳光照射了半条巷子，巷子的另一边则是在背阴处。

巷子很老了。黄岩的城市布局，唐朝时就开始形成规模了，一直有着“三十六街七十二巷”的说法。随着近年来旧城改造的推进，留下的旧街老巷已经不多了。而留在这些巷子里生活的，也大多是上了年纪舍不得离开的人们。他们津津乐道的是“推开家门、迈脚就到了街上”的感觉。

而我每每走在这些街巷，都有一种时光倒流的恍惚。

在这条巷里，有一个做酱油、老酒的作坊，有近百年的历史，都掩映在那些古老的植物中和灰色的砖墙、废弃的旧烟囱里。只有模糊的黑体字“酒厂”，证明这里曾是已经远走的主人用心经营过的地方。

一些单间门面的剃头店、干洗店、旧装店、外卖加工点，以及路边偶尔传出的老人们的搓麻将声，把新老行当混搭在一起，流露出市井的气息。

远远地听到沉闷的一声“砰”响，没多久，就闻到了熟悉而又陌生的爆米花的香味。走近了，果然是一群人正拿着各种容器，装着还有着热气的爆米花。

好多年没有听到这种闷闷的又带着刺激的声音了。

记得小时候在北方，没有多少零食可以享受，每到过年边，放学回家的路上，远远地就听到这种声音。那是一种让人既欢喜又害怕的声音。明知道没有什么危险，又可以吃到香喷喷的爆米花，可就是害怕。老远就把耳朵捂着。在等待的过程中，慢慢发现其实捂一只耳朵也可以减弱声音，可还是忍不住跑到一边捂住两只耳朵，同时眼睛也不敢看那个炉子的“爆炸”过程。小朋友们飞快地跑回家，拿来各种能够“炸”的东西。那时候大米还是稀罕物，地方上的同学往往拿去的是玉米，“爆”出来的是“苞米花”；部队上有大米供应，“爆”出来的是“大米花”。大家会互相交换一些，这样就可以吃到不同的口味。

那一声“巨响”后，小锅炉里的米花会冲进一个长长的脸盆般粗、好几米长的有着细密网眼的布袋子里。北方很干燥，爆米花“爆”出来后，等热气消散，打爆米花的人会拎住长布袋的一头，将爆米花瀑布般地倒出来，我们会用一个洗干净的脸盆接住装回家。记得一碗米刚好“爆”一盆爆米花。然后等盆里白白胖胖的米花彻底冷却了，再装进各种密封的饼干桶、玻璃罐、布袋中，慢慢享用。

小时候的衣服大多是棉质的，大人经常洗，所以我们会把干燥的吃的东西直接放在衣服口袋里。两只或者四只口袋上学前塞几把米花，一路上时不时地伸进去抓一把出来吃。放学回到家里，也会把米花放到糖水里，吃出另外一种味道。

记得爆米花只有在冬天才能吃到，不知道是因为夏天吃了会上火还是其他原因。而打爆米花的人，往往会在一个相对固定的地方，每年差不多这个季节，就会出现在我们的视野里，给我们带来许多的惊喜。

其实，我的母亲是会做很多美食的人。一年四季，在物资匮乏的年代，她也总能做出一些美味的食物。冬天的北方，每家每户都会储藏大白菜和萝卜、大葱，这些会是整个季节的基本菜。母亲把萝卜切成一公分（一厘米）左右厚的片，在每片上再切几刀，挂在铁丝或绳子上晾晒之后放些盐、糖腌制起来，过不了多久就可以吃了。这些腌后的萝卜片既可以当零食，也可以就稀饭，还可以炒肉、配菜，生吃、熟吃都非常可口。许多年后超市里有了萝卜干，我依旧忘不掉母亲自己做的那种口味。快过年了，母亲会用北方最常用的面粉，做出各种小点心，如麻花、油条、猫耳朵、叶片、金果条（黄岩人说油酥）……普普通通的面粉，在母亲的摆弄下，除了馒头、饺子、馄饨、面条、油葱饼、面片等大家经常看到的主食外，还花样百出变成了各种美味的小吃；而当时只有在部队才能吃到的大米，则可以做成烧麦、炊饭、八宝饭……想想我们姐弟几个真是幸运，现在在一些街上的小吃店能够随时吃到的食品，我们早在几十年前都已在聪慧的母亲身边吃过了。

父母从部队转业到黄岩，已是二十世纪八十年代初。这时候物资供应已经完全不一样了，加上南方本身比北方有更多的各种食品，许多小时候觉得稀罕的东西也变得寻常。比如各种蔬菜，街上可以看到农民担着自己种的挂着水珠的新鲜蔬菜由你挑选；还有海鲜，那些当初叫不出名字、不知道怎样烹饪的“动物”，时不时地让街巷里飘过大海的咸腥味。一些原来只有母亲亲手做给我们吃的小点心，可以在街头小店里买到，不必再等到过年才有口福。

但有一样东西，好像还是只有在过年边才能吃到，那就是爆米花。

很奇怪那些打爆米花的人平时都去了哪里，以什么为生。

南方的爆米花，也比北方多了一些原材料。比如把年糕切成片，“爆”出来的是扁圆形的，切成条，“爆”出来的则是长条形的糕条。有时候还会看到人们用豆类。“爆”的时候放了少许糖精，则有了松而甜的口感。

物质生活的丰富，让我们淡忘了许多年少时对食品的渴望。街上也更难见到那个推着小车、脸上有着沧桑、手上满是褶皱、在巷口摆摊的人，那个有着定时器的小小的“锅炉”，那些摇炉的人不声不响站起孩子们见状都会“逃飞”的瞬间……

可是那不经意的一声闷响，那远远飘来的独特香味，又勾起人记忆深处的那一个个熟悉的场景，那一个个欢呼雀跃的身影，那一阵阵扑鼻而来的米花香，都让人难以忘怀。

（原载《人民日报》2021 年 3 月 1 日）

林海蓓，中国作家协会会员，中国散文学会会员。文学创作二级。作品散见于《人民日报》《光明日报》《人民文学》《青年文学》《文学报》等报刊。散文曾入选《2020 中国年度散文》。已出版诗集五部。

从一株秧苗说起

林新娟

明天去田里移秧！

父亲一声令下，7岁的弟弟和9岁的我双双下地。七月一日那天，我们一头钻进清晨里，出村庄往北，穿过两公里长的羊肠小道，一脚踩在垄里的烂污田里。

垄里，是一个U字形山凹，山高树密，幽深安静，我家的田几近在凹底。凹右侧有一山涧，溪水潺潺。田地高于山涧五十厘米，一丘丘，一层层排出大山。休息时，我与弟弟常在山涧里翻卵石，捉螃蟹，摸青蛳，捕虾米。

我家有五亩（1亩约667平方米）水田，年年栽种双季稻。靠父母之力劳作，交公粮，卖余粮，养活家人，补贴家用。移栽秧苗，夏季双抢的第一步。那些清晨，蝌蚪、泥鳅、黄鳝在潜水，听到声响，它们身子一闪，留下一团浑水与我。一只只或大或小、或红或褐色的蜘蛛，有的在网上酣睡，有的在水里凌波微步。

鲜嫩的秧苗一畦畦种在水田里，俯视如一匹崭新的布料，用妈妈的话说，有种想裁剪穿上身的冲动。妈妈身上白色衬衣的右袖臂，打着一块浅黄色的补丁，随着手臂的挥动，那片黄色淌成水的模样。

清晨田里的水很凉，日头下田里的水很烫，腾腾的热浪里，释放着猪栏粪的臭味。父亲说秧苗纤细，拔要小心。我照办，紧紧抓住一棵秧苗的根部，食指掐进泥里，一捞，一抖，秧苗完好无损地起身。有时手没抓稳没抓对位，“啪”一下一棵秧苗就断了根，手一松枝叶散满水面。

秧苗的根部，稻种的壳毛茸茸的，它的尖锐将我的右食指刺出无数细密的黑洞。烂污泥钻满我的指缝，田水泡皱泡白我双手双脚的肌肤。我的右手掌磨起无数水泡，透亮，似玉米珠子，牢牢长在每个手指的第二三关节处。改用左手拔秧，水泡依然长起。手掌一伸一张，疼痛一起一伏，泪水无声坠入。

七月的午后，老天时常来一场太阳雨。那日我戴着斗笠，披着塑料皮，滴着一头的汗水面朝黄土背朝天。隐隐感觉右脚踝有痛感，然后就是钻心的痛，拔出泥腿子，一条粗壮的带着花斑的虫子在吸我的血。我的妈呀！仿佛遭遇世界末日，中邪似的狂踢狂甩右脚，泪水直下，秧苗东倒西歪，它却纹丝不动。父亲急急地从远处跑来：不怕不怕，一巴掌蚂蟥就掉。离我近些的母亲几个箭步跨过来：没事没事，秧须一刷蚂蟥就掉。可我什么都听不进去，只管惊慌哭喊。

感恩我的母亲，用秧须轻轻一刷，蚂蟥就软弱无力地缩落。被母亲拯救的我，站在田地里泪眼蒙眬久久，不知道是继续干活，还是速速逃离，仿佛脚下的每一寸空间都布满“吸血鬼”的恐怖。后一日，母亲的左脚背被蚂蟥叮咬，母亲抬起脚拍下巴掌，缩成球的蚂蟥咚一下掉进水里。母亲俯身，若无其事。

比“吸血鬼”更恐怖的，是蛇。那个傍晚，我给父母亲送秧苗，走在铺满马兰头和杂草的田埂上，彤红的夕阳镶在墨绿色的山头，几朵野百合在石崖头摇曳，几只红蜻蜓在头顶飞翔，几只蚂蚱在前方跳跃……猛然间，一条一米来长的青蛇从水田里射过来。我慌！我怕！我避之不及！蛇冰凉的身体，贴着我的右脚背闪电般滑过……除了哭喊，我不知道自己还能做什么。母亲抚着我的肩，告诉我蛇只是路过，彼此不伤害，就是最好的结局。

劳作累了，乏了，我与弟弟习惯蹲在田埂上，看蝌蚪们或聚凹成窝，或拖着尾巴东游西荡。田埂是泥鳅和黄鳝的家，弟弟喜欢俯下身子找寻，发现泥洞就伸手开挖，慢慢缓缓地抠出一抔抔的土，猛然间，一条泥鳅或一条黄鳝就闪电般射了出来。泥鳅身子一闪就跃到尺把外，抬眼翘须瞪我，我也瞪它，双手合掌去鞠，它又一道闪电射去，留下我立于天地间惆怅。黄鳝又长又粗壮，一尺长的甚多，那日我刚要俯身，它便像蛇一样扭动腰身速游开去，我惊叫，泪模糊。当天梦里情景再现，次日母亲问我半夜为何哭喊，竟是那黄鳝搅了我的清梦，从此不敢再碰它。

弟弟最欢喜追黄鳝，黄鳝躲闪到哪他就追到哪，却很少拿得住的，父亲常常扔了秧苗助弟弟一臂之力。当黄鳝钻进泥里一动不动，他们就双双耐心等待浑水澄清，找准泥土微微拱起的准确位置，两对大小巴掌合下去，抽出时黄鳝的头尾正露在父亲的掌外。走上田埂，把一根顶部打结的马兰头穿过它的腮，丢进簸箕，高声告诉母亲晚上多了一道菜。“抓了几条，够一海碗不？”一埂之隔的老乡们搭讪，快意与朗笑，随风而至。

母亲做黄鳝，剁成小段红烧，添加生姜、蒜瓣、紫苏，香喷喷，亮泽泽。用父亲的话说，吃上一截鳝段身上的疲乏就缓解一层，吃上一截鳝段身上的疲乏就缓解一层。我只管听着，却不愿再见盘中物，仿佛斜一眼它们便游到我面前似的。

曾经很长一段时间，在田间地头捉泥鳅黄鳝青蛙出售，是许多农人的副业。从自己村捉到周边村庄，从周边村庄捉到远处村庄，他们晚间天黑骑着自行车出发，再后来骑着摩托车穿村，夜间头戴矿灯腰别电瓶肩背碳氨袋进山，在乌漆麻黑的夜里穿田，翻山，又越岭，危险无处不在。

我有一个堂哥，一个夏夜在二十公里外的山里捕捉，返程时摩托车翻车至数米深的坑下，第二天同伴们回头找，蓝色的摩托车压着他的双腿，身子扑在水田里，嘴巴合着一洼浅浅的田坑水，再也起不来。捆绑在摩托车后碳氨袋里的青蛙，在明晃晃的阳光下焦躁地叫着。家中年迈的母亲、年轻的妻子、年幼的儿子，哭天喊地。

移秧种田，最累的是腰。上半身总是扑着，腰实在支撑不住，我便用左手撑在左膝盖上，日积一日，左肘部出现一大块瘀青，直到暑假结束才慢慢淡化。我常在直起腰身歇口气时喊上一声腰疼，母亲总说——小人儿无腰，青蛙无头颈！我无语，紧盯拖着尾巴的幼蛙看一眼，又看一眼。

割稻，最苦的是双臂。裸露的手臂被稻叶割出一道道伤痕，太阳一晒，汗水一渍，火辣辣地疼。那沉甸甸的稻穗，割下几株堆放时，一不小心毛茸茸的稻谷会碰触到眼睛，涩痛得泪水直流。手中的镰刀，从右手换到左手，水泡继续从右手长到左手，长了破，破了长。父亲和母亲踩着打稻机在后面拍屁股，我与弟弟又不甘落后，只得埋头向前。

除了头顶或红或黑色的盘旋的蜻蜓，稻田里最多的是蜘蛛。蜘蛛的种类很多，有黑白相间的长体形的，有身子小小的白得透明的，最常见的是那种淡黄色长体形的，屁股上带着一个大它身子两倍的大袋子。它一边孕育孩子一边旅行，在稻秆上爬，在干得发白的田地里爬，在开裂的沟壑里爬。那日在一株稻秆的根部，一只蜘蛛的袋子破了，一只只白得透明的小蜘蛛，不紧不慢地在乌黑的土地里散开去……

农民种田，也讲究艺术。父亲用两截一尺多长的木棍，一根数十米长的尼龙绳，在田地间一拉，就形成一把无限长的“尺子”。父母亲沿着这把“尺子”后退，把一片棱棱角角的田地，熟稔地种成一片整齐的秧田。乡邻们见了，总是啧啧称赞，然后也学着父亲的样子，做上一把特殊的“尺子”，种出一片整齐划一的庄稼。每每割稻时，我的目光穿过一丛丛稻秆，相遇一排排笔直的“一”。

那些年我的暑假从一株秧苗开始，直到“双抢”全面结束，但我们的空闲并未到来。收回家的早稻，每天太阳出山时，父母亲就一担一担地挑到晒场上去，“哗”一下倒出箩筐，我用谷耙一次次地耙开，一次次地翻晒，直到面前一片金黄，直到颗粒归仓！此时，我的暑假也戛然而止。

如今每至暑假，我定然想起曾经田地里的事，想起父亲让我姐弟俩早早下地干活的初衷。遗憾的是，最终我们不是农人，是时代让我们走出了田地。所有的遗憾都是成全！所幸的是，我们可以常回家看看。

（原载《文学港》2021 年第 8 期）

林新娟，浙江开化人，浙江省作家协会会员。作品散见于《文化交流》《江南》《浙江作家》《文学港》等杂志。出版散文集《追蝴蝶的人》。

百合花开深山中

刘从进

九月，农忙既歇，水车犁耙的声音没了，村子忽然静了。吃过午饭，父亲靠着门坐在一张小矮凳上抽着旱烟，望了一眼日头。时已夏末，阳光晃晃悠悠的像拉长了的线，温和了，洒在地上的不再是火。这样的日子，人跟牛啊狗啊还有村庄一起在悄悄地休息。

父亲抽完烟，把旱烟管往凳脚上敲了几下，看我一眼，说：“去挖百合吧。”像是自言自语又像是对我说。我那时读初中，十四五岁，暑假里刚跟着父亲忙完农活，没几天身子又轻了，便高兴地说：“好。”

父亲与我各拿一把锄头和一个编织袋，戴一顶草帽就出门了。山在村子的东边，连绵起伏，弯弯相连、岙岙相望。我们先到东南山，在满眼的青黛苍绿的柴草里寻找百合，循着那清亮洁白的花寻找。百合花很美丽，很特别，它与山中其他的花全不一样，开的是一色洁白的花，并且一枝茎只开一朵花，亭亭玉立，像圣洁的天使，在山野里太招人喜爱了。百合在山中零零落落地长着，不很多也不难找。每发现一棵我就很开心，用锄头连根挖起。百合的根是一种球状的鳞茎，可入药。

从东南山到坐骑坑、火烛坑再到杨排岭、中央岗，一山一山地翻过去。开始的时候，我与父亲是一起的，找到一棵百合，若是父亲挖，我则在不远处寻找。父亲挖完这棵，往我的前面走不远，又挖。就这样，我们总在对方视线范围内。山里空旷无人，我们彼此不说话，就用目光相互关照着。越往里走，山越来越深，柴草越来越长，百合那洁白的花越隐在柴草之间，越难发现了。有时俩人就在边上，却要好一会找，才能看到人。有时看不到人，只听到锄头的“嚯、嚯”声。我们之间的照应有些困难了。

忽然，我发现了前面一块巨大的岩石下，繁茂的草丛中一朵大大的很艳很白的百合花，挺在高高的茎干上，一枝独秀，非常优美。我被它这娇嫩圣白的花朵迷住了，慢慢靠近崖边，静静地看了好一会。它开在这深山沟壑里面，要不是我发现，怕是再也不会有人欣赏它了。我既高兴又心疼，小心翼翼地开始挖它。我要把它完整地挖下来，不伤及它一丝的根须。等我挖出这棵美丽的百合花，抬起头来看，父亲呢？看不到了！再仔细去听，也听不到声音了。我随口叫了一声，没回音。慢慢地一种异样的感觉涌遍我的周身。整座山变了，变得死一样的沉寂，变得摇晃起来，一种可怕的肃穆向我袭来。我发出颤抖的呼叫：“爸爸，爸爸……”山谷里传来可怕的回音，周围更加肃静了。

我突然感觉失去了什么，再看这山、树、柴、草都不一样了，变得陌生和疏离了，不贴身了，内心的充实一下子丧失了。我把父亲丢了，我与世界的关系变得不牢靠了。无奈之下，我强作镇定，独自一人在深山里走着，没有方向地走，百合花对我已经不重要了。我用眼睛搜索，用耳朵倾听，父亲却像蒸发了一样，没有丝毫的踪影。这时候每吹来一阵微风都让我惊悸，脚下不知怎么的又不断地绊着岩石和柴根，山里发出的一点点声音都很清脆，让我毛骨悚然。我在山里不停地转，越转越深，越走越远。在一片茂密的林子前，我停下来，不知道再往哪里走——我迷路了，闯入了深山老林中！

我被吓蒙了！怎么办？此时的我无依无靠，终于冷静下来，只能靠自己了。我克服害怕，站到一个山崖上寻找远处的参照物，辨别村庄的方向，然后七拐八拐，终于走出了深山。

站在山口，才知道自己的手和脚都被柴草划得血肉模糊了，根本就没觉得疼。回头看山，依然是那样的沉静和惊悚。我沿着一片庄稼地赶紧回到家里。

父亲直到天暗了，才扛着一满袋百合花回来。奇怪的是，他好像什么事都没发生一样！这让我很委屈也很纳闷——这么大一件事，他都不说一句话，这是怎么啦？但倔强的我也不提起，只把它一直藏在心底。

直到有一天，我再走进这片深山的时候，我的心底忽然敞亮了，我一个人走在大山里是那样的自然，那样的踏实。山是那样的安稳，我在山里待了一整天，倍感亲切，我是大山的儿子了。忽然明白，那天父亲是故意把我“扔”了的。

（原载《羊城晚报》副刊《花地》2020 年 12 月 6 日）

刘从进，中国作家协会会员，台州市作家协会散文创委会主任，三门县文联副主席。在《人民文学》《人民日报》《光明日报》《散文》等报刊发表作品二百多万字，出版散文集《独自的乡村》《风在兹土》《乡土平静》等，文章多次入选各种试题和选本。

金滩笔记

刘贵高

一

我去过很多地方，唯有防城港的那一方山水和人文，仿若绝版的风光，铭刻在我的心中。

金滩的涛声，一阵阵奔涌而来。

位于东兴市京族三岛的万尾金滩，全长十五公里，在我国大陆海岸线的西南端，与越南隔海相望。宽阔坦荡的金滩，沙质细柔金黄。岛上草木繁茂，四季常绿，是天然的海滨浴场，滨海旅游度假胜地。

碧海蓝天，椰树婆娑。与北海银滩相比，万尾金滩则保留着更多的原始风貌。

我第一次去金滩，正好是旅游旺季，相比于银滩，人气稍显不足，没有了拥挤和嘈杂，显得疏朗了许多，惬意了许多。

我到的时候正是下午退潮之时，靠近海堤的沙滩留有许多小水窝。潮来汹涌，潮去缠绵。站在水里，能够感受到海的呼吸，脚底的沙一点点塌陷，一些哀婉绵长的思绪会随之落进心底。

海滩有很多竹筏，这些都是京族渔民出海作业的工具。京族，是南方人口最少的少数民族之一，也是唯一的一个从事海滨渔业的少数民族，同时也是中国唯一的海洋民族，目前只有两万人。虽然没有自己的文字，却有着独特的民风习俗。

万尾岛建有八海里的石砌混凝土环岛长堤，呈弓状环抱大半个面海的岛岸，以抵御风浪侵蚀岸边陆地，也是岛上民居的坚实屏障。堤上种有多种热带植物，漫步其中，身处林、沙、水之间，让人顿生回归自然之感。

上午海水漫到堤岸，下午落潮就退下去几十米。每当潮水退去，湿漉漉的沙滩上，潮纹隐现。吞吐之间，也留下了数不清的贝壳、玲珑的沙洞和爬痕，海滩上寄居蟹、小螃蟹很多，小小的，非常可爱。船出雾茫茫，一片汪洋。北部湾上红树林，风平浪静。

金滩坡缓、沙细、色纯，平展着铺开，如浮于蓝色海面的一张金色毯子。傍晚，在夕阳的照射下，风光和人物影影绰绰，仿佛罩上了一层神秘的面纱。一幅幅艺术剪影，迎着海风，隔着天蓝色的海水，肃穆而宁静。

大海，也是有自己的性情的。夏天波涛汹涌，秋天则分外娴静。一旦披上霞光，活脱脱一位羞涩的女子。

二

走进这一片海，也就走进了一个民族。

碧水云天，古老的海湾，传唱着渔家人的歌谣。

相传，这一带本是一望无际的大海，海中的白龙岛上住着一只蜈蚣精，吞食过往的渔民，荼毒生灵，附近渔民苦不堪言。

一天，有户一家三口的渔民出海，又被蜈蚣精吸住船底，动弹不得。夫妇俩十分惊慌，但他们的孩子非常机智，他叫父母把船上的三个南瓜煮得滚烫，然后丢入海中。

蜈蚣精以为是船上的人跳海逃生，便吞了下去。三个滚烫的南瓜下肚，当场把蜈蚣精烫死，尸体也断成三段，变成三个岛。尾巴变成的岛叫万尾，头部变成的岛叫巫头，中间心脏部分变成的岛叫山心。

自古生活在此的京族人民靠海吃海。渔民会带高跷具、虾箩网等工具来到海边，用一块毡布将膝盖包裹住，把高跷的上端绑在小腿的上方一侧，在浅水区域下海后，以网箩口触地，捕获鱼虾。

当地人说，一个真正的好渔民必须做到脚下站得稳，手上力气沉。高跷捕鱼是一种对力量和平衡都有要求的捕鱼方式，现在只有五六十岁以上的老人才会。这种本事在年轻一代基本失传。

金滩，因为坡缓、滩平、无淤泥，是个最适宜拉大网捕鱼的地方。

这种捕鱼方式最考验渔民间的团结，需要至少二十人以上的团队协作，从撒网到收网大概需要五六个小时。

京族人还有一个“打寄赖”的习惯，大网拉上后，你可以到现场顺手拿走几条鱼，因为他们觉得跟别人分享，是一件其乐融融的事情。

京族三岛的沿海，渔民用虾笼、支柱、拦网在海面上排成错落有致的几何虾灯队列。每天傍晚的时候，渔民会在虾塘点燃虾灯，开始诱捕海虾，夜间点亮的虾灯更是一道奇特的风景。

吹着习习海风，带上一两听啤酒，在海边看着星星点点的虾灯，可谓分外写意。

当然，来到京族三岛，有一种特色味道不可不尝——鱼露，京族人也称之为“鲶汁”，是闽菜、潮州菜和东南亚料理中常用的水产调味品。

鱼露是用小鱼虾为原料，经腌渍、发酵、熬炼后得到的一种味道极为鲜美的汁液，色泽呈琥珀色，味道带有咸味和鲜味。

酿鱼露说难不难，但各家有各家独特的秘方和制法。

金滩最佳的游览季节在每年的六月份到十月份，那个时候去定能遇上独具特色的京族“哈节”。

除了“哈节”，鲜有人知道京族的春节。

从农历十二月五日起，这里家家户户喜气洋洋，大人们上山下海，备好柴火、海鲜；小孩子则要穿上新衣新裤，以全新的面貌过一个吉祥如意的新年。

京族的除夕，是很隆重的。

他们一边“守岁”，一边做“白糍”和“包粽”。家家都提前把过年吃用的粽和菜肴做好，年初一这天就“坐享其成”，不再复做，取“去年有剩到今年”的吉祥寓意。

其乐融融的情景，就像北方人在大年三十晚上全家一起包“团圆饺子”，情深意长，其意神妙，其趣欢畅。

大年初一清早，各家各户，人人穿起新做的衣服，纷纷到井边烧香敬茶，把钱币撒到水井里，这种风习，俗称为“买新水”。祝福新年的“水头”（意为“钱粮”）比旧年更丰足。

初一这天，京族人的传统习俗是“闭门不纳”，既不接客，也不到别家串门，全家男女老少欢聚一堂，共庆“丰年”。这一天，如有要事必须外出，就得事先占好时辰和“利向”（即吉利的方向）。

“妹坐小桥上，二更不见郎。水不说，蝉在唱，月儿游，夜成网。”（京族民歌《过桥风吹》）这歌里唱的，便是京族淳朴而旖旎的南海风情。

三

金滩，冬季草不枯，非春也开花；季季鱼泛鳞，果实满枝丫。

漫步在中国的“斯里兰卡”，脚踩着细软洁净的沙子，头顶着瓦蓝的天空，背靠着海天一线的美景，令人心旷神怡。

我与同行租了艘渔船出海捕鱼，船开出去半小时，渔老板就把四百多米长的网下进海里，网头系在红旗浮漂上，船围着下的网绕了一大圈，同时，在船上不停地敲打一根放在船底仓上的树棒，让震动波传到海里驱赶鱼朝网的方向游去，待绕渔网击打一圈后，船就熄火等待鱼儿进网。

渔船上下起伏，我们坐在船上，一边欣赏着辽阔的大海，一边领略着海博大精深的况味。渔老板收完网后，虽然收获不大，但还是捕到了五条小青鱼、一只螃蟹和两只水胆，真正让我们体验了一把出海捕鱼的乐趣。

下得船来，看到一位游客手里拿着捡到的海蜇，我好奇地用手捏了一下，居然掉了一块下来。经验丰富的朋友告诉我，海蜇捞上来，要立即用明矾处理，才能食用。

我们在洁净细腻的沙滩上散步，聊天，捡拾贝壳。不知不觉到了夕阳西下的时候，辛苦一天的渔民们开始把船拖上岸，准备回家了。看来，海边美丽的晚景于他们，已是司空见惯了。

来金滩游玩，当然少不了吃一顿海鲜大餐。

既可以到附近的农贸市场买来便宜又新鲜的海产品，然后找旁边的饭店加工，这样比在海边吃省多了。也可以带上麻将、啤酒，直接在沙滩上感受海风的吹拂，静听海浪的拍打，一边打着麻将，一边吃着海鲜、喝着啤酒，不愧为人生的一大乐事。

海面开阔的金滩，空气清新，波涛起伏。远远看去，白茫茫的一片，非常舒畅。

沙滩周边是出租太阳伞、桌椅、躺椅，售卖泳衣、救生圈等的商铺，其他还有不少经营餐点小食、水果饮料的摊档，有些摊档甚至直接摆到了沙滩上。虽然开发得还不够好，但有着原生态的味道。

光脚踩在又松又软的沙滩上，我深深地体会到了人与自然的和谐共生。

后来，我曾多次去过金滩，每一次去，都有一种全新的感受。

而最美的，是在晨曦初露时，去海边看冉冉升起的日出。晚上，租个帐篷在沙滩上露营，听大潮澎湃，看漫天星光。在眺望异国的灯火中，让躁动的心情慢慢平复。

金滩的涛声，拍击着酣然的梦境。

（原载《中国青年作家报》2021 年 5 月 7 日）

刘贵高，中国作家协会会员。籍贯湖北阳新，现居浙江温州。二十世纪八十年代中期开始文学创作，作品散见于《人民文学》《星星》《飞天》《雨花》等报刊。著有诗集《夜行烛光》《向上的翅膀》《穿过岁月的河流》《刘贵高短诗选》（中英双语）等七部；主编散文诗集《一条河流的 23 种走向》。

声响时季

刘会然

夏午蝉喧

“唧……唧……唧……”

在江南老家，每年夏天的中午时分，柳树上的蝉，鸣叫声宛如暴风骤雨，席天卷地，横扫整个村庄。

炎炎白昼，蝉噪人尤烦。午间，从田园“双抢”回来的大人，本来就口渴舌燥，身疲神倦，极想清净一会儿。可柳树上那些蝉，却不知疲倦地聒噪。撕心裂肺的鸣叫，携带一阵阵热风，直往人的耳朵里灌。大人拼命摇动蒲扇，想在酷热的空气里，撕裂一道凉风的裂缝。可高亢的蝉鸣乘虚而入，让人猝不及防。大人骂骂咧咧，有时会握把沙石，朝柳梢抛撒。可蝉依然肆无忌惮，喧闹成阵。大人只好在蝉汹涌的伴奏下，躺在竹床上呼呼休憩。

“唧……唧……唧……”

漫长又炎热的午间，蝉的叫声漫漶了时光。精力旺盛的农家孩子，不喜午睡。与其让蝉炫耀枝头，还不如去杀它威风。没错，捕蝉也趣味盎然。

徒手空拳是捕不到蝉的，得借助工具才行。那就做个网兜吧。先找一根细竹竿，在竹竿的梢头扭上圆形的铁环。网呢？当然是蜘蛛网了。举着竹竿，往有蜘蛛网的地方去扫荡。农家的屋檐下，猪圈里，草垛间，到处是蜘蛛网。举起铁环，左一捞右一旋，往蜘蛛网上盖几次就行。蜘蛛网轻盈有韧性，网蝉最妙。只是委屈那些肥胖的蜘蛛，不过，它们很快就能重新结起亮晶晶的网。

网兜好了，可以去捕蝉了。蹑手蹑脚来到柳树下，看到蝉在那根柳枝上，就小心翼翼举起网兜，朝蝉盖去。蝉受惊一飞，正好触到网兜。一只蝉就成了网中之物。一只，两只，三只……很快，瓶子里就装满了蝉。

“唧……唧……唧……”

群蝉在瓶中嘶喊。瓶子就成了巨响的音响。我们揣着瓶子，来到正酣睡的二姐身边。打开瓶盖，蝉鸣如海。二姐猛然惊起，像落水后挣扎。我们哈哈大笑，急遽沿墙脚根逃离。突然，头顶飞来了一只粉红凉鞋。我们一溜烟跑到祖父的住处。祖父睡在躺椅上，鼾声四起，手中的蒲扇正缓缓摇动。我们把蝉放到祖父耳边，蝉声轰鸣，可祖父安然不动，呼噜依旧。我们只好灰溜溜地重新回到池塘边的柳树下。

春根叔提着钓鱼竿，路过塘岸。看到我们手中的网兜，春根叔连连摇头，嘲讽道，还用网兜？我们问，你又去钓鱼吗？春根叔说，不，我先来钓蝉。钓蝉？我们从来没有听说过。春根叔说，今天就让你们见识见识，我不但能钓鱼，也能钓蝉，还不用诱饵呢。

柳树上一只肥嘟嘟的蝉正喧闹。春根叔在钓鱼竿头的丝线上，打了一个回旋活结，再举起钓鱼竿，小心翼翼靠近蝉的前肢。不安分的蝉，很快就把前肢伸进活结里。春根叔一拉丝线。唧唧唧，蝉扇动着羽翅，在钓鱼竿上飞舞。蝉被套住了。

春根叔解开蝉，把蝉送给我。春根叔笑着说，怎么样？

春根叔提着钓鱼竿走向池塘对岸。池塘对岸垂柳依依，树荫密匝，那是他最喜欢钓鱼的地方。

“唧……唧……唧……”

蝉除了叫，还是叫，天气越热，蝉叫得越欢。终于，我们听烦了蝉的嘶喊，我们把瓶中的蝉，一只一只放飞。禁锢许久的蝉，瞬间得到解放。蝉扭动着笨拙身子，展翅飞向蓝天。我们踢踢踏踏来到春根叔钓鱼的地方。春根叔竖起食指，放在嘴边。我们就停下脚步。春根叔鱼竿一甩，一条餐刀鱼就在岸滩上活蹦乱跳。我们拍手叫好。

春根叔说，你们还是坐到柳树上去吧。我们就骨碌碌上树，一人一个树杈，俯首看着春根叔钓鱼。树上的蝉鸣叫不已。我们怕蝉的叫声惊吓到鱼。我们猴子般蹿上爬下，把树上的蝉一一撵走。春根叔对我们竖起大拇指。我立功心切，爬到树尖，树枝断裂，我和枝叶一起掉入池塘中，砸起了三米高的水花。伙伴们和春根叔都捧腹大笑。我湿漉漉游上岸，把衣服一脱，晾晒在柳枝上，又骨碌碌爬上柳树，找个茂盛的树杈躺下，隐藏着光溜溜的身子。

睡梦中，听到大人的喊叫声。原来午间已过，我们又要随大人去“双抢”了。春根叔也收拾鱼竿，用柳条一一串好鱼。春根叔把最大的青鱼抛给了我。

“唧……唧……唧……”

午间，池塘边的柳树上，蝉在喧闹着夏天。

一年又一年。

冬夜犬吠

在江南故乡，冬季的深夜，巷子里时常会传来犬吠声。“嚎”，“嚎嚎”，“嚎嚎嚎”……一声，两声，无数声，砌成声响的尖塔。这些声响穿透厚重的夜色，在巷子里，村庄里，以及村人的耳畔飘浮、荡漾。冬夜犬吠，在深夜升降沉浮，成了乡村冬夜一道隐隐约约的歌吹。

有人家的地方必有犬。有犬的地方必有吠声。冬季的白昼，万物萧瑟，人语渐稀，村庄内外，都袒露着一片白净与苍茫。山野上，田垄里，茂林碧草，稻禾菜蔬，经历了春夏秋三季的灿亮与蓬勃后，开始低调、落寞。冬夜漫漫，北风呼啸，冷气纵横，万籁俱寂。农家灯火渐熄渐灭，栋栋院落关门闭窗，或围炉夜话，或休憩酣睡，还天以清明，还地以静谧，还人以安宁。院落外的风声雨声落叶声，在广袤的天地间纵横捭阖，把村庄衬托得更加阒寂、恬淡。

突然，悠深的巷子里传来犬吠声。“嚎”，“嚎嚎”，“嚎嚎嚎”……一阵阵犬吠宛如一簇簇浪花，摇荡在睡眠人的心崖上。静悄悄的寒夜，霜雪密布，什么人，什么物，能惊起一阵阵犬吠呢？

是夜归的游子吗？农家寒夜少行人，莫非是从异乡归来的游子？北风吹，腊月近，新年迎。长年身处异域的游子，早已按捺不住归家的步伐，他们顶着雪花，赶往家乡。那一声声悠长的犬吠，是对天涯归客的欢迎，还是冷拒？

是夜行陌生人吗？那些年，邻村去圩镇赶集的人，三三两两地经过村口。为了早早买到生活必需品，或卖出家里的农产品，他们趁着夜色，蹚风迎雨赶赴圩镇。抑或，是那些走街串巷的买卖人？货郎，铁匠，补鞋匠，锔碗匠，说书先生……他们在寒夜中，风尘仆仆，游走在一个个村口。雾气弥漫，四野苍茫，那一声声高亢的犬吠，是对过路人的警惕，还是目送？

是夜出的野兽吗？小时候，听祖父说，家乡还有刺猬、豺狼、野猪、黄鼠狼等野兽。在雪夜里，这些饥肠辘辘的野兽会撞进村子，寻觅食物。它们横冲直撞的蛮劲，像一阵阵疾风，在一道道巷弄里呼啸而过。那一声声嘶哑的犬吠，是对野兽的惊恐，还是恐吓？

是夜深的皓月吗？明月盈亏惹犬吠。明月浩渺，圆缺轮回。冬夜犬吠，把一弯弯残月，呐喊成了一轮轮满月清辉。月光映雪，千里皆白。那一声声突兀的犬吠，是对皓月的欣喜，还是忌妒？

…………

午夜时分，偶尔犬吠四起，“嚎”，“嚎嚎”，“嚎嚎嚎”……一声，两声，最后连绵成水，潺潺流淌。大人吵醒，孩子惊悚，娃娃惊哭。农家灯火时明时灭。大人嘟哝，孩子呓语，娃娃啼哭。巷子里的犬吠杂响成风，呼啸如雨。深夜，主人酣睡了，犬辈们获得了空前的自由，天大地大，都是犬辈们的天下了。那一声声犬吠，或许是一种激情宣示，或许是一种深情告白。冬夜飞霜，百花凋零，万物静寂，犬吠嘹亮，成了村庄冬季最激越脆亮的响器。

时常，犬吠宛如一枚枚扔向天宇的石子，“嚎”，“嚎嚎”，“嚎嚎嚎”……瞬间打破了高远的夜空。凄清寒夜，耳膜颤响，漫天弥地，幼时，非常害怕这种犬吠声。我只好把小小身躯蜷缩在被窝里。母亲就会拍着我的臂膀安慰我，不要怕，犬吠向阳，猫鸣向阴，犬吠好过猫鸣。猫叫声“喵喵”，家乡的谐音为“冇冇”，寓意一无所有。犬吠声“嚎嚎”，谐音为“好好”，寓意一切安好。少时，二婶曾经和我说起过，大年初一，如果猫叫了“喵喵”，就不吉利，如果犬吠了“嚎嚎”，就吉祥了。二婶说，很多养猫的农家，一定要养狗，猫叫“喵喵”，犬吠“嚎嚎”，就可以抵消是非。想想，老家养狗的农家，远远胜过养猫的，不知道是否与二婶说的风俗有关？雪意乡村，火色新年，因为有了声声犬吠，陡然多了几许温情与吉祥。

何季无犬吠？何时无犬吠？

冬夜飘雪，犬吠飞扬。“嚎”，“嚎嚎”，“嚎嚎嚎”……声声悠远，丝丝缕缕。吠声裹挟着飞花，曼舞激荡，在浩瀚的天地间，婉约豪放，为乡村洒落一串串灵动多姿的音符。听之深邃，思之邈远。

（原载《中国校园文学》2021 年第 7 期）

刘会然，中国作家协会会员，现居义乌。作品散见于《北京文学》《芒种》《星火》《雨花》《朔方》《芳草》《山东文学》《文学港》等刊物。有作品被《小说选刊》等选载。出版有短篇小说集《少年与花》《秧村往事》等多部。

沉默的北海塘

卢江良

那年九月的一天，供职于一家传统文化杂志社的笔者，应地域文化研究者翁迪明老师的邀约，赴杭州市萧山区衙前镇新林周村，参加在张夏行宫（活动场所）举行的“张夏祭”民俗活动。仪式结束，用餐尚早，在翁老师的带领下，与一帮张夏文化研究者，沿张夏行宫旁的海塘路，步行去看海塘石。

那些海塘石，就在张夏行宫不远处，整齐地裸露于海塘路基左侧，每块巨石均呈条状，重达好几千斤，表面打磨得较为平整，以七层之数交错叠砌。或许曾受潮水和岁月的淘洗，那些海塘石的裸露部分，色泽斑驳、满目沧桑，给人粗犷深远之感，宛如历经战火洗礼的老兵，显得雄浑厚重、苍劲有力，却不事张扬。

据翁老师介绍，这条海塘路是北海塘的一段。北海塘北临钱塘江，在萧山之北，故名。跨由化、由夏、里仁诸乡，横亘二十公里。而海塘路，为北海塘的重要堤段，在新林周和大树下（地名）之间，曾因塘堤遍植柳树，当地人称之为“万柳塘”，现存石塘约 300 米，经专家考证系几百年前的北宋张夏督建的海塘原作。

而张夏，就是我们那次祭祀的对象，出生地在萧山长山（今新塘街道)，称“十一郎官”，其父张亮曾为五代吴越国刑部尚书。宋景祐年间（1034—1038），张夏以工部郎中出任两浙转运使。其时，浙江钱江海塘年久失修，分段守护。杭州的江塘原用木柴、泥土垫筑，常被江潮冲毁，他首次发起改建为石塘。

值得一提的是，张夏的那番改建，开创了“叠砌法”之先河。在他之前，杭州的海塘，按照历史记载，经大禹治水后，便有了雏形，早在东汉末年，就开始筑塘御潮，后历朝历代屡次修建，其类型也可谓愈加丰富，有土塘、竹笼石塘、柴塘等。直到他主持修建时，才采集六面修凿平整之巨石，叠砌七层筑成石塘。

北宋历史记载，张夏发明“叠砌法”不到十年，王安石就发明了全新的“纵横叠砌法”。那种方法，对当时及后世的海塘建造影响甚大，后人纷纷仿效。越到后面，筑塘技术越精湛，嘉靖二十一年（1542）浙江水利佥事黄光昇创筑鱼鳞石塘，直至清代，沿海险要地段所砌石塘，大多采用了黄光昇的筑塘法。

但这并不影响张夏治理萧山和钱塘两县海塘之丰功伟绩——生前，多次得到朝廷嘉奖；因公殉职后，历朝屡被追封，当地百姓尤其感念其功德，尊称其“张老相公”，于宋仁宗庆历年间（1041—1048）立庙于堤上，并敬奉为“潮神”。纪念他的相公庙，上至诸暨，下至绍兴，乡乡皆有，萧山更是“沿江十八庙，庙庙供张公”。

然而，随着时光的流逝，由于钱塘江改道，横亘二十公里的北海塘，彻底告别涨落不定的局面，淤积而成一片沙地，其间垦荒种植棉桑，出产富饶，塘内住户纷纷迁入居住，出现了男耕女织的新景象。1949 年后，当地在北海塘上改建公路，将部分塘堤拆除，万柳塘便埋没无闻，至 2008 年因翻修村道才重见天日。

同样，作为为钱塘江沿岸人们造福千秋的北海塘，也因海水的自然退却和改道，抑或围海造田的点滴推进，失去了抵御潮水的功能，而被渐渐淡忘在历史的长河中。在撰写此文前，笔者询问了几位萧山的文友，他们几乎不知这位旧时当地民众最信仰的人物；包括笔者自己，在去年参加“张夏祭”前，对他也是前所未闻。

当前，钱塘江文化，成了热门话题；“弄潮儿”精神，尤其成为热门之核心。但我们在倡导“江文化”的同时，不能忽略了“塘内涵”。如果说，我们的城市因“江”而兴，那么它更是因“塘”而存。确实，正是因为有了北海塘，萧山这座城市才得以生存、发展和繁荣。而构成塘堤的，便是那一块块被叠砌着的沉默的海塘石。

因此，又不得不提及张夏。检阅北海塘那条贯穿千年历史的塘堤，他或许只是其中的一块海塘石，但他用智慧、血汗和生命叠砌而成的、如今展现于世人面前的，不仅仅是一条因钱塘江北移几近废弃的备塘，也不只是一道曾守护塘内百姓岁月静好的安全线，而是一种抗击自然灾害、构筑和谐生态、提倡廉政为民的精神向导。

令人欣慰的是，当地政府和民众没有忘记这位治水英雄、筑塘功臣、爱民良吏。近年，新林周村通过群众集资重建了张夏行宫，将张夏作为靖江大帝和围涂造田的祖师爷予以敬奉崇祀。萧山区党政及各乡镇政府对张夏行宫及相公庙会也极为重视，专门拨款进行修缮和组织，并将其列为非物质文化遗产保护名录。

（原载《翠苑》2021 年第 2 期）

卢江良，本名卢钢粮，男，1972 年出生于绍兴，现居杭州。文学创作一级，中国作家协会会员。著有短篇小说集《狗小的自行车》、长篇小说《城市蚂蚁》《逃往天堂的孩子》和散文随笔集《灵魂的指向》等十余部专著。

徽州的风水

鲁晓敏

八百多年前的一天，一个老者路过徽州绩溪县龙川村，在他饥渴难耐时，村人胡念五打开家门，恭敬热情地款待了他。或许是答谢一饭之恩，或许是惊讶于龙川地势，老者登上了龙须山察看风水。他发现，登源河属于“来龙之水”，两岸山形有如十八只金龟上水，随着地势的步步趋缓，形成百川归拢之状，将脚底下的龙川村围于谷地中央。

但是，老者找出了龙川村风水的缺陷——坐向错误。他提出了大刀阔斧的改造方案——将龙川村改造成一艘船的形状，坐向扭转90度，由坐西朝东改为坐北朝南；龙川河向北移动百余米，将水口拓宽成喇叭形，在河口内造桥关锁，留住财气；打通五条南北走向巷道，直通龙川河边，隐喻“五子登科”；在龙峰山麓的木鱼形山坡上建“灵山庵”，以镇煞气，钟灵气……

胡念五将信将疑地打量着眼前这个山野村夫装扮的老者，老者微微一笑，报上了自己的姓名——赖文正。赖文正乃有着“地仙”之称的江西风水先生，胡念五早有耳闻，他赶紧拜谢，在其后的数百年，胡念五及后世不折不扣地执行着这一规划。

龙川村经过这一系列的改造，到明代终于形成规模。虔诚的胡氏族人为了钉住“船”，挑选了一户姓丁的人家入住村中，将丁姓祖坟葬在船头石笏山下，在胡氏宗祠左侧建丁氏宗祠。“丁”字形同船锚，有分量的锚，即使在凶猛的风浪中也能确保航船安然停泊。有了锚，还要有木桩，他们在胡氏宗祠前的龙川河岸栽下一棵榆树，用来维系这艘大船。

今天的龙川村格局变化不大，山隐水迢，树影婆娑，油菜花填满了山野的空格。当我站在龙须山上，此刻，与赖文正的目光重叠，越过绵延的群山和纵横的阡陌，看到了两头尖、中间大的龙川村，数百幢鳞次栉比的民居如同一间间船舱，恢宏的马头墙如同林立的风帆，胡氏宗祠前竖立的根根旗杆如同桅杆，龙川恰如一条大船停靠在登源河岸，显得烂漫而安逸。可以说，这些格局都在刻意强调，这就是一艘船。

沿着新安江及婺江一路寻找，一个个船形村进入视野——西递村七哲祠和跑马楼象征船首的眺台，村中两棵大树如同桅杆，牌楼似扬帆；屏山村宛如一艘扬帆出海的航船，弯曲的吉阳溪就像一根缆绳将船系在了水口；庆源村将村落设计成双体船，周边群峰围出了一处平静的港湾。还有湖里村、浯村、双龙村、根溪村、思溪村、上晓起村、李坑村……船形村布局大同小异，局部设计别出心裁：村头植一棵笔直的乔木取意竹篙，村中心植一棵樟树取意桅杆，村头种植一排红豆杉，把它们想象成系缆绳的木桩……布局相当独特。

为什么会有那么多的船形村坐落在徽州的山水之间呢？

新安是徽州古称，徽州村落大都依新安江水系而建，从某种意义上来说，新安江是徽州的符号。徽州山峭水湍，客观来说，多数村落地处两山夹一沟的狭长地带，船形设计既是最合适也是最无奈的选择。在地少人多的徽州，徽人只得外出经商求生，他们对船有一份特殊的情感和寄托。新安江在崇山峻岭中打开了一道缺口，入浙后汇入钱塘江，满载山货、木材、茶叶、桐油、油漆等货物的商船，从新安江出发，船将他们与外面的世界维系在了一起，最终建立起了纵横天下的徽州商帮。同时，这些带着“扬帆起航”“一帆风顺”“满载而归”吉祥寓意的船形村落，承载着家族心愿，为徽州经济发展注入了强大的精神力量。

在之后的寻访中，我却发现徽州的村落布局不仅仅是简单的“船”，各种各样的风水村落也层出不穷。按八卦理论选址布局的呈坎村、棋盘形的石家村、钱形的里方村、牛形的宏村、龙形江村、凤凰形雄村、鱼形渔梁村、云团形潜口村、牛角形西坑村、带状形高砂村、阴阳交媾的太极湖村……各种形状的风水村落或者隐藏在人们的眼皮底下，或者堂而皇之地袒露天机，数量之多大大超出了我的想象。风水真的有如此灵验吗？其实，徽州人参透了地理学、气候学，他们以风水的名义对村落进行布局和改造。

龙川河的人工改道和排衙水口的建造，从形式上看貌似弥补了龙川村风水上的缺陷，更重要的是解决了雨季发洪水时登源河水位暴涨导致的河水倒灌难题。从此，后人在雨季常常看到一个旷世奇景——汹涌的登源河由东向南咆哮而来，人工改造的龙川河则水流潺潺，两河交汇处呈现出高低不同的水位，登源河水高于龙川河水，不可思议的是龙川河并没有发生洪水倒灌。古人把这一现象归结为真龙镇守着龙川河。同样，在胡氏祠堂配置流水泮池、开辟五条北高南低的通道等措施，疏导和顺畅了地表水的排泄，解决了龙川村长期悬而未决的水患和内涝问题。与其说是赖文正的指点，不如说是龙川先人在参透了自然规律后，利用自然和改造自然的经典范例。

风水大师何可达将仿生学原理大胆而奔放地运用到了宏村水系的设计上，南湖是牛肚胃，小溪是牛肠，水渠兜兜转转流过每家门口。按图索骥，不论从何角度看，它都是一头熟知水性的青牛。而且，徽州人视水为财气，水的元素布满了村落。五百年后，它提醒我这一切似乎与财气关系不大，更大的关系是防火——南湖坐落在朱雀位是镇火，村中心的月沼以储内阳之水而镇丙丁之火，水流在村中被人工疏导、引流、改道、折曲、回旋、盘绕，尽可能让水在村落中舒展，利用地势落差，将消防用水输送到每一个角落。村落中水汽泱泱，飞檐倒映在水中，水影爬上了粉墙，显现出一派自然天成。

木结构的徽州民居最怕火，经历数百年苦心经营的村落，却经受不住一场大火蹂躏。风水师在具体的防火细节上大做文章，在规划村落和设计民居的时候，将自然规律、生活常识和风水隐秘地结合在一起——宏村中心开凿的月沼取“花未开、月未圆”之意，寓意着宗族的发展越来越兴旺；冯村冯氏支祠东向挖有七口池塘，云庄书屋前挂一盏天灯冠以月名，组成“七星赶月”图；水圳绕门冠以“玉带缠身”之名；天井中放置水缸，称为“四水归堂”……这些风水上的吉语一语道破天机，水是防火的最有效手段，这些布局既烂漫地追求着宗族理想，又理性地落实了消防措施。

徽州人在村落设计、规划和改造时，将对忠孝节义和仁义礼智信的推崇、对儒道释的敬重、对宗族礼法的遵守、对宗教的信仰等观念与风水交糅，形成了包容并蓄的徽州风水学。可以说，一只小小的罗盘，足以将徽州收纳其中。来自各地和本土的风水师们各显神通，因地制宜，进行大胆的想象和创意，不仅在村落布局上突发奇想，在空间营造上也别具匠心，各种形象的村落应运而生，他们共同缔造了风水徽州。

（原载《环球人文地理》2021年第3期，原题为《徽州村落，风水的“理想国”》，有删节）

鲁晓敏，中国作家协会会员，浙江省作家协会全委会委员，浙江省散文学会副会长，在各级刊物上发表作品二百余万字。出版有《江南之盛》等六本散文集。致力于传统村落、乡土建筑、廊桥文化的研究及保护工作。

血液中的董村

陆秀雅

虽说，我的出生地不在新昌，但从有点懂事起，就知道了新昌有个叫董村的地方。

或许由于从小也在群山掩映、人文厚重、古老神秘的山村中长大，尽管自小就知道新昌的董村跟我有着一定的关系，亦未曾有过什么想象与憧憬。后来，即便定居新昌生活了四十多年，也一直没有动身去过董村。

一生中，有些事情，若非不得已，心里虽然一直惦念着，却又总觉得来日方长而定有机会去做的。

这一次，我终于来到董村，是因文艺家“行走乡村、文化润乡”活动。

眼前的董村，俨然是一个飘落在崇山峻岭中，却有着奇特山水风貌的古村落。村里村外的蟠龙亭、俞宝宅、龟溪石、悠然居、元石刻、古枫树、俞氏宗祠及不远处的小黄山大峡谷等文物古迹与众多景点，也在告诉你它的悠久历史。

董村离新昌县城有45公里，处于僻静的群山环抱中，在过去则称其为深山冷坳。据《新昌县地名志》记载，董村古称龟溪，因村前溪中有两块岩石一大一小，形如乌龟得名。后来龟溪改为董村，则始于唐代，由姓氏得名。民国《新昌县志》记载："始迁祖董舜祖（851—922），原籍龙游立德乡，乾宁间（894—897）官剡县令，时天下大乱，义军四起，弃官退隐剡东石壁龟溪，繁衍成族为董村。"

在学而优则仕的封建时代，十年寒窗苦读，一朝金榜题名。想来，这董氏的始迁祖董舜祖官剡县令，其实当属于文人。那么，董舜祖弃官不务政事而退隐山林，也即是从入世走向出世。

当遭遇官场的混浊与残酷，世道的艰险与人情的冷暖，却又很无奈时，就选择一处世外桃源，在大自然的水魂山魄中洗涤疲惫的身心，让在钩心斗角中跃进搏击的心灵慢慢沉寂下来变得简简单单。寄情山水，也可以说是一个参照，从一石一木、一丘一潭、一曲一溪的山水性灵中，感知生命的机趣与超拔力量，使自己得到了宽厚与超脱。

人在自然山水中放情，心在自然山水中平衡。宋代陆游在《故山》中说："功名莫苦怨天悭，一棹归来到死闲。傍水无家无好竹，卷帘是处是青山。"

时在唐代，董氏的始迁祖非得选择剡东石壁龟溪作为隐居之地，想来，或许洞晓其时盛行的占验堪舆术数。四象风水，左青龙，右白虎，前朱雀，后玄武。其中所谓的玄武，指的是一种由龟和蛇组合成的灵物。董村古称龟溪，是因前溪中有两块岩石一大一小，形如乌龟。也即是说，现如今董村的自然环境风貌与地理方位，也正好印证了古人堪舆术中所指的藏风聚气之风水宝地。

因而，有些学者甚至认为，从时间维度上纵观中国古代人生哲学历史，所谓的道家思想的发展，在实质上，自列子的神仙思想之后，就已没落衰退。尤其时至隋唐，老子的那种顶天立地的性格及深奥的哲理，庄子的豪放哲学及上与造物者游的精神超越境界与外死生的生命态度，早已被抛诸脑后，留存的反倒是炼丹、画符、算命、看风水等，不仅在民间盛行，更有文人的信仰，活脱脱的追逐对肉体生活的保存以及民间庸俗生命的感受。也即是说，所谓寄情物外，托性山水，其实已超出了道家修持的范围，而进入道教追求肉体的生命方面了。

不过，据传，到董舜祖之孙董宁（913—994）时，因溯流而上钓鱼时，发现了另一处风水宝地，于是举家迁至新昌雪溪，而董村也就由来自山东青州府河间县的俞氏子孙留居。这就是现如今董村的村民，绝大多数为俞姓的原因。

“今人不见古时月，今月曾经照古人。”景物依旧，人事已变，或者说时代的不同，我们无从知晓当时董氏的始迁祖到底处于一种什么样的心境，然而，现如今董村的风貌却是今非昔比的了。在这太平盛世，恰恰正是这样一处曾是古人弃官避乱的退隐之地，获评全国文明村镇。当年与世隔绝、荒无人烟的董村，现如今却有着闻名遐迩的全国彩虹骑行山道与浙江第一小黄山漂流，成了网红地，时常游人如织。小黄山的奇秀，也成为骑友和摄友的一个热门骑行拍摄基地。

按照活动安排，原定计划攀登小黄山，因为下雨，考虑路滑不安全，便取消了行程。小黄山，据考原名叫巧王山、石猫山等，而现称小黄山，显然是旅游攻略，巧用“巧王山”的谐音来提升品牌。有曾经攀登过小黄山的同行者介绍说，小黄山山势高峻，怪石嶙峋，各种奇岩怪石比比皆是。

站在文德书院的云台上，举目四望，只见雨雾缭绕，有些“不识庐山真面目，只缘身在此山中”的境况。因为没有心驰神往的念想，此次没能登上小黄山，也就没感到有什么遗憾。浮生登临过众多名山，要是问及有什么感触，我一直说不出个所以然来，大都仅是百闻不如一见，到此一游而已。

郁郁青山皆见般若，清清溪水满目菩提。然而，于心念混沌的我辈而言，是难以达到心斋坐忘境界的，要走进那个灵性世界，怕是一件勉为其难的事。

午间，在书法家们前往董村立德书院进行书法表演时，我却有意无意地独自在村边走动，来到前溪，并跨过一座不知名的桥。过了桥后，无意间发现马路一侧的树林里，有一条的狭窄山路。乱石铺阶，因为正好又是雨天，褐黑的乱石看上去既潮湿而又溜滑，心想这山路应该是一条古道。

正好有一村民路过，也就上前讨问究竟。村民热忱地介绍说："自从这里通上马路后，这条山路就没人走了。从这条山路一直往前走，可以走到新昌小将。在以前，董村这边的人，要过县界到台州去，也可以从这条山路一直往前走的。"

听到这话，一时间，我的心情莫名地变得凝重，也情不自禁地踏上了这条山间古道，并向着深处寻去。随之，神志也变得有些恍惚，仿佛看见了肩扛木器织布机的远祖正从那一头向我走来，并有脚踩落叶与枯枝的巨响一声声传来，于是，脑海里也就浮现出小时候祖母告知我的那些与董村有关的画面与记忆。

祖母说过织土布在我的家族中是祖传的手艺。远祖从五六岁开始，就能为大人打下手，并开始学习织土布手艺。到了十八岁，身强力壮的远祖就开始出门挣钱，独自一人扛上木器织布机，翻山越岭，沿着山间崎岖的羊肠小道，见有村庄就走进去扯起嗓门喊叫："做布了！做布了！……"

十九岁这一年，远祖跨界过县，到了新昌董村，被一户人家叫住，说要织布。远祖也就歇脚留了下来。这户人家，也就成了东家。

在生产力落后的古时候，农户先在地里把棉花种出来，再用木制的纺车纺成线，然后由手艺人扛来木器织布机织成布匹。这种布，也叫"自做布"。也即是，教科书上所说的，由宋末元初黄道婆所创造与传授而来的棉纺织技艺。

因为织土布全是手工，工序非常繁杂，即便仅仅织一匹布，也得花上好几个月的时间。当时的织布手艺人一旦遇上有人愿意做东家，事先会跟东家商量，支付一定房租与伙食费，借东家做据点，让自己蹲点住上一年两载，甚至更长。因为，这样一来，方圆几十里的农户也会闻讯而来，不用再费周折，只要拿着纺好的棉线找东家，就可让手艺人织成布匹。对于手艺人来说，在这方圆几十里内，也是用不着再去走村串户揽活了。不过，这也只有善心的人家才肯做东家。

殊不知，大概不到一年时间，远祖竟与东家的二女儿互相喜欢上了。刚开始时，他俩的事还神不知鬼不觉，后来，东家二女儿挺起的大肚子就再也瞒不了谁。两人意识到了问题的严重，只好双双跪在了东家面前从实坦白。在封建社会自然没有自由恋爱一说，发生了这样的事，重则开祠堂浸猪笼，轻则逐出家门自生自灭。对于东家来说，自然是伤风败俗而颜面尽失；对于我的远祖来说，则是勾搭成奸而罪不可恕。好在东家念及远祖本性善良，并有不想自取其辱而存心掩盖之意，也就暗地放走了远祖，让他回家后赶紧差媒婆前来提亲。

这事在当时是以明媒正娶了结的，但并未就此息事宁人。因为远祖娶东家二女儿进门不到五个月时，儿子就出生了。也即是，一波未平一波又起。东家二女儿虽然在事实上已成为远祖明媒正娶的妻子，但未娶先孕的事实，却无法隐瞒，这自然也属于伤风败俗之事。于是，在村里，只要被人遇上，无不冷眼以对。据说，由于人言可畏，后来连公婆也当她是仇人，一旦心情不好，张口就骂她是扫把星。最终，在孩子刚满周岁时，东家二女儿选择了自杀。失踪三天之后，才发现她的尸体浮在了邻村的一口水塘里。据说，我的远祖自此一蹶不振，若干年后，含悲抛下儿子去世了。

在西方的哲学体系中，常将“我是谁？我从哪里来？”作为人生哲学命题。窃以为，生于斯，长于斯，我不过是姓氏家族中的后人，那生命，也不过是家族基因所致。换句话来说，也即是我的血脉其实与新昌董村的某一族人存在一定的关联。只不过，即便我查阅了族谱，以父系为线，也无从知晓到底我这支家族血脉传承的是哪一代的远祖。正如祖母曾说的，这是代交代的传说，到底是哪一代的祖上，却不得而知。

浮想昔人昔事，站在被遗弃的山间古道上，我不由得感慨万千。人生一世，草木一秋，时过境迁而往昔已成为过去，一切都留在了昨天，而昨天曾经有过的也早已没入古道上的杂草丛中。在人类历史发展的舞台上，无不是由英雄豪杰与仁人志士做主角，或是鼓动了流离乱世，或是创造了太平盛世。尤其在等级制度森严的封建社会，至于一般百姓，通常都依“民以食为天”的方式过活，或者说，他们的人生多是顺着良知过活。所以说，只有成为一个时代的精英，才有可能改变命运的走向，而一般百姓只能是身似浮萍随水流而已。

如果说，我的远祖与东家二女儿的事情无疑是充满了悲情色彩的爱情故事，是一曲凄婉的爱情悲剧。那么，我的这一次董村之行，说来，也算是一次缅怀寻访。

不过，现如今的抚今追昔，使我对董村稍感亲近。于我而言，董村还是传说中的董村。

（原载于《中华文学》2021 年第 12 期）

陆秀雅，浙江新昌人，当过兵，做过记者、编剧、导演、国企总经理。著有长篇小说《举报者》《阴谋》《渴望良知》《无法逃离》，长篇传记《中宝志》《万丰志（上中下）》，大型戏曲文学剧本《血泪春秋》等。

臆想或梦游

罗　帆

一

丁子的工作室开在一条窄坡上，没有门牌，发送位置时也只能定位到对面的艺术书店。老厉凭借多年的友谊“入侵”工作室的指纹锁，我的大拇指也顺个道，就是皮太厚，录了好几次才成功。

照例。老厉用食指轻轻触碰挂在两扇白木门中间的指纹锁。咔嚓，锁开了。我跟在老厉身后，娇小得像个孩子。我从来没有独自进去，也没有试过指纹能不能打开锁。我对一些不确定的不熟悉的事，总怀着一种盼雨而淋不得雨的情愫。

丁子的工作室很丁子。一看就是他设计的。吧台前的木桌上画着一树绿叶，我对丁子说，塔可夫斯基纪录片里好像也提到类似的设计，某栋房子的地面铺着漆画有红玫瑰花瓣的瓷砖。“看来和我一样博学嘛！”丁子甩了甩那头乌黑的卷发，眼神令人着迷，深陷的酒窝仿佛凉爽的神仙洞，随时能冒出寒气来。“在这座小城谁能有你博学啊！”我可以自在放松地对丁子说话，是因为我对他没有感情上的企图。

老厉和往常一样，用蓝牙连接复古风的小音箱，他说他的手机还能播放郭源潮。“写得真特么太好了，胖子要是写诗绝对一流。”我朝老厉示意把烟点上。脑子里跳跃句子的时候，我爱点起烟火，好似让自己燃烬。“你写的那首，叫什么，只是……词可以再好一点。”老厉也甩了甩他的卷发（他比丁子费事，靠花钱烫出来的），直白地告诉我他的看法。我和老厉相处，只有谈起生活的琐事，他才把我当女人看。

层楼终究误少年，自由早晚乱余生。

我们山前没相见，山后别相逢。

整个房间回荡着余音。老厉从来没讲他的爱情故事，他说有一天想讲了自然会讲的。

二

丁子不一样，他完全把我当成女人，一个毫无违和感的女人。我对没有企图的人，总表现得像根牛皮筋，哪怕开个玩笑都具有弹力。我对他唯一好奇的，是他如何对自己的言行据理力争，并且总能自圆其说。仿佛他的逻辑思维是个圆，而我仅仅是一条直线。有一回，坐在饭店玻璃窗旁，他指着外面的一男一女：“如果聊天和做爱有着同样的快感，你说外面那对男女在精神上是不是等同于做了爱？”我筷子里的肉被他突如其来的问题惊到，又掉到盘子里。“当然不能，在光天化日之下聊天安全，但做爱就不行了。”他又数落我是个老古董，思想保守，连回答假设的问题都被框定。

老厉看着我手里的画笔，说：“你该放开来画。”他从哪儿看出来我画得小心翼翼地，大概从窗台踅进来的光令人不安。“我总觉得有什么东西在框住我，从小到大就有个东西，我说不上来是什么，但就是有。”烟灰缸里的烟被风吹过来，呛着了自己。“可能每个人都有的，只是别人不说，我们不知道吧！”我知道老厉只是出于宽慰，在我看来他身上就没有这种东西，或者说他有但对他影响不大。我看丁子也没有。

门被推开，一个曼妙的女人走进来。“好久不见啊！”老厉向着那女人挥手。她甜美的声音灌进我的茶杯里，嗡嗡的，像只斜飞而过的小蜜蜂。“是呀！真的好久不见呢！”她把竹篮往绿叶木桌上放，里面装了小饼干和炒花生，“你们尝尝，我刚做好的。”她把饼干盒递给我，仿佛我们彼此熟识。我在画里见过她，这幅画就挂在吧台边的墙上。剪着齐刘海的头发，童话里的公主脸，置身鸽子树丛中。她的袖口宛若轻盈飞舞着两只白鸽，要是久久看着她，就像从画中走出来的一样。明眸、娴静。

趁她转向吧台的那刻，我又瞥了眼墙上那幅画。想起阿米亥的几句诗，埋头翻阅起摘抄本。

试着记住一些细节。记住你所爱
之人的衣着
以便在失落之日你能够说：最后一次看见
穿着如此如此，棕色上衣，白色帽子。

诗人要做的事是把感受写成诗，画家要做的事是把感受画成画。我和丁子经常探讨怎么写，怎么画，但终究没有答案。我们同样固执，都不是成功的说客。但有一个事实，我是认同他的。丁子说我写诗有可能只是为了增加生命的热度。他说我写任何东西都只是在谈个人感受，而个人的感受对别人来说是那么的无关紧要。

老厉看我低头不知在找什么，转身走向吧台帮她泡茶。如果没猜错，她应该是丁太太吧！在丁子的朋友圈从未见过他太太的照片，但女人瞧女人的眼光不会错的，和巡逻夜晚的猫头鹰般，敏锐，轻易不动声色。

“来，喝茶。”她轻轻将茶杯端到本子和书面前，又柔柔地走到吧台。在她身后，我的眼光贪婪地跟随，而正对她的脸时，像个电焊工立马举起面罩。心里不安地提醒自己，又不是丁子的情人，又不是对丁子有企图，何以不能清澈地直视呢？

“这个本子是你的吗？”她指着涂鸦满的摘抄本。“嗯，记性比较差，看到好的句子就抄下来，烂笔头有时还是很有用的。”本子已经翻到了阿米亥《试着记住一些细节》，我曾在句子下面划了一条深蓝色的波浪线。“真好，你还能坚持阅读。不像我，除了上班就是带孩子，有点空余时间就想放松一下，追追剧啊，逛逛街啊，和朋友们发发牢骚啊！都静不下心来做点喜欢的事。”我端起茶杯，她又转身提起茶壶。“也没有啦！我只是很想摆脱现状，所以总想要逼自己一把，在文学方面有点成就，给自己找条后路。”

老厉抽出烟，问我要不要。大概他觉得奇怪，怎么和一个陌生人说这些。我并没有意识到，好像认识她已好久。刚抽了一口，烟团逗留在嘴巴里，突然想起，我是梦见过她的。在梦里，我问丁子，为什么只有这幅画，能看得清楚脸。梦里丁子是怎样回答我的？在工作室里丁子是怎样回答我的？

三

我陷入自我的谜团。

就在我不停低头翻本子的时候，老厉又抽完了一支烟。他就是放了太多心思，我真担心他哪天猛然泄洪。一个人，真的可以在瞬间垮掉的。我以为我这些年所构建的城墙很宏伟很坚固，哪怕被别人说成是块蛮夷之地。但它倒下时，和喂临终的老人喝水一样。

丁太太是什么时候走的，我一点也没察觉到。本子上密密麻麻又抄了一些诗句，有些画着下划线，有些画着波浪线，有些做了标注。茶杯里的水已经凉了。老厉帮我倒了，又去煮水。复古风的小音箱，播放着我叫不出名的歌曲。我又低下头，继续看手头的书，深蓝色封皮的策兰诗选《死亡赋格》，但我念旧，还是偏爱王家新翻译的那版。

清晨的黑色牛奶我们在傍晚喝它

我们在正午喝在早上喝我们在夜里喝

我们喝呀我们喝

不禁想起儿时跳牛皮筋唱的歌："周扒皮呀皮扒周，周扒皮的老婆在杭州。杭州杭州没解放，周扒皮的老婆卖冰棒，冰棒冰棒化成水，周扒皮的老婆变成鬼，变成鬼。"

诗歌里的复调，怨艾生活里的叹息声。正在读着。门又推开，又一个曼妙的女人走进来。

"你们好呀！"她的声音比丁太太清亮，干脆利落。估计在男人们听来，都觉得挺糯的吧！她也和丁太太一样，带来了吃的，并且不由自主地转向吧台招呼我们。

我想着老厉应该又是认识的吧！她露着浅浅的笑，用洁净的眼光看着我。她可真年轻，头发那样健康地披在肩上，弯眉那样长而浓密，鼻子那样高挺，嘴唇那样红润饱满，脖子那样白皙细长，锁骨那样……

我还死死盯着她的锁骨。肩膀和手臂一阵酸痛，有人好像在摇我。"文文，醒醒。"好似几只蚊子飞来飞去，真想拍死它们。小时候我妈和妹妹经常这样摇我，她们越摇，我的梦越长。

我和丁子坦白了我的梦，以及梦醒后对着墙的胡思乱想。那个女人的锁骨就镶在这儿。她的脸应该蒙在墙对面的那三幅画中。我还和丁子坦白，他在我眼里一直是个对感情不忠而且虚伪冷漠的人，不知道我理解得对不对，哪怕这张唯一露脸的画，他都隐晦地画着妻子的脸，情人的身体。

阳光彻底躲起来了。老厉说："走吧，吃晚饭去!"丁子关了灯，拉我走出门，老厉在门口，烟抽了一半。他们把我夹在中间，并排走着。他们什么都没有说。我也不知道说什么。

我想丁子不会怪我吧？我想他的太太真的叫尹卉吗？我想老厉会不会认为我得臆想症了？我想等天黑透，就瞧不见那些不切实际的东西了吧!

（原载《三峡文学》2021 年第 4 期）

罗帆，女，1982 年生，浙江金华人，平日里写诗和小说。入选浙江省作家协会第九批新荷人才。作品散见于《星星诗刊》《三峡文学》《浙江诗人》等刊物，著有散文集《透视镜里的手舞》。

良宵引

孟红娟

一

一曲良宵引胜境。

左手中指和名指在七徽上似蜻蜓点水轻灵地泛起，接着左手大指在七弦绰上六二轻吟后抓起，左手名指落在七徽六弦泛起，然后名指在七徽五弦、四弦、三弦、四弦和三弦上弹出轻盈的泛音，右手中指和食指连挑五弦四弦后勾三挑四再勾三。再然后左手大指绰上六二，右手轮指，左手注下退复上五六，再绰上六二，下七，进复，掐起，又退复，掩。接着从头再来一遍。

旋律向前走，左手不断地进、复、绰、注、吟，右手或勾或挑或抹或双弹。

这是古琴曲《良宵引》第一段乐曲的大致弹奏指法，曲子采用F正调，泛音与按音相结合。随着乐曲旋律的缓缓推进，一幅轻风明月的良宵雅兴图在我眼前徐徐展开。月夜下，山幽水静，小鸟归巢，清风入弦，荷香阵阵，琴声悠悠，江南水乡在月色中朦胧入画，富有诗情的人们相聚在斑驳的马头墙下，品茗听琴。

古琴名曲《良宵引》属虞山琴派的代表曲目之一，是《四库全书》所收唯一的明代琴谱。

在古琴乐谱中，流派众多，流派不同，其曲谱也不一样。当代琴人通常弹的是管平湖版的《良宵引》，因为它富有传统民族特色，好听易学，且指法覆盖面广，短短 3 分多钟的曲子涉及了勾、抹、挑、剔、历、轮指、双弹、应合、如一、正撮、反撮等 20 多种指法。

我没有学管版，而是学了《浙派古琴教程》（徐君跃编著）的据《自远堂琴谱》徐匡华打谱的《良宵引》。此版的《良宵引》有五段，其中第二、三、四段基本雷同。第一段为“起”。由一组轻灵的泛音引出，综合了吟、绰、注、进、复和双弹等指法，在舒缓的旋律里，如见池塘秋月盈盈。第二段前半部为“承”，出现了应合和打圆的新指法；后半段为“转”，有掩、大撮、反撮和带起等指法。在承和转中，闲散的人们相聚庭院，或操缦或吟诵。第五段为“合”，再现了与第一段开头类似的曲调，蕴含了夜深人静、籁寂窗虚的情景。

之所以未练经典的管版而坚持练习徐版的《良宵引》，许是受了金陵古琴家、吴门琴人老桐的影响。老桐在《古琴之道》自序《山水琴缘》中提到，那年他在皖南的齐云山，在居住的小木屋里突然听到一阵沉静旷远的声音远远传来，仿佛到了洪荒岁月、太古时代。那是他生平第一次听到真正的古琴声音，就此与古琴结缘。他在山上的二十余日，朝看日出，夜听古琴，跟弹琴的老人学了古琴的基本指法。这位老者，就是浙江老琴家徐匡华先生。徐匡华是一代古琴大师、新浙派代表徐元白先生的儿子，曾在张艺谋拍摄的电影《英雄》里出演一位盲人琴师。

在缓慢的习琴道上，内心一直欲追求徐先生演绎的那种缥缥缈缈、令人于沉静中进入忘我之境的感觉，故执着地研习徐先生打谱的《良宵引》。

二

初学《良宵引》是在2020年初。在那段居家的日子里，宅家是最安全的爱国行为，其间，我主要做了三件事：第一件事是刷朋友圈，写疫情日志，时时关注全国尤其是武汉疫情的态势；第二件是组织老师开展线上备课活动；第三件是在完成前两件的前提下，刻苦操练古琴曲《良宵引》。

那时学古琴才一年半，仅仅会最基础的指法，曲子里的双弹、应合、打圆和反撮都是第一次接触，老师因疫情困在老家，无处请教，只得自己对照减字谱慢慢地摸索。在一勾、一挑、一抹中先耐心地将音一个一个摸出来，再将它们一句一句串联起来，然后考虑乐句的时值长短和旋律的连贯性及其他细节。

家住马路边，没有疫情的日子里，白天无比喧哗，必须关着门窗才能静心练习。在那个强制性的急刹车中，阳光荒芜了，世界变得无比安静。于是，将琴桌、琴凳搬到院子，到琴弦的音阶里去感受深山的微凉和月夜的恬静。那段时间，因长时间的练习导致名指和大指不断地起泡、结茧，硬生生地疼，但仍倔强地在七弦中上下左右穿行。当时只有一个信念，祈求家园安宁，中华平安，祈愿柔美的《良宵引》不仅在江南水乡上空回旋，也早日在中华大地悠悠奏响。

解禁后，开始背上琴囊到圆通寺找老师指点。指法转换的衔接，虚实、强弱和快慢的运用，左手如何像游鱼摆尾，挑勾慢、挑勾快、挑慢、取七声……这些技法和乐理离不开老师的言传身教。一次一次踏着布满青苔的石阶往普舍跑。春天的圆通寺里古木森森，梵音袅袅，花香幽幽，师傅祈祷平安的诵经声洪钟般响彻山谷。每次听到这样的声音，内心也会像山上的花木一样染上些许禅意。

老师的琴房是间阁楼，整整一面墙上排列着素颜的琴胎，有一面墙的书架上陈列着《琴史》《琴道》《溪山琴话》等各种琴书，悬着龙泉汉剑，还有一面墙上挂着小楷心经，琴房里布置着一张茶桌、一道屏风和一台搁几。茶桌上点着清香，青烟徐徐，搁几上放着两尊佛像。一踏进琴房，心便静了。

我和老师面对面，我们的琴摆在同一张桌上，老师给我讲解琴曲的寓意和指法要求，游鱼摆尾、附点的节奏和打圆最难把握，老师便抓住难点一遍一遍地示范。在老师的指点下，我一句一句地弹，反反复复地练。置身在琴房里，和老师聊着琴人琴事和琴曲，半天都不想下山。

周末不去普舍的时候，便与琴友相约去富春江畔的“酒隐”互学。琴友们互观手型、指法，互听琴曲，互纠差错。一段时间后，终于可以在雅集上从容地弹奏《良宵引》了。

习得《良宵引》后，每次练琴，不论习《阳关三叠》《关山月》还是《酒狂》和《凤求凰》，必以《良宵引》开曲，因为它美好的意境总是让人内心安宁，即使在没有月亮的夜晚，内心也会升起一轮静虚的明月。

三

5 月的鲜花开遍原野，5 月的江南闪亮明媚。

那年的 5 月 27 日，桐庐富春江畔来了十位特殊的贵客，他们是来自北京、上海、江西、辽宁、浙江等地的全国著名作家和报刊编辑。他们念着南北朝吴均的“自富阳至桐庐一百许里，奇山异水，天下独绝”，来富春江畔过诗画生活。

千百年来，一波又一波文人墨客驾着扁舟，踩着富春江的月光，向山水桐庐翩翩而来，他们用自己的才情向世人捧出了一首首歌咏桐庐的诗作：“三吴行尽千山水，犹道桐庐更清美”（苏轼）、“桐庐处处是新诗，渔浦江山天下稀”（陆游）、“一折青山一扇屏，一湾碧水一条琴。无声诗与有声画，须在桐庐江上寻”（清·刘嗣绾）。如今，诗人们的声音淡远了，而他们留下的诗句使桐庐成为一座“从古诗韵律中走出的山水之城”。

有幸陪客人们走进黄公望《富春山居图》的实景地。白天，我们沿着富春江畔诗人们的足迹漫步在唐诗西路，任凭江风舞乱头发，将天的蓝、云的白、山的绿、水的清像《良宵引》里的减字谱一样，谱成一句句短吟长猱的旋律。然后我们去清莲环溪、“猪栏茶吧”和“民国故事”。安澜桥上的木莲藤闪耀着一双双绿色的眼睛，将天子源的诗笺献给远道而来的客人；“猪栏茶吧”里的咖啡和绿茶飘逸着农家的味道；“民国故事”里的天井和小楼仿佛一部古籍书让人捧起便不愿放下。青石板、老街、小巷，将作家们的脚步演绎成一首首平仄有序的长短句。

夜晚。桐君山下。富春江面被城市的灯光点缀得溢彩流光。江南、江北被江水牵着，一头连着未来，一头连着过去，交替上演着山和水的诗画。一艘画舫静静地泊在江面上，这夜的画舫别于往日，被桐庐的文学爱好者挤满了，他们正与白天的贵客们互动，夜话富春江。来自北方的大作家鲍尔吉·原野老师畅谈他的行旅见闻，他羡慕我们可以生活在桐庐这样有山有水的城市，难怪桐庐会成为中国山水诗的发源地之一。

这晚，我也在画舫上，我没带古琴，因为此时的古琴已显多余，夜的富春江已经演奏了诗乡画城里的《良宵引》。

2021 年 4 月 20 日。谷雨。合村瑶山谷民宿。

合村，人称“生仙里”，即出神仙的地方，以“和合”文化著称。清澈的瑶溪从幽深的高山峡谷自西向东，与后溪相接，贯穿合村全境。瑶山谷民宿建在林幽野云飞的山峦间，被茂密的竹林包围着。民宿由一位姓周的老总投资建造。

这日，合村乡政府迎来了四位鲁迅文学奖得主，都是既会写又能书画的全国知名大家，他们是辽宁省作家协会副主席鲍尔吉・原野老师、山西省作家协会副主席王祥夫老师、陕西《延河》杂志社副主编弋舟老师和浙江省作家协会副主席陆春祥老师。白天，他们受邀走进“生仙里”开展书画雅集，为合村的美丽乡村建设留下宝贵的笔墨。得知我在研习古琴，王祥夫老师现场挥毫，赠我一副字“湖上琴声载客来”，一湖一琴一人，恰好印证了合村大溪牛水坞的景观，有超强的画面感。

精彩的书画雅集后，名家们踏着星光，来到瑶山谷民宿，开展“名作家走进合村・夜话乡村文化文艺”活动。初次来到合村的王祥夫老师分享他的感受，说第一次看到这里的老房子和老物件，就感受到这个地方有相当深厚的文化底蕴，他觉得非常安心，好像一只羊被放在一个地方有草吃就高兴了。名家们热烈地畅谈他们在合村在瑶山谷的感受。

谷雨，春季的最后一个节气。此时的瑶山谷山默鸟静，竹涛阵阵，月辉洒满林间。民宿里茶香弥漫，樱桃点点红。夜晚的合村正在上演一首乡村版的《良宵引》。

四

我的家有个栽花种菜带池塘的小院。绕院子一周有高大的桂花树、香樟树和玉兰树。父亲在院子里种了辣椒、茄子、番茄等蔬菜，我则在院子里种了海棠花、紫茉莉、凤仙花和美人蕉等花木。自从有了这个小院，假期里我经常足不出户，或习琴或写作或阅读。

2021 年 9 月 18 日白天，我去学校调研听课。刚踏进校门，就听到一阵阵揪心的警报声响起，这是纪念九十年前的“九一八事变”。“九一八”，国耻纪念日，多少苦与难，在乱世中沦落；多少血与泪，在硝烟中弥漫。八十多年前，我们的同胞含着泪唱《松花江上》，含着泪问“哪年，哪月，才能够回到我那可爱的故乡？”这天上课，老师直接从“九一八事变”的视频导入，九十年前的中国人任人宰割，饱受欺凌和屈辱，哪有花前哪有月下，学生们看了无不义愤填膺。九十年后，我们的神舟十二号载人飞船安全返回地球。

中秋的风从大奇山上拂来，颇有凉意。我在书房。我的书房，左面是琴右面是书。琴与诗书同行。

我打开台灯，坐到琴凳上，开始操缦《良宵引》。我左手中指和名指蜻蜓般点七徽，右手中指勾弦，一组轻盈的泛音悠然响起。我收留的流浪小橘猫可乐不知什么时候眯着眼睛伏在琴桌上，安静地听琴。

左手绰上、进复，右手打圆、大撮，随着旋律的行进，我感觉自己漫步在室外的花园里，我看见月光洒在树缝里，落下斑驳的影子。院子里，池塘映月，蟋蟀在草丛弹奏它们的小夜曲，紫茉莉在开它们的花儿，凤仙花在结它们的籽，晚风在吹它们的叶子。

我的双手在七弦琴上舒缓地行走，这是我的《良宵引》，一个普通人的《良宵引》。

（原载《散文百家》2021 年第 11 期）

孟红娟，女，浙江桐庐人，浙江省作家协会会员，中国散文学会会员，桐庐县作家协会副主席，鲁迅文学院浙江作家高研班结业。著有散文集《淡墨人生》《追梦》《盛开》，报告文学《通达天下·韵达之路》等。

瓯江谣歌

莫子易

瓯江是一个信仰坚定的行者，涌湍着，舞动着，沉思着，与周围山群深驻大地，根结盘固，构筑起浙西南大地上一副山水骨架。

山群以树的形态和绿存在于瓯江之上。个体的树，群体的树，各科属的树，皆绿。又不尽相同，变化、多样而不确定。嫩绿，淡绿，浅绿，中绿，褐绿，灰绿，黄绿，蓝绿，碧绿，青绿，暗绿，深绿，墨绿……秋冬季节，一部分绿变成黄色、红色，乃是绿的一种个体现象，实质仍然是绿。这些深或浅、浓或淡、冠状或簇状的绿，是山群每一个树种的个体和集体的呈现，按着时序的节奏和预先编排的密码，由柔软及硬朗，由嫩及老及亡，以至再生。

山群的绿驻进瓯江体内。可以这么说，瓯江绵长、蜿蜒的身躯，是那些山群的营盘，驻屯着山群深深浅浅的绿。各种形态的峰峦和绿倒映出来，是千军万马，榛莽波涛。

事实上，瓯江是在山群的身体里衍生出来的，犹如血脉，汇聚了各支流山群的万千沟壑而奔湍。瓯江之上，山峦旺盛、葱茏，水量充沛，溪水淙淙流长，注入瓯江，瓯江便绿如锦缎，气若长虹。瓯江的身体里有山群的颜色、体重、形态和品性了。

瓯江内敛、沉静、清澈，一根针掉进去，亦清晰可见。站在它跟前，犹如站在镜子跟前一般，你的心思和举止，它一目了然。你焦虑、得意、快乐、无助、努力，它都看在眼里，给你以批评或宽慰和鼓励。世事如烟，所有现实和过往，它皆一一记录在案。

人若浮槎其上，即会产生天地淆惑之幻觉。似不胜酒力，喝了几口小酒，人有七分醉，飘飘然走出老板娘火辣辣的小酒肆，迎面水色山光、莺飞草长，混沌和醉意中，脚下浮动的竹木筏仿佛成了虚幻之物，峰峦、白云和绿倒影江中，似于山中穿梭，云端行走，伴着阳光与熏风，有温暖、欲仙之感了。虚幻与现实，或许就在一抬头与低头之间。

瓯江有计数不清的各种各样的鱼：鲫鱼、鲤鱼、鲈鱼、青鱼、鳜鱼、鲢鱼、香鱼、斗鱼、刀鱼、鲇鱼、鳗鱼、鲵鱼、团鱼、黄刺鱼、石斑鱼，还有那些迄今我仍叫不出名字的鱼，它们世居瓯江，无忧无虑，按族群、部落，分域或者共同生活在这个幸福的水域里。它们是瓯江最为重要的部分，是瓯江之灵性所在啊。

蛰伏于瓯江上游龙泉溪底部的岩石也是诡奇、峻健，经过冰川和岁月打磨，精怪一般，是瓯江的另一个重要部分。这些存在于水底的冰臼和巨石，或水牛饮水，或骏马奔腾，或猛虎长啸，或巨蜥出洞，或蟒蛇缠绕，法无定法，形无定形。水岸上，在水田里耕作的牛，在草甸上吃草的牛，在石径上踩着晚霞“嘚嘚嘚”作响的牛，身影也投入瓯江，与水底的石兽们叠印、掺杂。岸上的牛“哞——”的呼唤一声，水底的石兽们便抖擞一下，水面泛起涟漪，整个水域都有了悠远的回响。

瓯江过滩是跳跃的，鱼群是跳跃的，倒映在瓯江身体里的峰峦和绿是跳跃的，石兽们仿佛也在跳跃，整一段江水都在跳跃了！跳跃的瓯江不安、骚动、欢快，也是危险，波光粼粼，发出诡异的绿宝石一样的光芒。

过滩的瓯江，是跳跃的水晶绿、宝石绿、墨玉绿。斜阳夕照的时候，瓯江镀上一层野柿黄、秋叶红，便是一江的碎金了。

瓯江也会汹涌，那是大雨过后，群山泄水，万千壑水“哗哗哗”顺势而下，冲进龙泉溪、松阴溪、好溪、小溪、宣平溪、小安溪、楠溪江，汇合瓯江。瓯江涨了，涌动了，波浪相互撞击、扯拽、扭打，发出阵阵低吼。此时，瓯江便是粗犷、豪横和宽阔的，体内的峰峦都退隐而去，唯绿留下。浑厚的绿，黏稠的绿，像钢水一样富有质感和厚度的绿，挥舞着，呼啸着。非洲原野上的野牛群狂奔时，也是此般雄壮、悲壮、霸蛮。

瓯江有时保持沉默，或喃喃自语。它在沉思。沉思的瓯江孤独而静谧。群山为它保持沉默，几声鸟鸣，更是空阒。瓯江在思考什么？绿幽幽的，深不见底，也不见行走。表面微微涌动，内在的思索有多激荡啊。奔走的、上下求索的瓯江，此时，要以另一种方式来调整自己的节奏。

更多时候，瓯江是在吟唱，像一个从远古走来的贤哲一样，黄发飘飘，迎风而歌。低回、舒缓、沉厚，或者高亢的声音，消弭喧嚣，归于宁静。

两岸鸟群、猢猴、水獭、野凫、蟾蜍、青蛙、昆虫、家禽家畜都是瓯江的邻居和听众，它们也加入到瓯江的吟唱里，形成合唱。树冠、草丛里的风“簌簌嗦嗦”，雨“沙啦沙啦”，加入进去；水电站的机器轰鸣、货船的马达声，加入进去；两岸农夫、水上渔夫放下手里的活吸一口烟，山上采茶、水岸洗濯的女人甩一下垂至胸前的长发，加入进去；学校里嬉戏、琅琅读书的孩子，加入进去……此时的瓯江，是一曲合唱的歌谣。

歌唱是瓯江的本能和生命需要啊。

我不会唱歌，但我是很好的听众。两岸青山、树木、田野、庄稼、工厂，以及天上的云，是很好的听众。

瓯江歌唱着、吟诵着在浙西南的大山里行走，在沿岸的村庄、田野和集镇上行走。瓯江在经过时，身体承载了村庄的重量，田野的重量，集镇的重量，承载了这些村庄、田野、集镇的颜色和故事。树木，竹林，瓦屋，炊烟；庄稼，蔬果，茶叶，食用菌，鸡鸭鹅猪羊；农民、工人的劳动，老人的守候，孩子的天真无邪；宗祠、社庙、祭祀、丰收、喜悦和神秘的传说；桥梁、码头、渔船以及已然远去的竹木筏的身影……这一切，都是瓯江的内容，瓯江又是一部结构宏伟、情节繁复、内容开阔、气势磅礴的鸿篇巨作。

现在，我经过无数山峦和簇绿的翻越，来到瓯江上游龙泉溪。我沾染俗世诸多尘埃的身躯，它宽容地毫不迟疑地接纳。在它身上，我看到了另一个我，岸上的和水里的。两个我置身于同一个时间平面上，又置身于不同的空间平面上。我明白，此时两个看似相同的我，事实上，已然发生变化，不是同一个我了。岸上的我人云亦云，随波逐流，一事无成，是个庸碌、混沌之人；水里的我已接受瓯江的浸润和洗礼，除却尘埃和浮糜，赦免原罪，赋予恩宠。

岸上有一棵苍老的枫香树，树干粗壮，树皮皲裂，树冠像一把巨伞一样苍茫地举向天空。枫香树下，阳光斜照，地面斑驳，我内心静谧且忧戚。我不无悔恨，号啕大哭，泪流满面，不能自已。瓯江看见我的痛苦和失态，没有嘲笑、责怪，而是一如既往地，跟善待每一个打从它身边经过的人和事物一样，包容、宥恕、安慰我。

一座峰峦，壁如刀削，岩石棱棱怒起。山脚下，瓯江水深如渊，步履徐缓，侧身拐了一个弯。老诗人闻欣有一句诗：“瓯江在这里拐了一个弯，奔向大海。”老诗人空旷的心灵充满睿智。

拐弯处有一个村庄，村口风水林繁茂。各种树木郁郁葱葱，疏密有致，树干瘦而硬朗，直直向天捅去。树冠于高空叠加、交错，编织起巨大的绿盖。于林里我仰面朝天，天空龟裂，呈现出哥窑一样的碎片和裂纹。雨下不到林里，抽打在树冠上，从稠密且厚的绿盖上一层层滴落，或者顺着树干，像蹩水一样注入根部。这一天无雨，阳光在绿盖之外，林里树影绰绰，落叶枯黄如被，野菇和野刺梨像精灵一样露出来，风水林愈加幽谧。

松鼠是风水林的长住居民，毛色浅褐油亮，眼睛滴溜溜转，尾巴竖起来像一把鸡毛掸子，卷起来像一个毛茸茸的球，拖在身后，仿佛一把大墩布。它们拖着大墩布在树林里蹿来蹿去，从一棵树到另一棵树，也不爬上爬下，而是纵身一跃，倏地飞了过去，空中划过一道弧线，伸直的尾巴是平衡器。会飞的喜鹊、白娴、乌鸫、矮鸥、白鹭……它们不入树林，只在林外飞、觅食、歇息，“唊唊唊”“啾啾啾”“咯咯咯”地叫，从一棵树飞到另一棵树，从风水林飞到对岸山林，又折回来。

瓯江拐了一个大弯，经过风水林，进入村庄。我追随着瓯江，穿过风水林，进入村庄。

一幢两层砖木瓦房，屋后一棵紫薇树爬上屋顶，正在开花。老诗人在跟一个村民说话、抽烟，一些浅蓝色的烟像诗句一样在他们的脑门上飘忽。他们的身体倒映在瓯江里，那幢作为背景的砖木瓦房和紫薇树，倒映在瓯江里。那个村民准备把祖上的房屋收拾起来，做民宿。老诗人从瓯江口来，赶了很远的路，还打算再赶很远的路，去往瓯江的源头。

瓯江一路向东，向东，进入温州湾，注入东海。老诗人向西，再向西，探索瓯江的源头。瓯江随着老诗人目光的深入，越来越狭窄，变成一根白线，在山群的脚踝间斜绕。

（原载《文学报》2020 年 12 月 17 日）

莫子易，本名徐建平，中国作家协会会员。二十世纪八十年代写作至今，主要从事小说、散文写作，兼及诗歌，有《东街》等多部文集出版。

兰溪日子

彭　程

在浙江兰溪的日子，以李渔家宴作为开端。

美食永远是一个地方的卖点，倘若能够与名人搭上关系，就更让人难忘，像太白鸭、东坡肉，因为和李白、苏轼有了纠缠，味蕾的记忆中便又添上了独特的滋味。兰溪人李渔，这位明清之际的才子名士，曾将对家乡馔饮的品赏发挥到了极致，这一场以其名字命名的晚宴，自然少不了相关的渲染。十多位身着古装的男女，从舞台侧旁的门廊鱼贯而出，手里端着的菜，有一个个诱人的名字——太极八卦羹、笠翁品香蟹、李渔神仙炖、李渔八珍面，等等，让我们这些外来客目不暇接，举箸端杯，大快朵颐。

但不会有人因此仅仅把李渔看作一位美食家。作为明清之际的大文学家、戏剧家、戏剧理论家、美学家，李渔实在太有名了。晚宴的同时，舞台上演奏着当地的婺剧经典片断，如高亢激越的器乐协奏《花头台》，独出机杼的《白蛇传》选段《断桥》等，让人鲜明地意识到了此刻所置身的这一方土地的浓郁人文氛围。

来到兰溪，是参加当地举办的“李渔文化周”活动。因此这场接风晚宴，主打元素也是围绕这位文艺巨擘而设置的。舞台侧方的大幅幕布上，投影仪打出了几个字“兰溪日子，有戏有味”，很艺术地排列着。这句话仿佛正是对眼前情境的描绘——这舞台上的演出，这桌上的佳肴，端的是“戏”“味”兼备呵。

四十年前，我就知道了兰溪的名字。那时刚刚读大学，迷恋古诗词，读到唐代诗人戴叔伦的《兰溪棹歌》，至今还能够一字不差地背诵：“凉月如眉挂柳湾，越中山色镜中看。兰溪三日桃花雨，半夜鲤鱼来上滩。”当时心想，这是多么美好的地方。同样是因为喜爱古典文学，那时一度考虑过以古文学研究为志业，买回了不少诗话词话一类的书籍，其中就有胡应麟的《诗薮》。但这时我才知道，他也是兰溪人。

穿过兰溪旧城区一条明清时代的窄巷，眼前便是复建的胡应麟故居，一座粉墙黛瓦的徽式两层建筑。故居当年有一个响亮的名字“二酉山房”，是天下驰名的藏书楼，聚书四万余卷，据称当时可与宁波天一阁媲美。这座书城的主人胡应麟，为明代万历年间举人，生性淡泊，厌薄名利官场，终身以学问自娱，乐此不疲，记诵淹博，著述宏富，是明代中叶著名诗人、文艺批评家、史学家、版本学家，堪称一代学术巨匠。除了生平事迹介绍，故居中陈列摆放的，更多是不同时代刊印的他的各种著作版本。

不过对于大多数游客来说，去县城几十公里外的游埠镇吃早茶，显然更有吸引力。游埠被列入浙江四大古镇之一，迄今已有一千三百多年历史，因为临近衢江，自唐代起就是水陆码头，后来逐渐发展成浙中商埠重镇，明清时期已经商铺林立，商贾云集。虽然现在已经繁华不再，但喝早茶的习惯却保留下来，有“江南第一早茶街”之称，早点店每天早晨四点多钟就开始营业了。

走在游埠古旧的老街上，青石板路面，木板房和雕花窗，处处散发着古老江南的韵味，令人恍若走入过去的时光。街两旁的小店门口，摆放着一排排朴拙的条桌条凳，把本来就不宽的小街挤得越发逼仄。食客大都是镇上或附近地方的人，多数是老人，几个人围坐在一张泛着油光的桌子旁，神闲气定地喝着茶，偶尔抬头瞥一眼兴奋得大呼小叫的游客，一副见怪不怪的神情。身后是一口煮馄饨的大锅，升腾着浓浓的雾气。

又是一次惹动馋涎、味蕾贲张的难忘体验。我一边品尝，一边努力在手机记事本上记下小吃的名字：鸡子馃，一种用鸡蛋、肉馅、碎葱叶拌成的馅饼，皮薄肉厚，在平底锅热油煎熟，鲜嫩滑口，入口即化，香气扑鼻；豆腐汤圆，一碗飘着葱花香菜末的排骨高汤里，浮着几颗老豆腐，包裹着肉粒，晶莹光滑。还有水米糕、角带酥、牛杂煲、鸡肠面……我忽然想到了来兰溪第一天晚上看到的那句“兰溪日子，有戏有味”，此刻，盘中的种种美食，分明正是对“有味”二字的生动注解。

地方美食的形成，不是一朝一夕的事。因此，李渔对家乡的这些名特小吃一定很熟悉，相信他在诗文中抒发的食事之乐，他创制的种种馔饮，他对色香味的精心讲究，也会与眼前这些吃食有关。

在中国古代戏曲史上，李渔举足轻重。他写剧本，有《笠翁十种曲》等传世；他的《闲情偶寄》，则是古代戏剧理论的高峰；他还是多面手，吟诗作文，写通俗小说，批阅《三国志》，改定《金瓶梅》，刊印《芥子园画谱》，毕生著述逾五百万字，真正是高产多能。但他与其他文人的大为不同之处，就在于他还是一位生活美学的大力倡导者。《闲情偶寄》分为词曲、演习、声容、居室、器玩、饮馔、种植、颐养八个部分，在谈论戏曲心得之外，所涉至为丰富，大略可归结为“行乐”二字，对日常的衣食住行进行审美设计，追求艺术化情趣化，务求精致细腻。林语堂曾评论此书是“专事谈论人生娱乐的方法，是中国人生活艺术的指南”。明代中期以降，社会生活、欣赏趣味日渐世俗化，李渔的生活美学正是迎合了这样的时代思潮，所以在当时就大受欢迎。

这一次李渔文化周的重头戏，是李渔诞辰四百一十周年祭祀大典。来到李渔故里夏李村，李渔墓前，一场祭祖典礼正在举行。祭台上供奉着时令鲜果，祭台后一排条石上刻写着李渔的经典剧名。锣鼓敲响，红烛点燃，身着鲜艳戏装的婺剧男女演员，与一众夏李村民手持黄菊，叩拜先祖。阳光炽烈，气温高达 35℃，我们这些旁观者很快就衣衫湿透，但他们却一丝不苟，行礼如仪，虔诚的神态中，是对故乡贤达的景仰敬慕。

参加完典礼，在夏李村的李渔大剧院就餐。村子里的戏班“李渔家班”成立的揭牌仪式，特意安排在这一天。剪彩完毕，演出开始。主客一边品尝传统茶点，一边欣赏李渔经典折子戏《喜迁莺》，此时情境，让我想到来到兰溪的第一天，接风晚宴上的场景。更相同的，是又一次看到了那个写着“兰溪日子，有戏有味”的牌子。

不能不说，兰溪的这个宣传口号很有味道，聚焦于当地的特色美食和戏剧，是成功的广告策划。有美食可以品尝，有好戏可以观赏，这样的日子，岂不是足以让人羡慕？这样的地方当然令人向往。

不过若进一步想下去，对这句话似还不应完全做字面上的理解，以为就是尝当地美食，赏李渔戏剧。这固然也是这句话里的意思，甚至应该也是策划者的本意，但若延伸开来，实在还包含着一种带有普遍性的对人生要义的揭示。人生在世，所欲良多，西方马斯洛的需求层次理论对此有详细的言说。欲愿得到满足，就会感到惬意快适。以此尺度检测李渔平生，显然具有标杆般的意义。作为美食家，他充分地满足了口腹之嗜，而对文学艺术的追求和成就，则给他的灵魂带来了无限快慰。

同样，这种精神的愉悦感，应该也是可以移来摹写胡应麟的。他未必像李渔一样追逐口腹之嗜，但他从学问研究中获得的快乐，却是明确记录在案的。胡应麟故居的墙上，镶嵌着他为自己的藏书楼撰写的《二酉山房记》，其中有这等夫子自道的句子：“意所独得，神与天游，陶然羲皇，万虑旷绝，即南面之荣，梵天之乐，弗愿易也。”读书之乐，帝王佛祖都不换。

就我此次步履所至而言，类似的场景和感受，还出现在以摄影大师郎静山命名的博物馆里，出现在文史大家曹聚仁的故居里。他们都是从兰溪山水间走向世界的人物，创建了卓越不凡的事业。他们所倾情的艺术和学问，让自己的人生充实完满，更给观赏阅读他们作品的人们带来了莫大的精神享受。

夏李村村口有一个亭子，名为“且停亭”，是一向关心公益事业的李渔筹资修建的，供村人及过路行人歇脚乘凉。楹柱上的对联也出自李渔之手。“名乎利乎道路奔波休碌碌，来者往者溪山清静且停停。”浅显醒豁的语句，指出的正是通往那种理想生活境界的路径。放缓脚步，淡看名利，寄情自然和艺术，李渔也正是凭借这种方式，才成就了他的滋味丰厚的人生。

兰溪日子，有戏有味。这是兰溪人对自己生活的写照，或者更多的是期许。这样的念想，其实也是适合每一个地方，适合所有的日子。

（原载《浙江散文》2021 年第 5 期）

彭程，光明日报社原文艺部主任，高级编辑。全国文化名家暨“四个一批”人才工程入选者，享受国务院特殊津贴。出版有散文随笔集《漂泊的屋顶》《急管繁弦》《在母语的屋檐下》等多种。曾获中国新闻奖、冰心散文奖、丁玲文学奖、丰子恺散文奖等。

如果生活在河上

乔　叶

对萧山的印象，原本只有机场。起起落落的匆匆行程里，除了机场也来不及有别的。所以就造成了这么一种局面：提起萧山，似乎是很熟悉的。但论及细节，几乎就是完全陌生了。但其实，萧山岂止是机场呢？甚至可以说，机场之外的萧山才是它真正广大的世界。每次在萧山机场来来去去，我就会想，什么时候能在机场之外的萧山走走才好呢。在我的意识里，对一方土地，如果不想仅仅停留在地理名词的概念上，如果想要触摸一下它生动的肌理，感受一下它鲜活的气息，别无他法，只有走下去，走进它的田野，它的村庄，它的小街小巷，走进它最为神经末梢的部分去。

这次萧山之行让我遂了愿。主办方把我们分为了几个小组，每组一人，各去一镇。我被分到了河上镇。初听这个名字，还以为是和尚，后来知道是河上。此和尚，彼河上，似乎跳跃得很。再后来才知道，原来此和尚与彼河上并不仅仅是谐音的关系，果然还有切实的渊源：位于萧山之南的河上镇是萧山、诸暨、富阳的交界地带，镇人民政府的驻地就叫河上店。相传唐朝末年，在河上店西南的黄通岭脚有座香火旺盛的广福寺，寺内僧人众多，和尚们在佛事之外的主要俗务就是开店经商，这便成了民众口中的和尚店，此店位于永兴河上游，于是又有了谐音为河上店，和尚——河上，就此水到渠成。分析起来，这两个名字，和尚是有趣，河上是有韵。当然，相比之下，作为一地之名，还是河上更适宜些，既避了佛家名讳，也将一个小店拓展出了宽阔的视域。

第一站是到河上镇政府观看乡镇治理端的数字平台，一面面的蓝屏上呈现出了条理分明的“数字河上”，分为美丽乡村、幸福乡村、政务乡村、发展乡村、安全乡村五个版块。内容面面俱到：有人流量分析和限流预警，分为当日的、当月的、全年的。有关于水体检测的，对象是里加湾水库、朱家坞水库、山坞水库等各种水利设施。目前，招商项目显示有22个，已落地的是大多数，还有待招商和对接中的若干个。还有各个村落垃圾分类红黄黑榜……屏面中还有家常景象，有人骑着电动车飞奔而去，有年轻的夫妇正带着孩子玩耍，有一个老太太拎着袋子慢慢悠悠地走着，是买菜去了？这是我第一次看到如此接地气儿的乡村数据，一人一物，尽收眼底。从不曾想到，柴米油酱醋茶的百姓日常可以被如此细微地关注，简直是明察秋毫。在这里生活的安全感有多么充足，可以想见。

与之配套的是“善治河上”的APP（手机软件），我下载到了手机上，好像自己是某个村的村民似的——也居然真的开始想象自己是生活在河上的普通村民，开始了作为村民的浏览。洁美村庄，平安村社，民宿农家乐，旅游线路，农副产品信息，应有尽有。还关注了“萧山河上”的公众号，也有很丰富的料，有“河上新闻”，还有“AR（一种增强现实技术）河上”，点开，景点、卫生间、停车场、餐馆等一目了然。“红河谷”是什么？原来是家门口的党群服务聚落，全方位的实景在眼前徐徐展开，仅五月上旬的活动就有：手工编织课，舞蹈培训课，河上镇第二届公益创投大赛模拟答辩会，诵读少年培训班第一期，养生讲座，烹饪培训班……如果我真的生活在这里，这些课我肯定都不会错过。我会很忙的。

出得门来，便进入了感性弥漫的河上：玲珑有致的山上翠竹挺秀，道路两边的稻田和水塘茵茵润润，块块分明，造型多样的独栋小楼和粉墙黛瓦的老派民居间隔有序，不时有鲜花摇曳生姿。这典型的江南乡村之美，对我这中原女子有着致命的吸引力。随行的本地朋友说，河上镇是萧山唯一的全域都是景区的镇。每个村都是A级景区，是的，每个村。还有好几个村还是3A景区。怪不得移步换景，处处可赏。近朱者赤，近美者美，在这里住久了，我的颜值也许会有提升的空间吧？

不只是享受风景，也不只是享受服务，在河上，还可以观赏到极具特色的民俗文化，比如板龙。板龙，就是板凳龙。在板凳上钻孔，插入木棒为柄，龙身卧在板凳面上，家家户户的板凳链接起来，就成了一节节的板凳龙，供人举舞。板凳龙的规模大起来该是怎样的情形？介绍资料里有如此自豪的介绍："一九八三年杭州举行灯会，特邀河上龙灯去表演。老人们接到邀请后，夜以继日地赶制板龙，用了一个多星期制作了一条四百多米长的板龙，足足装满了三辆大卡车。在武林广场舞起了板龙，赢得了观众一次又一次拍手叫好，在当时引起轰动。"

四百多米长，三辆大卡车，你想想吧。

本地朋友引领我在板凳龙的世界里沉浸了很久。微型的板凳龙是孩子们的手工作品，玲珑可爱，用于表演的板凳龙披红挂彩且金光灿灿。还有全部以竹子为材料扎起来的竹龙，健美硕大，龙眼龙须龙鳞，无一不是竹材，就连龙头里的舌头和舌尖上的龙珠也是，手艺之精巧，令我这没有见识的人瞠目结舌。素来不喜欢用崇拜二字，但在这里，我要把这个词献给那些不知名的伟大的民间艺人。

板凳龙的主要用途是元宵节的河上龙灯胜会，这项典型的地方传统民俗，早在2014年就已经被列入了国家级非物质文化遗产。有开光、出灯、闹元宵、化灯等主要程序。每一步都有极强的仪式感。开光在正月初五。要从钱塘江、富春江、浦阳江汇合的三江口取来圣水，再由德高望重者用毛笔蘸上圣水涂在板龙的眼珠上，此为开光。正月十二是出灯的吉日，又细分为起灯、接灯、踏村、朝庙。板龙从祠堂出来后，沿途家户都会设香案、献供品、放爆竹以示恭迎，龙头则回以三点头赐福。一路上锣鼓喧天，还有“高照”和“宝马”随行。“宝马”由竹扎制，既高大又轻盈。“高照”是什么？正如门当户对的本义并不是形容词而是建筑的名字，“高照”居然也是这种性质。它是表演时引龙灯的竹梯，梯的两侧挂着数十盏红灯笼，梯有多高，灯笼就有多高。多高呢？近二十米，六七层楼高呢。虽然所用的材质很轻，可到底体量大，它足有二十多公斤重。人还得顶着走，那该是多么壮硕有力且灵巧的人才能胜任啊。

然后才是闹元宵。从正月十三到正月十七，一共五天。为什么就这五天呢？因为传说中，唐太宗许给“泾河老龙”还其原身的时限只有这五天。五天狂欢之后，就到了正月十七晚上，这一晚，要在祠堂中绕柱舞龙，要用各种阵势和形式舞龙，如元宝抽心，如柴爿扣，如绞龙桨，绞龙桨是最高潮，需得使出全部的热情和力气，舞啊，舞啊……最后的时刻，就是将龙头与龙段点燃，这就是化龙。出神入化的化啊。

不知道为什么，我听他们描述化龙的场景，眼泪都要出来了。这就是中国式的浪漫和奢侈吧：制作时精雕细刻，供奉时虔敬无比，最后却是爽快地、果决地、潇洒地付之一炬。真是可爱可叹。据说化龙时可以去抢龙身上的东西，抢到就意味着吉利吉祥。如果我在现场，不用说，那是一定会去揪片龙鳞的——好像真的看到了那条龙，它被人们满含诚意地创造出来，然后在繁华的世间盛装漫游，直至在火焰温暖热烈的“化”中，由永兴河，到钱塘江，回到东海的家去。是的，它到底还是要回家的。正如无数的人们，到了某个命定的时刻，还是会回到自己的故乡。又正如泰戈尔唯一的中国学生、祖籍河上的知名学者魏风江的诗句：

阅尽世间万物，
可这一切我都没记住。
独有我家门外，
一株小草嫩叶上，
冒着一滴露珠，
它映出通天寰宇。

走在河上的乡村，觉得河上的节奏似乎是很慢的。千百年来，竹林就是这么葱翠，田野就是这么肥美，“道法自然，润味百年”的徐同泰官酱园的酱油就是这么香醇依旧，这一切好像从未改变。但其实河上自有快的部分，那就是工业，简直可以说是日新月异。河上的工业也有自己的“龙”，龙头产业就是以科百特为首的新材料产业集聚集群，已然成了河上经济新的发力点。科百特是做什么的？是生活中经常用到却是绝大多数人茫然无知的一个领域——微孔膜过滤，即使在公司里转了一圈，我也依然是茫然无知的。只是看着园内尚心餐厅、尚居人才公寓、24小时便利店、共享会议室、咖啡厅等配套设施，会施施然地畅想：如果生活在河上，我会很愿意在这里工作，做个最一般的员工就好，工资应该不菲，离家门口又近，两不耽误，何乐而不为呢？

中午和河上镇的徐书记聊天，好奇地问他，农业和工业这两个板块的工作，哪个更有难度？他说，还是农业。谈到每年的中央一号文件，谈到河上的每个村，谈到了以“村民和善、家庭和美、邻里和睦、村庄和谐、大爱和德”为目标开创的“五和众联”乡村治理新模式，谈到了东山村举办的首届乡村水稻音乐节，一下子就收入了十万块。“游客们热衷于采摘，村里的番薯都被挖光了……”他兴致勃勃，滔滔不绝。是啊，农业之所以更难，是因为要面对无法复制的村村镇镇，家家户户，还有一个又一个的人。却也真是更有意思的，更能触动情肠的。乡土中国的土壤里，多多少少的，谁没有点儿乡村的根儿呢？乡村的柔软容纳和弹性边界，意味着多少故事和细节？

还谈到了产业的重要性，他说，没有产业，就没有乡村长久发展的持久动力。当然，我非常理解。就如板龙这样的民俗来说，没有经济的支撑，要想恢复当然也是很困难的。很自然就会逐渐寂寞寥落下去。经济越强的地方，才越有能力恢复民俗，保护民俗。富而思雅，这个雅，自然就是文化层面。想要雅，产业是基础，经济是基础，家底儿厚实了，民俗文化才更有可能获得新的活力。

也许，理想的家园形态便是如此吧？风景很美，心很慢。道路顺畅，车很快。房子是老的，却仍坚固。河堤是老的，水却清着。老房子里有新的灯火，老河堤里有新的帆船，慢中有快，新中有老，快慢相间，新老汇通，互相激发和成就着，弹出了一曲多声部的合奏。于是在这里的人们，他们所拥有的这个河上啊，便正如镇政府墙上写的那两句十分文艺的话那样，成了“回得去的家乡，到得了的远方”。

（原载《浙江散文》2021 年第 3 期）

乔叶，北京老舍文学院专业作家，北京市作家协会副主席。出版小说《最慢的是活着》《认罪书》《藏珠记》，散文集《深夜醒来》《走神》等作品多部。曾获鲁迅文学奖、庄重文文学奖、华语文学传媒大奖、北京文学奖、人民文学奖、首届郁达夫小说奖等多个文学奖项。

我，走在你的后面

邱仙萍

小禾读初中时，我发现掰手腕已经掰不过她了，自此，我对她就客气很多，那个时候，她的想法是拯救世界和宇宙。有一天半夜，不知怎的坐在窗口吧嗒吧嗒掉眼泪。我以为发生了什么大事，末了，她说了一句："所有的思想，在提升之前，都要大哭一场的。"高中她去了上海，从此开始单飞，从杭州到上海，从香港到伦敦，两人之间的画风，也从现实走向魔幻。

一开始的画风，总是和吃的有关系，在香港读书的时候，她和同学排队买了演唱会门票到深圳卖了，赚了几千元钱，大吃了一顿海底捞。到伦敦后，有一次问我："我们没有钱哈，如果有钱，我在伦敦就可以买一只烤鸭，现在不敢多买，只能买半只。"我说："什么话，不就是一只烤鸭吗？这个鸭子总吃得起的，买买买。"小禾说："半只鸭子 15 英镑，一只鸭 30 英镑，大概就是近 300 元人民币。"我说："你这个孩子，又不是赶马车，吃一只鸭干吗？要到海边扛麻袋包吗？半只鸭足够了，吃一只鸭还不撑坏了。"

年三十我们各自一方，我问她："你在伦敦孤独吗，有没有一种在异国他乡漂泊的感觉？席慕蓉不就写过：‘从回家的梦里醒来，布鲁塞尔的灯火辉煌。我孤独地投入人群中，人群投我以孤独。’”她说：“那都是你们大人的幼稚和矫情。”

这两年，我们讨论的话题有点像特殊时期的小区保安，问的都是直击灵魂深处的终极哲学：你是谁？你从哪里来？你要到哪里去？有段时间，我发现自己走路发微信总会磕磕碰碰，我问小禾这是为什么，她说因为我的智商是100分。我很高兴，以为自己得了满分。然后她说：“100分就是正常及格的分数，这样的智商一个时间段只能做一件事，走路不要发微信，同一个时间就思考一个问题。”

有一阵子，各种事情纷至沓来，我和小禾说我肯定得了抑郁症。她问我如果现在给我一个亿，我是高兴还是不高兴？我说那肯定乐坏了。她说：“那就不是抑郁症，得抑郁症的给一个亿还是会不高兴，你这是遇到问题了，就像渠道里的水被堵了，等困难解决就好了。”我又问小禾：“我觉得我的人生很悲凉，怎么没有遇见一个爱我的人。”她说：“爱情这个事情，是要看缘分的，是两个人的事情，你不能强求别人，而且不能一天到晚把这事挂在嘴上，欲速则不达。”我问她：“你读大学怎么不谈个恋爱呢？”她说：“我们计算机和计算机的人，不会来电。不像你，几首歌几束花，爸爸当初就把你骗到手了，幼稚。”

我和她每次去日本，都喜欢去那些人烟寥寥的乡间小路。清晨的路径旁，逶迤着不着边际的樱树，温柔而静谧，散发着古老的木质清香和恬淡的气息，薄薄的花瓣上覆盖着昨晚的露水或雨滴。一阵风过，樱花如雪一样在空中飞舞。一树又一树的樱花，压低的枝丫倒映在水面上，一时分不清这树是长在水里还是岸上。穿着婚纱的新娘倚靠在桥上的扶栏边，和桥头的新郎遥遥相望。真的应了“你站在桥上看风景，看风景的人在楼上看你”。

我很感慨："人到中年，韶华已逝，岁月苦短，这樱花祭太让人悲伤了。"这个世界上很多事情，都是那么短暂和遗憾，当初的梦想，就像天涯的星星。我们在游泳，但是游了一半，却发现再也上不了岸。小禾却不以为然："凋零并不是意味着死亡，即使凋零后的樱花，依然可以通过各种手法保留它的色、香、味，还是鲜艳美丽，楚楚动人。你们中老年人就是喜欢感慨，想做什么事情，任何时候都不晚，野百合不也有春天么。"

"今年我们是毕业季，别人问我们毕业了干什么，是工作还是考研，考研考哪里，读什么专业，我真的回答不上来，我只知道，我们像一条船一样，还没有考虑好驶向哪里，就暂时停泊在一个港口。"

小禾在香港大学读了一年数学专业，后来又申请了帝国理工学院的计算机专业。因为疫情回国，本来研究生和本科连读的学业，她自行选择了本科先毕业，研究生再申请别的专业。我忧心忡忡地望着她，小禾开导我："作为家长，你们真的不要为孩子去操心什么，他们总能自食其力的。如果我像你们这样考虑，当初我就会在港大读完本科或研究生，拿个户籍，我的孩子今后申请大陆名校就容易多了，为了下一代牺牲自己的想法，没有意义，你们只要考虑过好自己的人生就行了。"

几乎从初中开始，我们一直疲于奔命，总是忙着从一个车站奔到另一车站。读了大学后，小禾三年年夜饭都是一个人在汉堡和水饺中度过的。大学四年，没有穿过一次裙子，没有谈过一次恋爱，没有好好地去看一段风景和旅程，一直像飞速旋转的陀螺一样，没有时间去思考和停留。

但是，生活，毕竟是需要一些逗留和放空的。杭州最美的是秋季，断桥的残荷支棱着灰黑的身子，像是一把把扯断弦的琵琶。北山路上飘落的法国梧桐叶，在地上翩跹起舞，跳的是春花秋月的曲子。小禾对我说，秋季你好好去看看西湖吧，那满地的爱与哀愁，也是美好生活的一部分。

（原载《新民晚报》副刊《夜光杯》2021 年 09 月 27 日）

邱仙萍，曾供职新华社浙江分社，现供职杭州日报社。浙江省作家协会会员，中国散文学会会员，曾在《湖南文学》《青海湖》《散文选刊》《西湖》《文学港》《新民晚报》等报刊发表小说散文数十万字，出版散文集《向泥而生》。

南山　在时光里

裘冬梅

总觉得南山是亲的。

在我，南山就是奖山木业社、南山水库、鹿门书院，或者是一些偶然想起来的亲友。

我知道，人世间，很多感情都是不对等的，一个人与一个人，一个人与一件物，一个人与一个地方。那又有什么关系。我只要心里头对南山是亲的，我对南山的这点亲不至于被硬生生地推回来。这就足够了。

我的奖山木业社

我仍然记得，六岁眼里的奖山和孃孃。

我父亲是奖山木业社的油漆匠。在我两岁到八岁的辰光里，他都在木业社帮人家漆脚桶马桶，漆饭箍桶雕花眠床。他从木业社回来，会在大王庙斩一个蹄膀交给母亲，让她放在天蓝色的煤油炉上炖，炖得蹄膀从皮到肉到骨髓翻滚出浓浓浓浓的香。

我觉得奖山是一个大地方。我对自己没有到过的地方，都有一种孩童的敬畏之心，觉得它们是外面，是大地方，和杭州上海一样。

六岁那年，父亲带弟弟去了木业社，回来时，弟弟腰间挎了一支木制的手枪。弟弟说，这是木壳手枪，可以打敌人。他学电影里的解放军，一边瞄准我，一边从嘴巴里“叭叭叭”地向我射子弹。弟弟不许我碰这支木壳手枪，也不许他的小伙伴碰，他夜里枕着它睡觉，直到某一天这支手枪莫名其妙地不见了。弟弟回来不久，父亲带我去了奖山。那是我有生以来第一次坐汽车。坐上这种高高大大的运输工具，我紧紧地并拢膝盖，双手托着垂下去的头颅，从指缝里偷看一闪而过的光亮和树影。有些害怕，又有些陶醉，汽车晃得人想睡觉。

父亲没带我去木业社，他把我丢在柏娟孃孃家。柏娟孃孃家门前有条大河，河对面是座大山。一条大河波浪宽，风吹树枝沙沙响。我坐在孃孃家门口的台阶上，无限忧伤地望着对面的柏树松树和杉树，看得林子的上头，升起淡淡的烟青色的雾霭。风吹来的时候，松涛阵阵，一棵树和另一棵树在交头接耳，一棵树和另一棵树唱着忧伤的歌。这时候，我特别想家，想妈妈想弟弟，想家里的大白鹅。我的眼泪偷偷地从眼睛里跑出来。

孃孃就过来和我并肩坐，她教我唱歌。她唱：“叫瓶子，浇油菜，油菜呢，猫猫拖去了，猫猫呢，木槌打死了，木槌呢，大水冲走了，大水呢，日头晒燥来，日头呢，日头落山来，明早再来过。”她唱叫瓶子浇油菜时，用弯成括号的食指来括一下我的鼻子，唱到后来，我破涕为笑。可是，孃孃唱完后，我看着一点点落下山去的日头，心里仍旧是难过的，有种暮色苍茫般的忧伤。家那么远，父亲也不来看我。

父亲终于带我去了木业社。那是一个老台门。老台门飘荡着松木的气味，椅子匠在拗椅子，漆匠在漆家具，木匠在刨木头。木匠刨下来的刨花，飘带一样垂下来垂下来，越来越长越来越卷越来越薄。我喊着叫着“不要断，不要断”，它们都有我两个人那样长了，但它们终于还是断了。

父亲让木匠打了一把大刀，刀柄扎了一条红绸片，大刀举过头顶时，红绸片就在我头顶呼啦啦飘。父亲说：“大刀带回去给你弟弟，我叫人给你拗条小椅子，小椅子你要不要？”父亲还在小椅子上刻了两行字：一行是裘冬梅，一行是一九七八年秋。父亲刻的字和他写的毛笔字一样，很好看。日后，这成了我向小伙伴显摆的资本。我说，你们有小椅子吗？小椅子，刻了自己名字的小椅子。我说小椅子这三个字时，中气十足又神气活现。

我和孃孃相处十多天，处出了感情。我回来的前几晚，她熬夜帮我做了一条背带裤：淡蓝的底子，黑头白身熊猫的图案。回来那天，她替我穿上背带裤，抱我去了车站。我也紧紧地搂着她的脖子。一路上，她唤我“小梅梅，小梅梅”，我叫她“孃孃，孃孃，孃孃”，我们都不说话，只是这样互唤。汽车来了，要上车了，我毫无预兆地哭起来：“我要孃孃，我要孃孃。”孃孃在车窗外擦眼睛，说：“小梅梅不哭，小梅梅不哭啊，下次你要跟你爸回来。哥，你下次要带小梅梅回来……”

事实上，我这个没良心的，过了三十多年才再次回了奖山。

回到奖山，我找不到六岁时的那条大河、那座大山、那个老台门了，我甚至没有碰到孃孃——孃孃去了女儿家，孃孃已经做外婆了，孃孃已经五十好几了。我把带来的大包小包交给一位老男人，他的身份是孃孃丈夫。孃孃丈夫要留我在家里吃饭，他把孃孃的电话给了我。我坐了几分钟，喝了一杯茶就逃了回来。

我的奖山不见了，大河不见，大山不见，老台门不见了。孃孃也没见着。

奖山和孃孃在我六岁的记忆里。

记忆显得如此忠诚，它让奖山和姑姑永远保持我六岁那年的模样。

父母的南山水库

南山湖是书面称呼，民间叫南山水库。

我父母挑过南山水库。

一九五八年下半年，十三岁的父亲作为家里的劳动力，被派去挑南山水库。挑水库的都要带被铺衣服，我三寸金莲足的奶奶把家里唯一的一床垫被给了父亲，让他打包背在肩上。整个送行过程中，奶奶甚至没多说叮咛的话，也不把父亲交托给村里的几位大男人。似乎是，在奶奶眼里，父亲的十三岁抵得上人家的二十岁或者三四十岁。

到南山后，父亲和村里的男人分在一组，一起住工棚的统铺。

父亲多数时候和大人一样挑石子，挑泥沙。有一次抬大石头，他和村里的汉军癞子搭对。汉军癞子说："亦富，你抬得动吗，两个人三四百斤的大石头。"父亲说："抬得动的，我力气很大。"抬石头时，我父亲在前头，汉军癞子在后头，到后来，父亲那头的分量越来越重，越来越沉。父亲听到自己十三岁的骨头开始吱呀吱呀地呻吟，他甚至听到自己的骨头"咯"地尖叫了一声。父亲几乎迈不开脚步了。同村的世雄看见了，大吼一声汉军癞子，你要死了！你个下作坯，亦富才十三岁，你有脸皮把绳子往前面抻，他骨头压坏驼背了以后怎么讨老婆……

一九七〇年冬，父亲在奖山木业社做油漆匠，肚里怀着我的母亲又被生产队派去挑水库。那时母亲刚刚从剧烈的妊娠反应中缓过气来，她挑泥土，抬水泥，搬石头，像一个正常劳动力一样干活。

这么多年了，南山水库一直以名字的形式，储存在我脑海里。我脑海里的南山水库，没有水面，没有波涛，只有一个千万人肩挑背扛的热闹场面。闹哄哄的人群中，有个十三岁的少年和一个大肚子的女人。少年和一个头上生着白花花癞子的男人抬着大石头，他身上的每一根骨头都在喊疼。孕妇一只手扶着肩上的担子，一只手扶着七个多月的大肚子，忽然肚里的孩子狠狠踹了她一脚。

时光交错，光影重叠，我把一九五八年的父亲和一九七〇年的母亲，剪辑到了同一个画面。

二〇〇四年，我参加"南山湖"诗会，南山水库才以"水库"

和“湖”的真实面目呈现于眼前。那次，我这个滥竽充数的诗歌爱好者装模作样站在堤坝上，接受嵊州电视台“越乡栏目”的采访。很多天后，我在电视屏幕上看到拘谨的自己，年轻而张皇的自己，目光无处安放的自己。直到那时，我还没有把一九五八年的父亲、一九七〇年的母亲和南山湖搭上关系。他们在彼此的岁月里，独自存在。

第二年春，和几位诗友再次去南山湖采风游玩。电光石火间，父亲、母亲、南山湖和南山水库一齐跳了出来，像突然接上了头的暗号，也像被突然破译的密码。我十三岁的父亲和二十岁的大肚子母亲。那时，他们多么年轻，多么蓬勃，多么孤苦。我隔着遥远的岁月望过去，还能感觉到隐在光阴深处的一点点怅惘，一点点疼痛。

二〇〇七年，我作为联系记者一次次赶赴南山。我去奖山木业社，南山水库，上坞山，鹿门书院……我想走就走想去就去。

有一次，我陪绍兴诗友去南山湖采风。是深秋。天高气爽，枫叶如染，漫山遍野的野菊花开了。我们躺在鹿门书院的枯草堆里，嚼着微甘的茅草根，闭着眼睛晒太阳。

天地悠远，日月简静。

突然，我听见大肚子的母亲，“咯噔”了一下；听见十三岁的父亲，骨头“咯咯”地叫了一声。

我还听见阳光走过木叶的声音，听见微风走过林子的声音，听见一朵野菊花缓慢绽放的声音。

那声音。沙沙沙。沙沙沙。沙沙沙沙沙。

（原载《野草》2021 年第 2 期）

裘冬梅，笔名梅涵，浙江省作家协会会员。中短篇小说刊于《江南》《鸭绿江》《青年作家》《青岛文学》《野草》等杂志；已出版散文集《一棵树的惆怅》《贵门　白云生处人家》《cai卢　土地的光芒》。

一条鱼的味道

裘七曜

又是冬天，我总会想起那年一条鱼的味道。

多年前，我生活在江城。我住在江的这一头，朋友住在江的那一头。那时，她刚毕业，依然恋校，所以在高校附近租了房子。这有点像一个已经断奶的孩子仍然想喝母亲的奶水——即使母亲故意板着脸，或者冲着他（她）大声“呵责”，但在不远的地方，还是有那个笨小孩的身影，在暗地里偷偷地张望母亲。

朋友在考注册会计师，在大学里已经过了三门，还有两门未过。其实，在此之前，她已经以全县笔试第一和面试第一的成绩考上了公务员。可是，第一名的没被分配在县城，而是去了一个偏僻的乡镇。在那里，那些“快干了一辈子”的老同志又不想提前内退，朋友在那里没有实质性的工作可以做，每天的任务就是开会时给领导倒茶水、接电话等，感觉有点无所事事。偏巧，这时候又允许停薪留职，也就是说以后镇政府缺人的时候还是可以回来上班的。她想都不想，立马办了手续，重回江城闯荡江湖。

我和她再次不期而遇，并且成了同事。她在江的那一头，有时坐渡轮过来，在有风的江面漂荡；有时，坐公交车七弯八拐晃晃悠悠过来，顺便看看沿途的风景。我在江的这头含着笑等她。在每一个清晨里，在熙攘的大街旁。

她看到我站在那里，笑吟吟地快步迎上前来，有时候从包里摸出一份套着塑料袋余温未散的早点给我，有时候心照不宣地边走边聊，顺便寻找路旁的美味佳肴，让自己的每一天活力四射。

转眼，夏天过去了，是秋天；秋天过去了，是冬天……

有一天，朋友告诉我，说自己前些时在江边买了一条十几斤重的鱼，剖了后抹了点盐挂在窗台晾着，现在应该可以吃了。然后又说如果想尝一下她的厨艺，可以跟她一起过去。我自然是沸腾得连双脚都跳了起来。

下了班，我们决定不坐渡轮也不乘公交车，慢慢地从汉口的集家嘴走到武昌的民主路那一带。上了晴川桥，脚下是汉江，汉水宛如一条蓝色的飘带，从遥远的天际徐徐而来，并在长江的怀抱里画出一道鲜明的分界线。下了晴川桥，便是南岸嘴，这是一块位于长江和汉江交汇之处最美丽的土地：它头枕龟山，面朝长江，如春光里慵懒的美丽少女，在尘世里依然率性而为，无拘无束……

我和朋友绕过南岸嘴，来到龟山脚下，拾级而上，向前再走一段路，便是长江大桥。远远的，可以看清黄鹤楼在夕阳的余晖里光泽熠熠。江面上有船只来来回回，风儿轻拂朋友前额的发梢。她穿一件米色有扣子的羊毛衫，面色红润，眼睛里全是笑意。我们边走边聊，看看风景看看你我，一个多小时的路程竟然一点也不觉得累，反而有一种轻松愉悦的感觉。

到了朋友租住的附近，天已经黑了下来，此时才觉饥肠辘辘。朋友在路边的菜市场买了几样素菜和几两瘦肉，到了家赶紧淘米烧饭做菜。

那条鱼挂在窗台，像一个长长的沙袋在风中晃荡着，并有一股略带咸味的清香。朋友卷起袖子，伸手用菜刀在鱼的下部分割了一块肉，然后在砧板上切成像麻将牌大小的方块，待锅里油将热，放上花椒、八角、鱼块等，顷刻便闻到一股氤氲的焦香味，令人馋涎欲滴。我站在边上，忘了所有，仿佛又回到了小时候，看到了在灶台前忙着炒菜的母亲。接着便急不可耐地把手指伸向锅里，抓上来后让香喷喷的鱼块在两个掌心里像孙悟空翻了几个筋斗云，又吹了几口“仙气”，急急忙忙地直往嘴里塞。朋友看着笑出了声，她盯着我的脸说又没有人跟你抢，急什么。我也吃吃地笑了。抹抹嘴，这才觉得有点不好意思。

朋友低着头，吃得不多，但装着很认真在吃的模样儿，偶尔还窥我几眼。看到我大快朵颐吃得津津有味，她的脸上充盈着喜悦。我们聊着各自从小到大在农村的艰辛岁月和像放山羊一样快乐的成长时光……月亮穿过云层，落在窗外的梧桐树上，偷听我们的故事。

夜深了，我和站在窗前的朋友挥手作别，匆匆去赶末班车。窗前有朋友的身影，有树影，有皎月……我回头，看到朋友还站在那里，又挥了挥手。

朋友说，还想吃鱼吗？鱼还有，它等着你。我说好啊好啊！乐不可支地应答着。

鱼炸得金黄而又香酥，我们吃着鱼，品尝生活的美好。

我们一起去朋友曾经就读的校园打羽毛球，还冒充学生去校图书馆看书，去打2角钱一瓶的开水，骑着自行车穿梭在城市的大街小巷……在雪花飘落的时候，穿上厚厚的棉袄，在银装素裹的世界里去眺望山川和大地的美丽。

一条鱼的味道还在，一个年轻的身影也在。

（原载《宁波晚报》2021年11月30日）

裘七曜，浙江奉化人。作品散见于《人民日报》《浙江日报》《天津文学》《散文百家》等。有作品入选中宣部、中国作协等联合征文，曾获飞天杂志社、浙江省委宣传部、浙江省作家协会主办的征文奖项若干。

百年前的一株兰

裘山山

在浙江兰溪，一个叫蒋畈的静谧村落，我见到一位女先生，她的名字叫王春翠。我没和她握手，因为她高高地站在白墙上，我只能仰视。照片上的她，白发如雪，却并不显老态，身板笔直，面容平静温和。她的身边，是一位更年长的老妪，是她的婆母刘香梅。从时间推断，拍这张照片时，她已经和丈夫曹聚仁分开很多年了，也就是说，婆母已经是前婆母了。但仅看照片，她们依然像一对母女。

之所以称王春翠为女先生，不仅是因为她是老师，是校长，是作家，更因为她在百年前的乡村教书育人，传播文明。她生于 1903 年，还裹着小脚，所以对她的另一个称呼是“小脚先生”。

起初她并没有引起我的注意。因为我们去的蒋畈村被称为“曹聚仁故里”，而她，只是曹聚仁的前妻。

曹聚仁，民国时期的著名学者，亦是教授、作家、报人和社会活动家，留有很多价值不菲的学术著作。1950 年赴香港后，为两岸的友好交流做出过重要贡献，多次被毛泽东、周恩来、陈毅等领导人接见，以爱国著称。故蒋畈村是以他为傲的。

他的父亲曹梦岐，也是大名鼎鼎。是清末最后一科秀才。二十世纪初赴杭州应乡试，虽名落孙山，却带回了康有为、梁启超的维新变法思想。从此决心远离功名，以教育救国，将启民智、开风化作为己任，立志要培育一批能改变社会风气的人才。1902 年春，曹梦岐倾尽私财，以祖屋为校舍，创办了育才学堂。校名之意，取自孟子的“得天下英才而教育之”。他自任校长，并兼教国文、修身，倡导学做兼修，知行并进。从此将一个愚昧落后的穷乡僻壤，带向了时代的前列。蒋畈有幸，在一个穷困之地办学育人，是精神上的开仓赈粮，是最大的慈善，曹梦岐功不可没。

在赫赫有名的曹家，出现了王春翠，不过是多了一名曹氏。而王春翠走进曹家，也是源于育才学堂。育才学堂很开明，男女生兼收，于是王春翠便成了曹聚仁的学妹。曹梦岐有三个儿子一个女儿，个个都聪慧好学，其中的二儿子曹聚仁天生聪颖，悟性极高，4 岁便念完了《大学》《中庸》，5 岁便念完了《论语》《孟子》。11 岁就在育才小学任文史课教师了，人称“小先生”。“小先生”第一次见到王春翠，就喜欢上了她。

在曹家留下的老照片里，我没能看到王春翠早年的样子。据乡间传闻，她生得眉清目秀，且十分聪慧，这一点，从她晚年的照片里可以看出。两个少年是在村旁的通州桥上初相逢的，之后，他们就常去桥上“偶遇”，开心地谈天说地，或者静默地看着江水流淌。

我有幸走上了通州桥，很古朴的一座廊桥，平静的江水从桥下缓缓流过，桥头有一棵巨大的梓树，看上去像香樟，但树干上挂着牌子明确写着梓树，还写着它已有两百多岁了。那么，这棵梓树，是见证过曹聚仁和王春翠的爱情的。两个情窦初开的少男少女，一个十五岁，一个十二岁，美好而又单纯，单纯而又热烈。

曹、王两家都很乐意达成这门婚事，于是让他俩早早订了婚。之后，曹聚仁考入浙江省立第一师范学校，1921 年学成毕业后，回到老家和王春翠举办了婚礼。

王春翠做了赫赫有名的曹家的媳妇后，并没有开始阔太太的生活，而是继续求学，毕竟她才 17 岁。开明的曹家也没有将她拴在灶台边，而是支持她继续念书。她考上了浙江省立女子师范学校，是当时县里第一个女师范生。她前往杭州读书。与此同时，曹聚仁前往上海爱国女中教书，两人开始了异地分居的生活。

曹聚仁到上海后，聪明才智得到了极大的发挥。他在教书的同时搞研究、写作、办刊物，创办了《涛声》《芒种》等刊物，为《社会日报》写社论，为《申报》副刊《自由谈》撰稿，还因为整理章太炎先生的《国学概论》而成为章太炎的入室弟子，与鲁迅先生也交往甚密。一时间成为上海文化界的活跃人物。

最初，分居两地的曹聚仁和王春翠信件往来频繁，互诉衷肠，互相交流学习和思想。但渐渐的，曹聚仁的信愈来愈少，也越来越短了。王春翠敏感地意识到他们的婚姻有了危机。丈夫年轻英俊，才华横溢，又在女中当老师，没有诱惑是不可能的。王春翠决意放弃学业，奔赴上海挽救婚姻。到达上海后，她的隐忧被证实了。但她不吵不闹，一如平常地用心照顾丈夫的日常起居，并协助丈夫创办《涛声》杂志，做校对，搞发行。与此同时，努力开辟自己的事业。她在上海暨南大学师范附小任教，也开始写作。处女作《我的母亲》，发表于《申报》副刊。

王春翠的贤淑和才华，打动了曹聚仁，曹聚仁辞去女中职务，夫妻二人和好如初。1926 年，他们终于有了一个可爱的女儿，取名曹雯。女儿的出生，给他们带来了巨大的喜悦，对这个孩子倾注了他们全部的疼爱。在一张老照片上，我看到曹聚仁抱着曹雯，小姑娘非常可爱，大大的眼睛，高高的鼻梁，白皙的皮肤，如同一个小天使。

不幸的是，1932 年日军入侵上海，曹聚仁在上海郊区的家被摧毁，什物书籍，荡然一空。女儿在躲避战火的途中病倒，由于交通不便，良医难寻，最后不幸夭折。6 岁女儿的离世，对夫妻二人打击巨大，王春翠一时心如死灰，曹聚仁也觉得如同世界末日到来。他痛哭道：“好似天地都到了末日，我这一生，也就这么完蛋了。”

承受着无边悲痛的王春翠，靠写作疗伤。她写下了《雯女的影子》一文，发表于《芒种》杂志。1934 年，她又完成了散文集《竹叶集》，书名是鲁迅先生亲自选定的，曹聚仁为她作了序。1935 年 10 月，她还以谢燕子为笔名，编著出版了《戏曲甲选》。

繁忙的工作和写作，渐渐抚平了王春翠的伤痛。她又燃起希望，她觉得自己和丈夫还年轻，还会再有孩子。不料，他们的婚姻再次出现危机。这一次，王春翠心灰意冷，没再做任何努力。她孤身一人离开上海，回到了兰溪老家蒋畈村。

王春翠回到蒋畈村，回到曹家。她尽力照顾曹聚仁的父母，更重要的是，她接手了育才学堂，当了女校长。此时，育才学堂的创始人曹梦岐先生早已离开人世。他的长子曹聚德和三子曹聚义，先后接任过校长，又先后因为参加抗战而离开。

王春翠接手育才学校后，满腔热情喷薄而出。首先提出减免学杂费，动员农家子女就学。她迈着一双小脚在乡村中奔走、呼吁。她一分钱不拿，毫无杂念地办学，将乡村教育视为生命。

抗战爆发后，为唤醒民众的抗战意识，提高国民的救国热忱，王春翠组建了“育才小学剧团”，自编自导了《黄河大合唱》《我们在太行山上》等节目，去各地开展抗日演出。1938 年秋，他们在晒谷场演出了抗战话剧《一片爱国心》，引起强烈反响。当局要求他们摘下“救亡”横幅，遭到王春翠严厉拒绝。她还创办了《育才学刊》（共 200 余期），传播文明，宣传抗战，影响甚广。

与此同时，再婚后的曹聚仁也没有沉溺在小日子里，而是继续从事他的学术研究和文化事业。1937 年淞沪抗战爆发后，曹聚仁“脱下长袍，穿起短装，奔赴战场”，拿起笔做刀枪，写下了大量的战地新闻、人物通讯和杂感，部分内容还被编入到战时教科书中。我们在电影《八佰》里看到的那位深入四行仓库的记者，就是以他为原型的。由于他对淞沪战场的出色报道，被国民党中央通讯社聘为战地特派记者。抗战胜利后，获得了政府颁发的“云麾胜利勋章”。

夫妻二人虽然分开了，却没有背道而驰，反而成了战友，以不同的方式，在中华民族最危难的时刻贡献着自己的青春热血。

尤其是王春翠，离异并没有让她变得愁苦脆弱，而是像一名勇敢的战士，投入到了战斗中。1940 年春，为避日军侵袭轰炸，王春翠带领师生们隐蔽到山林中继续上课。1942 年 5 月，日军入侵浙东，山林里的学校被日军炸毁，不得不停课。但第二年稍有安宁，她又立即让学校复课了。复课之时，适逢育才小学建校 40 周年，她组织学校大庆三天，以提振师生士气。但好景不长，1944 年夏，育才校舍又一次被日军飞机的轰炸夷为平地。王春翠依然不放弃，她借用祠堂、庙宇及闲房等地继续办学，以锲而不舍的精神做“小脚先生”。

抗日战争胜利后，王春翠马上着手重振育才小学。而且她还发愿，要在原来的基础上扩大校舍，增设中学部。为此她四处募捐、筹款，并写信给曹聚仁请求支持。其实这也是曹梦岐老先生的夙愿，曹梦岐在世时就一直想办中学部，故曹聚仁等曹家兄妹都很支持。他们联络当地名流，建立育才中学校董事会，筹措经费，创立育才初级中学。1947 年，育才学园终于恢复了，小学部、中学部同时开课。曹聚德任中学校长，王春翠任小学校长。

我从育才学校的历史沿革中看到，王春翠自回到故乡接手育才学校后，没有过过一天安生日子，但也没有停止过一天办学。她让读书声穿越贫困，穿越战火，在山区乡村回响。最重要的是，她在这漫长的艰苦卓绝的岁月里，完成了她从曹氏到王春翠的转换，成长为她自己，一个大写的女人。

育才学校停办（合并）后，王春翠回归乡野，做回了农妇。在蒋畈村乡亲们的记忆里，晚年的她时常独自坐在门前，白发在风中飘拂。但凡有孩子路过，她总会问及他们的学业。闲暇时，她还主动教左邻右舍的孩子认字读书，并告诉他们，没有文化哪里都去不了。改革开放后她担任了兰溪政协委员，写下不少回忆文章，如《我的丈夫曹聚仁》《回忆鲁迅》等。1987 年，王春翠病逝，归葬蒋畈墓园。

我久久地看着王春翠那张白发如雪的照片，在心中向她致敬。我在她的脸上看不到愁苦，看到的只有温和平静，以及平静下的坚毅。她一生致力于办学，一生都在践行求真知、立真人的“蒋畈精神”。任育才学校校长期间，她 8 年不拿薪水。改成公立学校后，她便将所得工资薪金全部用来给学生做奖学金。她把自己的整个生命都给了乡村教育事业，她因此被乡邻们尊称为“王大先生”。

王大先生，多么响亮的称谓！从小脚先生到王大先生，从曹氏到王春翠，她的生命开出了馨香的花朵，犹如山涧的一株兰，虽然没有艳丽的色彩，没有浓烈的香气，也没有如雷贯耳的大名——倘若不是走进蒋畈村，我可能永远不会知道她。但她的馨香，却永留人间。

所谓流芳百世，便是如此吧。

（原载《浙江散文》2021 年第 5 期）

裘山山，祖籍浙江，原成都军区创作室主任。已出版长篇小说《我在天堂等你》《春草》，长篇散文《遥远的天堂》《家书》，以及中篇小说《琴声何来》等作品约四百万字。先后获得过鲁迅文学奖、全国“五个一工程”奖、解放军文艺奖、文津图书奖等，有部分作品在海外翻译出版。

你一抬头，月就亮了

三耳秀才

俗人自有俗人福。有文化的人，总爱时不时地追问，这人生，有意义吗？有何意义？俗人无此无谓之思。为啥？因为，俗人的光阴，无往而不在当下；俗人的生活，无往而不在民俗当中。所以，当下，暮色渐起之时，你一抬头，月就亮了。

当然要吃一口月饼的，那么，我们来认真讨论一下这吃到嘴的月饼有何营养价值？如何有利于身体健康？当然当然，也可也可。只是，这样做，是不是煞风景呀？我们大家都知道，中秋的月饼，是越吃越圆的。换句话来说，中秋之月饼，就是一轮满月，辉映一家之灯火，辉映中华大地，从古至今。

一想，略微有些奇怪，中国古人安土重迁，绝大多数家庭中的绝大多数成员在“方寸之地”“日出而作，日落而息”，为何在秋分前后的月亮之上寄托了别样的民族感情？想来，天凉好个秋，好秋全赖月，这时节的月色太美太温柔。在生存压力更加巨大的古代，人们更得在美的事物上透透气吧！好在，中国文人要离家去赶考，考上得在外地就业，他们离乡的愁绪，代代付诸笔端，传诸文字，立于人心，于是，戍边的将士感受到了，重利轻别离的商人感受到了，于是，重团圆的所有中国人感受到了，于是有了金句“但愿人长久，千里长婵娟”，于是有了民俗“但愿人长久，年年吃月饼”。

民俗在民间，民间也是一条流动的历史之河，在这条奔流不息的河之上，接地气的民俗总是鲜明生动。当下正值“百年未有之变局”，别的不说，单说村里的，中国绝大多数农村中的绝大多数人都离开了祖辈耕作传承的田园。何况，还有更多的学人去赶考了，更多的商人在路上，还有，更多的游客在跑世界。——这时，他们拥有了一个共同的身份：游子。

是的，现代都市中的游子，让我们的民俗有了强大的变革力量。对中秋团圆意象来说，在现代生活中漂泊，我想，不管你的故乡在何方，“共看明月应垂泪”，只要遇上了，投缘了，我们就有了同一轮异乡的明月，我们就有了分享月饼的情谊。如果，某一年，我漂泊到了舟山海岛，我一定会想起祖籍是舟山的才女作家三毛，我的唇边一定会流淌《橄榄树》的旋律：“不要问我从哪里来，我的故乡在远方……为了天空飞翔的小鸟，为了山间轻流的小溪……还有还有，为了梦中的橄榄树。”如果，某一天，我背着双肩包，眼中有些许迷茫几丝好奇，站在你的城市站在你的跟前……如果，你听到了我的心声，我们就是知音了。

中秋之夜，应该出月亮的，就算不巧是雨夜，在中国人的心目中，也是有一轮圆月挂在天际，等着你，这时，请你从繁多的事务中解放出来片刻，走到夜色之中，走在月色之下，此情此景，扫游子的“绿码”，走着走着，你，什么都可以想，什么都可以不想，偶尔，不妨抬起头，静静看天，此际天空上的月亮，可是一年之中最圆满的。

中国人，总是让自己的时光，行走在圆满的路上。不管在何方，游子的心相通，行走在圆满的路上，你我皆是同路之人，你一指天，我一抬头，月就亮了。

（原载《新民晚报》2021年9月15日）

三耳秀才，本名韩光智，现居宁波，中国作家协会会员，中国文艺评论家协会会员。著有《跟着太阳走一年》《中国年轮》等，“中国节气+”概念倡导者，“中国年轮”节气书系列作者。

锦时梅花日

桑飞月

以前是不大喜欢冬天的。觉得它旧，没有生气。像一条刚洗过的旧床单，冰冷，灰暗，没有白色的云朵，也没有五颜六色的花儿，虽有几棵树，绿也还绿着，但好像褪了色，蒙了尘，让人也不太想看。黑天白地里，只是盼，盼着冬天赶紧走，杏花快点开。

如今，心境多少有了些变化。

大约是因年岁关系，每至岁尾，心中总会凄凄生仓皇。遂逐渐明白，对于光阴，自己已没太多挑剔的余地。于是，转过身来，将冬天重新打量，揩去它表面的灰尘，发现其颜色虽然黯淡，没有桃红柳绿，没有繁华旖旎，但至少也算得上一段质量上乘的好时光。

冬至夜，我在灯下的宣纸上勾了一幅梅花图，姑且不论勾得好不好，梅花至少很足，整整八十一朵。接下来，我要每天染一朵。如此，胭脂用尽时，桃花就开了。

之后记日记，日期也改为：第一朵梅花日、第二朵梅花日……既然是梅花日，那就让我把这九九八十一个日子，努力过成精美芳香的样子吧！这样一想，冬日就好似变了容颜，有了色彩。与此同时，也开始希望它能慢下来，再慢下来，等我好好把它装点。

冬天日色淡，荷尔蒙不再那么活跃，曾经一颗躁动的心，也开始沉下来、静下来，能耐着性子读书写字了。房间里虽然开了空调，很暖，但我还是喜欢用一件长款大棉服严严实实地把自己裹起来。让自己像一只躲在茧里的冬虫，安全且安静地，在岁月里冥想。此时，若把思维的缰绳放开，任它驰骋，也不会担心它撞到什么，碰到什么。

这个冬天，我读了外国小说，也读了那些曾经拿起又放下的古诗词。古诗词是需要小火慢炖、仔细琢磨的，漫长而闲散的冬日正合适。我尤其喜欢一遍又一遍地诵读白居易的《问刘十九》。遥想那个天色阴沉的傍晚，温暖的火光照亮了屋子，照亮了浮动着泡沫的家酒。诗人围炉而坐，隔空问询朋友："晚来天欲雪，能饮一杯无?"

第一朵梅花日，是冬至。这一天，大家都在吃饺子，我也不例外，放下书本，给家人做了一顿荠菜肉馅手工饺子。祖母说过："吃了冬至饭，麻利婆娘多做一根线。"意思是，从这天起，白天将一线一线地变长，勤奋的人，可以多做些活了。于是我决定，从这天起，我每天都比前一天多读一页书。

第二朵梅花日，阳台上的那盆雪青菊开了。这菊花，每年都开得很晚。去年不记得是几时开的，只记得，过了立春它还在开。如此，恰好点亮我的寒冬。这样想时，顿觉这日子，灰是灰，但也是一袭绣着梅兰竹菊的织锦缎啊。

第三朵梅花日，家里来了朋友。我拿出一瓶黄酒，就着咕嘟咕嘟的小火锅，来一点，不看手机也不看电视，只关注食物和话语。一屋子的热气腾腾，细碎家常。

第五朵梅花日，我进山溜达了一圈儿，看到山道旁的那株蜡梅星星点点地开了。深吸一口气，又冷又香。下午接女儿回来，发现小区里的一棵粉茶，此刻也挂满了花朵，不胜欢喜。

第十朵梅花日，有点儿冷，但因心里装着梅花，清晨出门时，也没有再胆怯。甚至想，什么时候能来一场雪啊！想起有年下雪，我们带女儿在山脚下堆雪人。雪很软，面包似的，我们从矮灌木上一块一块地捧过来，堆在一起，修出雪人的脖子、胳膊……女儿在旁边欢呼："好喜欢爸爸妈妈认真堆雪人的样子啊。"嗯，大雪覆盖了红尘，我们回归成了和她一样的孩子，这令人多么愉快。

第十二朵梅花日，元旦来临。我对自己说，新的一年里，要学着宽容、放松、主动……而且，我还要接着画花树、花秧，桃花、栀子、荷花、桂花、菊花……

从此宁静淡泊，把这素年过成锦时。

（原载《新民晚报》2021 年 1 月 13 日）

桑飞月，杭州市作家协会会员，作品常见于《新民晚报》《扬子晚报》《联谊报》等，有多篇文章被选编为中学生阅读理解题目，出版有散文集《醉光阴》。

一生一事一叶茶

沈小玲

徐月琴看邵彩玲烫杯、倒水、泡茶，温水渗入茶叶的每一个细胞中，叶子又恢复了在茶树上刚冒出来时的模样。

徐月琴端起茶杯，深深吸了一口气，轻轻抿了一口茶。瞬间，清香和甘甜都入口了。

这茶，是邵彩玲刚刚炒出来的。

一

邵彩玲是土生土长的龙坞茶镇里桐坞村人，共产党员，今年61岁。

龙坞茶镇本名叫龙坞镇，在浙江省杭州市西南角，离市中心大约15公里，下辖11个自然村。镇上连绵不绝的茶山茶园四季郁郁葱葱，温柔地环抱着每一个村庄。这里是西湖龙井茶最大的产区，有“万担茶乡”之美名。也不知从什么时候开始，大家习惯不叫它行政地名龙坞镇，而是叫它龙坞茶镇。

里桐坞村在西湖龙井茶还没出名前就开始种茶树了，家家户户都有茶园。种茶，采茶，炒茶，卖茶，修茶枝，捉茶虫是茶农们一年的工作。

邵彩玲的祖辈都是茶农。“女人采茶，男人炒茶”是茶农家庭的基本分工。年轻时，邵彩玲常常参加采茶比赛，如果没得第一，绝对会是第二名。问起邵彩玲采茶的水平，她会很自然地说：“跟姆妈学的，我出生没几个月，姆妈就背着我去采茶了，采茶对我来说就像说话、吃饭一样习惯。”

邵彩玲做事麻利。她采茶是两只手同时采的，她的双手在茶树的枝顶上像织布的梭子一样飞快移动着，来回不停地把茶叶往竹篮里放，没多少工夫，篮子里的茶叶就明显多了。

二

30 年前，邵彩玲从青岛卖茶回来，发了高烧。病好后，走路却不方便了。她没有办法再去采茶和卖茶。于是，就学炒茶。

邵彩玲永远记得最初炒茶时，右手烫出了 27 个水泡。

“那真是泡裹泡啊。”她伸出右手，左右翻转了一下，好像还可以看到 27 个水泡的印记似的，随即爽朗地笑了。

炒了一年又一年，积累了许多经验，她边干边摸索边比较，最后还学会了看茶。只要看一眼茶，她就可以大致判断出炒茶人的火工怎么样，知道炒茶时哪个环节出了问题。

“抖、带、挤、甩、挺、拓、扣、抓、压、磨”，西湖龙井茶的十大技艺在邵彩玲的手掌心运转自如，她成了西湖龙井茶高级炒茶技师、杭州市能工巧匠。

“炒茶时，尽量不要说话，说话和不说话，炒出来的茶是不同的。”

“如果你今天心情不好，炒出来的茶口感就不会好。”

这些都是她的炒茶心得。

当她的炒茶技艺名声在外后，许多年轻人不远千里从绍兴、丽水、温州，甚至是云南、贵州等地慕名而来，她一概不收学费，免费传授国家非物质文化遗产西湖龙井茶的炒茶技艺。目前为止，她已经带出了好些弟子。

常有人问邵彩玲：“现在，你女儿长大了，你的炒茶技艺后继有人了。”

每每听到如此发问，邵彩玲会笑着说：“手艺不一定只传给自己人，还得传给那些真正需要的人，也要传给那些真心学习的人。”

对于妈妈把炒茶技艺传给谁，邵彩玲的女儿一点都不计较。她也跟妈妈学炒茶，还经常把自己炒的茶和妈妈炒的茶混着摆放，让客人挑选品尝。当客人喝完茶，说“不错，有邵老师的水平”时，她就开心得像小孩子一样，连声说：“还没到火候，还没到火候呢。”

三

2005 年，响应国家“农业开发，荒山变茶园”的号召，邵彩玲和丈夫商兴农在龙坞镇的长埭村拓荒，开辟茶园，种植茶树。

夫妻俩承包了 100 亩荒山。整整 5 年，他们吃住全在山上。

理灌木、斩荆棘、拔杂草、清乱石、修梯田、筑水沟，在一垄垄标准的茶田上扦插茶苗，深耕，肥田，改良土壤等等，茶园开垦的工作一项不落。

每每到旱季，天刚蒙蒙亮，他们就到山脚挑水，上山浇茶树。傍晚，趁地面不太热了，再去挑水、浇水。新茶园最怕下大雨，茶树未站稳，雨水一冲，泥土就会少一大片。有一次下大暴雨，茶园的泥土裹着茶树像泥石流一样灌下来，还把山脚人家的菜地淹了。

第二天，他们向人家赔礼道歉，再一筐一筐地把冲下来的泥土从菜地里挑回茶园里，等气候合适了，继续种上茶树。

培土，施肥，剪枝。剪枝，施肥，培土。周而复始，茶园一年一个模样。

3 年后，茶园渐渐葱茏。茶山的水土总算固定住了，再也看不到裸露的石块。

第四年起，陆陆续续开始采摘茶叶。

第五年，茶园里的每一株茶树都精神抖擞，笔挺地深扎在逐渐肥沃的泥土里。

邵彩玲夫妇每天像蜜蜂采蜜一样在茶园里忙碌着，看着茶园一天天绿意盎然，他们像是吃了蜂蜜一样，有说不完的甜蜜和喜悦。

因常年体力透支，邵彩玲病倒了，在开辟茶园后第六年，她被查出得了全球仅百例的罕见癌症。但哪怕是在病中，邵彩玲依然舍不得离开茶叶，时常要把心爱的茶叶摸一摸、看一看，才觉得心安。

“茶叶是有灵性的。”邵彩玲深信，她能战胜病魔就是源于骨子里头对茶的痴迷、对茶与生俱来的热爱。

病愈后的邵彩玲对茶园做了新的十年愿景。她说：“做茶，不是把赚钱作为奋斗目标，而是因为我对茶有一种真实的感情、一种回馈的愿望、一种美好的向往。”

四

春天的太阳暖烘烘的，茶园里茶树长势特别好，茶枝顶上冒出一两片、两三片芽，芽尖儿嫩得好像会滴出水来。

商兴农站在茶园旁，一垄一垄茶田仔细查看着。

“这垄明天还要再采，那垄可能要后天来采。明天大概要安排多少工人在这块茶园采茶，那块茶地明天就先歇歇吧。”走一圈，商兴农把这两天的活都安排稳妥了。

邵彩玲相信科学，当大多数人还在观望时，她勇敢地跨出第一步，引入了中国农业科学院茶叶研究所培育的新品种，并得到了市区有关部门和省级科研机构的支持帮助。

科学种茶，让茶园插上了科技的翅膀，也让茶叶的品种变得更加丰富多样。

商兴农走在通往山顶的桂花小道上，高大的桂树把两边茶园分开了。

当年开荒时，商兴农、邵彩玲夫妇在茶园的大道小路和边边角角种了几百株桂花树。

研究茶园生态的专家对茶园间种桂花树的做法大加赞赏。

如果只种茶，短期经济效益明显，但茶园植物单一化，生态小环境并不友好。桂花树给茶园虫害的天敌提供了栖息场所，“以虫克虫”，降低了虫害发生率。

原来，在茶园里种桂花树有这样的好处。

原来，在开荒时他们就想到了生态种茶。

茶园的山不高，茶园被桂花树包围着，这茶，浸润了山谷的气候，平和，温润。

一杯好茶，从科学培育一片叶子开始。

五

徐月琴端起邵彩玲给她泡的第三杯茶，茶水清澈，幽香徐徐。

徐月琴也是龙坞人，祖辈也种茶，她是西湖第一实验学校的语文老师。

“30 年来，徐老师教过我们茶农的多少小伢儿啊？”邵彩玲问。

这个，徐老师一愣，可记不清了。

但茶农家的孩子都记得徐老师。徐老师带他们去探究西湖龙井茶的起源，给他们讲茶叶制作的匠心。“做人像茶有九德”，就是徐老师告诉他们的，这是世代茶农的精神传承。

徐月琴和邵彩玲，用不同的方式，让茶文化的种子在这片土地上静静孕育、萌芽、长大，持续散发出特有的清香。

（原载《人民日报》副刊《大地》2021 年 4 月 21 日）

沈小玲，中国作家协会会员，杭州市钱塘区文联党组成员，浙江省特级教师，全国模范教师，出版《一朵花的神话》等作品集六部，作品入选浙江文艺发展基金项目、《人民日报散文精选》等。

月半湾里枕涛眠

施立松

小萍把最后一块砖砌上去，用铲子背轻轻敲平整，发现跟窗台还差一指宽。她又把砖拿下来，从桶里挖了一大铲子水泥灰，抹在砖上，再砌上，这下刚好跟窗台就齐平了。她满意地勾起了嘴角，额头上的汗也珍珠似的滚落下来。她侧了侧头，抬起上臂，用衣袖子抹了一把，白皙的脸颊匍匐了一片嫣红。

“小萍，你怎么还会砌墙！”

“窗台前想种点花，放花盆不好看，直接砌上感觉更好，师傅们都忙，我就自己弄一下。”

“你这大老板，还做这粗活，瞧那细皮嫩肉的，都晒成啥样子了！自讨苦吃！”邻居大娘摇着头嘟囔着。

没错，在别人眼中，她事业有成，是一家上市公司的董事，可谓财富美貌智慧并存，应该养尊处优，爱惜容貌犹如鸟儿爱惜羽毛。

小萍呵呵地笑着，眼睛弯成了两枚小小的月牙。

这是夏日的黄昏，西天的金光美彩编织成一张巨大的网，把整个沙岙村都网成一个金色的世界。她眯了眼看了看远处波光粼粼的海，和隔海相望镶了金边的大瞿岛，波涛一层一层荡漾着，金绸缎似的，直逼到她的心底来。每一次看到这片海，她的心都柔软不已，她也说不清，当初，是不是就是因为这片海，她才决定在这个村里开一家民宿。

村庄因沙滩而名。偏居于海岛一隅的沙岙村，紧挨着大海，村前是一片金黄的沙滩，柔腻如面如粉的沙，却偏偏紧密如铁板，踩之无痕，走过的人，有时为了制造“留下脚印两对半”，不得不特别用力跺着脚走。小萍记得初到沙岙的那个黄昏，走在沙滩上的那一刻，是翩然飞掠而过的海鸥惊动她心深处的诗眼，匍匐在金光里的村庄，就像神一样的所在，让她怦然心动。她被一个村庄的神性深深折服，被一片海摄心动魄般地勾连住了。

她常常迷惑，是沙滩成就了村庄，还是村庄成就了沙滩。

于村庄而言，沙滩是晒场，更是牧场。这得天独厚的条件，沙岙人在沙滩前养殖紫菜海带，也在沙滩上晒各类鱼货，而修补渔网，平坦如砥的沙滩更是不二之选。于沙滩而言，村庄是灵魂所在。经风历雨的石头厝，劈波斩浪的渔船，袅袅而起的炊烟，欢悦跳脱的鸡鸣狗吠，还有烟火气息里的男女老少，都让沙滩有了灵气，有了神采。

操作起来才知道，将一种情怀变成实际，有多难。将渔家石厝改造成民宿，是个不小的工程。高度不够，光线不够，需要对石厝“大动干戈”，又要尽可能保留石厝特色，让古老和现代高度融合，舒适度、体验度、美感度得以高度呈现。道路交通的改善，村庄基础环境设施的整治，原住民的意愿，更是一点也不能马虎。除了专业人士的介入，小萍也在一砖一瓦的实践中，一点点变成了行家。大到房屋设计、工程施工、材料选择、家具采购，小到砌墙、种花，甚至一杯一盏，她都亲力亲为，其中的苦乐酸辛，不难想象。但所有的艰辛，都随着一间间石厝按照她的想象落成，随着沙滩民宿群的诞生而消散。

即将开业时，她还一直为民宿的名字苦恼。那一夜，她坐在院落的空庭前，春意浮动着，啾啾的夜虫吟唱着，东南景天细细碎碎的黄花在墙角漫延成一片金色的海，矢车菊和月见草风姿绰约，香樟树枝叶婆娑，头顶是半弯清清朗朗的弦月，远处是起起落落的涛声，而背景音乐里，是谁轻轻唱："那夜真的好浪漫，我带你去看月半弯，有点害羞，却很幸福，这种感觉我很喜欢，让我温柔靠近你身边……月半弯，我喜欢，有情，有意，有你，还有甜，还有月半弯。"

她跟着轻轻哼唱起来。月半弯，月半弯，是了，水满则溢，月圆则亏，经历过人生起落，才懂得，唯"半"最妙。她靠在柔软的躺椅上，看着弯弯的月，恍若乘坐在波涛间的小船上，枕着涛声，渐渐入梦。

月半湾的房间小院，错落在渔村原住民的石厝中。客人入住后就可以轻松体验渔村原汁原味的生活场景。日出出海打渔，日落鱼虾满筐，面朝大海的欢悦，渔舟唱晚的宁静，每一缕朝阳的辉耀，每一丝晚风的温柔，都化为一场生命的狂欢。

开业不到半年，月半湾沙滩民宿就声名鹊起，远到北京、上海，近到周边县市，客人纷至沓来。就是本地的人，也总会找机会到月半湾住一宿。"枕着涛声入梦"，几乎所有人都是冲着这个而来。身心俱疲的时候，坐在夕光里的沙滩上，看大自然手握巨椽，绘就一幅辽阔的画，星罗棋布的岛，悠然翩跹的海鸟，都成水墨落点。风声过耳，轻涛拍岸，淡淡的咸腥在晚风里晕染。旧了的小舢板搁浅在沙滩上，几棵姿态傲然的松柏，从村后的山坡上走到沙滩上，站成"HAPPY"的造型，让人们把心中的快乐，定格成一幅画面，一个自愈系的回忆。

雨声里，坐在月半弯石厝前的庭院里，听雨点点滴滴打在瓦片上，清越得如同少年的心事。廊前的苦楝树开满了紫花，伸一伸手，就能摘下几朵，花香里有淡淡的苦涩，仿佛一剂清新剂，消弭身心里郁积的闷气。一盏冒着热气的普洱，轻轻抿一口，热气自肺腑里散发开来，都市的喧嚣远了，匆促的时间慢了，生命里那些乱了的节奏，又回到了原来的秩序里。

小萍在精心养护花花草草之外，还种了几畦蔬菜，芥菜、马铃薯、胡萝卜、花菜，都长得格外蓬勃。这些蔬菜，都会成为客人们餐桌上的美味。夏天的时候，沙滩边的码头上，可以直接买到渔民新捕上来的海鲜，小萍就亲自下厨，给客人们做几道地道的洞头渔家烧。当然，小萍最拿手的，是洞头咸饭，自家种的芥菜、马铃薯、胡萝卜，加上虾干、鳗鱼干、鱿鱼干等海鲜干货，和大米一起，在农家土灶的铁锅里一烧，简直香飘万里。不知何时开始，庄老板亲手做的咸饭成了月半湾的招牌，很多单位的团建活动，选择在月半湾，除了沙滩篝火、功能齐全的萍聚大厅，就是因了小萍的洞头咸饭了。

不久前，月半湾成了北京同仁堂温州国医馆康养基地，北京同仁堂专家定时来讲课问诊，开办医养医美结合讲堂。其实，医美也好，医养也罢，都不如得半日之闲，来月半湾拥有一段不急不躁的慢时光，枕着波涛入梦。

（原载《人民日报海外版》2021 年 5 月 24 日）

施立松，女，笔名灯花，浙江洞头人。中国作家协会会员，出版《真水无香》《欢喜》《秒杀爱情》《民国风月》《民国风情》《民国风度》等著作。

李庄意象

苏沧桑

古镇李庄像一条小龙盘踞在另一条巨龙的头角上，这是凌晨两点的李庄给我的第一个意象。凌晨两点，我们乘车向着长江第一古镇李庄急驰，更深露重，视线里一片漆黑，唯有两侧路灯通明，它们构成了一个起起伏伏、弯弯曲曲的空间，让我觉得自己正奔驰在一条金色小龙的脊背上，洞察到了它坚硬明亮的骨骼，这显然是一种错觉。另一条巨龙是万里长江，此刻被淹没在暮春的暗夜中，它的呼吸声亦被哗哗的车轮声淹没。

李庄的街巷，如一棵大树的根须互相缠绕，盘结成了一个巨大的活着的生命体，通身灌注着来自长江的浩渺之气，这是午后两点的李庄给我的第二个意象。一千四百多岁的李庄依偎着长江，“江导岷山，流通楚泽，峰排桂岭，秀流仙源”，云层泄下微光，照亮着窄窄的羊街，照亮着古宅古庙的白墙青瓦，照亮着质地沉重的木门，也照亮了一些脚步声和人语声，它们来自现实，也来自时间深处。一直走，任何一条青色的石板路都会将脚步带往青色的长江，带向千万里之外的远方。

从江南来到位于长江之首的李庄，时空的转换并不明显，这满目的葱茏和薄雾、江岚杂糅而成的暮春气息，和江南多么相像，和无数南方古镇多么相像。然而，当我尾随着一位诗人，掀开一家茶馆的门帘，走进空无一人的小店，眼前忽然变得幽暗，耳边忽然隔绝了人声，时隔八十年并不遥远的历史如惊涛骇浪汹涌而来。庭院，祠堂，庙宇，纪念馆，老邮局，我们一次次穿行其间，一次比一次更深地走进了李庄的内部。

“同大迁川，李庄欢迎。一切需要，地方供应。”

我久久凝视着这十六个字，不是沉醉于这一横一竖、一点一捺的汉字之美里，而是震撼于这字字千钧里蕴藏的博大胸怀和豪迈气概。抗日战争爆发后，上海国立同济大学校园在日寇轰炸中仅剩断壁残垣，无处安放“一张平静的书桌”，经过三年流离、六次内迁，“千里流亡，亟待整理”的同济大学等机构，急需搬迁至川南一带，让民族文化能够薪火相传。1940 年 8 月的某一日，李庄羊街 8 号，乡绅罗南陔的府邸内聚齐了张官周、杨君惠、宛玉亭、范伯楷、杨明武、邓云陔、张访琴、李清泉、罗伯希等全镇名流，商议同济大学和“下江人”来李庄安身的大事。

写下这十六字电文的罗南陔，留在黑白照片上的容颜那么儒雅、清瘦，甚至孱弱。他写下这十六个掷地有声、字字千钧的字时，手腕可曾犹豫？指尖可曾颤抖？是否有人阻拦？是否有人在他身旁叹息？他可曾想到，这言简意赅的十六个字，泪湿了多少读书人的眼睛？在当时的地图上连名字都找不到的李庄，这仅有三千人的小镇，将会涌入一万多中国最顶尖的知识分子和读书人？

梅贻琦、傅斯年、李济、梁思成、林徽因、金岳霖、董作宾、童第周、唐哲、石璋如、陶孟和、梁思永、吴定良、李方桂、莫宗江等来了，同济大学的教授和莘莘学子来了，中央博物院和中央研究院的历史语言研究所、社会科学研究所、人类体质学研究所等三家国家级研究机构以及梁思成所在的中国营造学社来了，“九宫十八庙”悉数腾出，“各公私处所均已不顾一切困难，先后将房舍让出，交付同大”，在西南大地的僻静一隅，终于安放下了一张“平静的书桌”。李庄敞开的胸怀，是战壕；李庄敞开胸怀接纳的人们，不仅是学者，更是战士，为中华文脉的保护和传承而战。

“是谁用带露的草叶医治我，愿共我顶风暴泥泞中跋涉……无问西东，就奋身做个英雄……”

电影《无问西东》主题歌在我耳边响起，我仿佛看见八十年前的李庄将自己化作了一枚带露的草叶，医治着中华文脉的伤。这是李庄给我的第三个意象。

整整六年，李庄的一草一木、一砖一瓦见证着中国知识分子、精英在艰苦岁月中的人格力量和创造的一个个学术奇迹。

石璋如从昆明到李庄一路惊魂，汽车司机“打开车灯吓老虎”，梁从诫记忆里最深刻的是“夜里狼群竟转着车厢嗥了半宿”，还有强盗，还有疾病，还有死亡。

梁思成夫妇贫病交加，典当衣物度日，梁思成因颈椎病痛无力起身，竟用一个花瓶顶住下巴支撑头部继续工作。身患重病的林徽因，听闻毅然从军的弟弟林恒在空战中飞机尚未起飞便已遭轰炸阵亡的消息。暮春的午后，我仿佛还能听见她的痛哭声被她声嘶力竭的咳嗽声淹没。

童第周毅然归国和四万万同胞共赴国难，和夫人叶毓芬在李庄用金鱼、青蛙作生物实验，简陋的旧居内，回荡着他和来此参观的英国学者李约瑟的对话——“我是中国人”“不可思议的奇迹”。

李济的两个女儿李鹤徵、李凤徵，因医疗条件太差，相隔不足两年，相继在李庄香消玉殒，一个十七岁，一个十四岁。旧居斑驳的墙上，照片里的女儿们仿佛还在说，我长大了也要考同济大学。

禹王宫，当年同济大学的本部，还响彻着364名青年教授和学生的慷慨宣誓，他们投笔从戎，慷慨赴死。

一座座古老的庵堂寺庙里，还依稀闪现着无数中华文化的传承者和捍卫者的身影，他们面如菜色，身形清瘦，衣冠整洁，眼神坚毅。战火映照着他们高贵的人格，映照着铭刻在他们心里的两个字：家国。

在那段苦难岁月里，梁思成夫妇完成了《图像中国建筑史》等一批重要著作；唐哲、杜公振等完成了《痹病之研究》，成果挽救了上万人的生命；金岳霖开始了六七十万字的《知识论》的书写；吴金鼎、王介忱、李济等人的川康考古收获颇丰；陶孟和主导编纂了抗战以来经济大事记和《1937—1940 年中国抗战损失估计》；李霖灿、董作宾等人也完成了轰动学术界的象形文字研究著作……

而做出巨大牺牲、成为中国抗战大后方四大文化中心之一的李庄，也受到了文化的反哺，根治了流行的麻脚瘟病，李庄的孩子们受到了空前良好的教育。世界也在李庄人面前打开了另一扇窗，当时，国内外邮件纷至沓来，信封上只要写上“中国李庄”就可准确送达，李庄也成为中国绝无仅有的李庄。

入夜的李庄宁静古朴，走在小巷里，能深深感觉到这个被誉为“中国文化的折射点、民族精神的涵养地”的古镇，仍然是一座生活着的古镇。孩子们在屋檐下欢笑着玩着古老的游戏；白糕店里，女人们用背篓背着孩子，给街坊们称着手工做的白糕；两位年长的妇女一人一把小竹椅，对坐在溪流两边，一边打毛线一边聊天；街边亮着灯的门廊里，一位老人给他的老伴轻轻捶着颈背；一家裁缝店很像我故乡楚门镇上母亲三十年前开的裁缝店，再晚一点，他们会将一扇扇竖的门板装上去，关灯回家。时光如穿过街巷的溪流涌动着，仿佛带走了什么，又仿佛什么都没有带走。

和平年代，读书人的风骨与担当已无需经历战火的考验，但身后仍有无数双眼睛在凝望。中国李庄，也许就是这样一双眼睛。这双眼睛曾是裹在一个巨大伤口上的草药，风干成了一枚彪炳历史的勋章，这是李庄给我的第四个意象。

谷雨将至，清晨的长江边，一群写书人坐在奎星阁吃早餐。我曾尾随他进入空无一人的茶馆的诗人谷禾兄说，来过李庄很多次，与茶馆老板熟识了，常去叨扰他，不知如何感谢，老板对他说，你送我一首诗吧。

一枚暮春的落叶应声落在桌前，抬头见青色的长江浩浩汤汤滚滚东去，想起电影《无问西东》里曾为之流泪的一句台词：“这个时代缺的不是完美的人，缺的是从自己心底里给出的真心、正义、无畏和同情。”不知为什么，此刻，我还想起距李庄三百多公里的三星堆文明；想起距李庄两千公里的大漠深处卫星发射中心掠过耳边的猎猎风声；想起距李庄一千八百公里处长江入海口的滚滚波涛；想起与我的住处一江之隔的跨湖桥文化遗址内，八千年前的独木舟静卧在水下六米；想起人类留在月球上的脚印，热泪忽然在心里滚滚而下。

（原载《十月》2021 年第 5 期）

苏沧桑，中国作家协会会员、浙江省作家协会散文委员会主任、浙江省散文学会常务副会长。在《新华文摘》《人民文学》《十月》等发表文学作品四百余万字，出版散文集《等一碗乡愁》《纸上》等多部。多篇散文作品入选全国各类散文选集、散文年选、排行榜、教材读本，并被应用于中高考试题。曾获“十月文学奖”等。

约　定

苏　敏

九月的天空，蓝得那么澄澈，那么纯粹，似乎容不下任何一丝杂质。偶尔一片云朵飘过，也迅速被从远方而来的秋风吹散，如烟如缕。放眼远处起伏的群山，横亘而来，如同气势磅礴的千军万马，又好似载歌载舞的众神。

抬头的一瞬，突然就热泪盈眶起来。

也许是中午大酒的缘故吧。一帮写作上的前辈盛情留我这样的一个后生吃酒，席间三杯两盏，觥筹交错。尽管是第一次见面，但仿佛我们已经认识了多年。

这些年来，我独自一人在遥远的异乡打拼，算是尝尽人间冷暖，历经世态炎凉。无数个黑夜里，燃起一盏青灯，打开电脑，用写字的方式与这个世界对话，暗自疗伤。因文字而结缘的众多师友，我甚至不能一一叫出他们的名字来。他们用仁慈宽厚、豁达胸襟，接纳了一个他们素不相识的异乡漂泊者。这常常令我感动。

在这样的一个小城里，虽与他们近在咫尺，再远也不过几十分钟的路程，我却因琐碎之事的忙碌，很少与他们联系，有一些甚至从未相见，仅与他们有些网络上的零星联络，但他们却在背后默默地关注着我的每一篇文字，关注着我的每一点进步与成长。这真的出乎我的意料。

严格意义上讲，我并不是一名纯粹的写作者。我算是一个胸无大志的人，是一个缺少生活情趣的人，我大部分的时间和精力并没有用在码字上，我的才情也远不足以让我成为一名真正的具有一定水准的作家。我知道，我写下的这些文字，某种意义上，只是我打发孤独与寂寞，或者说是与这个世界倾诉的一种方式，有时甚至是自言自语。生活给了我太多的不幸，我在这些文字里欲去寻找属于我自己的心灵伴侣，和精神的乐园。仅此而已。

但文字给我的，远远超出了我的付出。每一次，因为我的这些文字被认可，或获奖，我除了发自内心的荣耀、激动、感恩之外，其实我更有一种难以言说的焦虑。据说，获过诺贝尔文学奖的大师们，在获奖之后很难在文学创作上有更高的建树。尽管我获得的这一些奖项，它远远不能与之相提并论，但这种由获奖而带来的不安与惶恐，我想大多是相同的。

此刻，我正站在马路旁等一辆车。它正从几公里外的地方朝我而来。领完奖，喝完酒，见了几个曾经的同事之后，我要回另一座我寄居的城市。这些年，因工作变动，我常年居无定所、四处流浪，我把但凡能容我七尺肉身的地方，都称为我在异乡的“家”。我现在正在等车，我即将要回我的“家”去。

远处，群山奔涌，在夕阳的余晖下，层叠的山峦色彩斑斓，如同一幅写意的油彩。但近处林立的高楼，身旁呼啸而过的车辆，让我很快便从这样的画作中回到现实，我意识到，在大庭广众之下，我有些失态了。

等车的时候，女儿给我发来一个微信红包。这是她在学校里刚刚获得的一笔奖金，一共 400 元。也算是巧了，我今日也正是因为斩获一枚小奖而来到这里。女儿将奖金的一半给了我，另一半给了她的妈妈。我问她为何给我，她不再说话，仿佛这是她“蓄谋已久”

的一个约定。我一开始只是觉得好笑，又突然觉得无比幸福进而难过起来。不能说悲欣交集吧，但这样一种复杂的情感，的确迅速萦绕着我。

命运的捉弄，险些让女儿在一岁不到时就差点儿没了我这个父亲。当然，我觉得这不可能。怎么可能呢？我才刚刚成为一名父亲啊。我的女儿才刚刚学会喊“爸爸”啊。我想，这一定只是上天跟我开的一个玩笑而已。我并不认命。科学的治疗，强烈的求生欲，亲人精心的护理，让我闯过了一道道死神设下的关卡。

后来，为了生计，我义无反顾地踏上了异乡打拼的征程。我在某一段时间里，或者说在很长的时间里，常常为自己取得的某些成就而暗自高兴。比如，比在家时更高的收入，我所谓的职场经验，等等。不过，我终于在某一天知道，这些年，我在得到这些成就的同时，我失去了太多的东西，比如，这一生我再也不可能有父女之间本该有的亲密相处。

没有了陪伴，我完全错过了她的成长。她一天天长大，在我的视线之外，像是一个朋友家的孩子，在梦里她甚至像一个陌生的人。每隔一段时间，我就会惊讶。啊，你又长高了。啊，你都大二了。这可是当年那个趴在我摩托车后座的小姑娘啊，她什么时候变得如此乖巧与懂事了？

想到这些，我的眼泪又忍不住奔涌了出来。我曾以为我这一生已经不可能再会有如此煽情的时刻。受过太多的伤，经历过太多的人生悲欢，我怎么可能还会热泪盈眶？我常觉得现在的我已经变得世俗而现实，有时甚至变得麻木而冷血。我几乎不再相信眼泪。这世间还有什么可以让我能够如此动情呢？

天边的夕阳离群山越来越近。它下沉的速度，从开始的缓慢，到现在的越来越快，仿佛只有几分钟。我想，这大概是时间亘古的约定，也是那些起伏的群山与太阳忠贞的约定吧。尽管每天夕阳西下的景象都会这般重复，但它们之间却一直这样彼此信守，这样含情脉脉，这样深情。群山之外的我呢？相比起这亿万年的阳光，这古老的群山，我什么时候开始少了这样一份执着与柔情？

网约车准时来了。这大概也算是一种约定吧。人生的旅途，有太多的风景，但因众多的缘故，我们或许来不及驻足和欣赏。对于异乡的我来说，或许多的是彷徨，是孤独，是疲惫，是迷茫，是不如意。但当我想到，在我看不见的地方，还有如此之多默默关注我的友人，还有那无论怎样也割裂不断的亲情与爱，他们正在远处默默地给我一份这样无声而温暖的约定，眼泪又禁不住流了出来。

收起这远去的思绪，我上了车，关上车门。师傅播放的是海子的《九月》，乐曲苍凉而悠远。车窗外，夕阳渐落，群山渐远，夜色开始慢慢降临。

（原载《温州日报》2021 年 9 月 21 日）

苏敏，男，1979 年生，安徽安庆人，浙江省作家协会会员，入选浙江省新荷人才计划、温州新峰人才计划，作品散见于《青年文学》《天津文学》《文艺报》《文学报》等报刊，入选各类散文年选，获 2019 年度文学之星·温州散文家奖。

田野的浪

孙道荣

大多数的时候，田野是安静的。它一旦浪起来，是真浪。

最浪的是麦子。麦子还是青苗的时候，青涩、嫩绿、羞答答的样子，再说，那还是冬天呢，谁傻乎乎的在寒风中浪？到了春天，麦子拔节，呼啦啦长高，像少年长出了喉结，咕噜噜响着青春的嘹亮气息，这时候，它就有点春心萌动了，遇到一点春风，就摇曳生姿，一棵麦子摇了，又一棵麦子摇了，千万棵麦子一起摇起来，就有了浪的样子。不过，这还不算真正的麦浪，必得到了五月，麦穗开始泛黄了，麦芒像胡子一样恣意生长，初夏的风一起，一株麦穗抵着另一株麦穗，千万株麦穗向着村庄的方向，或者向着远方，挥手，呼唤，一浪接一浪地奔涌，翻滚，你看不见麦浪的起处，也望不到麦浪的边界，整个田野都是金黄的麦浪，像一大片沸腾的流水。这才是真正的麦浪。

稻浪也是这样。稻还是稻秧的时候，风一吹，虽然也是一波碧绿，赶着另一波碧绿，但我们不叫它稻浪，春风翻开稻叶，上面是青的，下面也是青的，它还嫩着呢，算不上稻，更像风吹皱了一池的绿水。唯有水稻开了花，抽了穗，稻秆也熟成了金黄色，你站在村口，眺望水稻田，你的目光追着风，风追着奔跑的稻穗，这才是让人心神荡漾的稻浪。

只要有风，田野里就到处有浪。

野草也能够浪。它们一般不长在庄稼地里，那会被眼尖的农民伯伯一把拔掉。它长在田埂上，荒地上，这就安全了，可以想怎么长，就怎么长。大风往往是从荒野上开始刮起来的，你也可以理解，旷野的风，是从一棵野草身上刮起来的，一棵野草将风的消息告诉另一棵野草，一棵又一棵，旷野之上，就到处都是风的消息了。尤其是一条笔直的田埂，风从一棵野草背上，跳到另一棵野草背上，层层叠叠，就是野草的浪。

野花就不能浪吗？田野上的花嘛，都算是野花，它们是邻居，也是亲戚。风来了，就是她们共同的客人，她们就舞起来，颤抖起来，一波接一波嗨起来。野花与野草又终究是不同的，她们是有分寸的浪，含蓄的浪，浪大了，浪过了头，花容失色，一地花瓣，不雅呢。但花的浪里，是掺了香的，各种田野之上的香，从花浪的尖上扑面而来，让人沉醉。

平地上的浪，是水波样的，无论是麦浪，还是稻浪，也无论是草浪，还是花浪，都是一浪赶一浪。浪到了尽头，遇到田埂，那是地的分界线，它就翻过去，把浪从张家的地，传给李家，从李家再传给赵家，浪是不分你我的，都是兄弟。这时候的浪，就像赛跑时的接力棒一样，只不过它们的衔接更流畅，天衣无缝。如果田埂太高，或者那边的是空地，浪传递不下去了，也不急，不恼，不慌乱，它就再浪回来呗，像水到了天的尽头，打了个旋涡，又转身扑了回来。倘是斜坡，或者丘陵，浪的样子就凶猛得多，壮烈得多，浪从高处兴起，往下奔泻，犹如飞瀑，一去不回头。

比庄稼和花草高出很多的树，它们浪得更凶，小风时，它们小浪，大风时，它们大浪。即使一点风也没有，有的树也能自己浪一浪。比如竹子，它们喜欢长在村前屋后，跟人做邻居，也有调皮的竹根跑得太远，竹笋钻出来一看，怎么独自钻到野外了？不过，没关系，它们很快会自成一片竹林，突兀在荒野之上，不管是有风还是没风，你从远处眺望它们，它们都顾自摇曳，生浪，且簌簌作响，看起来就像荒野上一群人在招手，在呼喊。

无风时，田野是安静的，你站在村头从西往东看，或者是从北往南看，庄稼和野草，都平静地站立，像睡着了一样。这时候，它们的浪在心里，是自下而上的，从扎根的土里，沿着枝干，蹿到稻尖、麦尖，或者草尖，等到有一点点微风，它们就自尖尖里冒出来，以最快的速度集结成浪。这个心浪，须得一个天天和庄稼打交道的农人，才能感受得到，他们懂得田野之上，每一株植物的心思。偶尔下乡看风景的城里人，是看不出来的，他们猜不出一棵庄稼的想法，也看不透一朵野花的浪漫之心。

炊烟会浪吗？斜阳下，农人直起腰，看到了被田野包围的村庄之上，一柱炊烟升起来了，又一柱炊烟升起来了，家家的炊烟都升起来了，开始是笔直的，微风一吹，像旗帜一样飘起来了，那是从村庄里吹过来的热浪，是妈妈的呼唤，也可能是妻儿的等待。人们从田野的各个方向，向村庄走去，他们牵着牛，扛着锄头，挑着谷物，回家。没错，那是生活的浪。

（原载《解放日报》副刊《朝花》2021 年 7 月 8 日）

孙道荣，中国作家协会会员，现供职于萧山日报社。《读者》等杂志签约作家。作品获全国小小说优秀作品奖、中国新闻奖等。已出版作品《你有多重要》《月光的声音》《看见自己生命的惊人光芒》等十九部。

春　昼

孙敏瑛

一

院子里很安静。

温暖、洁净的日光照着，花草的香气幽幽蒸腾，飘散。

柔软碧绿的草丝挤满了小石子间的缝隙，南边墙角，有一片繁密的黄花酢浆草，其间星星点点夹杂着弯曲碎米荠的小野花，稍远一些，在矮阶下，还有一丛夏枯草，不知是什么时候长出来的，浅紫色的穗泛着柔软的亮光，穗上，一粒粒小白花开得素净，花朵只有水滴一般大小，样子却很奇特，就像一个个戴着风帽的白衣侠士，正甩动长长的衣袍踏歌而来……

我搬了把藤椅在门前坐着，手里是那本看了好久的书，我从中间夹了书签的地方开始，继续往下看。

在这样一个阳光如棉的春日的早晨，我的心神常常是松散的，有时也会凝聚在书页间，或化成一只小蝶轻盈地停在花穗上，或成为一只蜜蜂在花蕊里唱歌——有一瞬，我觉得那不是我的幻想，因为那种停在花穗上、歇在花蕊里的感觉是那样真实——有位充满智慧的长者曾经告诉过我，人有怎样的本领，寻常的眼睛一般无法看见。人们所能见的，无非只是用来禁锢灵魂的无趣而呆笨的躯壳。而且，依照我几十年的人生经验，那些木讷而沉默的人，常常怀着过人的本领，他们只是为了保护他们深藏的秘密，装成那样而已。我希望，我也是这样的人，我更希望，我的灵魂能比我的躯壳恬美。

门前的梨树长了已有十余年，种下时只有一根光光的枝条，如今已经长开了，枝条东西南北四处伸展，乱蓬蓬的。前一阵子，一位邻居借了她家的园艺剪给我，并帮我把它们好好修理了一番，现在，整棵树看上去秀气清朗，花朵开在阳光里，轻盈、柔软，洁白而单纯，像冬日里的某个清晨，我在小院中无意间邂逅的几朵随风散落的初雪。

几只白颊儿的小山雀在枝头嬉戏，它们模样相似，叫声细碎好听。不知道天寒地冻的冬天它们用什么喂养自己，一只只皆是那样胖乎乎的一小团一小团，在梨树枝子上蹲着，或轻盈地跳跃。

这棵梨树每年都会结好多果。果子虽然只有拳头那么大，但水分足，也甜。自从鸟儿来到这里，发现了这个秘密，高枝上的果子我就再也尝不到了。它们比我更馋，还没等果子成熟，它们就用喙先尝为快，它们啄剩下的，是蚂蚁的。矮枝上的果子，才是我的。

二

一月最起初的几个日子，我拿了一把小锄头在院子里翻地。

我蹲在那里，认认真真地拣出泥里的石头、较大的枯枝或败叶，那些凌乱的在小风中瑟瑟抖动的野草也被我一并清除，只是巴掌那么大一块地，一两日就侍弄干净了，然后，我把刚买的鸡毛菜种子撒上去。

泥土是黝黑的，种子也是同一个颜色，那些小颗粒被我撒到地里之后，就再不能用肉眼分辨，我只是凭着感觉，撒的时候，尽量让它们分布得均匀一些。

好几个白天过去，我到院子里看看，地里没有一点儿动静，种子们好像都睡着了。

我摊开手掌，感觉风是凉的，每一缕风都带着阴柔的气息。有着这样的风吹着，种子们应该并不需要我给它们浇水吧？我也担心水的冲击会让那些微小的种子挤到一块儿或跌落到没有土的边沟里去。

过了十来天，再去看，密密麻麻乳白色的小芽已经从地里抽出来了。一棵一棵，样子有一点点孱弱。有一些小芽上还戴着溜圆的灰色的壳，表明它们之前的身份，看上去有些滑稽。

我仍然没有给它们浇水，因为，雨点会时不时从天上下来，清凉的雨滴，有成千上万颗，它们落进土里，瞬间消失不见。

每次去院子里，都见小苗们纯净、滋润，精神抖擞。它们享受着雨水的滋养，也享受阳光与清风，在我不留意的白天或夜晚，一点一点缓慢地长高长大，变得越来越挤，直到再也看不见它们脚下的泥土。

差不多两个月后，我在长势密集的地方拔了一把青碧的菜苗，好让剩下的小菜苗能有更多生长的地方。

那把拔来的蔬菜，是如此的鲜嫩，只是被我稍微洗一洗，就整棵整棵地撒在汤面上。水沸起来的时候，看见嫩黄的金针菇一沉一浮，小菜苗则碧如翡翠，想起它们还是一颗颗比芝麻还要小的不起眼的种子的时候，想起为了种下它们我一点一点清理地里杂物的时候，我就会觉得心满意足，好像生活从来也没有辜负过我。

三

倘若需要清洗的衣服不多，我就会偷懒，不去四楼顶上的阳台，而是把它们挂在三楼走道东面那两只窗钩上。

刚刚出水的衣服，湿漉漉的，滴滴答答往下滴水，过不了多久，所有的水珠便一颗一颗飞快地被阳光和风掳到别处去了，只剩下干透了的衣裳，洁净、平整，像被熨过。这样的衣服穿在身上，微微地透着阳光、清风和草木的香，令人心中松快，脚步轻盈。

然而，一日午间，我去收衣服的时候，发现窗钩上挂着的那件豆绿色的长裙不见了。

我从窗口尽可能地探出身体，目力所及之处，皆没有它的踪影。

我去楼下的小巷里找过，梨树下找过，月季花丛里也找过，还有井边、茶树下……哪儿也没有，最后只在楼下的青石板上捡回一只孤零零的衣架。

那件豆绿色的长裙，我并不常穿，但是被风掳走以后，好长的一段日子过去，却一直不能忘掉。

四

有时候，我在还未看完的书里，会找到一两片树叶，它们被当作书签夹在书页间已经很久，干枯了，失了在枝头时的青葱润泽，变得平整、脆薄，也没有了昔日的清香，叶脉却愈加清晰，几乎是纤毫毕现，依然能让人准确地认出它们从前的模样，知道它们来自哪一棵树，要么是玉兰树，要么是樟树，要么是乌桕树……它们都是从附近那座小山上来的。

这座小山的半山腰上有一座凉亭，许多人走到这里，都会歇一歇，不是累了，而是喜欢这里比山顶更幽深的绿荫。他们在亭外的空地上，面朝一隅，深深地吐纳，摆臂，深蹲，跳跃，摇晃……树木的香气、野灌木的香气和各种花草的香气，随时供任何人享用。

离开亭子往上的路有两条，一条是石板路，是人工修成，从山脚开始，一直铺到山顶。另一条则是荒草小径，是一些喜欢野趣的人踩出来的。我曾不止一次从这条小路往上，在山间绕来绕去，走到山顶，所费的气力要比走石板路多得多，时间也更久，但得到的趣味也是成正比的。

小径两旁的野草，到了暮春，就已经长得十分茂盛，只要蹲下，差不多可以将人完全遮住。有时，草丛深处会忽然簌簌簌地抖动起来，飞快地，由远及近，让人暗暗心惊，好像马上就会出来一头噬人的妖怪或者野兽，可是，等我加快脚步到了安全的地方，再回头看，风平浪静的，什么痕迹也没有，似乎刚才那一刻，只是碰巧经过了一阵从山谷中吹来的风，借着这缕风，某一群小草随性舞蹈了一会儿——这些生长在天底下的野草，一年年，返青又枯黄，得不到任何照拂，它们只能自取所需自得其乐。

植物们是有感觉的，我一直这样觉得。

我曾有过一盆含羞草，一碰它纤细的叶子，它便会害羞地收拢枝条，甚至，突然将枝子跌下去，让人不忍心再给予它伤害。

我的这个想法后来居然得到了印证——有人做了一个实验，将一台记录测量仪和植物相互连接起来，然后假装想用火去烧叶子，就在他刚刚划着火柴的一瞬间，仪器记录到明显的指数改变——那是因为，植物们害怕了。

既然会害怕，那么，那些沉默的野草，开心了也会笑，难受了也会哭，一有担心的事情，也会整夜整夜地睡不着觉吧。可是，风吹来了，雨落下了，日头烤在身上，还有无情的刈割和沉重的践踏……许多时候，它们只能默默地承受一切。这样看来，人是不如草的，人只会喜欢美好，却无法心甘情愿承受野草这样的命运。

快到山顶的地方有一大片向阳的草坡，上面满布着一种灌木，每年清明过后到立夏之前，灌木丛里总会结满浆果，一颗一颗，樱红如玉，酸酸甜甜，似星星一般在草丛中闪耀，多不胜数，没有人到了这里会空手而归，今日采了，明日还会有，明日采了，后日还会有，源源不断，让人心生喜悦。这奇妙的山珍，不知机灵的野山兔们、松鼠们，还有沉默机警的小刺猬们，是不是也会来尝一尝，或者干脆搬一些去自己的窝里藏起来。

今年春，映山红似乎开得比往年早，也开得更久，过了小满，它们仍在山上燃起一丛丛火，热情无比。我去山上流连的时候，曾在小径上邂逅过两个年轻人，擦肩而过的刹那，我听他唤她的小名，还见他细心地为她拉开路旁带小钩的野藤。他的微笑让人觉得温暖。那个女孩子，却是很平静的神态，不像是沉浸在爱情里。我就有一点点为那个男生担着忧。我希望那女孩不要只看外表，比外表更重要的是一个人的品性。

可是，年轻的时候，谁又会想到那些呢。

（原载《散文》2021 年第 4 期）

孙敏瑛，浙江温岭人，中国作家协会会员，作品发表于《清明》《青年作家》《散文》《雨花》等，多篇散文入选中国年度散文精选，著有散文集《一棵会开花的树》。

小城国旗馆

谭　谈

正是春意最浓烈的季节，我们走进了位于东海之滨的瑞安小城。

小城的一座山头之上，飘扬着一面五星红旗。那里就是小城人引以为傲的国旗馆。这座总建筑面积达 2600 多平方米的国旗馆，外形就是一面中华人民共和国的国旗。无论是本地人，还是外来的游客，仰头一看到这座馆、这面旗，庄严感便油然而生。

春风里，我们踏着一级一级的石阶向上。远远地看去，这面红旗，如一团火焰跳动在蓝天白云之下，成了这座红色小城最亮丽的标志。

这面飘动在中国人民心中的旗与这座浙南滨海小城，有什么特别的关联，小城的人民要在这城之央、山之顶修建这座国旗馆呢？

故事得从中华人民共和国诞生的时候说起。1949 年 6 月 18 日，中国人民政治协商会议召开前夕，向全国人民公开征集国旗、国徽的设计方案。这个消息，让千千万万向往新生活的中国人心潮澎湃。很快，一个一个从国人心中涌出的国旗图案，从祖国各地汇集到了北京，摆到了国旗审议小组的成员们面前。参与设计的有艺术家，也有工人、农民、战士、干部，甚至连朱德总司令都拿出了自己的设计方案。在收到的数以千计的方案中，有一个方案，就出自这座小城人之手。它被编为第 38 号。几轮评审过去，它被淘汰了。评审组的成员们对留下的设计方案的草图，左挑右选，仍不满意。这时，评审组里的一个成员，我的一位老乡，也是后来被定为国歌的《义勇军进行曲》的词作者、大剧作家田汉提议，将已被淘汰的第 38 号方案又挑了出来复议。最终，将此方案做些修改，去掉大五星中的镰刀斧头标志，报送给我的另一位老乡——那个中华人民共和国的缔造者面前……

不知攀登了多少个石阶，我们终于踏上了国旗馆前面的广场，仰头看去，馆如旗，旗似馆。顿时，一种庄严感从心中喷涌而出。又登了数十级石阶，我们走进了国旗馆序厅。这个厅，设于四层展厅之外，独占四层展厅之高。迎面的那面高墙之上，是蓝天，是白云。蓝天白云之下，立着挺拔的旗杆。随着雄壮激昂的国歌声，一面五星红旗，冉冉升向蓝天。所有立在旗前的人，屏住呼吸，目不转睛地望着缓缓升起的旗帜，这一刻，每个人的心，都在一个节奏上跳动……就是这面旗帜之下，就是这首歌声之中，我们这个古老民族昂首挺胸走进世界民族之林，赢得了国际地位和世界声誉！

我们走入第二楼的展厅，面对一个雕塑凝望。这是一个一手拿纸、一手握笔，仰头望着星空在沉思的汉子。他就是从瑞安小城里走出的国旗的设计者曾联松。雕塑家捕捉国旗设计者这一个望星星、盼月亮的瞬间，将其永久地凝固在这里，是想告诉每天前来的一批一批参观者什么呢？

瑞安，是一座有一千三百多年历史的古城。当年，这里的先人们，将此地号为瑞安，意即天瑞地安，寓意多么的美好！这个名字里，寄托着这里的先人对美好生活的向往！可是，千百年来，向往只是向往。特别近百年来，外人欺凌，内战不断，民不聊生。天哪来瑞，地哪来安呀！

而此刻的我，心里止不住地想，这个一手拿纸、一手握笔仰望着星空的曾联松，在下笔描绘新中国国旗的时候，他在想什么呢？

他是一个1938年就加入了中国共产党的老党员，一个从瑞安这块红色土地上走出去的人，一定想起了故乡的烽火岁月……瑞安，是浙江32个革命老区县之一，是浙南最早开展共产党活动的地区之一。1926年，就建立了中共瑞安小组。1928年，瑞安人陈卓如，在驮山建立了浙南地区第一支农民武装队伍——驮山农民赤卫队。1936年，由刘英、粟裕开辟的五云山革命根据地，是浙南地区对敌斗争的前沿阵地，素有“浙南井冈山”之称。1948年，中共浙南特委，在瑞安湖岭镇的巾子山创建浙南游击纵队，配合解放大军南下，率先解放了温州地区十多个县域，使这一方地域的人民，早日沐浴到解放区明丽的阳光；中共浙南特委在这里创办了《时事周报》，后更名《浙南周报》，成为浙南地区革命战争年代的一盏明灯。革命的年代里，这块土地上，先后有五百八十多位仁人志士，为中华人民共和国的创建，献出了宝贵的生命！

从自己的故乡瞭望开去，这位设计者，一定还看到了井冈山，看到了延安，看到了瑞金，看到了湘鄂西，看到了大别山……看到了一个一个革命根据地的红色的土地！也看到了一批一批为革命的胜利，为中华人民共和国的诞生，抛头颅洒热血的先驱们！于是，他面前呈现出了一片壮阔的红土地和烈士们的殷殷鲜血……共和国就是从这些红土地上走出来的，就是先驱们用鲜血争夺来的呀！瞬间，这壮阔的红土地和烈士们的鲜血融为一体，化作了一面巨大的旗，在他心中飘扬！从这片红土地仰望星空，亮晶晶的北斗星出现在他眼前，顿时，心里一阵冲动，几颗星闪动在这红土地和鲜血般的旗帜上。也许，这一刻他想到了，自己这个灾难深重的国家，从此将走出苦难，走进繁荣富强的明天。自己的家乡，将会是名副其实的天瑞地安了。于是，一面红旗上，四颗小星围绕着一颗大星的方案，便出现在他的设计草图上了。那颗大星星，代表共产党。而四颗小星星，则代表工人阶级、农民阶级、小资产阶级和民族资产阶级……

在1949年9月27日的中国人民政治协商会议第一届全体会议上，通过了曾联松设计的国旗方案。10月1日，礼炮声中，站在天安门城头的中华人民共和国的缔造者的巨手，按下了升旗的电动按钮，这面旗，便飘扬在天安门广场上空。从此，这面旗帜成了这个泱泱大国的形象，出现在各种各样重要而庄严的场合里……

据此说来，小城的人民，当然有理由建立这样一个馆，来收藏这一小城人的荣耀，来教育小城的人们更加的爱国家爱家乡。这里成了瑞安爱国主义教育的重要基地。

国旗馆建设高度为19.49米，象征中华人民共和国成立于1949年。馆前升旗杆高20.19米，代表开馆时是2019年，建国七十周年。全馆共四层，布展面积近2000平方米，包括序厅、国旗诞生厅、国旗知识厅、国旗荣耀厅、瑞安发展厅和尾厅、附属厅等，详细介绍了国旗的制作、国旗的含义、国旗的标准规范、国旗与天安门广场、国旗法等内容。还有从国家博物馆、中央档案馆、天安门地区管理委员会等单位收藏中复制的36件藏品。有一面巨大的国旗，则是天安门国旗班捐赠的在天安门广场上升起过的原件！

一个中国人，走进国旗馆，将受到一次爱国的教育，心灵的洗礼和情感的升华。

不觉得，离开瑞安多日了。而那座厚重美丽的小城，那座庄严丰富的国旗馆，总在心里头映现，使人满心暖暖的。

（原载《浙江散文》2021年第1、2期合刊）

谭谈，1944年出生，湖南涟源人，曾任中国作家协会副主席、湖南省文联主席。出版作品六百多万字，主要作品有《风雨山中路》《山野情》《山道弯弯》《山水相依》及《谭谈文集》等。

寄旅孤山苏曼殊

王楚健

黄昏时分，一钩残月在朦胧的夜空中若隐若现，如黛的青山环绕着一湖春水；堤岸垂柳依依，像少女的秀发随风飘拂；湖畔古道上，一位头戴毡笠、身着蓝袍的高士骑着黑驴踽踽独行……如此唯美的意象从一幅国画里发散出来，典型的文人画笔法，以水墨小写意为主，局部淡青绿、赭黄设色，潇洒疏淡；画面留白较多，意境空灵清幽。

这是一幅日本回流的纸本花绫裱立轴国画，左上角有流畅潇洒的行书题款：杨柳岸晓风残月，乙卯暮春写奉耆卿世伯大人法家正之，曼殊；钤印为朱文、白文“曼殊”各一方；右下角有一方朱文收藏印“家在天下第一江山”。不用猜测，此画作者就是清末民初生命如烟花般璀璨而转瞬即逝的旷世奇才苏曼殊，创作之时应是 1915 年 5 月。时年 32 岁的他，距病逝倒计时只有一千余个日夜。画作上款“耆卿”不知何许人，与北宋词人、婉约派最具代表性的人物柳永表字相同，可能正是这样的缘故，令苏曼殊萌生灵感，一挥而就，表达柳永名作《雨霖铃》的词意：“今宵酒醒何处？杨柳岸，晓风残月。此去经年，应是良辰好景虚设。便纵有千种风情，更与何人说？”

那段经典词句反映了柳永在一个夜晚酒醒后的心境，以景写情，叙说对爱人的思念，充满离别的伤感，还有孑然一身漂泊江湖、流落天涯的孤独感。这何尝不是苏曼殊作画时的心境呢？苏曼殊一生放荡不羁，行过很多路，留过很多情，和柳永有着诸多相似之处，所不同的是他在乱世横冲直撞，身体和灵魂皆伤痕累累，反反复复出世、入世，来来回回游走在释俗两界的边缘。世人冠以情僧、诗僧、画僧、革命僧等各种封号，却极少读懂他的灵魂为什么总是充满矛盾、焦虑、彷徨和绝望。

苏曼殊原名苏戬，字子谷，学名玄瑛。他出家后，长老赐其法号曼殊，梵文为“妙”的意思，世人尊其为“曼殊上人”。曼殊确实有大才，通晓日文、英文、法文、梵文等诸种文字，先后翻译了法国作家雨果的长篇小说《悲惨世界》以及英国诗人拜伦、雪莱、彭斯、豪易特等的代表作品，并在诗歌、小说、书画创作等多种艺术领域皆取得了突出的成就。他是革新派文学团体南社的重要成员，诗风清艳明秀，别具一格，充满一种言有尽但意无穷的境界，影响着当时的诗坛。他的小说《断鸿零雁记》《天涯红泪记》《绛纱记》等，以惆怅、感伤、忧郁之情细腻地叙述了一个个使人梦萦情牵的爱情故事，有人谓其为鸳鸯蝴蝶派的祖师爷。他一贯的书画风格是用笔淡雅，线条简单，除了画佛像、抄佛经的题材之外，擅长山水画，常借烟雨迷蒙的“米家山水”笔墨写“潇湘奇观”“秋山萧寺”等，且喜以一位僧人观瀑、望云、泛舟、吹笛、踏月等形象入景，表现自己诗作中描述的“行云流水一孤僧”的清远意境。

然而，就是这样一位文艺大师，却身世坎坷，可谓生不逢时。他的出生之年（1884）以及此后二十多年，正是积贫积弱、饱受列强欺凌的晚清时期，卒年（1918）仍是战火纷飞、城头变换大王旗的民国初期。曼殊是中国广东富商和日本贫女的私生子，从小被乡邻和家族的歧视，童年过早地感受了世态炎凉，长期压抑、没有安全感的心理，逐步形成他孤僻、敏感的个性。这使得他在少年时期就对冷漠的家庭没有丝毫留恋，一度自投佛门，因犯戒被逐，后随表兄东渡日本寻母，就读于华侨主办的横滨大同学校。次年，苏曼殊来到他的出生地逗子樱山村小住，那里背山面海，悠远宁静，樱花盛开时宛如仙境，他认识了年龄相仿的当地少女菊子，两情相悦，擦出了温馨甜蜜的火花。但是，由于长辈的极力反对，性情刚烈的菊子竟蹈海殉情而死，从此曼殊背负情殇，一生不得安宁。永远失去的爱往往是最美好、最刻骨铭心的，随着樱花树下的初恋幻灭，曼殊只剩下流浪的灵魂，精神里凝成一种根深蒂固的洁癖，以至于此后虽然和很多女子相爱过，但是爱到一定程度就执拗地止步，排斥肉欲，只谈柏拉图式爱情，追求心灵沟通，成为常人眼里的“怪物”。当他目送一个个恋人哀怨地离去，又禁不住肝肠寸断，写下“芒鞋破钵无人识，踏过樱花第几桥”“一自美人和泪去，河山终古是天涯”“九年面壁成空相，持锡归来悔晤卿”等爱恨缠绵的诗句。

面对列强肆虐，山河破碎，家国离乱，曼殊曾经一腔热血，积极投身革命的激流之中，成为反清志士，反袁斗士，迫切期望革命早日成功，中华民族复兴。然而，他目送着一批又一批英烈喋血疆场，慷慨赴死，不禁悲叹朋辈凋零；眼看着一个又一个同志反目成仇，分道扬镳，甚至投敌变节，倍感痛苦绝望。由于他性格过于偏执、脆弱，承受不住接踵而至的打击，常常陷入悲观、消沉、茫然、抑郁，屡次因愤世嫉俗遁入佛门，又终究未能摆脱红尘，以玩世不恭的姿态回到现实社会，就这样徘徊在释俗之间，一生都在逃避。佛界，也许只是他的灵魂避难所，佛经是他一生中使用频率最高的“金疮药”，用来抚慰滴血的伤口；情爱，可能是他一生中剂量最大的“麻醉剂”，不断用以缓解内心的疼痛，每次药效过后，伤痛依然伤痛，孤独更加孤独。

几年前一个烟雨蒙蒙的春日，我行走于杭州西湖畔，在孤山北麓一处矮树林里找到苏曼殊墓遗址，当年由陈去病、柳亚子等友人合力营建的墓塔早已被毁，今人为他重竖的剑状六棱石塔以覆满青苔的样子耸立着，恰似曼殊孤傲的身躯遗世独立。从石塔外眺望烟雨西湖，曼殊笔下淡墨浅绛山水画般的意境就活生生地显现出来，那一派烟云掩映、风雨显晦的迷蒙景色，萧疏淡远，空灵幽寂。曼殊22岁那年秋天，为躲避清廷缉捕第一次来到杭州，立即被风月无边的西湖深深地吸引，他住在雷峰塔下的白云庵，白天去孤山写生作画，晚上回来禅房打坐，参悟佛法，从此与湖光山色结下难解难分之缘，短暂的余生尽管四海漂泊，却有十余次重游西湖，行吟孤山。有一日，曼殊在异域他乡魂牵梦萦西湖山水，情不自禁地画了一幅《水墨孤山图》，并在画上题诗："闻道孤山远，孤山却在斯。万方多难日，一坞独栖时。世远心无碍，云驰意未移。归途指邓尉，且喜夕阳迟。"

蓦然发现，这幅《杨柳岸晓风残月》描绘的风景无疑便是西湖了，高士骑驴踏行处不正是连接孤山的绿杨白堤古道吗？苏曼殊钟爱的倦游寄旅之所，终于得到友人的成全，成了魂魄的安息地，与南朝名妓苏小小墓南北相对，与北宋处士林和靖墓东西相邻，与同时代鉴湖女侠秋瑾墓隔水相望……这些孤傲清高的灵魂在此相聚，彼此不再寂寥。

据说苏曼殊葬于孤山后不久，人们惊奇地发现西湖边生长出一种非常奇特的花，每逢秋天，没有绿叶的衬托，就绽放出诡异冷艳的血红色，朵朵像变形而又纤细修长的手指，随风摇曳，仿佛朝人们打着哑语。不知是巧合还是宿命，这种名叫曼殊（珠）沙华的花，又名彼岸花，传说是开在冥界唯一的花，寓意无尽的思念，绝望的爱情，天堂的召唤。佛经上说："彼岸花，开一千年，落一千年，花叶永不相见。情不为因果，缘注定生死。"曼殊临终留下"一切有情，都无挂碍"的八个字，简直就是浓缩了这句话相同的表词达意：一切事物原本都是有情的，不过现在已了无牵挂。一钩残月曾经映照过的那缕孤魂，从此安放在湖山故事里。

一个世纪以后，新的秋天来临，曼殊（珠）沙华早已遍布西湖畔，它们迎风盛开分外妖艳，吸引游人驻足停留。人们解读花语时，不再旧调重弹，纷纷赋予各种新的含义，有人说它象征优美纯洁，有人说它象征相互思念，也有人从中读出了禅意：纵有千般衷情，不如拈花一笑。

（原载《牡丹》2021 年第 4 期）

王楚健，台州人，中国自然资源作家协会全委会委员，作品发表于《中华文学》《新华文学》《上海文学》《大地文学》《鸭绿江》《牡丹》及人民网、学习强国平台等，多次在全国性文学大赛获奖，著有散文集《无梦到江南》。

人　间

王　丰

母亲今年 93 岁，除了牙齿只剩三四颗外，眼睛、耳朵、手脚都还灵便。与人谈天，思维敏捷。平时打电话，我说出上半句，她就知道下半句我要讲什么了。说起来这是我们做儿女的福分，母亲尚在。

若不是去年跌了那一跤，母亲身体还照旧硬朗着呢。人一旦上了年纪，最怕跌了，跌一跤，元气就断了，很难恢复。

母亲跌那一跤之前，常年忙碌在老家的田地里，种玉米，种黄豆，种佛豆，种冬瓜辣椒，种萝卜青菜，总之，按季节一茬一茬地种，锄草浇水施肥样样亲力亲为，母亲虽个头不到一米五，却无比坚忍。待收获起新鲜菜蔬，必装到塑料袋里背到村脚公路边，见有人要到我居住的县城，就厚着脸皮托他带一些给我。隔三岔五地，寄新鲜菜蔬便成了她的另一种劳动。

黄豆，我的家乡叫六月豆，母亲年年都要种上一大块地。三月桃花芬芳，百鸟争鸣，母亲就背起二指锄头，挑起两小篓炉灰，到村后“传塘坞”那块地里去，打坎，点豆籽，撒灰，覆泥土，播下一路又一路的希望。

一场又一场春雨后，六月豆撑出了芽。

松土除草，撒石灰杀虫，老母亲就这样一套一套活路地做过来，到了酷热的六月天，豆秆、豆荚都黄了，母亲大早便起床，去地里将豆秆拔起来，一小担一小担挑回家，一丛一丛地晒到家门口的水泥坦（方言：石灰或水泥浇成的平地）里。等火辣辣的日头把豆荚炙裂，母亲高高举起跳栅（学名连枷）朝豆秆“噼啪噼啪”地敲打起来。打一遍再打一遍，豆子落在水泥地上，拣拾掉黄豆秆，筛去豆子里的碎石子、杂草，再晒上几遍，待豆子晒干燥了，就收入粮柜贮藏着。

母亲不折不挠地年年播种六月豆，想法很明确的：过年做几圈豆腐，用菜油炸一炸，炸成一坛坛黄灿灿的油豆腐，拿给儿子女儿过年吃。在老家，过年不炸油豆腐似乎不算是过年，炸了油豆腐，才是真正意义上的过了年。

农历十二月初，离过年没有多少天，母亲又开始张罗做年豆腐。

豆子贮存在老屋二楼楼上的粮柜里，母亲上楼畚了一小竹篓，扛上肩，一步一步走下楼梯。楼梯是木质的，因为楼梯里光线昏暗，离楼梯底还有两级时，母亲以为到底了，便迈开大步，当走平地一样，一脚踩空，连人带竹篓一下子跌了下去，头朝下，脸磕在楼梯底的踏石上。六月豆豆子，黄灿灿地洒满一地。母亲挣扎着想爬起来，可气衰力亏，怎么挣扎也起不来。

母亲跌得鼻青脸肿，头顶破了一小口子，右脚不能站立。急忙雇车送到县城骨伤医院，拍片后显示，右腿股骨头开裂，要住院治疗。

在骨伤医院住了二十多天，医生说可回家慢慢休养。我接她回家，在她床铺前摆了张钢丝床，主要是夜间好照顾她。俗话说，伤筋动骨一百天，母亲的右脚还不能挪动，下不了地只能躺床养着。

母亲一夜里要拉两三回尿，每一次，她都是轻轻声地唤我，生怕声音大了吓着我。每次服侍完，她不好意思似的轻声细语对我道歉："真对不住你，深更半夜的，让你受冻。"像三岁小孩做错了事向大人认错一般。

有一天晚上后半夜，万籁俱寂，我迷迷糊糊地听到母亲床铺上有动静，赶紧扭亮电灯，见母亲手里拿着条睡裤，身体已移动到了床边，挣扎着要下地。我问："要做什么？"母亲弱弱地回我："倒霉了，屎拉到裤子里啦，我拿去洗掉，搁在房间里不好，有气味的。"

"你脚不能走，走了又要伤着。"

我抢过母亲手里那条裤，摸黑拿到房间门口水池上，洗了。

回到房间，给母亲洗漱了一下，服侍她躺下，见她用皱皮露筋的手在抹眼泪："真是对不住，怎么能叫你洗我的粪裤呢。"

我说："小时候你给我洗了那么多年的屎裤，我从来没有想到过对不住你的。"

母亲生我时已经养过两个孩子，一个男孩养到六岁，一个女孩养到三岁，后来都夭折了。

我出生后，母亲视我若命根。

我生来体弱多病，特别爱拉肚子，六岁以内，几乎天天都在拉肚子，屎裤换得如走马灯快。母亲洗呀洗，从春洗到夏，从秋洗到冬。往年的老家，下半年雨雪的天气多，下霜结冰的日子多，母亲拿着我夜里拉过的屎裤，一大早就到冻了冰的村前的水沟里，搓呀洗呀，一双手洗得皮皱肉裂。村里人见了都唤她小名，说："瘪货呢，你苦就苦在洗儿子的粪裤。"

母亲总是微微一笑："不苦，只要他能大起来，再洗多少也高兴。"

（原载《杭州日报》副刊《西湖》2021年11月5日）

王丰，浙江省作家协会会员，中国散文学会会员。在市级以上报刊发表散文一百余篇。散文《笑对人生》入选中国残联《拼搏人生》一书，散文《六月，六月》入选《2017年浙江散文精选》。

月光下的凤尾鱼

王　寒

总觉得凤尾鱼在气质上更接近于江南，江南的桃花流水，杂花生树，更适合当它成长的背景。记忆中，灵江上成群地游动着凤尾鱼，“门前多是桃花水，未到春深不肯流”，凤尾鱼栖息于台州与温州洞头一带近海的水流中，每当春夏之交，它总要洄游到河口产卵，当灵江上的雌鱼满腹怀卵时，江南的桐花已落了一地。初夏的空气里，在橘子花的清香之后，是满架的紫藤和蔷薇的香，初夏的风掠过灵江两岸，稻禾像海浪一样，翻起来又翻过去，而此时的凤尾鱼身子变得越发丰腴。

在家乡，凤尾鱼十分常见，我们称为刀鲚、凤鲚，它体扁薄透，因为总是长不大的样子，故又称它为鲚苗。凤尾鱼除了刀鲚、鲚苗的叫法以外，当地人还称它为刀鱼。此外，凤尾鱼还有别的昵称，《本草求原》称之为“江鲚”，清时王朝的《雨窗琐录》称凤尾鱼为“斜鱼”。

刀鱼的名头甚是响亮，说到刀鱼，旧时跟鲥鱼、河豚一样被称为“长江三鲜”，著名美食家李渔说吃别的鱼都会吃厌，唯有刀鱼，“愈嚼愈甘，至果腹而犹不能释手者也。”旧有“清明挂刀，端午品鲥”的说法，清明时细雨斜织，是刀鱼最肥美的时候。刀鱼清秀俊美，宋人因其“貌则清癯，材极俊美”，称为“白圭夫子”。刀鱼有江刀、海刀、河刀、湖刀之分，海刀生活在大海里，江刀生活在大江中，河刀生活在河流中，湖刀生活在湖水中。各种刀鱼，以长江刀鱼为尊，多年以前，刀鱼是寻常食材，但现在身价倍增，一条清明前的刀鱼，价格上万元，几人堪食？在通往大海的江河中，如长江、钱塘江，都有刀鱼游入，个头也较大，有人还以钱塘江的刀鱼混充长江刀鱼来卖。而生活在小江小河里的刀鱼，是定居淡水湖的刀鱼种群，台州的灵江、温州的瓯江上有很多这种淡水刀鱼，这些被称为刀鲚的凤尾鱼，身长约十厘米，银白修长，银鳞细白，体形苗条，狭长如刀，个头比刀鱼要小得多，小者不到一两，大者也不过二两，它尾部分叉，形如凤尾，因而得名。作为长江刀鱼的近亲，虽然质味不及长江刀鱼，但同样肉质细嫩，味道鲜美。在《海错图》中，聂璜就称道说“身狭长而光白如银，首如鳓鱼而窄，腹下骨芒甚利”，因为这种鱼肚皮上有小锯齿，聂璜就根据这个特点称它为刀鱼，而把长江刀鱼称为鮆鱼。明代《异鱼图赞》说它腹下的骨刺“可以刈草”。

二十世纪八十年代初，我随父母到临海，那个时候，灵江的水非常清澈，每年春天，我都会与同学骑着自行车，结伴到江下渚看桃花。灵江北岸，有横山前村，村里有不少小渔船，不少村民都以在灵江上打渔为生。灵江那时有各种各样的鱼，春夏之交有凤尾鱼，在江南的细雨中，在温柔的月光下，它们快乐地游动着，渔民们驾着小船，撒网捕捞，一网下去，便有一片闪闪的银白。夏天里，江边有各种各样的虾，我们还在沙地里抓过虾。等到桂花香、菊花开，大闸蟹甚至爬到江岸上来，至于蟛蜞之类的沙蟹，滩涂边多得不得了，密密麻麻，窸窸窣窣，在滩涂上爬着，一有声响，“嗖”地钻进洞中。那时的灵江上还有很多鳗鱼，江边的钓鱼人，只要放下钓竿，总能有收获，要么是河鳗，要么是鲤鱼鲫鱼凤尾鱼之类。钓到鱼或打到鱼后，就在江边卖，有些道行老的人，起早去江边，直接从打鱼人手里买江鲜，那鱼真是透骨的鲜。

我读书时，在灵江上还看到过鸬鹚捕鱼。永宁江、始丰溪、永安溪上，也看到放鸬鹚的人，黄岩院桥沙门店一带，就有专门养鸬鹚卖鸬鹚的，还有交易市场，福建、贵州等地的渔民，也跑过来采购。灵江的竹排上，立着一排鸬鹚，头颈上用绳子结一活箍。鸬鹚下水捕鱼，捕到鱼后，自动飞回竹排吐出鱼来。运气好的话，一天捕到的鱼有三四十斤，黄颡鱼、石斑、圆眼鲚、凤尾鱼、倒刺鲃（将军鱼）、鲤鱼、鲫鱼、香鱼都很常见，有一二两重的，也有一二斤重的。

在瓯江，凤尾鱼也很多，当地有民谣："正月青蛄二月蟹，三月蓝胡虾蛄弹，四月鲚鱼蝤蛑虎，五月泥糍配散饭，六月黄鱼和朱梅，七月藏鱼和水潺，八月鳎鳗强吃鸭，九月鳗鱼和河蟹，十月鲻鱼并鲈甲，十一月蝤蛑满肚膏，十二月文蛤和江蟹。"凤尾鱼也是温州人的心头好。

凤尾鱼味鲜美。三国时曹操尝了凤尾鱼后，赐名"望鱼"，吃惯尖货的李渔，称之为"春馔妙物"，宋人刘宰赞凤尾鱼："肩耸乍惊雷，鳃红新出水，佐以姜桂椒，未熟香浮鼻。河豚愧有毒，江鲈渐寡味。"他说，惊蛰过后，可以吃凤尾鱼了，清明前的河豚美味，可惜是个老毒物，江上的鲈鱼味道也就这个样，春天的凤尾鱼倒是十分鲜嫩可口。

过去，灵江鲚鱼是临海人的爱物，清明前的凤尾鱼骨头细软如须，吃时不需要剔骨，过了谷雨，骨硬如针，故有"明前鱼骨软如绵，明后鱼骨硬似铁"之说。凤尾鱼可以带鳞清蒸，加点葱结、姜丝、老酒、细盐，清蒸的鲚鱼跟梅童鱼一样鲜美，鱼身近乎透明，鱼肉细嫩到连筷子都夹不起来，只有用筷头挑，鲜则鲜矣，实在是吃不过瘾。

凤尾鱼也可以红烧，春天的雌性凤尾鱼腹中皆籽，肚子撑得薄透，与豆腐一起红烧，细腻鲜香，那鱼卵在口中一嚼，有爆浆的感觉。有人嫌刺多，把它拿来油炸，连同细刺炸得酥软，香脆可口，可连骨食用。不过袁枚对煎炸法，一个劲地撇嘴，说这是“驼背夹直，让人不活”。过去，抓到的凤尾鱼太多了，一时吃不完，乡人把凤尾鱼放在炭火上，焙烘成鱼干，用来烧米面、麦面，或者烧冬瓜汤、蒲瓜汤，扔几根鱼干进去，鲜美无比。

过去，一到春天桃花盛开时，灵江上的凤尾鱼总是如约而至，一网下去，就有好几十斤。端午前后，是凤尾鱼的产卵盛期，那个时候，我们周末骑车到江岸边玩耍，可以看到许多渔民在捕捞凤尾鱼，《台州特产志》中记载，灵江上，一直到二十世纪七十年代，捕获的鲚鱼还有110多吨。过去，凤尾鱼是灵江上最主要的经济鱼类，每五条鱼中，有三条是凤尾鱼，而现在，江边很少看到打渔人了，只有一家接一家的造船厂，打造出一条又一条万吨的货轮。

长江上的刀鱼已濒临灭绝，同样，由于过度打捞，灵江上的凤尾鱼也越来越少。现在很多人只能在白铁皮的凤尾鱼罐头中，遥想鲚鱼当年了。

（原载《杭州》杂志2020年9月第17期）

王寒，中国作家协会会员，浙江省作家协会全委会委员，台州市作家协会副主席。已出版著作《浙江有意思》《江南草木记》《无鲜勿落饭》等作品十六部。散文入选《21世纪年度散文选》《中国当代散文精选》等几十本精选本。

十里以外是母亲

王加兵

风在白杨的枝头呜呜诉说，它似乎知道点什么。

我学风的样子，朝着四月轻唤母亲的名字。清明过了，母亲依然没有随草木生长出来。春是个追风的姑娘，她为浩荡的南风来，无暇顾及我春水一样的忧伤。我的嗓音沙哑，我的头发已白。父亲走了，而我依然困在一间潮湿的屋子里找不见回家的路口。

四月的草木足够盛大，但父亲看不见，母亲看不见。耕耘的人把自己种进了土地，成为生长的一部分。灰斑鸠在麦地的那边啼叫，“咕咕——”。时而充盈，时而空旷，乡野的尽头野花一片。

父亲健在的时候，母亲住在他枯涩的心里。父亲离开的时候，一并把母亲带去了鸟声嘤嘤的山野。送父亲上山的那夜，大风吹雪。我担心吹散了我的父亲母亲。我拉住风的衣角，恳求留住我的父亲。我走向人群，打听谁见过我的母亲。

远房的姨娘说：“荣芝来你家 8 年，留下你们三个伢仔。她先是给了水湾一家，关系搞不好，一年不到就回娘家了。然后我姊把她介绍到你家。”

姨娘的姊，我叫她二妈，父亲叫她二嫂，母亲却叫她表姑姥。

母亲应该与父亲一样称呼二妈为二嫂，但二妈与我的外婆是亲表姐妹。母亲那年19岁，辈分称呼上羞于开口。二妈是爽朗的人，赶着人多的时候，硬是热热闹闹地让母亲改口叫二嫂。到哪头按哪头的叫法，叫乱了大家也不计较。二伯家的堂哥们有时称呼母亲叫四妈，有时叫表姐，儿时不明白，现在懂了。

“荣芝生病那年27岁。有次去大队部的路上碰到她，问，荣芝你一个人去哪呀？她说，到村卫生室打针挂盐水。那时没人知道癌是什么，她只说肚子胀，人发软，脸黄，很瘦。”

小姑姥说：“四嫂个子高，四方脸，跟你外婆一个样。外婆家要跟着搬到冯石来，你妈拉板车，从曹安一趟又一趟地拉东西。然后就病了。

“奶奶照顾你们三个伢子，你哥七岁，你两岁不到，只能给点吃的喝的，不冻不饿，总算拖拉成人。那时也不懂，头疼发热就去场地上画个圈烧点纸，拜几下，求老祖宗保佑。奶奶不论去哪家走亲戚，都领着你。你小，抱着背着，早晚带在身边。你1995年去浙江教书那年，她门槛上没跨过，倒下就走了，一句话也没留。

“你妈当时也什么没留下，除了你们三个，都烧给她带走了。

“你妈把奶奶的寿材睡走了。后来补了一张，又被你哥给睡走了。奶奶走的时候，没有看见自己的寿材是什么样。”

奶奶，名叫杜有芝，1913年生，十七岁开始生养，共育有十个孩子。早年见过三个孩子的夭折，中年痛别年轻的儿女病故，晚年含辛茹苦地照养我们三个。而今，奶奶的子女只剩小姑姥一人。小姑姥眼见也70岁了。

大姑姥家的表姐说：“过去日子苦，我妈也有病，我们四姊妹，经常去外婆家。四舅妈煮鸡蛋给我吃，还给我梳头扎辫子。四舅妈善良，愿意为别人考虑，从来没和外公外婆、舅舅舅妈们拌嘴。舅妈喜欢我……记得有年夏天，在大舅家门前那棵枣树底下帮我捉虱子。小时候头发少，虱子多，舅妈帮我捉下来，排队放在板凳上面给我看。一个个虱子，用指甲摁，啪啪直响。舅妈笑，我也笑，一点不觉得可怜。

“那时，你们跟外婆、小姨住在一起。每次我去时，舅妈总是从罐子里拿糖给我吃。我小时候嘴巴甜，喜欢叫人，她们都喜欢我，我没事就跑去找小姨和舅妈玩。”

大伯家的三姐说：“四妈临走的那天，大人们去上工，奶奶上菜园，叫我在家别乱跑，等她回来。四妈叫我要水喝，我舀水回来，就看见四妈倒在地上。我吓得哭着跑去找奶奶。那天下午，四妈就走了。”

三伯家的大哥说：“记得年底大雪，四妈背上背着你哥，手里抱着你姊，在齐腰深的雪里走。那时候苦，摘萝卜缨煮饭吃。春上，我们打槐树叶去乡里卖，7分钱一斤。路上遇见五婶也去卖树叶，卖了树叶买了个笛子，说送给五叔。五叔会吹笛子，不知跟谁学的，都说好听。五叔当年夏天就出事了。1976年10月，我们几个男伢子到西大滩花生田给集体放猪，路上遇见大龙正挑一担草灰去点油菜。四妈走了，让我跑去给小姑姥送信……”

我问姨娘：“我们三个伢仔，谁像我妈？”姨娘脱口而出：“你哥。”我哥，可惜1993年春就走了。哥走后，嫂子堕胎回了娘家。亲戚和村里人都赶来帮父亲种田，帮了一春和一年。哥的影像如那四月团团簇簇的青蒿，时而绿得逼眼，时而枯得不忍一见。

后来，我能清楚记事了。湿热的傍晚，奶奶爱用凉凉的手巾敷住我的脑壳，对着油黑的香案作揖。我不知道母亲的模样，但熟悉母亲的名字。奶奶一遍又一遍地在轻烟缭绕的香炉前念叨。

人是大地上的时间。我模糊不清的生命初始，母亲的离去，父亲的离去，都在千里之遥那片可怜的土地上嘀嗒嘀嗒，四月的雨一样，绵延而无尽头，寂寞而井然有序。

回故乡，无处寻找母亲。我只能去乡野的风里莫名地走走。村庄拆迁，村人进城。乡野上难得遇见邻家的嫂子，她说，一个个越走越远，回家什么也找不见。但我总相信，只要有人记起，她们就永远不曾离去。

麦苗青青，坟地垒垒。四月的乡野有绿色的风，和摇摆不止的白杨。灰斑鸠在辽阔的田野清唱，漫山的草，漫天的雨，看不见边际的长调。我念着母亲与麦子的名字，没有回音。麦子属于土地，但母亲不知归于何处。

母亲已走远。父亲刚出发。我遥望十里以外的青山，青山起伏，泪水已无。

（原载《嘉兴日报》2021 年 5 月 9 日）

王加兵，浙江省作家协会会员，在《中国校园文学》《延河》《芒种》等杂志发表散文一百多篇，出版有散文集《襄河》《风在摇它的叶子》《南湖四时生活手记》三部。

一只羊长大要多久

王秋珍

这是我父亲的问题。

那时他才 7 岁。我姑且称他十一吧。

“看你还干不干坏事!”“啪啪啪”，枣木棍子落在十一的屁股上，像十一的弹弓落在芦花母鸡的翅膀上，也像弹弓上的小石头击落别人家的玻璃，还像树枝塞进那个直挺挺的烟囱，那么有力，又那么空洞。

十一的空洞、无聊，犹如乡下泥土冒出的湿气，小孩子看不见，大人们习以为常。

十一是第十一个孩子。他之前的哥哥姐姐死了 7 个，只活下了他和 3 个姐姐。十一出生没多久，妈妈就去世了。

一天到晚，他爸爸必做的一件事就是找棍子。他拿起棍子，在宽宽的矮木凳上狠狠地敲一下，仿佛给棍子做热身运动。

那根枣木棍子，原本有粗糙的外皮，后来，外皮掉了，整根棍子越来越亮，越来越滑。

矮木凳“嘭”的一呻吟，十一就主动扒下裤子。裤子一年到头只有一条，不能打破了。当然，裤子早就磨破了，像一只眼睛整天忧伤着。左屁股打过了，就打右屁股；右屁股打过了，又换成左屁股。

三月的一天，十一用两只小手把屁股全部按了一遍，找到一处不大疼的地方，用灶口的木炭画了一个圆圈。“爸爸，您打这儿。”爸爸正要开打，门外闪过一个人影：“十一，看我带了什么！”

只见大姐的手里拎了一个竹条编的深口篮子，篮子里有一个毛茸茸的东西。

女儿回娘家，爸爸自然收了棍子。十一来不及拉上裤子，就飞到了大姐面前。

一只小羊，正用水一样清澈的眼睛看着十一。十一想上前，却分明后退了一步：“大姐，它多久才会长大呀？”

羊实在太小了。十一真担心它经不起父亲的枣木棍子，经不起路上随时会刮起的风，随时会落下的雨。

“放心，半个月就长一岁，七个月就成年了。你让它吃最嫩的草，它长得可快了。到时，你和爸爸就有新衣服穿啦。”大姐说着，去水缸里舀了水，咕咚咕咚喝了几大口。家里从来不烧开水。井水挑来倒入水缸，渴了喝上一勺。

十一给羊取名十二。自从有了羊，他就把自己做的弹弓收起来了。他再也不用一个人在路上踢小石头了，再也不用琢磨捡哪块石头弹哪块玻璃了。他带着羊吃青草，和羊聊天。他有好多的话，从来没有钻出肚皮。现在，他的话停在青草上，青草冲他弯弯腰；停在羊的屁股上，羊摆了摆屁股；停在羊的眼睛上，羊就抬头看看他。

春天的阳光，像妈妈的目光一样温柔。十一没有对妈妈的记忆，但他喜欢这样的比喻。十一拔来长长的草，打上结，做成草帘，挂在羊的屁股上。他又想，如果在屁股上罩上一丛铁的草帘子，爸爸的棍子落下来，屁股就只会唱歌不会疼痛了。想到这儿，十一就笑了起来。羊弯过脑袋看看他，然后开始追屁股。草帘子在风中起舞，被羊的左角挑下，成了美美的点心。

小村的哪个山坡、哪个角落有青草，十一的双脚记得，十二的眼睛记得。

不知是风嫉妒了，还是云吃醋了，十二变得烦躁，它用身子去蹭树枝，“咩咩咩”叫着，向十一述说它的不适。

十一用小手摸它的毛，扒拉来扒拉去，发现一只虱子躲在毛下，咬着十二的皮肉。十一用大拇指和食指揪下，他看来看去，不知道放哪里，也不知道用什么敲死它。他看见自己的大拇指长出了一圈月牙一样的指甲，就把虱子挪进食指一点，用指甲摁死了虱子。

虱子会跳。实在不好捉。十一的脖子酸了，田野的风也跑累了。十一带着十二回家了。他从来不给羊拴绳子，总是他走左边，羊走右边。十一决定给羊洗澡，把虱子淹死。木桶又大又深，十一把水放满，十二白色的毛浸在水里，只露出脑袋。

十一按着羊的背，安慰它：“坚持，再坚持，虱子就淹死了。你就不痒了。”羊咩咩咩地叫着，好像在说：“谢谢哥哥，洗澡很舒服。”

过了一会儿，又过了一会儿，十一觉得时间够长了，他的手都要在水里发芽了。他想看看虱子到底淹死没有，就把上身凑过去看，一不留神，整个人栽进了木桶。

爸爸回家的时候，羊在抖身子，毛在抖动下一点点蓬松起来。十一在发抖。他给羊擦了毛，却找不到东西给自己擦。

十一迎上爸爸的目光，说：“打我屁股，随便哪边。”

这次爸爸却没有拿棍子，只是说：“烧火去。”

十二的毛色越来越亮，头上长出了角，两只角慢慢地有了凹沟和角轮。它会用角开门和关门，它会击退那只扬起脖子想攻击的白鹅，它会让一群母鸡大叫着四下散开。每当十二走过，就会有目光落在十一身上。

“好壮的羊啊！”

“漂亮，真漂亮！”

十一的头扬得高高的，他看见天上的云白白的，但它们没有他的十二白；他看见远方的山高高的，但没有他的十二高大。

“十一他爸，羊长大了，可以卖了。”这是邻居奶奶的声音。

十一急了，他叫道：“还没长大，还没!”

以前，他多么希望羊快快长大；现在，他多么希望羊能小回去啊。

“这是你养的羊，你做主。”爸爸说的话，从来没有这么好听。十一恨不得冲上去拥抱一下爸爸。但他没有。从小，他和爸爸之间，似乎就是枣木棍子和屁股的接触。十一仰起头，看见先前飘过来的那朵乌云，不知什么时候，被风吹走了。

秋风起，有的叶子顶不住，从树上落了下来，落在十二的背上，黄着脸，陷入了尘土的喧嚣。气氛突然变得诡异。那个长着络腮胡子的男人，有事没事便在十一的家门口转。十二一见到他，就晃着脑袋叫起来。叫声和往常不一样。

十一想起来了，这个络腮胡子是村里的杀猪佬。小村代销店的门口，隔几天会有人卖猪肉。他并不吆喝，一把脸盆一样大的刀，能把黑黑的案板剁得哇哇大叫。

十一身上粘的目光，变多了。

“这孩子，犯傻了。哪有养羊不卖的?”

“没妈的娃，可怜。”

十一抖了抖肩膀，把这些声音水珠一样抖落在地。

但他怎么也抖不掉络腮胡子的目光。他的眼睛里，好像藏着一把刀。对，那是一把杀猪刀、杀羊刀。

“你的羊，什么时候卖我?”络腮胡子问。

“不卖!”十一的声音，弹弓上的石头一样射出去，有着决绝的气势。

“没有一只羊，能过得了冬天。”络腮胡子很确定地说。他的声音不是很响，却好像有回声，十一的耳朵瞬间游窜着黄白的闪电，滚动着作响的雷雨。

“为什么?”十一不想听到原因，但他还是问了。

“冬天所有的草都枯死了，羊没有吃的，怎么活?”

十一被问住了。

“如果死了，就卖不起钱了。你和爸爸的衣服拿什么做?”络腮胡子显然是有备而来，他的这套道理，让7岁的十一不知道手该放哪儿，脚该放哪儿。沉思了几秒，他用右手摁了一下屁股，大声说：“不用你管!”

他把响亮的态度扔给络腮胡子，撒腿跑进家，关上了门。

家，像被水洗过一样。自从有了羊，十一就觉得自己很富有。他的眼睛变得富有，他的手变得富有，他的日子变得富有。没有羊，他就没有快乐。

可是，冬天所有的草都枯死了，羊没有吃的，怎么活?络腮胡子的雷声又一次隆隆而来。再说了，自己不做新衣服，爸爸也不做了吗?已经好几年没做衣服了，寒冷的冬天怎么过呢?十一真希望自己和爸爸都能像羊一样，全身上下都长出毛来;真希望冬天也能有满山坡绿得发亮的青草。

深秋的一天，大姐再次登门：“十一好能干，把羊养得这么肥。过年可以有新衣服了。”

十一抱着大姐的腿，呜呜地哭了。

“大姐，你把羊带走吧。”“大姐，可以不杀它吗?”十一边说边哭，一张小脸，抹成了被羊啃过的草地。他小小的心，实在装不下这么大的忧伤啊。

大姐抚摸着他的小脑袋，不知道该怎么安慰他。她不想伤害小弟，但除了伤害，她没有别的选择。

冬天来了。十一有了新衣服和新裤子。但一直被他宝贝一样带身边的，是一副弹弓。

那是大姐带来的。十一磨呀磨，把这块羊屁股上的骨头，磨成了他最爱的形状。

我的父亲此生都没有吃过羊肉。

几年前，他得了帕金森病，说话已经很费劲，但他还是断断续续地给我讲了他那只叫十二的羊，那只陪伴了他七个月又十二天的羊。

那不仅是一只羊，那是他童年的全部，是他成长的开始。

（原载《小溪流》2021 年第 4 期）

王秋珍，浙江省作家协会会员，中高考热点作家，全国作文优秀指导老师。出版有《雪的心里，藏着一个春天》《藏在文字里的魔术》等十一部。编著《中学古文鉴赏辞典》《作文系列训练》等二十部。

在对的年龄里

韦　蔚

我不知道有没有人提出过“对的年龄”这样的概念。

在写下这个题目之后，我还是上网搜了一下。结果与我的预料一样，还真没有。

但这并不妨碍我拿它来说事。

我最早看到的与“对的年龄”有些相似的文字，出于沈从文的笔端。沈先生下面的这段话是写给夫人张允和的——

“我走过许多地方的路，行过许多地方的桥，看过许多次数的云，喝过许多种类的酒，却只爱过一个正当最好年龄的人。”

我不知道我的“对的年龄”的源头是不是在沈先生的这段话里。

三个月的孩子，饿了就哇啦哇啦哭，若是哭了半天没人理会就抱住自己的小脚丫子啃；若是天黑了灯没有及时亮起，害怕了，就往妈妈怀里钻。这三个月的孩子，是在对的年龄里了。

三岁的孩子，一边背诵“举头望明月”一边低头看裤子，因为三岁小儿一不小心也会把裤子给尿湿了。这三岁小儿，也还是在对的年龄里了。

而三十岁的大男人，敢于担责，敢于做那“向涛头立”的“弄潮儿”，敢于将前浪“拍死”在沙滩上。这也是在对的年龄里了。

至于沈从文对爱情的追寻，以曼妙始，以悲歌终。那是他在对的年龄里没有做对事情。

婚后，张兆和每天要面对开门七件事，而沈从文依旧活在纯粹炽热的浪漫里。据说他们这个时期的沟通完全是鸡同鸭讲：一个抱怨钱不够用，一个指责对方不够爱他。

之后就是，沈从文背叛了张兆和。

1988 年沈从文临终前，他只对张兆和说了三个字：“对不起!”可惜这声道歉没能换来张兆和的原谅。但他还是说，我明白你会来，所以我等。

为此有人这么说沈从文：年轻时，沈从文等张兆和爱上他；中年时，沈从文等张兆和原谅他；老年时，沈从文等张兆和来看看他，可沈从文终究是什么都没有等到。

不过，沈从文在对的年龄里做对的事情远不止一件。

沈从文正当壮年之际，因受到某种巨大压力而深陷抑郁。之后，转而从事中国古代历史与文物的研究。他将昔日那支书写湘西人性之纯美与都市人性之扭曲的生花妙笔，将昔日那支写路写桥写云写酒写人的生花妙笔，用来写作《中国古代服饰研究》，从而填补了中国服饰文化史上的一页空白。这算得上是沈从文在对的年龄里做对的事情中的一件了。

沈从文去世后，张兆和整理了他的遗稿。在 1995 年出版的《从文家书》后记里，张兆和说：

“从文同我相处，这一生究竟是幸福还是不幸？得不到回答。我不理解他，不完全理解他。后来逐渐有些了解，但是真正懂得他的为人，懂得他一生承受的重压，是在整理编选他的遗稿的现在。过去不知道的，现在知道了；过去不明白的，现在明白了……越是从烂纸堆里翻到他更多的遗作，哪怕是零散的，有头无尾的，就越觉得斯人可贵。太晚了！为什么在他有生之年不能发掘他、理解他，从各方面去帮助他，反而有那么多的矛盾得不到解决！悔之晚矣。”

张兆和没能在对的年龄理解沈从文，留下“悔之晚矣”一声长叹，令人唏嘘。

我多么盼望每一个人都可以活在对的年龄里，都能够在对的年龄里做对的事情。

（原载《联谊报》2021 年 7 月 6 日，有删节）

韦蔚，原名徐卫卫，现居嘉兴平湖，在《北京日报》《浙江日报》《中国教育报》《名作欣赏》等报刊发表散文为主的作品五百余篇。散文集《女人的时间》《读给你听》《仰望星空》。

到国兴寺，吃茶去

吴合众

在太姥山国兴寺临溪一亭坐下，寺僧张罗茶席，山风徐来，烦躁之意渐渐平息。众人方才勾连于山石之间的兴致复起，开始指点憩息之处，信马由缰补缀着所见所闻。

眼前所见，心中所念，俱到跟前。山石云海，悬空栈道，一刹那前，凌空一脚颤颤巍巍的感觉还在。回忆起来，就倏忽经年。那悬崖绝壁，无栈道一些年，有栈道一些年。那高处乱石，横看成岭一些年，侧看成峰一些年。大象无形，却在众人的叙述中从时空中物化成形。叠加的记忆跟眼前景致虚实相间，眼前景就不是眼前景，眼前人也不是眼前人，叙述者各取一片段，交织错杂成各自的罗生门，各说各话。

太姥山有峰名为摩霄峰，可在僧房借宿，晨起看日出。起个绝早，在山气氤氲中，目睹一轮红日突然跃出，惊得高处的昏鸦哇哇叫着遁入远山。日光照脸，在丝丝流淌的烟霭中，显现的竟然是二十多年前的霞光流影。

太姥山的健身操很是累人。亿万年的巨石，互相抵牾，留出的缝隙，被人称作一线天，称作摩天岭，或象形，或写意，攀爬其间，手舞足蹈，大汗淋漓。第二日，从四肢百骸到肌肉关节，仿佛曾经被五指山压过的泼猴，酸楚莫名，严重时候，说话喘气，都嘶嘶生疼。说起来，该是三十年前的旧事了。

思绪在这般乱麻般的众口纷纭中，如太姥山石，如山顶云岚，乱象丛生，波涌起伏，找不到起处，找不到归处。

“且吃茶。”寺僧一声断喝，众人收了天马行空，执念消散，眼前便一亮，都为端上手的茶汤赞一声好。

该是好几年陈的老白茶。寺僧说方才大家畅谈间，已经用沸水洗过两泡，唤醒了茶味，复以热水在电磁炉中继续烹煮。如今这茶汤明艳亮丽，闻之暗香沁鼻而入，正合适。“来来来，山寺野茶，随意饮用。”仔细询问，寺僧说是某年雨水充沛，清明前后采的寺旁野茶，自家压制，手工粗做，不上大雅之堂。

这国兴寺并不恢宏壮丽，却古意盎然。小径通幽，游人入得此处，入眼几处伫立的石柱，苍凉之感蔓延，算是渐入太姥佳境。这立着的七根大石柱，很有些年份。卧着的那些莲花础，也很有些年份。入寺的黄土小路，随处可见石雕、石刻、石斛、石井，跟石柱、石础一般，棱角磨灭，青苔苍绿于上，水蚀星点，随处都是时光镌刻下的沧桑印痕。寺旁有一些茶树，大隐隐于市，山林是茶的闹市，该是大和尚闲时采摘的去处。太姥山上一片瓦寺旁有一株绿雪芽，说是孕育了福鼎白茶一脉，白茶之王，神奇贵重，不知道大和尚会不会顺手采摘几片混入野茶中，以慰我等饕餮之客？

如是一想，杯中茶又多几分风味。

不喝白茶之前，我喝绿茶、红茶、乌龙茶、普洱茶。玻璃杯、哥窑、汝窑、建盏，继而茶具琳琅，喝茶程序越来越繁复，茶席前越坐越久，无他，渐入老境而已。对茶叶随缘，记不住纷繁的名字。但武夷岩茶大红袍却如雷贯耳，不是因为喝了难忘，全是儿时父亲说的故事难忘。

父亲喝大碗茶，自家去山间林子里采摘，采一大筐即回。在热锅里将茶叶搓揉烘干，大太阳底下过一遍，青碧色尽成暗红，就当作烘制完成。这样的茶，扔上一把在大铁壶里，灌满山泉，架在柴火上，咕噜噜烧煮出来，就是红彤彤的茶汤。香，带些新茶的涩，微微咬喉，却也算回味甘甜。喝完茶，父亲满足地吧唧着嘴，赞叹一番，然后显摆说闽北武夷山有大红袍，为茶中极品。父亲说那茶原先只是皇家的贡品，长在悬崖之中，重兵把守，凡夫俗子不得见。日子一久，有寺僧欲普惠众生，养了几只猴子，攀爬腾挪，日日驯化，费尽心血。某日夜里，终于让猴子攀缘而上，最后于悬崖高处纵身跃下，错身间电光火石，折下几枝茶树，一起跌落悬崖。那兵丁只看见黑影闪过，做不出反应，寺僧早在崖下将茶枝收起，看那几只猴子，俱已肝脑涂地气绝而亡。猴子成了普罗米修斯，这些盗来的茶枝如火种，也终于在山下星散于野，大红袍就此进入寻常百姓家。

这故事父亲说过，却再不见其他人说起。有一年去武夷山，舍去山前的热门景点，让导游带到大红袍的产区。入眼只见大红袍极金贵的几株母树长在石壁间，被铁栏杆团团围住，困兽一般。那所谓悬崖高处，不过离地两三米所在。在崖下伫立，想到父亲说的故事，颇为疑惑的是，那几只"盗火"的猴子何以会在这般低处摔死？父亲那个时候已经过世多年，终生不曾到过武夷山，终生不曾喝过大红袍，是不是以讹传讹，无法问了。

真真假假，是世间常态。比听大红袍故事年龄更小一些的时候，有一年，跟着父亲在千岛湖旁一处叫鸠坑的所在谋生。那鸠坑名字听着瘆人，却漫山漫野都是青翠的茶林。清明谷雨，出门俱是采茶人。我们孩子跟着大人漫山遍野地蹿，有老到的，常常可以在茶树丛中找到一种茶片，碧绿通透，恰似十余片茶叶集蓄而成，浑似茶叶嫩生生的耳朵。这种茶片味道甘甜，一找到就被我们丢进嘴里大快朵颐。又有一种茶果子，婴儿拳头大小，中空，亦通体透亮，乡人名之为"茶泡"。林间寻见，几个小伙伴分而食之，味道跟茶片一般可口。

鸠坑待了一两年光景，离开后不曾再回去。偶尔对人提及那些茶片、茶泡，儿时的记忆，没有物事的验证，闻者茫然，终于视之为虚幻的想象。倒是鸠坑，有懂行的茶人说，那是“睦州贡鸠坑茶”的所在，汉代就产茶，唐宋时大盛，范仲淹知睦州时亦有吟诵之诗。兴许范大诗人见过那些茶片、茶泡，但这又间隔一千年，更无法做个见证人。

喝一阵老白茶。大和尚又换一味散茶，还是老白茶，年份不同，也是自家采摘。这里野茶多，采摘的大和尚少，年年滋长，颇有王阳明“汝未来看此花时，花于汝心同归于寂，汝来看此花，此花颜色一时明白起来”的意思。这般说来，茶叶生长，还是等着有人发现，有人采摘的。

这意思，太姥山的茶农估计懂。山间有一家大荒山茶业，老总姓付，果然寻了一处大荒山，圈了七千亩林地，将山间“同归于寂”的野茶移植其间。数年经营，一片山林中，已有二十余万株野茶树，各自生长，各美其美，等着有朝一日入手、入水、入口，“一时明白起来”。

喝茶其实喝的就是明白。奈何有些人不明白，有些人不愿意明白，要敷衍出一些云山雾罩的仪式。焚香、换服、静坐、冥想，如是一而再，再而三。希冀一盏茶中能见心见性，触处无碍，得大自在，跟某些大师鼓吹的国学一般，玄之又玄，终于归于神秘学门下。

大和尚说不来这些玄乎事，换几味茶，都说是自己经手采，不加佐料，无非是求一真字而已。茶味求真，处事求真，如此也就够了。

几番茶罢，告辞下山，暮色渐浓。那太姥山，那国兴寺的茶，又是从前事了。

浮云一别后，流水十年间。

（原载《散文选刊·下半月版》2021年第8期）

吴合众，男，中国散文学会、浙江省作家协会会员，有作品发表于《芳草》《西湖》《野草》《文学港》《作家文摘》等，著有散文集《万物藏》。

渔　歌

吴燕萍

一

我凝视着一幅画，画名叫《富春山居新图》。

欸乃一声，渔歌响起。伴随着碧波清浪，但见一叶小舟，摇橹而行，像是弦板上划过一阵颤音，整个江面开始鲜活生动起来。远处，数帆点点，摇曳生姿，它们拖着长长的尾巴，鱼贯而出，在富春江上旖旎而行。近处的村庄，屋舍俨然，青砖白瓦，自然是一副江南的模样。

纵观这一小段画面，我分明读出了这样两个词：生机盎然，蓬勃有致。

《富春山居新图》这幅画很奇特，在长达 15 米的长卷中，它用山、树、雨、雪来分割画面场景，有着春夏秋冬四季的渐变。卷首从杭州钱塘江开始，闻堰、灵桥，春色满目，到了富阳的时候，差不多就是暮春了；接下来夏天的雨悄然而至，雨的帘幕遮住了窄溪的江面，让这条江，在梅蓉、窄溪埠头的烟雨之中更加迷离有致；

而我刚才所端详的桐江之秋的画面，恰是从桐庐开始的最为精华的一段所在。这里是秋的季节，也是渔人们最为幸福和忙碌的时刻。秋光无限好，鱼虾获满仓。那种丰收的喜悦是遮也遮不住的，就像是富春江的水一样，一漾一漾地爬上坡，这时候，不破开嗓子唱那么几曲美妙的渔歌，简直对不住这片丰盈的山水了；再往上游，到新安江、白沙以上，应该是冬日的画风了吧。

吴均在《与朱元思书》中说，自富阳至桐庐，奇山异水，天下独绝。我想，但凡能入画的山水，不仅在自然风光上有它独特的魅力，同时它能反映出画者心里的其他难以割舍的情感与力量。《富春山居新图》出自桐庐籍著名画家叶浅予之手，一幅画花了整整三年时间。

为了故乡的这幅大画，叶浅予几乎用一生的时间在准备着。

1934年，周天放与叶浅予合著一本《富春江游览志》出版问世。书中41幅反映二十世纪三十年代桐庐人文景观的照片皆出自叶浅予之手，那些照片构图用光堪称上乘。如《桐溪晓雾》，数条渔舟停泊溪中，背景有清溪绕山逶迤远去，山、水、舟构成一幅天然的水墨画作。还有《桐庐渔舟》，鸬鹚停息于渔船之尾，画面立体，构图巧妙，显示出一代大师的水准。

王天瑞老师的《忆浅予故乡行》一文中，也有张珍贵的照片，是叶浅予在富春江边写生的画面。1961年，叶浅予回到故乡，访桐君山，观四望亭，游严子陵钓台……叶老兴致勃勃，在速写本上勾勒不停。阳光下，白色的渔网似乎在闪闪发光，而叶老的目光也瞳瞳如炬。

一点一滴深入，一笔一画勾勒，叶浅予用满腔的挚爱在培育山居新图。

第一稿出来之后，不满意，于是便有了第二稿。1977年初，叶老又重游了富春江，从杭州六和塔出发，溯江而上，这一路走来，观富春江美景，访桐庐、七里泷、梅城、白沙，探芦茨、茆坪等山区，身体力行、努力完成的长卷第二稿，还是不满意，艺术永无止境，他要精益求精。

1978 年，叶浅予开始着手第三稿，他听取了友人的意见，调整画风。他将原来的水墨画敷上重彩，又描绘出四季的变化，如此一来，画面像获得新生，整个儿显示出活泼的意境。到 1980 年，叶浅予终于完成了《富春山居新图》长卷，以最真诚的方式向黄公望的《富春山居图》致敬，富春江畔又响起了新时代的渔歌。

二

富春江渔歌，是常年漂泊在渔船上的渔民们的心曲。

唐代王勃《上巳浮江宴序》："榜讴齐引，渔歌互起。"榜是摇船的用具，讴，是唱歌或者民歌的意思，一边摇船，一边唱歌，这便是渔民生活本来的样子。清朝的秦蕙田在他的《燕子矶》诗中这样描绘："帆影悬残照，渔歌入暮烟。"傍晚时候，渔人打鱼归来，落日的影子照在帆船上，渔人们唱起了歌曲。可见，摇着橹儿唱着歌，这便是渔民们生活的常态。

只是，这歌声里，有欢喜，更多是悲伤。

富春江畔的渔民，一直流传着"九姓渔民"的传说。朱元璋将陈友谅旧部等九姓贬罚为"贱民"，并规定以船为家，不得上岸定居。九姓渔民的分布，主要以浙江省西部三江交汇的建德市梅城镇（旧严州府府治）为中心，分布在新安江、兰江、富春江（七里泷一段）上，他们长期生活在水上，也很少与岸上人往来，形成了自己独特的婚俗文化。我在梅城游览，讲解员讲得头头是道。

可当我踏入富春江畔，跟刚卖完鱼的渔民们闲聊的时候，发现他们并不喜欢这一说法。细想也是，被称为"贱民"，自然不乐意，但渔人们说起从前捕鱼的样子，还是一脸兴奋：从闻堰到建德，一条江就是一根线，线有多长，我们的渔船就能跑得多远。这条江，都是任由我们来去的，哪像现在分成了钱塘江、富春江和新安江。渔人说到这里的时候，那自豪的口气，分明让我感受到了他们那时的自由欢畅，有一种江阔任鱼跃的豪迈潇洒。

如今，养殖业蓬勃发展，靠捕鱼为生似乎越来越艰难了。

陈关余今年67岁，他一边整理着渔网，一边对着我深深感慨：“抓鱼苦啊。”晚上起夜抓鱼，通宵达旦，这样的辛苦，现在的年轻人是不太受得起了。解放初期，富春江畔作业的渔船有六十多条，如今大概也就剩下二十来条了吧。边上的阿姨，倒善解人意，忙解释着说：“你别听他说，现在生活条件好了，有养老金，捕鱼设备也先进，不用这样辛苦。”

我向陈关余请求：“老伯，您能来一段渔歌吗？我想听。”

“我们都不会唱喽，会唱的人刚还在这里，现在估计回家了。”

话音刚落，便听见他大声地喊了起来：“钱林法，你还在啊，快过来唱渔歌嘞……”我一脸惊奇，他的视力竟然这么好！我只能远远看见小船上模糊的人影，他却能立马分辨是谁。这样的火眼金睛，难道也是捕鱼练出来的绝技吗？

摇着小船，慢慢靠岸，然后就看见了钱林法。钱老伯已经78岁了，看着瘦削，身子骨却硬朗。老人说，我这个歌是唱给鸬鹚听的，总共有七八种调。捕不同的鱼，唱不同的歌。

其实，早在见老人之前，我已经看过一些他的唱渔歌视频。

第一种草鱼调。钱老伯说是唱给草鱼听的，“咦～哎～嗨……哦！啲～哦～啲……”老人拉开了嗓子。歌声像是在搜寻，搜什么？自然是鱼儿们。亲爱的鱼儿呀，你们在哪里，快快让我找到你……老伯说，这个歌要人多唱起来才好听。

第二种调子，冬天抓鱼时候唱。朔风吹面，寒风刺骨，这时候，准备捕鱼的渔人们，开始哼起了这样的曲调：“哦～啲……咦～呼……啲～嗨～嗨……”在冰天雪地之中，喊出这样的瑟瑟之声，给自己热身，将鱼儿唤起。

第三种调，大约是唱给鱼鹰听的歌，鱼鹰也就是鸬鹚。“嗬～嗨～嗬～嗨……嗬～嗨～嗬～嗨”钱老伯边唱边用双手比画着：让鱼鹰下来，上去，让它们“嗬嗨嗬嗨”动起来，它们一动，精神振奋，水里忽上忽下，我们就等着从它们的嘴里抠出鱼就行。

听着钱老伯的渔歌，脑中总不免想，这世上所有的人与事，都是需要沟通和交流的，哪怕是与要去捕捉的鱼，还有即将捕鱼的鸬鹚之间，最好也能来一场神一样的对话。不是吗？

富春江渔歌早已列入杭州非物质文化遗产名录。

三

一江春水自摇曳，满船星辉齐放歌。

生活在富春江畔的渔民，最大的幸福莫过于，随时都可以踏入《富春山居图》和《富春山居新图》的实景地，去享受大自然带来的美妙之歌。

有闲的时候，我会像大多数生活在这里的人们一样，从江南慢慢走路或者跑步去江北。虽然江南的经济发展很快，大部分人的工作和学习都在这里，但江北的老底子还在，去一趟江北，就像是回一趟老家，去跟这座古城聊一聊，去走入它的心坎里去。

等我到新弄埠口的时候，这里早就活跃开了。此埠是买江鲜的最好去处，一排排的塑料盆塑料桶整齐排列，装满了活蹦乱跳的江鲜。

如今的富春江中，有白鱼、鲫鱼、鳜鱼、鳊鱼、鲈鱼、鲶鱼、船钉鱼（据说长得像船上的钉子，所以就叫它船钉鱼）、汪刺鱼、韶头鱼等几十种，当然，还有鲻子（是不是这么写我不确定，根据渔民的口述音译记录下来，据说头像蛇一样，一年来一回，七月来，九月就消失）、鳗鱼、螃蟹、虾等等，但渔民们能抓到哪些水产，那就要看运气了。

盆里的鱼好多，但大多我都不认识，但白鲈鱼我是熟悉的。“江上往来人，但爱鲈鱼美”嘛。从前春江路上的“小乡小镇”饭店刚开张的时候，我们常常慕名去光顾。最难忘的就是这白鲈鱼，肉嫩，味鲜，关键是少刺，给孩子吃最合适不过了。我就经常打包，每次两条，一百元左右，吃得娃小嘴一抹，开心得很。

从江北往江南走的时候，有那么一会，我伫立在江边发起了呆。微波闪动时，人也跟着恍惚。我仿佛看见富春江边茂密的水草间，成群的鱼儿把它们的宝贝悄悄安放在此，阳光照耀下来，小鱼儿便开始慢慢孵游散开。

眼前此刻，行人安详，飞鸟亦安详。渔歌高亢，渔歌亦舒缓。天地一切都安详。安详从《富春山居新图》中忽地荡漾出来，化成歌，溢满江。

（原载《文学报》2021 年 9 月 15 日）

吴燕萍，浙江省作家协会会员，浙江省散文学会会员，杭州市作家协会主席团成员，桐庐县作家协会主席。作品见于《散文海外版》《文学报》《中国艺术报》《浙江散文》《新民晚报》《联谊报》等，著有散文集《一座山的秋色》。

草木记

吴　艺

一

自从十多年前搬来这个小区，窗外朴树就成了我的邻居。

我家在一楼。朴树有两层楼那么高，半遮半掩着我看外面的视线。我以前并不知道它叫朴树，每次从卧室或者阳台透过玻璃望它，感觉如同一个陌生人从眼前缓缓走过，无爱无恨，与己无关。忽然有一天我慵懒着醒来，初夏的朝阳透过茂盛的枝叶照射到卧室，同时传来的还有隐匿于树枝间三两声鸟叫。这仿佛大自然的诵经声，让我从惺忪的睡意中猛然清醒。为何以前我没有关注它？其实，窗外并排长着三棵。原来它们和我同享着一片阳光，相伴左右。它们的外形是那样的普通，春夏树叶逐渐茂盛，秋冬树叶逐渐凋落，顺应时序，低调而有分寸地活着。我更喜欢它的名字：朴，朴素意，只有洗净铅华的回归才能当得起这名字。关于它们，我写过一首《四月五日》——

窗外那棵朴树枝繁叶茂了
早起才落的雨淋湿了它
满树的叶子像一个开始
那一整个冬天的稀疏
在雾霾天里和死去没什么两样
沉湎于地下的先祖不会再有茂盛的那天
朴树却做到了
在今天或者明天
满世界飘飞追思和怀念
它用生命的返青回到自己的世界里

难道不是吗？朴树的茂盛与凋谢与小区车哗人嚣是无关的，一起的还有山茶、花叶青木、南天竺等小区绿植构成了另一个世界，存在于日常的生活中，往往却被忽视。在刚刚过去的秋天，我就特别迷恋在深夜听草木丛中的虫吟，此起彼伏，更能体验到深夜的寂静与邈远，就像来到一个久远的世界，只有一颗干净的心才能发现和到达的世界。我想，在纷繁的人间，哪怕鲜衣怒马一朝看尽长安花，那又能怎样？终是要无奈地面对衰亡。肉体是速朽的，而草木世界里存有永恒的可能，一片与世无争的安宁与自由多么让人向往。

这片草木世界的安宁，更需要一双随缘相遇的眼睛，而所有这一切，都是在生活之外的。我从少年时就特别喜欢草木世界，常常隐身于山林树丛中，久久不愿走出来。曾经写过一篇《遥想》的文章就是记录爬上故乡赭山的经历和感受，“我的性格越来越孤僻，只有置身山林树丛中才觉得是安全和干净的……”正如元好问《山居杂诗六首》之一所言：“瘦竹藤斜挂，幽花草乱生。林高风有致，苔滑水无声。”在荒僻与幽静中，山野植物自由自在地生长，藤斜挂，草乱生，任性而洒脱。这不就是人生的一种隐喻吗？对于有着无数烦恼与悲凉的俗世来说，草木世界就是清风徐徐的精神后花园。

其实，我们每个人都需要这样的后花园，让精神世界日渐充盈。猛然间想起法国作家安德烈·纪德说的那句话：“你永远也无法理解，为了使自己对生活发生兴趣，我们曾经付出了多大努力。”纪德所“付出了多大努力”是解决“生存”与“精神”的问题。这对中国传统文人来说，二者的和谐并存似乎能顺理成章。回望那不太久远的大明朝后期，在浮华与颓败面前，依然要生活审美化、审美生活化。往日幻渺，那些努力在人类漫长的文明进程中逝去，如流水无痕，似碑石漫漶，却一直留存着一片草木营造的净土。

“乃若庭除槛畔，必以虬枝枯干，异种奇名，枝叶扶疏，位置疏密。或水边石际，横偃斜坡；或一望成林；或孤枝独秀。”这是文震亨的趣味，却全然是晚明文人们的趣味，他们离不开草木，在遍植草木的园林山水中去完成“出”的热烈与“隐”的渴望；尽管“出”时也尔虞我诈，但“隐”时是干净的，要不也就愧对以“诗、礼、乐”为准则的社会意识形态。“诗、礼、乐”是什么？一言以蔽之：不争！但世间只有草木不争。

二

走在通往山顶的廊道上，深秋的早晨，邱城山上几乎没有人迹。木质台阶的两旁植满了桂花树，金黄的花穗全开了。腋生在树枝间的花蕊仿佛一夜之间冒出来，像是一场酝酿很久的表白。应该是喝桂花酒的时节了，不是因为爱情，只是为了相逢后的喜悦。满山都萦绕着浓郁的香，这个季节，注定了桂花树是主角。

整个邱城山并非很大，海拔也不足百米，但登上山顶是瞭望太湖的最佳位置。山南坡十几亩茶园，环山有少许竹林和苍松，山顶建造了一座亭子，叫“吴亭”。至于亭子的来历与传说我没多大兴趣，旅游业的口号叫“无中生有”，眼前所见未必史籍所载，或者更无从考据。我喜欢的是满山草木与空山鸟语组成的“寂静”。人世间有太多的浮躁，人心有太多的空虚，多少人都是在误读人生。

时常漫步于环湖大堤，观澜听涛，太湖的浩渺阔达胸襟。临水沉思，自然就想到屈原的草木世界，读他的《离骚》，虽满纸忧伤与悲愤，但写到草木时，那是浓烈情感与缤纷想象的释放：美人香草，百亩芝兰，芰荷芙蓉，方泽衣裳，望舒飞廉……试想这么一个满腹情怀的男人，如果没有朝堂的暗无天日，屈大夫肯定会继续“朝饮木兰之坠露兮，夕餐秋菊之落英”，但他逃不出身份所带来的阶级赋予的责任和使命，投江也就成了宿命。至今依然潺潺东流的汨罗江水，虽然逝者如斯，但屈原的那芝兰般的高洁已经融入了时间长河，奔流不息……

我时常想，饮食男女虽无须芝兰般的高洁，但要具备些草木精神与情结，让被俗世喧嚣扰乱的内心回归安宁。曾经一直想不明白，朱彝尊在撰写《食宪鸿秘》时，通篇几乎尽是舌尖上的事情，而末了却用《黄杨》煞尾，犹如山穷水尽般的突兀。黄杨生长在千米高山云雾笼罩的岩壁上，以岩缝中的滴水和雨露为养分，吸收了天地之精华而生长；虽生存环境险恶，也能安守困境，冬不改柯，夏不换叶。李渔给它取名“知命树”，犹如莲为花中君子，而黄杨则是树中君子。但这与“舌尖”有何关系呢？直到后来读到他的词《解佩令》：“十年磨剑，五陵结客，把平生、涕泪都飘尽。老去填词，一半是、空中传恨。”那年他 63 岁，以事被褫夺，离京南归；于是“出其生平才藻之绪余，用著斯篇，永为成宪”。这样说借“黄杨”抒发胸臆就不足为怪了，尽管隐晦于舌尖味蕾之中，却依稀可辨草木精神的皈依。

这于我又何尝不是呢？阳台上那盆假山十年之前在花鸟市场买回来的，瘦骨嶙峋，巉岩陡峭，“山坳”处长着一丛虎耳草，一年四季从不凋谢；春夏之际还能开出细碎的花，外形酷似鹞鹰栖歇在枝头静观一切。每逢双休日，只要不出门，我就会搬来蝴蝶椅放在阳台上，懒洋洋地躺下，读着自己喜欢的书，累了就看看眼前的假山，还有“山坳”里的虎耳草——这是假山的灵魂。眼前这方浓缩的山林野趣，让我感受着怡然自得的闲适，忽然明白精神世界的充盈不在于外，而在于内心深处与草木相守的情怀。

三

躺在蝴蝶椅上，感觉它更像一个标本，静止在空间里，飞翔只是动作，此时却是一段传奇，那样的花香记不住但常想起。与书相伴的每日，都觉时间如同河流静静地流淌，大师们是高耸岸边参天古木，“无边落木萧萧下，不尽长江滚滚来……”大师已逝但宏阔的思想依然奔流不息。

我很早就读过《爱弥儿》，仍然记得卢梭呼吁一种亲近乡野自然的青少年教育：“城市是坑陷人类的深渊……能够更新人类的，往往是乡村。”乡村有什么？那是草木自由生长的沃野。而在喧嚣无处不在的城市，利益的洪流裹挟欲望的泥沙俱下。这也是卢梭经历生活种种尔虞我诈之后渐悟之感，“我离群索居比和他们在一起生活要幸福百倍。”那还是个工业文明的蛮荒时代，至少没有雾霾，至少还能在蓝天白云下深呼吸。

而卢梭的脚步则不断迈向毫无掩饰地向他敞开的田畴乡野，在看到草木凋零的凄凉景象时，他开始伤悼自己年华早逝：“精神仍然饰有几朵小花，不过已因忧伤而凋谢、因烦恼而枯萎了。”显然，卢梭在自身的命运与自然的兴衰之间找到了必然的关联。在草木之间诗意徜徉，孤独沉思，这种生活的目的是“认识自己”；正是在认识自我的心路历程中，卢梭不断拨开文明的尘埃，让真诚的灵魂直接面向真实的自然，从中找到了一种全新的内在自由。

在《一个孤独漫步者的遐想》里，卢梭用兴奋的笔墨讲述了他沉迷于草木的经历，尽管他年事已高、记忆力衰退，但还是具有“认识世上所有的植物”的狂热情感。他把这当作一种自娱自乐的消遗，在其中获得神秘且纯真的美好体验："沉思者的心灵越敏感，就越能投入因自然的和谐而产生的心醉神迷的境界。……一切个别的事物他都视而不见；任何事物，他只能从整体上去看、去感受。"在山林之间徘徊游荡，把感官投向缤纷多彩的草木，是一种"眼睛的休憩，更是心灵的休憩"，因为"大自然从来不骗人……"这些又与中国的老庄截然不同，一个要隐遁山林逍遥游；一个要认知山林，且充满着热情。

还有伟大的诗人歌德也一度因痴情草木去研究植物学，并迫切渴望自己的理论得到科学界的认同，但半个多世纪过去了，人们都当他是个诗人……这是为何？我的理解是，诗人的植物学在客观的观察中逃脱不掉审美的本性，乃是一种现代人朝向内部的灵魂修习的方式，换句话说，诗中有草木，草木亦是诗。

思想家与诗人们的植物学，我想真的是来自他们内心深处的草木情怀，并在不断的敞开当中召唤那一望无际、草木深翠的莽原乡野。

（原载《海燕》2021年2期）

吴艺，现居浙江湖州，副刊编辑。中国作家协会会员。以诗歌写作为主，兼写散文和小说，作品散见于《诗刊》《十月》《星星》《江南》等几十种纯文学期刊。诗歌、散文作品入选多种年度选本。著有诗集两部。

我的父亲是“侠医”

吴　芸

一

父亲从医近四十年，曾治愈海内外疑难病人数万。多年前，他把一箱箱感谢信和锦旗存放在老友诊所时，我惊叹他是被那么多病人深深爱戴的好医生！

父亲能治好许多怪病，不仅和他勤于钻研医学有关，而且还与他传承的“江南第一腿”刘百川大师的“罗汉内功”密不可分。

传承“罗汉内功”的奇缘源自父亲儿时。

父亲儿时，除了玩弹子、拍洋片儿和溜铁圈，最喜欢看街头巷尾那些舞枪弄棍或耍拳头卖膏药的人表演。只要门口锣鼓一响，他就会飞快地奔去现场，溜进围成一圈的人群里，钻出脑袋看。他特别佩服口吞宝剑、掌劈鹅卵石。回家了，他偷偷模仿。那时他力气小，当然劈不了鹅卵石，就劈瓦片。爷爷看他喜欢武术，就带他去拜见刘百川大师，那时刘大师是杭城有名的伤科大夫。

有一天，爷爷带父亲来到平海街，沿街是高高的封火墙。刘百川家的大门是一对厚重的黑色木门，青石条搭的门框。门楣上写着“刘百川诊所”。门两旁又写了斗大的两行字：一边是“气功点穴正骨推拿”，另一边是“专治伤科疑难杂症”。

走进大门，是一个长方形的天井，正对门是个客厅，父亲看见一个老人，一本正经地在给人搭脉。老人光头，头皮上似乎有不少伤疤，眼睛炯炯有神。

一直等到病人看完了，刘大师才叫父亲过去。他看了父亲几眼，摸摸他的头说：“这娃挺有灵性，将来会有出息！”爷爷听了他的话，脸上露出了笑容。

回家路上，爷爷告诉父亲：“这老爷子可是鼎鼎有名的‘江南第一腿’！”父亲听见“第一腿”时，眼睛都瞪大了，这不是他做梦都想见的大侠吗？在学校，父亲有时会为受欺负的小同学打抱不平。可结果是他自己也被小流氓打倒在地上，有时还被打出鼻血。

之后父亲就老缠着爷爷，于是他们拎了糕点，又去看了刘大师几次。就在那段时间，父亲学会了“拿大顶（倒立）”和“三脚马步”的动作。倒立动作十分简单，但终身受用。

刘大师弟子遍布杭城，有出息的也有不少。父亲与陈枝青和金文炎老师的交情最好。陈枝青老师，也是杭城的一代名医，他跟着刘大师学了不少专治伤科的秘方，算得上是刘大师医学方面的传人。

金文炎老师得到刘大师“罗汉七式内功”的真传。七十多岁时，金老师眼不花，耳不聋，走路速度比得上年轻人。父亲对于罗汉内功非常痴迷，就和他特别有共同语言。

那时，金师母曾被企业精简，在家里糊“洋火壳”（火柴壳）贴补家用。好多次，父亲看见金师母眯着眼，辛苦地在灯下糊很多“洋火壳”，心里觉得酸酸的。于是，他自告奋勇地去找金师母的单位，把她的情况反映给他们的领导。

父亲骑着自行车，隔三岔五地去金师母单位找他们的领导。终于有一天，金师母单位的一把手被父亲的诚意感动了，感叹道：“你和她非亲非故，做事真热心，很少见。”父亲坦率地说：“练武的人，义字当头。我和他们是没有血缘关系，但知道他们家的情况后，我就想为他们做点事。”

金师母终于成了企业的退休职工，有了固定工资。当他们知道真相后，金老师激动地说：“你帮了我们家大忙。我们条件不好，没有什么值钱的东西送你。既然你那么喜欢练武，又那么崇拜刘大师，我就把他秘传的‘罗汉七式内功’教给你。”父亲当时只为了一个“义”字，和金师傅一家有了深交，也无意间得到了刘大师徒弟的内功真传。

二

父亲遇见“驼背”时，“驼背”已经有十七八岁了。那时，“驼背”是由他的老母背来的。

父亲说，“驼背”刚来时，连坐都不行，只能躺着。他的母亲脸上写满了这些年四处背孩子看病的沧桑。据说“驼背”是因幼时生了一场大病后，从此只能躺着。“驼背”的父亲去世了，唯有一年年老去的母亲背着他四处看病。

父亲仔细地寻找可以让这个病人站起来的线索。当他用力捏“驼背”的大拇指时，父亲激动地发现“驼背”有了一丝微弱的反应。只要神经还是活的，就有希望。

父亲用内功把他的经络打通，然后用木料给他制作了特殊的拐杖进行康复训练。刚开始，“驼背”不自信地拄着父亲给他做的“四条腿”拐杖，在医院走廊里一圈圈练习走路。走了一段日子，父亲给他做了“两条腿”的拐杖。“驼背”有些惊喜地继续在医院走廊里一圈圈练习走路，又走了一段日子，父亲送他一根拐杖，嘱咐他回老家继续练习走路。父亲减免了他将近半年的治疗费。

一年后，父亲收到一封信。当他打开信时，里面出现了一张“骑车人”微笑的照片。原来“驼背”不仅不用拄着拐杖走路，而且还能骑车去福利企业上班。

三

父亲遇见新疆女病人是他行医生涯中颇富戏剧性的一幕。

父亲说，那时他正忙着给满屋子的病人看病，这时他的同事急匆匆跑来请求父亲赶紧去安慰一位特殊的病人。原来，一个新疆女病人刚被人从医院附近的河里救上来，浑身湿透。那位女病人看见父亲，就像看见了“救星”一样，眼里闪过一丝亮光。她情绪激动地说：“这次来杭州，我变卖了家里所有值钱的东西。如若还不能治好病，我不准备再活了！”父亲坚定地对她说：“我会尽力帮你治病！”

父亲那天回家，让母亲找了一些衣服。第二天，他把衣服赠送给了女病人。父亲告知我，那时要女病人证明自己身份成了难题。因为二十世纪八十年代，女病人没有带身份证，也没带户口本。正在犯愁时，她竟拿出一张“离婚证”作为证据。原来，她得了莫名腿痛的病后，四处找名医看病，已经去了不少大城市。因她不仅无法上班，而且还影响夫妻生活，她先生就坚决要和她离婚。女病人的遭遇让父亲非常同情，但她治病期间的生活费和住宿费要如何解决呢？

父亲把女病人的难处告诉了一位老病人。老人仗义地说：“我有三室两厅，家里有空的房间。她如愿意帮我平日打扫卫生，那么她看病期间吃住都在我家吧！”女病人身无分文，父亲不仅不收任何治疗费，还自掏腰包给她买秘制膏药的原材料。

父亲帮她解决了第一个难题，那么她腿痛的病因究竟是什么呢？

父亲说，如若只是“头痛医头，脚痛医脚”，那么那病人的问题应该早就解决了。她的病因肯定是另有不被察觉的部位。在一次病因起点的谈话中，父亲有了突破性发现。父亲和妇产科主任交流了一些专业知识，得到了大胆推测的有力依据。原来，女病人生完孩子后，体内的恶露没有排尽，部分则流向了腿部。父亲用内功把堵在女病人腿部血管的恶露给慢慢打散了。女病人的顽症终于治好了，回老家前对父亲千恩万谢，邀请我们全家有机会去新疆玩！父母给了她回家的路费，祝福她重新找回属于她的幸福生活！

四

那是夏日的一个清晨，父亲说，他的科室里居然来了一个穿棉衣的病人。

那是一个非常魁梧的小伙子，是一位干警，身高一米八，仪表堂堂。他穿了一件棉衣，惹得其他病人都向小伙子投去异样的眼光。小伙子不好意思地说：“吴医师，我目前无法感受热，总觉得冷。”他的女朋友看他得了怪病，也和他分手了。他父母都催着他结婚生子，但目前有谁会和他谈男女朋友呢？父亲也是第一次遇见“无法感受热”的病人。父亲耐心地和他交流发病起因。原来，小伙子在前几年的夏日，经常光着膀子在水泥地上呼呼大睡。有一天，他还对着风扇直吹。从那一天开始，他就无法感受外界的热量。父亲觉得他可能是经络方面出了问题。父亲用内功给他全身经络打通后，小伙子果真对热又有了感觉。

经过那一次治疗，小伙把父亲当成了最信任的长辈。父亲开心地说：“那一次，我不仅治好了小伙子的病，而且还做了一回红娘。我老病人的女儿竟相中了憨厚高大的干警小伙！”

父亲和病人间的感人故事还有许多。他不仅是医术精湛的良医，而且因为他拥有一颗博爱且侠义之心，这让不少陷入绝境的病人又重燃了生命之火。

（原载《钱塘江文化》2021 年第 8 期）

吴芸，中国散文学会会员，浙江省作家协会会员，著有散文集《芸香世界》，曾获全国、省市各类征文奖几十个。

感受王羲之

邢增尧

东晋时期，中华文化的星空升起了一颗璀璨的巨星——王羲之。他的盖世才华和鬼斧神工般的妙艺不仅使一代又一代炎黄子孙为之倾倒而成为民族的骄傲，也震慑了一衣带水的友邦东瀛，被奉为圣人。我在引以为豪之时又不由思忖：是其高洁的人品陶冶了他的书艺抑或是他登峰造极的书艺抬高了他的人品，是个人修炼所致抑或是时代风尚使然？对王羲之来说，举足轻重的究竟是政治生涯还是书法艺术？

在我脑际首先刻下王羲之印记的是家住西郊乌漆大台门的时日。说是乌漆其实徒有虚名，老态龙钟的台门乌漆早已剥落殆尽，大倒是真的，里面挨挨挤挤足有五六户人家，锅盆瓢碗相闻，热闹得紧。

那时，最疼我的要数与我家比肩而居的王婶。每当放学回家，王婶总会拉住我的小手，塞给我薄荷糖什么的。一天，她和家母聊天，得知我读书经年竟未拜过王羲之，不由嗔怪莫名：“哎呀呀，难怪阿尧的字歪歪扭扭的，不拜书圣，哪行！”于是，古道热肠的王婶毛遂自荐，陪同我和母亲前往她的娘家金庭，拜谒她的先祖——王羲之。

出嵊城东行20多公里便是金庭，山门前，传为王羲之手植的数株千年古樟巍然耸立，虬枝擎天，浓荫匝地。山门左侧为一座石牌坊，上书“晋王右军墓道”，是清道光年间浙江学政吴钟骏题写。太师椅般的王羲之墓坐落在山腰。墓前，明弘治年间重立的“晋王右军墓”碑穆然伫立。王婶点燃香烛，袅袅青烟遂与历史的故事幽幽衔接……

时光永是流逝，往昔的足迹早被岁月的风雨洗涤净尽，进驻心田的是东晋名士王羲之。他以全新的楷书使我们啧啧称羡。如果说名家钟繇的楷书常含隶书笔意，王字则隶意全无。王羲之的字笔力雄健自然天成，体态妍美而粉黛无施，姿仪清雅而庄矜严肃，法度谨严而从容衍裕……有“常人莫之能学”之势。故时至今日，叹谓王字可望而不可及的依然数不胜数。

王羲之出道走的是从政之路。

据《晋书》记载，咸和四年六月，王羲之首仕临川太守。小小临川郡，辖县仅十，民八千五百户，不过一地瘠民稀之郡，绝非王羲之所能施展抱负之地，可他并不因此就敷衍塞责，而是“循名责实，虚伪不齿”，不仅敢于抵制上司刘胤的强征硬索，还直言极谏，险因触犯权贵而遭杀身之祸。

我时时思忖：王羲之其实是不用冒恁大的风险的。当时的政坛，凡郡守、县令无不以“服食”、“清谈”、饮酒遨游为时尚，政务尽可由下属处置，谁想过问，反有被讥为俗人之虞。因此，王羲之纵然“隆中高卧”不闻不问，亦不会有非议。我难以洞明，王羲之以南渡第一高门的属身放任穷乡僻壤的感触，他又是如何摒弃心中的怅惘勉力负起为民请命的使命，从而显露出不仅“骨鲠”却有“鉴裁”的品行。

成帝咸康五年，偏安江南的小朝廷经历了一场生死劫。公元339年，酣睡在“卧榻”之旁的后赵突然发难。东晋重镇郏城陷落。阵亡将士六千余人，居民被掠近万，汉水以东，尽是绝望的呻吟和声嘶力竭的呼号。面对败局，征西将军，都督江、荆、豫、益、梁、雍六州军事的庾亮痛心疾首：悔不听羲之之言，致有今日惨祸。

悖晦颟顸的朝臣有的是，后果也可想而知，但此事却非同小可，黎民百姓的栋折榱崩无须多言，社稷的陵替方是可怕的祸胎。

庾亮的叹悔是有道理的。

早在公元334年，庾亮屯兵郏城意欲北举时，王羲之即犯颜直谏：郏城外接群夷，内无所倚……可惜忠言逆耳。

仕途的厄运似乎特别钟情文人学士，无论贾谊、嵇康，还是李贺、张九龄……概莫能外。离开庾亮的王羲之显示了一个政治家兼艺术家独有的容止。他一面殚精竭虑寻绎实现夙愿的奥秘，以出世的精神做入世的事情；一面笃行不倦苦学名家书艺，博采众长，以有限的形态表现无限的意蕴，未敢有丝毫懈怠。

书法是始于汉末、三国时期的一门独特的艺术。它不像摄影那样易于窥察作者的用心。它的特色是含蓄和蕴藉，一个人的性格、人品、学养、艺术理想和时代风貌无不有机地融溶在点、横、撇、捺等诸般符号中。王羲之以他高澍的操履，姿媚流便的书体完美了古代“字如其人”的艺术思想，也造就了他在书法的历史上继往开来、集其大成的书圣地位。

但是王羲之在心底依然烙定了济世安民的印记。晋穆帝时，王羲之有幸出任会稽内史，然而，宦海茫茫，梦般的月华转瞬即逝。为临川太守时的上司刘胤早已自食恶果，而现任的上司王述却比刘胤不知厉害多少。他先是对王羲之优礼有加，后终于逮到了机会：王羲之忧国忧民而为朝野传诵的《上会稽王笺》触着了会稽王的痛处，会稽王震怒了！

王述横眉剑出鞘。

这是把杀人不见血的隐形剑。

王述的儿子坦之携着攻无不克的“红包”上路了。我猜想，见了会稽王，坦之自会悲天悯人地告上一状：尊敬的殿下，王羲之真是太那个了！什么伍员之忧、倒悬之急，分明是以下犯上居心叵测……烈火烹油，会稽王不由七窍生烟、须眉倒竖：罢了罢了！

东晋王朝在成帝时就多日薄西山的征兆，后赵南侵一役，使东晋王朝原本羸弱的身子又挨了一记闷心拳，用气息奄奄来描述似乎有点过分，可也相去不远。穆帝时，更是民穷财竭灾祸连连。永和五年、六年，江左洪灾，接着又是大旱，王羲之屡屡“开仓赈贷”以救民命。王述却让人四处造谣。说什么灾情本轻，王羲之这开仓赈济是故意收买民心啦，王羲之屡屡上书是变相诽谤朝廷啦，不一而足，连王羲之工书之誉也成了哗众取宠的代名词。着意加工的谣言直在京城炒得沸反盈天。

面对乌云压城城欲摧之势，王羲之再也不能拄笏看山了。他开始强慑心神，郑重揭开心灵深处的覆盖，检点自己从政以来亦断亦续的轨迹，或愉悦，或烦闷，或惆怅，或伤心……然无论如何总没有忘却济世安民的重任，可说仰不愧于天，俯不怍于人，然今日为何竟要受制于小人呢？为的是功成名遂吗？自己早就可应王导的举荐出任吏部尚书，要是那样，现在自己就不是区区郡守了，自己是为了做人的准则啊！王羲之觉得从政若梦，这梦无论怎样绵长，总是要醒来，今生今世，纵然朝廷再诏，也不再出仕了！

王羲之找到了通往内心深处的道路，毅然决然去父母墓前“告慰先灵”，然后交卸郡篆，在众多耆老士庶的送行中移居蕺山别业。未几，又仰慕剡县（今之浙江省嵊州市）秀山丽水，踏衰草，穿疏林，赴金庭定居，在绵长的时光中用书画疗自己的伤口，在前行中终老余生。

王羲之一生仕途艰难竭蹶，最后宁可辞官也不变志从俗，力求品格的完美。这于封建时代的一个文人学士来说，实使人钦敬有加。撤出历史的隧洞，聚焦五光十色的现实，如是风范亦属鲜见。而今，盈满我们眼眸的，在权势和红唇绿酒中寻求满足的情景使人疏忘了精神的斑斓。当然，这仅仅是时代马拉松中的一种姿势，用不着杞人忧天。

行文至此，我篇首所需之标准答案似乎仍是有影无形。王羲之跻身政坛，追求的是济世安民。他做出了努力，更以自己的实践在人生之路上书写了凝重的一笔。但是，在广袤而绵长的政坛的百花园中，他的政绩之花毕竟不是最绚烂的。而他的书法艺术呢？《别传》赞他“千变万化，得之神功”；唐太宗李世民誉他的字“烟霏露结，状若断而还连；凤翥龙蟠，势如斜而反直”；梁武帝萧衍更说王书“字势雄健，如龙跳天门，虎卧凤阙”。

王羲之，中华民族的一座齐天丰碑。

王羲之，前不见古人，后不见来者？

（原载《晋风唐韵今犹在——浙东唐诗之路散文集》，浙江工商大学出版社，2021 年 10 月）

邢增尧，浙江省散文学会会员、作家协会会员，曾获中国当代散文奖、林语堂散文奖等；出版散文集《如画人生》《心中的芳草地》《越地诗章》；作品入选《中国当代散文精选》《散文百家精华本》《2010 中国散文经典》诸选本。

在浙江

徐　迅

杭州的绿

杭州的绿铺天盖地，是流淌着的。树木就像伸着无数的绿的舌头，一块块草坪就像空中飘落下的一片片绿云，水鲜活活的，一湖的灵动，就像跳跃着的绿的精灵……城市自有自己的颜色，杭州的绿，或像一匹硕大的绿绸缎扑闪着，或像一杯新沏的龙井茶，在透明的玻璃杯里缓缓舒展，沁出一缕缕的清香，嗞嗞地就布满了城市繁华的夹缝。杭州，因这流淌的绿色就宛若一块悦目爽心的玉了。

绿掩埋了杭州的一切，典型的例子就是西湖博物馆，不仔细看，谁也想不到那草坪下就有一座现代的博物馆。杭州的朋友告诉我，为了西湖，这博物馆最终建造在一片草坪与树木的林荫里，让巨大的绿色覆盖了起来……柳浪闻莺、曲苑风荷、苏堤春晓、六桥烟柳……西湖许多的地名，一听起来就有绿意，就有了江南的韵味，江南绿得能滴下一把青草的浆液；苏小小墓、白苏祠、西泠印社……许许多多杭州的名胜古迹，街道、古巷、溪流，也都在流淌的绿色里真实地存在着。当然，最大的绿就是西湖了——湖水是绿的，所谓碧波荡漾，倒映着湖边无数的杨柳依依，绿是益发的郁郁葱葱，如玉叠翠。荷花绿得胀了起来，就像一位孕妇，艳红的莲花仿佛孕妇的笑脸，在绿荷的映衬下，红红的惹人怜爱。苏东坡说："水光潋滟晴方好，山色空蒙雨亦奇，欲把西湖比西子，淡妆浓抹总相宜。"杭州的绿淡妆浓抹得总这样恰到好处。

与别的城市一样，杭州也在炫耀着现代都市的繁华，炫耀着绿。杭州的绿是安静、温软的，也是鲜活的。是翡翠，是玉，是丝绸，是湖水，是茶叶，是喧闹中泛的绿光，是安静里如春的温暖。城市是愈加的繁华，现代文明的繁华夹杂着南宋的凄婉，夹杂着古老的艳丽与传说，这艳丽漂泊在西湖的水里，在西湖两岸的茶坊酒肆里，在璀璨的灯光里，暖风照面，扑朔迷离。印度人婆罗多牟尼说："艳情是绿色。"杭州的绿真的充满了许多艳情的色彩。因了这绿，梁山伯与祝英台在杭州的绿色中迷失，同窗几载，十八里相送，留下的是凄艳的爱情悲剧；也是这绿，让修炼了千年的白蛇忍不住寻找到了许仙，留下一个白娘子水漫金山的传说……雷峰塔、断桥，都在杭州的绿中颂扬着传奇，千古缠绵，含翠欲滴……

说杭州是一片硕大的绿叶不算为过吧？首先是桑叶，那桑叶不知何时就生长在杭州的山水之间，一丛丛、一簇簇的，一望无际的绿。有了桑叶，就有了蚕，有了丝绸，有了旗袍，有了女人的温婉可人和亭亭玉立。那丝绸抖搂开来忽然就遮蔽了整个杭州，杭州裹在那丝绸里，一股华美之气便飘荡在杭州的上空。然后是茶叶，也是一丛丛、一簇簇的，一望无际的绿，让人总感觉那里有无数的绿衣少女在绿色中走动，鸟雀啁啾，蝉在鸣唱，她们摘着茶叶，似在舞蹈，然后揉着那一把把的清绿，揉出清香，泡在龙井的水里，透出的绿就洇润了杭州，洇润了一大片中国……再就是桂花的绿叶了，那一株株掩映在树丛中的桂花的绿叶，不知不觉地就结出喷香的米粒，馨香弥漫整个杭州，使白居易"山寺月中寻桂子"……

一片片绿叶喂养大了杭州，喂养大了一个城市……杭州就这样坐在一片片桑叶、茶叶和桂花的绿叶上，如一位入定的老僧，如灵隐寺的钟声，从从容容地活在绿色的时光里，传播着凄美，延续着古老、新生和美丽……都说“上有天堂，下有苏杭”，呵呵！原来“天堂”也是绿色的——绿得可爱和明亮。

文成小品

若大地为案，文成便是那案头供养的一幅山水小品。清秀、隽永、温润得宛若一块洁白无瑕的玉，一块浑然天成的翡翠。蒙蒙细雨里，文成县城湿淋淋的，远山含烟，近山吐翠，恰似菜市场里的一捆青葱，或是一束绿油油的白菜……走在县城的泗溪桥上，我见有人穿着睡衣，猫儿似的慵懒闲适；有人行色匆匆，一脸的忙碌。一切都鲜活生动得很，鲜活得让人想起当地产的一种水鱼，绵软而滑嫩。

水鱼，是这回路过温州才知道的。温州的朋友瞿祎兄热情，点了一桌温州的特产小吃，什么县前头汤圆，什么强能鱼丸，还有皮皮虾……丰富得我无法记清，只记得了水鱼。瞿祎是一位诗人，在温州城开了酒吧，午后的酒吧里书香、咖啡香、茶香弥漫着，显得静谧而温馨。我们一走进去，心像被什么抚慰着，立即安稳了下来。原想去逛逛温州城，此时却都没有了欲望，只静静地翻书，听音乐，品咖啡，一动也不想动了。在繁华喧嚣的温州城里有这样一个去处，真是幸福——这里人似乎都会经营自己的幸福，比如同是诗人的慕白除了写诗，在文成还拥有一大片茶园，经常弄得一身的茶香，他似乎很得意，说自己“是文成土著”。

文成的山水是山斑斓，水碧绿，可谓步步有景，处处皆诗。这山是青山，是悬崖，是陡岭，是危岩；这水是绿河，是明溪，是深潭，是飞瀑……铜铃山里，森林为盖，水流潺潺。森林里有红豆杉、福建柏、莲香树、钟萼木、鹅掌楸、花榈木……还有许多叫不出名字的植物，金秋时节，山上泛红挂绿，一山的曼妙；那水呢，穿岩走穴，环环相扣，金鸡潭、墨鱼潭、美女潭、藏酒潭、水晶宫潭、葫芦潭……潭潭相连。当地人说这一串串的水潭名字，听着就有铃铛般的声响。若说山有山心的话，我倒觉得这就是山心了——铜铃山玲珑剔透的山心。铜铃山不大，我们或走山路，或走栈道，忽上忽下的，偶尔遇上一个小湖，坐上船一竿子就撑了过去，两耳充盈着哗哗的水声。除了水声，再就是植物的混合气息，野趣而乡土。沿路走，映入眼帘的是远山沉寂，树林丛丛，偶遇夕阳一抹或朝晖四散，都是相依相存的山水一体的秀美，恍若宋代的一本山水册页，恬静而古朴。

这样的山水是适于小品的。刘基的《郁离子》是，林放的《未晚谈》也是。“三分天下诸葛亮，一统江山刘伯温。”刘伯温这位明朝的开国元勋，几次横刀立马，号称帝师，又几回归隐田园。只要一到低谷，他想到的就是家乡文成的山水。看来人都是恋家的，何况家乡的山水盛下了他一颗壮丽的诗心。“浪滚银河千壑外，被翻赤壁万山巅。夏日云散漫天雪，冬季雷轰入地泉。”这是刘伯温写百丈漈的诗，诗中的山水磅礴大气，但细品起来，他吟诵出的画面更像是文成的一幅山水小品。他写《郁离子》，经天纬地，状物记怀，像一则则寓言，透出的是真理与智慧。至于林放，因他和我的老乡张恨水熟悉，早年我就读过他的《未晚谈》，书中谈世事人心，笔走龙蛇，信手拈来，平和冲淡。这回到了他的故乡，显得格外亲切，感觉文成山水真的赋予了他灵气——当然，这里高山流水，更有“百丈漈”飞瀑的飞流直下，气贯长虹。遗憾的是这次没有去，心里仅留下了这样一个美丽的名字。

有景皆入画，无文则不成。古人说，秀色可餐，秀色也是出文章的。有青山佐酒，自然就适于豪饮。如我这般兴致的恐怕还有诗人叶坪。叶坪善酒，他雪后到了青山，就说过“青山也有相思苦，一夜西风竟白头”的话。现在不是冬天，这情景不太好见，但我不仅白了头，还醉了酒，是豪饮大醉的那种醉——这醉酒也是有缘由的，身心经过山水的洗礼，神清气爽，有若山水神助，酒量忽然就大了一回，哈哈！醉了酒，没去红枫古道，便想象着古道幽幽，红枫漫天，着实让他们浪漫了一把……我一个人在文成县城里转悠，见文成县城的商铺门面，政府机关，各种招牌，霓虹灯箱，皆如其他县城一样，应有尽有。南方建筑特有的精致小巧与小城生活的便利和谐地交融在一起。小城不大，雨中的街道湿漉漉，人们撑着花伞在街上走，白墙黑瓦在雨中出落得水灵灵的，格外醒目。其时，我的酒还没有完全醒，借着酒劲，我吟诵道：“笔动惊天地，文成泣鬼神。”莫名其妙的，自己心里也猛然一惊。

适于小品的山水让人流连，也便于携带。不仅我，与我一起来的朋友们仿佛都喜欢上了小品似的文成，争先恐后的，好像都要把这文成山水装在心里。临走时，陕西的第广龙兄匆匆地赶往菜市场买了两小捆青绿的白菜，说是带回西安的家中，现出一脸的满足和惬意。看他的神情，就像是美滋滋地卷走了一幅文成的山水小品。我心里好一阵羡慕。

（原载《徐迅散文年编》，安徽文艺出版社，2021 年版）

徐迅，现住北京。著有中短篇小说集《某月某日寻访不遇》，散文集《徐迅散文年编》（《雪原无边》《皖河散记》《鲜亮的雨》《秋山响水》）《半堵墙》《响水在溪——名家散文自选集》，长篇传记《张恨水传》等多部。

红　焰

徐海蛟

结识这尾小红鱼，缘于小外甥女。

去年十月的一天，我去乡下看望母亲，五岁的小外甥女则到她外婆家吃饭。一进门，就见到小女孩像一枝鲜亮的花蕾立在逼仄昏暗的客厅墙角，正注视着什么。走近了，发觉她胖胖的手里攥着一把鱼饵往面前白塑料桶里抛撒。

桶中，一群小鱼欢脱地游动，确切说还称不上小鱼，只能称之为小鱼苗。它们真是太小了，有的像一枚新长出不久的柳叶，有的像小婴儿的手指，有的像一弯轻巧别致的胸针。桶，是那种装白涂料的桶，涂料用完后，洗刷干净留下来的。生命自有它的神奇，即便如此窄小的一圈桶中天地，即便小半桶的水，就足可以让一群小鱼在里头追逐嬉闹了，没有水草，没有卵石，没有纹丝的绿意点缀，一群河里来的小鱼苗，也足可以让一个塑料桶涌动起某种生的趣味。

我特别留意到那尾红色的鱼，它也一般的微小，但夹杂在一众小黑鱼中，身上的红令人瞩目，它红得热烈明亮，仿佛暗夜里一朵小小的火苗。

母亲告诉我，鱼是老叔从村前河里捉来的，那条城中村的河早已失却了好姿色，污浊不堪，里面竟还有活着的鱼。可见，有时看似细弱的生命，比人类更耐活。老叔和村里几个大伯大爷常去垂钓，这些小鱼该是用了细网兜，专门网来给外甥女玩的。这一来，小外甥女来外婆家就有了一件额外的事要操办——喂鱼，她几乎霸占了这项活，还不许别人插手。

待我再去母亲家，已是十一月了。小外甥女照例给鱼喂食。妹妹和母亲告诉我，十月捉来的小鱼儿，几乎全死了，就剩下这条红的。走近看，桶中只孤零零四五尾小鱼在游动。“不还有剩下的吗？”“前两天才抓来的。”我心里想着，小塑料桶怎可养鱼呢？再皮实的鱼，也活不了几天。养鱼得先置办一套行头，鱼缸、过滤器、增氧泵、温控设备……这哪是养鱼，是囚鱼，糟蹋鱼。我那么想着，目光忍不住越出了白色塑料桶边沿，向上攀行，停留在桶边斑驳的墙皮上，一间旧房子的墙壁，陈旧、潮湿，像一个锈迹斑斑的老故事。塑料桶左边，挤着一张破旧的柜子，顶住另一个墙角，上面有一台老的电视，电视旁趴着一只蒙尘的电话机，再是启了封的纸巾盒、篮子、食罩、缺了一条腿的铁皮青蛙……这些物件构成一个皱皱巴巴的疲惫的生活场景。我无法知道，小红鱼的眼睛能否看到更远，能否体认这个更大的空间。它的世界那么小，那么黯淡，也那么草率。

再次见到这条小红鱼时，岁月跨过了新年的门槛。桶中，很多小鱼小虾划动着，是老叔新捉来讨好小外甥女的。鱼们死了好几拨了，它们一拨一拨来，又像匆忙的过客，短暂停留后，一拨一拨死去，这个白色的桶，是小鱼们的驿站，也是它们的末路。只有小红鱼除外，它似乎完全适应了这本该水土不服的临时居所，适应了这突如其来的囚禁生活。

小红鱼长大了些，出落得小手指般大小了。这批新来的鱼中，有一条个头较大的黑鱼，性情凶悍，不喜鱼饵，专挑比它弱的小鱼小虾当点心。它俨然成了这白色禁闭室里的霸主。我有些无端地为小红鱼担心起来，担心它落入黑鱼之口。

事实证明，我的担心多余了，它确乎是一条与众不同的鱼，置身于那样窄小的地方，面对新近侵入的泼皮，它也并非就跟着一群黑鱼们东躲西藏，以集群的方式为自己壮胆。它有时安静，像一个旁观者，注视着那些身着黑衣的同类；它有时欢脱，在那浅浅的半桶水中翱翔着，似乎成了舞台上唯一身着红裙的主角。

它找到了一种自己的姿势，一种活下去的姿势。

凶悍的黑鱼，体型有小红鱼两倍大小，性情乖戾的黑鱼，又能拿小红鱼怎样呢？它灵动、坦然，以勃发的生气面对不可预测的变化。它不慌乱，也不呆板，一次又一次，总能化险为夷。果不其然，等我再次去母亲家，其他小鱼小虾米几近消灭殆尽了，就剩下那条凶悍的黑鱼，还有另外三条和它个头相当的鱼。当然，小红鱼仍在，这个将它囚禁起来的塑料桶，现在成了它的小天地。它不在意狭促的内壁苍白的拘禁，不在意那换了一茬又一茬的性情难测的新邻居，甚至也不在意一成不变的鱼食。它静默独立，它隐忍蓬勃。它的世界仿佛只剩下了自己。它进食，沉思，奋力游动，悬浮在一小片白净的水里……这个小小的桶中，上演着死亡和杀戮，上演着不易察觉的食物争夺战，似乎都不影响它，不影响它依然遵照既定的方式活下去。它的生命就像身上的红，脉动着，跳跃着，张扬着。

活下去，意味着一切。

又一个春天，清明已过，万物在春光里洗濯一新。母亲家小院里，坛坛罐罐中，小葱呀，大蒜啊，月季呀，茉莉啊都蹿将出来，弄出叽叽喳喳的声响。就连大水缸中的天落水，折射过来的阳光，也有了耳目一新的意味。经历了漫长严冬，经历了内心持久的困顿，我又一次站在那堵斑驳的掉着粉末的墙面前，白色塑料桶的位置没变。我的目光落下去，去追捉那一道红色的灵光，去抚触小红鱼，桶中又只剩下它了，独个儿的它。那些黑鱼都没能适应这一圈禁锢之地，没能持久活下来，即便那霸道的泼皮也没能扛住环境改变，死去了。

小红鱼个头长开了，有原先两倍大。它身上的红依然是明丽的，仍是落在水中的火焰，燃着生命的光。

我总是忙于自己的事情，只在过节时去看望母亲。清明后，是五一，五一后，是一个长长的暑假，我都在躲避酷暑和台风，像沙滩上的寄居蟹蜷曲着，未能踏足母亲在的那个小镇上的村庄。一直到九月中秋我回去，总是在几乎快要忘却这条小红鱼的时候，再次遇见它。

它仍然在，独个儿活在这片窄小的白色中。小外甥女来的第一件事，仍然是给它投食。这一回，我再见到它，在心里小小地惊呼了一声：“呀，它的个头竟然长大了这许多，已有一般成年人两个手指合并的宽度了。”只是，只是，身上的红，竟褪去了些许，不再是先前那般夺目了。用妹妹的话讲：“白色塑料桶想必有毒的，你看，这条鱼都被漂白了。”我当然不相信未有根据的说辞，这是它成长中一个阶段吧，它长开了，它产卵了，它经历了一年的桶中岁月，尽管身上的红艳褪了色彩，但它仍是那朵火焰，在水里摇曳生姿。它仍然活着，它的存活，赋予了这个毫无意义的白色塑料桶以生气，赋予了这老旧的疲惫的散着霉味的房子以生气，也赋予了小外甥女以无穷的快乐，她一定相信这尾小红鱼是不死的，相信它终将长成一条大鱼。当然，大家不可能知道更多，那就是它赋予我的意义，它让我开始重新考量困厄中的生命该如何赢得某种自洽。

中秋后，我们开始商讨小红鱼的归宿，先是妹妹提议，给它弄一个玻璃鱼缸，我觉得这样的鱼缸与这房子格格不入，显得娇气。不如弄个陶做的水缸，但母亲和老叔否定了这个提法，他们说时不时要给鱼换水的，水缸那么沉怎么换？再说屋子里放不下，我说院子里不是有水缸？他们又说日头晒着，怕水温太高。生活就是这样，人们面对自己的日子，尚且充满了将就，何况面对另外一些无关紧要的生命，你想为它做出稍许改变，似乎都有重重困难阻挠你。

我们想到，最好的办法是让小红鱼回到自然山川中去。

这个念头随即又被打消了。从它到来的第一天起，它似乎就有一个“使命”：给小外甥女玩。若放归了这条鱼，小外甥女那关大概就过不了了。可这件事，还可以往下问一个问题：一条鱼，作为一个生命，它的使命真的仅限于取悦一个小女孩吗？这是一个令人心颤的问题。这个问题，需时常在那些习惯左右弱小生命的强者中被提及，在人类的世界里，我们同样需要反复质问，你存在的使命仅仅为了取悦另外一些人吗？

我决定跟小外甥女谈谈，我想说服她。我当然没有跟她讲要将这条鱼放回去了。这个小屁孩古灵精怪，淘气又难缠，她可不管什么生命的意义之类的事。小红鱼俨然是她搁在外婆家的私有财产。

我蹲下来，将她揽进怀中：“舅舅跟你商量一个很好玩的事。”她的大眼睛扑闪着，长长的睫毛像梦境里的帘子。“如果我们给这条红鱼找一个家，我们以后就可以去它生活的地方走亲戚。”“去哪儿走亲戚。”“舅舅想到一个山里的水库，如果我们把它养在一个水库中，它会长得超级大。”我用手比画出一条大鱼的轮廓来，手势所及范围里，它大到我要用两个手才能怀抱过来。“水瀑是什么？”她还念不出“库”的读音。“水库就是一个湖，很大很大的湖。”我从手机里翻出一张湖的照片，宽大的水面浩浩汤汤。她伸过手夺去了手机，肉肉的手指在上面轻车熟路地滑动着，“把它养到湖里，会找不到吗？”“不会，它会变得很大。”“会变得我这么大吗？”“会。”“会变得外婆这么大吗？”“会。”

这一回，她眼中闪出光亮来，她禁不住跑到白色的桶前，注视着小红鱼。“那我喊它，它会认得出我吗？”

“当然认得出你，你是它的主人。”

“更重要的是，以后一有空，我们就去那个大湖边走亲戚，去看望长大了的红鱼。”

她点了点头，我知道，走亲戚在她想来一定是件好玩的事。当然，她更期待我们带她去“水瀑”边，一起放归这条鱼，我们还答应由她亲手放。

秋日的那个下午，我们做了这一年当中最微不足道的一件事，像我们做的其他许多鸡毛蒜皮的事一样。我又觉得，我们做了一件值得写到纸上的事，让它像欧·亨利小说中那片画在墙上的常青藤的叶子，像一个好故事一样永久到不再凋零。

就这么定了。

我们迎着下午的秋阳，驱车来到十几公里外的水库旁。

“水瀑真大啊。”小外甥女站在大坝上欢呼。天空蔚蓝，秋阳的光线在水面上跃动，让人很容易就想起“秋水长天”的成语。

我牵着她的小手，一步一步沿着被秋光打亮的石阶向着大坝下面走去。妹妹则拎着那个白色的桶，那里是独个儿的小红鱼，桶晃荡着。此刻，它定然会感到疑惑吧，生活了这许多时日的白色的小天地，在这个下午竟如此不宁静？它的鱼生又会迎来一场何等的风暴呢？

向下的路总走得格外快些，我们走到了最末一级石阶。蹲下身去，水库里的水触手可及。小姑娘的小手，已伸向那青碧的秋水了。

“和小红鱼说句话呀。”我跟面前的小姑娘说。她转过身来，羞涩地笑了，抿起嘴，嘴角显出一个很小的梨涡。小姑娘蹲下去，两只小手扶着桶的边缘，将头尽量放低，低到都快要伸进水桶了，这是要和鱼说悄悄话的意思吧？得在鱼耳边说。我还是清晰地听见了她的悄悄话：“你要长得很大很大，像妈妈一样大，外婆一样大。”

她接下来的另一句话是：“我会来走亲戚的。”

小外甥女用一双小手从桶中掬起了小红鱼。它真的长大了，满满占据了她的手心。随后，她立起身，将手朝前一送。小红鱼从她手心里飞出，落向水面。它像一朵轻灵的火，落进了清澈的秋水里，水中一下子就有了一汪跳动的红焰，它闪动着，摇曳着，在碎金般的涟漪间欢脱地舞动着。

我的目光顺着它游动的方向流去，水面平阔，岸边的树皆显出了秋天的气象，再往上，傍晚的霞光点燃了原本碧蓝的苍穹。

这是它的好日子，经历了整整一年多的白色的禁锢时光，经历了漫长的孑然一身的孤寂之旅，它来到了一个巨大的青山环绕的湖中，重获了无边的自由。

是我们成就了这一切吗？是我们赐给了一条鱼美好的生活吗？我起初有点得意起来，但很快，我就觉得这样的想法是荒唐的，我为自己身上那点高等动物的傲慢感到汗颜，毕竟下一秒钟，我就想到了这段自我囚禁的时光。此刻，这条鱼教会了我一个重要的法则：在艰难的日子里，活下去意味着胜利，活下去，也才意味着可能等来珍贵的自由，等来庸常生活以外的，存在之上的光芒。

下山的路上，我的脑海里，一直闪动着一团红色的火焰，它那么渺小，却那样坚韧；它那么微弱，却那样清晰。它以不灭的姿态，昭示着一个重要的生活意义。

那岁月里漫长的困顿，那盘踞在我心头的经久不息的暗，都因了这一团红色的火焰，松动了，逐渐地消散开去。

（原载《青年文学》2021 年第 11 期）

徐海蛟，浙江宁波人，中国作家协会会员，浙江省作家协会散文创委会委员。曾获人民文学新人奖、三毛散文奖、浙江省优秀文学作品奖、於梨华青年文学奖等奖项。在《人民文学》《十月》《作家》《山花》《青年文学》等重要文学期刊发表作品两百多万字。著有《山河都记得》《故人在纸一方》等十三部书。

访校忆旧

徐惠林

假日的那个午后，合上《金蔷薇》后我从老屋下楼，与老父、老母厨间喝茶闲谈，谈这些年农村的变化、村里村外的人情世故，其中的一句话，言及了曾经的观音桥中学的老师。而前天回村前，车子正经过了观音桥街路口，看到了“观音桥村”的路牌，由是，心动不如行动，毅然从堂屋里推出弟弟的电瓶车驾去“访校”。

除了那条东西向（已加宽）200 余米长的水泥路尚在，观音桥街两边的店面、房屋等已全部扫却了往昔的旧迹，包括原来街东南角观音桥乡的文化站、广播站、电影院，街东北向一段的乡政府家属楼、往西的供销社，再往西进深的乡卫生院。中学东头的老观音桥已废弃多年，当年我和同学们在它的弯穹里醉听刘兰芳播讲的《岳飞传》，那稀罕的小收音机乃街上郑姓同学带来的，大家都逃避午睡，但能跟着同去桥洞听《岳飞传》以及后来的《杨家将》的三五人，皆是郑同学青眼有加的几个成绩冒尖的男生。

“李某某老师前不久过世了，才 60 多岁。”骆老师伸直了他已逾八旬仍挺的腰杆，以一贯的嗓音说。很快，复埋首翻看着那本厚厚的相册。我久未接话，目光自里向外，穿过店铺敞开的大门，巡游在春夏相交的那片曾经的观音桥中学校园、今已拆作汽驾训练场的一派光亮与燥热的浪息中。

30 多年前，骆老师在中学教政治课，自毕业后我们只见过一面，这次见面时我一口就叫了骆老师，他立定片刻，眼睛里满是微笑仍叫不出我来。寒暄一阵在门口合影一张，骆老师说现在驾校里没人，既然你来寻旧不如进去走走，由是，我从边门趄摸而入。里面很广阔，甚而感觉有点空旷，这种广阔就像那些年少的时光，汪洋、空荡、懵懂又野草杂生，炎炎中又无力、慵懒而倦怠。骆老师提到我的二姐，说那时她成绩非常好的，后来因故辍学了很可惜。他指着东北方向前后相错的两幢楼说，这可能是你们读书时的老房子吧？我说不是，原来我们住宿的房子还要小，楼上是教工宿舍。哦，那就是后来彭校长在任时造的。那看来，这个大场地上已没有其他房子了，就这棵松树是当年的。

到底是松树，枝杈横展，松针紧密如箭镞，葱茏，稳健，苍翠，所散发的气息是男性的，历史的，宽博的，厚实的，恒定的，久远的！我俩又在松树前留了影。

对骆老师说的李老师的离去这件事，我震惊，也渐心生一种悲戚，我一直很尊敬着她。那时，我们都还是懵懂的小大人，对食物、早日跳农门之念，充满了咕噜噜的口水、热望，于大人们的事、老师间的事，够不着，也没多想，远没有今日孩子的老练、古灵精怪——于人情世故，自忖自己迄今仍无限迟滞。李老师是我初二时的语文老师，蒙她厚爱我任课代表。她身子高，也结实，农村劳动多年后考取师范，毕业后教我们。或是因年龄稍有些大，或是受了较多的苦，她业务扎实、严谨、认真，对我这个课代表也没有特别宽大。有时我负责的领毛笔大字簿迟了，也被她叫到办公室批评——在她身上，我真看不到姑娘、女教师的活泼、温柔之类，而总有种“大姐如娘”的责任。后来听闻李老师找了一个对象，住县城的；再后来，虹溪片的老师多调往县城，她也去了；再后来，撤乡并镇，观音桥乡并入虹星桥镇，原来的观音桥中学因为乡村的生源越来越稀薄，也并入镇里原来的虹星桥中学了。关于李老师，她本就不太与人“打成一片”，又是女老师，故毕业后我再未与她联系，仅相晤一次。

此下，在骆老师兼做店面的小屋里，我看到了墙面大镜框内有无数的彩色、黑白合影，有的逸出框外直插在镜框隔离的隙缝间。合影中，有二十世纪五十年代骆老师在煤山中学任教时的同事和学生，还有他与自己大学同学毕业五十周年聚会的合影，他们是湖州师院首届文史哲专业毕业生。后来，他又拿出一本本保存的相册，带我在翻看中重溯过往的时光。

因骆老师的“有心”，我一直悬着想看一看初中毕业班合影照的念头破壳。

链接着观音桥中学时光的那照片是一张黑白照，是两个班的师生集体合影。我跟骆老师说，我很想看看当年的老师、同学，特别是“自己”——那个一半自尊、一半自卑的懵懂少年。可叹我初中毕业前只拍过两次照，小学毕业时、初中毕业时，“学生那时无资格领取合影照片”，无论是否荒唐，此下在骆老师处得以证实。

骆老师退休后玩起相机，骑着自行车走乡进村，给人拍照赚点小钱。我毕业后唯一见到他的那次也是拍照，他来我们东城村兜生意。想想也好笑，大约是因为直到初中毕业时我才拍过两次照，故大学毕业工作后我发狠用工资买了架海鸥照相机，每每回村不是给父母姊妹就是给邻里村人拍照，好一阵子，拍完后都自掏腰包冲洗好送人家。

因我央求，骆老师很快翻看从里屋拿出的厚厚相册，查找我所说的“83 届毕业师生合影”，我在一旁不太抱希望地浏览，不时低头看那一张张多已漫漶过甚的彩色照片，指认这个是陆老师这位高个子是葛老师最左边这个是教化学的彭老师那个是教音乐的李老师……但终没找到我。那张灌注那个年代乡村中学师生别样情愫的黑白照，已彻底消失在时光的淘涤中了。

甚至，好多老师，包括我敬爱的教我初一语文、初二历史的韦老师，已于多年前去世，这次，是让我任课代表的李老师走了。而初一代课教我们英语、让语文课代表的我常提前在黑板上为她板书课堂课后作业题的邱老师，后来都不知去了哪里。而即便照片仍在，有谁会珍惜？在深夜或落寞的时刻，拿起薄薄的它，端详，凝视，怀想，甚至落泪？我想，自己可能就是那唯一的一个，“命定”的代言、见证、怀念者，像一曲哀怨乐曲，回荡于袅袅心际，或者，一首诗，被永远地铭刻在文字的大理石上。

别过骆老师，返街逡巡，发现北侧东段后面、西部后面的两个水塘仍在，但面积明显比我当年的感觉小很多——西侧那个铁匠铺已不见了，那时，我们每天上学、放学必路过，也常在午休或放学后进去看铁匠师傅叮叮当当地打制农具。

犹记得，从铁匠铺朝东的门口而入，一股热烘烘的气流迎面扑来，里面的老师傅斜瞟了一眼我等，并不言语。那个精瘦的与我年龄相仿的学徒，正拉着风箱，呼哧呼哧，节奏明快；卡在煤块里的铁料渐至通红，四围的焰火一闪一闪、不时喷吐。铁匠铺里，堆满了不计其数的、残肢断腿的东西，铁锄、铁斧、铁镰、铁刀、钢钎，还有打铁所用的大锤、二锤、铁砧、炉子、水桶、切刀、长钳，一俟火候到，敦实而老练的师傅就用长钳从烈焰里快速取出铁料移至大铁墩上，他左手握铁钳翻动铁料，右手握小锤指点性小打，徒弟甩大锤大打，小锤点到哪里大锤就砸到哪里，小锤、大锤轮流交替、猛烈敲击，锤落如雨，铁花四溅。此时，西面小铁窗里，一缕光从窗口射进，像跳动的油彩之笔，斑驳交映铺内的火光，将沉默中的不停锤打、赤膊师徒的汗流浃背，描绘成了一幅鲜津津的油画。

今日，火星四溅、汗流浃背的热乎场景早已在时光中湮没，乡村已改旧换新，曾经的、新生的农人，已不再手握弯镰、背扛锄头忙碌于阡陌之中了。

现在，站在栏杆已铁锈斑驳的原来中学门口的观音桥上，向南眺望着河流、朱庄村里外的土斗埂、更远的和平镇那起伏山岭的淡蓝曲线，让人不由得陷入沉思，也更能体味巴乌斯托夫斯基所写的：“在少年时代，阳光更温暖、草木更茂盛、雨更滂沱、天更苍蔚，而且每个人都有趣得要命。”“对生活、对我们周围一切的诗意的理解，是童年时代给我们的最伟大的馈赠。”——在我的理解，到初中毕业后，才真正告别了心理意义的“童年”。

离开前，在原来中学、大桥东的铁匠铺方位上，我又停了一支烟的时间，脑子里不时仍回放着当年铺子里的火、光，以及叮叮当当的锤打；铁砧上，那些铁料变方、变圆、变长、变扁、变尖……变换的一刻刻，由不得你不想，它就是一个人的命运，它也确乎是所有人的人生。一次次的锤打，再架烧，再浸入盐水猛激，速冷而淬火，耙子、锄头、镐头、镰刀、菜刀、刨刀、剪刀、砖刀、锅铲，渐渐成型，直到最后，淬火的铁器表面呈现出那蓝莹莹的光泽，就像观音桥中学里的毕业生，一个班又一个班、一个年级又一个年级，他们后来走进了“社会”这所大学校，历练、煅烧、塑型，终于“学成”了、成材了，在不同的岗位上、广阔的天地里派上用场了。从劳作之门走出，我想，他们偶尔回想其曾经就读的观音桥中学，脸上会现出一种亚光，一种时间的积垢、包浆。

就像我不知那对永远忙碌的师徒是否仍活在人世，毕竟快四十载了，但他们一年又一年打制出的铁耙、弯镰、锄头、砍刀……肯定还有许多留着世上、派作用场，哪怕有朝一日它们被废弃、遗忘在哪个灰暗的角落，或掩埋在了田沟、河塘的淤泥里，它们肯定仍在一寸寸拒绝、对抗着氧化、腐烂，就像我们用学到的知识，抗拒着多舛的命运——它们是土地上人们生命存在的伙伴、见证，是另一重意义上的衣食父母，也是他们劳力与智慧的某种变奏、延伸。

（原载《山西日报》2021年9月10日）

徐惠林，浙江长兴人，毕业于杭州大学中文系，现居湖州。在《散文》《清明》《大公报》《羊城晚报》等海内外数十家报刊发表各类文字近百万。著有诗集《飞翔岁月》、散文集《油灯点亮的日子》等。

云和看云

徐　可

云是属于天空的，也是属于云和的。

名字中顶了个“云”字，“云和”与“云”有了天然的联系。飘浮不定的“云”，竟然在云和有了常住户口。

于是，“到云和来看云”，几乎成了云和的一句广告语。

云和地处浙西南，是丽水市下属的一个县，始建于明景泰三年（1452）。据《浙江通志》记载：“景泰三年，析丽水之浮云、元和二乡，县名曰云和。”从县名的由来看得出来，确实与浮云有关联。我去云和的时候，正是江南梅雨季节。在从温州机场去云和的路上，就感受到了天气的变幻无常。刚刚山这边还是艳阳高照万里无云，穿过一条隧道，竟然狂风大作暴雨如注，以至于雨刮器都闹起了罢工，车窗外一片茫茫。不一会儿，倾盆大雨又变成霏霏细雨，大哭大闹讨人嫌的熊孩子瞬间变成了梨花带雨惹人怜爱的娇弱女子。

在天为云，在地为水。云是水做的，雨水多，云也多。

云和多山，素有“九山半水半分田”之称。山不在高，有水则灵。没有水的山是枯山，有了水的山才是活山。云和水系发达，水源充足，溪流潺潺，水质甘甜，自上而下汇入崇头溪。勤劳智慧的云和人利用这山这水，开垦出一小块一小块梯田，解决了温饱，也造就了一道风景。从深深的山谷到云雾缭绕的峰峦，从平缓的坡地到陡峭的山崖，都开凿了长短不一、或宽或窄的梯田，层层叠叠，高低错落。从唐朝开发至今，已有一千多年历史，成为闻名遐迩的“中国最美梯田”之一。梯田海拔较高，田中的水和河谷中的水蒸发而上，受气流影响而形成云海，化为云雾烟雨，飘浮于高山丛林，山巅与田间时常白云缭绕。“云雾奇观，浮云世界”是云和梯田的一大特色亮点。

梯田依山势而开，根据山势走向递级而上，从山脚盘绕到山顶，层层叠叠，错落有致，尽得山势壮美。站在山上观景台放眼看去，远处近处梯田蜿蜒迂回，形态多样，曲线优美，如行云流水，潇洒流畅。漫山遍野的梯田，宛如一条条翠绿的彩带，像给山峦束了腰带。又如美丽的少女，手持七彩绣缎，在山峦间飞舞。清澈见底的山溪，从山顶顺流而下，在大山与稻田之间欢快地吟唱。这里是宁静的，能听到的只有鸟鸣和潺潺的溪水声；空气中没有任何杂质，只有淡淡的稻香和花草的味道。那连绵的苍翠山峦，那层层叠叠的梯田，那高低错落犹如穿着蓑衣的房舍，让人平和而安详。满谷烟云，缭绕着江南的春夏秋冬。

云和的天气是多变的，这让我们在半天之内看到了云和梯田的不同面孔。阳光明媚的时候，山上的空气都是透亮的，用手机拍出的照片都特别明亮，根本不用开美颜美图。天空瓦蓝瓦蓝的，阳光为白色的云黑色的云镶上了一道道金边。远处近处的梯田层次分明，一畦畦整齐的绿色水稻与一道道不规则的褐色土垅相映成趣，远处农家的炊烟袅袅升起。田地里，水满田畴，平静的水面被微风吹得微皱，蓝天、白云、绿树倒映其中，反射着金黄色的阳光，动静成趣。

一阵风吹过，一片云飘来，天空星星点点落下小雨点。雨并不大，用不着打伞，在蒙蒙细雨中观赏雨中梯田，那是一种别样的美。

想起古人的诗句："青箬笠，绿蓑衣，斜风细雨不须归。"就是这种意境吧？细雨中的梯田，是最美的时候。带着浓郁的江南风味，蒙蒙细雨中混着点烟雨的雾气迷茫，空气中夹杂着清新泥土的芬芳，这正是云和梯田迷人的模样。山间有雾升腾起来，薄雾缭绕，或厚或薄之间，云和的梯田若隐若现。烟雨朦胧，云雾随风飘动，变幻莫测，犹如仙境。雨雾中的梯田最富诗情画意，走在山中就如身处水墨山水画中，又仿佛置身于神秘的童话世界，若隐若现的梯田露出梦幻般的轮廓，梯田的曲线显得更加柔美。更远处的山峦树木则完全湮没在云海雾障之中，视野的尽头除了云雾还是云雾。

望着眼前一坡坡、一湾湾的梯田，一望无际地向远方扩展开去，烟雨朦胧之中犹如波浪起伏的海洋，我们不禁啧啧赞叹。不过心里还是隐隐地觉得少了点什么。转念一想：少了云呀，我们不是来看云的吗？刚才所见的云，美则美矣，但感觉还不过瘾。云和的云呢？正这么想着呢，突然有人喊："快看快看，云！"顺着他的手势，所有的目光都转向了山下，所有的嘴里都发出"哇"的惊叫声，我们看到了最壮观的云。只见远远的深深的山谷中，一团团白色的云迅速聚集、升起，越聚越多，越升越高。好像有一位将军在调兵遣将，一团团云从四面八方向这里急急赶来。转眼间，整个山谷被云笼罩了，成了云的世界；如果不是亲眼所见，我们完全想象不出，那里是深深的山谷。山坡被云缠绕着，那是新娘洁白的婚纱；山头飘着缕缕白云，仿佛披上了洁白的纱巾。看空中，白云变幻出种种图案，我竟然拍到了白云的眼睛。那是一只修长的丹凤眼，不知是哪位仙子的美目。不久，白茫茫的云海填平了沟壑，隐藏了高低，将山峦幻化成云雾世界，美轮美奂的天堂。大家都说，云和人真厚道，生怕我们留下遗憾，临别时还额外赠送我们满天的白云。

古人咏月诗很多，专门咏云的似乎不多，但是写到云的诗句却不计其数。在关于云的诗句中，我最喜欢的是王维的"行到水穷处，坐看云起时"，还有贾岛的"松下问童子，言师采药去。只在此山中，云深不知处”。那份悠闲自在，那份达观洒脱，那份超尘绝俗，真是羡煞人也！我辈凡夫俗子，在劳劳碌碌中，抽出半天的时间，来云和看看云，放松一下疲惫的身心，庶几可以荡涤心中的尘埃吧？

（原载《浙江散文》2021 年第 4 期）

徐可，中国作家协会会员、启功研究会理事、鲁迅文学院常务副院长。致力于散文写作实践、散文理论研究和启功研究。著译有《仁者启功》《三更有梦书当枕》《背着故乡去远行》《写在文学边上》《汤姆·索亚历险记》等二十余部作品。曾获中国新闻奖、中国报人散文奖、丰子恺中外散文奖、百花文学奖等。

瓷之廉

徐伟军

一脚踏进浙江上虞凤凰山下的瓷源小镇，便让人有一种穿越时空、静心澄澈的感觉。

“九秋风露越窑开，夺得千峰翠色来”，唐诗人陆龟蒙在咏叹窑炉洞开的刹那间那扑面而来的青翠之美；“圆似月魂堕，轻如云魄起”，皮日休痴痴地凝望着那巧夺天工的青瓷器皿，惊诧于精雕细琢的技艺之美。

山谷里，我随青瓷专家马志坚老师走着，空气里都弥漫着清韵瓷气。窑址公园很大，也很安静，禁山窑址诉说着千年的秘密，当年荣列了中国十大考古发现之一。这一条沿山坡长 60 多米的龙窑窑床，虽有东汉至三国和西晋两个窑炉叠融在一起，脉络却清晰可见，考古挖掘后原生态地留下了半地穴式现场，泥坯、模具、器具，俯仰之间，仿如昨日，甚至从破裂的碎片中还能想象出樽、篮、盆、罐众多器型挤在一起，在熊熊煅烧！

熊熊炉火，不但烧造出千峰翠色的越窑青瓷，也给人们以清白廉洁的丰富想象。这想象有一半是马老师帮我唤醒的。马老师一口气说了一大堆词语：守身如玉、淘尽泥沙、千锤百炼、以心塑型、烈火炼身、君子之品……瓷土深埋山中，开采前，默默无闻，保持洁白本质；淘尽沉淀后的瓷土又要经过千百次踩踏、压榨、甩打或揉压，方可上手塑型成器；而成器过程，拉坯以塑，要全神贯注，心手合一；成型后的坯件，经上釉晾干，入窑经1300℃高温煅烧，方能最终成器。

这上品的标准，乃器型之美，色泽之美。古瓷尚青，“雨过天晴云破处，这般颜色做将来”，这颜色是什么？是周杰伦歌词“天青色等烟雨”中的“青”。“青”，崇尚自然之色，古有“包青天”，又有“青出于蓝而胜于蓝”，一个低调颜色的字，却包含着满满的正能量和正义感。

我们一边从窑址坡上走下来，一边聊着，马老师由青字接龙式地说出了一连串的字，青则清，清则廉，廉则威，威则公，公则明，明则正！仿佛是春蚕吐丝，从一个端口出发，不管怎么绕圈，回到的位置依旧是最初的质地之美！

我们已从古代的窑址走进了现代的“大东山青风馆”，馆名是罗步臻先生的遒劲书法，宽博中带着一种静气，有穆如清风之感。里面有一展厅，展墙上写着“扬虞舜清风，展青瓷韵味”，走近看，那百余件清廉青瓷作品汇集一处，或挂，或卧，或倚，或端坐。高规格的展览技术，恰到好处的光影效果，给人一种直抵心灵的愉悦之美、澄静之美！

细细品味，慢慢感受，在这瓷艺世界里。“梅”“兰”“竹”“荷”等一类作品，主题清雅而雕工精心，“廉有莲心不染尘”“清风雅韵”“如兰斯馨”“高风亮节”“廉字当头”一个个名称连同器物盈溢沁香。令人更惊讶的是作品与内容的结合之妙，故事表达寓于其中。“振衣岗”三个字的青瓷板镶嵌于镜面上部，这三字与“上虞四谏”之一的谢瑜有关。他在四川夹江县任监察御史，为人清正，曾在青衣江临江绝壁上写下这样的内心向往。“振衣岗”源于晋朝诗人左思《咏史诗》中的名句“振衣千仞岗，濯足万里流”，表达一尘不染的高洁情怀，而与镜子这一元素相融合，给人提醒而正衣冠。

“青犴舞廉”这件充满诗意灵气的作品又让我眼前一亮，“狴犴舞”是上虞的非物质文化遗产，《龙经》有云：“狴犴好讼，亦曰宪章。”传说狴犴不仅急公好义，仗义执言，而且能明辨是非，秉公而断，是清廉和公正的化身。而上虞上浦镇冯浦村至今还有“狴犴龙舞”的文化习俗，自宋朝开始，狴犴的神话形象已在上虞扎根了几百年。眼前的狴犴在舞，脚踏祥云，底座创造性地化为一杆天平，不管怎么舞，始终保持着一种能量守“衡”。

“孟尝高洁盘”在灯光的映照下熠熠生辉。玻璃罩下也能散逸出一股定力静气。写进中国廉吏史的汉代上虞人孟尝，谦和的神态跃然盘中，背景凸刻了篆、隶、草、行、楷等各种字体的“廉”字。孟尝任广西合浦太守，“革易前弊，求民病利”，修复生态，轻徭薄赋，一心为民，两袖清风，终致去珠复还。初唐四杰之冠王勃在《滕王阁序》中，称“孟尝高洁”“怀报国之情”。后人为纪念他的德政，曾将“合浦”改名为“廉州”。“合浦珠还”的成语，也因此而来，流传至今。

正面墙上，挂着一组四块瓷板画，题为“谢安——家国担当”，整体装饰如古建筑的一角屋檐，饱满的青釉、流动的线条、错落的构图，把谢安塑造得栩栩如生，每一幅一个主题，完整再现了谢安“修身”“齐家”“治国”“平天下”的瑰丽人生。李白十分钦佩谢安，曾吟“东山高卧时起来，欲济苍生应未晚”。

这里的每一件青瓷作品，都在默默地诉说着一个个关于“廉”的故事，尽管，瓷品都是新的，但它的瓷土和瓷土组合的新生命依然映射着时间的光影，荡漾着我们的心灵。

凤凰山下的瓷源小镇，又何尝不是一个瓷廉小镇呢？

（原载《浙江日报》2021 年 11 月 21 日）

徐伟军，浙江上虞人，1972 年 9 月出生，浙江省作家协会会员。在《人民文学》《青年文学》《人民日报》《解放日报》《文汇报》等报刊发表散文三百多篇，文章入选《时光谍影——人民日报年度散文精选》等，出版散文集《浅草春色》。

楠溪江的鱼

徐贤林

酷热难熬的午后，突然电闪雷鸣，下起一场瓢泼大雨，雨后的都市一下子就清凉了。

我却怀念起家乡楠溪江的鱼。

暴雨能带来许多许多鱼。邻居松宁是最大的受益者。松宁是捕鱼高手，比我大十岁。他手很灵巧，农闲时节，他在自家门头破水竹，将一根根粗长的水竹破成一条条薄薄的细长的蔑条，然后编制一种叫“倒须”的捕鱼篓，这种捕鱼器具结构简单，大头端密封小头端设置凹进去的圆润小口，鱼一旦进去便无法出来，是一个温柔的陷阱，他家的阁楼上起码堆放着上百只大小不一的“倒须”。只等夏天的暴雨。

松宁关心天气预报，预报有暴雨时，他当天会挑着一担“倒须”兴冲冲到黄庵，黄庵是一片田垟，我也跟着去看稀奇。他扒开稻田田埂上的泄水口将“倒须”小头朝里埋进去，上面压上石块防止被水冲走……在几十丘田埂泄水口埋完大大小小的“倒须”时，天空已是乌云密布，我们奔跑回家。

松宁坐在门头，盯着倾泻而下的雨水，一脸的惬意。雨止，他一路小跑着去黄庵收“倒须”。每次皆有收获，最多的一次捕到足足二十五公斤鱼。这与其说是下暴雨，还不如说在下鱼呢。这些鱼中以泥鳅为主，间有小量的黄鳝和鲫鱼。他将鱼烤焙制成鱼干，成簟成簟的鱼干放在道坦里晒，看得我眼馋直咽口水。

我没有“倒须”，但依然也可以捕鱼，随意将水沟隔出一段，扫干水，双手挖鱼，必有所获；在小水塘里投放辣蓼（一种有毒的野生植物）汁毒鱼，同样有收获。这种“竭泽而渔”式的捕鱼手法对鱼类种群数量几乎没有影响。稻田、水沟里到处是泥鳅，怎么捕也捕不尽。

如果暴雨持续下几个小时，那肯定会发大水。村前是一大片溪滩，现在有了名字，叫枫孤溪，是楠溪江的一条重要支流，盛长杨柳、枫杨和茅芜，葱葱郁郁，绵延一公里，滩林里有多条经常易道的小溪流，平时只有涓涓细流，山洪暴发，漫滩缓缓流淌浑黄的水，浑黄的漫滩水缓缓流淌两公里后汇入大港（现在叫楠溪江）。我望着滩林中的一片汪洋，心中窃喜，为何呢？因为这浑黄的漫漫流水将给我们引来无数的鱼啊。

这片溪滩俗称“菜篮滩”，大水过后积水很快便消失，我们捕鱼的大好时机却来了，村里大人小孩提着盛鱼器皿奔向溪滩捕鱼，准确一点说是去“捡”鱼，只要寻到浅水滩，就有满满的收获，大小鱼类在浅水中挣扎喘息，捕捉毫不费力，这样的浅水滩成百上千，村民无法一网打尽，落在滩林里的鱼倒便宜了野猫们。

这片溪滩成为一只硕大无朋的“倒须”。

有一年发大水，我村门前坑三座水潭的堤坝全部崩塌，下个潭被冲只剩一个直径不足四米的圆形深坑。我发现坑中有异常响动，回家告诉爸爸，爸爸判断里面有大鱼，跑到枫林买来两斤专门毒鱼用的巴豆浆，抢在别人发现之前将巴豆浆投放进去，也就一袋烟工夫，深坑的水仿佛沸腾了，片刻间水面白花花一片，我们捞鱼捞得手软，围观村民越来越多，一担番薯箩装满了，菜篮也装满了，爸爸准备歇手将“鱼落”留给围观者，此时一幕不可思议的景象呈现在我们面前：一条巨大的鲇鱼箭一样直射上来，离水面足足三米才又重重跌落，几分钟后，第二次射出，这回是斜射，跌落沟坑边地上，爸爸手到擒来，我看到它的细圆眼睛里满是怨怒之色。一过秤，这条鲇鱼重达十五公斤。

大人说，这些鱼是从大港里逆洪流游上来的。俗话说好奇害死猫，我就想，好奇同样也会害死鱼的，它们哪里知道这条漫漫流水的柔美溪流是一条菜篮溪、是一个陷阱、是一只“倒须”，但等到它们醒悟过来时，却悔之晚矣！

大港（现叫楠溪江）谜一般吸引了我，那里是鱼类的天堂啊。

三百里楠溪江鱼类资源丰富。供职农业部门的朋友陈志俭数十年观察调查研究楠溪江水生动物，他发现楠溪江鱼类种群多达150余种，其中洄游鱼类20多种，有许多都是本土特有种，珍贵的鱼类有香鱼、军鱼、“对头”等，常规的有鲤鱼、白条、沙鳅等。在不同海拔水域生长着不同的鱼类，生态层次感较强。

我专门采写过关于楠溪江鱼类的文章。在悬崖上的村庄——碧油坑村，我发现那条唯一的山间小溪涧也生长着十几种鱼类时，惊讶不已，这条小溪涧以落差逾百米的瀑布形态注入楠溪江支流黄山溪，楠溪江里的鱼类不可能沿这道流速很大的瀑布游跃上溪涧的，那么，这条溪涧里的鱼类必然是这里土生土长的，品种却也与楠溪江里的鱼类相同，我只能惊叹这是造物的神奇。

楠溪江鱼类为两岸住民而生而长，专业、业余的捕鱼人世代传承。网捕是首选。每年春季的第一场大水是网捕“对头”的最佳时机，这种只有寸半长的小鱼洄游到楠溪江中游出生地繁殖，成群结队，小小鱼儿汇聚成巨大的群体蔚为壮观，在狮子岩水域撒网候捕，每网皆有丰硕收获。这种小鱼满肚籽，不用剖直接烤焙，是上等楠溪江溪鱼干。捕香鱼的最佳季节是农历十月，捕鱼人有“香鱼一月长一寸”之说，它们从东海瓯江口洄游到楠溪江，十月繁殖，长得最肥壮，背脊的那只香囊也最充盈饱满，洄游繁殖其实也是它们生命的终结之旅。

后来，楠溪江渔业资源日益枯竭。有人首开全球包江经营管理的先河。渔政部门每年人工投放鱼苗增殖。然而这一切措施没有解决根源性问题，楠溪江渔业资源依旧处于颓势。

鱼类稀少了，价格却飙升，这反过来刺激了捕鱼人的积极性，因而捕鱼人并没有减少，他们改进传统捕鱼技艺，在江上互相炫技，我就亲眼看见一个人用两只高爆鞭炮改装而成的“鱼雷”在数秒钟内将两尾飙游的军鱼一炮搞定，现场可谓惊心动魄，新型技术加个体发明层出不穷，巧避“禁止电鱼、毒鱼、炸鱼”，横行三百里楠溪江。陈志俭说，这是恶性循环。

几年前，政府在楠溪江淡水区与潮汐区交汇的沙头河段建了一座拦水坝，彻底阻断了洄游鱼类的洄游路，后来斥巨资在坝首增造了一条鱼道作为洄游鱼类的洄游通道。我在几种主要洄游鱼类洄游繁殖的季节曾三次专程前去，在鱼道玻璃观察窗前蹲守观察三个小时，只发现几条零星的杂鱼艰难往上游，这条鱼道成了一个豪华的摆设，楠溪江洄游鱼类绝迹了，现在捕获的香鱼都是人工投放鱼苗成长的，失去了野生香鱼的本色本味。

楠溪江上游多条支流建了百多座水库。三百里楠溪江被人为切割成一段段，鱼类被禁锢在一个范围内生息，上不能至源头，下不能畅游至东海，生存半径不断萎缩。

长期施农药化肥，黄庵稻田里已难觅泥鳅黄鳝踪影，松宁家的“倒须”也早已废弃了，村前的滩林造田被毁殆尽，主溪流两侧筑了两道一公里长的堤，筑了几座坝，溪流被拦截成一截截阶梯状蓄水塘，倒是常年有水，不再是“菜篮溪”、不再是大“倒须”；楠溪江也不再有逆着洪流而上的鱼群了，没有了“对头”、野生香鱼等洄游鱼类，十五公斤重的鲇鱼更是成为遥远的记忆。

饮食习惯是最顽固的文化传承，楠溪江鱼类永远铭刻在我的记忆深处不会褪色。想念楠溪江的鱼权当想念家乡吧。

好了，晚上烧一条据说来自楠溪江的野生鲤鱼当下酒菜。

（原载于 2021 年 10 月 2 日中国网）

徐贤林，浙江省作家协会会员、温州市鹿城区作家协会副主席，供职于当地媒体。作品散见于《北京文学》《报告文学》《散文》《中国青年报》《中国文化报》《人民日报》等，出版长篇非虚构作品《江边》《明天》等。

梅城更梅城

许　仙

迄今为止，我三次上梅城，感觉梅城一次比一次更梅城。

二十世纪九十年代，厂文协去建德开笔会，我们一行 8 人一早赶到西站，坐县际班车，走缠绵于钱塘江两岸的省道，石子路又老又窄，风景倒是绝的，尤其深秋，窗外风景百看不厌。从杭州到建德紧赶慢赶也得 5 个小时，但不觉漫长，眼眼都是“风烟俱净，天山共色。从流漂荡，任意东西……”的意境。

在建德疯过一天后，第三天午后，我们上梅城。我至今仍记得途中有段老路，两边是高大挺拔的水杉树，针叶金黄，在阳光下美到不行，就像是为我们打开严州府的大门，夹道欢迎。当时年轻，下车不到个把小时，就把正大街、府前街、西门街和总府街都逛了个遍。这听上去好生热闹，其实就是个两十字街，不长，街面陈旧，店铺稀零，只为当地人开的，几乎不见游客，几家店主聚在一起玩牌，对不速之客不屑一顾。我找到一家新华书店，虽小，却觅得几本好书，甚是欣喜。于我而言，一个有新华书店的地方，都是值得尊敬的。

我们拜访澄清门，登上门楼，顿觉江面辽阔，三江欢聚，汽笛声里，江船犁出满江淋漓波光，浪得“实”名。南峰塔北峰塔令人神往，因为时间有限，均不得亲近，正应了那句“得不到才最是牵挂”的俗话，不免心心念念。临江的门楼上有联曰：“层楼览尽贰重翠，古城独开半朵梅。”我理解“贰重翠”，却不懂“半朵梅”。领队指是城墙尖，我半信半疑。回望梅城，正大街上两座牌坊清晰可见，一座是建德侯孙韶的，另一座是先忧后乐范仲淹的；存在于岁月之外，经老，仿佛古已有之。有谁嘀咕：“严州府就这点花头？”又有谁回应：“多着呢，都在地下，如严冬之笋。”我们在江边徘徊复徘徊，想看黄昏江景，却因赶末班车而不得不放弃。

第二次上梅城，是二十一世纪初，市作协小说笔会安排在梅城，也是深秋，住在紫翠楼。故地重游，最亲近的方式，就是狠狠地又逛个遍。我有些新发现、新感触：街上多了些游客，也多了些“对外”的店铺，新华书店还在，进去找了几本大地方缺货的小说集。下午照例去江边，又发现江边漂满了水葫芦，过去是猪的食物，如今无人问津。“漂泊”是它们的命运，在哪儿都活得风风火火，开得艳艳丽丽，倒是潇洒人生，令我汗颜。我们下到江边，摘了几株回宾馆，却找不到盛放的器皿。傍晚，我们又上澄清门楼，夕阳下，三江秋水的褶皱里，满是霞色，仿佛铺满了层层金箔；挟持三江的南北塔，矗立在烟雾缠绕的群山之巅，越发伟岸。此时此刻，天色、山色和江色融为一体，直叫人如痴如醉，忘却身在何处，总算是弥补了初次的遗憾。

吃过晚饭，天都黑透了，大家依旧兴致勃勃地夜行，穿过灯火零星、行人稀少的正大街，在同一天里第三次上江边。只有上了门楼，凝视天上的繁星，凝视漆黑一团的江水，凝视隐没在夜色中的山峦和鳞次栉比的古城，我才觉得拥有了真正的黑夜。夜有各种各样，但我独爱这一种：没有亮灯工程，没有失眠的人间，仿佛江心流淌的不是江水，而是深秋的夜色。白天所听不见的流水声，此刻让寂静成为真正的寂静；而寂静之外，便是我们的笑声。我忘了大家为何而笑，只记住那样的笑声，发自内心，也正因为我们的笑声，令江边更寂静。

我们回到南大街，兴致不减，想找个茶室坐坐，是文化人孵的那种，却找不到，只找到供老年人消遣的“老而乐”大众茶室，也行，大家泡杯茶，围席而谈。茶室里有位老人，得知我们是市里来的作家，来梅城采风，本地人的自豪感顿时爆棚，热情得没得商量地介绍起严州府的历史典故与趣闻轶事，龙山书院、乌龙山玉泉寺、方腊起义、梁山好汉与之对决、九位好汉战死乌龙岭等等，除此之外，我对梅城的由来、五加皮、严州豆腐包等也有了清晰的观念，正是“与君一席话，胜读十年书”，顷刻间，梅城在我心中开疆辟土，壮大了许多。

这次笔会，让我受益匪浅的，还有乘一叶扁舟渡到彼岸，攀登了南峰塔，又圆了一个梦。禅林始创于唐，几经毁建，几经沧桑，仅剩此塔，也算是历史的见证，你瞧塔顶上灌木丛生，足见砖石虽坚，岁月照样能将它化作软土，更何况血肉之躯，不禁感慨人是何等渺小。我们登上塔顶层，极目天下，三江尽收眼底，熙熙攘攘的万物不过蝼蚁。塔中大殿供有陆游、杜牧、范仲淹等塑像，他们都曾经在严州做过地方官员。对他们就又另作别论了，人这种动物，最大的是人格，而这梅城历史文化底蕴竟如此之深厚，这才是古城的基石。

从南峰塔下来，我们乘舟过七里滩，两岸峻山叠嶂，仿佛一折折屏风，上面满是国画大师也望尘莫及的墨宝，一折折地向我们展现；山色层林尽染，秋天的鸟群就像某个过路云所投下的阵雨，忽儿从天空落没在山怀里；而偶尔遇见到山弯里的小山村，在一棵老村树背后，亲切得就像外婆家。那种让人心底潮湿的感觉，是别处体会不到的。这儿有“小三峡”之称，但三峡的意蕴仅限于惊险，而这儿，除了惊险，更具江南特有的“渔歌唱晚”的情调，叫我们卸下城市的心灵负荷，乐山乐水乐无我。只有过来人才懂，什么才叫风景！

今年春三月，我有幸又上梅城，坐高铁不过半小时，下车就有些瞠目结舌，一眼望过去，梅城又大了许多，造旧如旧的修建，让老街有了我心目中的模样，完全是严州府再现，游人如过江之鲫。老规矩，我照例把几条街逛了个遍，只见沿街都是精制而又古色古香的建筑，又多了几座牌坊，还有胡家老宅，浙大西迁的办学旧址和竺可桢故居，严州状元府，严州府古城楼……正如初见梅城时文友所预言的，那些被岁月湮没的，如今似雨后春笋，在古城的大地上，破土而出，呈现在我们面前。无论是加宽加固的沿江古城墙，还是重建的龙山书院和范公祠，不会忘记的，永远都不会忘记。对了，那家新华书店还在，虽小，却顽强，我不禁会心一笑。

我们逛到府前街时，刚巧碰到知府大人出来巡街，却不知是陆游，还是范仲淹，虽是游戏，却让人顿生几分感慨，只可惜没有百姓拦街喊冤，少了些曲折和故事；但想来有这样的地方官，也是无冤可鸣吧。而有意思的是，这次上澄清门楼不同以往，是在上午，阳光明媚，春水荡漾，绿如蓝，又是一番不同景色；渡口停了，水葫芦清了，一帆光影，无尽风月。古城墙如今一直修到东门头，漫步向东，间或下到江滩公园，所到之处都有春风蘸了江水拂面而来，说不出的惬意。与同行者侃侃而谈，我竟辜负了满江汪汪的眼波，转眼即逝。

有种强烈的感觉如钱江潮一潮潮地冲击我心，如今的梅城，比任何时候都更梅城，现代文化与历史文化紧密相融，接地气，通文脉，就像在三都渔村用中餐，吃的是历史，吃的是文化。用文化铸魂，缄默千年的古城，正在向世人娓娓道来，它之所以叫梅城。

（原载《联谊报》2021 年 5 月 1 日）

许仙，本名许顺荣，中国作家协会会员。现居杭州半山。在《小说月报》《小说选刊》《江南》《十月》《北京文学》《天涯》《清明》等刊发表五百余万字。出版长篇小说《关于我美丽母亲的一切》、短篇小说集《麻雀不是鸟》、小小说集《麻醉师酒吧》《爱人树》《北极的春天》、散文集《樱桃豌豆分儿女》等六部。

姒氏符号

杨静龙

问号

他正在写一首诗，诗句从浑身伤口和笑嘴中奔涌而出。

他姓姒，一个古老而高贵的姓氏。知道他姓氏的人很少，他的名字却家喻户晓，国人尽知。

他以耒耜为笔，醮四野汪洋为墨，在九州赤寰恣意挥写，沸腾的热血洇润着他无与伦比的灵性。

洪水滔天，似连绵不绝的诗句，在他脑海里不断排列组合。他行走于洪荒，栉风沐雨，劳身焦思，居外十三年，过家门而不入。妻子淡忘了丈夫胸膛的温暖，儿子认不出父亲诗意激荡的憔悴脸庞……

这算不了什么，他的父亲鲧曾经同样手足胼胝，堕高堙库，筑起一道道大堤截堵滔天洪水。兵来将挡，水来土掩，也是治水方法，但历经九年终未获成功，最后被舜帝诛杀。

临刑前，鲧的脸上写满问号。委屈铺天盖地，扑面而来。

他没有想到，大舜杀了他父亲，却把一纸任命交到他手上：去吧，去完成你父亲未完成的使命，治理好洪水。

益、后稷、诸侯、百姓、人徒，闻讯而至。他率众人开九州，通九道，度九山，陂九泽，随山浚川，寻诗采风之旅洋洋洒洒。

他们一起写诗，一起歌诵起舞，日继以夜，夜继以日，高山洼地为之回响，洪水涡流为之激荡，一首人类史上最为波澜壮阔的长诗呼之欲出。

身为主帅，他更是亹亹穆穆，为纪为纲。以致化身为一头黑熊，打通大山阻隔；磨光小腿上的汗毛，疏浚洼地浊水。洪水经湖泊河流汇入海洋，终于得以平复。

治水成功那一天，他在气势恢宏的诗篇上写下最后一行字：化堵为疏，堵不如疏；因势利导，万川终归大海。

百姓们纷至沓来，聚集在他茅庐前，齐声高呼：禹！伟大的禹！

大禹目光深邃越过众人，遥望远方。天尽头一座荒坟，鲧伫立于凄凄青草之中。

大禹振臂呼喊：父亲啊，我终于找到了你丢失的那个问号！

插入符

透过千百年烽火岁月，她欲言又止。

一次次想为自己辩解，又一次次选择放弃。她的犹豫是因为她已经做好了自己想做的事，功过评说终归在其次。

她是弃婴中的幸运之花，养父母对她宠爱有加，视同己出。她在鲜花和笑声中长大，长得鲜花一样美，笑声如蜜一样甜，最后长成褒国的一朵国花。

褒国，一方小小的诸侯之地。小国的国花注定命运多舛。

在西周大军的滚滚战车声中，养父母化成车辙下一堆泥土，她被自己的国家当成了一件礼物。

战败国的礼物美得令人心惊，周幽王满心喜悦。可周幽王带走了她的美貌，没能带走她的笑声。她留下笑声来陪伴自己的母国，陪伴养父母。

周幽王说因为你，我放过了战败国，让褒国依然还是褒国，你笑一笑。

她抿嘴不笑。

周幽王说我为你废黜王后，立你为后，你笑一笑。

她没有笑。

当她的笑声再次响起，狼粪和柴草已在骊山烽火台上熊熊燃烧。烽火戏诸侯，她咧嘴一笑，笑靥如花。

她知道这一声笑的力量。一笑倾人国，胡尘满玉楼，西周王朝在笑声中轰然倒塌。

面对西夷犬戎的弯刀，她回望故国。褒国虽小，至今犹在，养父母的魂灵犹在。

面对西夷犬戎的弯刀，她再次展露笑容，她的笑容是一句誓言：褒姒，一介弱小女子，我对得起褒国，对得起自己的养父母。

养父母皆是大禹后裔，姓姒。她随养父母的姓，那是一个尊贵的姓氏，她喜欢这个姓。褒国礼制妇人称国及姓，她就是褒姒。

褒姒，华夏历史上第一个名声显赫的女性。哪怕大禹的姒氏后裔把她列入另类名册，也改变不了她留名青史。

感叹号

这一天终于如期而至。

清晨的阳光透过柴扉，照耀房梁上悬挂下来的细细麻绳，麻绳上系着一只猪苦胆，光线变成墨绿色。

他翻身坐起，一群跳蚤在柴草的缝隙间窸窸窣窣。褥子的模样已经模糊，睡在柴草堆上做的梦与锦缎被褥之上的梦迥然不同。

他的舌头落在猪苦胆上，味蕾惊叫了一声……

整整二十年，每一个清晨他的舌蕾都会发出尖叫。他把叫声咬碎，默默咽下，不敢发出一丁点声音。

他知道，有两个人的目光一直紧盯着。

一人站在千里之外，万水千山隔不断兵戈相向。那是暂时的胜利者夫差，目光冰冷，鄙夷无处不在。败国之君屈身为仆，为胜利者执鞭随镫，直至于尝粪问疾。“粪甘者病不瘳，今大王之溲，味苦且酸，不日当愈。”他的声音战战兢兢，耻辱被强大的意志镇压。胜利者在恭维声中终于放松警惕，挥挥手放他归国，失败者与胜利者的地位从此开始逆转。

另一人站在千年之前，岁月风霜割不绝血脉相连。那是永远的胜利者大禹，目光如炬，照亮他不屈不挠坚如磐石的毅力。身为大禹后裔，姒氏子孙，他差一点丢失了先祖的陵寝之地。羞愧无边无际，他不敢仰视对方的目光。

墨绿色的猪胆，盖世无双的苦使他清醒地看到自己眼前的道路：励精图治，雪会稽之耻。

他为此整整等待了二十年，暑去寒来春复秋，为伊消得人憔悴。

十年生聚，十年教训。今天，他终于可以放声呐喊。

他的声音穿透会稽山脉，秘藏于民间的越国大军闻声而动。投醪河畔，君臣将士迎流共饮，金戈铁马化作一道闪电，越过钱塘江，直击姑苏。曾经的胜利者终于低下自高自大的头颅，短暂的胜利者呵。

越王勾践的名字响彻吴越大地，站在群峰之巅，他纵声高呼：伟大的禹，不孝孙勾践没有辱没您的英名。

他坚信只要有雄心壮志和恒久毅力，就没有不能圆满的愿望。

该来的总会到来！

人们感佩他的事迹，送来许多赞美之词。

省略号

说起来，历代越国国君都是大禹守陵人。

《史记》载："帝禹东巡狩，至于会稽而崩，因葬焉。"

禹死之后，儿子启每年遣使赍礼前来会稽祭祀。五世孙少康即帝位，担心禹祭绝祀，分封庶子无余到越地。

无余遂成越国开国之君，其职责是奉守大禹之祀。越地荒蛮，无余断发文身，火耕水耨，传世二十多代，政治上虽皆无建树，守陵却兢兢业业。一直到允常勾践父子，开疆拓土，情况才出现一些变化。勾践雪耻灭吴，离开会稽，逐鹿中原，但他的儿孙们很快又把国都迁了回来，重归大禹身旁，直到秦国大军到来。

秦军的铁蹄声在会稽山下戛然而止，秦始皇走下马车。两位史诗级的人物在禹陵前窃窃私语，惺惺相惜。

秦始皇在接受越国降书的同时，毫不犹豫地接过祭禹重任。从此之后，祭禹成为历朝历代的国家常典，翻越绵延无尽的岁月关山，一直沿袭至今。

姒氏后裔在举国力量庇护下，从此安居禹陵一隅，成为纯粹的守陵人。

岁月悠长，当"中国守陵第一村"的桂冠飘落在禹胄古村上空，已是四千多年之后。天若有情天也老，此情说便说不了。

四千多年来，每天的第一缕晨曦都会看到一位老人打着赤脚，从田埂上缓缓走来。他越过田野，趟过护陵小河，来到禹冢前，一拜二拜三拜四拜。他拔掉坟头青草，捡起枯枝落叶，赶走飞禽走兽。

老人一生不知多少次重复着这样的动作，那是他每天必做的功课。生命有多长，祭拜就有多久。

老人从父亲那儿接过一声承诺，死后便传承给儿子。父亲的承诺来自父亲，儿子的嘱托又传给儿子。一代又一代，一世又一世，他们重复着这样的动作，周而复始，无穷无尽。

老人已是姒氏第一百四十多代子孙，这一数据有起点，永远没有终点。

历史不断往前行走，姒姓子孙不断向外行走。多少人离开会稽山，离开了大禹陵，但总有一些人毅然决然，选择留下来。

从洪荒时代走来的信念，坚贞不渝，像墨彩泼洒在四千年岁月的纸上，再也无法抹去。

岁月是一张薄薄的纸，信念就是墨。

（原载《散文诗》2020 年第 12 期、《湖州日报》2021 年 1 月 2 日）

杨静龙，中国作家协会会员，湖州市作家协会名誉主席，在《当代》《钟山》《花城》《诗刊》《星星》等刊发表作品数百万字，多次获浙江省优秀文学作品奖。

一件衬衫

杨菊三

记忆的方向，往往是不以事情大小而定的。有些事情很大，但过了那个时间段，就会灰飞烟灭；而有的事情很小，却在许多年以后依然历历在目，一如陈年老酒，经久弥香，让人终生难忘。

半个世纪前我二姐给我做的那件衬衣，我至今仍记忆犹新。

那年我十八岁，已经是一个堂堂的中学生了。弟弟比我小六岁，也在小学就读。这年七月，我俩趁暑期放假，意欲去杭州哥哥那里玩耍几天。其时哥哥在杭州陆军疗养院当兵，我们也有好几年没见面了。在父母的安排下，我们去杭州去看看他。

1970 年，刚从三年困难时期缓过来的农村，经济还是十分拮据的，为了省几毛钱，我与弟弟想从出嫁在板桥的二姐那里进城。我与弟弟一大早就翻过细细长长的观音岭，五公里山路走完后，又翻过三四公里更寂寞冷僻的松毛岭，到姐家时，已经是吃午饭的时候了。那时，二姐夫尚在舟山服役，二姐也刚坐完月子，与婆婆三个人住在灰不溜秋的老房子里。二姐见我们俩来，很是高兴，忙着烧菜做饭。一碗腌肉蒸鸡蛋，一碗生炒乌贼干，另有几个家常菜，在那时，算得上是美味佳肴了。这在自家饭桌上是难得见到的。我和弟弟大快朵颐，那股香韵，至今还在我的睡里梦里萦绕。

那天，我穿的是一件白洋布衬衣，也就是许多人看不上眼的土布衣衫。二姐说："爸妈也真是，弟弟都是小伙子了，出门给他买这么烂的衣服，不怕人笑话？"那时我也知道要好看了，觉得穿这么差的衣衫去杭城，未免太失面子，但那时家里穷呀，只能将就了，哪能挑肥拣瘦呢？

午饭后，二姐将我的外甥喂饱奶，侍弄他睡下，然后嘱我照看一下，就顶着日头，出门去二公里外的花戏台，买来了一块鸭蛋青布料，来来回回两个多小时。但那是在暑天，烈烈的太阳当头照着，一个来回，浑身的衣衫全部都湿透了。回到家后，二姐也不歇一歇，当即为我剪裁起来。二姐是一位乡村缝纫师傅，在娘家时就学得一手缝纫绝活，平时缝缝补补，全是她一手落，即便她出嫁了，我们另外四个姐弟的衣服，大多还是她在操持缝纫的。此时外甥早已醒来，我逗着外甥玩，二姐就突突突地踩她的缝纫机。当时，我的心里是异常激动的，二姐家也并不富裕，住的房子老旧老旧的，估计有百把年了，连我家的还不如，离摇摇欲坠也没差几步。而今丈夫当兵在外，儿子也在襁褓之中，还得照顾年迈的婆婆，一家子的事也真够她烦的，不想为了我的一件衣服，还在紧赶慢赶地忙碌，让我这个做弟弟的情何以堪。

在我们六兄妹中，二姐排行第三。大姐出嫁早，儿女多，自己的事都忙得团团转，苦于分身无术，哪还管得了娘家这些鸡毛蒜皮？大哥又在外面当兵，远水难救近火。父母年纪也日渐显大，二姐自然成了一家六口人的顶梁柱，操持着一家人的吃喝拉撒，平时还得到生产队去挣工分。1967年出嫁后，她依然鞭长"有"及地管着我们：父母的吃用，弟妹的衣着，悉数都在她的目光之下，她的服务范围，要不然她断然不会这么急迫地为我赶制这件衬衣的。

到了吃晚饭的时候，衬衣缝制出来了。晚饭后，再锁好纽扣洞，这一件衬衣就大功告成，一试，非常合身。其实，要说不合身也是不可能的，我的所有衣服都是二组给做的，她早已胸有成竹，不会相差一丝一毫。见到这件崭新的衬衣，我乐不可支，二姐也一块石头落了地，欣慰地笑了。站在一旁的弟弟抚着自己身上的那件汗衫，还在寻思着要不要也让二姐给他做一件。

这件衬衣穿到杭州去后，果然让当兵的哥哥刮目相看。哥问我这么好的衬衣是哪来的，我要哥哥猜一猜。哥哥笑而不答。我看看哥哥的眼神，知道他早已明白，那当然是出自他那心灵手巧的妹妹！

哥哥要上班，只有周日才会陪我俩玩一天。大多的时候，我带着弟弟在岳坟边走走。白堤、苏堤去过了，又到湖滨、虎跑那边去玩耍，一天下来，免不了弄脏衣衫。我就让它白天上岗，晚上洗一洗晾在走廊上。夏天气候干燥，到第二天就又能穿了。而弟弟有一个干娘在杭州，我领他去拜访了她。这位姓郭的干娘一看到乡下来的干儿子，早已喜出望外，但转眼看到他的那件皱巴巴的汗衫，又难受得叹息连连，马上去附近的一家商店为他买了一件海军衫。弟弟一穿上，立刻焕然一新，人也像变了一个似的。

五十年间，我也不知换了多少件衬衣，也不知穿旧了多少件衬衣，但不管是好还是歹，统统都如过眼烟云，唯有这件二姐姐临时赶制出来的鸭蛋青衬衣，却烙进了我的记忆深处，想到它，我便觉得浑身暖烘烘的，更是久久不能忘却。

（原载《中国散文家》2021 年第 4 期）

杨菊三，中国散文学会会员，浙江省作家协会会员，杭州市临安区作家协会原主席。出版文学专著有《山水情韵》《山高水长》《岗上的风景》《语言的花朵》《行走的风景》《百花新咏》《花湖有约》《轻拾秋叶》《追梦葡萄沟》《远处飘来一朵云》等十部。

无心插柳柳成荫

杨新元

一

有一句老话，叫作“有心栽花花不开，无心插柳柳成荫”。

在我四十多年的新闻生涯里，曾经多少次为了写好一篇稿子，几天几夜都睡不稳。然稿子见报后，却反响平平，真是“有心栽花花不开”。

而《著名企业家冯根生率先罢考》这篇稿子，是我用两个多小时一气呵成的。稿子见报后，全国包括《人民日报》《光明日报》在内的几十家报纸纷纷转载。一时间，在全国范围内掀起了一股罢考冲击波。

二

那是 1991 年 10 月 21 日。早晨，我到办公室处理完事情后（当时我任浙江日报驻杭州记者站站长，在市府大楼办公）突然想起，已经好久没有冯根生的消息了。于是，我决定去中药二厂看看老冯。

但那一天，冯根生好像很不爽。因为，当我驱车来到中药二厂，刚走到办公区，老远就听到老冯宏亮而略带沙哑的声音："现在真是越弄越不像样了，一天到晚考厂长……企业的经济效益到底是靠考出来的还是做出来的？"

看到我，冯根生甩着手里的通知说："你是新闻记者，你倒来看看，现在这个厂长还怎么当？！我已经想好了，罢考！"

对这些国有企业厂长的忙与难，我这个媒体人是清楚的。

在经历了十一年风风雨雨的考验后，中国的国有企业进入了改革的重要阶段。新旧体制、新老观念的碰撞日趋激烈。

一方面，国有企业在夹缝里艰难地生存，争取经营自主权，呼喊上面为企业"松绑"；一方面，企业的主管部门仍用各种形式主义的评比、检查、考试、摊派、验收等等手段，把企业紧紧地束缚在规定的范围内。

从这个角度想，我觉得冯根生的罢考不是意气用事，而是一个企业家深思熟虑后的改革之举。

当天晚上回到办公室，我急就了一篇名为《全国著名企业家冯根生率先罢考》的稿子。

三

1991年10月30日，《钱江晚报》一版刊登了《著名企业家冯根生率先罢考》的消息：

"现今的厂长们，在怕检查、怕乱摊派、怕滥收费、怕"衙门作风"之外，还有一怕：怕考试。

"全国著名企业家、杭州第二中药厂厂长冯根生10月21日对记者说：'现在一天到晚考厂长，什么安全知识、财务制度、劳动工资、经济合同，甚至连计划生育，都要厂长考试，好像厂长是万能博士。今年以来，我干脆一律罢考。'他要求政府部门管一管这种现象，让厂长们集中精力把生产经营抓好……"

11月10日，《人民日报》又在二版头条转发了这条新闻，题目改成《考试没个完　厂长叹苦经》。

一石激起千层浪。

这天的《人民日报》一到读者手中，便引起了极大的社会反响。

连中宣部一位领导也亲自给冯根生打电话。对他说："我说你这个罢考好。就是要罢考，中国的形式主义太多了。"冯根生感到一阵温暖。

事后，冯根生对我说："理解万岁，我们这批厂长太需要人理解了。"

四

许多人，包括熟悉的或者不熟悉的，纷纷给冯根生打电话或者写信，对他的行动表示支持。

就在《人民日报》发表冯根生罢考这篇文章的那天晚上，已经夜深人静了。忽然，床边的电话铃响了，冯根生拿起话筒，电话那头传来一个激动的声音："喂，是冯厂长吗？今天我看了你罢考的报道，实在激动得睡不着觉，所以这么晚了还给你打电话。冯厂长，我们向你表示感谢。同时，我们要向你表示慰问。"原来电话是台州的著名企业家、台州市工商联合会会长、黄岩利民皮鞋总厂厂长池幼章打来的。

冯根生说："你们慰问我干什么呀？"

"你率先罢考，肯定要承受很大的精神压力。所以，我们台州的企业家们一致要求我给你打电话，向你表示慰问。"两人在电话里谈了许久。不知不觉中，东方渐渐白了。反正睡不着了，冯根生干脆就起床了。

冯根生一早来到厂里，刚在办公室坐下，副厂长黎豫杭走进来，对他说："冯总，你率先罢考的报道，在企业家中引起的反响很大，大家赞扬你的勇气，说你为企业家们说出了想说而一直不敢说的话。"

那天，我打电话给冯根生，告诉他，杭州市市长卢文舸上午准备接受我的采访。

五

市长卢文舸，"文革"前的浙江大学毕业生。到市里主持政府工作后，他一直致力于经济体制的改革。

当他看到《人民日报》发表了冯根生罢考的报道后，敏锐地感到，这是对旧思想、旧观念进行冲击的突破口。

"卢市长，你作为杭州市的市长，对冯根生的罢考行动有何看法？"我一下子就直奔主题。

"我理解冯厂长。"卢市长也快人快语，"我也当过厂长。现在，考试、评比、检查、验收，还有各种摊派、文山会海，厂长真的吃不消啊！我们的政府部门应当体谅厂长的甘苦，少一些不必要的干扰，多为他们做些服务工作。"

卢市长点一根烟，深深地吸一口，又接着说："为了减轻厂长经理们的负担，为国有大中型企业创造一个比较好的外部环境，今年以来，我们市政府已经在这些方面采取了一些措施，比如制订了搞好国有大中型企业的 38 条措施。"

"你反对一切考试吗？"我又问。

"不！我理解冯厂长'罢考'，并不是鼓励厂长们放弃学习，不是一概否定必要的岗位培训。"卢市长思路清晰地回答。

11 月 25 日，《人民日报》发表了我对杭州市市长卢文舸的专访《体味厂长甘苦　多为企业服务》。

六

冯根生罢考，在全国形成了一股强大的冲击波。

北京、上海、云南、贵州、广西、广东、东北等地的企业家，纷纷赞赏冯根生的罢考之举，并就有关问题展开讨论。而问题的讨论也逐渐超越了“罢考”这一具体事件。

（原载《钱江晚报》2021 年 5 月 7 日）

杨新元，中国作家协会会员，《浙江日报》高级记者。已出版文学专著七部。代表作有长篇报告文学《国药传人》、散文集《多彩人生》《媒眼看世界》《走读人间》等，作品多次在全国和省内获奖。

瑞安一日

叶兆言

春天到了，桃花开了，梨花开了，樱花也开了。一直闷家中写长篇，心里憋得慌。杭州陆春祥兄突然来电话，问我是否愿意到瑞安走走，看看春天的菜花，顺便看看瑞安的国旗馆，看看孙诒让的玉海楼，看看忠义街的利济医学堂。电话里也没弄明白怎么回事，甚至都不知道瑞安在哪里，我便稀里糊涂答应了。

答应后才知道瑞安在温州，温州这地方我去过六七次，竟然还不知道瑞安，由此可见自己糊涂。反正答应了就得去，说成行便立刻成行，现如今有了高铁，三个多小时也就到了。

坐在高铁上看足了菜花，那一片片金黄色，衬着翠绿柳色，衬着红的石楠新叶，春天气息仿佛要扑进车窗来。心里却想着国旗的历史，因为写小说，写到辛亥革命那一段，我一直都在悄悄地做国旗研究。当年清政府因别的国家都有国旗，觉得要有点国事活动，要和别国谈判签条约，就不得不依葫芦画瓢，临时找个龙旗代替。这个草率的代替，无非是用一段掌故告诉后人，清朝的龙旗带着浓厚封建色彩。放眼世界各国，只有不丹的国旗上是一条龙，不丹现在确实还是个封建王国。

辛亥革命，武汉革命党人竖起了铁血十八星旗，新诞生的中华民国曾准备以此为国旗，后来经过反复争论，选定了五色旗。历史地看，十八星旗代表着十八个汉人省份，更有民族独立的意思，而代表着汉满蒙回藏五族共和的五色旗，显然要比铁血十八星更合适。1927 年，国民政府定都南京，南京国民政府替代了北京民国政府，随着第二年东北的张学良易帜，青天白日满地红正式成为民国国旗。

然后便是 1949 年以后的五星红旗，说起五星红旗，瑞安人最得意，因为它是瑞安人曾联松设计的，瑞安专门建了个国旗教育馆纪念此事。到瑞安，有很多东西可以看，你最好去看一看这个国旗馆。国旗里有很多故事，参观国旗馆，意味着对中国历史的一次简单回顾。探寻国旗来历，考察它的设计要素，研究国人的国家理念，会发现我们对数字的偏好，对颜色的喜爱，譬如为什么我们都会喜欢五，为什么我们会喜欢红色。1949 年 8 月 20 日，国旗评选委员会共收到近三千幅国旗图案，今天大家都熟悉的五星红旗，初选时竟然被淘汰。很重要的原因，是原图中那颗大的五角星，有个类似苏联国旗的锤子镰刀。在瑞安的国旗馆，看到了当时入围的一堆国旗图案，不得不承认曾联松设计的五星旗，相比较起来，更好看一些，更耐人寻味，而原图中的“锤子和镰刀”，与别国国旗太像，确实不太合适，把它拿掉，实属高明之举，改后得到了评委的一致通过。

还是回到数字和色彩上，前面说过，中国人喜欢“五”，喜欢五行的金木水火土，喜欢方位的东西南北中，喜欢道德的仁义礼智信，五是个很吉祥的数字。纷纷暮雪下辕门，风掣红旗冻不翻，红是中国人最喜欢的颜色，它象征着先驱者的鲜血，象征着勇敢和真诚，无论是民国政府的五色旗，还是国民政府的青天白日满地红，红色都是最重要的色彩。

参观国旗馆，我情不自禁想起当年沧桑，想起当年那些德高望重的终评委。他们认真选择，最后选定五星国旗，脑海里会闪现过什么样的念头，他们的评判标准又是什么。在评委名单中，我看到了茅盾，看到了马寅初，看到田汉和徐悲鸿，看到艾青和梁思成。很显然，最后选择是正确的。不妨设想一下，如果你是评委，如果你有机会选择，又能选择什么，又会选择什么呢?

上午参观国旗馆，下午便参观孙诒让的玉海楼。孙诒让是国学大师，上大学时，我对国学十分敬仰。谈不上下功夫，却对高邮二王，对金坛段玉裁，对浙江的俞樾和孙诒让，以及俞樾的弟子章太炎，章太炎的弟子黄侃，都是高山仰止。记得给我们教古文的老师，对于这些前辈名字，经常脱口而出。谈论旧学，肯定要讲师承，饮水要思源，文无一字无来历，赋不千通不作家。

玉海楼有副对联："天下翰林皆后辈，朝中宰相两门生。"孙诒让的也可以算是地道的官二代，他的父亲和叔叔都是进士，叔叔孙锵鸣当考官，推荐过李鸿章和沈葆桢。可惜孙诒让自己的考场生涯并不得意，屡试不第，没做过什么官，然而他专攻学术，精研古学四十年，融通旧说，实在是后来读书人的好榜样，起码在我心目中，他比他的父辈更有地位。

（原载《浙江散文》2021 年第 1、2 期合刊）

叶兆言，1957 年出生于江苏省南京市，南京大学中文系硕士。著有中篇小说集《艳歌》《夜泊秦淮》《枣树的故事》，长篇小说《一九三七年的爱情》《花煞》《别人的爱情》《没有玻璃的花房》《我们的心太顽固》等，散文集《流浪之夜》《旧影秦淮》《杂花生树》《叶兆言作品自选集》等。《追月楼》获 1987—1988 年全国优秀中篇小说奖、首届江苏文学艺术奖。

六门风云

殷　俏

丽水屹立于青山绿水间，依山傍水，历经数千年时光荏苒。它古称处州，因少微处士星而建州。明代《名胜志》载："隋开皇九年，处士星见于分野，因置处州。"建州时，建立六门，唐代始建城墙，元代终以定型。

每一座城门，都有着自己的风云故事……

一

"大水门，拔船纤；小水门，卖食盐；厦河门，种菜园；虎啸门，开饭店；丽阳门，打草毡；左渠门，开鬼店。"这是在丽水民间盛传百年的歌谣。三五稚童在南明门下，欢快地蹦跳转圈，拍着小手念着当地的歌谣。

几位古稀老人坐在城门洞里纳凉。沧桑的容颜带着岁月的痕迹，脸上呈现着祥和的笑容。古铜色的皮肤，似包浆的树干，似铜色的纸张。褶皱处带着柔润的光泽。老人悠闲的倚靠在竹椅上，手执文扇，轻柔扇动，享受扇风带来的清凉。一位花甲老人，从烟袋中取出烟丝，往木杆黄铜烟斗里掐。不知他说了些什么，逗乐了旁边的几位老人。

城墙下的遮阴处，有几个叫卖的小贩。他们各自吆喝：“冰糖葫芦嗳，又酸又甜的冰糖葫芦嗳……” “冰棍儿、冰凉透心的冰棍儿……”，还有两位卖糖画、面人的大爷。城墙边的大树上，栖息着数十只知了，它们“吱吱……吱……”地叫唤，带着夏日热浪的节奏。此间，它们似乎听懂了稚童们的歌谣，开始随着节奏变化声响。树枝上的叶儿在炽热的阳光下变幻着身影。墙缝里的野草，也探着脑袋，观摩城墙下的风景。

南明门位于处州城正南端，是古代处州最为重要的通商口岸。敌军也往往从这顺势入侵。因此，南明门也是处州城最重要的军事城门之一。

南明门设有东、西敌楼，各有望孔和射孔，可备防御。兵将可在敌楼内对入侵之敌交叉射击。且设有瓮城，若敌人侵入，可闭前后城门，使其成“瓮中之鳖”。

门洞上的“南明门”三个字在阳光中，闪烁着流光。我步入城门，风云突变，云烟四起。十余位身着麻布素衣、头裹汗巾的码头工人，在忙碌地搬运货物。江边停靠着几十艘官船，气势磅礴。一旁，还有开箱验货的人。我走进细看，木箱里装着满满的茶叶和瓷器。每一个瓷器都是上好的龙泉青瓷，釉色黄绿，泛着几分朴拙之味。其纹饰多样，有八思巴文、回（龙）纹，还有戏曲故事《牡丹亭》《西厢记》《汉宫秋》等等。它们被稻草包裹，谷糠填缝，用以防潮防震。它们登上大航海时代的货船，通过瓯江，进入东海，随“海上丝绸之路”，远渡南洋，满足欧洲、日本、东非各国对东方古国的想象。

我对着远去的商船挥手，转身时发现门洞里的老人们都不见了。城楼上的戏台正演着《牡丹亭》，我身旁是接踵而至的人流。城门内西边的木材市场客商满座，东边的小猪市场正排着长队，集市上热闹非凡，商客络绎不绝。

一红衣稚童拿着冰糖葫芦儿坐在父亲的肩膀上，父亲手摇红色的拨浪鼓，父子俩开心地游逛。一群调皮的孩子拿着五彩风车在街头奔跑。几位姑娘，身穿华服，头顶簪花，在挑选心仪的首饰。南街红灯高照，叫卖声、喝彩声，响彻巷尾。这是江南版的“清明上河图”。

我一路向北，来到望京门。城门外不远的接官亭，有几位官吏正在等候。他们正在接迎新上任的处州太守。望京门内的道路两旁，围满了围观的百姓。他们都是来恭迎和观看这位新太守老爷的。

望京门又称丽阳门，位于处州府城的正北面。城门内皆为矮屋破房，住的大多是处州城贫苦的百姓。他们以农耕为生，在城门外耕种月亮田，日日耕耘，精心照料，却时常遭遇旱灾荒年，收割的粮食寥寥无几。只能在田野里收集稻草，编织床垫，以换取口粮、油盐度日。

在望京门的东面是岩泉门，俗称虎啸门。城门外向北半里，是栋白墙屋，名为“万人塔”，是婴儿尸体抛投之地。门内的酱园弄是处州的谭宅。就是民间盛传的“谭家的屋，潘家的谷”中的谭家。

望京门的西面是通惠门，又称左渠门。它是处州府城的西北锁钥。这里既无商铺，也无摊贩，枯叶满地，了无人烟，是六门中最阴森之地。城门对面的半山坡上有座“愍终祠”，处州人称其“百终祠”，是搁置棺材的。在处州去世的外地人，在灵柩发回原籍前都暂时搁置于此。这里时常闹鬼，因此只要一提起“左渠门”，处州人都会不禁打冷战，好言劝说，“没事，别往那跑。”

在南明门的西面是栝苍门，又名小水门，为“上七县”水路交通枢纽。城门内车水马龙，街道两旁客栈林立，米铺、肉铺、京货店、酒坊……随处可见。

我的外祖母就住在两条主街道的交界处，经营商货、米粮等。外曾祖父是当地商贾，往来各地交易，家族一直以经商为生。小时候，父母工作忙，白天就把我放在外祖母家。我总是端一张小木椅，乖巧地坐在门槛里。脚下睡着一只慵懒的大橘猫，手里捧着外祖母给的糕点，边吃边看着往来的商客和比邻商铺里发生的事：比如贩卖私盐。

南明门往东走是行春门，又名厦河门。每逢农历三月初三，百姓都会请出太保庙的太保老爷神像，抬至此处，举行“迎春仪式”。这一带土质松软，居民大都以种植蔬菜为生，范围可延伸至二三公里外的厦河村。

二

七百多年前，元朝建立。忽必烈想把华夏大地变成蒙古“草原”。拆毁城墙俨然成为地方官员的一项政治任务。可唯独处州城背道而驰。不但没有拆除，反而对城墙进行加固，甚至扩建。这又是怎么回事呢?

在处州城南面是浙江第二大水系瓯江。唐显庆元年九月，大风雷雨数日，瓯江水位大涨，冲进城内，溺死百姓七千余人。宋绍兴十四年八月，大雨多日，水高八丈，溺死百姓三千余人……为抵御洪水，处州不得不保留城墙，甚至进行加固，将石砖换成大型花岗岩石块。

这共计 5.1 千米长的处州城墙仅是防洪防汛的作用吗?其实不然。

处州地处浙、赣、闽三省交会之地，自古便是交通要塞。且物产丰富，良田无数，是千百年来诸侯贼寇猎取豪夺的纷争之地。

元至正十一年，福建贼寇联合山贼侵犯处州。温州太守宜孙奉江浙行省之命，讨伐贼寇。修筑处州城墙，以抵御贼寇入侵。元十六、十七、十九、二十二年……兵戎纷争不断，处州城墙成为处州的“万里长城”，抵御贼寇，镇守处州。

三

1937年，抗日战争全面爆发，沪宁杭三地沦陷。浙江省建设厅、教育厅等20多处省属机关迁到处州，泸杭一些著名商铺也随之迁入。当时，浙江省省长黄绍竑在处州制订和颁布了《浙江省战时政治纲领》。一大批文人学者、党政要员来到处州，宣传抗日救国。处州成为浙南的政治、经济、文化中心。

为破坏美军在浙江境内的备降机场（处州机场）。1942年，日军进一步压缩浙江政府的生存空间，发动了浙赣战役，开始连续不断地对丽水进行疯狂轰炸。同年3月26日，20架日军飞机在处州城上方飞过，30枚炸弹如落雨一般掉落在南明门和栝苍门一代，整条街变成火海，哀号声、哭啼声响彻云霄。

日军在处州城内肆意烧杀抢夺、奸淫掳掠。烧毁城内所有的厂房，如茶叶公司、桐油公司、火柴厂、印刷厂……甚至在虎啸门内的酱园弄办起了“慰安所”，无数处州女性遭受残害。

硝烟不断，哭声连绵。处州城千疮百孔，满目疮痍，到处是断壁残垣，横尸满地。处州百姓自断公路，全民抗日。望京门首竖抗日大旗，各座城门一一上演抗日的场景，救亡运动如火如荼。

7年里，日军对处州地区出动飞机423架次，投弹1796枚。致使处州城内机关、学校、工厂、民居、庙宇等12237间房屋被毁。其遭受轰炸时间之长、次数之多、经济损失之巨，均为浙江之最。

六座城门在烽火硝烟中，满目疮痍。左渠门、栝苍门、行春门、虎啸门毁于日军炮火，残破不堪。唯有望京门、南明门，在战火狼烟中屹立。

四

近年来，历史文物受到重视和保护，南明门得以重修，城楼开设了南明书院。

栝苍门成为最美防洪坝的起源点，虎啸门与居民住宅融为一体。地方政府在行春门的原址上，重新复刻。城门内建起了徽派建筑群，名为“处州府城”。听闻，望京门、左渠门已列入处州老城恢复的规划当中。

时光荏苒，沧海桑田。处州府城墙历经千年风雨，经受人世沧桑，从恢宏鼎盛到满目疮痍再到焕发新生。它无言却有力地诉说着处州千百年来的风云故事。

寻遍华夏大地数以千计的城墙体系，追溯上下五千年的中华文化。城墙有着和时代同呼吸、共命运的形态。处州六门，纵使残缺，即使埋藏于地，但仍然与处州血脉相连。

城在墙里，墙在城里。其实，六门一直都在。或匍匐，或耸立，或露头，或埋藏。它的精魂，依然伫立在处州府城中，如护城的精卫，无言地守护处州这片土地。它与处州子民，生生世世魂牵梦绕。

（原载《丽水史志》2021 年第 2 期）

殷俏，中国电力作家协会会员，浙江省散文协会会员，丽水市作家协会会员。作品先后在《江南》《浙江散文》《脊梁》《丽水文学》等刊物上发表，有十余篇散文入选各选本。曾获 2021 年丽水文学大赛纪实类银奖。

喊　山

俞天立

出梅，去玲珑山喊山。

喊山的缘起，是妻子近来备考事业单位心力交瘁，她的老师建议找座山喊一喊，吐出郁结，释放压力。正巧我们要去临安看亲戚，就近的玲珑山自然是目的地了。

驱车进山。山道弯弯，林木森森，车子在夏天的溽热中犁开一条凉爽的绿带。放眼四望，葱茏的绿意，与炎热世界做着顽强对抗。可以畅快呼吸，可以尽情欣赏，可以任由思绪打包在生机盎然的绿谷里，徜徉，享受，放飞，沉潜。向着山腰爬去，身旁总跟随着一条潺潺的溪流，琮琤有声。夏日的溪流是有灵性的，是白鹭的问候，是草木的呼吸，是班得瑞的《寂静山林》，是久石让的《菊次郎的夏天》。有溪流的地方，就有东坡词“此心安处是吾乡”的空灵清旷。

几个孩子在溪流中玩水。莹亮的泉水在孩子的脚面上流过，仿佛不绝如缕的钢琴弹奏。顽皮的男孩兴奋地泼起水花，洒在炽热的路面上，水印犹如一地黑芝麻。妻子对我说，那是小时候的你呀。我哈哈笑道，比他还皮。忽地，前方隐约传来似万马奔腾的水声。她沿着溪流一溜小跑，消失在拐弯处。我明白，那是瀑布的召唤，她迫不及待地追瀑去了。我快步向前，狂浪的瀑声已渐渐清晰可闻。

“啊——”她双手搭在嘴边呈喇叭状喊山：“啊——啊——！”喊声带动着一阵气浪，由近及远，奔向山崖；又由远而近，迎面而来，清清脆脆飘飘悠悠，空灵而悦耳，天边的流云也在倾听。瀑布的流泻声，似乎也在热情地应和着：“哗哗——哗哗——”

妻子说，喊出来，真的好多了。心胸都打开了，不像前几日闷着，现在整个人都来了精气神。我说，来对地方了，再往上走走。这玲珑山并非热门旅游景点，却因此得以保留山林的幽静。鸟鸣蝉噪，此山确是个避暑休闲的绝佳所在。

一座古寺隐在修篁茂林中，一棵苍虬的古樟执着地守护着山门。老树冠盖如云，洒下一片荫凉。

树下支了个算命摊子，有位白胡子老者坐在藤椅上打盹。其景其情，活脱脱一幅文同描绘的《墨竹图》。山林空寂，我们的脚步声打破了宁静。蒙眬之际，老者睁开了枯树皮般的双目。

他开口便要为我妻子相面，说了些四海皆准的利市话。可要窥得“天机”，自然得付费。我们笑着婉拒，他也不忿。

我对古寺饶有兴趣：“老人家，这座寺庙有什么来头？”

“那可是——苏东坡的相好琴操姑娘出家修行的地方呢，”他手指指山顶方向，“上面还有琴操的墓。”

原来是琴操姑娘！我读过《苏轼传》，对她略有所知，不曾想到她竟出家、圆寂于此。

琴操是钱塘歌伎，本名蔡云英，原系官宦大家闺秀，因其父受宫廷争斗牵连、其母气急身亡，而被籍没为伎。她天资聪颖，诗琴皆优，虽为歌伎，但冰清玉洁，卖艺不卖身。十六岁那年，她以改了当朝词人秦观《满庭芳》词而在杭城红极一时。她邂逅杭州知府苏东坡后，其才情受到东坡赏识，被引为红颜知己，于是二人便有了一段情缘。北宋方勺《泊宅编》记载，东坡曾与她泛舟西湖，琴操抚琴，东坡对唱。东坡本欲为她赎身，哪料琴操自知两人地位和年龄差异悬殊，会为社会伦理所不容，遂谢绝了东坡的好意。琴操是理性的，她本是低微零落人，如何与知府大人长相守？她不愿成为他的负累，只是把情感埋藏心底。后苏轼离任北上，又一贬再贬，琴操自知难与相见，自己更难为红尘所容，自此青灯黄卷、晨钟暮鼓，落发人情无所寄，归隐于玲珑山。

“你不知道，琴操出家后，苏东坡来看过她的。那山下还有块石头，是他当年休息的地方——”那白髯老者绘声绘色，不时指点方位。他身侧的算命招子微微晃动，犹如徐徐拉开的戏幕。是一场隔着时空的戏？仿佛有声，是琴操的琴声，是琴操的木鱼声，是琴操的悲泣声。你怎能想象，那样一个古代痴情女子，因无法面对现实的鸿沟，只能用涟涟泪水，去洗涤那颗多情而澎湃的心呢？

她或许也曾喊山，喊过这座山的。不过，她不是为了舒缓内心的积郁，而是用撕裂了的残生与命运对峙，来了，就不走了。君生我未生，我生君已老。如果来生地位和命运相似，是否才有与东坡居士走到一起的可能？她没法假设，只有默然承受。她有权利爱没错，错在爱上了不该爱的人。

她终究还是积郁成疾，英年孤独地死去了。相传苏东坡曾返回临安，重葬了这位红颜知己，留下了一方墓碑。只是原碑已毁，现在的墓碑是后人重制的。

我和妻子说想去琴操墓看看，看看这个可怜的古代女子。听了宋朝那些事儿，妻子感慨地说这个女人是最有资格在这里喊山的。走上一段土路，绕过两座舍利塔，那便是琴操的墓了——一座毫不起眼的、覆满青苔的墓。山风呼呼吹过，似有花雨漫漫、琴声凄凄。荒烟蔓草中，一块欹侧的墓碑上书“琴操墓”，标示了她最后留存的一缕芳华。

没想到玲珑山还掩埋着这么悲情的故事。按照古人的眼光，这自然是一段孽缘。琴操姑娘一朝为伎，终究不为正史所容。当年郁达夫翻遍八卷县志，愤然命笔：“山既玲珑水亦清，东坡曾此访云英，如何八卷临安志，不记琴操一段情！”对才情出众的琴操来说，虽说生不逢时、命不由己，但毕竟亦曾真实地活过、真情地爱过，与一代词宗诗酒唱和，已此生无憾了。“携手江村，梅雪飘裙。情何限，处处销魂。故人不见，旧曲重闻。向望湖楼，孤山寺，涌金门。”“翠蛾羞黛怯人看。掩霜纨，泪偷弹。且尽一尊，收泪唱《阳关》。”能活在东坡词里，足矣，何须留名青史。

我返回古寺，妻子正在等我。她说她要在这里再喊一喊山。

“啊——啊——”她的喊山声一嗓高过一嗓，回肠荡气，酣畅淋漓。时间回溯到千年之前，也许琴操姑娘也曾对着淙淙的泉水、沙沙的竹林，对着沧海桑田，喊出了她的苦闷、她的委屈、她的绝望呢。喊了山，一切也就放下了。宁愿受戒，也不愿拖累所爱，她做到了。这样的女子，是传奇。

人生难免求不得、守不得、留不得。可与山的巍峨、闳博相比，实在不值一提。我明白为什么古时候琴操那般情殇的女子、仕宦失意的文人墨客要归隐于山林了。他们是想将自己的悲苦郁闷，交给莽莽大山去排遣消解。所以喊山，喊一喊山，告诉天地和自己：随风而去吧！随往事而去吧！

朋友，有不如意的事，去喊山吧。哪怕人生跌到低谷，至少我们还有喊山的权利。

（原载《丽水日报》2021 年 11 月 8 日）

俞天立，毕业于英国卡迪夫大学。现为浙江省作家协会会员、浙江省杂文学会会员、浙江省散文学会会员。已出版散文集《茶当酒品》《素手调艺》。曾获浙江省首届鲁迅杂文奖银奖、“我的西湖记忆”全球征文一等奖。

罾网扳过

虞　燕

他一推开小屋的门，夕晕轻手轻脚跟了进去，晃了两下后，停留在那个扳罾上，挂于墙上的扳罾。确切地说，只能算是扳罾的网片，闲置多年，绑在渔网上的竹棍早就脆裂，不知被儿子丢哪了，只剩下灰扑扑的网片，稀软，消颓，像一个被打断筋骨的人瘫在那里。

他跟之前的很多次那样，上前，用拇指和食指拈起网片，那缕阳光随之颤了颤，恍若渔网里不甘心跳跃的鱼，亮得耀眼。这个曾无数次浸没于海水的扳罾，无数次载满鱼获的扳罾，无数次被他下压又上提的扳罾，不，应该说扳罾的一部分，早已失去了属于它的味道——那腥咸的、鲜腴的、幽昧的味道，取而代之的，是一股子窒闷的霉味。他想，又该拿出去晾晒了，得选个阳光温和的日子，渔网忌暴晒，否则老化得快。

老化就老化了，留着也没用啊。这是儿子的原话。

是啊，留着有什么用呢？他想了想，确实找不到非得留着的理由。

他的目光落在网片边沿，有明显的磨损痕迹，那里绑过竹棍子。

完整的扳罾由网衣和竹棍（或木棍）两部分组成，曾是海洋捕捞的主力军，叱咤海上，屡获海味，他见证了它们的辉煌。扳罾有大有小，可根据需要灵活选择，小的一人即可操作，大的则要用杠杆、辘轳等简单机械来起罾。扳罾网一般呈正方形，网目越接近中央就越小，操作起来不复杂，只要在网中央坠上重物敷设水中，待鱼类游至网的上方，及时提升网具即可。鱼哪能想到，好好地游着，游着，便整个儿腾空而起，无处可逃了呢。

相对于其他的海上捕捞工具而言，拉罾网捕鱼古老且算不得体面，但他觉得好，用得称心又称手。扳罾是不露声色的陷阱，静卧水底，恭候猎物，而他呢，是猎人，静候于船上或岸上，睥睨而向。他简直对这种守株待兔式的作业方式着迷，白天，水面的蛛丝马迹，黑夜，钻进耳朵的异样声响，全都瞒不过他，在鱼们完全未意识到危机时，将它们一锅端。利落，霸气，决绝，跟钓鱼那种黏糊劲比起来，实在畅快太多了。

海上捕捞的日常生活截面，成为他记忆里永恒的星辰，闪亮却遥远。从前，每年四月初到五月初，附近洋面盛行东南风，乌贼产卵期也恰在那时，低纬度的偏南气流将游动能力极差的乌贼，一股脑儿全带到了山边。于是，民间有了此谚：“立夏连日东南风，乌贼匆匆入山中。”此时乃是捕捞乌贼的最佳时机，称为乌贼汛。对渔民来说，乌贼汛是丰收季，当然也最忙、最苦。

早早吃过立夏蛋，一艘艘渔船都铆足了劲，大船小船，网船偎船，纷纷出洋，对网，拖网，流网，扳罾，各显神通。而一到夜里，清水滩横头，一大群一大群的乌贼簇拥在礁石边，随着海浪起起伏伏，灯光一照，哗啦啦围过来一大片，入了魔似的，赶都赶不走。乌贼这生性喜光的特性，启发渔民创造了“灯诱扳罾”，就是在扳罾网上吊一只“美孚灯”，引诱乌贼从附近从深渊从四面八方，聚集到灯光之下，却一下子被埋伏好的罾网兜住，想挣脱难如登天。这种扳罾干脆就叫“乌贼扳罾”了。

其时，海面上灯火点点，映红了清凌凌的海水，壮观如斯，后来却不得见了。

他往手心吐了口唾沫，轻喝一声，一个猛力下压竹棍，随着竹棍稍上提，拉起罾网，十足的大网头。网罾内，清一色雪白的乌贼，满满当当互相叠压，简直要把网给坠破了。夜色里，那种积雪般的白，闪得他眼睛生疼。这个画面像植入了他的脑子里，这么多年来，反反复复地出现，仿佛是谁在散发暗号，召唤潜伏于他体内的某种东西，并伺机会和。

用扳罾捕乌贼，产量高用力小，乌贼到处堆得跟小山似的，晒成鲞是首选。岛上的水产公司也到了最繁忙的时节，工人们握着磨得雪亮的鲞刀，没日没夜地剖乌贼。剖工多为渔妇，她们都是熟练工，“三刀头”劈鲞手法炉火纯青，夜间凭手感就能剖得快而好。他的妻也是其中一员，为了节省时间多剖鲞，将一双儿女托付给婆婆，自己带了饭盒，每天一做就是十五个小时以上，甚至还几天几夜连轴转，常常累得腰酸背痛直不起身。剖工工钱实行多劳多得，工钱低微，妻那会儿常把“积少成多”四个字挂在了嘴上。

晒乌贼鲞堪称岛上最盛大的场景，从水产公司一路晒到滩涂，目光所及之处，皆为乌贼鲞，这海洋里少有的具有惊人空中飞行能力的生物，就这样在阳光下，以躯体被彻底展开的形式静止在了晒场上。

他清楚地记得，就是从那时起，一向清苦的日子有了起色，渔船丰收，工分挣得多，分得的鱼货自然也多，一有闲，他还背着扳罾去海边，屡有收获。妻擅长剖鲞、晒制，而后，卖给来岛上收购鱼鲞的人。那几年，他家翻修了房子，添置了自行车和缝纫机。

但光诱法对乌贼资源造成了巨大破坏，以致乌贼在那一带海域几乎绝迹。乌贼们奋力奔向光亮时，不会想到它们奔向的是灭顶之灾，渔民们放灯诱扳罾时，也没有想到，因为他们的聪明，亲手打翻了自己的饭碗。乌贼扳罾就此退场。

他莫名想起一只死里逃生的乌贼。那一次，正当他为鱼获满载而欣喜时，突然，一只乌贼如弹簧般蹿起，同时喷出一大团墨，从他身旁疾速飞过，消失在海面。众人回过神，才发现他的手臂和脸都溅上了黑墨，旁边的渔民兄弟打趣，这只乌贼有情义，临走还要写几个字给你。

那只逃生的乌贼若再次看到灯火，会作何想？还会懵懵地游进乌贼扳罾里吗？他无从知晓。

梅雨季一过，日头重出江湖，跟往年一样，妻忙着晾晒被褥衣物，去潮气，防发霉，他也将久藏于小屋的扳罾网片拎了出来，倾斜着身体，一步步挪到院子，摊晒于石板，顺势，一屁股坐在了边上，喘了几口气。妻说，哎哟，你小心点，又把家产亮出来啦？阳光下，网片被镀上了一层淡淡的暖色，像一个久病的人脸上有了一点神采。好几年前，网片是装进编织袋搁在小屋一角的，后发现，编织袋被老鼠啃出了一个洞，他便决定在墙上钉钉子，让网片远离老鼠的侵害。妻那会子嗔笑道，不如做了保险柜锁起来，家产要保护好。

他知道，妻并非真的取笑，当年，他用这个扳罾在海边扳鱼，渔网被礁石的尖锐处钩破，还是妻补好的。夏季涨潮时，渔港中央和码头边海水清透，如覆盖了巨大的玻璃，其下，各色小鱼一群群一队队，自得其乐，哪会想到自己已被盯上，海边人家正指望它们打牙祭改善伙食呢。他手握麻绳，动作尽量放轻放慢，将扳网没入水中。这时候，网内是否有鱼根本看不到，但对鱼的活动时间、可能活动的路径等，他都有个大致的掌握，就是说，什么时间起网全凭经验。起网需平稳轻缓，泰然自若，不能让鱼察觉到一点不对劲，待网出水面的一瞬间，突然发力，令网口迅速远离水面，杀鱼们一个措手不及，那时再想逃出生天，基本不可能了。

他是天生的扳网手，去扳鱼从不空手而归。往往一网拔上来，罾中之物鳞光闪闪，活蹦乱跳，身后的一双儿女开始尖叫，儿子兴奋地蹦起，抄网被他舞成了金箍棒，捞取渔获物时还不忘逗弄几下。女儿抱着竹篓子，急得吼破了嗓，快装进来啊，快啊。海鲶鱼、鲻鱼、鳗鱼、青蟹做着无谓的挣扎，嗖一下填饱了竹篓肚子。女儿抱不动竹篓了，搁在地上，过一会儿，觉得篓内过于安静，遂摇晃下竹篓，里面的“俘虏们”发出一阵窸窸窣窣声。

落潮了，姐弟俩暂时冷落“俘虏们”，光着脚丫子在泥涂上追招潮蟹。潮水退去，对招潮蟹来说可能就是天亮了，它们约好了似的溜出洞口，散步、串门、撒欢，却让姐弟俩抓个正着，顺便给竹篓子添了“新俘虏”。

当最后几缕夕阳隐没于海面，他准备收工。他扛扳罾网，儿子背竹篓，女儿持抄网，回家途中，三个人同时走出了雄赳赳气昂昂的步伐。

一到家，将竹篓里的鱼获往大木桶一倒，都生龙活虎着呢。妻忙开了，目别汇分，宰杀剖洗，红烧，清蒸，腌制，晒鲞，家养的鸭子也有口福了，特别小的鱼虾就赏给它们吃。家里的土灶成了人间天堂，妻裹在白色雾气里，像电视里的田螺姑娘，鲜香味弥散得无法无天，儿子和女儿仰着脖子猛吞口水。

开灯，海味一一上桌。正是长身体时期，姐弟俩胃口特别好，三下五除二便吃个精光。昏黄白炽灯下的温馨与富足，宛如一本书里最珍贵美好的一页，值得被频频翻出来，看了又看。

他一直认为，儿女身体棒脑子聪明跟那几年常吃活海鲜有关，还有每天早上的白煮鸭蛋或糖水鸭蛋，以活的小鱼虾为饲料，鸭子下的蛋基本都是红心蛋、双黄蛋，营养价值极高。岛上有句话，大意是，关键时期进补得好，受益一辈子。他无比中意儿子的身高，比他高出一个头哩。

三十年的光阴就是一支离弦之箭，倏忽间便消失不见，且永不回头。他突然发现，眼前这网片与自己有相似相通之处，都陈旧残破，都已经与大海彻底断联，并被遗忘。他遗憾当年没有相机拍下他奋力拉罾的身影，那个年富力强的他，站立如松，臂力超群，即便拍不清面目，那也会是一帧很好的照片啊。

他嘀咕，还是得把网片好好收起来，挂着。他又想起了那个问题，留着干吗呢？他还是说不上来，他就想留着，就像留个信物一样。

（原载《安徽文学》2021 年第 9 期）

虞燕，中国作家协会会员，作品见于《人民文学》《作品》《江南》《散文海外版》《人民日报》等刊物。作品被收入多种选本。曾获宁波文学奖、罗峰奖、师陀小说奖等。著有中短篇小说集《隐形人》《理想塔》。

里鸡笼山的黄叶

袁　敏

金秋的暖阳持续照耀了西湖大半个月后，初冬的脚步声不期而至，在没有任何预兆的一个晚上，静悄悄地下了一场雨。

早晨起来，感觉有了一丝寒意。灰云沉黯，空中仍有凉凉的雨珠偶尔飘落下来，滴在脸上很清爽，便想去山野林子里摸摸被一夜雨打湿的绿。正好有朋友来电，约我去双峰村的一户农家乐喝茶。便兴致勃勃地前往。

我住江南岸，在家门口坐上 180 路公交车，跨过一桥，拐上虎跑路，闻着满觉陇迟桂花残留的余香，穿越五老峰隧道、吉庆山隧道，在里鸡笼山站下车，路两旁的绿就扑面而来了。

放眼望去，满坡茶园，早已不是采茶季节的茶丛绿已幽暗，但暗绿中星星点点开着的茶花洁白水灵，让大片的绿顿时鲜活起来。

我们去的农家乐名为“云林居茶庄”，属自家盖的二层小楼，掩隐在两棵巨大的百年老樟树的绿荫下，小楼面对青山，四周都是茶园。坐下来，用山里的泉水泡一杯农家自种自炒的龙井绿茶，就着新炒的葵花籽和鱼皮花生，热情的老板娘还送来一大盘从自家橘树上新摘的橘子，鲜甜中带点酸味，吃完将橘核扔向茶园，想象着有一天绿中或许会生出黄来。

杭州人惬意的慢生活，大抵就是如此了。

没想到这一次惬意的喝茶，却因一条名叫“来来”的狗，生出意外来。

来来是茶庄主人收留的一条流浪狗，来自萨摩耶家族，身份虽然算不得显赫，却也不是乡野土狗，但它还是被从前的主人抛弃了。萨摩耶狗狗流落到云林居，被茶庄老板娘发现时已经奄奄一息、面目全非，不仅肮脏不堪，全身还长满了线虫。幸得云林居良善人家收留，为它洗净满身污垢，梳理结了块痂的白毛，看病、杀虫，它慢慢露出原有的漂亮容颜，尤其是那一身白毛，像一朵白云落在绿茶园。

主人给它起名叫“来来”。

我踩着深秋的黄叶走进里鸡笼山时，和来来偶然相遇，之后它就一直跟着我。在云林居喝茶时，它也在我的脚下绕来绕去。本来我是怕狗的，但对来来却莫名地有一种天然的亲近感。

吃完饭，我想去对面山里走走。老板娘说，对面这座山叫天马山，虽然不高，但岔道很多，让来来跟你去吧，有来来在，你就不会走丢。

上山的时候，来来默默跟在我身后，我停它也停，我走它也走。分岔路口，我不知走哪条小道时，它会跑到前面带路，你只管跟着它就行。

没想到，来来的带路，竟让我意外地和一座掩隐在青山中的坟茔相逢，也走进了一段遥远的历史。

这座坟墓的造型有点像八角亭，灰白壁围，砖石拱顶，坟前的墓碑上刻着六个大字“史君量才之墓”，墓碑的顶冠和底座都精雕细刻着龙凤图案，墓四周砌着厚重的石头墙围，上面也都雕刻着祥云花卉，煞是讲究，彰显出墓主不同寻常的身份。墓园很大，石阶很宽，上下两段石阶之间还有一块长满苔藓的青砖壁影，尤其是石阶下半圆形的空地，占地面积很大，让整个墓场气势非凡。

我没有想到，自己作为一个土生土长的老杭州人，却从来不知道史量才的墓地竟然藏匿在里鸡笼山茂密的丛林中。

最初知道史量才，是因为坐落在北山街的秋水山庄。

因为喜欢在深秋时节去踩踏北山街满地的枯黄落叶，更因为从前巴金先生来杭州时，常常喜欢住在面朝西湖的新新饭店，去北山街徜徉，或拜谒巴老时，总会和秋水山庄相遇，便对这座安静美丽的江南庭院式古老建筑，有了一份好奇。及至了解到民国报人史量才和晚清上海滩名妓沈秋水的爱情故事，知道秋水山庄是史量才为爱侣修建的别墅，不禁为这位报业巨擘对红颜女子用情至深而唏嘘慨叹！

史量才是江苏南京人，中国报业的先驱者之一。二十世纪初叶，史量才与人合资，购买了中国近代史上办得时间最长久的一份报纸《申报》。这份报纸原由英国人美查创办于1872年，1909年，美查回国，将该报易手卖给了清末买办席裕福。席虽然雄心勃勃，想办一份中国人自己的报纸，但终因不谙办报规律，经营不善，导致《申报》发行量急剧下跌，难以为继，只好无奈转让。

史量才接手《申报》时，正值国内军阀混战之际，作为一家民营报纸，史量才觉得只有超然中立，才能在新闻界站稳脚跟。他主持《申报》后，素以“公正报道、不偏不倚”自诩，前期虽然在言论上比较谨慎，但其新闻报道一直是全国各大报纸中最为出色的。

“九一八事变”后，在民族危亡之际，《申报》一改以往的中立态度，转向积极宣传抗日、要求民主的政治立场，发表了许多政治时事评论，抨击国民党的不抵抗政策，呼吁国内各党派停止内战，一致对外；力主国民党改变“剿共”政策，反对国民党一党专政。

当时，史量才说过一句很有风骨的话：国有国格、报有报格、人有人格。令人肃然起敬。但也正因为这位报人的刚直不阿，敢于直言，招致国民党当局的不满，蒋介石更是对史量才恨得咬牙切齿，他曾经放言：把我惹火了，我手下有一百万兵！史量才则毫无惧色，冷冷地回答：我手下也有一百万读者！

文武较量，书生终究不是枭雄的对手。笔杆子不畏枪杆子的威胁，却付出了鲜血四溅的代价！1934 年 11 月 13 日，国民党军统特务终于对史量才下了黑手，在其与家人由杭州返回上海的途中，于海宁翁家埠一带，对其进行枪击暗杀。

我相信，叶落归根可能是大多数人对归宿墓葬的选择，我也一直以为史量才虽然和沈秋水情落西湖，但游子魂归故里，坟茔自然也不会葬身他乡。所以，在我心中，秋水山庄再美丽，终究是一段爱情的挽歌。听说沈秋水死后葬在南山公墓，并没有和先她而去的史量才生同衾、死同穴，想来这对才子佳人之间的爱恨情仇，也有着说不清、道不明的伤感和怅惘。

我不知道来来引我来到史量才的墓地，是纯属偶然，还是这位被良善人家救下来的狗狗，对寂寞已久、几乎已经被人遗忘的遗骨，存有一份温暖的恻隐之心。林中小路很多，每一条都会通往不同的地方，为什么来来偏偏带我来了这里？

四周静无声息，只有满树黄叶不断飘落在墓地坟茔上，溢散出潮湿温润的气息。

史量才躺在冰冷的墓穴中，会不会想起北山街的梧桐，想起秋水山庄的浪漫？但我相信，这样一位坚守“国格、报格、人格”的中国报业先驱，在与两情相悦的红颜知己阴阳两隔的那一瞬间，绝不会对自己壮志未酬身先去，有一丝一毫的后悔！

离开史量才墓地下山的时候，我一直在想，沈秋水是上海滩名妓，追随了史量才后，也多是住在西子湖畔的秋水山庄，她大约不会来过冷僻的里鸡笼山，也应该不会知道茶园环绕的双峰村。史量才的骨骸，为什么没有运回故里安葬，却偏偏葬在都是寻常茶农人家的双峰村背后的天马山？又为什么这样一个让蒋介石恼恨成怒，必杀之而后快之人，墓葬之地却没有低调掩藏的意思，反而被修建得如此堂皇大气？

下山的路上，来来不再跟在我的身后，而是撒开腿奔跑在前面，但它时不时会停下来，将脑袋鼻尖伸进草丛，这里闻闻，那里拱拱。我跟着来来，它跑我也跑，它停我也停。不经意间，两块相距不远淹没在草丛中的小小的石碑先后跃入我的眼帘，一块石碑上刻着：

浙江省省级文物保护单位
史量才墓
浙江省人民政府
一九九七年八月二十九日公布
杭州市政府立

另一块石碑上的字就有故事了：

杭州达三茶叶公司旧址
公司建于清末，创始人杨寅初，广东大埔百侯人，
曾求学北京国子监，毕业后蒙古为官，后弃官从商，
在杭州天马山置山种茶。并开设乾泰茶庄，享誉沪杭。
1936 年，因助建好友史量才墓，杨寅初惨遭土匪烧杀身亡，
公司不再经营，为告慰祖先，特立碑纪念。

立碑人：杨氏后辈

2016 年 11 月

从两块石碑的落款时间看，公布史量才墓为省级文保单位的时间是 1997 年；而在那个风雨如磐的年代，冒着杀头的风险，敢于为

史量才修建坟墓的杨寅初后辈，为先人立碑，说出历史真相时，已经是 2016 年。由此看来，历史的公正和真相的解密，往往需要时间。

我当即在手机上百度“杨寅初”的名字，竟然没有找到关于他的片言只语，我不甘心，又将“杨寅初”的名字和“史量才”的名字放在一起搜索，才找到一条简短介绍杭州部分名人墓葬位置的信息，其中有一句提及这位茶商的话：助建史量才墓的杭州茶商杨寅初的茶叶公司旧址也树立了标牌。

大半个世纪的风雨烟云几乎淹没了一个中国报业先驱者的英名，更让一位侠肝义胆的民间志士献出了家业和性命却鲜为人知。好在时间洗刷了岁月的尘埃，史量才的墓地和杨寅初后辈刻下的碑文，终将一段久远的历史留了下来。

一条叫来来的狗，尚且惦记着长眠在地下的先人骨骸，我们更没有理由对自己身边的历史人文踪迹视而不见！

我相信，在杭州、在西湖、在我们周围，还有很多被我们遗忘或者忽略的人文底蕴丰厚的故事，这是一座城市的宝贵财富，值得一点一点去寻找、挖掘。

（原载《钱江晚报》2021 年 1 月 24 日）

袁敏，1954 年出生，浙江上虞人，毕业于北京大学中文系。曾任中国作家出版社五编室主任、《江南》杂志社主编、浙江省作家协会副主席。著有长篇小说《白天鹅》，中篇小说、中篇小说集《天上飘来一朵云》《深深的大草甸》，短篇小说系列《九十九个女人的故事》，电视剧剧本《深深的大草甸》等多体裁作品数百万字。

“我已是大运河的粉丝”

张林华

《随笔》杂志编者按：

在本文编辑过程中，惊悉《随笔》老作者舒乙先生于 2021 年 4 月 21 日因病去世。谨以此文悼念前辈。

生命，就是时时刻刻不知如何是好。

——木心

一

周日与舞蹈家姚珠珠老师通电话，寒暄一阵后，我鼓起勇气开口问询作家舒乙先生的近况，电话那头出现了短暂静默，继而是以明显低弱的声音回应道，舒乙老先生境况依然大不妙，至今仍昏睡在京城解放军总医院的重症监护室里，说完这句话便再不多言半句。我知道，舞蹈家夫妇与先生是多年至交，所以这一信息应该是准确可靠的，想到这点我满心悲凉，因为照此说来，曾经那么热衷于各类文化社交活动的、被公认为社会活动家的舒乙老先生，因为脑梗，竟躺在那张冰冷的病床上，昏睡已达五年之久，外面的喧闹世界，每一个阴晴圆缺，每一场风霜雨雪，都已然与他无关了。

这于我而言，尽管不是毫无思想准备，搁下电话，依然半天回不过神来。

生老病死，是生而为人必须得接受的常态，对所有人原本是公平的。然而具体到某一个食五谷杂粮的真实人，包括周围的亲朋好友，病魔的残酷无情，依然会对其产生难以承受的杀伤力，内心抵触无法接受。为什么非要让一颗充满智慧热爱思考的头颅停止思想，让一副长期热衷奔波跋涉的身板不再正常活动？舒乙先生生于1935年，今年已满85岁，可是他的85年并不连贯完整，而被生生地切割成了两截，有质量的生命其实在他80岁时就已戛然而止，后五年成了至暗时刻，因一个休止符号，使得五年等于一年，一日等于无数日……人生难料，我真是服了，有哲人早告诉了我们“悲剧就是撕裂给人看”的道理，其实，有时候哪里需要到“撕裂”这样极端程度才成为悲剧？

二

舒乙先生总是客气地称我是他的“忘年交”，这话他不止一次说过，而且都当着旁人的面说，让我感到有些小确幸，更有些不堪其重。因为论年龄我是先生的晚辈，论社会地位我们之间更是相差太大。事实上，我和他的结识，纯属偶然。2008年11月，家乡为姚珠珠老师创办舞蹈艺术馆，开馆那天，我有幸受邀参与盛会，但因有事迟到，所以只赶上会后茶叙环节。当日，参会官员、艺术家众多，嘉宾云集，眼花缭乱。舞蹈家是盛会的主角，却依然忙里抽隙，热心地将专程前来捧场的嘉宾舒乙先生引见给我。我早在一旁悄悄观察，在大多不修边幅的艺术家来宾中，舒先生比较扎眼，他不仅衣冠楚楚，发饰齐整，而且大多时候端立认真，显得精神矍铄、气质独特。初次见面，舒乙很是客套礼貌，无半句废话，明显感觉得到他在一个地方小官员面前的矜持。听说我也爱写作，他才稍加注意，再一听我专攻杂文，便很有些出乎意料又像有些怀疑，“哦，真的吗？”瞪大的眼睛与抬高的眉毛，都清晰地转递出他的狐疑：你一个官员，尤其是一名宣传部部长，你怎么可以写杂文？怎么有可能写出什么高质量的文章？（多年后舒乙承认了我当初的直觉是准确的）这颇令我有些难堪，老实说，一些未经查考的关于老先生为人友、为人子方面的纷乱传闻，很容易就浮上我的心头，导致初次见面，感觉平平，远称不上轻松愉快。

后来见面机会增多，我们也就渐渐熟了起来，多半是我讨教文学与习作的问题，难得也有缘平和地探讨一些公共话题。舒乙的指导与评价总是直截了当，毫不含糊，比如他会直截了当地手指着你说：“你写的东西，我看过了，有思想，有文采，也有点书生意气，想得美。”脸上挂着不屑地说“想得美”，似乎是他常有的一个动作。2013年春暖花开的时节，我的散文新著《世道人心入梦》出版，他欣然为该书作序。当年夏天，省作协出面邀请作家评论家若干，在莫干山为拙著开一个首发座谈会，经我提议给舒乙先生也发一封邀请函，不过组织方领导其实也包括我自己在内，大家都对这一邀请不抱太大的希望。没料舒乙欣然答应，且专程自北京赶来参会。会议原本安排舒乙先生最后发言的，可是老先生毫不客气地坚持要第一个讲话，主持人只好临时改变议程。舒乙的发言自然引人瞩目，他全面评鉴我的习作，当然也说了许多鼓励的话，最为难得和温暖的是，他特别恳求大家：“一定、一定要保护这样有独立思考的宣传部部长，太不容易了，太感动我了。”不仅如此，舒乙还借题发挥，信马由缰地尽情表达起他的自由思想来：作为一个官员，难免要说些官话套话，可以理解，但不能过度，一旦过度，就令人生厌。我有一次参加一个有国家级协会领导参加的座谈会。听了大家的发言后，这位领导最后讲话总结，居然批评我们说，你们说话不能这么随意，你们要对着稿子讲，一个字都不差，我要求你们发言，不要总想着用自己的语言，要尽量多用人民日报社论的语言。你们说可气不可气？作为一名作家，我们可绝对不能这样，这样也是当不了真正的作家的。在当下这样一种语境下，这本书却不说官话不说套话，（作者）好像有双重人格似的，是一个怪物。临到发言结束时，他又不忘提高了声调，再次强调：我呼吁，大家一起来鼓励、尊重、保护讲真话的作家！

所有来宾中，舒老先生最为德高望重，他的语气又如此强势，不容置疑，倒像是为会议定了一个新的基调，其后的发言人遂多了脱稿而谈者，也多少会涉及一点要不要讲真话，以及如何讲真话这个话题，关于拙作的艺术得失的讨论反而有些被游离了。见舒乙先生像是乐观其成的样子，主持人也就无意纠偏了，我当然也没什么好计较的了。

三

几年前，我在基层的任上，曾经牵头组织创建了一个公益性的博物馆，颇受公众关注期待，一时内心颇为得意，不免在许多细节上有些好高骛远，比如馆名的书写，就很费了一番脑筋。内心里很想请动京城一位我心仪已久美术大家的字。舒乙在电话里听我无意间聊起这事，竟是二话没说，主动承揽任务，说与这位著名书法家同为当届全国政协委员，关系熟稔，帮我介绍过去就是。真是欲瞌睡遇到塞来的枕头，我自然喜出望外，连声道谢。没多久我赴京公干，就怀揣舒先生的便条，兴冲冲地赶到远在郊外的昌平上门求字。有了敲门砖，叩开门就不是问题。最终当然是如愿以偿地拿到了题字，不过中间的过程可以用迂回曲折来形容，令人啼笑皆非。大致情形是，入门请茶，书法家夫妇一同热情作陪寒暄，费去不短时光，临到我几次提醒来意，书法家仍安坐不动，连称不急，眼神却不断瞟向一旁的夫人，似乎有难言之隐。原本闲言不多，看去只有书法家一半年龄的年轻夫人，终于忍不住开口，直接挑明需要一定润笔费，而且谢绝赊账，我才恍然大悟，吩咐随员即刻出门，就近找到一家银行，按当时行情将润笔费打到夫人账上。这个过程当然冗长难挨，于是彼此东拉西扯、无话找话，直到收到银行短信，小夫人这才首肯书法家动笔，起身带我来到位于地下室的宽敞书房，麻利地选好上等宣纸，裁成可够题字容量的长条幅，铺平压实，再拧开墨汁瓶盖，倒入一精致瓷碗中，碗大墨少，大约只是小半碗，随即夫人离去。题字倒是一气呵成，柔中带刚，颇有神韵，而且书法家还特意多写了一幅供我挑选。听到我感谢，他连称惭愧。在接收书法家递来的宣纸作品时，仍明显看得出，如释重负的他那写在脸上的些许尴尬。

后来再有机会赴京参加一场朋友聚会，舒乙先生不仅到场，且理所当然地主宰了聚会主题与全场画风。不知怎么的，其间他突然问起题馆名的事来，我见举座皆熟友，也就一五一十地讲起了索字过程，先生听着听着明显不快起来，未等听完我讲明全部情节，先生忽然腾地站起身，快速在屋里转了两圈，一边走一边嘴里还嘟囔着“我的老脸都没地儿搁了”，明显看得出他感到有失脸面而愤懑，当着一众朋友的面，发誓“以后再不和他（书法家）发生个人交往”。那一刻倒让我难堪之极，老实说我当时其实只是作为段子来讲的，绝无要向他诉苦抱屈，甚至奚落他的意思，所以很有些后悔再提这件已成过去式的事。不过，舒先生很快即恢复了他平和自信的气度，不忘记及时转换到一种周到、宽容的口气，打趣地说道：“赶明儿我空了，得写篇文章，叫《论老脸》，羞羞自个儿。”说着说着先就自己笑了起来，我于是明白他已然释怀，心中石头得以放下。瞥见我也在笑，他又故作生气地数落我：“也怪你，什么人的字不可，非喜欢他的字？”我只好连声称确是我的错，必须设席谢罪，众人皆随声附和。其后，气氛更是轻松，他甚至还连说了好几例他的朋友圈里，老夫少妻配的趣闻轶事，引得满座欢笑不已。我注意到，他没有简单地将此类事归结为一种社会恶习，而轻易加以抨击，甚至自始至终他居然没有一句责怪、讽刺小夫人的意思，言语间，反倒多的是对二三十岁的小保姆屈尊嫁给一个大自己四五十岁的糟老头子，以及一朝成为少夫人的处境，可能有难以为外人言知的苦衷，很有一种建立在推己及人、换位思考意义上的体谅与宽容，令我印象特别深。这实在也是先生的善良可爱之处，也让我对老先生的了解又多了一些层面。

学者钱穆说：“懂得别人的心情，就是最大的学问。”依这个理论，舒先生是一位有大学问的人。

四

舒乙先生晚年，开始关注大运河的保护利用问题，他趣称自己已是“大运河的忠实粉丝”，为此，身体力行，投放很大的精力，花了大量的时间。

修于隋代，贯穿南北的大通道京杭大运河，连接天子脚下的京城与鱼米之乡的江南，是一条承载着太多民族情感与故事的河流。自 2005 年底开始，舒乙和文物保护专家罗哲文等政协同仁一起，不遗余力，执着助推，在大运河保护和“申遗”的长路上，积极贡献智慧，留下深深的印迹。2006 年 3 月全国两会上，多达 58 位政协委员联名提交的《应高度重视京杭大运河的保护与启动“申遗”的提案》，舒乙先生是积极倡导者与联署者之一。5 月，他不顾身体虚弱，推掉诸多事务，参加全国政协组织的，被新闻媒体称为“大运河历史上规模最大的一次全程考察”，从北京景德牌坊前启程，一路南下，沿路不住地看，不停地问，不断地思考，从而对这条承载了中华文明丰富信息的“历史之河”“文化之河”有了更真切的了解和更深切的感情。十天后，在杭州召开的研讨会上，先生充满激情地作了一次题为《江南的运河，水乡的辉煌》的发言，博得满堂喝彩。回到北京，舒乙仍沉浸在对大运河的热情中，奋笔疾书，在极短的时间里，写出长篇考察报告，取题为《疼爱与思考——一个政协委员的四次大运河考察亲历记》，公开出版。在给我寄赠此书时，还不忘附上纸条特别关照“您一定得认真看完”。

参与几趟实地考察，舒乙至此俨然成了大运河这一横跨经济、水利、文化等领域的专家，其后见面，先生言必称大运河，不厌其烦，但凡事涉大运河，则无论大小，他都爱探个究竟。某次通话我无意间提及，绵长的大运河汩汩流淌到烟雨江南，也穿流经过了我的家乡，孕育出一个水晶晶的江南古镇，老先生兴奋异常，连声强调要来细细地走一走，看一看，临撂下电话前，他特别强调：“我要当称职的粉丝，所以事关大运河的事我都要管的。”似乎不久就觅得机会下江南，仔仔细细地走访、考察位于杭嘉湖平原腹地的水乡古镇新市。其间我全程精心陪同，不敢言轻松，因为老先生对于古镇风貌有赞有弹，总体却是赞少弹多，且赞得原则节制，弹得具体严厉，不留情面。比如他特别敏感，且反感居民将空调外机装在临街一侧，认为“面目可憎”，既不文明地将散热热气吹向游客，更破坏古镇的原始风貌，为此，几度驻足不前，手指空调外机，忍不住当面批评房主，惹得当事居民面红耳赤，想要争辩却一时搞不清来者为何方神仙，我见状不妙，赶紧找个理由拉走他。

坦率说，在古镇抢救保护这个话题上，我内心还是赞成他的保护为本、兼顾利用的基本理念的。舒乙先生固执坚持，古镇应完整地保留它的原始风貌，包括其原住民，也绝不可随意动迁将其赶走，而该让他们留在他们祖祖辈辈出生生活的地方，完全保留原有的张家长李家短，暮鼓晨钟一般的生活状态，这样的古镇，才是有烟火气，有观赏性的，才是值得走读品味、有生命力的历史文化。我在认同这一基本理念的同时，却理解在某些局部细节处理时，当地迫不得已要做的某些必要改动，比如夏日炎炎，空调不能不用，更不必说要给古旧民宅加装卫生设施了。这些事不能不随着时代的变迁而作些增添与改进，当然也不可避免地会损害一些古旧设施与风貌，实在也是不得已而为之的事情。偏偏舒乙对此不认同、不支持，他不仅蛮横主张居民既不能迁走，还不应该安装空调，退一万步至少空调外机不能裸露在外。浙北苏南一带向被称为“烟雨江南”，本就雨水多，赶上梅雨季，更是空气带雨，潮湿不堪。古镇旧房，夏季就更显闷热，不允许居民安装空调，无异于不允许居民改善生活条件，还有，门脸狭窄、拼墙连瓦的逼仄平房，外机又能挂到哪儿去？当晚，我当面与他沟通，尽可能耐心委婉地谈了我的观点，甚至还打趣地说：“先生如今住在公寓楼，生活也方便，如果让您回到打小住过的没有卫生设施的四合院，每天得拎着马桶晃荡晃荡出门一趟，您会真心愿意吗？”舒乙听了一愣，欲言又止，似乎被我的话呛着了。

但到了第二天我才明白，我的意见他根本没有走心。

当天在特意为他安排的文化讲坛上，当着满座地方官员的面，说起古镇保护话题，他仍余怒未消，又举“可憎的空调”为例说明，称见不到夏日在屋檐下摇着蒲扇乘凉的居民，是“一种悲剧”，毫不客气地批评造成这样局面的领导缺文化，弄得我这主持人在台上哭笑不得，算又一次领教了他的率真与较真。尽管如此，在我心目中，舒乙先生重视传统文化的保护，真心可鉴，令人感佩，纵认定他因不接地气有那么一点点书生之迂，也完全可以谅解。而今，大运河整治取得了突破性成就，作为标志性现象之一，淮河以北“里运河”河段，通航河段不断增多延伸，许多堵点被打通，河道得到疏浚，河水变得清澈起来。苏南浙北运河段的保护利用，更是有了突破性成果，河上船只穿梭，漕运繁忙，两岸桃红柳绿，风光旖旎，应该说这正是舒乙先生当年奔走呼吁争取，期望看到的大运河治理保护开发的成果，可惜他无法看到了。

奇迹会发生吗？我由此真诚地祈盼，什么时候，有碍大运河文史专家舒乙先生智慧大脑的那个堵点，也能一朝被打通。

（原载《随笔》2021 年第 3 期）

张林华，浙江省德清县人，毕业于华南师范大学中文系。中国作家协会会员，浙江省散文学会副会长。作品发表于《花城》《江南》《作家》等报刊，二十余次入选各类散文、杂文优秀作品年度精选集。曾获浙江省优秀文学作品奖、三毛散文奖等奖项。

我在孤山岛上等你

张梓蘅

一

走 15 分钟去地铁站。

挤 1 个小时地铁。

站 20 分钟公交。

再沿着西湖步行 10 分钟。

这是每次去博物馆讲解的路。

在最后的一段步行里，沿北山街赏一片荷，至秋水山庄附近左转，便会遇见孤山。临近清晨的西湖边，带笑与湖面的鸳鸯打个招呼，不知不觉地成了一个习惯。

小学五年级时，第一次以讲解志愿者的身份出现在博物馆。

六个展厅，一百件器物，讲述浙江故事。

我从未如此细致地观察这些文物——可是当我站在讲解者的位置，一切都显得不同。博物馆这样如深邃海洋般我从未想过去细研的地方，如今渐渐清晰。每当全国各地的游客来到展厅，尽情感受历史扑面而来的魅力，我也倾自己的力量，化作一股清风，小心地于文化间穿梭，掀起尘封的故事。一股风，乘起一缕熏香，带着往日而去。那沉眠于暗处的记忆，随风盘旋。南宋的衣袖轻轻飘扬，水晶璧微微发光。一切不会归于平静，因为它们不曾有一瞬的离开和停息。它们在海岸，随着哗啦的浪声轻轻诉说。那悄然奏响的旋律，是古老而不朽的乐声，是战焰里纷飞的呐喊。一切的交融，成为迷离而清楚的讲述。讲述着，讲述着，古老越地那曾经的记忆，碎片似的往昔，回溯，倒流，穿插，交错……

从上山文化的石磨盘到良渚文化的玉琮王，从妙趣横生的伎乐铜屋到熠熠生辉的越王宝剑，从精致江南的武林旧事到抒情写意的明清诗画，我一点点地学习积累，渐渐如数家珍。

二

现在的我，与以往确实不同了。我会回想起初来乍到时，看着炉火纯青的成人讲解员缓缓道来时心中的紧张与恐慌。

站在展厅中央，我仿佛看到一个身影，在馆中徘徊。她很认真地来回走动，口中念念有词的是没有人能听见的铭记。

我看到一个身影，在馆中犹犹豫豫。她站在一个仿佛需要讲解的家庭后面，欲言又止。为难的神色中，是不安。她终于走上前，完成了人生的第一次讲解。她很喜悦，可更多为自己的点点遗忘缺憾。她在一遍遍对自己说，再努力一点。

我看到一个身影，带领着20多人的游客团，在馆场入口下台阶的路上就开始娓娓道来。一件一件的文物，在眸中闪烁，漾开。

是的，这是在博物馆历时数月一路走来昔日的我的身影。

她——曾经的她无法想象，今天这个自信微笑的自己。一股感受不到的风拂过志愿者的面庞，直至内心。风徘徊而过，穿过每个人的心，留下一个烙印。而属于她的烙印，极其深刻。

三

参与志愿活动期间曾采访过一位讲解非常出色的志愿者。

她露出洁白的牙齿，轻轻笑了一下。

“微笑就好。”

那是志愿者独有的笑容，那是一种世上最耀眼的微笑。

我不知自己的微笑如何，而我看到志愿者们，他们的笑始终如此。

“越地宝藏”之后，又经过“法老的国度”“越王时代”“天下龙泉”，展品也由100件逐渐增至180件、320件、513件，涉及的内容愈发广泛。如今读中学的我，已经参与了四次大型特展的志愿讲解，我不再那样怯场。

浙博志愿者的队伍不断扩大，有源源不断的热血流淌进这份事业。我们由爱心聚集在一起，组建成了一个志愿者的大家庭。

这个家庭里有75岁的李爷爷，他的志愿汇里累积的服务时间高达6000多个小时，是名副其实的功勋志愿者。他能背下许许多多和西湖有关的诗，春天能讲桃，夏天能述荷，秋天能颂桂，冬天能咏梅。两位游客听说他会背诵明末张岱的名篇《湖心亭看雪》，半信半疑地对着手机较真，近两百字的文章一气呵成，一字不差。

还有65岁的於奶奶，每周扛着相机来到志愿者摄影组。在三层楼的展厅里，她每次上下楼都略有些吃力，需要侧过身子，扶着栏杆，先迈一只脚，再跟上一步，小心翼翼地抱着相机下台阶，一拍就是一整天，只为记录志愿者们讲解的身影。

台风天里，我们相互提醒，路上注意安全。一位在群里昵称为“老老兵”的奶奶，我甚至不知道她姓什么，在一次风雨天来博物馆服务的路上，摔伤了胳膊，大家都很担心。她在群里请假留言说：没事的，左手桡骨头骨折，打上石膏夹板固定，下周即可再来服务。

亦有一群和我一般大的孩子，也身着大大的红背心，神采奕奕地为游客们讲解。其中有个小朋友，是博物馆里保安阿姨的儿子，每逢寒暑假，他几乎天天泡在博物馆里，跟着成人志愿者学习讲解，一有空就自己抱着厚厚的文物图录仔细研读。

四

我们有一间小小的休息室，被称为“志愿者之家”。

良渚申遗成功时，我们在这里欢欣鼓舞。

天气炎热的时候，一场两个多小时的讲解，讲完一场下来嗓子都是哑哑的，可一坐进志愿者休息室里，大家还是会交流讨论与讲解相关的点点滴滴。在电台当主持的金老师教大家如何用腹部发声保护嗓子；在中学教历史的黄老师讲述他赴广州南越王博物馆所见的羽人划舟提桶；在大学教英语的葛老师分享她整理的全英文讲解词；摄制组精心剪辑制作上传在 B 站的《我在浙博讲文物》花絮篇更是引得休息室里乐翻了天……这是个有爱、有心、有趣的大家庭。

这间小小的“志愿者之家”分享了很多人的喜讯。获得“雏鹰争章好少年”称号的陈同学，中考保送至杭二中的学霸叶同学，还有考上浙大考古系的陆同学，考上香港中文大学研究生的张同学，赴海外读博士的钟同学等等，博物馆志愿者的经历让他们受益良多。

“志愿者之家”也见证了我的成长。穿上红马甲，戴上扩音器，和来自全国各地的参观者一起穿越历史长河——我实在庆幸，自己能有这样一次机会，走进越地宝藏的海洋，融化在那浅笑里。

我会努力带着这样耀眼的微笑，在更多志愿者的活动里，不断前行。

我在孤山岛上的浙博等你。

（原载《中国青年作家报》2021 年 5 月 25 日）

张梓蘅，笔名蘅若，女，2006 年 12 月生，杭州文海实验学校学生，已出版个人作品集《舞勺之年》《追逐光与影的少年》，在《中国校园文学》《少年文艺（上海）》《少年文艺（江苏）》等期刊发表作品。部分作品入选《2020 浙江散文精选》《2019 中国年度散文诗》《2020 中国年度散文诗》《第 23 届全国新概念作文大赛获奖作品选》等。

寻隐者

章云龙

一缕阳光破窗而来，天已大亮。卷帘，推窗。近观，“观山居”外的村道上杳无旅人身影。远望，“十里铁甲龙”似横卧窗前，数十块巨岩似整装待发的铁甲，气势恢宏，“铁甲龙”笼着袅袅的轻烟，一排排树木耸立在山崖上，恍如士兵列队。

这是冬日清晨一个名叫后岸的村庄给我的第一印象。

清冽的晨风，唤醒了小村的早晨。远处，早起的几个摊主正在张罗着，为一天的生意做着准备。空气中飘荡着山野的花香，不远处的农舍有家麦饼铺中，农妇正摊着麦饼，为晨起的人们准备着早餐，轻烟缥缈，香气沁人。溪中，硕大的红鲤鱼正优哉游哉地嬉戏着，重复着生物的本能。水清澈，鱼正欢。石板路，石板房，石雕刻……一路横陈在路两旁，石文化气息浓郁，述说着后岸这个“唐诗之路”目的地之一的村庄的前尘往事。它们，呈现着这个村庄以石为媒的表达方式。

我从远方来，寻找着唐朝的一个隐者——诗僧寒山。

一路行来，寒山子的诗句铺陈。白墙上一首《杳杳寒山道》醒目：“杳杳寒山道，落落冷涧滨。啾啾常有鸟，寂寂更无人。淅淅风吹面，纷纷雪积身。朝朝不见日，岁岁不知春。”驻足良久，我仿若见到了千年前诗人孤身行走在寒山道上，那飘逸的身影挥之不去。

这个从盛唐走来的诗人，千年后有了各种声名，“佛教中的白话诗人”（胡适《白话文学史》）“诗僧”“中国历史上最纯粹最彻底的隐者”“国清三隐”等。一千多年后，我在天台读着寒山的诗行，了无时代的隔阂。

始丰溪，已进入了枯水期。历千万年冲刷的河床裸露着，大大小小的石头一色光滑圆润。抬眼，青山如黛。蓝天下，白云飘飘，云雾缭绕着两边的山峦，一条黑色的柏油马路通向云深处，两边遍植着数千亩桃园。遥想着桃花盛开的时节，大地回春，桃花灼灼，后岸又是一幅怎样烂漫的风情画。低头看，一只只放养在桃园中的鸡儿或踱着方步，或引颈欢歌，鸡鸣之声相闻，炊烟在远处的村庄升起，生活的画卷，村庄的盛景，安谧的山乡，像一幕幕电影中的蒙太奇镜头在我的眼前迭现，我仿若进入了人间仙境。

我用脚步丈量着天台街头镇后岸村的这片土地，追寻着寒山的足迹。一两公里的路程后，来到寒山当年的归隐地——寒岩洞，这已是龙溪乡的地盘。寒岩洞周边，山色奇美，有石笋、夕照、幽林，远离尘世，少有人迹，宜隐居修禅。洞口有块大石，称“宴坐石”，据说是寒山子宴坐之处。史传寒山以桦皮为冠，布裘敝屣，或长廊唱咏，或于村墅，与牧牛子歌而笑，人莫识之。“重岩我卜居，鸟道绝人迹。庭际何所有，白云抱幽石。”幽窟的寒岩、深深的幽林是怎样滋润着寒山的诗情？这个从大唐长安走来的高僧诗人，在寒岩的清风、明月洗礼下，机趣盎然的寒山诗三百余首入选《全唐诗》，远在都城数千里之外天台山的一个当年籍籍无名山间的寒岩，他的诗名是如何进入惊才绝艳的编者法眼？它是以怎样的方式广为传播？我想不能不说与大唐时代浙江这条“唐诗之路”息息相关。天台山这个佛道圣地，数百名唐代诗人心系着这座神山，他们隔不断风雅，跨过崇山峻岭，寻仙而来。

盛唐时期，归隐之风已不及南北朝时期，但天台山的佛韵道意，流光静影，寒岩洞边的寒岩夕照，浮生未歇。修道即修心。也许从书家米芾后来题写在天台的“潜真”二字上我们能寻到一丝答案。“龙楼凤阙不肯住，飞腾直欲天台去。”李白豪迈，无视“龙楼凤阙”。学者云：“李白到天台与隐居于天台的道教上清派第十二代宗师司马承祯关联，寒山，是否也与‘潜真’有关？”

一路行来，“寒山体”的诗作遍布山间小道，驻足，品味，我从他的隐逸、咏怀、劝佛等诗句中品出一丝禅味。七十年天台隐居，也许应和着东晋孙绰的《游天台山赋》中所云：“天台山者，盖山岳之神秀者也。涉海则有方丈蓬莱，登陆则有四明天台，皆玄圣之所游化，灵仙之所窟宅。夫其峻极之状，嘉祥之美，穷山海之瑰富，尽人神之壮丽矣。”我从寒山的《余家本住在天台》一诗中也窥见其一缕对天台山的倾情，客居天台山，成了诗人一生难得的记忆：“余家本住在天台，云路烟深绝客来。千仞岩峦深可遁，万重溪涧石楼台。桦巾木屐沿流步，布裘藜杖绕山回。自觉浮生幻化事，逍遥快乐实善哉。”人生的快乐不在锦衣玉食，云路、岩峦、清风、明月、桦巾、木屐、布裘足矣。看云卷云舒，茅屋、青灯相伴，蕨根可食，足以“忘却来时道”。问道于潺潺涧水，闻啾啾鸟鸣，与古松瑞草相共，岂不快哉快哉！怪不得寒山在“行爱观牛犊”时，也满心喜悦自己有“满卷才子情”。

归程，我入寒岩村。村庄静谧，无车马声。老人安坐在和煦的冬阳下，面容淡然，或三五人围着轻聊，一二农人在田间的菜园里做着稼墙事，一片静和气息弥漫着村庄。陌上花开，旷野天高，绿水温缓，层层叠景。一幢名为“寒山隐院”的古宅留住了我的目光，大门紧闭，内无人声。一打听，原来是一处民宿。几多周折，才入得门内。庭院内，流水潺潺，绿植遍布，房舍井然。民宿以一家一户的方式设计，内里别有洞天，会议室、小花园、茶室、高尔夫球场等应有尽有。民宿主一脸淡然地与我闲聊，他的经营理念是他选客人：带太喧哗的孩子不接，带宠物的不接，网约的不接。开民宿不为稻粱谋，不管是一家还是一群人，每晚房费一万元，只为少数高端客户提供一个安静的环境，不被外人理解也无妨。这理念真有点寒山隐逸之风。这一方天地，真有李白《山中问答》“桃花流水窅然去，别有天地非人间”中的天然、宁静之美。

遁入空门后的寒山早已杳然而去。在寒岩村，我路遇一穿着百衲衣的老者，老者目光飘忽，举止痴痴癫癫，与其打声招呼，他笑而不语，我有点怀疑是否遇见了千年前的寒山。村庄里，我看到了一辆辆大客车缓缓驶入，一队队穿着校服的童子以朝圣的目光进入村庄。以寒山命名的凡圣山下，孩子们听着老师们讲着寒山的故事，目光炯然。田头边，一路撒下了孩子们的欢笑声。寒山茅舍里，一桌桌中餐摆开，滚滚红尘中流淌着人间烟火。

我在天台寒山隐居地追寻着寒山，心头梵音响起，恍若一瞬间读懂了寒山，找到了隐者寒山。

（原载《散文选刊》下半月 2021 年第 6 期）

章云龙，浙江省作家协会会员，台州市文史研究馆馆员。作品散见于《江南》《诗刊》《散文诗》《浙江日报》等百余种报刊，发表作品三百多万字。作品入选《2012 最受中学生喜欢的散文精选》《2016 浙江散文精选》等二十多个国内选本。出版作品集《文明的失落》《岁月的胶片》等。

故园之秋

长河熠

晨起，吃过早饭陪着父母到家附近的公园散步。作为全家人最喜欢的运动项目，晨练这件事情始终被我们推崇并几十年如一日地坚持着，即便遇到再大的风雨也从未停歇过。

由于之前一直在外地，已有几个月没有来过公园。所以在横过马路进入园内后，迎面而来的便是强烈的新鲜感。每一处景物都是那样的令人沉醉，让人流连忘返。

尽管早已到了深秋时节，但那迎门的狭长花坛中花儿仍在顽强地怒放着，在飒飒秋风的吹拂下娉婷地扭动着身姿，就像是古代的娇羞舞娘般竞相盛开。即使生命再短暂，也要让最美的一瞬停留在人间。

不知为何，当我俯下身去近距离欣赏这些花儿时，脑海中突然生出了唐朝诗人罗隐的《牡丹花》一诗中的最后两句：

“可怜韩令功成后，辜负浓华过此身！”

都说生如夏花，倘若每个人都能活得像韩愈一般轰轰烈烈，倒也真的不失是一种脱尘的潇洒。

在通过长满金黄色银杏树和飘着淡雅桂花香气的林荫小道，我来到了公园深处的湖边。

此时正是早晨九点多钟，和煦的阳光洒在碧波如洗的湖面上，水面泛着银色的亮光，清风拂过，掀起层层涟漪。白色的鹭鸟拍打着翅膀从远方湛蓝的天际处飞来，停在如絮般的芦苇荡中，或是独立，或是前行，行为优雅得就像是一个身着白西装的优雅绅士，准备在盛大的舞会上和舞伴一道跳上一支极为华丽的华尔兹。大多数时候，湖面则是平静如镜，倒映着湖畔两侧高大时尚的楼宇倒影，捡拾水草的小船从湖心悠悠荡出，那坐在船头上身着工装的工作人员时而俯身从水中打捞着绿油油的水草，时而回头看着岸边的人们。现代与传统交相呼应，如同梦境般迷离。

我站在岸边的空地上痴痴地看着这一切，不经意间故园的秋景出现在了脑海当中，宛如一个顽皮的孩子肆意玩着捉迷藏的游戏。平日里消失得无影无踪，而后就在旁人四处寻而不见时，突然跳到面前，狠狠地吓人一跳。

作为一个常年生活在南国的东北人，此时此刻我的故园已是漫天飞雪，放眼四望尽是洁白。

如果各用一个词分别形容的话，那么相对南国成熟后的奢华，北国或许便是低调的雍容。

北国的夏季不似南国这般热情似火，即便是在最为炎热的八月份，也不过是二十五六摄氏度的气温，很是清爽宜人。同样，与长江沿岸的一些城市一入夏便是接连数月的梅雨季节不同，北国虽然凉爽，但天空永远都是晴朗的。每到傍晚时分，夕阳的余晖渐渐散去，天际处就会出现一片片金色的火烧云，或似贪吃的小猪，或像归栏的羊羔，或似回巢的鸟儿……无论是什么形状，都是那般惟妙惟肖，让人忍俊不禁。

孩提时，每当放学后我都会用最快的速度写完作业，然后便和同楼的小伙伴们一道外出疯跑，或抓人，或捉迷藏，有时干脆拿出水枪互呲或是趁旁人不备将灌满凉水的塑料袋出其不意地套在他的头上，而后当对方被这突如其来的水浇个透心凉而远远跑开，只留下了那肆无忌惮的银铃般的笑声。

常言道，一场秋雨一场寒。每年九月初，当北国下起第一场绵绵细雨，天气便会骤然转冷，有时甚至会在瞬间下降到零下五六摄氏度。早有准备的人们此时便会穿上保暖的羊毛衫或厚厚的毛衣，以防身体在这般极端的天气里因为吃不消而病倒。

不过尽管如此，北国的秋季却是别有一番风情的。当宽阔的柏油马路两侧高大杨树树叶纷纷随风飘落，原本空旷的地上便会覆盖成一层金黄。每当形似火车的有轨电车穿梭在铺设于色彩绚烂林荫道上的铁轨时，总会在身后留下一连串叮叮当当悦耳的响声……

有几年我在故乡的艺校读书，终日在为心中的文学梦努力奋斗。除了周末，每天早晚都要坐着有轨电车往返于家和学校。那时我最喜欢做的事情就是上车后找一个偏僻的角落安静地待着，独自看着窗外的四季变换。春天的新绿、夏季的盎然、秋天的萧飒就这样在我的心头一一掠过，有时我还会无来由的期盼那一年的冬雪能够早些从空飘落，自己好能将悄悄攥成团的雪球塞到“讨厌”的人的衣领里，看对方冻得瑟瑟发抖，心中则会生出一丝莫名的得意。

果然当初还是“少年不识愁滋味”，如今在经历了种种人世变换后，所有的事情都在悄悄改变，唯独剩下了“却道天凉好个秋”。

如今我早已不再是曾经的青葱少女，为了心中的理想远离了北国的故园，带着父母的希冀到南国打拼。而父母也为了照顾我，在退休后双双来到了南国。从此，故园已远，心儿杳杳，唯有在梦中才能与那些过去最为熟络的人儿相见。

最近听说故园已经下了今冬的第一场初雪，想必那一定又是一番银装素裹的景象，雪后天霁定然又会徐徐升起一轮红日，空气亦是如过去一般清新。虽无法亲身感受，但心儿却已飞向那千里之外的远方，久久无法抽离。

只是当千帆过后，还想轻声问一句：

“存在我记忆深处的故园，可还尚好？”

（原载《金华日报》2021 年 11 月 23 日）

长河熠，入选浙江省作家协会“新荷”人才，现为金华市青年作家协会副主席。著有《大国雄飞》《宿世宿缘宿风云》《大唐最强术士》《山河万重》《铁骨忠魂》等。除网络文学作品创作外，还参与了《冒牌英雄》《欢天喜地俏冤家》等二十余部影视作品的策划、编剧工作，大部分作品现已上映。

我的同桌徐夏来

赵　霞

从一年级到五年级，徐夏来一直是我的同桌。他小个头，圆脸盘，因为瘦的缘故，脑袋看上去格外大。听大人们讲，徐夏来还是个婴儿的时候，常常犯“惊”。“惊”是我们那儿的土话。小孩子发高烧，迷迷糊糊中，突然一声大哭，背过气去，就叫作“惊”。乡下小孩犯“惊”是有的，可徐夏来犯“惊”跟别人不一样。一般小孩“惊”的时候，掐掐人中就能回过神来。但这个法子在徐夏来身上不管用。他“惊”起来，身边的大人怎么都唤不醒。那时脚踏车还不普及，他的妈妈就抱着他沿着山路急跑出村，一直跑到乡里的卫生院，请医生诊治。等到“惊”醒了，再抱着他一路走回来。

所以徐夏来的妈妈养他养得特别辛苦。算命的说，好比光石板上栽草籽，难养到顶了。

大概因为犯“惊”的时间长了，导致大脑缺氧，徐夏来的脑子便不大灵光。徐夏来的妈妈肯定也跟老师讲了。在学校，别的同学上课答不出老师的提问，或者考试题做得太差是要挨教鞭的。徐夏来就不会，老师从不苛责他。我们一个班只有十来个学生，排座位却有讲究。除了依照个子高矮，老师又另定两条标准：一是尽量让男同学跟女同学同桌，免得上课叽叽喳喳说话开小差。二是尽量让成绩好的和成绩差的同桌，方便大家互相帮助，一起进步。我和徐夏来正好两条都占全了。五年来，班上其他同学的座位调了又调，只有我俩一直同坐在第一排。

徐夏来是个好同桌。他不像别的男生有事没事喜欢拽旁边女同学的头发，或者偷偷拿走女同学铅笔盒子里的橡皮塞到课桌肚子的最角落，还装出一副事不关己的样子，也不会趁同桌上课站起来回答问题的时候，悄悄把长凳一头移开，害得同桌一屁股坐到地上。这么做当然免不了吃老师的教鞭，但能换来一阵哄堂大笑，似乎其乐无穷。等下了课，女同学自然要他们好看。而这些男同学呢，早跑到操场外面躲起来了。

徐夏来坐在课桌靠墙的右手边，安安静静。语文课前，他把语文书和语文作业本端端正正地在放到桌上。要上数学课了，就换成数学书和数学作业本。我们所有的课桌上都有小刀刻的“三八线”。大约从三年级开始，大家好像忽然明白了男女有别，刻三八线成了必不可少的仪式。其实旧桌子上早有过去学生刻下的中线，但为了庄重起见，一定要重新再刻一次，哪怕把原来的线再刻深些。往往男同学为了显示对女同学的蔑视（也可能其实是重视），一定要把三八线多划过去一些。女同学自然不甘心。最后的中线位置必定是双方激烈对峙的结果。一旦划定了中线，上课或做作业的时候，一方的手臂只要有一点逾越，另一方便以手肘给予痛快迅疾的一击。

徐夏来没有和我刻过“三八线”。我埋头做作业的时候，右手臂往往不知不觉地沿着桌沿伸过中线，有时占了好大的位置。徐夏来也不说什么。上课的时候，他坐得端端正正，两只手臂整齐地交叠在课桌上，动作一直持续到下课。但老师很少向他提问。偶尔他也会低头玩手里的铅笔或者橡皮，却不发出一点儿声响。他也很和气。我如果问他借一块橡皮，他会很高兴地把一整个铅笔盒子递过来。放了学一起值日，大家都喊：“徐夏来，快把凳子都翻起来。”“徐夏来，快把那个角落头扫一扫。”“徐夏来，快去打点水来。”徐夏来就把木头的条凳一张张地翻到课桌上，让它们都朝天翘起四个木头凳脚。再拿着扫帚畚斗，一下一下地扫教室的四个角落。他把畚斗里的垃圾送到教室旁边的垃圾堆里倒掉，又从河里拎回来一桶水拖地。这些都做完了，大家背起书包嘻嘻哈哈地往家里走。徐夏来也高高兴兴地跟在后面。

虽然上课不用吃教鞭，但徐夏来跟我们一样要做作业。我们每天一早到校交作业，放学前老师批改完毕，作业本就发还回来了。我有时候看见徐夏来的作业本上，满满的打着红叉。他会借我的作业本，一题一题对照着订正好。他的字写得不算工整，但一个一个很分明，每个笔画到了转折的地方，总是圆圆的弯着，看上去有点滑稽。有时候上自习课，老师坐在讲台上批改作业，大家都静悄悄地自习。忽听讲台桌上“砰”的一响，紧跟着暴雷似的一吼，那是老师改到了不像样的错题，气得拍桌子，喝令做错题目的同学到讲台边领训。被点到名的那位不免战战兢兢地立起来，走上讲台。老师把作业本“啪”的一声拍到他眼前，一个大“栗子”随即落到头上。吃栗子的总是男生。领“栗子”的同学缩着脖子，也不敢出声，领了作业本回到座位，乖乖订正。偶尔老师也会拍着桌子喊：“徐夏来！”徐夏来一惊，从座位上跳起来，赶紧小跑上讲台。老师看看他，叹口气，又叫他回到座位上。

五年级的时候，我们学校装了电灯。五个年级三个教室，加上老师们的办公室，一共四个屋，每间屋都装上两支长长的日光灯。为了节省灯，也节省电，教室里的灯平时是不开的。只有到了下大雨天气，外面一片阴沉，教室里更是暗得不成样子，老师才会走到教室后面，把两根细细的灯绳一拉。“嗒”的一声响，悬在顶上的两支长长的灯管闪了几下，“刷”的亮了，教室里一片通明。过去没有灯，倒也不觉得什么。现在室内亮堂堂的，大家都不舍得往外跑了。男同学们在灯绳旁不安分地溜达来溜达去，老师马上猜到他们的心思，大声宣布：开关的灯绳只有老师能拉，谁要是随便拉，拉坏了，叫他爹妈来修。

果然没有人再敢打灯绳的主意。

几个月后，灯绳没有坏，灯坏了。其中一个灯管，先是一闪一闪地亮不起来，后来闪也不闪，干脆灭了。那天，我们正在上自习课，老师从门外面引进来两位修灯的工人。她指挥着大家把课桌椅挪开，腾出位置。两位工人架起条凳，一个扶住凳脚，另一个站到凳子上去检查。我们全都稀奇地看着工人把灯管旋来旋去，又从灯座上把它“嗒”地取下来，查看一番，再“嗒”一声重新放回去。不一会儿，工人从凳子上下来了，手里拿着从灯座上取下来的一个小小的金属筒子。

“应该是启辉器坏了。”工人把那个小金属筒子放在地上，原来这就是他说的启辉器。另一个工人转身去外面的工具箱里找启辉器。

这时候，徐夏来走过去，瞧着那个启辉器。

“也可能没有坏，是触片短路。”他说。

“哟，你倒懂。”取下启辉器的工人惊讶地说。

更惊讶的是站在边上的我们，根本听不懂徐夏来在说什么。

徐夏来不说话，把启辉器拿过来，轻轻旋动几下，居然把它旋开了。他用两个手指头捏住小圆筒一端的两个金属脚，慢慢把它跟圆筒分离开。只见他从筒子里抽出来一根细细的玻璃管子，管子连着一头的金属片，里面还有细细的金属丝，看上去像一个微型的灯泡。徐夏来把那根玻璃管子竖立起来，用手指头轻弹了十来下，看了看，再重新装回到小圆筒里。

“好了。”他说。

我们不明白他说“好了”是什么意思。

“你说好就好了？”修灯的工人不满意地说。但他让老师帮忙扶住凳脚，爬上去，把徐夏来拆开过的启辉器装上去。开关一拉，“刷”一下，灯管又亮了。

“这孩子，以后保证能当电工。”那个工人一边从凳子上下来，一边说。一句话点醒了我们。我们这才想起来，徐夏来的爸爸就是电工，只是长年在外面忙，平时很少见到。

那天放学前，老师抱着一小摞批改过的作业本走进教室，破天荒地喊：“徐夏来！”徐夏来不知道发生了什么。我赶紧用手肘撞他：“老师让你去发作业本。”他连忙跑过去，把作业本接过来，一本一本地照着喊同学的名字。我们一个个从徐夏来那儿领到了自己的作业本。

那是小学阶段徐夏来最光辉的时刻。

徐夏来读到初中，就不读了。后来他果然当了电工，听说做得很不错，后来成了家，有了儿子。他的妈妈很高兴，偶尔见到我，还会说：“我们夏来以前跟你同桌的哦……”

（原载《儿童文学·经典》2021年第11期，有删节）

赵霞，文学博士，浙江师范大学儿童文化研究院副研究员。出版《童年精神与文化救赎——当代童年文化消费现象的审美研究》《思想的旅程——当代英语儿童文学理论观察与研究》《幼年的诗学》等，翻译出版《作为神话的童话/作为童话的神话》《安徒生童话》等。

小说家感谢福楼拜，当如诗人感谢春天

赵柏田

一

《布瓦尔与佩库歇》，福楼拜的未完成长篇小说，是一部无尽之书，也是一部虚无之书。据说，福楼拜为写作这部关于人类无知的小说，读了一千五百本书，几乎耗尽了他的全部精力，导致了他过早地死亡。

福楼拜死于1880年，这部小说也停摆在了这一年。后来，人们习惯上把1880年看作是向过去告别的年份，也是现代主义曙光初露的年头。这部被视作现代主义源头的小说，百科全书式写作的滥觞，是一个奇异的混合物，它残留着浪漫派的激情、敏感，也带着从启蒙运动那里承袭而来的清晰、冷嘲、怀疑和好奇心。福楼拜企图在这部作品中囊括和征服整个世界，这过于庞大的野心，不是个体的肉身所能承受的，据说，福楼拜动手写这部小说前，屠格涅夫劝他不如写一部短篇小说为好。我十多年前从人民文学出版社2002年出版的《福楼拜小说全集》里读到老翻译家刘方的译文。至今，坊间还没出过这部小说的任何一个单行本。

二

这部小说以一种略带浪漫主义浮夸风格的诗化叙述，写了两个博学者的悲观：他们那么热情洋溢地扑向知识，可总是面临越来越深的敌意和困惑，走到岔道上去。

福楼拜笔下的这两个抄写员，一胖一瘦，得到了一笔遗产，闲来无事，于是着手研究所有知识、分析每门学科。他们原先住在巴黎，为此来到乡下，经营起了一个农庄。他们修建宅院，研究各种园艺，开宴会。他们做泡菜，自己酿酒，生产糖和奶油。他们的好奇心从地上转向星空，又从星空转向牲畜、化石和考古学。为此，他们结伴去购买中世纪古物，为历史争辩。再然后，小说吸引了他们的注意力，他们阅读小说并大声读出来，不管是悲剧还是喜剧。他们兴高采烈，从一个世界跳到另一个世界，就像从一道光谱跳到另一道光谱，“有时他们感到一阵战栗，仿佛刮来了一阵构思的风”。

文艺挑动起了情欲，他们开始追逐女人了。佩库歇追逐小保姆梅丽，布瓦尔爱上了波尔丹太太，并开始勾引她。福楼拜在这里把波尔丹太太描写得像物质世界一样结实，以此比照两个肾虚的资产阶级知识分子：“强烈的阳光照亮她的侧影，她的几根黑头发中有一根垂得很低。她后颈上的小发卷贴在她汗湿的琥珀色皮肤上，她一呼吸，那一对乳房便高耸起来。草的馨香与她结实的肉体发出的好闻的味道融在一起。”

不幸的是，佩库歇得了性病，这促使他们反思，不应该为对女人的情欲中断了友谊。他们重新回到了探究知识奥秘的老路上来。

他们读卢梭的《社会契约论》，研究美学问题，学习语法，写小说报仇，写戏，机械地寻找主题和灵感：喝咖啡，睡觉，出门找灵感。福楼拜顺带在这里也敲打了一下未来主义、象征主义和超现实主义那帮巫师们，让这两个走火入魔的抄写员乞灵于体操、旋转桌、磁疗法、通灵术和自动写作那一套玩意儿。

“佩库歇刚失去他的童贞，在他的地窖里！（再过一周，关于爱情这一章就写完了。）现在，我要朝他身上扔去点糟糕的梅毒！这之后，我那两位仁兄将讨论妇女问题，到那时我就需要一些触及这类问题的谈贪恋-道德的文章。”1878 年 12 月 15 日，福楼拜写信给莫泊桑，要他帮忙去借一本叫《来自妇女的一切好处或坏处》的书。这一千五百本书，福楼拜不是全部读完了再去写小说，而是要用到了，再去找来读，很功利的。很长一段时间，莫泊桑就负责帮他找书，还有可怜的丹纳，经常要听他关于小说进度的絮叨。“我那两个好人还在继续走他们的路，我希望七月末能结束这一章，到那时我就写了一半了。”（致伊波利特·丹纳，1878 年 6 月 20 日）

三

——“怎样可以变成魔术师？”人得活得多无聊啊，才会这样问自己。

——“有强烈性欲的人可以激起别人的情欲。”失败的恋爱总算留下一点经验，也算不亏。

——“观看蜡烛燃烧时，他们琢磨光是在物体内，还是在我们的眼睛里。既然星光到达我们这里时，星星可能已经消失，那么我们观赏的也许是并不存在的东西。”这差不多是在玄学的大道上裸奔了吧。

——“说到底，死亡并不存在。那是去露水里，去微风里，去天上的星星里。人变成类似树木汁液的东西，变成宝石的光芒，鸟儿的羽毛，人把大自然借给他的东西又归还给了大自然。我们面临的虚无并不比我们身后的虚无更可怕。”这是这个小说里写得最美的一段话，让这对活宝说出来竟有一种滑稽感。

——“人死后，他们的灵魂在恍惚间运送到那里，但有时那些灵魂会降到我们的地球上，让我们的家具咔咔作响”。

到这地步，已经不能不思考死亡了。蒙田怎么说来着，所有的哲学问题就是思虑死亡，学习死亡，即是为了安顿生命。于是，这对活宝开始认真讨论死亡，希望死后回归上帝那儿去。他们忏悔、禁欲、望弥撒、领圣餐，还领养了两个孩子，希冀有一个好的来世。

一对白痴，两个十九世纪的堂吉诃德。无穷无尽的折腾中，他们的遗产花完了，健康损坏了，他们对世界的好奇也在一次次的推测中耗尽了。

“我们马上要跌入怀疑主义的可怕深渊了。”其中一个叫道。其实他们早就落入那个深渊了。他们想要探究世界的全部知识，世界回之以粗俗的滑稽感和难言的悲剧性，最后，颠覆知识的还是知识，成了，这就是知识的祛魅。

四

接下来他们还要折腾啥？如果不是死亡，福楼拜这个小说会一直写下去，也会让他们继续闹腾下去吧。他或许会写，死亡真的降临了，这两个巴黎抄写员的灵魂悠悠荡荡离了人间，去经历一番但丁式的地狱和天堂。但即便他们再有一番《神曲》式的历练，那地狱和天堂也不是原来模样了，说不定，他们会把那里都给拆了。

我忽然有些明白了，这本书为什么会成为乔伊斯最心爱的书。原来它不只是一部“反对资产阶级的爆炸性的讽刺作品”（西利尔·康诺利语），更是一部虚无之书，它最终通向的是知识的虚无、人类状况的虚无。另外，乔伊斯和福楼拜，他们都通过写作终结了十九世纪晚期以来的自由人的观念，人是不完整的、未完成的。他们俩，一个生活在现代主义运动的“英雄时代”，一个是在“英国控制下的和平年代”，但他们没有代际落差，而惺惺相惜。

“克鲁瓦塞的隐士。第一个现代小说家。现实主义之父。浪漫主义的屠夫。连接巴尔扎克和乔伊斯的桥梁。在自己洞穴中的熊。中产阶级的憎恨者。”（朱利安·巴恩斯语）这就是后世眼里的福楼拜。

在乔伊斯和继起的一代现代主义作家那里，福楼拜是他们的父亲，他的书是一代人的父性之书。尽管福楼拜 1880 年就去世了，但他通过身后连载的小说、出版的书籍（包括这本《布瓦尔与佩库歇》），一直持续地对作家们发生着影响。在福楼拜身后，一代真正的现代作家才真正出现，他们是他去世时正当盛年的亨利·詹姆斯、爱伦·坡、马拉美、魏尔伦，然后是乔伊斯、庞德、叶芝、艾略特、康拉德、普鲁斯特、瓦莱里和弗吉尼亚·伍尔芙等等更年轻的面孔，再然后，漂洋过海到美国，催生了我们热爱的海明威、福克纳和奥登。

五

詹姆斯·伍德的《小说机杼》，笔墨异常经济，却专为福楼拜辟出两章，可见热爱。一章《福楼拜和现代叙述》开头说道：“小说家感谢福楼拜，当如诗人感谢春天：一切从他重新开始。”

伍德认为，谈论现代小说，须得分成福楼拜前和福楼拜后两个时期。“福兮祸兮，福楼拜一手建立了大多数读者所知的现代主义叙事，他的影响我们太熟悉，以至于熟视无睹。”

他以出版于 1869 年的《情感教育》为例，来说明为什么是福楼拜而不是巴尔扎克或者龚古尔兄弟来作小说史上的分水岭，很重要一个原因，是因为福楼拜“对细节的现代性迷恋”！

《情感教育》的主角弗雷德里克·莫罗，在拉丁区闲逛，一路感受着巴黎的声色。跟随着他的视线，城市细节一一闪现：因为安静变得更长的学院高墙，鸟笼里扑闪的翅膀，转动的车床，挥着榔头的补鞋匠，卖旧衣服的人，吧台后面打哈欠的女人，桌子上没有打开的报纸，洗衣女工作坊里暖风中抖动的衣物，一辆马车疾驰而过。

这些细节是多么出色，又是多么精彩地孤立着。伍德说，福楼拜好像漫不经心地扫视着街道，他的眼睛就像一架“摄影机”，在他精挑细选般的扫视中，每个细节都被一道中选之光定格了。伍德还发现，这些细节——疾驰的马车、打哈欠的女人、颤抖的衣物——分属不同的“拍号”，也就是说，被福楼拜摄入眼中的细节，有即时的，也有日常的、循环往复的，现在他们都被一抹平地放在一起，“好像同步发生的一样”，有着一种精美的人为操作的效果。这些细节几乎“像生活一样”扑面而来，伍德说——此即现代叙事之滥觞。

六

《小说机杼》开宗明义，“小说之屋，窗开百扇，门唯二三”，“拍号”，还有“自由间接体”，或许就是伍德所说的小说之门。“自由间接体”讲叙述视角，作者总是顽固地躲在全知叙事的大袍里不出来，“拍号”呢，就是“双面的维洛妮卡”，就是某人做着什么事，而别的什么事正在发生。

继续《情感教育》的例子：1848 年，革命席卷巴黎，士兵朝所有人开火，一切陷入混乱，我们的主人公，“他一路奔到伏尔泰码头，一个穿长袖衬衫的老人开着窗户哭泣，他抬眼看着天空。塞纳河平静地流过。天是蓝的。鸟儿们在杜伊勒利宫里鸣唱。”

俯瞰广场的每一扇窗都在开火，子弹在空中呼啸而过，喷泉被打穿了，而水混着血，四散开来，在地上坑洼处积成一摊一摊。人们踩着衣服、军帽和武器，在泥泞中滑倒，弗雷德里克感到脚下有什么软绵绵的，那是一位穿灰大衣的中士的手。他脸朝下趴在水沟里。更多工人成群结队赶来，把士兵逼往警卫队队部。火力更猛了。酒商的店铺开着，不时有人进去抽一斗烟，喝一杯啤酒，再回去战斗。一只流浪狗开始嚎叫。引来笑声。

这电影化的一幕里，让我惊异的，不是那位中士的手，而是那些战斗间隙跑到店铺里去的人，他们进去抽烟、喝酒、开几句玩笑，过一把瘾再出来射击。还有最后的那一阵流浪狗叫引发的笑声，我猜想，那必定是哈哈的大笑声。

这些日常的、可怕的细节交杂在一起，它们所引起心理上的体验已无多大区别，一切都让人麻木，也让人心惊。所以，伍德说，要是说这书出现在 1969 年，而不是它实际出版的 1869 年，恐怕还是会有很多人信。不为别的，就为它无处不在透着的现代味儿。

西利尔·康诺利，《现代主义代表作 100 种提要》的作者，他这段话说得特漂亮：

“福楼拜和波德莱尔是我们的两个倒下去的父辈，他们被打垮了，被摧毁了，是悲剧性的人物，但他们又都是照亮后代的灯塔。波德莱尔的灯光一明一灭地从他母亲的家乡昂弗勒出发，福楼拜的灯光则永不熄灭地发自克鲁瓦塞他的故居。它们照亮了塞纳河两岸，照亮了通往巴黎、特鲁维尔、多维尔、鲁昂等地的水上道路。”

波德莱尔的灯光，“一明一灭”，福楼拜的灯光，几乎长明。高下已见，无须多言。

七

在他去世那一年，福楼拜在日记里写道：“什么时候这部书才能完成？这是个问题。如果要在下一个冬季出版，那么从现在到那时，我就一分钟都不能放过。但有时我很累，以致感到自己像一块已经不新鲜的卡门贝干酪一样在融化了。”

他没有等到下一个冬季。在备受荣誉和广泛爱戴中依旧勤奋工作直至最后，福楼拜在他克鲁瓦塞的家中病逝了。或者换一种说法，因为贫穷、孤独、筋疲力尽，福楼拜在他五十八岁零四个月时突然去世了。这正与反的两种叙述，掩盖不了一个事实，在他毕生生活的鲁昂小城里，知晓这个伟大小说家的人，十个里不会超过两个。葬礼之后，一群吊唁者，其中有诗人弗朗索瓦·科贝和泰奥多尔·德·邦维尔，在鲁昂举行一场宴会以纪念这位作家。

围着桌子坐定后，他们发现共计十三人。这是一个不吉利的数字，迷信的邦维尔坚持要再找一位客人。于是他们去街上搜索。经过几次拒绝，终于带回一名度假中的士兵。那士兵从未听说过福楼拜的名字，但他是诗人科贝的粉丝，于是他兴冲冲地参加了那场宴会。这是朱利安·巴恩斯的传记小说《福楼拜的鹦鹉》中的一个情节，倒很像是福楼拜预先为自己写下的一则自嘲。

（原载《青春》2021 年第 3 期）

赵柏田，浙江宁波人，多年致力于思想史及近现代知识分子研究，著有《赫德的情人》《买办的女儿》《让良知自由：王阳明自画像》、文集“中国往事”三部曲、《南华录》《万镜楼》《岩中花树》《帝国的迷津》《私家地理课》《我们居住的年代》等二十余部，曾获第十四届华语文学传媒大奖“年度散文家”、“华文好书”评委会特别奖。

超然尘世一剪梅

赵宗彪

原来以为八十多岁老画家施铮铮老师的《记忆碎屑》，是一盆精致的盆景，翻读后发现，得到的，是一座可以四季欣赏的大观园。

这部五十多万字的文集，严格而论，是施老师写给自己的心灵史，时间跨度从二十世纪八十年代直到现在。体裁丰富，有日记、书信、诗歌、小说、散文和评论，从个人情绪、家庭琐屑，到国家大事，都娓娓道来，真诚毕现。这也是一位知识女性半个世纪的生活记录——心存悲悯，笔调苍凉。

这是一本值得慢慢品味的文集，不忍，也不能一翻而过。

人是最美的风景。施老师是我认识的女性中，把传统女性的温良谦让与现代女性的自由独立结合得最完美的一位长者。西方文学，尤其是俄罗斯作品，给了她深沉和漫长的影响。一个人的作品，都有一个时代的气质。施老师的童年和青年，经历了许多人不曾有的跌宕与起伏，有过山车式的下降，更有各种匪夷所思的西洋镜，这些眼花缭乱的世象，都成了她生活的背景和底色，也让她对这个世界始终保持着一种距离。在变化最大的时代，有的人，为历史的大潮所裹挟，热情地投身其中；有的人，则尽可能保持冷静，努力做一个观光客。她选择了后者。她以特有的坚韧不拔，保持着个性的独立和尽可能多的心灵自由。所谓“心灵自由”，就是她不停地与自己对话，如上帝般俯瞰这个世界，品评自己和他人的生活。

这部集子，可以当作施老师的心灵史来阅读。

施老师的善良和天真，让她保持着对世界的热情和敏感。施老师的深刻与冷峻，让她即使对人世感到厌倦时，也会以宽容和笑脸相迎。她的浪漫与无奈，顽强与隐忍，书中随处可见。“寂寞的核心，是敏锐的自我感。”“当痛苦在心中慢慢沉淀后，画面就流淌出淡淡的忧伤。”这诗化的语言，即是她的文字本色。

《记忆碎屑》中的三十多幅彩墨国画，均为施老师的作品，这些国画的意境比文字更孤寂，更意韵深长。特别是猫与梅花。

认识施铮铮老师有几十年，因为她先生蒋文兵老师是著名画家。我向蒋老师请教的时候，施老师总是退居幕后，很少发表看法。她是被厚玻璃所间隔的飞翔的孔雀，一直只作为丈夫各种成就的背景，人们只隐约地看到她的身影。这部集子，终于击破了那层厚重的玻璃，我们终于可以真切地看到，孔雀灿烂的羽毛，在优美地闪耀，在自由地歌唱，它带给我们的，是一种思想之美，沧桑之美，呈现的，是一个自尊、独立的女性形象。

每年春节前，施老师的大花瓶里都会插上一丛绿萼梅花。如果以花来比喻施老师，绿萼梅花非常合适。

施铮铮老师是冰天雪地里怒放的梅花。不是红梅，也不是白梅，而是稀有的绿萼梅花，盛开于尘世，又努力不染于尘埃的绿萼梅。

（原载《台州日报》2021年10月8日）

赵宗彪，浙江省作家协会会员，《台州日报》副总编、台州市文史馆员。出版《史记纵谈》《木上江南》等杂文、木刻著作十三部，在杭州等地举办个人木刻展十二场。

灯光在隧道的尽头

赵青航

一

很多年前，我绝不会想到自己会在一个湿漉漉的黄梅雨天，独坐在办公室里，叼着一根烟，安静地写下这篇文字。

我从小就是个喜欢读书的人。从懂事起，无论一天经历过什么事，到了夜晚，我都会端起一本书看一会儿，临考前亦是如此。似乎每天不看会儿书，不想点儿书里的事，就无法入睡。

不少长辈看到我有读书的习惯，都觉得我是个做学问的料。到了本科和研究生阶段，我发表的专业性文字越来越多，连我自己都觉得自己今后一定会成为一位专职学者。

研究生毕业时，可能是之前几年学习太过投入，不免有些身心疲惫。常年读一些部门法的理论著作，让我越来越觉得这些文字都是“纸面上的法律”，困惑于它们对法律实践究竟有何指导意义。研究生时，一位授课老师虽写过不少实证论文，但他研究的方向过于小众，我迟迟入不了门，遂放弃了跟随他读博的想法，加上几所心仪的高校也未向我伸出橄榄枝，我便放弃继续求学的想法，投身律师工作，尝试在社会这所大学里找寻“实践中的法律”。

这一干，就是好几年。我喜欢上了律师工作，也取得了一些小成绩。然而，耳边和内心总有一个声音在提醒我：“如果你再不读博士，年纪就大了，就晚了，你要守护住你的天分。”但是，在学术生产日益专业化的时代，我似乎没觉得自己很有学术天分。我常跟人解释，“喜欢看书与写作”与“擅长做学问”是不同的。但我确实比较幸运，在完全没有做好思想准备的时候，我被录取为博士研究生了。亲友纷纷向我表示祝贺，我却有一些迷茫：我该如何度过博士岁月呢？我该写什么博士论文呢？

论文写起来无比费劲。我曾去北京游学九个月，本想去挖掘灵感，结果无功而返。失落和不甘缠绕心间，使我有好几年都过得很郁闷。一头是学术，一头是律师工作，后者的顺利程度超过我最初的想象，前者却没有丝毫进展。曾有一位博士也困惑，常年读书、学习和思考，这本该是一种沉敛心志的修行。可是在学术的求索中似乎总也看不到终点，也难以听到掌声，只有自己和自己对话。那种整日埋头一堆堆论文资料中，希望找到方向却毫无头绪的煎熬、苦闷和郁结，都在动摇着我的决心，让我不断反问自己，我为什么要读博士？我是否真的适合做学问？相比之下，我还有律师事业，不至于令我一无所获。

终于，我决定放弃读博、写博士论文了。

心里放下了一块沉甸甸的大石头，浑身轻松了很多，好像不再患得患失了，不再焦虑烦躁了。就这样，我似乎度过了几个月身心自由的日子。

有一天，胡铭老师给我连发几条微信，劝我打起精神、专心写作、争取毕业，那一刻我心里五味杂陈，不知该如何回他。过了一会儿他又给我留言：“过几天我去城市学院讲入学第一课，我还打算以你为例，鼓励同学们”“有这个读博的机会是很不容易的，不能轻言不成功”“在写作过程中，多和老师请教，有什么困难，可以提出来，不能自己蒙头写”。看到胡老师的叮嘱和鼓励，我落泪了，因为我对他的感情太复杂了。

胡老师与我相识已经十年了。十年前，他是我“挑战杯”论文竞赛的评委之一。那时，我在台上答辩，意气风发，侃侃而谈，他坐在台下一边翻看我的论文，一边微笑地听我说着。那时，我浑身充满了立志做学问的豪气，他在心里定想着“这小伙子不错”。那时，我是绝对想不到十年后他会苦苦劝我坚持学业。细察今昔在做学问之心境上的对比，心里挺难过的。几年后的博士入学复试中，胡老师又一次成为我的评委。当时，胡老师和翁晓斌老师（我准备报考翁老师的博士生）加起来只有一个入学名额，想跟着胡老师读博士的学生也在复试现场。胡老师竟当场把这珍贵的一票投给了我。几个月后，彼时已是法学院副院长的胡老师约我去他办公室谈天，他对我说：“想跟我读博的这个学生虽然很不错，但复试时你的表现更好，我当然要把这一票投给你！”至今胡老师都不知道，那一刻我虽然很感动，但更惭愧。坦率地讲，那时正是我律师事业的上升期，我压根儿就没做好读博士的准备，我反而觉得读博士挺耽误事儿的。可我无法言明，那些话只能在心里憋回去了。那天，胡老师说他很看好我，我却用我的行动在回避他的“看好”。之后几年，我不仅委婉地拒绝了他邀我做课题的好意，而且处处在校园里“躲”着他，因为我很害怕他会问我“最近在研究什么”“论文发表得如何了”之类的问题。如果我的答案都是否定，他一定会很失望。

时间一天天地流淌着，我在学业上没有做出成绩，对很多善意的师长都抱有极大的愧疚之意。虽然我的律师工作做得还行，但我终究还是个博士生。在当博士生这件事上，彼时的我还是很不成功的。

某天上午，我接到法学院的通知，已担任院长的胡老师要约我谈谈学业进展。因大半年前已放下了学业，所以接到通知时，我没慌张，只想给胡老师做一个最后的“交代”。见面的那天下午，风和日丽，我在约好的地点等着胡老师，他得知我到了后，暂停了正在召开的会议，走出会议室，我俩坐了下来。胡老师同意让我先说，后再由他说。我整整说了半个小时，中心意思就一个，我决定退学。意外的是，胡老师开口后，表达的全是对我的肯定和信任。我有些不知所措了，我是来表达退学意愿的，他却觉得我只要再坚持一下，就一定能顺利毕业。胡老师说他特别想看到我穿上博士袍的那一刻，也叮嘱我：“你获得博士学位是饱含着很多人的期待的。”

这么多年来，有很多人觉得我会成为一名优秀的律师，胡老师是为数不多的认为我能成为一位优秀博士的人。面对如此之大的鼓励，我怎能再言放弃？

二

又是在一个湿漉漉的雨日，在经历了连续 22 个小时的博士论文写作后，我独坐在办公室里，叼起一根烟，安静地写下这篇文字。

从今年 3 月 23 日开始启动博士论文的写作，已过去 3 个月。在这段时间，我完成了一半的写作量，近 10 万字。在胡铭老师的指导下，我还完成了两篇近 3 万字的论文。这些都是博士毕业的规定动作，无人可以例外。

昨天的师门聚会是我 3 个月来第一次参加与工作无涉的私人聚会。我与胡老师和师门的好友分享了几个写作片段：平均每天写作、工作 20 个小时，近一个月每天睡 6 次，每次睡半个多小时，醒来继续写；友人畅饮时我构思论文，助理开车时我校对文字，吃饭如厕时我打腹稿；在几次无趣的会议上，发言者一边挥斥方遒、指点江山，我一边写论文；为了夯实实证基础，十多位学友同时陪我进行上百人次的访谈，看几百个庭审视频和几千篇裁判文书……

我讲完后，大家竟鼓了掌。我明白，这种高强度的密集型写作是全场所有博士都体会过的，我的讲述引起了他们的共鸣。得到大家的鼓励，我很感动。但他们没有体验过边工作边写作的日子，这种煎熬感是无法言说的。

我对胡老师说，不是我喜欢周末写作或习惯于后半夜向他请教问题，而是只有周末和黑夜的时间才是我相对可控的。独立拥有属于自己的时间是一种近乎奢侈的想法。想在白天安下心来看 20 分钟书或写几段话，几乎是做不到的。因为这 3 个月恰是我参加工作以来最辛苦的一段时间。律所成立了党委，扑面而来的是要求更高的党务工作；律所进行新一轮改革，考验我的是更缜密的思虑与更艰巨的抉择；我晋升了高级合伙人，等待我的是更高的业务量考核指标；我组建了自己的律师团队，要面对的是更具规模的业务整合和更为复杂的人事调整；23 个诉讼业务和 5 项非诉业务接踵而来，我必须分外珍惜团队成员的工作成果并对客户的利益严格负责……还有 4 场授课、4 场接待、4 省律师行业考察、4 份律所规则的修改、2 本杂志和 1 本专业书籍的审核，以及电话及微信里多到令人窒息的事务……一天傍晚得赶个饭局，因怕堵车，我便骑了辆共享单车赶去目的地，看着身边熙熙攘攘的人群和远处璀璨的万家灯火，我瞬间发现，它们已经很久没出现在我的视线里了。原来，我已经很长时间没体会过这样的烟火气了。

在这种充斥了压力的环境下，若还想保持身心健康，确实挺难的。虽然我的精神状态还不错，但身体情况却大不如从前了。以前一两年都不感冒的我竟在一个月里感冒了两次，又靠着一股意志力让每次的感冒症状在 3 天内从我身上消失。

其实，这些都不算什么。真正令我煎熬的是那似乎等不到的博士论文定稿之日和高不可攀的论文质量要求。有人说，通宵读书写论文的生活，常常令人恍若置身荒岛之上，无边的黑暗向你压来，看着书桌上堆高的书本，还有那仿佛永远写不完的论文，理想与现实在激烈地碰撞。我又何尝不是如此。对于写作进度的低语质疑和文章质量的嘲讽之声仿佛在远处悠悠地徘徊，这种郁结有时让我抓狂到难以忍受，疲惫不堪。所有可以说出来的艰辛，都不过只是茫无边际的黑夜中一段小小的痛苦罢了。内心的挣扎和坚守，是难以说尽，也道不清的。这大概是生活给我的最为残忍的磨炼——否定，不断否定，再不断修正调整，周而复始，百般锤炼，力求臻善。

美国芝加哥大学的一位教授常对学生说："灯光在隧道的尽头（Light at the end of the tunnel）。"这个英文里很常见的比喻，用在博士生身上实在很恰当。因为隧道确实很长，一不小心就会陷入一片黑暗，看不到灯光。当独自摸索着岩壁，步子踉踉跄跄地往前挪时，纵然已是筋疲力尽，我心里依然确信，自己离渴望的灯光会越来越近。

（原载《民主与法制》2021 年第 19 期）

赵青航，法学博士，浙江省作家协会会员。浙江金道律师事务所高级合伙人，民商事法律服务团队负责人，兼任香港中文大学金融规管与经济发展研究中心研究员、浙江工商大学法学院实务导师、杭州市律师协会民事专业委员会秘书长。

不曾消失的过往

郑天枝

灵魂在低处

人们喜欢登高，源于登高可以望远。王之涣有诗云：“欲穷千里目，更上一层楼。”如果是个大人物，则可以实现登高振臂高呼、纵横天下的宏愿。

“一览众山小”，脚踏实地却又飘如云朵，该是何等的惬意！伸手可触摸的浮云，在伟大的人物心里，会不会就是芸芸众生呢？我只是一介平民，故而无法揣摩大人物的博大襟怀。

就像人们喜欢关注远方的事物，远远胜于近处的事物。我们仰望高山，群山巍峨，那是何等的气势，瞩目片刻，仿佛会有澎湃的情怀萦绕，进而会产生天降大任于斯人的豪情。而对于比自己小和低的东西，会经常视而不见。我们欣赏名花奇树，似乎这是理所当然，谁会在意脚下的野草野花，用多一点的时间看溪水缓缓地向远方流动？

什么是生命的意义？许多人都在探究，但真正彻悟者并不多见。

在一些人眼中，好像生命的意义，就在于看谁站得更高、走得更远，看谁拥有更多的可圈可点的辉煌成就。果真如此吗？至今，我尚未找到答案，这一切可归咎于我的愚钝和不合时宜。

这几天蜗居于茅庐，起先是为了“倒时差”，也为了赶写一篇命题作文。因为，茅庐安静，在乡村和生活在那里的人融为一体后，容易找到本真的自己，最起码能知道“我是谁”。

刚刚结束为期半个月的旅行，外面的世界很精彩，只可惜行色匆匆，12 天时间游览了 7 个国家，连走马观花都算不上。纯正的蓝天白云、青山绿水，大街上看不见警察忙碌的身影，人们彬彬有礼、自觉遵守约定成俗的规则，更看不到国内那种铺天盖地的横幅标语……这些可能是最深刻的印象。至于那些富丽堂皇的宫殿、教堂、市政厅、城堡等，真的是像浮云一样飘过，不会在脑海里镌刻下很深的痕迹。

一开始，我怀疑这次国外的远足是不是值得。就像人们常说的那样，所谓的旅游，就是一群人从自己呆腻的地方，到别人呆腻的地方。不过，仔细想来还是值得的，因为此次行走给予我从未有过的体验，毕竟肉体从呆腻的地方，到了一个新鲜的地方“放养”，被滋养过的肉体，似乎充满了弹性；在不一样的世界里，灵魂也有了一次自由的放飞。

从这个角度返回，我对登高和望远，有了些许新的认知。当我站在高处极目远眺，沧海横流，乱云飞渡，极目楚天阔；收回视线，却发现自己是如此的渺小，渺小到不及一朵云彩。

一次爬到仁皇山顶，气喘吁吁，找一块大石头坐下来，让疲惫的身体休憩一下。少顷，一群蚂蚁在我的面前穿行，我不知就里，细细一看，才知道原来是蚂蚁发现了石头边缘的面包屑。蚂蚁们成群结队，忙着将面包屑搬走，来和去两队蚁群，忙碌着却井然有序。蚂蚁们忙碌着，蚂蚁们也快乐着。

瞩目许久，低下头颅。我也是一只蚂蚁吗？答案显然是不言而喻的。

想象着自己也是一只为了衣食而不停奔波的蚂蚁，就会释然了许多，就会自然而然地低下高昂的头颅，将灵魂放在低处，像一蓬野草那样活着；爱护肉体，更呵护好心灵。

在白天，请太阳照耀温暖肉体；在暗夜，与明月对酌，将灵魂放进杯中摇晃，慢慢地摇晃，然后让眼角渗出真诚的泪水，然后将杯中的明月、烈酒、滚烫的灵魂，一饮而尽……

走来走去

从蜗居的茅庐所在地——妙西镇肇村王坞里自然村出发，走到肇村的陆家庄水库，再返回茅庐，用时100分钟，行程8公里。

选择黄昏时分出发，这与我的年纪暗合；再者，这个时段，当地的人正忙于吃饭。我喜欢安静地行走，喜欢边走边看，或若有所思，或无所事事。一个人的黄昏，而且是田园里的黄昏，会给我带来一些意想不到的愉悦。

走得次数多了，就不免引来别人好奇的目光，好在彼此并不认识，既然是路人，相视无碍，彼此也就免除了戒备之心。你过你的桥，我走我的路，就像路边的花自在地开，路边的草同样开心地舞。

也许，在别人的眼里，我是一个陌生的人，一个闯入他们生活领地的外乡人，一个看似若有所思的人，或者说是一个走来走去的人似乎若有所思——这个说得好像有点绕。

我不是思想者，更不是罗丹，顶多只是一个喜欢胡思乱想的人。我的若有所思，至多只是偶尔的思考，我并不怕上帝发笑，而是因为自己没有什么东西需要过度思考，也不想平白无故地死去许多脑细胞。

我喜欢孤独，这样的孤独也没有特别的意思。一个人走路，一个人自说自话，一个人仰天俯地，一个人看白鹅戏水成双成对，一个人看晚霞渐渐隐入山林……一句话，自己成为自己的知己，在持久的、具象的行走中，让生命多一些接近纯粹的时间，也给生命多一些安详的呼吸。

我的行走方式，大多是走走停停，散淡随意。有时，停下脚步，是因为一朵花让我欣喜，流水的声响也会引起我的注意。蜻蜓在低空盘旋，蝴蝶在花丛中飞来飞去，蝉鸣虫吟，在我眼里都富有诗情画意。

我不会细数每一寸土地、每一块砖石，也不会考量地里庄稼的收成，更不会丈量自己与世界的距离。我只是一个已经退休的老人，一个相对自由自在的闲人，一个解决了温饱且热爱生活又有点儿浪漫的人。

世界很大，我很渺小；世界很小，来日苦短。这个或许可以算是我的思考，一点点的领悟，细推敲这一点的想法，依然还是拾人牙慧。

毫无目的的行走，是一种行走；心无旁骛的行走，也是一种行走。行走，是我们与这个世界最佳的接触方式。来来去去，或者圆周运动，用脚与路谈情说爱，实在是一件非常美妙的事，其间的过程需格外用心体会。

其实，我们的一生大都在寻寻觅觅，在寻觅中捡拾所谓的人生意义。我们去过很多地方，我们走过很远的路，我们看过许多的风景。蓦然回首，很多时候，我们一直是走在自己的影子里；从一个地方，走到另一个地方，从一条路上，走到另一条路上。

路，没有尽头；人生，却有尽头。

走来走去，无非也仅是这个世界的过客。

（原载《辽河》2021 年第 3 期）

郑天枝，中国作家协会会员，曾任第五、第六届湖州市作家协会副主席及湖州市公安文联副主席兼市公安作家协会主席。出版诗集九部，散文随笔一部，与女儿合著绘本一部。在《人民文学》《诗刊》《青年文学》等发表文学作品二百余万字。

人生果实

周华诚

一

过了小雪节气，果园里的胡柚全都采摘下树了。家里堆满金灿灿的胡柚果。娇凤奶奶坐在小竹椅上包胡柚。薄膜袋子用手捻开，吹一口气，放进一个胡柚果顺手一转，袋口拧成了一条绳。包胡柚是个简单活计，却磨人，这满家满地的胡柚两万多斤，没有半个月哪里包得完。

广播里新闻播完，播送戏曲，娇凤奶奶知道，十一点了。她起身，把电饭煲的电源打开，然后出门去了。她要去胡柚林里看看，老头子这会儿还在干活。今天风大，娇凤奶奶出门时紧了紧衣服——天真的冷下来了。

胡柚林枝繁叶茂，将人藏了起来，只有轻微的声音被林间的风送了出来。娇凤奶奶伛身钻进林子，绕过两棵树，这才见到老头子。老头子就是老徐，他执一柄锄头，在距离胡柚根部一米多的地方，耐心刨出一条条浅沟来，再把复合肥施进去。一棵树，总要刨去十来条浅沟，施好了肥，再用浮土覆上。也有人取省力，直接把肥料施在泥层之上，那样一下水，肥力就流失了，老徐觉得这么干，是对胡柚树的不尊重。

“还没好呢，一会儿该吃中饭了。”娇凤奶奶说。

听见声音，老徐歇下锄头。风从胡柚树梢掠过，呼呼地响。老徐额上冒出微汗。这一上午，只干完十几棵树。但老徐不着急。

老徐今年 75 岁，娇凤奶奶 68 岁。两个人在一起，将近 50 年啦。

二

胡柚“祖宗树”就在胡柚林中。给那棵树下肥，老徐格外舍得下本。

“你这是偏心。”娇凤奶奶说。

但是老徐只管自己下肥，一锄一锄刨开地表的泥土。这棵胡柚老树，已经 120 岁了。当年老徐还小的时候，这棵树就在了，年年秋天挂果，满树金灿灿的。那时候，全村也只有这么一棵，家里人都管它叫“橘子树”，只是这一棵“橘子树”结的果实，口感与别的树都不一样。这棵树，老徐听说他祖父在时就栽下了。

到了 1983 年，县农业局调查林果资源，发现老徐家这棵果树有些特别。特别在哪呢？看起来像“香泡”，却不是“香泡”；吃起来像橙子，又不是橙子，当然更不是柑子，只知道果实又酸又甜，味道不错。由于这棵树所在的地方，是澄潭村的胡村小村庄，大家就把这果实命名为“胡柚”。专家算了算，当时那棵树的年龄，就已 75 岁。

后来，县里决定繁育推广这种果树。于是，由这棵老树繁衍出来的胡柚群体，遍布整个常山县。胡柚果也成为这座浙西县城的知名特产。老徐家的这棵树，由此成为胡柚“祖宗树”。

有人追根溯源，问老徐这棵胡柚树又是哪里来的，老徐也说不好。可能是鸟儿衔来的吧，也可能是风儿吹来的吧。不管是鸟儿衔来，还是风儿吹来，都是土生土长的。

澄潭这个村的祖先，在明末崇祯年间从浙江汤溪迁入，但他们的祖居地，并没有柑橘栽培的历史。因此，胡柚并不是从祖先迁徙时带入的。澄潭本地倒是有各种橘树种植的传统，专家们说极可能是自然杂交产生的。这块土地有幸，风啊水啊都很好，种子落地发芽，微风携带春天的万物花朵，流浪到这里就落下来，于是，诞生出这世上唯一的果实。

在老徐的自留地里，胡柚的实生群体还有一批，大概有十几棵，树龄均有 50 多岁。当时为了挑选培育最高品质的胡柚果子，橘农和科技人员一起经历了漫长时间的选育，慢慢地才让品种定型下来，然后推广到全县各地。

老徐记得当初他们家人把胡柚果挑到城里，是当作“野货”卖的，多人看，少人买。那时大家都吃本地衢橘，这胡柚还无人识得，大家都看个新鲜，价格却不到本地衢橘的一半。只因胡柚丰产，年年结果，家里人才手下留情，保存下来。

他怎么会想到，后来胡柚会成为一种佳果，闻名天下呢。

三

老徐退休已经 14 年啦。

退休前，老徐是一名光荣的人民教师。作为全县早期高中毕业生之一，他当了中学教师，数学教了 41 年。

娇凤奶奶问他：“老头子，你这一辈子，教了多少个学生?”

老徐摇摇头，说算不出来。真要算，一年两个班，那就得一百多人，四十多年，你算去吧，有多少。

倒是常常有学生在路上见到他，叫他一声“徐老师好”。有时看对方面孔，也胡子拉碴，沧桑得很，老徐也总是想不起对方是哪一届的学生了。

老徐的儿女们也都在外地，离家远远的。三个女儿，一个儿子，不是在杭州，就是在无锡。大城市里热闹得很，车太多，楼太高，老徐不喜欢，娇凤奶奶也不喜欢，说是待久了会头晕。

“还是住在乡下老家舒坦。”老徐说，“这角角落落，闭着眼睛都能摸到。”

“空气好，水好。”娇凤奶奶补充说。

“还有这胡柚树呢，一百多棵，也不能不管。”老徐又说，“这棵胡柚‘祖宗树’，我得好好照料呀。”

胡柚成熟时，约一万公斤果子，都要采摘下来。现在的村庄里，年轻人不多了，很多事情都是老两口帮衬着，自己慢慢干的。慢就慢一点，不着急。

但是爬高爬低的事情，老人家已经吃不消了。

胡柚树高高的，免不了要爬树。去年五月，胡柚疏果，把青果摘下一部分来，晒干了也能卖钱。就在爬梯时，娇凤奶奶一个不小心跌了一跤，把手摔断了。后来送到省城医院，住了二十天，出院后，又在杭州的女儿家里休养了三个月。

儿女们好好把老两口“批评”了一通。

“你们还真把自己当年轻人了——这怎么行?”

“大家不在身边，你们要相互照顾，再不能做这样危险的事了。”

“为那一点胡柚，不值当！要我们说，那些胡柚树，干脆都不要管了。”

但是老人家还真丢不下那些胡柚树。休养好了，回到老家，老两口转着转着，又转到胡柚林中去了。

四

照往年情形，这会儿，就已经有老板上门来收胡柚了。

可今年还一点儿动静都没有。

受疫情的影响，大家还有些吃不准行情呢。老徐和娇凤奶奶一边有一搭没一搭地说话，一边把薄膜袋子吹开，包着胡柚。

吃胡柚能预防感冒。胡柚壳剥出来煎水喝，苦是真苦，我们村里人感冒了，煎一碗喝下去，发一身汗，感冒就好得快了。

“胡柚清凉，利肺，比吃药好。”老徐也说。

平时，他很注意收集一些胡柚的资料，胡柚就是一个宝，可惜很多人还不太了解这个果子。

不过，刚采摘下来的胡柚，并不是最好吃的时候。

这个果子得放。放上一个月两个月，果实里面的酸味转化成糖分，就甜了。剥开厚厚的柚壳，果实的囊粒汁液饱满，一口下去，汁水爆裂，又鲜又甜。

冬天在空调间里剥个胡柚吃吃，那是高级享受。

这个话是女儿跟她的朋友们说的。女儿见老两口的胡柚那么多，就在朋友圈里吆喝，一吆喝两吆喝，胡柚就纷纷地卖出去了。

上海的，北京的，南京的，杭州的。有人吃了，年年都惦记着买。

胡柚好吃树难栽。胡柚树需管得勤。这树吧，大概树干里也都是甜的，虫子也爱吃。两年三年不管它，胡柚树就会被虫子蛀空，树就毁了。

那一棵“祖宗树”，每年深秋胡柚金黄的时候，县上就有很多人过来，敲锣打鼓，搞个仪式，庆祝一下。热闹是一阵子的事，平常的照料，却是经年累月的。

老徐和娇凤奶奶平常侍弄这些胡柚树，都是慢慢来。

“做得动，多做一点。做不动，少做一点。”娇凤奶奶说。

“有得做，都是好事情。”老徐说。

“祖宗树”上结的胡柚果，特别受欢迎。这棵树年年能结果五百多公斤，有人开价五千元，把整棵树包了。

也有人说这个价钱太便宜，应该卖一万元，或者更贵一点。老徐笑笑。他说“祖宗树”一百多年了，这树结的果，不能只看卖钱多少。到底还要看啥，老徐还是笑笑，不说。

五

吃过中饭，老徐又扛着锄头去胡柚林里了。

娇凤奶奶也跟着去。老徐干活的时候，娇凤奶奶就在一旁看一会儿。看看树，看看草。

穿过林间的小路，风吹着胡柚树叶哗啦啦地响。等这一批复合肥下完，天气就要冷下来，树叶也要落光了。

但是，等到冬天过去，春天再来，胡柚花开的时候，整个林子像落雪一样，那个香啊！

“十里飘香。”娇凤奶奶喃喃地说着。

“不止十里啊，现在一个县的胡柚面积十万亩，说百里飘香也不过分。”老徐接一句，继续干活。

这干活的声音，安安静静的，随风吹到远方去了。

（原载《人民日报》副刊《大地》2021 年 1 月 13 日）

周华诚，浙江常山人。稻田工作者，作家，独立出版人，“父亲的水稻田”创始人。出版作品有《陪花再坐一会儿》《春山慢》《寻花帖》《廿四声》《一日不作，一日不食》《素履以往》等二十余种。

诗人，董每戡的另一个称谓

周吉敏

董每戡（1907—1980），是我国著名的戏剧史研究专家、戏剧理论家、剧作家，创立的“剧史家”之说的思想体系和构建的“戏剧史体系”，为中国戏剧历史研究做出了开创性的贡献。

董每戡在戏剧学术研究领域独秀于林外，创作题材还涉及诗词、小说、散文、时评、翻译等。其中诗词在董每戡波澜壮阔的一生里是一树花开。读董每戡的诗词，也是看一位南方文人立于时代风云下的格致。在董每戡众多的称谓里，“诗人”，或许是他最心仪的。

董每戡的诗心萌芽于故乡温州。1922 年 6 月 18 日，温州市郊会昌河畔，当地的几位教师和学者发起成立“会文学社”，这是轰轰烈烈的新文化运动飞溅到东海一隅的一粒火星子。学社的宗旨是“联络感情、砥砺学行、改良社会”，首批十四位社员，董每戡是其中一位。

三年后，也就是 1925 年的 1 月，《会文学社刊》创刊号发行。其“研究”栏目里有董每戡的《丝竹源流考》，“小说”栏目里有《柳下》，“文苑”栏目里有传统诗歌《贵妃沐浴》《黛玉葬花》，和新诗《骤雨》《凄风》《海坦山上的桃花》等，均署名董华。董每戡原名董国清，读书时叫董华。这位董家少年的传统文化修养，以及对新文化的稚嫩拥抱，其对不同文学题材的操持能力在此淋漓尽致地展现了。

诗歌《海坦山上的桃花》后半节写道——“啊！桃花哟！/你明年春天能够还你这副妖艳的脸孔，/桃花啊！/请不要悲伤笑嘻嘻地，/同我们做一个挚好的朋友？/桃花啊！/你不要悲伤罢”，少年敏感、细腻、真挚、热情的内心世界在诗行里清晰可感。如果说，《丝竹源流考》为董每戡日后戏剧学术研究埋下伏笔，而诗歌则是他对这个世界表达真善美的宣言。

1925年的秋天，董每戡赴上海大学中文系读书。1928年6月，暨南大学《中国语言文学系期刊》创刊号上发表了董每戡诗词研究论文《龚定庵的词》，跟着发表的还有他的七首词。20岁的董，诗词造诣已受学界重视。

这七首词中《绮罗香·禅心》《浪淘沙·飘零》《忆江南·野寺秋暮》，标记地点都是“于极乐寺”；《蝶恋花·夜酌》是“于山中”，《浪淘沙·秋怀》二首是“于横屿乡”，《望秦川·重阳夜》是“于上海滩”。七首诗其实记录了董每戡一次生死逃亡的经历。1927年，董每戡受党组织指派回乡从事地下革命工作，遭当局追捕，躲在城中姑母家的粮仓逃脱，而后避入深山古寺，回到横屿家中后，于1928年春，化名董每戡潜赴上海。对于一个有抱负的青年，身处两耳不闻天下事的深山，那是“愁心难诉”——“韶华休在辜负，还仗浇愁借酒，消磨羁旅”“琴剑飘零人未老，独听悲笳”，长长短短都是董每戡在理想与现实之间搏击的惆怅。

董每戡1977年4月5日给堂侄任世评信中说到，“我二十四岁专于词，曾有《永嘉长短句》，柳亚子先生为我作序，郁达夫先生为我写跋，后不拟印，日久就失去；可是三表弟爱我词，代抄下来，1949年后拿来抄了一份，66年又失去，终于不留一阕。”

《永嘉长短句》是1932年董每戡在上海中国公学教授宋词时所著的词集，应是为教学所需而作。董每戡在课上教授自己创作的诗词是他一贯的师者风范。1943年，董每戡到内迁三台的东北大学任教授。据他的学生王廷润回忆，董每戡课上讲授自己创作的诗词时，社会人士来旁听者如墙堵，其诗词的社会认可度可见一斑。

《永嘉长短句》并不是董每戡所写的那样“终不留一阕”，还是有踪可寻。1933年1月至2月之间，《温州新报·副刊》专门开辟了“永嘉长短句选”栏目，连载了董每戡的十一阕词。摘录《忆江南》于此：

回首中原泪满巾，别离心绪若为情！一番海角凄凉梦，愁损辞乡去国人！怀旧事，梦中寻，醒来不记有何因？如今远客休惆怅，搂着虚空睡到明。

1933年1月10日的《温州新报·副刊》选登的是董每戡的《浣溪沙·廿四初度作》，同时还转载了郁达夫的《永嘉长短句读后附注》。这篇郁达夫1932年6月写于上海的“跋”，对董每戡的词作给予了极高的评价：

自半塘蕙风诸人逝后，长短句就少有人作了。胡适之氏选词，侧重在苏辛豪放一派，未为公允。最近且有以语体诗入词，将平仄句读完全推翻者。“自作新词”，亦未始不佳，不过既写了词，则呆板的死律，也还需守着一二才好……所以我觉得学问，总该在不粗不细之间，以能唱出自己的情绪为大道，《永嘉长短句》，庶几乎近是了……永嘉原是风流的渊薮，浦江佳处，有“碧嶂青池，幽花瘦竹”，再加上以“啼春细雨，笼愁澹月”，词人的材料，自然是取之不尽，用之不足了。卢祖皋殁后八百余年，先生其努力追随，好“传得西林一派情”也。

1933年1月11日和12日的《温州新报·副刊》在刊发“永嘉

长短句”的同时还连载了董每戡的《与柳亚子论词书》，里面写道：“我也以为唐五代词比北宋的好些，像李后主那样悱恻缠绵的词，南宋人连梦不会梦到的，北宋只是沿袭了唐五代的路径，稍稍掉转过来罢了。迄南宋，词的范围虽广大起来，却已失去自然，况词在渡江之后便成为羔雁之具，酬酢与咏物的作品日多，这就使词受了致命伤。”年轻的董每戡对词已有独到的见解。

柳亚子为《永嘉长短句》写的序中劝董每戡转变方向，说，“董每戡兄，和我大概是‘同病者’吧！他对于词，用过深刻的功夫。天才和学力，都非我所能企及……董君在过去，一方面致力于戏剧，一方面又从事于词学，实在是一位不可多得的人才。现在，我希望他对后者断念，而对前者努力，这也是时代必然的进展吧。”

其实，时局的动荡也不允许董每戡继续低吟浅唱，时代的使命也不允许董每戡在诗词中多费思量。内忧外患之际，国恨家仇当头，董每戡选择了戏剧抗战。1934 年，董每戡再次去往日本。1937 年，“七七事变”爆发后，他随即回国，奔赴长沙，站在抗战剧运的第一线。

在抗战剧运的烽火中，在天涯羁旅的颠沛流离中，董每戡的“诗人”本色并未褪去，诗歌反而成为董每戡及时表达情和境的最好方式。在长沙与田汉、郭沫若等志同道合者诗词唱和，相互鼓励坚持剧运。辗转各地开展剧运，诗记行踪，奔波中诗兴盎然，苦中有乐。散文《贵阳行》是写去贵阳戏剧拓荒途中的所见所感，风景与诗相映成文，诗人性灵跃然纸上——“诗情随着峰回云涌”，“脑海里蹦出这么四句”，“我这位老酸决不肯放过机会，又酸他一下”，“车转上了山顶，不知从那里来的灵感，摸出纸笔放在小箱子上颤抖着写下四句给他”。这一路灵感频发，即兴创作了四首诗，惊得同行的乘客“瞪着我，半晌，说了一句：‘先生，你的诗才很捷’”。

在中山大学教学期间，董每戡与陈寅恪、詹安泰、夏承焘、俞平伯酬唱友情。同乡夏承焘是他最为推许的词人。1957 年，夏承焘到中山大学，董每戡作《减字木兰花》二首相赠，其中一首：

流花一瞥，回首卅年湖上别。岭表相逢，满苑花开忘却冬。
壮志未老，握手言和今日好。各有心期，报国还凭笔一枝。

这阕词写得朗爽，豪情壮志溢于字里行间。末句“各有心期，报国还凭笔一枝”，成为董每戡一生最好的自我写照。

董每戡被错划“右派”，长沙二十一年闭门诂戏。病手写就的百余万字文稿在抄家中失去时，他说，“野火烧不尽，春风吹又生”，作诗坚定志向，诗中毫无哀怨之气，还诙谐地谓之“打油”。这些“打油诗”大都附在给亲友的信中，自己并不保存。1973 年写给堂侄任世评的信中也抄了两首，其一：

八亿人中一戏迷，独尊小道志难移。
穷原索委通今古，究底寻根辨是非。
日食三餐甘粝藿，身衣百结胜轻肥。
偷生为国存元气，菩萨低眉我亦低。

在困厄的环境下，董每戡仍是一贯的乐观积极做派，仍是满腔的学术报国情怀。

董每戡对故乡温州一直念念不忘。1976 年 6 月 14 日写下三首《乡思》，其中一首写道：

谢池春草年年绿，月夜花朝入梦频。
我亦有家归未得，痛心追悔负慈亲。

1956 年 7 月，董每戡在北京结束《琵琶记》讨论会后返温探亲，他已三十年未做故乡行。至 1976 年，又已二十年未归。最终未能成行，一树繁花，零落岭南。遗下百余首诗词任人品读，其风骨也让人感佩至今。

（原载《北京晚报》副刊《五色土》2020年9月3日）

周吉敏，浙江温州人，中国作家协会会员，出版有散文集《月之故乡》《民间绝色》《斜阳外》，童话长篇小说《小水滴漫游记——穿过一条古老的运河去大海》。曾获琦君散文奖、三毛散文奖。多篇散文作品入选全国各类散文随笔年选、散文选集。

荷之光阴

周胜春

一

夏日一个傍晚，夕阳尚微，晚霞还在，我便偷偷去看神往已久的三垟湿地荷花。

荷花池位于仙浃河，约有三亩（1 亩约 667 平方米），与南怀瑾书院的西侧院落一水相邻。书院廊阁驻花，与光影潋滟的沙河桥水接一体，又与桥北丽花苑驿站欲见还羞。

“大自然是没有直线存在的，直线属于人类，而曲线才属于上帝。”高迪如是说。折尺形曲径，延伸在池中的各个方位，两边围上白玉栏杆，人无论走在哪一个角落，都能于荷盖与花影的映照中，自在相融成一体。

花开得零星几朵，色彩却艳，在一簇簇脸盆大小绿叶的相拥相扶中，露出一星半点。风过处，它们如绿海中的海鸥，战战兢兢站在波涛中惊魂未定，险象环生。

我走近，带着要紧紧抓住的心情，生怕季节、晚风和夏雨吹走它们。几个菡萏在绿丛中饱满欲放，有的最下面的两片花瓣已经绽开，似一个小小寿桃，尚处于器官发育期的青涩年华。它们一定在盼望快点绽放，“田田初出水，菡萏念娇蕊”。

还有两三个莲蓬，昂着头东张西望，诚惶诚恐。它们的样子像外星人的头，或如高尔夫球杆，上面布着蜂窝图形，是美丽打开之前的状态，从早枯荷枝和万绿丛中脱颖而出。它们在等待一场绽放，等待脱胎换骨。让雨滴或者阳光给它们一个机会吧。

二

我看不到满池荷花全都开放的盛况，只能想象。想象着它们的映日别样红，接天无穷碧。

池里同在的有残荷。触角处处，筋骨嶙峋，似蛛网散布在擎雨盖的下面，又像青蛙腿悠闲安放。是虫子的抢白，还是同伴的挤压，让它们在最美的时节过早凋零？原本，它们还要绽放美颜，开出花朵，随风起舞。原本，它们还要吸尘世之土，纳凡俗之气，不枉人间给予的骨肉，要丰满地归还给自然。

有几滴露珠在荷叶上随着晚风轻轻荡着秋千、摇着挂钟，尽情享受属于它的时光。度过夜晚是一个考验，待明日晨曦出现，生命的珠花将魂飞魄散，与谁结合，与谁共生，落在何处，都无从知晓。

当代书法家胡天羽书“芙蓉”二字，刻在池南边与种大薸的池塘相隔的小径栏杆上。荷花的茎秆，则如周敦颐笔下写的“中通外直，不蔓不枝，香远益清，亭亭净植”。只是我闻不到香气，其身子骨则比莲之纤细瘦腰显得粗重厚实得多，然而一点也不显臃肿，其高枝也要比莲之低矮倾伏勇猛悍强。荷秆高耸，如人昂首。我从叶子下面探看过去，荷是枝枝林立交叉，少有倒伏或倾斜，更无扭捏作态。

如果水面是天空，在叶的云层里，荷秆就像独行者，它最上头的花朵、花苞幽深清远，平等发散于同一个世界，让人悟得“浸润”的意义。

三

天色渐渐往晚了去。不知是农历十几，已经近圆的月亮悬在半空，离大罗山已有长河落尽也够不着的距离。

岸边的芦苇、狗尾草和小石楠，北面的梅影池、睡莲池，潜隐入梦。经过时，闻不到梅树香。对岸的城市人家，是另一个星空中的璀璨。

南面琼芳廊桥处的水面，最后全盘承接了天上的云朵，水平云涌，波光搅碎，灯光暗合，树木黯然。此时的荷也敛起妆容，快要睡去。我看不出暗花的心态，在晚间是一次调整，还是一次放下。我听不到鼾声，那一瓣偷偷探出头来的白花，被书院的灯光照到，我辨不清它是睡眼蒙眬，还是精神抖擞。

光影只是遮不住青山隐隐。大罗山这片田地要从沧海桑田追溯起来的话，得要七八百万年了吧。

四

荷之盛开，姿容何等美艳，喜爱歌颂者甚众，自是不可多言。但其开败，则大多隐隐透露出悲凉肃杀乃至伤感悲悯的基调，映射着对时光逝去、人生无常的叹息，也有对情感失落、悲痛欲绝的共鸣。这不同于对待梅、莲。梅是“零落成泥碾作尘，只有香如故”“东风谬掌花权柄，却忌孤高不主张”，故现代一名作家，干脆直接取名白落梅；莲则“应为洛神波上袜，至今莲蕊有香尘”，脱俗到神圣。

关于荷，却是“此花此叶常相映，翠减红衰愁杀人”“菡萏香销翠叶残，西风愁起绿波间”“荷花娇欲语，愁杀荡舟人”“昔日芙蓉花，今成断根草”，字字如血书一般，让人不忍再读。源于书写者情感寄寓的基调不一样。

说到荷的基调，我想起红楼中的荼蘼。“荼蘼之后再无花，落樱如雪换芳华”，更多感叹的是难以抗拒的季节轮换更替。而对荷的伤感愁绪，更多是因它盛放时太美，下场时不堪。虽然，我们满可以用“生如夏花之绚烂，死如秋叶之静美，不盛不乱，姿态如烟，即便枯萎也保留丰肌清骨的傲然，玄之又玄”来自慰自遣，把这种情绪敷衍过去，但细想何必？人生难道不最宝贵这种不管不顾、粲然盛放的态度吗？荷生时芬芳清婉至清丽，死时壮美契阔到残败，最是能寄托和代表生时无悔、死时凄美的意象的自然之物，对它的唱叹，不是对生命极致境界的唱叹与敬畏吗？

我返回途中，星光也黯淡了。我原还想与荷相遇在繁花似锦时，此时，心里却莫名撕开了时间的创口。修补它，还是要靠时间，属于荷花的时间。因为，荷是不会被时间战胜的。

（原载《解放日报》副刊《朝花》2021 年 10 月 1 日）

周胜春，温州市瓯海区作家协会主席。在《散文选刊》《海外文摘》《江南诗》《海燕》《解放日报》和《浙江诗人》等报刊上发表诗歌、散文若干，曾出版散文集《迅电流光》。

窑头岭

曾　辉

题记

当故乡离我渐远，窑头岭就像一块古老的石碑矗在那里，它上面镌刻的字迹，在时光的浸润下渐渐模糊了。

六百多年前，我的先人从遥远的吉安来到这片湖州之地落脚生根，带来的也许是一只吉州窑的陶罐，他们把这陶罐里盛着的稻种，播撒在这片湖州之地上，不光长出了葱茏的岁月，也养育了一大批的子孙，这片形状似窑头的土地，就成了我的故乡。

一

巨大的黑暗，包裹着村庄，人们只能躺在这巨大的虚无里。

狗叫声把黑暗咬开了一个洞，人们就从这洞里醒悟了过来。

点亮灯，黑暗把光罩住了，影子贴到了墙上。

那盏古老的油灯下，聚集了多少记忆。

星星，是点在苍穹的灯，那是逝去亲人的眼。

大地上隆起的一个个坟包，最后都让岁月的风沙磨平了，一代又一代的先人融进了泥土，成了土地的一部分。

当我捧起一把泥土，那就是捧着我的祖先，日子从指缝里长出来，长成了养命的粮食。

我们在这片土地上耕耘、劳作，以命养命，融入这肥沃的泥土。

巨大的虚无，把幽微的光拖进了黑暗的旋涡里。

深夜的狗吠，不过是一阵风，一下子被黑暗吞没了。

苍穹，大锅一样地罩着村庄。

当鸡鸣叫醒了黎明，黑暗潮水般退去，村庄会重新回来。

最早的光明其实是从内心点亮的。

在窑头岭，最先点亮黑暗的不是太阳，而是鸡犬之声，它们举起光明的火把，用声音来传递光明的能量，它们才是这大地上的光明神。

二

日子像草一样，枯了又绿，绿了又枯。

时光像庄稼，收了一茬，季节一到，又可以再收一茬。

我们都是从祖先的树桩上发出来的枝丫，在这窑头岭拔节生长。

布谷鸟叫过，鹁鸡婆叫；落沙婆叫了，知了叫；当麻雀往屋檐下钻，冬天就来了。

北风把树的衣裳都收走了，只留光秃秃的树枝挑着那轮冷月，月光的白像是纷纷扬扬的雪，将落叶埋葬了。

死亡，总是在冬天降临。

季节在时光里行走，岁月的犁铧在土地行走。

死亡在吹打声里行走。

那些披着雪花的送葬队伍，让冬天空旷，白雪覆盖的窑头岭苍凉而寂寞。

乡村在旷野行走。

那些思念成了羽毛，在故乡的天空行走。

三

春天用雨水唤醒了种子的记忆，种子脱掉它的壳，生命就以一种蓬勃的姿势从沉睡中醒来。

春风唤醒了树枝上的鹅黄，绿色便在春天里恣肆生长。

鱼儿跃出水面，啪的一声，就有无数的鱼子产出来，鱼子在阳光下孵化，水族的精灵也在蓬勃生长，生命的繁衍热闹了整个春天。

翅膀在风里飞翔，田野在耕耘中翻起波浪，油菜花和豌豆花在阳光下结成了荚。

蝌蚪从晶亮的梦里游了出来，散落在春水里，那是大自然写下的草书。

雨水让竹笋钻出了泥土，拔节生长。

在乡村，土地以饱满的力量向上呈现，展现生命的繁荣与强大。

蛙声鼓噪的夜里，也充满了欣欣向荣的力量，身体的绞合让生命的力度在延伸。

那只叫春的猫，它的叫声，把夜都撕破了，情欲就从夜里冒了出来。

生命的美好就以这样的形式呈现：万紫千红，招蜂引蝶，春色宜人。

繁华过后，那些结合的实体就隐藏在绿叶中了，阳光会催着它们长大。

稻谷喝饱了水就发芽了，长出了剑形的叶子，这小小的叶子会覆盖田野，呈现一片金黄，养活我们的命。

四

把禾苗插进水田里，那也是在写字，文字在大地上生长，一排排的禾苗连成浩瀚的一片，铺在广阔的洞庭湖平原。

它们把自己长成绿色的火把，把广袤的洞庭湖平原都照亮了。

那些绿色的火把，被水托举着，在阳光下奔跑，它们跑成波浪，跑成了绿色的大海。

和阳光一起奔跑的还有云朵与雨水，以及云朵下面的布谷鸟，和翅膀上的梦想，它们都在这个夏天茁壮生长。

乡亲们的草帽下，汗珠盛开，那些快乐的小鸟在歌唱，日子在草帽底下一天天的生长。

夏天的火热催生了渴望和梦想，也催生了生命的激情。

一夜的星光灿烂，蛙叫虫鸣，禾苗便在融融月光下怀孕了。

壮了苞的禾，肥如散籽前的鱼腹，在阳光下微笑，它饱满丰腴的身躯泄露了身体的秘密。

当禾衣裹不住喜悦，禾苗就吐穗了，纷纷扬扬的，呈现了一个柔美的世界。

洞庭湖平原便开满了细细粉粉的禾花，绵延千里，浩浩荡荡……

是正午热烈的阳光里催生了禾苗的婚典，稻穗才在火热中灌浆低垂。

五

风吹千里稻浪，莲动十里荷香。

七月的洞庭湖平原，把沉甸托举，把金黄泼洒，让日子谦逊低头。这辽阔壮美而热烈，它以光的形式照临在洞庭湖平原广阔的原野上，让丰收以油画般的凝练呈现。

丰收的镰刀紧握在手里，汗水如雨滴落，稻子被放倒、脱粒，唰唰唰地就流进了岁月的谷仓。

谷仓是丰收的通道，这通道为我们提供了源源不断的口粮。

阳光的作品布满晒场，汗水经过劳动结成了莹白的米，流进身体，养活了我们的命。

丰收不仅只是阳光的转化，也是汗水的沉淀，汗水在光的作用下沸腾、升华，才凝结成了这养命的稻谷。

丰收也是时间的延伸，它结出的果，是人生存下来的因，是生命里阳光的呈现与照耀。

种子的光给了我们命，让我们向前走，去发现与创造更多的光与热。

缘自劳动创造的爱，以阳光的形式在传递与传承。

六

从一粒金黄的水稻里长出希望，阳光举起了稻秆，汗水沿着叶脉向上输送，凝集成稻子莹白的心。

日子在岁月中沉淀，沉淀成低垂的稻穗。

风在吹，阳光在照耀，水在滋养，鸟在天空飞翔。

当日子长成一片浩荡的金黄，洞庭湖平原便成了丰收的粮仓，这是我们世世代代生存下来的希望。

低垂的是信念！

感恩的是情怀！

它用卑谦感谢土地，用姿态告诉世人，水稻是用自己的心来养活人类的命。那些剩下的稻草成了煮饭的燃料，它用火光照亮了自己的一生，烧成灰烬，回归到泥土的怀抱，成为土地的一部分。

七

湖水澄静，云朵沉到了湖底，天空在远处会合。

日子是湖中的水草，历历在目；而岁月是游鱼，转瞬即逝。

挂在枝头的果实，压弯了思绪。

那头啃草的老牛，它无意的一声哞叫，让我记住了父亲的笑脸。

生长在原野田畦边的野菊花，肆意怒放，迎接着生命最后的辉煌。

祖母一到深秋，都会晒很多的野菊花寄给我，菊花在开水里复活，那一个个的笑脸，给我许多的温暖。

日子在岁月中沉淀，聚到心中，里面有痛有爱也有牵挂和无奈。

遍插茱萸，乡愁淼淼，走进季节的深处，日子在轮回中生出了一个个的年轮。时间的手在大地上创造了丰收和喜悦，也会让风收走一切。

八

窑头岭随着亲人一个个的离去，而日渐淡远。

它飘散在老屋的炊烟里，那炊烟里有奶奶黄昏时的呼唤。

它飘散在春天的紫云英里，那红霞般的云朵里有老牛的哞叫声。

它飘散在金黄的油菜花里，那些金黄色的梦想被蜜蜂酿成了甜甜的蜂蜜。

我飞离了故乡，憩居在那个叫城市的地方。

这里虽然不是故土，我却把根扎到了这里，把公园当成田野，看蒲公英凭借一把小伞飞翔。

看杨柳飞舞着长发，和河水嬉戏。

听蛙声如鼓，唱响春天的交响曲。

让萤火虫飞进梦里，去找寻年少的伙伴。

离它空间的距离越来越远，梦里却越来越近。

当我历尽千辛万苦抵达远方，才发现自己心灵的家园其实就在故乡。我知道窑头岭在等着和我重逢，那是家族血脉里发出来的呼唤和邀请。

当天空浩渺，大雁南飞，天地间会有一个安放心灵的地方，那地方柔软温暖，可以让我放下一切，把疲倦的灵魂安放，这个地方就是我的窑头岭。到那时，那个久违了的故乡又会重新复活过来，成为心灵的依靠和停泊的港湾。

（原载《星河》2021 年秋季卷）

曾辉，男，浙江省作家协会会员，中国诗歌学会会员。著有诗集《心弦集》，有作品入选《当代散文精品》《当代百家散文诗精选》，多次入选《年度中国散文诗选》。作品散见于《诗刊》《散文诗》《散文百家》《散文诗世界》《年轻人》等刊物。

一夜瓯江

朱秀海

车子在这家叫作汀南丝雨的民宿前停下来。瓯江之夜还没有来临，江面上的粼粼波光仍在，如同一曲蓝调，悠长、舒缓，缥缈在云雾连接与纠缠的远方。和一碧百里的江色相互映衬的山野仍旧翠重苍茫，但夜毕竟正在来临，在我的感觉中甚至已经来临。我们就是来投宿的，无论江面上的波光是否仍旧明亮，江对岸可以数一数青峰的山间，昼间的光芒都在消减，和江色一样不再撩拨旅行人被一天的山川美景闹倦了的望眼。客栈的出现恰逢其时，不但契合了走累的双脚对归宿的期盼，也响应了辘辘饥肠对一顿瓯江美食的翘望。这么想着，说着，瓯江之夜自个儿就来了。

回头说今晚要遭遇的客栈吧，很小的一座房屋，只有两层，一楼是前台、旅客活动、休息、等待的空间，加一间餐厅，几十平方米的样子。进门后我注意到的还有一具茶台。循梯而上，二楼是仅有的六间客房。像这里所有的民宿一样，主人巧妙利用了空间，以至于觉得楼梯和走廊稍显逼仄，但也够了。主要是临江，是老板一家——尤其是老板娘和他年轻英俊的儿子的热情周到，让入住变得极为顺畅。很快就进了房间，冷气已经开了，房间很凉爽（甚至超过了需要），虽没有大城市五星级酒店的奢华，但是该有的都有，不大的空间再次被利用到了极致。对于一个被山川美景搞得浑身燥热、身倦神疲的旅行者来说，这么一间客房给我的第一感觉，那就是一个字：好。但是一回头就看到了江，那个好字就被压下去了。瓯江就在落地窗的前面，目光最近处就是路那边一条新修的木栈道，然后是照着海滩的形制打造的沙滩，再前面就是那一道平直如练且蓝得让人心醉的瓯江了。突然觉得江上还是那么明亮，仍有星星点点的日间的光斑在闪烁明灭，江那边的山色仍然青翠如堵，立壁似逼上眼眸一般。远处江面上纯粹为了置景锚放的三条单帆渔船还像白天一样似动实静地漂浮在中流，让人模糊地想起一些诗和远方，这是怎么搞的，不是已经入夜了吗？“寒雨连江夜入吴，平明送客楚山孤。”不对，应当是“月落乌啼霜满天，江枫渔火对愁眠”。一时间乱七八糟的，什么都想起来了，啊，知道了，主要还是饿了。饿也能让人背出诗来吗？再回头看一眼，夜真的到了瓯江，江面上的波光一下子就看不见了。

下面在喊吃饭。匆匆洗了一把，往外走。少栈主——我这么称呼客栈的少主人——还是那个自带书卷气、一看就精明能干的小伙子。忽然起了一个念头：这是谁家女儿的娇客呢，真是拿得出手的一个好小伙子！但他不只是来喊吃饭的，小伙子开口就以一种多少有点羞涩、但终究还是客气的口吻道：

“老师，不好意思……您就是写《乔家大院》的朱老师吗？”

“惭愧。”我说。

“哎哟朱老师，你能来住我们小店我太高兴了。你瞧我这楼上有六个房间，我一直想给它们取一些应景的名字，我想到了四个，可是另外两个想不出来，也不好。朱老师能不能帮我个忙，想想这六个房间的名字？”

下面又有人在喊吃饭，——太饿了，我含糊答应了一声，就和小伙子稀里哗啦地从二楼奔下来，直奔餐厅。果然众人都到了。一桌的瓯江美食啊，清蒸刀鱼，土鸡汤，清炖鱼，盐水小河虾，野菜摊鸡蛋，其余就全是欧阳文忠公在滁州的伙食了，山肴野蔬，杂然前陈，都是家常菜，但是吃货在这里要说话：太好吃了！主要是食材好，又新鲜，好到让人遥襟甫畅，逸兴遄飞。好到大快朵颐之际，油然起了一念：《醉翁亭记》成为千古文章，是不是因为滁州的伙食太好了呢？

因为白天在车上吹牛，饭后忍痛将出两泡好岩茶，只是客栈没有泡茶的家什。我还没有出场，已有人用大壶泡上了，两泡竹窠肉桂啊，心疼。虽然这种泡法糟蹋了茶，但依旧香气四溢。众人就不走，团坐于茶台四周，不夸我的茶好，讨论起文学来！回望一眼客栈窗外，夜已经很彻底了，沙滩唯有一盏孤灯亮着，江面一小片波光，江那边乌色的群山在深蓝的天幕下只剩下模糊的轮廓。瓯江之夜到了，也不打声招呼，舞台上幕间置换道具时也是这样的，幕布闭，幕布开，演员却还坐在这里喝着我的好茶，谈他们自己的文学，这个年头还谈文学？为什么不能谈呢？饱暖思文学嘛。老板娘和少栈主一直都在照顾我们这一群，主要是烧水。我这时能做什么呢？一边听他们掉书袋，一边有一搭没一搭地和老板娘母子聊天，一聊才知道，他们原本就是这个村的村民，当初山远地僻，守着这一江碧水，万山宝藏，只能出门到城里挣钱。近年政府为这里修了桥和路，鼓励大家利用好山好水，建造民宿，还专门打造了如同海滩一样的“十里云河”美景，于是远自京津和大西北、近自宁沪杭的客人，络绎不绝，来见云和的云上梯田、玫瑰小镇，再回头来游画廊般的“十里云河”，中途总会贪恋江色，到他们这里就宿，他们怎么能不留宿一晚呢？像我们这群人一样，不来则罢，来了就惊此地为仙界，有口皆碑，知道的来了，不知道的现在知道了也来了，盛世难遇，胜景难觅，一下子冒出这么好的一个所在，于是乌泱乌泱地全都来了。老板娘全家也因为这个回来，经营这家小小客栈。他们不患没有客人，是患客人太多，像我们这一伙，楼上六间客房完全住不下，就要分到邻家客栈里去。至于收入，老板娘不愿明说，但脸上笑靥如花，后来才说："一年几十万吧……比在城里赚得多。"

我的好茶还是有功效，逼出了老板家的好酒。众人清醒，走到江滩上看夜色中的瓯江。仍然在谈文学。直到有人提醒，讨论会结束吧。众人才哈哈一乐，散去。

洗漱完毕，躺到床上，享受清凉，想看足球赛，这一晚却没有。睡不着，想听涛声。万籁俱寂。也罢。胡思乱想开始，睡意迟迟不来。人总是贪心的，想到两日云和之行，一直说要下雨，又不下，没有见到瓯江烟雨。想到这么好的地方，神仙之居，应当有严子光的钓台，张季鹰见秋风起，说什么想起家乡的鲈鱼莼菜好吃，弃官归去，那归隐之处也该是和这里差不多的所在了。还有，不知道写下《西湖七月半》的张岱是不是到过瓯江，要是冬天，在江心建一座雪亭，燃一炉炭火，一定会比西湖湖心岛上的雪亭更令他畅心放意，说不定也会讨论文学——晚来天欲雪，能饮一杯无？

猛然间清醒了，忆起了答应少栈主的事。马上就想起了《岳阳楼记》中的一段文字："春和景明，波澜不惊，上下天光，一碧万顷；沙鸥翔集，锦鳞游泳；岸芷汀兰，郁郁青青。"从中挑出六个词——春和，景明，沙鸥，锦鳞，岸芷，汀兰。春天的瓯江，这些意象一定都有，于是通过刚才匆匆加上的微信，我把它们发给了少栈主。

已经很晚了，少栈主很快回了五个字：谢谢朱老师。

一夜瓯江，天寂地静。明晨启程，大雨倾盆。透过车窗，我终于望见了瓯江上迷蒙的烟雨，而无边的灰白色的云团也正在群山间升腾。天地一色。多好的雨啊，我想。这个时候，严子陵、张翰、张岱这些家伙一定不会在家里待着，他们会身披蓑衣，到江边垂钓，或者干脆纵扁舟，凌大江，在江天烟雨之间喝一点小酒，谈什么呢？当然是诗和远方了。

近年来中国社会谈论的一大话题是乡村振兴。我老了，能盼望的最好的中国乡村就是在瓯江边上见到的乡村了吧？好山好水好日子的中国乡村，打通了古人和今人获得感的中国乡村，让人时常可以在烟雨迷蒙中喝点小酒、谈谈文学的中国乡村。我以为，这就是伟大的中国，中华的伟大复兴吧！

（原载《浙江散文》2021 年第 4 期）

朱秀海，河南鹿邑人，满族。曾任海军政治部文艺创作室主任。主要作品有长篇小说《痴情》《穿越死亡》《波涛汹涌》《音乐会》《乔家大院》《天地民心》《客家人》《乔家大院 2》《兵临碛口》《远去的白马》；长篇纪实文学《黑的土红的雪》《赤土狂飙》；中短篇小说集《在密密的森林中》《出征夜》；散文集《行色匆匆》《山在山的深处》《一个人的车站》；旧体诗集《升虚邑诗存》《升虚邑诗存续编》；电视剧《百姓》《波涛汹涌》《军歌嘹亮》《乔家大院》《天地民心》《诚忠堂》等。